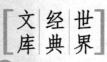

世界经典文库

图文珍藏版

欣赏美丽神话 探索古今故事

中外神话故事

刘凯◎主编

线装书局

图尔奴斯与埃涅阿斯的决斗

图尔奴斯一路砍杀，身上沾满了鲜血，但他却越战越勇，没有丝毫疲惫的迹象。

"图尔奴斯，快回到王宫里去吧，王后阿玛塔自杀了，可怜的拉维尼亚昏死过去了，国王拉丁奴斯正左右为难，他正打算把拉维尼亚许配给特洛伊的国王埃涅阿斯为妻，以平息这场罪恶的战争。"一个罗图勒的士兵跑过来向图尔奴斯报告说。

听到这个消息，一股钻心的痛楚涌上图尔奴斯的心头，吞噬着他的心灵。他是那么热烈地爱着拉维尼亚，而且拉维尼亚也对他情有独钟，可为什么特洛伊人会来此制造战争呢？为什么不让美丽的拉维尼亚成为自己的妻子呢？图尔奴斯转过头对和他一起冲杀的罗图勒人说："幸福正在离我而去，我必须和埃涅阿斯决一死战，以此来赢得罗图勒人的尊严。"说着，图尔奴斯跳下战车，朝着被特洛伊人重重包围的劳伦图姆奔驰而去。

图尔奴斯好不容易才来到了城门前："特洛伊人、拉丁人、罗图勒人，请放下你们的武器吧，请不要让这次战争造成太多人的不幸，如果能由我一个人来承担责任，就不要再让意大利人流血牺牲。"

拉丁人和罗图勒人听到图尔奴斯的吆喝声，不由得停住了手中的武器，埃涅阿斯也命令特洛伊人停止了攻城。

"图尔奴斯，你的建议很好，应该由我们两人的决斗来判断胜负，而不是以双方流血的多少来判断。我接受你的挑战，拿起你的利剑吧。"说着，埃涅阿斯朝着图尔奴斯扑过来。

图尔奴斯不甘示弱，也高喊着朝埃涅阿斯奔来。两块盾牌撞到一起，发出了巨响，大地颤抖了。双方的士兵为了给己方的首领鼓劲，高声呐喊起来。突然，图尔奴斯从盾牌后面站起，手中的利剑朝着埃涅阿斯的脑袋砍了下去，特洛依人和图斯克人张大了嘴巴，胆小的甚至闭上了眼睛。结果却出乎人们意料，图尔奴斯的利剑刚碰到埃涅阿斯的衣甲时便被折成了几截。图尔奴斯满以为一剑下去会把埃涅阿斯的头砍下来，谁知道自己的剑却断了。这时候他才想起，这把剑只不过是随手从士兵手里拿来的普通的一把剑，而他父亲遗留下来的神剑却因为着急而被落在了战车上。

"这不是一个好兆头啊。"图尔奴斯心想。

图尔奴斯虚晃一招，然后夺路而逃，并招呼士兵回到前面的战场上把那把神剑取来，然而在慌乱的战场上士兵根本没有注意到他在说些什么。埃涅阿斯大步流星地追赶上来，图尔奴斯慌不择路，朝着附近的一片树林逃去。

埃涅阿斯追进丛林，突然，他看见前方的一棵树上露出一杆长矛柄，这根长矛也许是先前战斗时有人留下来的，埃涅阿斯不禁为自己的发现欣喜若狂。他紧跑几步,暂时放弃了对图尔奴斯的追逐,来到那棵树下,奋力把那根长矛向外拔。

图尔奴斯正向树林深处逃着,感觉身后没有了声音,回头一看,原来埃涅阿斯正在拔刺入树里的长矛。图尔奴斯停下脚步,乞求道:"生活在意大利土地上的众神啊,图尔奴斯是多么虔诚地信奉你们啊,看在我一直给你们祭颂荣誉的份上,让埃涅阿斯手里的那根长矛深陷在树干里吧。"

意大利的诸位保护神果然听从了图尔奴斯的乞求,他们使用法力,尽管埃涅阿斯使出了浑身的力气,长矛还是拔不出来,埃涅阿斯急得满脸通红。

这时候,图尔奴斯的妹妹朱图耳娜也来援助她的哥哥,她扮作哥哥的驾车手的模样,从战场上来到丛林,把父亲遗留的神剑递给哥哥。图尔奴斯手握利剑,顿时信心百倍。他拎着利剑,转身朝着埃涅阿斯奔去。

埃涅阿斯此时还在试图撼动刺入树中的长矛,因为过于用力,自己的短剑不慎摔落到了草地上。

埃涅阿斯看到图尔奴斯朝自己奔来,不由得心急如焚,可他越是着急,树上的长矛越是拔不下来。站在半空中的维纳斯更是着急,她怎么能坐视儿子的生命受到威胁呢?而且,维纳斯对图尔奴斯妹妹朱图耳娜的行为也甚是恼怒,一个平凡的仙女怎么敢如此胆大妄为呢?于是,她使用法力让埃涅阿斯很轻松地拔下了长矛。

这时候,图尔奴斯已经到了埃涅阿斯的近前,埃涅阿斯拿着长矛,转过身摆好了迎战的架势。

当图尔奴斯看到埃涅阿斯手里的长矛时,心里慌张起来,看来众神的保护已经离他而去了,难道特洛伊人真的是永远的胜利者吗?

站在奥林匹斯山上的朱庇特和朱诺此时正进行着一场争辩。

"是该结束这场战争的时候了,特洛伊人被你驱逐了,他们翻山越岭,漂洋过海,好不容易到了意大利,你又让他们遭受如此的不幸,现在该让他们稳定下来了。如果你还是一意孤行,那我只好让别人来取代你的位置了。"朱庇特铁青着脸对他的妻子朱诺说。

朱诺定定地看着朱庇特,看到丈夫严肃的表情,她只好做了让步:"我可以把图尔奴斯的命运交给他自己,但我有一个条件,拉丁姆的名称、语言风俗习惯必须保留,特洛伊人只能融入拉丁民族中,而不是拉丁民族融入特洛伊民族中,只有这样我才能忘掉特洛伊这个名字。"

朱庇特向妻子摆摆手,接受了妻子的要求:"图尔奴斯的大限已到,埃涅阿斯却应该活下去。此后,特洛伊人不再保护自己的语言和风俗,将来这里将行使罗马法律,使用的语言都是拉丁语。你觉得这样可以了吧。"

看到妻子没有再提出异议,朱庇特把复仇女神召到眼前:"图尔奴斯死期已到,他今天应该前往冥界,去执行我的命令吧。"

复仇女神驾着风翼来到拉丁姆战场,其中一位骁勇善战的女神变成了一头小鸟,她围绕着图尔奴斯的头来回打转。图尔奴斯感觉到眼前昏花,一种不祥的感觉又一次涌上心头，他不得不停止了战斗，站在那里喘着粗气。

"你为什么在那里犹豫不决呢？难道你不想打败我吗？是不是已经被特洛伊人吓倒了呢？"埃涅阿斯看到图尔奴斯停止了进攻，也放下了刚要投掷的长矛。

图尔奴斯用利剑抵住地面，勉强直起身体："你以为我会向特洛伊人屈服吗？我并不畏惧你们，只是天意亡我，难道你没有看到死神的鸟儿在我头顶飞个不停吗？"说着，图尔奴斯从地上搬起一块大石头，准备把它扔向埃涅阿斯，但是，他刚把石头搬起来就感到浑身无力，石头顺着手臂掉落下来。图尔奴斯本能地想逃离此地，但他的腿却怎么也不听使唤，一步也不能挪动。

手里的石头刚刚落地，图尔奴斯还没有从惊愕中回过神来，一只长矛已经穿透他的胸膛，钻心的痛楚传遍全身，他倒在地上无力地挣扎着。埃涅阿斯走到近前，同情地看了看罗图勒的这位英雄，转身带领他的队伍进了劳伦图姆城。

拉维尼乌姆和阿尔巴·隆伽

图尔奴斯阵亡以后，处于群龙无首状态的罗图勒人和佛尔西安人纷纷逃回了他们的城市。胜利的特洛伊人并没有欣喜若狂的感觉，因为他们的同盟兄弟们，如亚加狄亚人、伊特卢利阿人，也都要回自己的故乡了。特洛伊人拉着同盟兄弟们的手，半天也舍不得分开。是啊，他们一起出生入死，而此时却面临着离别，怎么能不让人难过呢？特洛伊人与同盟兄弟们的友谊是多么的深厚啊。

图尔奴斯

埃涅阿斯眺望着远方，"神谕中的罗马城到底在哪里呢？特洛伊人虽然打败了意大利众族人，可真的会像神谕中说的那样，在这块地方上会出现了一个新的城市吗？"埃涅阿斯一边想着，一边在台伯河边上踱着步。

正在这时，一个特洛伊士兵跑了过来，兴奋地对埃涅阿斯说："快回去看看吧，拉丁姆国王拉丁奴斯派人向特洛伊人求和来了。"

埃涅阿斯一听，忙快步走进了营房。进到中心大营后，拉丁姆的使者已经在那里等候了。使者一看到埃涅阿斯进来，忙从座位上站了起来。

"尊敬的特洛伊英雄，国王拉丁奴斯派我们来向特洛伊人求和，你要知道，拉丁奴斯并不赞成这场战争，他一再劝说图尔奴斯等的行为，但却没能阻止这场战争，

世界经典文库

中外神话故事

·古罗马神话·

图文珍藏版

拉丁奴斯国王让我们代表拉丁人向特洛伊人表示歉意。而且拉丁奴斯决定根据神谕,把女儿拉维尼亚许配给你。"使者向埃涅阿斯陈述着拉丁奴斯国王的指示。

"回去告诉你们国王,这场战争本来就是不可避免的,所以他不必为此自责。很谢谢他能把美丽的女儿嫁给一个外乡人。"埃涅阿斯命人把一部分战利品拿来,让使者转交给拉丁奴斯国王,以作为聘礼。

第二天,拉丁奴斯把埃涅阿斯迎入了劳伦图姆,为女儿举行了一场盛大的婚礼,并指定埃涅阿斯为王位的继承人。

埃涅阿斯执掌拉丁姆之后,在海滨的高坡上建造了一座美丽的城市,并根据妻子拉维尼亚的名字把该城命名为拉维尼乌姆。至此,苦难的特洛伊人终于建立起了新的家园。遵从神的旨意,特洛伊人很快放弃了自己的语言和风俗习惯,与拉丁人打成一片,并尝试着遵奉意大利诸神。

埃涅阿斯统治了拉丁姆很长时间,他在位期间,人们倒也是安居乐业,如果没有以后的战争的话,他的一生倒也完美。

在驱逐特洛伊人的战争中战败后,罗图勒人一直耿耿于怀,所以,罗图勒人暗暗地招兵买马,希望有一天能血洗当年之耻。终于有一天,罗图勒人觉得自己的军事力量已足以与拉丁姆抗衡了,便大举入侵拉丁姆。

闻听罗图勒人来到了拉丁姆边境,埃涅阿斯立即披挂上阵,亲自率领拉丁军队前往迎敌。双方部队在奴弥科斯河前遭遇。

埃涅阿斯威风凛凛地站在拉丁队列前,头盔在阳光下闪着金光,手中的长矛直指罗图勒人。罗图勒人也不甘示弱,他们呐喊着朝拉丁人冲来。拉丁人拿起手中的武器与敌人厮杀到了一起,战场上飞扬起的尘土把两支部队掩盖住了。

朱庇特在奥林匹斯山上看到了罗图勒人和拉丁人之间爆发了战争,遂亲自介入。为了能消除战场上方的沙尘,朱庇特从半空中晃动雷电棒,一时间电闪雷鸣,大雨倾泻而下。

"勇敢的拉丁人,你们看啊,这是众神在为我们照亮。我们将在这片土地上繁衍生息,怎么能容忍罗图勒人的入侵呢?我们将永远是这块土地上的主人。"埃涅阿斯举起他的长矛鼓舞他的士兵们。

借着电光,拉丁人横冲直撞,罗图勒人连连倒下。朱庇特还不罢休,他拉开雨水的闸门,奴弥科斯河顿时暴涨,河水咆哮着奔腾起来。罗图勒人似乎从天空中看到了神愤怒的身影,阵脚大乱,拉丁人乘胜追击,直追到罗图勒人的首府阿尔特尔。当拉丁人骄傲地举行凯旋仪式的时候,却不见了他们的国王埃涅阿斯,于是到处找寻着埃涅阿斯,几乎找遍了拉丁姆国的每一个角落。

后来,有个年轻的士兵向阿斯卡尼俄斯报告说,他看见埃涅阿斯被卷入了奴弥科斯河中。为了纪念伟大的埃涅阿斯,拉丁姆举行了一场盛大的祭祀仪式。

埃涅阿斯之后,阿斯卡尼俄斯登上了王位,这之后,拉丁人习惯把阿斯卡尼俄斯叫作尤鲁斯。尤鲁斯在拉丁平原中部的阿尔巴纳山上建造了一座城市阿尔巴·

隆伽,在意大利语中,阿尔巴·隆伽的意思是长长的阿尔巴。阿尔巴·隆伽高高地耸立在陡峭的山峦间,周围是茂密的树林,山间小溪潺潺,好一派欣欣向荣的景象。尤鲁斯把拉丁姆的首府迁到了阿尔巴·隆伽,并继续向外扩大国土。当然,尤鲁斯和他的父亲一样贤明通达,治理有方。

尤鲁斯执政后,埃涅阿斯的妻子拉维尼亚离开了国王的王宫,在劳伦图姆的树林中生活。不久,拉维尼亚生下了一个男孩,取名为西尔维乌斯,这个孩子成了拉丁奴斯的唯一孙子。尤鲁斯死后,拉丁姆国民推举西尔维乌斯为新的君主。西尔维乌斯执政期间,继续兴建城市,开创了一个辉煌的阿尔巴王国。拉丁姆大地上出现了以阿尔巴·隆伽为中心的三十余座城市间的联盟。后来,阿尔巴成了罗马的发祥地。

洛摩罗斯和雷姆斯

拉丁姆在拉丁奴斯、埃涅阿斯、尤鲁斯和西尔维乌斯的统治下过去了三百多年。随着黑铁时代的到来,拉丁姆开始动荡起来。

阿尔巴·隆伽的国王普罗卡斯死后,留下了两个儿子——奴弥陀耳和阿摩利乌斯。按照惯例,长子奴弥陀耳继承了王位,次子阿摩利乌斯继承了大片土地和财产。

阿摩利乌斯是一个贪得无厌的人,面对大片土地和堆积如山的财产他并不满足,而是觊觎哥哥的王位。为此他使用诡计和暴力,发动了一场宫廷政变,推翻了奴弥陀耳。但是,阿摩利乌斯没胆量杀死哥哥,而是把他流放到一片幽寂的树林里,让他过着生不如死的生活。

登上王位的阿摩利乌斯如坐针毡,他害怕哥哥的后辈会前来报复,于是,他残忍地杀死了哥哥的儿子,让哥哥的女儿瑞亚·西尔维亚当祭司,而且要她立誓永不得生儿育女。在阿摩利乌斯的迫害下,瑞亚·西尔维亚终日跟其他处女们看护着维斯太庙里的圣火,大多数时间她都是眼睛呆呆地盯着火堆,悲伤地想着自己及族人的遭遇。

一个偶然的机会,瑞亚·西尔维亚误闯战神玛尔斯的圣地,做了玛尔斯的新娘,并生下了两个男孩。当她抱着两个儿子骄傲地走进太庙时,遭到了祭司长和其他女祭司的嘲笑,女祭司把瑞亚·西尔维亚带到了国王阿摩利乌斯那里。面对曾经的侄女,阿摩利乌斯最关注的不是她的丑闻,而是怕这对尚在襁褓里的兄弟将来会来夺取他的王位,他们正是合法的王位继承者啊。

"难道我要与神作对吗?"但阿摩利乌斯马上又否定了自己这愚蠢的想法,"我怎么能与神作对呢? 不过,维斯太女神的法律是完全可以把他们送到死神那里去的。"按照法律,瑞亚·西尔维亚和她的两个孩子被判沉水而死。

·古罗马神话·

图文珍藏版

在行刑那天,当刽子手们把瑞亚·西尔维亚投入台伯河时,河神台伯律奴斯把这个可怜的女人接入了自己的怀里。刽子手们惊慌失措,把装有两个孩子的篮子扔入河中匆忙逃离了台伯河。

河水冲击着篮子,两个孩子哭了起来,正在此时,一头母狼经过这里,它打量着篮子里两个可怜的小东西,一种母性的怜悯油然而生,于是它把两个孩子一一叼回了狼窝,用自己的奶喂养着嗷嗷待哺的小家伙。

一天,一个叫福斯图鲁斯的牧人从这里经过,当看到狼窝里的两个孩子时,不禁欣喜若狂,他的小儿子刚刚夭折,他是多么希望能有一对这么乖巧的孩子啊,于是,他把两个孩子抱回了家,给他们起名叫洛摩罗斯和雷姆斯。

看到洛摩罗斯和雷姆斯茁壮地成长,福斯图鲁斯很是欣慰,但也越来越感觉到,这两个孩子并不像凡人。他们的智力超过了他们的伙伴,渐渐成熟的脸型上显露出了已被废黜的国王奴弥陀耳的影子。当听到瑞亚·西尔维亚因与战神玛尔斯生下的两个孩子被扔下台伯河后,他更加坚信了洛摩罗斯和雷姆斯是神的儿子。在欣喜中,福斯图鲁斯也感到了悲伤,如果真是这样,两个儿子迟早会离开他而去。

福斯图鲁斯的担心并不是没有道理,不久之后他的话便得到了证实。

由于有健壮的体魄,每次因放牧与其他牧人发生争执时,洛摩罗斯和雷姆斯都会取得胜利。这种胜利对于拉文丁山上的牧羊人来说则是个极大的侮辱,牧羊人决定在卢泼卡利恩节上好好惩罚一下这两兄弟。

卢泼卡利恩节很快就到了,年轻人披着狼皮,载歌载舞进行狂欢,他们还要围着帕拉丁山赛跑。当然,洛摩罗斯和雷姆斯两兄弟又会在这次赛跑中充当胜利者,这也是牧羊人早已经料到的,所以牧羊人计划趁机向两兄弟发动攻击。

人们把祭供的牺牲摆放整齐,点燃火焰,在熊熊的烈火中,全部供品被天上的众神取走。人群欢呼着,祈祷着来年的风调雨顺。人们做着各种扮相,欢笑声、叫喊声、音乐声混成一片,好不热闹。

赛跑很快也拉开了战势,洛摩罗斯和雷姆斯像一阵旋风一样驰骋在跑道上,很快就把其他的人甩在了身后,但他们根本没有想到,一群牧羊人正躲在前面不远处的灌木丛中,伺机进行攻击。

时机已到,牧羊人从灌木丛中窜到跑道中央,洛摩罗斯和雷姆斯被眼前发生的一切惊呆了。尽管他们奋勇反击,但雷姆斯还是被制服,洛摩罗斯则逃离了危险。

在逃回家的途中,洛摩罗斯遇到了福斯图鲁斯。

"父亲,刚才在赛跑时,雷姆斯被埋伏在路旁的阿文丁山上的牧羊人抓住了,我怀疑那些人会杀害雷姆斯的。"洛摩罗斯向福斯图鲁斯讲述着刚才的遭遇,并建议用武力拯救雷姆斯。"孩子,让我去向他们解释吧,如果那些阿文丁人知道你们的身世,他们一定会顶礼膜拜。我不需要再向你隐瞒了,你们的母亲是瑞亚·西尔维亚,父亲是战神玛尔斯,而你们的外祖父则是阿尔巴·隆伽合法的但已被废黜的国王奴弥陀耳。"福斯图鲁斯脸上浮现出对神和君主的崇敬。

"你是说我们是战神玛尔斯的儿子,且是这个王国的合法继承人吗?"洛摩罗斯似乎有点接受不了这个现实。"是啊,所以你不用担心雷姆斯的安危,神会保护他的。"为了安慰洛摩罗斯,福斯图鲁斯带着他来到阿文丁山,建议正在不知如何处置雷姆斯的阿文丁人寻找被流放的国王奴弥陀耳以证实两兄弟的身份。

帕拉丁人和阿文丁人对所发生的一切都非常关注,他们相拥着来到森林深处的西尔瓦诺斯庙找到了老国王奴弥陀耳。奴弥陀耳一眼就看出了眼前两个英俊青年就是自己的继承人,因为他俩的脸庞、身躯与自己年轻时如出一辙。

了解了自己的身世,洛摩罗斯和雷姆斯当即立下誓言,进攻阿尔巴·隆伽,为母亲报仇。在两兄弟的带领下,那些早已痛恨阿摩利乌斯的人们纷纷拿起武器,向阿尔巴·隆伽进发。在与国王军队进行的激战中,阿摩利乌斯被洛摩罗斯所杀,群龙无首的国王军大败,奴弥陀耳又重新登上了阿尔巴的王位。

罗马的建立

奴弥陀耳重新登上阿尔巴王位后,对洛摩罗斯和雷姆斯十分宠爱,他希望两个孩子将来能够替他掌管阿尔巴的命运。正当奴弥陀耳为自己的想法而暗暗高兴的时候,洛摩罗斯和雷姆斯却来向他辞行,他们不打算继承王位,而希望白手起家,通过自己的努力一展宏图。奴弥陀耳还得知,两个孙儿想在台伯河下游建造一座城市,以纪念他们的母亲瑞亚·西尔维亚。奴弥陀耳被两个孩子的想法感动了,他把大片的土地赠给了两个孩子,帕拉丁和阿文丁牧人则成了这片土地上的第一批居民。此后,各地受迫害者纷纷来到这一地区,使这一地区的人口迅速得到了增长。

洛摩罗斯和雷姆斯的抱负得到了很多人的赞同,但是,真的要建造一座城池的话,到底应该以兄弟俩谁的名字命名呢?而这座城池是应建在帕拉丁山上还是阿文丁山上呢?为此,两兄弟开始起了纷争。最后,他们决定让上天来对这一纷争进行裁决。

一个星光灿烂的深夜,洛摩罗斯率人登上了帕拉丁山,雷姆斯则登上了阿文丁山。大祭司在他们中间画了一道界线,然后大家都静静地等候着神谕的出现。

拂晓时分,东方飞来了六只雄鹰,它们围着阿文丁山转了几圈后飞出了人们的视野。雷姆斯欢呼着,向对面的洛摩罗斯示意:自己是上天选中来管理这个城市的。正当雷姆斯为此沾沾自喜的时候,从西方又飞出了十二只雄鹰,且径直朝着帕拉丁山飞去,鸣叫几声后迎着初升的太阳飞去。

大家明白,这些雄鹰都是神派来的,但到底该由谁来建造这座城池呢?雷姆斯强调,虽然从东方飞向阿文丁山的六只雄鹰不敌从西方飞向帕拉丁山的十二只多,但却是在先,而洛摩罗斯则要与雷姆斯比雄鹰的数量。最后,两方的争执愈演愈烈。雷姆斯意识到自己的力量不敌洛摩罗斯,不得不做出让步,允许洛摩罗斯建造洛摩罗斯把台伯河下游地区的所有青年男子召集在帕拉丁山的周围,给众神摆上祭品,宣布以雄鹰作为这座新城的城徽。

紧接着,帕拉丁人和阿文丁人开始建造自己的家园,他们先在地面上挖了一道浅沟,顺着浅沟搭起了低矮的围墙。

一天,雷姆斯看到人们建造的低矮的围墙,一边耻笑着这些围墙是多么的不起作用,一边从上面跨了过去。所有的人都惊呆了,看着洋洋得意的雷姆斯,他们不知所措起来。洛摩罗斯没有想到胞弟竟会以这种方式与自己对抗,他实在忍无可忍,拔刀刺向了雷姆斯。雷姆斯倒地的一刹那,洛摩罗斯虽然有些后悔,但他知道,只有这样才能给那些满怀期待的人们一个交代。在人们诧异的目光中,洛摩罗斯高声喊道:"谁敢逾越这些围墙,下场和他一样。"欢呼声中,人们又投入到建城的劳动之中。

不久,城池竣工了,但洛摩罗斯并没有流露出一丝喜悦。为了惩罚洛摩罗斯杀了自己的兄弟,众神给这座新建的城池带去了灾难:在烈日的炙烤之下,田野上一片枯焦,而冰雹却由天而降。此外,城里传播着瘟疫,几乎所有的人都患上了重病。其实,洛摩罗斯也一直在为杀死自己的兄弟而感到内疚,他向人们宣布原谅雷姆斯的罪过,还在自己的宝座旁放了另一把宝座,以象征第二个王位。此外,他还把自己的权杖和王冠放在空着的宝座上,表示愿意与死去的雷姆斯共同管理这个城池。

人们对洛摩罗斯的做法看法不一,有的人反对这种死人与活人共同执掌的国家,认为这将是一个恐怖的地方,于是逃离了;而另外一些人则对洛摩罗斯的这一做法表示赞同,认为在这样一个大度的国王的领导下,这个国家必将有一个好的发展,于是留了下来。对留下来的人们,洛摩罗斯给予了奖励,从此后开始精心治理国家。瘟疫慢慢地在城内消失了,田野里也恢复了以前的绿意,留下来的人们欢呼雀跃。

洛摩罗斯根据自己的名字,将这个城市命名为"罗马"。为了使罗马固若金汤,在洛摩罗斯和他的后人的带领下,城墙不断地被升高,防范也越来越严密,为这座年轻的城市后来成为世界的中心奠定了基础。

劫夺萨比纳女人

在洛摩罗斯的经营下,罗马城日益繁荣,初建的小草屋早已经被高大结实的房屋所取代,收获的谷物堆满粮仓。随着手工业和商业的发展,人们把多余的粮食换成铁石,以制造兵器。如果说拉丁姆是台伯河流域的一条巨大的纽带,那么罗马城则是这条纽带上的一颗璀璨的明珠。

洛摩罗斯为自己的杰作感到骄傲,但他又是多么的悲哀啊!尽管罗马城的人们衣丰粮足，然而他们却没有欢乐，终日看不到笑容，听不到歌声。"作为罗马城的国王，自己又是多么失败啊！"洛摩罗斯这样想着，"可原因出在哪里呢？对，是因为这个城市缺少女人。"最后，洛摩罗斯终于想出了问题所在。是啊，这个城市缺少女人，更缺少孩子，一个男人的世界能有多少欢乐呢？

一天，洛摩罗斯把自己的烦恼告诉了他最宠爱的臣仆——年轻的荷斯特斯·荷斯梯利乌斯："荷斯特斯，去为罗马求取女人吧。"

"亲爱的国王，你给我的任务比出征打仗还要荣耀，听说萨比纳的女人是世界上最漂亮的，而且她们能纺出纤细、结实的纱线，请让我代表罗马去萨比纳求婚吧。"荷斯特斯高兴得有些忘乎所以。

"可是，荷斯特斯，你还是带上你的盔甲吧，让和你同去的男人也武装起来。萨比纳人应该是骄傲固执的，从他们那突起的前额、鹰钩似的鼻子就能看得出。"洛摩罗斯叮嘱着荷斯特斯。荷斯特斯并没有理会国王的劝告，但很快他就追悔不迭。

路过拉丁国时，拉丁人的嘲笑在他们的背后洒了一路；到了萨比纳大地，荷斯特斯一直称赞的萨比纳人更是对这些罗马人唇舌相讥。萨比纳国王梯拖斯·塔梯乌斯在库埃斯城接见了罗马前来求婚的使者们，然后大笑着对他们说："我们这里的姑娘都会纺线，听说你们那里的羊毛非常便宜，回去告诉你们的国王，我们的姑娘不可能嫁给你们罗马人，但会到罗马去了解你们的市场。"

当洛摩罗斯听完荷斯特斯讲完在萨比纳的遭遇后，年轻的国王暴跳如雷："骄傲的萨比纳人，我一定会让你们为你们的行为付出代价的。亲爱的罗马男子们，我将邀请萨比纳女人来罗马欢度节日，你们要时刻注意我的举动，在恰当的时候我会暗示你们把这些美丽的萨比纳女人抢回家。"国王的话音刚落，罗马城就沸腾了，臣民们欢呼着国王的英明，幻想着将要到手的美丽的萨比纳女人。

罗马的使者奔赴到拉丁姆的各个城市，散布罗马将在台伯河畔举行游戏和比赛的消息，而且宣扬，拉丁姆各城市的商人都会在罗马一展自己的商品，这将是一次空前的盛会。萨比纳的女人们动心了，她们是多么希望能买到价格便宜的好羊毛啊，用那种羊毛纺出来的线会是多么柔软啊，她们似乎已经感觉到了羊毛带来的温暖。女人们的丈夫和父亲拗不过女人们的纠缠，答应她们前去罗马参加节日。

集会的第一天，罗马城门庭若市，汇聚了拉丁姆各城市的男男女女，来的最多的是萨比纳人。为了表示罗马人的友好，洛摩罗斯接见了一些显赫的萨比纳人，并命人带领萨比纳人挨家挨户地参观漂亮的房屋。萨比纳人原本鄙视罗马人的心里顿时没有了，这个城市的建筑比他们想象的要好得多，萨比纳人，尤其是萨比纳女人，竟然有些流连忘返了。

第二天，罗马人腰系狼皮裙子，头戴盔甲，用丰盛的祭品祭祀诸神，向客人们炫耀罗马城的富有。然后人们载歌载舞，开始了激烈的比赛和游戏。

第三天是商人们大显身手的日子，他们纷纷摆开货摊，琳琅满目的商品尽显在人们面前。吃喝声、赞叹声、讨价还价声一阵高过一阵，好不热闹。萨比纳女人们穿梭在一堆堆细净洁白的羊毛中任意挑选,可挑到最后竟不知道该买哪种好。带有酒香味的橄榄油、浓浓的蜂蜜也赢得了不少女人的青睐。而男人们,则在刀剑堆里挪不动脚。

在人们抢购商品的混乱之时,罗马人已经退出了集会,结集在帕拉丁山后的灌木丛中,等候国王洛摩罗斯发号施令,这是罗马人精心策划的阴谋,可惜那些正醉心于采购的外乡人全然不知。洛摩罗斯刚一发出信号,罗马人就挥舞着利剑从灌木丛里冲出来,热闹的集市顿时变得更加慌乱。罗马人每人抓住一个女人,任由女人在如铁箍的手臂下尖叫咒骂,强硬地把这些女人拖回自己的家。女人的挣扎是徒劳的,被带进各家各户时她们已经精疲力竭,酸软地任由罗马男人摆布。

集市上摊棚倒翻,货物滚得满地都是,但这些以此为生的外乡人已经顾不了这些了,他们不敢久留,急于想离开给他们带来灾难的罗马城。罗马人要的只是萨比纳女人,他们并没有太多地为难这些远方的客人。这些客人对罗马人却是深恶痛绝,他们回到自己的城市,给亲人或左邻右舍讲起这段经历时甚至还会失魂落魄,尤其是萨比纳人,回到萨比纳后,他们披盔戴甲,准备跟罗马人决一死战,以抢回萨比纳女人。其他的拉丁姆城市也蠢蠢欲动起来。

洛摩罗斯的结局

洛摩罗斯早已经意识到抢夺萨比纳女人会给罗马带来灾难,但他更清楚自己臣民的勇敢和决心。不过为了稳操胜券,洛摩罗斯还是组建了一支三千人的军队,并把这支军队改称军团。

正当罗马人紧急备战的时候,赛尼娜人按捺不住了,在国王阿克隆的率领下向罗马城蜂拥而来。阿克隆本以为罗马人是一些只会袭击手无寸铁女人的家伙,但他很快就意识到自己的无知,赛尼娜人在罗马人的砍杀之下纷纷倒地,幸好洛摩罗斯制止了罗马人的进攻。

“亲爱的阿克隆,我不希望看到赛尼娜人的尸体横躺在罗马的土地上,我和你单独决斗,以决定罗马和赛尼娜的胜负,这样既可以速战速决,还可以不牵连到无辜的生命。”洛摩罗斯的建议得到了阿克隆的赞同,但阿克隆哪里是洛摩罗斯的对手,几个回合就败下阵来。赛尼娜人在家园被毁的情况下不得不迁来罗马。出乎意料的是,他们来到罗马受到了盛情款待,他们和罗马人一样,拥有了自己的居所和土地,甚至还可以从事他们喜爱的手工劳动,这是多么幸福的事啊。于是,罗马人和赛尼娜人变得亲密无间,情同兄弟。

不久,罗马城又面临新的挑战。克里斯蒂尼乌姆人和安忒姆纳人在城下叫嚣,不过,他们同样被打得落花流水。洛摩罗斯下令焚毁了他们的家园,他们也被迫迁到了罗马城,罗马城里的居民人数急剧上升,军队也逐渐壮大起来。

潜伏着危机的和平生活过去了，罗马人面前出现了更大的挑战。最仇恨罗马人的萨比纳人经过多年的备战对罗马虎视眈眈，战争一触即发。

虽然罗马城与初建时已有天壤之别，但面对强大的萨比纳，洛摩罗斯还是免不了有些担忧。经过勘察，他决定把沿着帕拉丁山向北延伸的萨图尼尼斯山并入城区，并在山上建造了城堡，作为内城的防御堡垒。这座城堡即卡皮托尔，于是，萨图尼尼斯山改名为卡皮托尔山。

正当罗马人为建成这座面临绝壁的城堡而兴奋不已时，一队人马来到了罗马城下。罗马人非常紧张，但很快守卫就给罗马人带来了好消息，原来这队人马是由伊特卢利阿人的将军策利乌斯率领的，策利乌斯无法忍受伊特卢利阿国君的残暴无礼，希望能到罗马城避难。洛摩罗斯收留了策利乌斯，并把一座山坡赐给他。从此以后，这座山坡被称为策利乌斯山。

萨比纳人浩浩荡荡地向罗马城开进，罗马人十分恐慌，因为他们看到萨比纳人经过平原时扬起的尘土遮天蔽日，在国王梯拖斯·塔梯乌斯的带领下，萨比纳士兵英姿飒爽，个个都有以一当十的架势。在占绝对优势的萨比纳人面前，洛摩罗斯决定以智取胜：罗马军队全部隐蔽到帕拉丁山后，任由萨比纳人进城，当萨比纳人围攻罗马内城时，罗马军队再从背后袭击他们。

萨比纳人毫无阻挡地进入了罗马城，国王梯拖斯·塔梯乌斯决定第二天再对内城发起进攻。正当萨比纳人休息的时候，从一条羊肠小道上走来了一个姑娘。梯拖斯·塔梯乌斯灵机一动，走上前去和姑娘搭话。原来这个姑娘是卡皮托尔城堡首领司泼利乌斯·塔尔泼尤乌斯的女儿塔尔佩亚。

"美丽的姑娘，如果你能趁天黑把城堡大门打开，你将得到价值连城的珠宝。"

塔尔佩亚被迷惑了，梯拖斯·塔梯乌斯手里捧着的那些珠宝是多么诱人啊，她怎么能不动心呢？卡皮托尔的城门被打开了，当塔尔佩亚向鱼贯而入的萨比纳人索要珠宝时，萨比纳人却把手中的盾牌压到她的身上："女叛徒，这才是给你的报酬。"塔尔佩亚在盾牌重压之下死了。从此以后，这座山坡改名为塔尔佩亚山。

萨比纳人轻而易举地进入了卡皮托尔城堡，罗马人并没有料到会出现这样的差错，于是撤到了卡皮托尔山前的平地上。萨比纳人乘胜追击，罗马人溃不成军。在洛摩罗斯的带领下，罗马人依然作着顽强的抵抗，夜幕降临时双方仍相持不下。

萨比纳人被天后朱诺称为库茵律特人。朱诺偏爱意大利，尤其是库茵律特人，她于当天夜里来到梯拖斯·塔梯乌斯面前，鼓励库茵律特人第二天重新开战，并许诺将协助他们取得胜利。

新的一天又开始了，最初，库茵律特人明显不敌罗马人，但不久他们便占了上风，罗马人纷纷溃败。就在这时，意大利的元始尊神亚奴斯显灵了，他让一座山坡裂开了一道缝，库茵律特人被眼前的景象惊呆了，罗马人则备受鼓舞，把库茵律特人赶到了两座山外的平原地区。洛摩罗斯命令弓箭手从两座山上向库茵律特人射箭，如蝗的飞箭中还夹杂着从两面滚来的石块，库茵律特人损失惨重。

正当双方杀得不可开交的时候,罗马城门打开了,从萨比纳来的女人们冲上战场,对两军撕心裂肺地大喊着:"战争因我们而起,也因我们而结束吧,一边是我们的丈夫,一边是我们的父兄,任何一方伤亡,我们都会悲伤的。如果你们谁再动武,就是在残杀我们的爱情或亲情。"

国王梯拖斯·塔梯乌斯本不想原谅这些已经深爱上罗马男人的女人们,但他最后还是被这些女人的真诚感动了。于是,他带领库茵律特人也迁来了罗马,与洛摩罗斯共同掌管罗马城。但梯拖斯·塔梯乌斯偏好暴政,在不久后的一次祭供节上,被愤怒的人们当场打死,罗马又由洛摩罗斯独自治理了。

洛摩罗斯的确是一位贤明的君主,为了能给人们一种稳定的秩序,以使罗马在自己过世后依然欣欣向荣,他把长期以来形成的良好习俗用法律形式确定下来。他还创立了长老会议,即元老院,元老院自身享有豁免权,其成员大多是终身制的。

为了纪念妇女们对创建库茵律特联盟所做的贡献,洛摩罗斯给她们提供了更为优越的条件,她们的个人财产不容侵犯;当她们走在街道上时,任何男人都必须向她们问候致意。在罗马,现在还保留着许多关于妇女的重大节日。

贤明而又富有智慧的国王统治了罗马三十七年,随着生命的渐渐老去,洛摩罗斯也开始意识到他的使命的结束。

一天,洛摩罗斯把他的臣民召集到帕拉丁和卡皮托尔山间的空地上,自己端坐在黄金宝座上,望着无可匹敌的辉煌,他感到了前所未有的欣慰。突然,一阵暴风刮来,乌云蔽日,雷电交加,大地陷入一片漆黑中。等到太阳从乌云背后再露出笑脸时,洛摩罗斯已经不见了,当众人回过神来后,女人们失声痛哭,男人们也默默地落着泪。后来,洛摩罗斯作为库依律奴斯,即罗马的保护神,一直守护着罗马城。

众神的考验

在罗马人沉痛悼念国王洛摩罗斯的时候,又一个问题摆在了他们面前:到底该将罗马王位交给拉丁族人还是库茵律特人呢?一时间,罗马的家族联盟难以统一意见,最后只能决定暂由双方轮流执政,六个时辰调换一回,这样的轮换整整持续了一年。最后,元老院决定先由库茵律特人执政,然后再由拉丁人执政,可是由谁来先执政呢?萨比纳国王的女婿努马·庞皮利乌斯成了最佳人选。

努马·庞皮利乌斯虽然被众人选中,但他不敢擅自做主登临王位,他决定询问天意。在祭司的陪同下,努马。庞皮利乌斯登上了卡皮托尔山,他用手中的权杖在空中比划着指示方向,严格地按照风俗习惯请示神的旨意。最后,努马·庞皮利乌斯向众人宣布,三大星辰,即朱诺、玛尔斯和库依律奴斯均表善意,人们欢呼雀跃,歌舞庆祝新国王的上台执政。

努马·庞皮利乌斯刚一上台就遇到了考验性的灾难。天空雷声隆隆,电光闪闪,暴雨成灾。人们为了防止雷电灾害,采用了先祖们疯狂的祭祀方式,用人血祭献天公朱庇特。

那是怎样的一幅惨不忍睹的场面,努马·庞皮利乌斯是多么希望找到一个既能取悦神又能阻止天火的办法啊,可他面对人们期待的目光只能沉默不语,他为他的臣民们的不幸遭遇而深感悲哀。

努马·庞皮利乌斯来到萨比纳山间的一条山涧旁,在这里,他曾认识了山洞女神埃格里亚,并与她结为夫妻。努马·庞皮利乌斯从妻子身上获得了许多天神的智慧,但自从他被选为国王后,埃格里亚就再也没有露过面。他是多么希望妻子能出现替他出出主意啊,可不管他怎么呼唤都是徒劳。

但是,努马·庞皮利乌斯还是希望奇迹能够出现。一天深夜,他满怀忧愁地来到阿文丁山上的橡树林里,在迷雾中徘徊,陷入了沉思。突然,密林深处的一条山溪里腾起了一团白影,埃格里亚出现在努马·庞皮利乌斯面前。踌躇不决的国王顿时从困惑中惊醒,一把揽过心爱的女子,暂时忘记了刚才的烦恼。

"我会继续留在你的附近,你需要我时,可以在圣林或是在狄安娜的圣地上找到我。"埃格里亚早已看出了努马·庞皮利乌斯心中压抑着的问题,"有什么问题尽管问吧,我愿意帮助你。"

努马·庞皮利乌斯的沉重心情又被唤了回来,他低垂着头,像是在对大地提问又像是在问埃格里亚:"为了阻止天火的灾难,人们在祭供的罐子里盛满了人血,这难道真的是神的意愿吗?我是应该以更加严厉的方式为众神服务还是应该对我可怜的臣民负责呢?"

埃格里亚脸色阴沉下来:"朱庇特和玛尔斯都是十分可怕的,他们不会自愿放弃享受人血的祭祀,不过,"埃格里亚停顿了一下,然后接着说,"你可以趁朱庇特变做人的模样来到人间时,设计回绝他的要求,那样你就可以保护你的臣民了。"

说完,埃格里亚告诉丈夫,把朱庇特召唤到眼前的魔咒只有猎人皮库斯和他的儿子法乌诺斯通晓,埃格里亚还告诉丈夫如何才能让他们说出召唤朱庇特魔咒的方法。

在埃格里亚的指引下,努马·庞皮利乌斯终于把朱庇特呼唤到眼前,虽然朱庇特用一层薄雾遮住了脸,但从他那逼人的体气中还是能够让人感觉到神的存在。

"聪明的努马·庞皮利乌斯,在你的面前,我的朋友皮库斯和法乌诺斯是那么的愚蠢,现在让我试试你的智慧吧。"

努马·庞皮利乌斯敬慕地仰视着朱庇特:"尊敬的父亲,请告诉我如何才能洗涤罪孽,以阻止天火呢?"

"很简单,只需要一颗头。"

"好的,一颗大蒜头。"聪明的国王立即回答。

朱庇特愣了一下,然后接着说:"还得有活人身上的东西。"

"那我用一缕头发。"努马·庞皮利乌斯不假思索。

朱庇特生气地顿了一会儿,为了能得到活人祭祀,他跺了跺脚说:"必须要有一样活的东西。"

努马·庞皮利乌斯沉着镇定地大声说:"我伟大的父亲,你真是太英明了,我会从水桶里抓一条活鱼的。"

朱庇特瞪着眼睛半天说不出话来,然后消失了,努马·庞皮利乌斯终于改变了罗马人用活人祭祀的习惯。但是,取消祭祀活人仅仅是一系列考验的开始。

不久,一个维斯太女佣因违反了处女贞洁的誓言而被判处死刑。努马·庞皮利乌斯很是同情被惩罚的女子,于是,他开始了一系列的宗教改革,颁布了维斯太圣庙祭祀的新法则。为了鼓励维斯太女佣完成神圣的使命,他赋予她们极高的荣誉,如果死刑犯在行刑途中遇到维斯太女佣,犯人当即可以获得赦免。

努马·庞皮利乌斯还命人为双头双面的元始尊神亚奴斯造了一座祭坛,颁布改革历法,把元始尊神置于一年之中的第一个月,并决定让亚奴斯庙的大门始终敞开着,只有战争出现才关闭。

努马·庞皮利乌斯的历法改革触犯了战神玛尔斯。以前,都是由战神来作为一年的开始的,而如今,他只能屈服于元始尊神的权力之下。于是,战神玛尔斯制造了一场可怕的瘟疫。但在埃格里亚的帮助下,努马·庞皮利乌斯用一块圣牌平息了战神玛尔斯的怒火。

后来,努马·庞皮利乌斯打算把罗马王国的全部土地都转化为私有财产,虽然他知道这并不是一件容易的事,因为人类的自私犹如恶毒的精灵,时刻威胁着新的生活方式。最初的土地改革带来的只是一片狼藉,身陷绝境的国王只好又求助于埃格里亚,于是在法律中规定了私有财产的神圣不可侵犯,罗马城慢慢复苏了。

努马·庞皮利乌斯死后留给后人的是一番秩序井然的事业。

战争欲望和权力欲望

努马·庞皮利乌斯仙逝后,在萨比纳战役中不幸阵亡的荷斯特斯的孙子图卢斯·赫斯梯利乌斯成了国王的接班人。图卢斯是个野心勃勃的人,他希望能成为世界上地位最高的人,而这一切又必须诉诸武力,于是,努马·庞皮利乌斯时代的和平转眼即逝。在图卢斯的挑唆下,罗马人开始向四周不断地扩张,他们甚至敢闯进阿尔巴人的田地上去,流血事件不断发生。

努马·庞皮利乌斯曾谕示过,在爆发战争前必须关掉亚奴斯庙的大门,图卢斯并没有忘记他的谕示,提早和元老院打了招呼,而且扬言要想方设法进行一场正义的战争。元老院对新国王的决定给予了警告,但却没有起到任何成效。

图卢斯本打算派使者到阿尔巴去,要求对方为边境上的损失进行赔偿,如果罗马人的要求遭到拒绝,罗马人则有理由堂而皇之地进攻阿尔巴。但图卢斯的如意算盘打错了,罗马使者还没离开罗马城,阿尔巴派来的使者已经到了罗马,阿尔巴人也不想成为发动战争的罪魁祸首,而想把这一"荣誉"让给罗马人。

图卢斯倒是显得相当镇静,他热情地接待了阿尔巴的使者,盛宴接二连三,各种赛车、赛马、祭拜活动更是持续不断,每当阿尔巴使者想要开口谈正经事时,图卢斯总是打岔说:"诸位是罗马的贵客,理应受到隆重的欢迎,我们欢庆完再谈正事也不迟。"就这样,阿尔巴人一直被耽搁着。

一天,图卢斯终于盼来了等待已久的消息,罗马的使者在阿尔巴要求赔偿时遭到了粗鲁的拒绝。图卢斯马上召见阿尔巴使者,声色俱厉地让他们滚出罗马城,并正式向阿尔巴宣战。

意大利是个重视习俗的国家,其中一个习俗是赔偿要求遭到拒绝后必须预留30天的期限,之后才能开战。尽管图卢斯急切地想抓住黩武的机会,但他不得不考虑到民众对习俗的遵从。

阿尔巴人已经在30天期限里把军队推进到了罗马城下,但面对固若金汤的罗马城,阿尔巴人也不敢轻举妄动。战争的日子终于到了,图卢斯率领罗马军队直扑阿尔巴人。阿尔巴人也不甘示弱,摆开阵式迎敌。

正在大战一触即发的关键时刻,阿尔巴国王不幸死于行军途中,墨陀斯·富弗梯乌斯被临时任命为战时总指挥。而台伯河对岸的伊特卢利阿人也想介入战争,他们不想看到罗马人在阿尔巴·隆伽取得胜利。图卢斯陷入了困境,他怕在罗马人进攻阿尔巴人时,伊特卢利阿人渔翁得利,所以,迟迟没有吹响进军的号角。

墨陀斯·富弗梯乌斯看出了罗马人的顾虑,而且以阿尔巴人的力量,也很难在这场战争中取得胜利。

"亲爱的罗马国王,我们之间的这场战争其实只是因为一些边境上的小问题导致的,难道非得通过杀戮才能解决吗?罗马人和阿尔巴人本就是两个近亲的民族,一旦战争爆发,伊特卢利阿人会趁机削弱我们两方的力量,我建议从罗马人和阿尔巴人中选出几名英勇的武士,由他们来决定是由罗马统治阿尔巴,还是由阿尔巴统治罗马。"墨陀斯·富弗梯乌斯走出阵列向罗马阵营大声喊道。

鉴于形势,图卢斯只能答应了这一建议。经过筛选,这一决定民族命运的使命落到了库里阿梯尔和贺雷梯尔的两家三胞胎上。六青年受宠若惊,心中充满自豪,但这是多么沉重的任务啊。

一场激烈的战斗开始了,最初,库里阿梯尔兄弟占了上风,贺雷梯尔兄弟中的一人很快便被击中,不久,第二个也倒地身亡。胜利似乎已稳属库里阿梯尔兄弟了,但就在这时,贺雷梯尔兄弟中的老三普泼利乌斯抓住有利时机,转败为胜。罗马人欢呼着走上阵前拥抱为罗马人争得荣誉的英雄。墨陀斯·富弗梯乌斯满怀凄凉地表示愿意服从罗马人的命令。

普泼利乌斯脸上一直阴沉着,要知道,在库里阿梯尔兄弟中,有他妹妹的未婚夫,是他亲手杀害了自己的妹夫,而使妹妹成了寡妇,这是多么不幸的事啊,但是,为了民族的命运,家庭的利益又是多么的渺小啊。

正当罗马人沉浸在庆祝胜利的欢乐中时,不甘忍受丧失特权煎熬的阿尔巴人蠢蠢欲动,他们图谋能恢复在拉丁姆大地上的霸权。墨陀斯·富弗梯乌斯秘密地向周边的其他城市派出了使者,希望联合一切可以联合的力量抗击罗马人。维几人和费特纳两个城市对阿尔巴人的建议做出了响应,并商定由墨陀斯·富弗梯乌斯带领阿尔巴人与罗马人共同作战,等到关键时刻阿尔巴人从罗马人的阵营退出,加入与罗马人敌对的阵营中来。

图卢斯毕竟是一个熟谙战事的国王,他早已识破了墨陀斯·富弗梯乌斯的阴谋。在与维几人和费特纳人作战时,他冲到阵前,大声叫喊着,像是让自己的军队听到,其实是让对方也能听得清楚:"瞧啊,墨陀斯·富弗梯乌斯是多么的勇敢,我相信他一定能把敌人打得落花流水,用不了多久敌人就会发现他们上当受骗了。"图卢斯的这一招真是起到了效果,维几人和费特纳人信以为真,于是争相逃跑,阿尔巴人为了掩盖自己的背叛行为则奋起追击。

罗马人又一次取得了胜利,图卢斯像是什么也没有发生过,为了表彰墨陀斯·富弗梯乌斯在这次战争中的功绩,图卢斯专门举行了一场盛大的宴会。墨陀斯·富弗梯乌斯带将士毫无戒备地参加了宴会,当他们刚到达目的地时,罗马人便蜂拥而上,抓住了这个背叛联盟的人,并把他处以死刑。从此以后,阿尔巴这个城市消失了,阿尔巴人移居到罗马,拉丁姆地区的霸权转到了罗马人手中。

图卢斯的欲望并没有得到满足,他妄想着像努马·庞皮利乌斯那样把天公朱庇特召唤到自己面前,但他始终找不到正确的咒语,尽管他非常努力地去寻找。最后,图卢斯终于在一道闪电中结束了自己的生命。

塔尔库依尼乌斯当上国王

罗马的第三代君主图卢斯被闪电劈死之后,努马·庞皮利乌斯的孙子安库斯·玛尔策乌斯上台执政。这一时期,没有发生过大的战争,拉丁姆大地虽然潜伏着危机,但也相安无事。

塔尔库依尼的卢库摩是在伊特卢利阿生下的半个希腊人,他的名字是自己家乡的名字。在伊特卢利阿,他与美丽的姑娘塔娜库伊尔结了婚。塔娜库伊尔不仅美丽,而且相当有志气,由于她嫁给了外来人的儿子,在伊特卢利阿备受欺凌、侮辱。塔娜库伊尔满怀忧伤地对丈夫说:"亲爱的,我们离开这个城市吧,你瞧,这里到处充满着残暴与杀戮。听说罗马是个充满和平的国家,那里的一切都井然有序,你的才华在那里一定能得到施展的,那是一个多么有希望的民族啊。"

卢库摩深爱着妻子,他知道妻子因嫁给他在这个国家所受的委屈,同样,他也急切地想逃出去。自己是希腊人,聪明勇敢,在台伯河旁一定能寻找到幸福的。

经过长途跋涉,夫妻俩终于到了台伯河另一侧的亚尼库罗姆山坡,望着对岸的罗马城,卢库摩深感到它的伟大,但是,这个伟大的城市真的能给他们带来幸福吗?卢库摩正想着,一只雄鹰飞了过来,叼走了他头上的帽子。

"亲爱的,你瞧啊,我们刚踏上这片土地,上苍就给我们送来了骄傲的使者。不要去寻找你的帽子了,光着脑袋才是罗马人的习惯,让你就这样走向未来吧。"说着,塔娜库伊尔拉起丈夫的手朝台伯河走去。

"依我看,这种情况预示两种可能,或是我以后逢人必须摘下帽子,或是我将遇到杀头之灾,那可真是不需帽子了。"卢库摩半开玩笑地对妻子说。塔娜库伊尔也无法理解雄鹰最后的真谛,但探求这些已无多大意义:"卢库摩,我们无须再犹豫。把你的头发按罗马人式样剪短,胡须剃掉,另外,你的名字太希腊化,从现在开始,你改名叫卢茨乌斯·塔尔库依尼乌斯。"后人习惯在塔尔库依尼乌斯的名字前再加上"普列斯库斯",以与后世君主"傲王塔尔库依尼乌斯"区别。

塔娜库伊尔的话不容反驳,以前的卢库摩,现在的塔尔库依尼乌斯不得不承认妻子学识渊博,所以他从来都把妻子的建议当作命令。

蹚过台伯河的塔尔库依尼乌斯和塔娜库伊尔回头张望着。

"伟大的罗马人,竟然连一座桥都没有。不过,我会给你建造的。"塔尔库依尼乌斯自言自语道。

正如塔娜库伊尔预见的那样,罗马给外来人提供了很多发展机会,塔尔库依尼乌斯就是一例,他凭着变卖土地挣到了一大笔钱,这笔钱使得夫妻俩能在这个城市体面地生活。塔尔库依尼乌斯还帮助罗马人建造了港口,在海里造了土坝和水塘,并学会了造三桨船的技术和如何根据太阳和星星的位置穿越大海的惊涛骇浪。

国王安库斯·玛尔策乌斯死后,他的两个儿子中的任何一人都可以继承王位,但此时的罗马人已经把慷慨大方、具有雄图大略的塔尔库依尼乌斯视为君主。元老们也顺应民意,引诱安库斯·玛尔策乌斯的两个儿子外出围猎,而当两个本可以登上王位的王子兴冲冲地打猎归来时,他们已经一无所有了,塔尔库依尼乌斯成了罗马第五代君主。

塔尔库依尼乌斯是个开明的君主,他努力抵制国家事务中的贵族特权,但由于天神的存在,他并没有进行彻底地变更。

在塔尔库依尼乌斯执政期间,罗马人与萨比纳人又进行了一场新的战争,萨比纳人大败。罗马人还取得了和拉丁部分城镇战争的胜利。此外,在库依律奴斯人和伊特卢利阿人的冲突中,罗马人渔翁得利,塔尔库依尼乌斯被任命为台伯河和亚平宁山脉间大帝国的总盟主。

稳定了罗马的局势后,塔尔库依尼乌斯开始着手进行和平建设,这些事业足以让他名垂千史,如修筑了排水渠排干了沼泽地的积水,建造了巨大的广场、庙宇和市政建设,在阿文丁山和策利乌斯山坡间造起了圆形的赛马场等。

在塔尔库依尼乌斯的王宫里有一个女仆,女仆有个叫图利乌斯的儿子,由于出身低微,女仆和孩子常会招致很多谣言,人们习惯便把图利乌斯的名字前加上"赛尔维乌斯",即奴隶的意思。图利乌斯长得富态高贵,聪明过人,很得塔尔库依尼乌斯和塔娜库伊尔的喜欢。

一天,图利乌斯在宫殿的卧室里睡着了,有人想把他推醒时,图利乌斯的头上突然燃起了奇异的烈火,王宫里所有的人都惊呆了。当宫廷仆人准备提水灭火时,被赶来的王后塔娜库伊尔制止了:"尘世间没有任何力量或元素可以熄灭精神的光芒的,这个孩子将给罗马带来巨大的荣誉,他将完成你的事业,继承你的王位。"塔娜库伊尔扭头对丈夫说。

从此以后,塔尔库依尼乌斯把图利乌斯当作自己王位的接班人来培养,让孩子接受各种智慧的教育,教给他主持国家事务的种种秘诀,还把许多神秘奇幻的宝物留给了他。

安库斯·玛尔策乌斯的两个儿子看到国王分外厚待图利乌斯,猜想塔尔库依尼乌斯一定是想让图利乌斯继承王位。他们哪里甘心让本应属于自己的王位被剥夺啊,于是,他们设计杀害了国王塔尔库依尼乌斯。王宫里早已乱作一团,只有王后塔娜库伊尔还保持着清醒。她命令祭司把国王的尸体保存好,封杀国王的死讯,对外只说国王身受重伤,不能亲临朝政,而由图利乌斯接管宫廷事务。玛尔策乌斯的两个儿子以为塔尔库依尼乌斯真的没有被杀死,急忙逃出罗马。

出身低微的赛尔维乌斯·图利乌斯

赛尔维乌斯·图利乌斯是罗马唯一一位没有经过选举而登上王位的君主。塔尔库依尼乌斯刚一去世时,图利乌斯只是奉王后命之执政,而并非真正的国王。后来,人们慢慢地适应了这位新君主,元老们也不得不承认图利乌斯为新国王。

图利乌斯上台后不久便实施了伟大的改革,即颁布"赛尔维乌斯宪法"。"赛尔维乌斯宪法"的目的首先是通过居民平等建立一支强大的平民军队。贵族在军队中的特权被取消了,不过,贵族的其他特权都还保留着。无论贵族还是平民,一律分成具有选举权的六个等级,每个等级都分成百人团,每个百人团在百人团会议中拥有一票。虽然图利乌斯为建立民主政治做了很大努力,但当时真正民主的条件尚未成熟,贵族们在实际生活中依旧充当着最重要的阶级。

人们按财产决定地位和划分等级以后,图利乌斯把民众召集到罗马城与台伯河之间的空地上,举行宣布新宪法的仪式。祭供完女神卢阿像以后,图利乌斯向围在空地中央的神坛周围的八千多民众宣布:"这样的财产评估与等级的划分每五年举行一次,这将鼓励罗马人自强不息的精神。"图利乌斯环视了一下四周,接着说:"我还将宣布,我将把自己的两个女儿嫁给已故国王塔尔库依尼乌斯的两个儿子,以表达我对老国王的仰慕。"罗马人对新国王的这一举动给予了热烈的掌声。图利乌斯还进行了一段煽情的演讲："罗马城建在五座山坡上,埃斯库依岭和维弥娜利斯山上则长着树木。这七座山,即阿文丁山、帕拉丁山、策利乌斯山、库依律娃利斯山、埃斯库依岭山、维弥娜利斯山、卡皮托尔山是罗马的全部,七座山城将坚如磐石,彪炳史册。"此后,"七座山城"成了罗马的代名词。

随后,罗马人为新国王图利乌斯的两个女儿与前国王塔尔库依尼乌斯的两个儿子举行了婚礼,但婚礼的不协调却造成了罪孽的爱情和冷酷的谋杀。

图利乌斯的大女儿图利亚是一个性情粗野、行为放荡的女人,而她的丈夫,塔尔库依尼乌斯的长子却是一位弱不禁风的懦者。文静、柔弱的图利亚的妹妹却嫁给了野心勃勃的卢茨乌斯。命运使然,卢茨乌斯和图利亚对不如意的婚姻充满了抱怨,他们相信他们俩才是天造地设的一对,于是,他们经常偷偷地约会,做一些伤风败俗的勾当,最后,这两个阴险恶毒的男女开始设计谋害自己的配偶。当婚姻的障碍被移除后,他们又恬不知耻地另行结婚。虽然这消息在罗马的"七座山城"很快传开了,但由于卢茨乌斯组建了一支忠实于自己的卫队,使国王和居民失去了直接联系,图利乌斯依然被蒙在鼓里。

卢茨乌斯与图利亚的野心并没有就此结束,而是越发膨胀,卢茨乌斯居然打起了罗马王位的主意。当一批因受到图利乌斯法律约束的人来投奔卢茨乌斯时,这两个不肖宫廷子女认为时机已经成熟。卢茨乌斯本打算通过元老院使国王让位,但图利亚却恶狠狠地对丈夫说:"如果你重视我们的爱情,你就应该推翻我父亲,把他送到极乐世界,只要我父亲还活着,罗马人就会把他视为君主,他们会助他夺回王位。"女儿对父亲已经没有一丝的留恋,听到妻子大义灭亲的想法,卢茨乌斯坚定了信心,他带领他的卫队发动了一场宫廷政变。稍有抵抗或是提出异议的大臣都惨死在了卢茨乌斯的利剑下。一路上边砍边杀,卢茨乌斯来到了元老院的会议大厅,一个健步坐到了象牙宝座上。图利乌斯也来到元老院会议大厅,竟被眼前的一切惊呆了,他怎么也不会想到自己的女婿竟坐到了象征王位的宝座上。

图利乌斯召呼着比他还要慌张的大臣们把篡位的女婿赶下去,但却看不到一只援助之手。在卢茨乌斯利剑的威胁下,所有的人都失去了反抗的能力。图利乌斯彻底绝望了,他猛地朝象牙宝座冲过去,伸出一双曾经为罗马带来辉煌的瘦弱的手,想把卢茨乌斯拽下来,但他反而被女婿推下了台阶。图利乌斯挣扎着从地上爬起,望了一眼洛摩罗斯曾经坐过的象牙宝座,转过身走出了大厅。

卢茨乌斯用武力成了名副其实的国王,他环顾大厅,向元老们宣布:"从现在起,洛摩罗斯的法典取消,赛尔维乌斯宪法也被取消,我将成为全罗马至高无上的国王。"卢茨乌斯忠实的卫士们欢呼着。

走出元老院大厅的图利乌斯跟跟跄跄地走进狭窄的塞泼律斯胡同,那里有他在成为罗马国王之前的住宅,胡同里的人们都退避三舍,他们害怕篡权者的陷害。当图利乌斯已经看到自己的房子时,卢茨乌斯派来的密探从背后向这位可怜的国王刺了一剑,图利乌斯就这样被自己的女儿和女婿害死了。

一辆马车飞驰而来,图利亚端坐在车上,她紧抓缰绳,驱赶着马车一路狂奔,像是急切地想得到某种消息一样。当一具尸体挡住马车的去向时,图利亚才如释重负地发出胜利的呼喊,再度扬起马鞭,马车驶过图利乌斯的尸体向远方奔去。

为了纪念图利乌斯为罗马做出的贡献,罗马人在幸运女神庙内建立了图利乌斯的巨大雕像。图利亚害怕父亲的阴魂会缠着自己不放,决定把雕像投到祭祀的火焰中烧掉。当她面无表情地来到父亲的雕像前时,雕像抬起一只手遮住了自己的眼睛,图利亚被雕像的举动吓得瘫倒在地,忙命人用布把雕像遮盖起来。从此以后,罗马进入了一段恐怖的历史时期。

驱逐傲王

卢茨乌斯·塔尔库依尼乌斯当上罗马的国君后,取消了百人团、元老院和政府最高机构。为了建造庞大的建筑,他提高税赋,四下搜刮。和所有的暴君一样,他以为用巨大的建筑、胜利的战争和隆重的节日就可以把人民对他的仇恨掩盖起来,就可以让人民忘却以前的自由。然而,人民对暴君的反抗与日俱增。不过,也正是这些卢茨乌斯时代的建筑给罗马留下了不少美丽的传说。

卢茨乌斯·塔尔库依尼乌斯为了得到大量的金钱,不断地袭击拉丁姆地区的其他国家,在被占领的地区,他派人对当地隐藏的珍宝进行调查,然后再进行掠夺。

罗马人占领了伽比城,卢茨乌斯也照例在伽比城安排了代表,愤怒的伽比人并没有向罗马人屈服,他们驱赶了罗马国王的使者,但他们对罗马联盟还是十分忠诚的。卢茨乌斯恼羞成怒,他没有想到连小小的伽比城也会不安分守己,于是率领罗马军队征讨伽比城,谁知道竟被伽比人打得大败而逃。卢茨乌斯哪里会善罢甘休,可怎样才能再次占领叛逆的伽比城呢?

"如果硬拼,只会让伽比人更加仇恨罗马,所以只能智取,可怎么个智取法呢?"最后,卢茨乌斯想出了一个冒险的苦肉计,他把儿子赛克思吐斯暴打了一顿,直到儿子的全身被皮鞭抽得皮开肉绽为止。然后,赛克思吐斯去了伽比城,对伽比人可怜地哭诉父亲的残暴和虐待,希望能骗得伽比人的同情与信任。起初,伽比人并没有被罗马国王儿子假惺惺的眼泪和无耻伪善的姿态所骗,他们极力地排斥赛克思吐斯,但在赛克思吐斯全力诅咒父亲和极尽诡辩之后,伽比人还是给他留下了一块栖身之地。

赛克思吐斯十分聪明,尽管伽比人对他处处防备,要求苛刻,但在他的"努力"之下还是步步高升,直到被任命为军队总指挥。而且,赛克思吐斯还对伽比人信誓旦旦说要推翻残暴的罗马国王的统治,至此,伽比人对罗马儿子的防备之心彻底放松了。

看到时机已经成熟,赛克思吐斯派心腹前往罗马。卢茨乌斯·塔尔库依尼乌斯听到儿子在伽比城的消息后十分高兴,他把儿子派来的使者领到罂粟盛开的花园里,把花朵统统割下来。当使者困惑地把国王的"无言指示"转告给赛克思吐斯时,聪明的儿子立即明白了父亲的用意,父亲是指示自己对待伽比城里的关键人物像砍罂粟花一样砍掉他们的头。

对于父亲的指示,赛克思吐斯丝毫不敢怠慢,他在城内散布谣言,败坏那些头面人物的名声,然后再顺应群众的意思,把这些人抓起来判处死刑。就这样,伽比城里那些可以独当一面的人物不是被暗杀了就是被赶了出去。

没过多久,在卢茨乌斯的率领下,罗马军队来到了伽比城下,赛克思吐斯打开城门迎接父亲的到来,伽比人再一次沦落到罗马的残暴统治之下,大批大批的金银珍宝被运往罗马。

一天,正当罗马人用抢来的财物建造宫殿时,一条巨蟒的出现吓得人们魂不附体,卢茨乌斯更是心惊肉跳,他对自己篡夺来的王位非常紧张,于是决定派人去当时世界上最有名的德尔斐神庙,问此蛇到底是主凶主吉。最后,卢茨乌斯的两个儿子梯拖斯、阿宏斯和他姐姐的儿子卢茨乌斯·尤斯梯奴斯·布鲁图被派去遥远的德尔斐神庙。

三个人顺利地完成了卢茨乌斯交给的任务。

"阿宏斯,我们何不问一下父亲死后该由我们三兄弟谁来继承罗马王位呢?"梯拖斯别出心裁地向兄弟建议道。

阿宏斯对此也极其地感兴趣,二人得到的神谕是:"第一个亲吻母亲的人将获得罗马王位。"阿宏斯和梯拖斯不解其意,究竟谁会第一个亲吻到母亲呢?既然是神谕,那只有听天由命了,但兄弟俩发誓,绝不让留在罗马的赛克思吐斯知道这件事,这样,他们就少了一个竞争对手。

蹲在神庙角落的布鲁图在任何人眼中都是一个傻乎乎的人,他有着一副可爱的模样,胆小怕事,国王霸占了他的财产他却毫无反抗,宫廷里的所有人都认为他是一个微不足道、毫无妨碍的人。卢茨乌斯派他到德尔斐神庙去,也只是为了使他的两个儿子在半路至少有个取笑的对象。其实,布鲁图是个聪明的人,他对国王舅舅的暴行极端仇恨,只是躲过了每个人的眼睛。听到神谕后,布鲁图领会了其中的喻义,当三人离开神庙的时候,他故意从台阶上摔了下去,双唇贴到了地面。

回到王宫后,三人得到消息,国王率罗马军队去征讨罗图勒人了,并留下命令,让三人回宫后迅速到前线参战。

罗图勒是个强悍的民族,尽管罗马军队从四面八方把京城阿尔特尔包围了起来,罗图勒人还是没有向罗马人屈服,而是顽强地抵抗着,罗马人一时难以攻下城池。

在这种持久战面前,卢茨乌斯的三个儿子觉得无聊,开始寻找乐子。

"亲爱的卡拉梯奴斯,听说你的妻子对你非常忠诚,不如我们三兄弟来和你打个赌,我们现在立即返回罗马,看谁的妻子对丈夫忠诚,谁就赢得这场比赛的胜利,

·古罗马神话·

图文珍藏版

将来攻陷了阿尔特尔城,城里的珍宝就给谁,你说怎么样?"赛克思吐斯对罗马将领卡拉梯奴斯将军说。

卡拉梯奴斯将军本对这种事极其反感,他从来不怀疑自己的妻子,更没有必要怀疑别人的妻子,但在三兄弟尖刻的嘲笑下,他还是与三兄弟一起深夜回到了罗马。

在国王的宫殿里,三兄弟的妻子们正大摆宴席,乐师们来来回回地吹奏献艺,赛克思吐斯气得大骂一阵,驱散了宴会。然后四个人来到了卡拉梯奴斯家里。

卡拉梯奴斯的妻子卢克蕾茨亚正在客厅里纺线,国王的三个儿子只好认输,四个人又风尘仆仆地赶回了前线。

第二天深夜,赛克思吐斯悄悄地回到了罗马,他被美丽的卢克蕾茨亚迷住了。当他出现在卡拉梯奴斯的家里时,柔弱的卢克蕾茨亚惊呆了。卢克蕾茨亚是个善良贤惠的妻子,当被赛克思吐斯蹂躏后,她派人给丈夫、父亲和布鲁图送去消息,然后用一把尖刀结束了自己的生命。

三个男人赶到现场时,卢克蕾茨亚已经惨死。布鲁图颤巍巍地从卢克蕾茨亚胸口拔出尖刀,一改往日傻乎乎的模样,眼睛里充满了愤怒。他来到广场上,对早已围在那里的人们进行了一场伟大的演说,他号召人们起来反抗暴君的统治,"打倒暴君"的口号响彻宇宙。

起义开始后,人们占领了王宫,因为罗马城内的军队都在阿尔特尔前线,罗马城很快被起义军占领了。布鲁图还率军开赴阿尔特尔前线。卢茨乌斯见大势已去,带领两个儿子逃到了伊特卢利阿,赛克思吐斯则因罪恶累累被永久留在了伽比城。从此,罗马改制成共和制,经过元老院和百人团选举,布鲁图和卡拉梯奴斯成了罗马的第一批最高行政长官。

布鲁图之死

当罗马暴君卢茨乌斯·塔尔库依尼乌斯被推翻时,罗马人并没有夺取国王性命,使得他能够顺利逃脱。然而,卢茨乌斯并没有对罗马人民的宽容产生感激,相反,他在栖身国伊特卢利阿的克罗西乌姆城时刻都在关注着罗马国内的情况,甚至急切地想着复仇,想再次登上罗马王国的宝座,想成为意大利的主宰。

受自尊心的驱使,卢茨乌斯并没有煽动伊特卢利阿对罗马发动战争,尽管克罗西乌姆的国王泼尔塞纳对他非常支持。卢茨乌斯希望凭着自己的力量逐步实现自己的复仇大业。

卢茨乌斯虽然是个暴君,但在罗马国内他也有相当一部分追随者,这其中就包括布鲁图的儿子和卡拉梯奴斯的侄子们。卢茨乌斯正是想凭借这批力量以实施自己的计划。

世界经典文库

中外神话故事

·古罗马神话·

图文珍藏版

一切都按着卢茨乌斯的计划进行着,看一切准备就绪,卢茨乌斯派使者到罗马城索要自己的财产。罗马人民和行政长官答应了归还国王的财产,甚至愿意尊重他的王国体制,把罗马王国还给他。

但是,使者来到罗马城的任务并不只是这些,这些只是明里的表象而已,卢茨乌斯交给他们的实际任务是暗地里进行密谋,以推翻行政长官的统治。

国王的使者很快与罗马城里的那些王国体制的拥护者取得了联系,并相约在一个拥护者的家里聚会议事。那天,那家的其他人员都被安排到田地里劳动去了。

布鲁图

国王的拥护者聚在一起,排成一队人马向家里走来。事也凑巧,去田地里劳动的一个奴隶发现自己忘带了工具,当他回到家里取了工具刚要出门时,发现包括他的主人在内的一群人正要进屋。这个奴隶怕主人会因自己的疏忽而责备自己,忙躲进了一个衣橱里。

"大家都是国王的拥护者,我们的国王在奸人的陷害下背井离乡,但他却时刻关心着大家,希望我们大家共同努力,恢复以前的罗马辉煌。"奴隶从衣橱的缝隙里把外面发生的一切看得真真切切,布鲁图的几个儿子正把一些信件递到一些人的手上,这些人之中有卡拉梯奴斯的几个侄子,他们刺破手臂上的血管,让血滴到一只酒杯里,然后每人喝了一口。这个奴隶马上明白了这些人的企图,他们是想颠覆罗马共和国啊。

当这群人走了以后,这个奴隶在衣橱里发呆了好一阵子,怎么办呢? 该不该把主人的这一计划说出去呢? 最后,他走进了普泼利乌斯·法莱利乌斯的家。普泼利乌斯是一个律师,由于为民众赢得了很多官司,深得民众的爱戴,他的客厅里常常聚集着一群罗马的无产者。这个奴隶把自己的遭遇告诉了普泼利乌斯,希望他能为自己拿个主意。这个穷人的律师立即把这一消息向罗马最高行政长官做了报告。

得到消息的布鲁图立即派人搜查了国王使者的住所,在那里搜到了相关罪证。布鲁图的内心大为震惊,他没有料到自己的儿子竟会卷到背叛自己的事件中去。对国王的使者,罗马人没有裁决的权力,因为他们享有特别优待权,但布鲁图将如何对待自己的儿子们和背叛罗马共和国的罗马人呢?

第二天,谋反案件由两个最高行政长官——布鲁图和卡拉梯奴斯在罗马广场公开审理,罗马人很早就来到了广场,广场被围得水泄不通。人们争先恐后地向台上看,叫喊声、咒骂声、口哨声响成一片。

布鲁图的脸阴沉着,面对两个儿子,他实在无法想象他们竟会背叛自己。他高高地举着手里作为罪证的信件,高声对台上的两个儿子说"梯拖斯和台伯里乌斯,告诉你们的人民,你们是自愿参与谋反的吗?"

没有听到任何回应,布鲁图的脸更加昏暗了,他直视着两个儿子,像是要把他们融化到自己的骨子里一样,片刻之后才缓缓地说:"沉默即代表你们承认你们的罪行了,梯拖斯和台伯里乌斯,你们虽然是我的儿子,但我不能为了你们而对不起罗马的人民。你们先被判处斧劈刑,处死前先行鞭刑。请执行命令吧。"

台下的人们嘘成了一片,但他们并没有在布鲁图眼里看到悲伤,作为父亲的布鲁图瞪着眼睛,如同一尊僵硬的雕像。当他的两个孩子的脑袋滚落到石板上时,他没有低头看上一眼。多么无情的一个父亲啊,可又是多么伟大的一个父亲啊。

接着,布鲁图转过身,对其他的谋反分子说:"你们知罪了吗?"

一阵沉默,没有任何声响。

人们已经意识到下面要发生的事,垂下目光,等待那一刻的到来。

卡拉梯奴斯并没有布鲁图的铁石心肠,他是多么希望能救下自己的侄子们啊,那是他姐姐的孩子啊,如果侄子们有个三长两短,他是多么无颜面对自己的姐姐啊。

"我希望能动用向全民请示的权利,请求最高行政长官宽恕我的侄子们,他们只是一时受国王体制的迷惑,被国王的花言巧语打动了,他们还只是个孩子,无能力辨别是非。而且,我们答应过归还国王的财产,这正好误导了他们,亲爱的布鲁图,请考虑到这一切,饶恕这些孩子们吧。"

广场上已经哭成了一片,人们同情这些年轻人,但并不是同情那些出卖国家的人。最后,关于宽恕的请求遭到了拒绝,谋反的叛徒得到了应得的下场。

一直如雕塑般的布鲁图终于抑制不住内心的悲痛,大滴大滴的眼泪顺颊而下。为了赢得罗马人的信心,他失去了仅有的两个儿子,在布鲁图看来,这又是必须割舍的。而卡拉梯奴斯则惭愧地辞去了最高行政长官的职务。普泼利乌斯作为罗马的有功之臣,接替了卡拉梯奴斯的职务,还被元老院接纳为平民委员。为了区别贵族委员,平民委员被称为"写上去的人"。

经过这一事件,国王的财产被民众瓜分了,土地归于国家,憎恨国王的人们再也不打算宽恕傲王卢茨乌斯。

卢茨乌斯也同样被罗马人激怒了,他不想求助于强大的泼尔塞纳,而是想方设法地说服塔尔库依尼人对罗马进行征讨。维几人曾数次输给罗马人,经过挑唆,便组成军队与卢茨乌斯招募来的军队汇合一处,浩浩荡荡地向罗马推进。

布鲁图率罗马军队迎战,然而,当他冲锋陷阵时,被卢茨乌斯的一个儿子杀害了。罗马人在普泼利乌斯的率领下继续战斗。夜幕降临的时候,双方还是不分胜负。

夜深了,一个洪亮的声音在战场附近的树林里回荡着:"胜利是属于罗马的,卢茨乌斯的军队里多伤亡了一个人。"卢茨乌斯派人到树林里找寻声源,却怎么也找不到。

难道这是神的声音吗?难道是神又在保护着罗马吗?

卢茨乌斯的士兵们惊恐万分,他们不敢重上战场,怕触犯神威。维儿人则趁着黑夜撤回了本国。

罗马人虽然再次取得了胜利,但却付出了巨大的代价,为了纪念罗马的第一任最高行政长官布鲁图,罗马妇女们穿了整整一年的孝服。

莫茨乌斯和克雷利亚

对罗马速战速决的计划失败后,泼尔塞纳命令图斯克人攻打亚尼库罗姆的罗马部队,自己率领主力向北推进。图斯克人跨过台伯河和阿尼奥河,来到了罗马城下,把罗马城围得水泄不通。罗马与外界的联系被切断了,罗马城面临着生死存亡的时刻。

乱世出英雄,在七座山城最艰难的时刻,站出了英雄贺雷梯乌斯,同样也造就出了像莫茨乌斯和克雷利亚这样的英雄人物。

莫茨乌斯出身贵族,面对图斯克人的围势,他心急如焚,怎样才能迫使敌人后撤呢?最后,莫茨乌斯想出了一个大胆的计划,那就是刺杀泼尔塞纳国王。

勇敢的年轻人不知从哪里找来了一套克罗西乌姆士兵的军装,虽然穿起来小了点,但战场上衣不合身的士兵有的是,莫茨乌斯相信这一点并不会影响图斯克人对他的怀疑。他把一把匕首藏在胸前的衣服里,然后趁夜幕降临的时候悄悄来到克罗西乌姆的大营。

这天正好是图斯克士兵发军饷的日子,军营里乱哄哄的,人们相互拥挤着向布置华丽的中心大营走去,莫茨乌斯混杂其中,没有任何人会想到一个罗马人会在他们中间,否则那该是如何一个景象呢?

在中心大营,士兵们排成一队缓缓前行。最前方两把椅子上坐着两个人,一个人一边唠叨着一边把铜钱发给士兵,另一个人则在一旁一声不响地打量着领铜钱的士兵。莫茨乌斯毕竟还年轻,他认定了那个发铜钱的人就是国王泼尔塞纳。目标离莫茨乌斯越来越近了,他在心里祷告着。当他毫不犹豫地把匕首刺向那个发饷钱人的胸口时,他才知道自己是多么的愚蠢。自己那没有颤抖的手臂竟然因年少无知而没有完成使命,想到此,莫茨乌斯痛恨不已,但已经被束紧的双手没有办法再刺出第二刀了。

"年轻人,这计划是只有你一个人还是你只是其中之一呢?"泼尔塞纳对被捆在眼前的莫茨乌斯笑着问道,以此来缓和敌我矛盾。

"告诉你,还有很多像我这样的人准备行刺你,他们不会像我这么头脑简单,所以你要时刻提防你的脑袋。"为了吓唬泼尔塞纳,莫茨乌斯大声地叫嚣着。

泼尔塞纳显然很希望能了解更多的情况,他把身体向莫茨乌斯挪了挪:"是吗?如果你能把更多的情况报告给我,我会当场让你获得自由。"

莫茨乌斯拒绝地摇摇头:"克罗西乌姆国王,你想错了,既然我有胆量来刺杀你,就没有想过要活着回到罗马,为了罗马全城的自由而牺牲,我觉得值得。"

泼尔塞纳哈哈大笑起来,他端坐在椅子上,威胁说:"是吗?我有办法让你把全部的秘密告诉我,如果你现在改变主意还来得及。"此时,早有士兵把一盆燃着的木炭端到中心大营里。

莫茨乌斯明白了泼尔塞纳所指,他毫无惧色地说:"你可以把我活活烧死,但勇敢的罗马人不劳你大驾。"说着,莫茨乌斯伸出右臂。熊熊的烈火窜到他右臂的衣衫上,最后他的右臂化成了一段残肢。莫茨乌斯脸上的汗大滴大滴地向下掉,却没有喊一声痛。中心大营里的图斯克人嘘成了一片,他们惊愕地张大了嘴巴,望着眼前这个为了自由而不惜献身的罗马人。泼尔塞纳也被眼前这个年轻人震撼了,这个乳臭未干的小伙子在没有国王命令的情况下,竟敢做出如此大胆的尝试,这是怎样的一个民族啊!

出于对莫茨乌斯的敬慕,泼尔塞纳把他送回了罗马,并愿意与罗马人进行和平谈判。莫茨乌斯受到了罗马人的热烈欢迎,罗马人还亲热地称莫茨乌斯为"斯策沃拉",即"左手"的意思。

根据最初的谈判,图斯克人撤出亚尼库罗姆,而罗马人需要向图斯克人送十二名贵族姑娘作为人质。为了表示诚意,罗马人把十二名贵族姑娘送到了对方的军营。

在这十二名人中,有一个姑娘叫克雷利亚,她不堪忍受被拘押的耻辱,说服了其他姑娘逃离敌营。在克雷利亚的带领下,姑娘们骗过了守卫,一起跳进了台伯河。当图斯克人发现她们的逃跑意图,威胁她们游上岸来,并不断地向台伯河里射箭、投掷石块,姑娘们不为所动,拼死向对岸游去。

罗马人纷纷赞扬姑娘们的勇敢,但元老院为了能取悦对方,以使谈判取得成果,最终还是把这十二个姑娘送了回去。

"难道你不怕死吗?"泼尔塞纳阴沉着脸问罪魁祸首克雷利亚。

克雷利亚正视着泼尔塞纳:"作为罗马的儿女,我有什么资格怕死呢?罗马将永远是一个伟大的民族。"

泼尔塞纳阴沉着的脸露出了笑意,愤怒的神情不见了:"勇敢的罗马姑娘,你的勇敢可以使你与许多男子相媲美。我宣布你将获得自由,而且你可以挑选几个人质,回到你神圣的国家去吧。"

没过多久,泼尔塞纳没有提出任何条件便率军撤出了拉丁姆地区。

卢茨乌斯企图依靠图斯克人帮助他重登王位的希望彻底破灭了,于是,他又求助于拉丁城图斯库罗姆的支持。在此执政的是卢茨乌斯的女婿,所以,他很快又组织了一支队伍征讨罗马。

双方在勒基罗斯湖旁展开激战,很长时间都相持不下,最后在神的介入下,战争才分出了胜负。此后,罗马时代的最后一个国王傲王卢茨乌斯败走库麦城,不久绝望而死。

和平演说

随着卢茨乌斯的死去,罗马的王权复辟势力被彻底消灭了,随之而来的却是另外一种更大的威胁。

布鲁图任行政长官期间,被傲王废除的赛尔维乌斯宪法又重新获得了尊重,贵族们在这一法律中找到了为自己服务的文字,其实他们并不注重宪法的精神实质。元老院与百人团的矛盾日益尖锐,百人团会议上颁布的每一项法律,如减轻赋税、取消债务法等都遭到了元老们的极力抵制。在罗马监狱内,严刑拷打和威胁逼供的情况比比皆是,元老们对此却熟视无睹,平民们因此怨声载道。像火山爆发前一样,平民们的怒气如同翻涌着的岩浆,只要开一个小口,他们便会喷薄而出。

一天,罗马广场上出现了一个衣衫褴褛的人,他大声地叫喊把一大群人吸引到了广场上。看到眼前的青年穷困到如此地步,人们纷纷向他投去同情的目光。

年轻人看到广场上的人越聚越多,似乎达到了他的某种目的,便站到广场上的最高点,高声说道:"居民们,你们一定想问我为何会落得如此落魄吧。你们一定不相信,我曾经是一支军队的首领,我的军队在勒基罗斯湖畔打败了傲王卢茨乌斯的进攻,可结果又怎样呢?"

年轻人越说越激动,脸涨得通红,声调又提高几度:"当我回到我的家乡时,看到整个村庄都被夷为平地,荒无人烟,我只得举债以维持生计。由于我没有能及时地归还债务,数次被送进监狱,你们看,这就是我在监狱留下的伤痕。"

说着,年轻人脱掉上衣,露出背上的累累鞭痕,围观的居民们开始喧哗了。

"但是,我还是以自己的劳动还清了所有债务,虽然我身无分文,但我是磊落的。不过,我要诅咒罗马的这些残酷的法律。"年轻人扬起他的右手接着说。

人群愤怒了,他们也开始用各种语言攻击这些残酷的法律。闻风赶来的贵族元老们看到群情激昂的人们吓得惊慌逃走。居民们的暴动很快发展为起义。他们冲进监狱,释放那些被拘押的人,债务人戴着脚镣和铁链也参加到起义中来。

从平民中选举出的最高行政长官普泼利乌斯·赛尔维利乌斯看到愤怒的势不可挡的民众起义时也震惊了,但他很快恢复了平静,走到民众中间,高声对自己昔日的同伴们说:"居民们,任何人都不会再因债务而纠缠你们,你们只需要安静地等待元老院颁布的新指示,我相信元老院会给大家一个满意的答复的。"

由于普泼利乌斯出身平民,他的话使大家稍微平静了一些。

第二天，正当元老院举行会议讨论有关债务和刑罚时，佛尔西安人的军队迫近罗马。面对内外的困境，最高行政长官们号召人们参加到保卫罗马的战斗中来，并许下诺言，一切合理的要求在战争结束后都能得到满足。

善良的人们相信了最高行政长官们的话，而且他们也不能眼睁睁地看着罗马陷落到外族之手。但是，佛尔西安人被打退后，元老院没有做出任何改变现状的新指示，这也就意味着最高行政长官们的诺言等于零。

平民们又一次愤怒了，平民出身的士兵们也愤怒了，他们掌握着武器，但他们却不能把武器指向自己的同胞，虽然他们心里对那些出身高贵的同胞极其的不满。这时候，一个叫策尼乌斯的人走到士兵队列的前方："我们深爱着罗马，但我们实在不能再待下去了。我们应该选择一个合适的地方建立一座更新、更好的罗马。我们还要把一切有益的东西带走，包括我们的妻儿、古老的传统法律，一切有害的东西则都留给库依律奴斯吧。"话音刚落，掌声雷动，更多的人聚过来，大家开始讨论迁移的地点，最后，阿尼奥河畔的圣山成了最佳选择。

平民离开了，罗马城内的街道顿时失去了往日的繁华，手工业和商业没有了，留下来的人的正常生活也被打乱了。元老们和贵族们大惊失色，如果这种情况被敌人发现，那么罗马将很快成为被食的猎物了。形势不由得紧张起来。

经过协商，元老和贵族们不得不对平民做出了让步，他们决定设立护民官，护民官不需穿官袍，但他们几乎拥有和最高行政长官一样的权力，如可以宣布任何针对平民的法律无效，可以介入正在审理的案件，阻止执行判决等。此外，元老会还决定降低利息，释放一切因债务被拘押的人。但是，由谁来把这些决议传达给已经移居圣山的平民们呢？而且，这个人要有足够的号召力把平民们从圣山上招回来。最后，演说人麦纳尼乌斯·阿克律帕成了元老和贵族们一致推举的最佳人选。麦纳尼乌斯来到圣山，看到丛林之中拔地而起的新建筑，不由得被平民们这种重建家园的惊人速度而折服。但人们对麦纳尼乌斯的到来却显得非常冷淡，无论他如何宣传新法律的优点，人们总是对此漠不关心。平民们相信，无论他们走到哪里，凭着勤劳的双手，他们都能打造出一片新天地。

不管人们是否在听他的演说，麦纳尼乌斯还是给大家讲了一个胃与其他器官的故事："身体上的所有器官都对胃非常反感，在它们眼里，胃只会接纳和享受它们通过劳动而获得成果，多么懒惰的家伙啊。于是，它们开始罢工，目的就是想使胃受到惩罚。腿、手、嘴甚至牙齿都停止了劳动。就这样，持续了一段时间后，它们发现各自的力气都变小了。这时候它们才意识到，如果把胃饿死了，它们也就随着消失了。胃并不是懒惰的家伙，而是它们共同的生命之源。此后，这些器官们开始理智起来，重新为胃供应食物，整个身体才又恢复了健康。"麦纳尼乌斯提高了声音，深有感悟地对居民们说："我们虽然痛恨元老院，但他们是治国中枢，而我们就是那些器官，只有我们大家相互协调，在积累经验的过程中不断进步，罗马才会有所进步啊。"

一番话，使平民们放弃了原来的固执，大家随麦纳尼乌斯重新回到了罗马。

母亲的力量

在与佛尔西安人的战斗中，罗马涌现出了一位出身贵族的英雄——伽尤斯·玛尔策乌斯。在他的带领下，罗马军队一举夺取了柯里奥利城。从此以后，玛尔策乌斯被称为柯里奥郎。

当柯里奥郎从战场上归来时，罗马人给了他至高的荣誉，人们围着他欢呼，把一枚枚的奖牌挂在他的胸前。而我们的这位英雄并没有因为这些荣誉而欣喜若狂，当他再次回到罗马城时，看到了护民官与最高行政长官并存的现象。要知道，这对他的心灵将是怎样的折磨啊。从他注定成为贵族的那一刻起，他就认定，贵族和所履行的职责不是为了顺应权力欲望，而是顺应了上天的意志。平民们不但违背了上天的意志，而且还把护民官的人数从四个升为六个，最后又上升到十二个。对于罗马这个众神保护着的国家来说，怎么会出现这样的现象呢？一切保持原样，那该多好啊。

不管事情怎么发展，柯里奥郎都无法接受这个事实。贵族是神任命的，他认为，谁如果破坏了传统，谁就动摇了罗马古老秩序的基础。更使他无法忍受的是，平民们竟敢以巨大的暴力冲击把贵族和平民隔离的神圣的围墙，甚至要求各阶级的居民可以自由通婚、设立平民祭司、选举平民最高行政长官等。

柯里奥郎心中充满了抱怨："神圣的古罗马已经被平民压倒了，这些可恶的人将会把罗马彻底毁灭。难道除我以外的贵族们都没有看到情况危急吗？"

其实，所有贵族都是以一种强抑的愤怒来静观平民们的各种活动。人民的力量是巨大的，虽然贵族手里掌握着政权，但他们并不能一味地按照自己的意愿行事，尤其是在人民觉悟的时候。

长年的对外战争，使罗马城内经济形势每况愈下，大片大片的土地荒芜，国库里虽然有成堆的铜板，但却不能求购到粮食。饥饿的人们开始在街道上大发牢骚了。

也许天上的众神在考验罗马的时候，也给了罗马解决的办法。这个时候，罗马出现了一位救星，他答应免费提供一个船队的粮食。对已经到绝望边缘的贵族和元老们来说，这无疑是雪中送炭。粮仓又注满了粮食。

柯里奥郎终于等来了机会，他向元老院建议，只有当平民放弃设置护民官时，他们才能得到粮食。为了重新实现他的信念，柯里奥郎还和他的拥护者来到大街上，向平民们宣传他的要求和主张。

好不容易才获得一些权利的平民们愤怒地涌到大街上，他们对正在张牙舞爪说服人们的柯里奥郎一顿拳打脚踢。这位在战争中屡立战功的英雄被自己国家的

·古罗马神话·

图文珍藏版

人们打得头破血流,悲哀啊。

在平民的要求下,柯里奥郎被元老院交给了护民官。元老们虽然也对平民恨得咬牙切齿,但他们也觉得柯里奥郎与平民为敌的倾向太过明显,如果对他太过袒护的话,元老院恐怕也会成为平民攻击的对象了。

作为平民的代表,护民官西策尼乌斯提出了对贵族们的控告,演说家麦纳尼乌斯·阿克律帕为被告担任辩护。在辩论中,西策尼乌斯并没有提到柯里奥郎关于取消护民官的提议,而是针对柯里奥郎侵吞属于国库的财产(征讨佛尔西安人所缴获的物品)进行起诉。

尽管麦纳尼乌斯曾以胃和身体各器官的寓言把平民们从圣山上召回,而且这次在辩护中的语言也相当精彩,但柯里奥郎最终还是被判决终身放逐。

贵族们为他们失去一位维护者而痛哭流涕,平民们则兴高采烈地庆祝又一个胜利。

柯里奥郎是可悲的,他告别了他的母亲、妻子和孩子,在平民的声讨中离开了罗马,来到了佛尔西安人的首都安提乌姆。虽然柯里奥郎曾以罗马统帅的身份打败了佛尔西安人,但佛尔西安人还是很乐意接受这个有着丰富战争经验的罗马人。在安提乌姆,他受到了热情的款待。

一个人,即使他恨所有的人,也不能恨他的祖国,而柯里奥郎的错误就在于,为了报复强加给他耻辱的罗马人,他决心毁灭罗马。在这个愤怒者眼里,罗马是他的祖国,更是他的敌人。

佛尔西安人对于柯里奥郎借兵讨伐罗马的请求没有半丝犹豫,他们是多么希望罗马能毁在罗马人的手中啊,他们似乎已经看到了神圣罗马被践踏得体无完肤。

机会是无处不在的。不久,罗马人因为柯里奥郎在安提乌姆住下来对佛尔西安人产生不满,在一次看表演的过程中竟然把佛尔西安人从舞台上赶了下去。

罗马人的这一行为大大激怒了佛尔西安人,在柯里奥郎的率领下,佛尔西安人开始发动了对罗马的进攻,并很快占领了拉丁平原上的许多村庄。身为贵族的柯里奥郎,对占领区的贵族区一律加以保护,而对平民区采取的措施则是夷为平地。

还没有来得及做战争准备的罗马人对柯里奥郎疾风暴雨般的进攻大为惊恐,抱有一线希望的罗马人派元老院的代表去游说曾经是罗马英雄的柯里奥郎。代表们费尽口舌,可最终还是没有动摇柯里奥郎推翻罗马的决心:"滚回去吧,元老们和祭司们,我本想为你们讨回众神给你们的权利,但你们却和那些贱民沆瀣一气。不要以罗马是我的祖国而说服我,我相信,罗马必将消失在熊熊的烈火之中。而你们,也必将随着罗马而一起毁灭。"

元老们回到罗马,把柯里奥郎的回答向全体罗马人做了重复。

"请神圣的罗马宽恕我的儿子吧,让我去劝说他,我是他的母亲,同祖国站在一起的母亲一定会使儿子回心转意的。"柯里奥郎的母亲在众怒中向元老院发出请求,之后还有柯里奥郎的妻子和孩子。

柯里奥郎的面前站着两个女人,一个是养育他的母亲,一个是他至爱的妻子。

"孩子,难道你要用最后的行动破坏你的高尚吗?罗马并没有忘记你作为英雄为罗马所做的一切。如果你决意要占领罗马,那请你先从你母亲的尸体上踏过去吧。"母亲老泪纵横地对儿子说。

"还有我,如果你甘心做一个叛徒的话,你也将从我的尸体上踏过。"妻子深情地望着丈夫。

躲在母亲衣服下的儿子对父亲嚷道:"你是不会杀我的,等我长大了,我会跟你清算你的暴行。"

柯里奥郎并不惧怕流血和屠杀,但在爱和温情下却战栗得发抖。他弯下腰,把扑倒在脚下的母亲扶起来:"母亲,如果我撤兵,我就违反了与佛尔西安人立下的军令状,等待你儿子的只有死路一条,难道你真的愿意眼睁睁地看到自己的儿子客死他乡吗?"

"可是,孩子,我爱你,罗马的女人也同样爱她们的孩子,我只有一个儿子,可罗马城里这样的儿子还有很多很多。"母亲抚摸着儿子的头发,亲吻着儿子熟悉的脸颊。

柯里奥郎望着母亲、妻子和孩子,沉默了许久,然后绝望地地摇了摇头:"母亲,你救了罗马,可你却失去了你亲生的儿子。"

第二天,柯里奥郎指挥佛尔西安人撤离了罗马。

护民官之死

贵族们拥有大量的土地,而他们占有的这些土地无须缴纳赋税,于是财富越积累越多,这也正是贵族们的经济支柱。长此以往,就造成了严重的两极分化,贵族永远是贵族,平民则永远为平民。

在这一时期罗马的历史上,平民们曾取得一系列的辉煌胜利:护民官的设立、柯里奥郎的放逐……平民们几乎每天都在为各种胜利而进行庆祝。

在这一系列辉煌胜利的映衬下,平民们觉得夺取贵族权力的时机已经成熟,纷纷要求护民官采取行动。

当时,罗马的最高行政长官是斯波律乌斯·卡西乌斯,这是一个对新生事物十分开明的人,他虽然出身贵族,但对平民素来就有好感。在护民官的说服下,斯波律乌斯·卡西乌斯向元老院提出了耕地法的提案。耕地法规定,贵族们所占有的土地和平民的一样,必须缴纳使用税,如果不缴纳赋税,土地将被收归国有。

自从罗马有等级制度而来,贵族们还没有受到过如此的"礼遇",他们一直是高高在上的上等人。和柯里奥郎的想法一样,在他们看来,所有的平民都是为他们服务的,贵族与平民都是在还没有等级之前众神就已经安排好了的。而这种安排是生生世世的,是任何人任何权力都无法改变的。而这一切,却要因为一些微不足道的平民的言论而改变,对于那些享受着特权的贵族来说,是无论如何也接受不了的。

贵族们愤怒了,他们反对斯波律乌斯·卡西乌斯关于耕地法的提议,但并不敢太过于张狂。他们不想因挫败不忠诚于自己阶级的最高行政长官而再次引起平民起义,否则贵族占统治阶级的时代可真的要一去不复返了。

在百人团会议上,贵族们迟迟不对耕地法进行表决。他们知道,斯波律乌斯·卡西乌斯虽然在贵族中不占优势,但他那最高行政长官的表决权却具有相当大的效力,所以,贵族们的阴谋是先罢黜斯波律乌斯·卡西乌斯最高行政长官的职位,然后再对新法进行表决。

贵族们的阴谋得逞了,当斯波律乌斯·卡西乌斯遗憾地为没有替平民实施成耕地法的同时,他脱下了镶金长袍。这时候,一批早已经对他恨之入骨的高级财政官员,死死地抓住他,这个可怜的人被投入了监狱。

第一步行动成功后,早已经做好准备的贵族们全副武装地占领了城市的各个重要地点。而等待被罢黜的最高行政长官的命运却和背叛祖国的柯里奥郎一样,斯波律乌斯·卡西乌斯被起诉的罪名是背叛祖国,这是多么可笑的遭遇啊。

提倡立法是不能构成犯罪的,在起诉斯波律乌斯·卡西乌斯的罪状里,跟起诉柯里奥郎的文字一样没有一句立得住脚,可代表贵族利益的辩护师却"挖掘"法律上的每一个字眼,希望能从中找到漏洞,以此来判决这个已经忘本的最高行政长官有罪,因此,案件审理得非常激烈。

"罗马人民可以作证,我所做的每一件事都是站在民族利益的角度上,我完全是着眼于罗马国内的幸福啊。"被拘押在被告席上的斯波律乌斯·卡西乌斯对他的同僚们诚恳的语气中带着希望。

"请不要以罗马人民的口气来为自己开罪,贵族的地位是上天注定的,是受天父朱庇特和洛摩罗斯保护的,而你却与众神为敌,难道你不觉得你已经触犯了天庭的法律吗?"贵族们强词夺理。

斯波律乌斯·卡西乌斯愕然地盯着自己昔日的同僚们,眼光和他的信心一样,没有半分动摇:"如果罗马判我有罪的话,我也无话可说,但为了不让敌人乘虚而入,为了使罗马更加有条不紊地发展,调停罗马居民两大派别的矛盾势在必行。我并不为我的所作所为后悔,遗憾的是我没有完成这一使命。"

任何言论在贵族们耳中都成了辩解,最后,斯波律乌斯·卡西乌斯被判处死刑,而且,贵族们还把这一残忍的任务交给了他的父亲,围观者则是这位死囚的亲人们,因为行刑的刑场选在了他的家乡。

斯波律乌斯·卡西乌斯死了之后,他的房子被拆毁了,土地和财产被瓜分了。新上任的最高行政长官指示不得继续执行耕地法,这项法律随着它的创始人一起被处决了。

斯波律乌斯·卡西乌斯的儿子们对贵族们的做法非常气愤,他们自愿脱离贵族阶级,成了平民中的一分子。除此之外,他们还带领平民们抗议元老院和百人团对父亲所犯的罪刑。

其他的护民官同样遭到了贵族们的打击,仅仅屈服了一段时间以后,护民官们又开始站在平民的立场上活跃起来。

战火很快烧到了罗马边界,护民官们号召平民不要加入部队,除非元老院和百人团先宣布实行耕地法。罗马城再一次陷入危机之中。

黑色的一天

法比尔人的祖辈曾是雷姆斯,雷姆斯死后,这一族人归顺了罗马的第一任国王洛摩罗斯。

克索·法比乌斯是法比尔人中所涌现出的第一个最高行政长官。也许是老天有意在考验法比尔人,克索·法比乌斯执政时期,是平民与贵族矛盾最深的时期。克索·法比乌斯曾作为法官判处耕地法的创始人斯波律乌斯·卡西乌斯死刑。

维几是伊特卢利阿人的城市,位于罗马以北。维几城的首领们看到罗马城内矛盾重重,遂出兵罗马。

听到维几出兵罗马的消息,克索·法比乌斯极力去说服平民服从他的意志。但好不容易动员的由平民组成的步兵团在战场上却拒绝执行命令。迫不得已,克索·法比乌斯率领贵族组成的骑兵队向维几军队进攻。英勇的贵族骑兵在战场上冲锋陷阵,但平民步兵却袖手旁观,不理战事。

贵族骑兵虽然取得了胜利,但却无法扩大战果,在敌人撤退以后便也收兵回城。人们欢呼着迎接凯旋的英雄,但克索·法比乌斯下令不准举行任何欢迎仪式,他认为这次战争因为没有平民的参加只取得了一半的胜利。为了惩罚自己的失败,克索·法比乌斯把象征权力的棒斧交给了玛尔库斯·法比乌斯。

维几军队再次进攻罗马,声势比前一次要大得多。平民们与贵族间的矛盾依然存在,但当他们看到祖国面临灭亡的危机时,暂时放弃了实行耕地法的要求,不过他们要求作为独立的军队开赴战场。平民步兵在军团联盟中是由轻武器装备的部队,贵族骑兵是用重武器装备的部队,两支部队一旦分开作战,则是一边缺乏轻武器,一边缺乏重武器,这是多么危险的行动啊。所以,贵族们极力反对平民们提出的要求。

鉴于形势,平民们的要求得到了满足。于是,由平民和贵族组建的两支队伍投入了战场。平民军队由最高行政长官曼利乌斯指挥,贵族军队由最高行政长官玛尔库斯·法比乌斯指挥,两个最高行政长官心里都充满着忧虑。

一天,罗马军营里的神坛被闪电击毁了。士兵们议论纷纷,一致认为这是众神对罗马派别之争的警告。平民们也意识到了独立作战的危险性,便主动与贵族一方和好,恢复成统一的军队。

维几方面并不知道罗马方面的纷争已经消除,出兵叫阵。当罗马方面的贵族骑兵和平民步兵一起冲出来时,维几军队被打得落花流水。只可惜,曼利乌斯在战场上壮烈牺牲。

对于这次的胜利,玛尔库斯·法比乌斯和克索·法比乌斯一样,放弃了欢迎仪式的荣誉。他希望能通过他的努力为罗马赢得内部的稳定,但他的愿望并没有实现。刚刚恢复和平的罗马又出现了内乱,贵族与平民的仇恨和分裂像野火一样重新燃烧起来。

克索·法比乌斯觉得有必要对罗马争论不休的两个派别进行调停。他曾经极力地反对耕地法,并把耕地法的创始人送上了断头台,可现在,他却主张实行耕地法,这是多么大的转变啊。他曾经号称凯旋统帅,有众多的追随者,甚至能够抵挡得住平民的暴动,可为了罗马未来的幸福,这个法比尔人只能动摇自己的立场了。

贵族们没料到这个出身贵族的最高行政长官和前任斯波律乌斯·卡西乌斯一样,背叛了他的出身。他们冲上街头,冲到元老院的会议大厅,高声地叫嚣:"这个法比尔人已经疯了,他竟然也向那些贱民屈服了,以往那个克索·法比乌斯哪里去了?罗马真的要成为平民的天下了吗?众神啊,瞧瞧你们护佑的罗马吧。"平民们则欢呼雀跃,他们对克索·法比乌斯的壮举竞相称颂。虽然这个最高行政长官曾是贵族制度的坚决维护者,但在历史车轮的运转下,他却一步步走向了平民的行列。

但是,事实已经向克索·法比乌斯证明,贵族与平民之间的和解时机未到,这个时候实施耕地法,只会把局势越搞越糟。

维几城内的伊特卢利阿人侦探到罗马城内的派别矛盾进一步恶化,开始准备更大规模的进攻。贵族们战前的许诺在战后从没有兑现过,尽管几任最高行政长官都主张实施耕进法,可最终还是没有被元老院和百人团通过。

再一次面对强敌,平民们对最高行政长官们的抗敌号召充耳不闻,他们的条件只有一个,要想平民提供兵源,只有实行耕地法。

贵族一方对于战争准备也无动于衷,他们谩骂着。平民和贵族这次没有再像前几次那样在战争面前暂时和解,情况越来越严峻了。

内外交困,具有英雄气概和献身精神的法比尔人决定力挽狂澜。在克索·法比乌斯的率领下,法比尔族三百零六人单独出城抵御伊特卢利阿人的进攻。克索·法比乌斯没有再尝试去组成平民与贵族的联盟军,他率领着自己的族人,与数量超过自己数倍的敌人作殊死战斗。他非常明白这场战争意味着全族人的牺牲,但他别无选择,是法比尔人别无选择,他们希望能通过本族人的鲜血换回罗马两派的安宁。

很多罗马人都被法比尔人视死如归的精神所打动,他们聚集在一起,与法比尔人一起来到克莱梅拉河旁陡峭的山崖上。法比尔人在山上扎下营寨,趁维几人不注意不断冲下山去,这种小规模的战斗持续了很长时间,给维几军队造成了不小的损失。

法比尔人被不断的胜利冲昏了头脑,他们开始麻痹轻敌。在抢夺一个盆地里的牲口群时,当维几人从四面八方冲出来,法比尔人才意识到中了埋伏。法比尔人一个接一个地倒下去了,直到全军覆没,只有一个十岁的男孩逃了出去。

据说,法比尔人牺牲的那天是七月十八日,后来罗马在阿利阿河被高卢人打败的日子也是七月十八日,所以,这一天被罗马人称为"黑色的一天"。

农民辛辛那图斯

自从法比尔全族壮烈牺牲以后,厄运就不断地光顾罗马。埃库尔人不断地骚扰罗马北部,他们破坏农田,抢劫罗马人财产。处在埃库尔人威胁下的罗马人纷纷逃往附近的城市。贵族们逃到城里后同样可以过上安逸的生活,而平民们只能勉强度日。于是,瘟疫在七座山城蔓延开来。据说,两个最高行政长官、四分之一的元老、全部占卜师和全部护民官都在当年那场瘟疫中死去。埃库尔人本想攻打罗马,但听到台伯河畔的城市都在流行黑死病,死了很多人,便吓得逃了回去。

也许是众神为了惩罚罗马而故意布置的灾难,瘟疫还没有退去,地震、火山爆发又相继而来。人们相信,世界末日就要到了。

自然灾害使得台伯河城畔各城内的秩序一片混乱,贵族青年们成群结队,走上街头向他们痛恨的平民发泄怨气。克索·库茵克梯乌斯就是其中的贵族青年之一,他的父亲是贵族出身的贫困农民卢茨乌斯·辛辛那图斯。辛辛那图斯是一个谦逊朴实、受人尊敬的人,他曾经在与佛尔西安人的战争中屡立战功,具有良好的指挥能力。而他的这个儿子却脾气暴躁、性格粗野,虽然本性并不坏,但由于富有太多的幻想,整日里都在想如何找回罗马王国昔日的辉煌,到处为非作歹。

在护民官的提议下,最高行政长官同意把克索·库茵克梯乌斯送交平民审判庭。审判那天,辛辛那图斯陪同儿子来到法庭,他诚恳地请求法庭能宽恕他的儿子,他向法庭列举了儿子立下的赫赫战功,一些贵族和平民也都为这位朴实的农民证实被告曾为罗马立下的功劳。

就在这时,一个平民站出来坚持说他的兄弟遭到被告虐待后死去了,本可以无罪释放的克索·库茵克梯乌斯再度被起诉为故意谋杀罪。护民官命令官员为被告戴上镣铐,准备投入监狱。克索·库茵克梯乌斯的贵族朋友们愤怒了,他们不顾官员的阻挡,冲上审判台,朝着护民官和法官叫嚣着。一场殴斗眼看要爆发了。

护民官也没有料到形势会发展到这种地步,如果对被告的宣判不改变,贵族们肯定不会善罢甘休,可护民官的判决具有法律效应,是不能说收回就收回的。最后，护民官同意被告交纳三千阿斯钱币罚金便可以获得自由。

克索·库茵克梯乌斯被释放了，所交纳的罚金在父亲辛辛那图斯卖掉帕拉丁山上的房子后还清了。辛辛那图斯对儿子说："我替你还清这笔罚金是出于一个做父亲的义务，你按自己的意愿去塑造未来吧。我不能左右你的思想，你可以跟那些起诉人继续作对，也可以逃避他们。我是一个平常人，我只想过农民的生活，新的法律并未让我感到一丝欣慰。"说完，辛辛那图斯迁到了寂静的农村。

克索对父亲安于现状的行为难以理解，他认为自己所从事的才是伟大的事业。于是他开始举旗造反。不幸的是，他低估了民众甚至他自己阶级同伴的自由思想。很快他那一小股力量被挫败了，没有人知道他是战死了还是上了十字架。

埃库尔人趁机发动了蓄谋已久的战争。罗马人并没有像埃库尔人想象的那样乱作一团，他们招募了一支强大的罗马联盟军准备应战。为了麻痹敌人，罗马军队故意被埃库尔人包围在营房里，打算给敌人来个出其不意的打击。

事情也并没像罗马人计划的那样发展，一直觊觎罗马的佛尔西安人也蠢蠢欲动。罗马根本没能力四面应敌，对付埃库尔人已很困难了。若能速战速决，各个击破，或许还有可能胜，但在这生死存亡之际，谁能委以重任呢？急难之中，人们想起了辛辛那图斯，人们甚至把他看成了罗马的救星。最高行政长官立即决定任命辛辛那图斯为独裁官。罗马的独裁官享有不受限制的至高权力，如果掌权超过十六天，按照法律，他可以进行六月独裁。一位高级官员被委托去向辛辛那图斯传达决议，官员走了很长的田间小路才在农田找到了他。辛辛那图斯正在犁地，他看到身穿官袍的罗马官员并未惊讶，他吩咐官员稍等，等犁完了地才走上前搭话。

"幸运的辛辛那图斯，你已经被任命为罗马独裁官，将拥有超过最高行政长官的权力。瞧，这是你的权斧，你将用它把威胁我们的敌人赶出拉丁姆。"高级官员挥舞着权斧宣布。辛辛那图斯并没有显现出一点激动之情，他撩起衣襟擦了擦额头的汗，面无表情地说："我的幸福就在这块土地上，我种出粮食养活士兵，同样是为祖国做贡献。对荣誉我从来都不感兴趣。"

高级官员没有想到这样的高官厚禄会被辛辛那图斯拒绝，惊讶得半天没有说出话来。看了看目瞪口呆的高级官员，辛辛那图斯笑道："你可能无法想象一个人会愿意放弃高贵的地位而心甘情愿地去当一个平凡的人吧，那是因为你还不知道平凡人所拥有的乐趣。可是，为了祖国我可以做出任何牺牲，战争胜利后我会重新回到我的土地上来。"

"战争胜利后你还会对权力如此淡然吗？到时说不定会抓住不放呢。"高级官员在心里嘀咕着。

临危受命，辛辛那图斯接过指挥权，全副武装，率领罗马兵团扑向埃库尔人。他命士兵趁天黑在敌军外围打起一道木桩，把敌人包围在木桩中间。拂晓时分，当埃库尔人走出营房准备战斗时，只能无奈地夹在罗马人当中两头挨打。罗马人赢得了辉煌的胜利。最高行政长官以隆重的仪式欢迎独裁官辛辛那图斯的归来。

世界经典文库 中外神话故事

· 古罗马神话 ·

图文珍藏版

辛辛那图斯执掌国家最高权力正好十六天，他完全可以进行六月独裁统治，但是毫无权欲的他在凯旋的当天即把象征权力的棒斧交还给了最高行政长官。

罗马人民永远称颂着辛辛那图斯的功绩和美德。为了纪念这位罗马农民，美国东北部的一个城市被取名为辛辛那提。

阿尔乌斯·克劳迪乌斯

罗马注定是多灾多难的，埃库尔人的进犯刚刚被打退，新的战斗号角又重新吹响了。一天，一名叫西策尼乌斯·丹塔图斯的老兵来到平民聚居地，对围观的平民们高声说道："罗马的平民们，我曾是一名参加过 120 场战役的军官，我的身体上留下了光荣的伤疤，为此我曾获得过很多荣誉与桂冠。但是，当我从战场上回来后，发现自己竟然不能获得一片耕地，我冒死夺取来的全部土地都被贵族们占领了，多么可悲啊。平民们，我们应该遏制贵族们的傲慢，使罗马重返公正的时代。"

越听越激动的平民们随声附和着，他们要求颁布耕地法，但他们也意识到眼前最紧要的事就是把迄今为止的所有法律以文字形式全部记载下来。以往的法律都是口头相传的，很容易被任意扭曲，平民则成为其最大的受害者。

贵族出身的阿比乌斯·克劳迪乌斯为了满足自己疯狂的统治欲，以友好的姿态迎合平民们的要求。他提出建议，由十人团制定十二铜表法，十人团被授予全权，团中有五个平民的席位，以显示出民主自由。正巧，有三个罗马法律学者从雅典立法家梭伦处学成归来，也投入到制定十二铜表法当中。

最初，平民寄托在十人团身上的各种期望都基本实现了。虽然土地没有按平民的要求重新调整，贵族和平民间禁止通婚的条文又被列入法律当中，但大多数内容还是有利于低等阶级的。于是，平民们期待着十人团能够把职权交还给平民，并重新选举最高行政长官。

但平民们的计划又落空了。阿比乌斯·克劳迪乌斯利用职权把一切权力都抢占过来，使自己凌驾于一切权力之上，俨然罗马王制下的国王。

平民们愤怒了，要求阿比乌斯·克劳迪乌斯下台的呼声越来越高。但是早已权欲熏心的贵族首领撕下仁慈的假面具，把所有表示不满的人投入了监狱。在这种高压的统治下，平民们敢怒而不敢言。

老兵西策尼乌斯·丹塔图斯看到对平民越来越不利的局势，实在忍无可忍，他勇敢地站出来，对阿比乌斯·克劳迪乌斯展开尖锐的批评。

阿比乌斯·克劳迪乌斯对这个自恃有一身光荣伤疤的老兵非常痛恨，但却无可奈何。他不能像对待其他平民一样把西策尼乌斯·丹塔图斯交给他的执法者们，那样做的后果不堪设想。怎样才能消除眼前这个障碍呢？事出凑巧，跟埃库尔人作战的兵团需要一个久经沙场的老兵当参谋，十人团把西策尼乌斯·丹塔图斯送到战地大营,然后命令不知内情的将士们悄悄地把这一障碍杀害了。

西策尼乌斯·丹塔图斯被杀害的消息很快在罗马传开了,但没有人敢公开控告阿比乌斯·克劳迪乌斯。于是,这位独裁者更加肆无忌惮起来。

一天,阿比乌斯·克劳迪乌斯遇到了一个叫维尔吉尼亚的美丽姑娘,他心中的欲火顿时燃烧起来,姑娘的一举一动都会使这位暴君魂牵梦萦。当他向维尔吉尼亚表达爱情时,姑娘礼貌地拒绝了他。

"阿比乌斯·克劳迪乌斯,我非常感激你的爱情,但我已经订了婚,而且我父亲是平民营兵团的首领维尔吉奴斯,罗马法律规定,平民与贵族是不能通婚的。更何况,你已经是结过婚的人,当你和你的妻子共同吃下一个面包时,已经标志着你们是一个共同的整体了。"

阿比乌斯·克劳迪乌斯的爱散发着火热的力量:"在罗马还没有离婚的先例,但法律对离婚并没有禁止过,我将成为第一个用行动尝试新法的人。"说完,他走到广场上十二块铜表面前,想亲自把一些有阻于他与维尔吉尼亚爱情的条文抹去,但他此时才意识到他虽然拥有权力,但并不能实现一切愿望。连支持他的贵族们都扬言,如果他实现贵族和平民间的通婚,就要对他实施血的报复。

从广场上悻悻而回的阿比乌斯·克劳迪乌斯对维尔吉尼亚的爱丝毫没有减退,反而更加痴狂。他唤来手下的一名心腹:"你去控告维尔吉奴斯,说他的女儿是你的女奴所生。不久之后,维尔吉尼亚将毫无抵抗地属于我了。"

心腹依计行事,早已经为暴君卖命的十人团充当审判的法官,阿比乌斯·克劳迪乌斯作为旁听。维尔吉尼亚在父亲和未婚夫陪同下走到法庭上,善良的维尔吉尼亚对公平的信念丝毫没有动摇。维尔吉奴斯以无可辩驳的证据来谴责原告纯属诬告,可是法官却颐指气使地宣布说:"任何一个明眼人都能看出,你的女儿维尔吉尼亚本是人家的女奴。罗马法律是公正的,现在我宣布,维尔吉尼亚为原告女奴。"

任何辩护都是无用的,维尔吉尼亚的未婚夫愤怒地拔出宝剑,冲向坐在法官旁边的阿比乌斯·克劳迪乌斯。贵族们蜂拥而上,捆住了还没有冲到暴君近前的已丧失理智的人。

维尔吉奴斯镇静地看了一眼被交给原告的女儿,似乎对判决的公正深信不疑,他请求阿比乌斯·克劳迪乌斯,希望能再和自己的女儿说上几句话。暴君答应了维尔吉奴斯请求。

维尔吉奴斯把悲伤的女儿拉到一边,平静地说:"我可怜的孩子,你的父亲要拯救你的自由和贞洁,不要怪我,这也是我唯一的选择。"一边说着,一边把一把匕首刺向维尔吉尼亚的胸口。女儿倒下的一刻,维尔吉奴斯飞身跳上拴在一旁的战马,摆脱了贵族和官员们的围追,顺利地回到了战前的兵团大营。

听到维尔吉奴斯从罗马带来的消息,士兵们义愤填膺。他们决定,如果不撤销十人团,便拒绝接受任何作战命令。这一拒命的行为在罗马整个军队中蔓延开来,没有任何一种行动能制止这股暴动了。

鉴于形势,十人团决定采取新的妥协以安抚平民,恢复稳定。十人团命两个与平民稍有交往的元老——贺雷梯乌斯和法莱律乌斯起草和解协议,这一协议被称为贺雷梯—法莱律法。新选举出的最高行政长官下令逮捕阿比乌斯·克劳迪乌斯和他的追随分子,但在开庭审判的前几天,深感罪恶深重的暴君在监狱中自杀身亡。

卡弥罗斯凯旋

罗马和维几是同时发展起来的两个城市,之间的摩擦不断加剧,双方不惜一切代价地兵戎相见。

在战争初期,维几人首先夺取了费特纳城;罗马人也不甘示弱,出兵费特纳城,彻底摧毁了这个城市,把维几的势力逼退到台伯河大后方。随后,双方进入了二十年的短暂和平时期。这时,罗马的宿敌——罗图勒人和佛尔西安人由于受到萨姆尼特尔人和高卢的威胁,改变了对罗马的敌视态度。维几人却未能获得另外十一个图斯克联盟城市的援助,罗马人抓住这一机会,对维几发动进攻。

战争并没有像罗马人想象的那样顺利,而是一直持续了十年。在罗马人与维几人艰难地迈入了战争的第十个年头,战争还没有结束的迹象,天地间的灾异现象使双方民众十分害怕,双方都徘徊于希望和恐惧之间。

那年的春天非常干旱,阿尔巴纳湖的湖水却暴涨。当湖水快要溢出湖面时,罗马人决定派人到德尔斐神庙向福波斯求神谕。神谕显示,阿尔巴纳湖的湖水必须引进田地,不能入海,一旦湖水漫溢,立即发动对维几的进攻。罗马人按照神的指示积极行动,夏季还未到盛季时,引湖水入田的工程已经全部完成了。

德尔斐神庙

接下来,罗马最高行政长官任命玛尔库斯·富里乌斯·卡弥罗斯担任独裁官和围城指挥。卡弥罗斯是一个富有指挥艺术的人,在罗马士兵大营,他把各项任务布置完毕,并让大家明确地意识到冬天前必须攻陷维几城。在卡弥罗斯精心合理的指挥下,罗马士兵的情绪空前高涨。夏天结束的时候,对维几城发起攻击的各项准备都结束了。卡弥罗斯对胜利满怀信心,他甚至命令罗马人骑马推车一起来到大营,准备在战争胜利后搬运从敌人那里缴获的财物。

战争的号角终于吹响了,罗马士兵如暴风骤雨般地向维几城发起进攻。卡弥罗斯率领一支队伍从地道直通维几市中心的朱诺神庙,并把牲口的内脏祭供在众神的面前。罗马士兵们从地道口相拥而出,他们迅速地走上维几城的大街小巷,内外交困的维几城很快就放弃了抵抗,维几人的尸体铺满了每一条街道,只有很少一部分人向罗马投降才幸免于难。战争的喧嚣沉寂了,罗马人和士兵在维几城开始了大肆抢掠,他们把抢掠的财物源源不断地运回罗马,把俘虏择高价卖掉,把朱诺像也由维几运往罗马的阿文丁山。

罗马人为迎接独裁官玛尔库斯·富里乌斯·卡弥罗斯所举行的凯旋仪式也是空前的,当人们看到载着卡弥罗斯的战车出现在卡尔帕尼城门前时,人群立即爆发出了巨大的欢呼声。卡弥罗斯沿着铺满鲜花的地毯驾车一路驶向卡皮托尔山,在那里摆下感谢朱庇特神的祭供。

随后,罗马又和法莱利城发生边界冲突,法莱利城的居民自称是法利斯克人。他们的城墙和维几城一样位于陡峭的巴萨尔特山顶。元老院任命卡弥罗斯率领罗马军队攻占法莱利。卡弥罗斯命令士兵迅速包围法莱利城,然后朝城堡内掘道前进。但攻打法莱利城并没有像攻打维几城那样大动干戈,一个小小的插曲化解了这场战争。

法利斯克人请了一个老师给孩子们上课。虽然战争在即,但这个老师还是习惯地把他的学生们带到草地上嬉戏。城外的罗马士兵对此也不加干涉。一天,这个老师来到离罗马围墙很近的地方,要求见罗马最高指挥官。

"尊敬的罗马独裁官,几乎所有法利斯克人的孩子都是我的学生,如果把这些孩子们交给罗马方面,也就等于把城市交给了罗马。我早已厌倦了这种生活,这样做的目的只是希望你能赏赐我一点掠夺的财物。"这个老师唯唯诺诺地对卡弥罗斯说道。

卡弥罗斯是个正直的人,他对法莱利城的这个背叛者大喝道:"罗马人的战争是同士兵们作战,不是跟手无寸铁的孩子们作战,你的礼物被拒绝了,哪怕你们在战争中战败了,罗马人也不会接受你的这种礼物。"

最后,这个老师被他的学生用树枝抽打着赶回了法莱利城。

法利斯克人被眼前的景象惊呆了,转而又沸腾了,他们对城门前敌人的仇恨立刻变成钦佩和敬畏,甚至希望同这些罗马人生活在一起。不久,连法莱利城元老院也接受了居民们的提议,在罗马人保证法利斯克人生命安全的前提下,他们主动交出了城市。

罗马崛起的最危险障碍被排除了,而罗马内部却又出现了动荡。为了给德尔斐太阳神置办一件大宗的祭祀礼品,卡弥罗斯要求罗马居民每人拿出十分之一的缴获品。而罗马居民认为,卡弥罗斯从维几缴获物中给自己留下的东西最多,祭祀礼品应该由卡弥罗斯自己出资置办。其实,卡弥罗斯在维几的缴获物中只留下了两扇铜门。

卡弥罗斯对那些诽谤自己的话完全不加理睬，儿子在此间病死更使他的情绪一落千丈。但是，罗马人忘恩负义的举动最终还是激怒了卡弥罗斯。

护民官要求元老院批准传讯卡弥罗斯，在被告缺席的情况下，护民官还是对卡弥罗斯进行宣判，卡弥罗斯被判处罚交一万五千阿斯。卡弥罗斯愤怒了，他决定离开他的祖国，自由流放到阿尔特尔去。

在做出最后决定之前，卡弥罗斯朝着罗马城的方向举起双手："不朽的神灵，让罗马人为他们的忘恩负义付出代价吧。他们马上会感到迫切需要卡弥罗斯，渴望得到他帮助。"当然，他的这一愿望很快便实现了，因为高卢人不久后便来攻打罗马。

高卢人在罗马

在卡弥罗斯离开罗马几个月后，有消息称"高卢人快要到罗马了"，罗马人不知就里，元老院召集的会议也争执不出个结果来。这时，又有消息传来，"克罗西乌姆的使者来到罗马。"

罗马元老们立即接见了克罗西乌姆的使团。

"尊敬的罗马元老们，请接受我们的请求，然后再让我们马不停蹄地把消息带回去。高卢人的部队正像一群蝗虫一样进入我们神圣的国土。这些野蛮人一直前进到克罗西乌姆的城门前才停下来。"

克罗西乌姆使者们一见到罗马元老便陈述他们的请求："以我们自己的力量已经无法打退他们的进攻了，所以，我们的国王派我们来向强大的罗马进行请求，请你们派出罗马军队前去援助吧。"使者们不停地喘息着，但非得要一口气把话说完。

元老们听到使者们的请求后兴奋不已，克罗西乌姆人在承认罗马的强大了。经元老院协商，决定先派出三个法比尔兄弟前往克罗西乌姆城前的高卢人的大营进行谈判。

高卢人和罗马人不同，他们不喜欢艰苦的农耕，性格不稳定，放荡不羁，喜欢掠夺，但他们虽威胁任何国家，却没有占领任何国家，他们战胜后会立刻撤出那个国家，以寻找新的地方抢劫。

进入高卢人大营的三个法比尔人惊呆了，他们眼前的营帐杂乱无章，士兵蓬乱的长发一直披到肩膀处，给人肮脏和可怕的印象。

"如果这群士兵与罗马人交战的话，肯定必输无疑。"三个法比尔人轻蔑地想。

法比尔人被带到了高卢国王不莱奴斯面前，这位野蛮的君主正摇晃着挂在脖子上的抢来的金链子哈哈大笑。等不莱奴斯安静下来，法比尔人向他陈述了罗马元老院的意愿，希望高卢人立即撤出伊特卢利阿地区。

　　不莱奴斯看着眼前的来自罗马的文明人,回答说"既然克罗西乌姆请求你们的帮助,那就证明罗马人都是英勇的武士。我可以答应你们放弃攻打城市,但我会把克罗西乌姆抢劫一空,直到喝完最后一滴甜酒。"

　　法比尔人哪里见过如此张狂的人,他们愤怒地指着野蛮君主:"这里是意大利的土地,你有什么权力占领不属于你的一片土地?"

　　不莱奴斯也从来没有见到对自己如此无礼的人,他大声咆哮着:"回去告诉你们的国王,世界属于勇敢的人。"

　　法比尔人怒气冲冲地离开了高卢人的大营,他们没有回到罗马,而是到了克罗西乌姆,率领克罗西乌姆人直扑高卢人。虽然法比尔人英勇无畏,但他们阻挡不住高卢人的野蛮进攻,伊特卢利阿的大部分城市被攻陷了,三个法比尔人逃回了罗马。

　　高卢人马不停蹄地赶往罗马。听到高卢人迫近的消息后,罗马最高行政长官率领罗马兵团前来迎战。在拉丁姆地区,罗马是至高无上的霸主,一次又一次胜利的战争使罗马人沾沾自喜,所以根本没有把高卢人当一回事。罗马人没有建立稳固的后方大营,也没有组建后备队,甚至轻率地把中心大营驻扎在阿利阿河岸。

　　在高卢人的进攻下,罗马军队惨败。高卢人并没有立刻向毫无抵抗能力的罗马推进,两天后,这批胜利的野蛮人才开始朝着七座山城进发。

　　第一支高卢人的部队试探着进入了罗马城的大街小巷,看到没有任何抵抗后,发出一声呐喊,让等在外面的大队人马急流般地拥进来。高卢人从来没有看到过像罗马城这样多的财宝,他们用数辆马车载着无法估价的财富运回高卢,但仍觉得留下的无法运走的比运走的要多得多,于是,高卢人放火烧城,可怜经历七代国王和二百多个最高行政长官经营起来的城市毁于一旦。

　　高卢人沿着卡皮托尔山往上攀登,不莱奴斯国王决定对山城进行包围。罗马人在玛尔库斯·曼利乌斯的率领下,轻而易举地把高卢人从山上打退下来。

　　转眼秋天到来了,高卢军营里瘟疫流行,大批大批的高卢士兵死于非命,粮食也急缺起来。不莱奴斯决定把抢劫的范围扩大到拉丁姆地区,于是,高卢人又发动了对罗图勒人的进攻。

　　当高卢人迫近罗图勒人首都阿尔特尔时,生活在阿尔特尔的卡弥罗斯又被重新委以重任。卡弥罗斯率领着罗图勒人的一支训练有素的部队进行了一场漂亮的夜战。高卢人在伊特利阿地区第一次被打败了。

　　消息传到维几,此时的维几正聚集着一批被高卢人打败的罗马人。罗马人迫切地需要卡弥罗斯回到罗马,在祖国的危难时刻,不能让天才的首领无用武之地啊。不过,任命独裁官需要最高行政长官做出决定,而最高行政长官们都被敌人围困在卡皮托尔山上。经过商议,留在维几的人决定派人到卡皮托尔山上,把任命独裁官的消息再带回维几。人们把任务交给了一个年轻的士兵。年轻人从一条秘密的小道直达卡皮托尔山顶,带回了最高行政长官任命卡弥罗斯为独裁官的消息。

不幸的是，年轻人攀登山岩的足印被高卢人发现了，竟无意间发现了那条上山的道路。喜出望外的不莱奴斯马上命令高卢人当夜从小路直奔山顶，打算一举攻克卡皮托尔。

朱诺神庙里圣鹅的叫声惊醒了玛尔库斯·曼利乌斯，他一跃而起，发现高卢人已经登上了悬崖，便随手抓起武器，把冲在前面的高卢人推下了山崖。

高卢人立刻往山下退去，罗马人紧追不舍。在幸运地挫败了高卢人的进攻以后，卡皮托尔山上的情况并没有得到多大改变，粮食奇缺，饥饿已经达到了可怕的程度，卡弥罗斯的救援部队迟迟没有音信。最后，走投无路的罗马人决定拿出全部首饰，希望以此为条件让高卢人撤兵。高卢方面，不莱奴斯也早已获知卡弥罗斯在维几进行战争准备，同时他也感到指挥作战有些力不从心。最后，不莱奴斯同意了以一千磅黄金作为撤兵的条件。

但是，狡猾的高卢人在称黄金的秤上做了手脚，他们使用了假砝码。当罗马人发现时，不莱奴斯脸上露出一丝讥讽："战败者还有什么条件可言呢？"

他的话音刚落，卡弥罗斯率领的一队士兵便骤然而至："罗马人不用黄金赎买自由，而是用武器。我可以现在就杀死你，但罗马人不屑与一支没有首领的军队作战。你可以带领你的部队到前面的战场上去。"

不莱奴斯早已经被威风凛凛的卡弥罗斯吓得脸色煞白，他召集军队，朝卡弥罗斯扑了过去。这次高卢人是彻底失败了，野蛮国王不莱奴斯被罗马人活捉后判处死刑。

卡弥罗斯的归宿

在卡弥罗斯的率领下，罗马人终于把高卢人赶出了罗马。在罗马人眼中，卡弥罗斯成了罗马城的第二缔造者，人们举行了盛大的仪式欢迎首领的凯旋。

战胜高卢人的消息传遍了所有拉丁姆国家，散居在外地的罗马难民纷纷兴高采烈地回到罗马。他们满以为昔日那个神圣的罗马正在等待着他们的归来，然而出现在他们眼前的却是一片废墟，罗马城一片狼藉。人们失望着，有的人建议重建罗马，有的人则主张移居到维几去，认为维几的空房子虽然荒芜，但比重建罗马要方便得多。

正当罗马人不知所措的时候，卡弥罗斯再次站了出来："勇敢的罗马人民，众神赋予你们神圣的使命，我们应该让往日那个罗马再次屹立于世界的拉丁姆大地上。"首领的话唤起了大家几近瘫倒的精神，许多应该重建罗马的征兆出现了：有人在福耳图那庙的废墟中找到了一个木刻的国王赛尔维乌斯·图利乌斯像，有人在吉祥地找回了大祭司的权杖。

一天，一个军官率领一队士兵走到罗马广场时，大声命令他的马："停下，我们最好留在这里。"此时的元老院正在热烈地讨论罗马去留的问题,听到这一声叫喊,元老们喜出望外,这也是一个预兆啊。于是,元老院决定重建罗马。此外,元老们还决定恢复所有战俘的自由,让他们留在罗马,给这座新建的城市增添血液。

重建罗马需要很大一笔物资,而罗马在经过频繁的战争后早已经国库空虚,这些重建城市的费用只能通过提高赋税获得了。罗马人虽然对古老的城市怀有浓厚的感情,但对高额的税收还是怨声载道。

重建后的罗马城由于仓促、毫无计划,缺少了古罗马时期庄严宏大的建筑,更多的是狭窄弯曲的小巷。

罗马人民对卡弥罗斯的功绩进行了肯定,这一肯定的最大表现形式就是卡弥罗斯第三次当上了独裁官。卡弥罗斯出身贵族,他未担任护民官,但他却极力笼络民心,为了赎回因欠债而被拘押的平民,他甚至散尽了钱财。卡弥罗斯还公开发表言论要求铲除社会弊端。但在这一时期,罗马内部发生了一场凄惨的悲剧。

玛尔库斯·曼利乌斯·卡皮托利奴斯是一个并没有通过官方任命而拯救了罗马的首领,他曾经享受到无尽的荣誉。但是,恢复和平后的罗马人民又一次表现出了忘恩负义,他们围绕着玛尔库斯·曼利乌斯究竟是最大的叛徒还是最高贵的护民官展开了辩论。此时,有人说玛尔库斯·曼利乌斯是阴谋独裁统治的头子,这种谣言如雪上加霜,使这位英雄人物成了罗马的叛徒。

玛尔库斯·曼利乌斯被逮捕了,指控犯有叛国罪,判处从塔尔佩几山上推下去致死。这是一个多么具有讽刺性的游戏啊。不久前,玛尔库斯·曼利乌斯正是从这里被圣鹅惊醒,并亲自把第一批高卢人推下悬崖,而此时,这里竟成了他的埋葬地。

玛尔库斯·曼利乌斯的死激起了平民的极大愤慨,不少贵族也自愿沦为平民,贵族的势力日益削弱。这时候,又出现了一件改变贵族和平民力量的事。

一对姐妹,姐姐嫁给了富裕的平民利齐尼乌斯·斯陀罗,妹妹嫁给了一个贵族。一天,平民姐姐到贵族妹妹家做客,姐妹俩正谈着话,门外传来了一阵嘈杂声。

"妹妹,什么事这么热闹呢?"姐姐奇怪地问妹妹。

妹妹脸上一副得意的神情:"不用理会这些人,那一批高级官员正用他们的权杖敲击大门,会有仆人为他们开门的。"

姐姐更加奇怪了:"难道你丈夫每天都是那些高级官员护送回家的吗?"

妹妹的神情更加得意了:"你可能还不知道,我丈夫是战争时的护民官,元老院给他安排了一队高级官员做随从。这样的荣誉我天天享受,早已经习惯了。看来作为平民的妻子真的是没办法享受到这样的待遇。你嫁的那个平民丈夫即使再有钱,也不能成为国家官员啊。"

姐姐像是受到了极大的侮辱,刚进家门,她就放声大哭,丈夫利齐尼乌斯·斯陀罗心疼地问她怎么回事。妻子委屈地说:"我在妹妹家看到了一队执掌权杖的官员,那就是贵族与平民的区别啊。亲爱的,平民们也应该获得一切权利了,人们也应该给你一个国家官员的职务，你根本就不比那些贵族们差啊。"

妻子的话给了丈夫很大的震动，利齐尼乌斯·斯陀罗开始勤奋上进。不久后，他就与平民卢茨乌斯·曼利乌斯一起被推选当上了护民官。在任期间，他们提出了许多法律建议，这些建议被称为"利齐尼法律建议"。

旧法被推翻，将意味着独裁官权力的消失，这些事实让卡弥罗斯产生了绝望，他背叛了他的人民，贿赂了八个护民官反对新法。这种新旧势力的斗争持续了十年之久，两位平民出身的护民官每年都在更新法律建议，并罢黜了被贿赂的护民官。最后，卡弥罗斯只得顺水推舟地劝告元老院批准已经由百人团会议同意了的法律建议。卢茨乌斯·曼利乌斯当选为第一个平民最高行政长官。

脸色凝重的卡弥罗斯在把象征权力的棒斧移交给卢茨乌斯·曼利乌斯前，为罗马建造了一座和睦庙。不久，他便去世了。

梯拖斯和玛尔库斯

卢茨乌斯·曼利乌斯是一个十分严厉的人，对他的人民严厉，对他的儿子也同样严厉。当得知高卢人又往南逼近时，这位最高行政长官对他的人民更是加紧了控制。罗马贵族愤怒了，他们本来就对平民出身的最高行政长官心存不满，而平民们对这位维护本阶级的首领也不满意。最后，卢茨乌斯·曼利乌斯被指控犯有虐待士兵罪被送上了法庭。

卢茨乌斯·曼利乌斯的儿子梯拖斯·曼利乌斯是个勇敢善良的孩子，但是他说话结巴，每句话都含混不清，让人难以理解。父亲不但对这个可怜的孩子不加以怜爱，反而经常打骂。在罗马，父亲是严厉而神圣的，所以，梯拖斯对自己蛮横的父亲从来没有怨言。

听到父亲将要接受审判的消息后，梯拖斯首先想到的是护民官给父亲带来的耻辱以及父亲面临的危险。一想到这些，梯拖斯就心急如焚，一定要以最快的速度对父亲进行救援。

梯拖斯身体健壮有力，剑艺精良，曾在各种赛事中取得过数项骄人的成绩，他相信以他的胆量绝对可以救出父亲。梯拖斯把一把锋利的匕首藏在胸前的衣服里，大清早就来到护民官玛尔库斯·蓬帕尼乌斯的家门口。

"去告诉你们的主人，就说最高行政长官卢茨乌斯·曼利乌斯的儿子求见。"梯拖斯对门卫说道。

梯拖斯很快就被唤了进去，玛尔库斯·蓬帕尼乌斯高兴地接待了这个在他眼里还是孩子的梯拖斯，他相信这个孩子是来揭发父亲的暴行的。

"护民官大人，有些话只能和你单独说，你的这些随从……"梯拖斯看了看四周。玛尔库斯·蓬帕尼乌斯会意，房间里的其他人都离开了，只剩下他们两个人。

　　突然,梯拖斯一个箭步走上前去,从怀里掏出匕首,抵住玛尔库斯·蓬帕尼乌斯的脖子,狠狠地威胁说:"是谁任命你担任审理父子纠纷案的法官的? 你把耻辱强加在我父亲头上,起诉他虐待我,我请你当我的律师了吗? 如果你不撤销对我父亲的起诉,不就此事召开国民会议,我就一刀杀了你。"

　　玛尔库斯·蓬帕尼乌斯吓得浑身发抖,他按照梯拖斯的意思把卢茨乌斯·曼利乌斯释放了。但是,这位护民官也公开声明,他只是屈服于梯拖斯的暴力才放弃起诉的。

　　残酷的卢茨乌斯·曼利乌斯被儿子解救的消息传遍了整个罗马。不满的、惊讶的,但最多的还是对梯拖斯行为的赞扬和称道。

　　"那么残暴的父亲怎么会有如此高尚的儿子呢? 这个被父亲当作奴隶一般的儿子有着如此美好的爱心和孝道,具有这种高尚思想的年轻人难道不配享有最高荣誉吗?"人们纷纷评论着,早已经忘了要惩罚差点被送上法庭的孩子的父亲。

　　没过多久,一支高卢人的军队朝罗马扑来,在阿尼奥河的一侧紧靠桥头扎下大营。罗马军事首领梯拖斯·库茵克梯乌斯·彭奴斯率罗马军队驻扎在阿尼奥河的另一侧,与高卢人隔河相望。双方的部队相峙着,谁也不敢首先踏上桥去。

　　一天,一个魁梧的高卢士兵走出队列,大摇大摆地走到桥的中间,趾高气扬地对罗马人大声喊道:"号称勇敢的罗马人,如果有胆量的话就出来和我较量较量吧,我们之中赢的那一方将为他的民族赢得荣誉,输的一方将退出战争。"

　　梯拖斯看到对方嚣张的神情气愤得直跺脚,他征得首领的同意,雄姿勃勃地冲上桥去。看到眼前站着个瘦弱的年轻人,高卢人哈哈大笑,他挥舞着长剑迎了上来,想凭着自己高大的身躯制服敌人。梯拖斯镇静地向后一退,高卢人的剑刺空了,剑尖进入了厚厚的桥板中。高卢人咆哮着想拔出他的剑,但为时已晚,梯拖斯的刀刺入了他的脖子,高卢人倒下了。

　　根据口头协定,高卢人承认了罗马人的神圣,撤回到波河平原去了。此后,梯拖斯又被称为"拖尔库阿图斯",意为"戴项链的人"。

　　后来,一支高卢人又来侵犯罗马,两军在平原上驻扎下来。为了取得主动权,双方谁也没有轻举妄动。一天,一个高卢士兵举着长剑来到罗马人营前,要求罗马人跟他决斗,决斗的结果将决定出两个民族哪一个是最强大的。此时,一个叫玛尔库斯·法莱利乌斯的少年出营迎战。

　　决斗一开始,玛尔库斯·法莱利乌斯便觉得体力不支,而野蛮的高卢人则剑出如飞。围观的罗马士兵都痛苦地低下头来,他们料定法莱利乌斯会必输无疑。高卢人方面则为他们的勇士欢呼着,仿佛已经看到了罗马人战败的惨状。

　　罗马士兵的头盔外表像鳗鱼一样溜滑,它可以使高卢人砍在头盔上的刀剑滑到一边,否则的话,法莱利乌斯连高卢人一个来回合都招架不住。高卢人砍累了,气喘吁吁地站定身子,准备稍事休息后直取罗马人的性命。

　　法莱利乌斯也累得满头大汗,他趔趄着站立着,为参与这场即将给他的祖国带来耻辱的决斗而后悔不迭。正在这时,从天边飞过来一只乌鸦,不偏不倚正伫立在罗马少年的头盔上。高卢人也被眼前的景象逗笑了,他挥舞着长剑想把乌鸦吓走,但乌鸦不但没有飞走,反而用嘴和爪子扑啄高卢人。法莱利乌斯乘机攻击高卢人,高卢人一边还击一边后退。突然,乌鸦猛地向前,一下啄出了高卢人的一只眼睛,正当高卢人哇哇乱叫的时候,法莱利乌斯的剑也刺穿了他的胸膛。

罗马人被天赐的胜利所鼓舞,冲向高卢人的军营,高卢人落荒而逃。此后,玛尔库斯·法莱利乌斯获得了一个"库尔乌斯"的绰号,意思为"乌鸦"。

玛尔库斯·库尔梯乌斯以身献祭

罗马人对神的笃信超过了其他任何民族的人,罗马人相信,众神时刻在护佑着罗马。而罗马人揣度神意则是方方面面的,每一件稍微有些离奇的事都会成为罗马人思考的对象。

一天,罗马广场突然动荡起来,一半的土地陷落到地底下去了,出现了一个可怕的裂口,正在游玩的人们和集会的国家官员顿时喧哗成一片,纷纷猜想着这一征兆带来的预示。难道这是罗马城陷落的前奏吗?或是火神伏尔甘在地下新建了一座工场吗?塌陷的裂口还能合拢起来吗?该不会从地下冒出火焰来毁灭一切生灵吧?罗马人想出了各种可能出现的问题和可能出现的答案。

"众神啊,难道你要抛弃你的宠儿了吗?难道你忘了这个你曾经护佑过的城市了吗?"罗马的男男女女都在心里祈祷着,并且以极大的热情填塞着这个深不见底的大洞。他们从城外运来一堆堆的沙土、石子,以至于城外的几座大山被夷为平地,但是黑洞洞的大口依然贪婪地张裂着。

元老和祭司们开始绝望了,他们想不出任何解救罗马的方法,自责折磨着他们的内心,罗马真的气数已尽,要毁灭在这一代人的手里吗?

"何不派人去德尔斐神庙向福波斯求得神谕呢?"一个年老的居民的话使慌作一团的罗马人从噩梦中惊醒。

"对呀,去德尔斐神庙求神谕。"人们响应着。于是,元老会派了两名祭司去德尔斐神庙。祭司们带回的神谕让罗马人百思不得其解:"罗马要避免这次毁灭,只能使用最宝贵的物品祭祀裂口。"

罗马人并不是舍不得最宝贵的东西,但什么是最宝贵的东西呢?他们试着把他们认为的最宝贵的物品扔下裂口,可丝毫不见反应。大家猜来猜去,最高行政长官、祭司、元老们终日商量来商量去,但谁也猜不出神谕所指的最宝贵的物品到底是什么。

一天,一个年轻人来到元老院外,求见最高行政长官和元老们。年轻人被带进元老院,元老和最高行政长官正为猜不出神谕而焦头烂额,当他们听说一个年轻人求见时,不禁迁怒于他,关于罗马生死存亡的思考怎么能随便被打断呢?官员们面露愠怒。

"尊敬的元老们,你们大可不必为神谕而如此烦恼,罗马是神圣的,英雄的罗马人打败了四周敌人的进攻,也打败了高卢人,细想一下,勇敢难道不是罗马最可宝贵的物品吗?我们必须把勇敢投入深渊去,而我,自愿充当最宝贵的牺牲。"年轻人神情严肃地说。

最高行政长官、元老们、祭司们和所有在场的罗马人都惊呆了,人们议论开来,有的赞同年轻人的观点:"是啊,勇敢真的应该是罗马最宝贵的物品,我们猜了这么久怎么没能想到呢!"

有的人则反对年轻人的观点:"我们怎么可能相信一个孩子的讲话?如果勇敢真的是最宝贵的物品,但他有什么权利称自己勇敢呢?我们甚至不知道他的名字。"

年轻人并没有理会人们的议论,他继续着他的讲话:"我的名字叫玛尔库斯·库尔梯乌斯,参加过一些战斗,瞧我身上的伤疤,他们证明了我以前的勇敢,但我这次要以我的生命来诠释我的价值。"年轻人撩起上衣让人们看他身上的伤疤。

不等人们做出反应,年轻人便向拴在一旁的战马走去。他从马背上摘下一套金光闪闪的盔甲,穿戴完毕后翻身上马,回头望了望曾经生活过的让他自豪的罗马,随后一咬牙勒紧缰绳,两腿夹住马腹,在众目睽睽之下朝广场中心的洞口奔过去。战马飞身跃起的一刻,年轻人高喊:"护佑罗马的众神,请接受玛尔库斯·库尔梯乌斯作为象征罗马最宝贵的祭礼,请宽恕罗马的罪过,护佑罗马母亲逃过这次灾难吧。"战马载着年轻的玛尔库斯冲进了张开着的大洞口。

所有的罗马人都低下了头,女人们、老人们和孩子们已经泪流满面。不管这个年轻人的牺牲是否值得,他们同样被这个年轻人的勇敢所折服。

"众神啊,看看罗马的儿子,为了母亲的永远年轻,他勇敢地献出了最宝贵的生命,即使罗马真的就此毁灭,罗马也不会怪罪他的人民。"人们拥到洞口,向里投掷着鲜花,以此来缅怀罗马英雄。

突然,奇迹出现了。洞口内传来了汩汩的流水声,瞬间,人们看到从洞里慢慢向外涌起了清水,随着水柱越来越高,大张着的洞口开始变窄,最后,洞口收拢到了一口井大小。

人们欢呼着,在广场上举行着各种欢庆活动,赞扬着给罗马带来新生的玛尔库斯。今天,在罗马大广场中心,有一个库尔梯湖,中央三角形的地方有一个灰色的熔岩井圈,据说那就是玛尔库斯·库尔梯乌斯当年以身献祭的地方。

第一次萨姆尼特尔人战争

最初,萨姆尼特尔人沿着阿伯鲁泽恩山谷往下迁移、扩张,当它的人口增加时,人们纷纷脱离族群,迁往富饶的康帕尼阿平原。迁入平原的萨姆尼特尔人夺取了图斯克人的领地卡波阿,萨姆尼特尔人与图斯克人在长久的融合中又组成了一个新的民族,康姆帕尼民族。

一百多年后,新的萨姆尼特尔人再一次拥入康帕尼阿平原。康姆帕尼人早已经忘记了他们的萨姆尼特尔人血统,奋起抵抗这些入侵者。但是,康姆帕尼人没有足够的力量击败萨姆尼特尔人。于是,他们向声誉已传遍整个意大利的罗马求援。

罗马在驱逐了高卢人以后,势力范围扩大到台伯河对岸,罗马统治者在占领的土地上围起一个安全的防御网,然后迁入居民。不久,佛尔西安人由于和邻国多年的战争而削弱了力量,在东部山区又受到了萨姆尼特尔人的骚扰,因此佛尔西安人自愿把大片土地送交罗马人。在康姆帕尼人和佛尔西安人的请求下,罗马人第一次接触到骄傲的萨姆尼特尔人。

康帕尼阿平原远离罗马,接到康姆帕尼人的请求后,元老院以罗马不能向陌生城市提供援助为由拒绝了康姆帕尼使者。康姆帕尼使者跪倒在地上,请求罗马把卡波阿收为附属国。元老们犹豫不决。

"罗马不能阻止任何人自愿成为罗马的属下,世界应该通行罗马法律,拥有罗马的习俗。如果我们拒绝了康姆帕尼人的请求,将会被世界人取笑的。"有人向元老们建议。

最后,卡波阿成了罗马的附属国,出于义务,罗马元老院派使者前往萨姆尼特尔人的首都萨姆尼欧姆。起初,罗马人受到了热情的款待,但当罗马人要求萨姆尼特尔人停止对卡波阿的敌对行动时,萨姆尼特尔人却愤怒地立刻对康姆帕尼人开战。

面对萨姆尼特尔人的反应,罗马人也积极备战。由军事首领科尔纳利乌斯·库素斯指挥一支军队直接向萨姆尼欧姆推进,最高行政长官法莱律乌斯·柯尔乌斯则率领另一支前往康帕尼阿平原,在距离库麦城不远的高卢斯山地扎下大营。

萨姆尼特尔人看到罗马的军队已经进驻康帕尼阿平原,遂骄傲地朝罗马人冲过来。身经百战的法莱律乌斯哪里会把萨姆尼特尔人放在眼里,他望着远方沸沸扬扬的尘土,回头向士兵们说:"你们看,这些山民和羊倌们竟敢如此嚣张,他们的头盔和盾牌闪烁着金光,俨然一副胜利者的姿态,你们听到这些人取得什么成就了吗?他们怎么能战胜由萨比纳人、拉丁人、佛尔西安人、埃库尔人、赫尔尼克人组建起来的罗马军队呢?"

士兵们跟着最高行政长官哈哈大笑起来,挥动着手中的长矛,眼睛里喷吐出怒火,斗志昂扬地高呼着:"罗马人是用坚硬的木头镂刻出来的硬汉子,马上他们就会领教我们的厉害了。"

罗马人太过于轻敌了,萨姆尼特尔人并不是只知道挤牛奶的家伙,他们的士兵训练有素,骁勇善战,对双方来说,这场战争成了一场激烈血腥的、毫无希望的搏斗。

罗马的骑兵们旋风般地扑向敌人,可萨姆尼特尔人的阵营坚若磐石,他们把长矛和短剑刺向罗马骑兵的战马,被刺中的战马痛得四蹄腾空而起,罗马士兵纷纷跌落。战马在狭窄的战场上嘶鸣,乱作一团。

法莱律乌斯想不到骑兵在这里失去了用武之地,他首先从马背上跳下来,一边指挥着骑兵撤出中心地带,一边高呼着:"勇敢的罗马士兵,我们不能依赖马,只能依赖自己的双脚了,跟着我冲向敌人吧,敌人的刀剑下正是我们的丰收之地,胜利离我们只有一剑之隔。"

在法莱律乌斯的率领下,罗马士兵冲向敌人的阵地,萨姆尼特尔人纷纷倒下,但他们并没有退却,而是顽强地抵抗着。

萨姆尼特尔人终于有些支撑不住了,罗马人看准时机,冲入对方的阵营,猛砍猛杀,眼睛里喷射出火焰。萨姆尼特尔人在一瞬间误认为是和神在战斗,不由得向后撤退,罗马人紧追不舍,直到把敌人彻底击垮。萨姆尼特尔人从康帕尼阿平原上退出了。

在另一战场上,罗马人就没有如此幸运了。当罗马军队穿林越谷向前推进时,前沿部队遭到了一队萨姆尼特尔士兵的袭击。萨姆尼特尔人把滚木、山石等从两侧的山上向罗马人投掷,使其首尾不能相顾。首领们大喊着"撤退""前进"的矛盾口令,更使得罗马军队处于一片混乱之中。

此时,夜幕降临了,一个叫普泼利乌斯·特策乌斯·摩斯的战时首领还镇定自若。通过观察,他发现了一块还没有被敌人占领的高地。特策乌斯·摩斯向科尔纳利乌斯·库素斯汇报了这一情况,并要求带领一支重武装部队去抢占高地,以吸引敌人的注意力。

"当敌人主力朝高地的方向进攻的时候,你赶快带着大部队脱离险境。"特策乌斯·摩斯对最高行政长官说道。

特策乌斯·摩斯趁拂晓对分散在山上的萨姆尼特尔人发起进攻。此时的萨姆尼特尔人还在睡梦之中,他们怎么也没有想到,白天还在驰骋疆场此时却成了罗马人的刀下之鬼。

夜袭成功了,罗马人在萨姆尼欧姆本土打败了萨姆尼特尔人,但经过了在素埃素拉的第三次战斗之后,萨姆尼特尔人才接受了罗马的和平建议。

从那时候起,世界上许多的民族才开始知道了在台伯河流域有一个叫作罗马的城市。

血战之后的一场滑稽剧

打败萨姆尼特尔人后,罗马与萨姆尼特尔人签订了合约,很长时间没有发生战争。康姆帕尼人把卡波阿交给了罗马人,留在卡波阿的罗马部队很快就过起了康姆帕尼人的生活:吃海鲜、蜗牛、鲜肉饼和夹心球糖,饱食终日。当罗马的最高行政长官要求军队撤回的消息传到卡波阿时,这些罗马士兵极不情愿地发起了牢骚,有些人背地里商量着不离开卡波阿的对策,甚至打算宣布城市独立。

最高行政长官得知留在卡波阿的士兵起了反叛心理,并没有大肆渲染地前去讨伐,而是悄悄地来到卡波阿召开军官会议。

"你们都是勇敢的人,为了使你们能够继续承担光荣的任务,元老院决定给你们放一些探亲假,你们可以马上出发,也可以带着你们的士兵回去。"最高行政长官语气中并没有责备的意思,像是不知道将士们的反叛行动。

军官们被迫离开了,士兵们全部留在了卡波阿,群龙无首。

一天,一个士兵来到队列前,对他的兄弟们说:"离开的时刻越来越近了,我们必须实现从前的计划了。"

"可是,我们没有指挥官,即使我们成功地接管了卡波阿的权力,我们还是不能占领它啊,而且,那样的话,我们将会受到罗马人民的惩罚。"一个士兵信心不足地说道。

"如果我们真的要实施行动,一定要委派一个指挥官。我听说在图斯库罗姆有一个年老的残疾老兵,叫作梯拖斯·库茵克梯乌斯,他曾在与高卢人的作战中受了重伤,战争结束后离开部队,我们可以去请他担任我们的首领。"

"会有人担任一批谋反者的首领吗?他一定深爱着神圣的罗马。"又有人表示了怀疑,而且顾虑重重。

"如果你们愿望,我可以带几个人去试试看,我相信一定能把他请来。"提出建议的人坚持道。

最后,士兵们同意了这个计划,并选派了几个人前去图斯库罗姆。

在图斯库罗姆,被选派的士兵找到了伤残老兵梯拖斯·库茵克梯乌斯的家,他们在拂晓时分包围了整个房子,然后使劲地敲门。

梯拖斯·库茵克梯乌斯不知缘由,从睡梦中惊醒,打开门刚想问个究竟,一群士兵蜂拥而上,把他围在中间。

提出建议的那个罗马士兵走近梯拖斯·库茵克梯乌斯,礼貌而又略带威胁地对他说:"我们想宣布卡波阿独立,却缺少一个首领,而我们选中了你,你应该感到骄傲。在你面前的选择只有两个,要么死在这里,要么和我们到卡波阿一起造反。"

梯拖斯·库茵克梯乌斯在对高卢人的战争中曾作为战时首领率领一个兵团,他虽然离开了部队,放弃了罗马人民给他的荣誉,但他深爱着他的祖国,他怎么能够背叛他的祖国呢?但是,在这种情况之下,他还有什么选择吗?最后,梯拖斯·库茵克梯乌斯只能违心地跟这些士兵来到了卡波阿,虽然他表面上答应会率领士兵们进攻罗马,以使最高行政长官同意让他们继续留在卡波阿,但他打算在恰当的时机规劝这些同胞们回心转意。

不久以后,梯拖斯·库茵克梯乌斯果真率领谋反的士兵们朝着罗马浩浩荡荡地进发了。

这时候，早有消息传到了罗马，最高行政长官立即组建了一支强大的军队，迎战造反的罗马士兵。梯拖斯·库茵克梯乌斯曾是罗马人民所熟知的英雄，最高行政长官不相信这位英雄会反叛他的祖国。

两部罗马军队摆开了阵势，战争一触即发。这时候，最高行政长官走到两军阵前，他高声地对反叛的罗马士兵喊道："我知道你们不愿意回家，都希望留在前方作战，你们是多么英勇啊，可我们已经和萨姆尼欧姆缔结了和约，不能继续留在那里了。经元老院商定，为了表彰你们，你们将获得双份的饷金。如果你们还有什么不满意，可以直接提出来。"

梯拖斯·库茵克梯乌斯本来就没有造反之心，听到最高行政长官的承诺，激动得热泪盈眶，他身后的士兵也十分感动。

"我们是多么愚蠢啊，罗马对我们这么仁慈，而我们却想着要离开它，多么不孝的子孙啊。幸亏我们的行为还没有危害到罗马的尊严，否则将会受到惩罚的。"大家纷纷扔下武器，与兄弟队伍相拥而泣。

全罗马都在为聪明的最高行政长官化解了一场流血冲突而高兴，美好的感情和幽默拯救了任何一方罗马士兵，使他们不致成为杀害同胞的凶手。

拉丁之战

结束了与萨姆尼特尔人第一次战斗之后，拉丁姆大地出现了短暂的和平时期。没多久，罗马统治下的拉丁人的城镇试图做最后的挣扎，以取得对外的独立，于是，"拉丁之战"爆发了。

为了平息拉丁城镇的反叛，最高行政长官普波利乌斯·特策乌斯·摩斯和梯拖斯·曼利乌斯·拖尔库阿图斯率领罗马军队穿过康帕尼阿平原急速前进，但却在维苏威山脚下遇到了敌人。罗马军队与拉丁军队隔营相望。

梯拖斯·曼利乌斯被称为"戴项链的人"，他的儿子有和他一样的名字。年轻的梯拖斯·曼利乌斯在军队里率领一支骑兵，他经常外出执行任务，最初，他也时刻遵守着首领们的戒律，即没有命令不能进行战斗。作为最高行政长官的父亲也一再提醒他，拉丁人与罗马人之间有许多亲戚关系，这场战争最好能够化解，或是以最轻的代价结束，一旦发生战争，七座山城与它的近邻之间就会增添更多的仇恨。

但是，年轻的梯拖斯·曼利乌斯还是忘记了父亲的教诲。一次，他在外出侦察途中遇到了拉丁的骑兵巡哨。领头的骑兵对他说："罗马人号称是天底下最勇敢的人，可他们却害怕与我们拉丁人相遇。罗马人，你一定记得勒基罗斯湖吧，那是拉丁人战胜罗马人的地方。"说完，骑兵们哈哈大笑起来。

梯拖斯·曼利乌斯哪里受过这种窝囊气，他勃然大怒，对拉丁骑兵们说："先别得意，我们避免和你们冲撞并不是怕你们，而是罗马士兵要服从最高行政长官的命令。"

"是吗？不要找如此幼稚的理由了，你的父亲是个勇敢的人，难道你希望将来被叫作怯懦的梯拖斯·曼利乌斯吗？我现在就向你挑战，你不会被吓破胆了吧。"领头的骑兵耀武扬威地向梯拖斯·曼利乌斯挑战。

年轻人生怕辱没了他族第的名声，而且他已经被挑拨得怒火中烧。他抖了抖长矛，催马朝拉丁骑兵冲去，一场决斗开始了。两个回合后，那个领头的拉丁骑兵被挑下马，其他的拉丁骑兵逃回了拉丁军营。

年轻的梯拖斯·曼利乌斯满以为自己的勇敢会得到父亲的夸奖，但父亲只冷冷地对儿子说："虽然你今天在决斗中杀掉了拉丁人，但你的行动和我曾经的行动有个巨大的区别：你是擅自行动的，而我是奉命战斗的。"事情并没有就此结束。

梯拖斯·曼利乌斯把全体部队集合到营帐前，然后转身对儿子说："你斩杀了拉丁人，现在我作为罗马最高行政长官授予你最高的荣誉。"说着，他把一项桂冠亲手戴在儿子头上。士兵们欢呼起来，为罗马有如此勇敢的少年而高兴。

"但是，我的儿子，你也同样违背了必须服从的命令，所以，作为罗马最高行政长官的父亲必须把你的桂冠浸在你自己的血泊里。所有的罗马士兵都要记住，没有命令的行动即使再辉煌，也会带来无比残酷的结果。"所有的人都听出了梯拖斯·曼利乌斯话里的意思，他们屏住呼吸，本想大喊，但罗马军队铁一般的纪律使他们只能眼睁睁地看着即将发生的可怕事情。

队列前面的地上竖起了一根木桩，年轻的梯拖斯·曼利乌斯被绑在木桩上，他的父亲面无表情地向拿着斧头的刽子手打了个手势，儿子的头顿时滚落到沙地上。此后，罗马的年轻士兵都拒绝与这位铁石心肠的最高行政长官一起行军。

战争并没有因此而完结，罗马人面临着更大的牺牲。

在维苏威湖战斗的前一天，一位神曾向梯拖斯·曼利乌斯·拖尔库阿图斯和普泼利乌斯·特策乌斯·摩斯宣布：两支对立的军队中，一方的首领如果愿意领死，那么他会把对方的部队引向失败。而且祭司解释，需要牺牲的必须是左翼部队的首领。按照原定的作战计划，罗马左翼部队由普泼利乌斯·特策乌斯·摩斯率领。

勇敢的普泼利乌斯·特策乌斯·摩斯脸上并没有太多的悲伤，为了换取胜利，他随时准备服从众神的意志。

战争开始了，普泼利乌斯提着一根投枪立下了誓死的决心："为了保证祖国的胜利，我愿意把自己祭献给大地母亲和阴司之神。从现在起，我已经不再是一个寻常人，而是一个死去的人，是一件祭供死神的祭品。勇敢的罗马人，在这里垒起一座坟墓吧，战争结束后，把我安葬在这里。"

进军的号角吹响了，普泼利乌斯率领罗马兵团发疯似的朝着拉丁人的军队扑过去。看到像阴灵一般的罗马将士们,拉丁人慌不择路,四散溃逃,拉丁士兵的勇气和战斗意志彻底瓦解了。但是,一队站在维苏威湖旁的拉丁射箭手实现了普泼利乌斯·特策乌斯·摩斯以身献祭的要求。

罗马人取得了辉煌的胜利,人们在堆积如山的拉丁人的尸体中找到了满身飞矢的普泼利乌斯·特策乌斯·摩斯的尸体。

素埃素拉战役结束了罗马和拉丁姆其他国家的公开战争,除少数几个城市还在抵抗外,大部分城市都与罗马签订了和平条约。

独裁官和他的副手

自从罗马与萨姆尼特尔人签订和约后,双方在和平中度过了一段时间,但好景不长,倔强的萨姆尼特尔人从失败中崛起后,又开始表现出了反抗的一面。经元老会商议,罗马决定派出军队再次征伐萨姆尼特尔人。

战争总指挥是独裁官卢茨乌斯·帕比里乌斯,这是一个与卡弥罗斯同样英勇的罗马人。他身材高大,行走如飞,人们给他起了个绰号"库尔索尔",即会走路的人。帕比里乌斯对士兵要求严格,他的命令要无条件服从,如果敢有人违抗,那么这位首领一定会让他痛苦不堪。帕比里乌斯还有一个叫库茵拖斯·法比乌斯的副手,这是一个曾自愿为罗马献身的法比尔族的子孙,如他的前辈们一样,法比乌斯英勇善战,也深得士兵们爱戴。

罗马军队在萨姆尼欧姆扎下大营,与萨姆尼特尔人的营房遥遥相望。这时,从罗马方面传来消息,国内人民认为不该选帕比里乌斯当独裁官,认为他的当选会触怒众神,所以元老院希望独裁官能暂时回罗马安抚民心。帕比里乌斯临走前,命令法比乌斯坚守大营,在他没有回来前不能向敌人出击。

起初,法比乌斯对独裁官的命令并没有违背,他每天率领士兵外出侦察,然后在自己的营地里进行军事训练。一天,法比乌斯像平常一样外出侦察敌情,他发现,萨姆尼特尔人的一支部队在人数上处于劣势,而且防守也相当松弛,如果出其不意地袭击,一定会取得胜利。这个时候的法比乌斯早已经忘了独裁官的命令,吸引着他的是至高的荣誉。

法比乌斯率领步兵离开营地,前去偷袭敌人。此时的萨姆尼特尔人哪里会料到罗马人会出现在他们面前,顿时慌作一团。罗马的骑兵也趁机冲杀过来,萨姆尼特尔人惨败。法比乌斯命人把胜利的喜报送回罗马,然后把缴获的武器和物品送回罗马军营。

当帕比里乌斯看到法比乌斯派人送来的喜报后,并没有惊喜之色,而是冲出元老院会议厅,愤怒地咆哮着:"法比乌斯,你竟敢违抗独裁官的命令,虽然你取得了胜利,但如果大家都来效法你,罗马的法律制度还会存在吗?你一定会为此付出代价的。"帕比里乌斯搁下还没有举行完的元老院会议，一刻也不耽搁地奔向萨姆尼欧姆，他现在像一头发了疯的狮子。

这时候，早有人把这一消息告诉了法比乌斯。法比乌斯大吃一惊，他很了解帕比里乌斯，独裁官的命令如磐石一样坚不可摧，而且独裁官拥有生杀大权，怎么才能从暴怒的权力下救出自己呢？

"士兵们，我们擅自对敌作战，虽然取得了无限的荣誉，但独裁官正满腔怒火地向萨姆尼欧姆赶来。大家都知道，这位独裁官的脾气暴躁，他一定会用我的鲜血来惩罚我的过错。"法比乌斯把部队召集起来，向大家表明了自己的危险处境，希望跟他一起夺取胜利的士兵保护他。

"不用害怕，勇敢的法比乌斯，只要罗马兵团在，没有任何人敢伤害你，我们带给罗马的是多么光荣的胜利啊。"士兵们齐声高喊着。

士兵们对他们苛刻的独裁官向来怀有怨言，而对法比乌斯则显得亲善。尤其是一些年轻的士兵，他们喜欢和年轻的副手打成一片，而对那位战争总指挥更多的是畏惧。

帕比里乌斯来到中心大营，命传令官吹起集合的号角。士兵们很快聚集到一起，他们屏住呼吸，等待着预料中的场面的发生。

帕比里乌斯坐到审判的椅子上，把法比乌斯叫到眼前。

"法比乌斯，你只需要回答一个问题，是我命令你和敌人交战的吗？"独裁官眼睛里似乎已迸出了火焰。

法比乌斯不愧为光荣的法比尔人的后代，他脸色苍白，但目光坚定，以平静的口气回答了独裁官的问话："这个问题你比我更清楚。我战败了敌人，你可夺取我的生命，但夺不走我的荣誉。"

本以为法比乌斯能认识到自己的错误，没想到他却坚硬得像块顽石，帕比里乌斯更加愤怒了："看来你真的是需要尝尝苦头才对，来人！扒掉法比乌斯的衣服，用树枝鞭打。"

看到审判官员拥上前来，法比乌斯急忙向士兵们呼救，顺势逃到他们中间去了。士兵们保护着他们的英雄，对独裁官的怨声越来越大，军官们甚至绞着自己的双手请求独裁官开恩，但铁石心肠的独裁官无动于衷。士兵们做出威胁的举动，可帕比里乌斯丝毫反应都没有，铁青着脸命审判官员去执行他的命令。

法比乌斯害怕士兵们会保护不了自己，便趁着夜幕潜回了罗马。第二天，当他站在元老院的会议厅里陈述独裁官的残暴时，帕比里乌斯出现在大家面前，并立刻下令逮捕法比乌斯。

"帕比里乌斯，我的儿子打败了罗马的敌人，而你却拒不接受任何劝说和请求，不肯赦免你英勇的副手。在此，请求全体人民，为我的儿子伸张正义。"法比乌斯的父亲，玛尔库斯·法比乌斯，一个受罗马人尊敬的法比尔人，阻止了独裁官残暴的命令。

帕比里乌斯沉默了许久,然后他平静地注视着眼前这个严厉的父亲:"玛尔库斯·法比乌斯,你的行为违反了法律,因为独裁官是位于人民之上的,但是,我愿意听听你的意见。"

一行人来到罗马广场,不大一会儿,聚集的人们就把广场围得水泄不通。玛尔库斯·法比乌斯和他的儿子一起来到台前,父亲向人们夸耀儿子的荣誉,并诚恳地请全体人民宽恕他年幼的儿子。罗马人被玛尔库斯·法比乌斯的陈词感动了。

但是,独裁官的话让在场的人哑口无言,且心悦诚服。

"于情,法比乌斯值得原谅,可是于理,独裁官的权力不能受到任何践踏。如果都像法比乌斯一样,士兵不听军官的话,军官不听最高行政长官的话,最高行政长官不听独裁官的话,罗马还有什么希望可言?到时罗马只有灭亡。"

所有的人都不知道该如何处置这件事了,审判官坐在那里左右为难起来。

这时,一部分罗马人跪倒在独裁官脚下:"帕比里乌斯,法比乌斯的确是做错了,他已经受到了惩罚,胜利的喜悦已彻底化作了折磨和畏惧,所以你的人民请求你饶他一命。"玛尔库斯·法比乌斯和他的儿子也跪倒在地。

帕比里乌斯脸上的怒气早已不见了,取而代之的是脉脉温情,"勇敢而善良的罗马人,你们不曾向敌人低过头,而为了你们的孩子却向独裁官低头,你们胜利了。法比乌斯,我将不再追究你的责任,你要感谢全体人民,以后千万记住,无论在战时还是在和平时期,罗马士兵都要服从罗马的法律。"

广场上响起雷鸣般的掌声,人们从地上一跃而起,把赦免的法比乌斯和慷慨的独裁官举过了头顶。

萨姆尼欧姆的结局

为了抵抗罗马人的进攻,萨姆尼特尔人在萨姆尼欧姆城中建立起了一支新的部队。其中的一个兵团是由从萨姆尼特尔人中挑选的最勇敢的人组成的,这个兵团是这支部队的核心。在战斗之前,这个兵团要在最高祭司的带领下在一幢由布幔盖起的小屋子里宣誓效忠。这个兵团的士兵也被称为"白长衫人"。

自从这支部队建立起来以后,萨姆尼欧姆就把希望放在了他们身上,最结实、最耐用的武器让他们使用,甚至用金子为他们铸造盾牌。萨姆尼特尔人想凭此战胜罗马人。

浩浩荡荡的罗马军队进入到阿库依洛尼亚城,并在那里扎下阵营。听说萨姆尼欧姆新建了一支军队,罗马的士兵们表示出了一副跃跃欲试的样子。

"如果现在就能开战那该多好啊,听说'白长衫人'的武器装备比我们的要精良得多,真想看看那些愚蠢的家伙拿着精美的武器是否能胜过我们。"有些士兵们甚至全副武装起来,只等最高行政长官的一声令下。

不远处，萨姆尼特尔人也希望着能马上开战，让自己的装备到战场上一试高低。萨姆尼特尔人的最高行政长官决定于第二天清晨发起进攻。

罗马人对神的崇敬程度已经到了痴迷的地步，他们做任何事之前都要进行占卜。在这次出征之前，罗马人也随军带着一只公鸡，以卜凶吉。第二天，作为圣物的公鸡拒绝进食。养鸡人马上派人去向罗马的最高行政长官报告。这种异常现象预示着如果交战的话会遇到厄运，祭司希望最高行政长官能放弃这次战斗，或是推迟战斗。然而，祭司派去报信的小伙子是一个年轻气盛的人，他很想在这次战争中大显身手，见到最高行政长官时，小伙子兴奋地说道："尊敬的长官，这真是天赐的良机啊，连那头公鸡都表现出了昂扬的斗志：它食欲旺盛，听完了就在它的圈里边跑边叫。老天注定我们该取得这场战争的胜利啊。"

最高行政长官也想尽早地结束这场战争，高举胜利品回到罗马去，听报信人如此一说，好像已经取得了胜利一样，脸上洋溢着喜悦："真是神助罗马啊，明天我们将进行一场血战，不久以后我们就将凯旋。"

祭司本以为报信的那个小伙子如实地报告了情况，可当他看到士兵们急匆匆地穿过营房时，才知道报信人违背了天意，他抱着头痛苦不已地对天长叹道："该死的家伙，他会把一支庞大的罗马军队送往地狱的。一切都完了，我又有什么办法呢？只能听天由命了。"

第二天，战斗的号角吹响了。白长衫人英勇作战，效忠的宣誓起到了效果，他们不愿意后退一步，倒下了，会有人补上来。罗马士兵虽然一次又一次地向萨姆尼特尔人的阵地发动进攻，但都被他们击退了。

正当罗马人进退两难的时候，一支卢卡尼亚人的小部队直冲萨姆尼欧姆人的腹地。这支小部队本在这次作战的计划之中，但因行军迟缓而延误了。不过现在来得正是时候，可这支队伍人数不多，如果遭到了白长衫人的进攻，肯定会被打得片甲不留。于是，卢卡尼亚人的首领命令辎重分队赶着运重物的驴子拖着成捆的带叶子的树枝，使得尘土飞扬，让对方觉得这是一支大部队在行进。

萨姆尼特尔人只看到路上扬起的尘土，根本看不清这支队伍有多少人，果真以为是一支大部队，士兵们的信心和勇气顿时大减。而罗马人则恰恰相反，勇气倍增，以摧枯拉朽之势扑向了萨姆尼特尔人。

罗马人在这次战争中取得了胜利，为了庆祝这次胜利，罗马的最高行政长官用缴获的白长衫人的武器铸造了两尊雕像，一尊是天公朱庇特的，一尊是他自己的，这是罗马第一次出现凡人和神的雕像并排而放。

罗马人和萨姆尼特尔人之间的战争持续了五十年之久，当萨姆尼欧姆的白长衫人彻底失败后，萨姆尼特尔人又组织起了一支大规模的队伍，并推举在考迪乌姆峡谷一战中获得胜利的伽奴斯·彭梯乌斯担任最高首领。但这并没有改变萨姆尼特尔人的命运，年迈的彭梯乌斯最终战死了沙场。

战争给罗马人和萨姆尼特尔人都带来了极大的灾难，当玛奴斯·库里乌斯·

丹塔图斯被选为罗马的最高行政长官以后,他积极地邀请萨姆尼特尔人前来缔结和约。最后,萨姆尼欧姆归顺了罗马。

比尔胡斯国王

塔伦在美丽的亚得里亚海湾,这里没有战争的硝烟炮火,人们过着富裕幸福的生活。萨姆尼欧姆被罗马人占领之后,罗马人武器的声响离塔伦越来越近了。在这种声响之下,以往平静的日子不见了,取而代之的是战争的喧嚣。

塔伦城里的梯纳人是希腊人的后裔,他们和拉丁人一样,把罗马人看作是野蛮人,梯纳人还和罗马的库茵律特人签订条约,禁止罗马的船只进入塔伦港。

在罗马人与萨姆尼特尔人交战期间,一支罗马的船队遇到暴风袭击后驶入了塔伦港,本来就怀有戒心的梯纳人冲上罗马船队,把战船凿沉,把船上的罗马人杀死,幸存的几只船迅速逃离了塔伦港。

罗马人虽然对梯纳人的暴行十分愤怒,但还是决定先派使者去塔伦谈判。结果,使者斯波里乌斯·帕斯图弥乌斯不但空手而归,而且还受到了塔伦梯纳人的羞辱,罗马元老院这才派出了一支军队攻打塔伦。塔伦的梯纳人根本没有经历过战争,他们不知道如何来应付罗马人的进攻。当然,他们也应付不了。

在塔伦的土地上,罗马军队破坏了他们的农田,烧毁了他们的房屋,但罗马人却把抓获的俘虏全部释放了。遭到节节败退的梯纳人向希腊的庇鲁斯城国王比尔胡斯求援。

比尔胡斯一直想拥有像亚历山大那样的荣耀,但他也深知,那样的荣耀只能通过战争才能取得。当梯纳人派使者来向他求援时,他毫不犹豫地率领船队向意大利方向进发。

到达塔伦的比尔胡斯马上投入到战争中去,他指挥着庇鲁斯国和塔伦国的两支希腊军队,迎战罗马骑兵,但初战不利,失去了大片土地。随后,希腊步兵迎战罗马兵团,希腊步兵开始失利,比尔胡斯忙放出大象参战,局势扭转了,比尔胡斯指挥骑兵一阵砍杀,罗马士兵纷纷倒下。

对罗马军队初次战争的胜利,使比尔胡斯明白了要想征服罗马比登天还难,因为在战后清理战场时,他发现那些死去的罗马士兵的伤口都在胸前,这使他对罗马人肃然起敬:“如果我的士兵也能和他们一样勇敢,我一定能征服世界。”于是,他派出使者前去罗马,说服罗马元老院举行和谈。

由于战争失利,罗马元老院的几个元老对比尔胡斯国王的求和已经开始动摇,但前任最高行政长官、已双目失明的阿比乌斯·克劳迪乌斯的一番话却使和谈成了泡影:“罗马的英雄们,千万不要被狡猾的希腊人的甜言蜜语所迷惑。只要意大利的土地上还有希腊士兵,我们就不能接受和谈。”

听了这番慷慨激昂的话，古罗马传统的骄傲顿时又在元老们心中点燃，他们礼貌地拒绝了比尔胡斯国王的请和。使者回到塔伦向比尔胡斯报告了这一结果。

"哦，尊敬的国王，罗马城好像一座神庙，而每一个罗马人则都像一个国王。"使者还沉浸在奇妙的感觉之中。

比尔胡斯非常惊讶："希腊人永远也没有罗马人的这种骄傲，我倒很是希望亲眼看看这座神和国王的城市。"比尔胡斯命令希腊军向罗马城的方向推进。从塔伦战争上败退的罗马军也向罗马城方向尾随而去。

比尔胡斯命令希腊军在离七座山城八海里的地方扎营，并没有直接挺进到台伯河地区。一天，罗马的使者来见比尔胡斯，商量交换俘虏的事宜。比尔胡斯用最高的礼仪接待了使者并许诺送使者大量的黄金，希望他能说服元老院接受和谈的计划，但却遭到了使者的拒绝。比尔胡斯想试试这位罗马使者的胆量，便命人牵来了一头大象。当比尔胡斯和罗马使者会谈时，这头大象竟然把鼻子搁在使者的肩膀上，发出可怕的巨吼声。罗马使者吃了一惊，但马上就镇静了下来，微笑着对比尔胡斯说："你可以拿黄金来收买我，拿大象来恐吓我，但这是你的意愿，从我这里你是不能得逞的。我绝不会做出有损于国家的行为。"

比尔胡斯被罗马使者的勇气感动了，深鞠了一躬："勇敢的英雄，我被罗马人的骄傲所折服。我不能释放你们的俘虏，但我已经给他们放了长假，让他们回罗马过农神萨图恩节。如果元老会接受和谈的建议，那么这些俘虏就可以留在罗马了。否则，他们在节后必须回到我们这里来。"

结果，正如罗马使者所承诺的那样，罗马俘虏们过完萨图恩节后全部回到了希腊军营。比尔胡斯被罗马人这种高贵品质震慑了，他没有指挥他的军队继续向前推进，而是撤回了塔伦。

第二年，比尔胡斯率领希腊军向阿波里恩进军，在阿斯库罗姆城前，希腊军受到了罗马军的阻击。战斗持续了两天，以希腊军的胜利结束，但希腊军却同样付出了惨重的代价。

此时，岁拉库斯城受到了卡尔它各的攻击，岁拉库斯国王派人向比尔胡斯求援。比尔胡斯正要率船前去西西里岛时，罗马最高行政长官伽尤斯·法勃烈策乌斯的使者来到希腊军营，转交给比尔胡斯一封信。那是一封比尔胡斯的私人医生写给法勃烈策乌斯的信，私人医生在信中的意思是：希望以毒死比尔胡斯来换取巨额报酬。看完信，比尔胡斯被法勃烈策乌斯的正直所感动，更叹服于罗马人的高尚气节。但罗马人却依然没有接受和谈的建议。

从西西里岛回到塔伦后，比尔胡斯率军攻打萨姆尼欧姆的培纳文特城。在这次战争中，罗马人终于打败了希腊军队，而且还俘虏了大批的希腊士兵。经过这次的失败，比尔胡斯对征服罗马已经不抱任何幻想了，带着他的大部分军队离开了塔伦。曾经骄横一世的塔伦被罗马占领。

·古罗马神话·

图文珍藏版

希伯来及基督神话

亚当夏娃的故事

　　关于亚当与夏娃的典故语出《圣经》之《创世纪》。亚当与夏娃是人类的始祖。先有亚当,后有夏娃。上帝始造天地耗时七日,在第六日里用泥土按自己的形状捏成个泥人,然后对他吹了一口灵气,亚当便有了生命。上帝过于溺爱亚当,便催眠了亚当,然后取其一根肋骨塑成女人,再吹之以灵气,生成夏娃。既然女人是男人的一部分,两者将来势必要合二为一,结为连理。

伊甸园

　　上帝在东方的伊甸,为亚当和夏娃造了一个乐园。那里地上撒满金子、珍珠、红玛瑙,各种树木从地里长出来,开满奇花异朵,非常艳丽;树上的果子还可以作为食物。园子当中还有生命树和分辨善恶树。还有河水在园中淙淙流淌,滋润大地。河水分成四道环绕伊甸:第一条河叫比逊,环绕哈胖拉全地;第二条河叫基训,环绕古实全地;第三条河叫希底结,从亚述旁边流过;第四条河就是伯拉河。作为上帝的恩赐,天不下雨而五谷丰登。

　　上帝让亚当和夏娃住在伊甸园中,让他们修葺并看守这个乐园。上帝吩咐他们说:"园中各样树上的果子你们可以随意吃。只是分辨善恶树上的果子你们不可吃,因为你吃的日子必死。"亚当和夏娃赤裸着绝美的形体,品尝着甘美的果实。他们或款款散步,或悠然躺卧,信口给各种各样的动植物取名:地上的走兽、天空的飞鸟、园中的果树、田野的鲜花。

　　他们就这样在伊甸乐园中幸福地生活着,履行着上帝分配的事物。

　　伊甸园中有棵禁止享用的果树,叫分辨善恶树,是上帝为考验人的信心而设置的。据说撒旦原是上帝的天使,后来堕落成为魔鬼和恶棍的首领。有一天,他以蛇的形状向夏娃显现,并以十分狡诈的口吻试探夏娃说:"上帝真的不许你们吃园中所有树上的果子吗?"

　　那时候所有的动物都很温驯善良,只有蛇因为有恶灵附体,非常狡猾。蛇从空中飞落到地面,从地上立起身子来与夏娃说话,形状有点像个大问号。疑问在夏娃心中萌动了。夏娃虽然有些动心,但信心的根基并没有动摇。她如实地转达了上帝的训诫:"园中树上的果子我们可以吃,唯有园当中的那棵树上的果子,是不可以吃,也不能摸,这样我们会死的。"

撒旦听出夏娃口气中的丝微犹豫,他扬扬翅膀展开了游说:"你们不一定死,因为上帝怕你们吃了果子眼睛就变亮了,你们就会和上帝一样知道善恶。"

夏娃见那树上的果子非常鲜嫩,悦人眼目,惹人心爱,比她吃过的任何果子都要好。她听说吃了它还可以具有与上帝一样的智慧,上帝的告诫顿时被抛到九霄云外。她终于伸手摘了那本来禁止凡人摘的果子,吃了下去;另外她又拿给了亚当,亚当也吃了。

二人的精神世界顿时澄清了,明晰了,他们的眼睛明亮了。他们开始分辨物我,产生了"自我"的概念,他们无比沮丧地发现,自己赤裸着身体,是羞耻的事情。于是他们用无花果的叶子为自己编织了裙子,来掩饰下体。

上帝造人以后,这是人第一次违背上帝的命令,因而犯下了必须世代救赎的罪孽,称为原罪。意即原有的,与生俱来的罪。

失乐园

亚当和夏娃偷食禁果以后,世界便为此颠倒。原来温暖如春的天空中盘旋着背离上帝的寒流,凉风一阵紧似一阵地吹过来,世间的一切都开始变得紊乱而不和谐。人类失去了天真烂漫、无忧无虑的童年,注定要经历酸甜苦辣的洗礼,体验喜怒哀乐的无常。智慧是人类脱离自然界的标志,也是人类苦闷和不安的根源。

上帝在园中行走,亚当和夏娃听见他的脚步声。此时他们的心与上帝有了罅隙,出于负罪感,他们开始在树林中躲避。上帝对人的过错发出了痛切的呼唤:"亚当,你在哪里? 人哪,你在哪里?"

这呼唤中包含着上帝对人犯罪堕落的忧伤与失望,又包含着对人认罪归来,恢复神性的期待。然而在上帝追问面前,亚当归咎于夏娃,夏娃诿罪于蛇。这就是上帝对人类最初的失望与忧伤,这就是人类背离上帝的最初堕落与痛苦。

亚当对上帝说:"我在园中听见您的声音,就害怕,因为我赤身露体,我便藏了起来。"

"谁告诉你赤身露体的呢? 莫非你吃了我吩咐你不可吃的那树上的果子吗?"上帝知道他已背离了自己的意志,愤怒地质问。

亚当辩解说:"您所赐给我与我同居的女人把那树上的果子给我,我就吃了。"

上帝回顾夏娃,问她:"你都干了些什么呢?"

夏娃说:"那蛇引诱我,我就吃了。"上帝知道人的罪过已无法挽回,既然他具有智慧,就应承担与智慧相称的责任。上帝责罚罪魁祸首的蛇:"你既作了这事,就必受诅咒,比一切的牲畜禽兽更甚,你必用肚子行走,终身吃土。我还要叫你和夏娃彼此为仇,你的后裔和她的后裔也彼此为仇。她的后裔要伤你的头,你要伤她的脚跟。"于是蛇就失去了翅膀和人身,变成了一根弯弯曲曲的长虫,令人生厌。它只能用肚子爬行,钻洞吃土。

上帝接着责罚率先堕落的女人夏娃道:"我必多多加增你怀胎的苦楚,你生产儿女必多受痛苦。你必恋慕你丈夫,你丈夫必统治你。"

最后,上帝对亚当说:"你既听从了妻子的话,吃了我所吩咐你不可吃的那树上的果子。土地必因为你的缘故受诅咒,你必须终身劳苦,才能从地里获得粮食。土地必会给你长出荆棘和蒺藜。你也要吃田间长出的蔬菜,你必汗流满面才能糊口,直至你生命终结。因为你是从土里创造出来的,你本是尘土,仍要归于尘土。"

上帝还说:"既然人已经与我相似,能知道善恶,现在恐怕他伸手又摘生命树的果子吃,就会永远活着。"上帝因为亚当和夏娃是自己的造物,惩罚了他们,同时也很怜悯。他用兽皮做了衣服给他们穿,接着打发他们出伊甸园,赐土地给他们耕种。

上帝把亚当和夏娃逐出伊甸园后,便在园子的东边安设基路呐(传说中带翅膀的动物)和四面转动发火焰的剑,来把守通往生命之树的道路。

从此,上帝失去了人;人也失去了上帝。

嫉妒出现

亚当和夏娃被逐出伊甸园后,为了自身的生存,不得不学习劳动,刀耕火种,胼手胝足,自食其力,尽管辛苦,也乐在其中。他们因上帝的诅咒,已认识了死亡。为了死后地上仍然有人种留传,他们想到了生儿育女。有一天,亚当和夏娃同房,不久夏娃就怀孕,生了长子该隐。该隐是"得"的意思。没几年,该隐又有了一个弟弟,叫亚伯。该隐长大以后,从事农业,当了一名种地的农夫。亚伯长大以后,从事牧业,成了一个牧民。有一天,该隐拿地里出产的作物献祭给耶和华(即上帝),亚伯则拿羊群中头生的羔羊和羊油献给他。不知道是什么原因,上帝高兴地接受了亚伯的供品,而对该隐的供品却不屑一顾。

该隐大为光火,嫉妒使他气得脸都变了颜色。耶和华看在心里,就问该隐:"你为什么恼怒呢? 为什么脸色都变了呢?"

神说:"如果你行好事,你的供物就一定会被接受的;如果你干坏事,罪孽就会伏在你的门前,它必迷恋你,你却要制伏他。"现在看来,该隐平时一定有什么把柄抓在上帝的手里,所以上帝不受他的贡。

然而,该隐把神的告诫当成了耳边风。嫉妒迷惑了他的心窍,他把亲兄弟亚伯骗到田野杀害了。

上帝看到该隐杀了自己的弟弟,就对该隐说:"你弟弟亚伯在哪里?"

该隐答道:"我不知道。"

上帝勃然大怒,呵斥他道:"你都干了些什么事呀? 你弟弟的血从地下面向我哀告,连土地都裂了口从你手中接受你兄弟的鲜血。现在你该受土地的诅咒。你种地,地不再给你效力,你必须在地上飘荡。"

该隐可怜巴巴地说:"我必须在地上流离飘荡,又犯了杀弟的大罪,遇上我的人必定会有人杀我的。"

上帝是要该隐经历苦难而悔改,不想让别人杀了他,就给该隐做了一个记号,并说:"杀该隐的,必遭报7倍。"免得人遇见他就惩罚他。

奇人奇事

该隐离开了上帝,开始过着被放逐的生活。后来他在伊甸园以东,一个叫挪得的地方住了下来,在那里娶了妻子。该隐与妻子同房,他的妻子很快就怀孕,并生了以诺。该隐还修筑了一座城堡,并用他儿子的名字命名这城市。

那时候,亚当的后代都很长寿。以诺活到65岁时,修炼出了一种特殊的能力,能够"与神同行"。他是圣经中仅有的几个没有用"死"记录其终结的人物之一。此后,以诺在世300年,也就是在他365岁时,"神将他取去,他就不在世上了"。

以诺后代中又有个叫以诺的,他65岁得道,生长子玛土撒拉。玛土撒拉活到187岁时生了拉麦,之后又活了782年,并且生儿育女。玛土撒拉共在世969岁,在亚当的家族中高居榜首,成为活得最长的老寿星。

玛土撒拉的儿子拉麦是个惹不起的人物,比他的曾祖父该隐还要厉害许多倍。有一天,他对他两个妻子夸耀自己的残暴,唱道:"亚大、洗拉听我的声音,拉麦的妻子细听我的话语,壮年人伤我,我把他杀了;少年人损我,我把他害了。若杀了该隐遭报7倍,杀了拉麦必遭报77倍。"

拉麦的儿子还算争气,他的妻子亚大生了个儿子叫雅八,后来雅八成了一切牧人和游牧人的始祖。妻子洗拉生的儿子犹八,是一切以吹拉弹唱为生的人的始祖。洗拉还有个儿子叫土八该隐,他是个手艺人,是个做铜铁活的能工巧匠,后世西方铜铁匠尊其为祖师。

拉麦活到182岁时他妻子生了一个儿子,叫诺亚。生下来拉麦就预见了他将建立盖世之功。这个诺亚就是后来原始洪荒中的幸存者。拉麦享年777岁。

诺亚500岁时生了三个儿子:一个叫作闪,一个叫作含,一个叫雅弗。

诺亚方舟

亚当活了930岁,他和夏娃的子女无数,他们的后代子孙,传宗接代,越来越多,逐渐遍布整个大地。但是人类打着原罪的烙印,上帝诅咒了土地,人们不得不付出艰辛的劳动才能果腹,因此怨恨与恶念日增。人们无休止地相互争斗、掠夺,人世间的暴力和罪恶简直到了无以复加的地步。

上帝看到了这一切,他非常后悔造了人,对人类犯下的罪孽心里十分忧伤。上帝说:"我要将所造的人和走兽并昆虫以及空中的飞鸟都从地上消灭。"但是他又舍不得把他的造物全部毁掉,他希望新一代的人和动物能够比较听话,悔过自新,建立一个理想的世界。

在罪孽深重的人群中，只有诺亚在上帝眼前蒙恩。上帝认为他是一个义人，很守本分；他的三个儿子在父亲的严格教育下也没有误入歧途。诺亚也常告诫周围的人们，应该赶快停止作恶，从充满罪恶的生活中摆脱出来。但人们对他的话都不以为然，继续我行我素，一味地作恶享乐。

上帝选中了诺亚一家：诺亚夫妇、三个儿子及其媳妇，作为新一代人类的种子保存下来。上帝告诉他们七天之后就要实施大毁灭，要他们用木造一只方舟，分一间一间地造，里外抹上松香。这只方舟要长300尺、宽50尺、高30尺。方舟上边要留有透光的窗户，旁边要开一道门。方舟要分上中下三层。他们立即照办。

上帝看到方舟造好了，就说："看哪，我要使洪水在地上泛滥，毁灭天下，凡地上有血肉、有气息的活物无一不死。我却要与你立约，你同你的妻子、儿子、儿媳都要进入方舟。凡洁净的畜类，你要带七公七母；不洁净的畜类，你要带一公一母；空中的飞鸟也要带七公七母。这些都可以留种，将来在地上生殖。"

2月17日那天，诺亚600岁生辰，海洋都裂开了，巨大的水柱从地下喷射而出；天上的窗户都敞开了，大雨日夜不停，降了整整40天。水无处可流，迅速地上涨，比最高的山巅都要高出15尺。凡是在旱地上靠肺呼吸的动物都死了，只留下方舟里人和动物安然无恙。方舟载着上帝的厚望漂泊在无边无际的汪洋上。

和平鸽与橄榄枝

洪水汹涌，共泛滥了150天。上帝惦记着诺亚方舟和里面的生灵，于是让雨停住，水势渐落。但是水退得很慢，雨停了150天还看不到一片陆地。

7月17日，方舟停搁在亚拉腊山上。到10月1日，山顶大都露出了水面。又过了40天，诺亚打开了方舟的窗户，放出一只乌鸦，以便了解能否找到陆地，但那乌鸦飞回来了。他又放出一只鸽子，鸽子也飞回来了，因为找不到落脚休息的地方。再过了七天，诺亚又把那只鸽子放出去。傍晚时分，鸽子叼着一根橄榄枝飞回来了，这意味着大地某个地方显露。再等了七天，诺亚又把鸽子放出去，这回鸽子再没有飞回来，因为洪水全退了。这就是为什么今天人们把叼着橄榄枝的鸽子当成平安、和平的象征的原因。

元月1日，诺亚站在舟上眺望四野，看到地面已经变得干爽。他和他的家人走出方舟，并且他把方舟上的动物也都放了出来。诺亚筑了一座祭坛，用各类洁净的牲畜飞鸟作为祭品，奉献给上帝，以感谢他的恩典。上帝闻到祭品的馨香之气，就在心里说："我不再因人的缘故诅咒他，也不再想要毁掉这所有的生灵。地还存留的时候，稼穑、四季、昼夜会永不停息。"

上帝赐福给诺亚和他的儿子们说："你们要多加生育，住遍大地。凡地上的走兽和空中的飞鸟都必惧怕你们，连地上一切的昆虫并海里一切的鱼都交付你们的掌握。凡活着的动物，都可以作你们的食物，这一切我都赐给你们，如同蔬菜一样。唯独肉带着血，那就是它的生命，你们不可以吃，让你们流血的或者谋害你们的，无论是兽是人,我一定会惩罚他,即使他们是你们的兄弟。凡让人流血的,他的血也必被他人所流,因为上帝造人是按自己的形象所造。你们要好好生活,并且繁荣兴旺。"因为这道诫命,世界上信仰上帝的人大都不以动物的血或血制品为食。

上帝与人和其他一切生灵立约,决定以后不再这样毁灭世界:"凡有血肉的不再被洪水灭绝,也不再有洪水毁坏地面了。"上帝用天上的七色彩虹作为盟约的标志,以此纪念他与地上的生灵订立的这个盟约。

为了重建家园,诺亚又重新干起了农活,他耕种土地,饲养牲畜,栽培葡萄园,还学会了酿酒。有一回他喝酒喝多了,结果他把自己身上的衣服都扒光,赤身裸体地在帐篷里睡着了。他的儿子含,看见他赤着身子酣睡在帐篷中,就笑着把这个情景告诉了两个兄弟。但闪和雅弗对父亲非常尊敬,他俩拿了件衣服把父亲的身子盖上,为了不看见父亲的裸体,他俩倒退着进入帐篷。

诺亚醒来后,知道了含的所作所为,非常生气,他诅咒含,说他的后代必将成为闪和雅弗的奴隶。

巴比伦塔

洪水过去后,诺亚又活了 350 岁,诺亚是在 950 岁时死去的。诺亚的三个儿子的后裔形成了人类的三大支系,居住在世界各地,雅弗是北方民族的始祖,闪是闪米特人的始祖,而含则是非洲民族——含米特人的祖先。

诺亚的后代生育得越来越多,大地上到处都是。那时候人们的语言、口音都没有分别。他们在往东边迁移的时候,在示拿这个地方看到一片平原,就在那里住下。因为在平原上,用作建筑的石料很不易得到,他们就发明了砖。把泥做成方块,再用火烧透,他们就拿砖当石头,又拿石漆当灰泥,建造起繁华的巴比伦城。

人们为自己的业绩感到骄傲,他们决定在巴比伦修一座通天的高塔,来传颂自己的赫赫威名,并作为集合全天下弟兄的标记,以免分散。因为大家语言相通,同心协力,阶梯式的通天塔修建得挺顺利,很快就高耸入云。

上帝不允许凡人达到自己的高度。他看到人们这样统一和强大,心想:他们语言都一样,如果真修成宏伟的通天塔,那以后还有什么事干不成呢?上帝曾把希望具有他那样智慧的人赶出伊甸园,又用剑与火看守生命树上的果实,不让人分享。今天他要再一次制止人类要接近自己的狂妄。

上帝就离开天国来到人间,搞乱了人们的语言。人们各自操起不同的语言,感情无法交流,思想很难统一,就难免出现互相猜疑,各执己见,争吵斗殴。这就是人类之间误解的开始,当然这也注定世间要增加一种本属多余的职业——翻译。

修造工程因沟通不便而停止了,通天塔半途而废。人类分裂了,按照不同的语言形成多种部族,又分散到世界各地。

孪生兄弟

以扫与雅各是希伯来神话中的两兄弟,他们出生时,先下地的孩子身体发红,浑身有毛,如同穿了裘皮衣,以撒就给他起名叫作以扫。以扫就是"有毛"的意思。后下地的弟弟两只小手紧紧地抓住他哥哥的脚跟,刚当爹的以撒觉得很好玩,分开他的手。于是给这个弟弟起名叫作雅各。雅各就是"抓住"的意思。

以扫和雅各

以撒与利百加结婚以后,夫妇双方甚是恩爱,但是一种难言的哀愁随着岁月的流逝而增长。那就是他们19年的共同生活却没有留下一男半女。以撒也遇到了他父亲曾经为之万分苦恼的事情。他祷告耶和华,求万能的神赐他们后代。耶和华应许了他们的祈求,利百加怀孕了。快足月的时候,利百加的身子显得特别沉重,她告诉丈夫自己腹中有两个小生命。这两个小生命在腹中很不老实,常常互相争斗、踢打,使利百加增加了诸多的痛苦。她就去祷告耶和华说:"若是这样,我为什么活着呢?"

耶和华对她说:"两国在你腹内,两族要从你身上出来;这族必强于那族,将来大的要服侍小的。"生产的日子到了,腹中果然是双子。先下地的孩子身体发红,浑身有毛,如同穿了裘皮衣,以撒就给他起名叫作以扫。以扫就是"有毛"的意思。

后下地的弟弟两只小手紧紧地抓住他哥哥的脚跟,刚当爹的以撒觉得很好玩,分开他的手。于是给这个弟弟起名叫作雅各。雅各就是"抓住"的意思。

以撒当父亲的那一年刚好60岁。两个孩子渐渐长大成人,不熟悉的人一点也看不出他们是孪生兄弟。因为从外表到禀性他们一点也不相像。以扫长得粗矮,膀大腰圆,身上长满了金黄色的毛,他勇敢好斗,喜欢开粗鲁的玩笑。他憨直敦厚,但容易发火,发起火来显得很凶。他整天在外打猎,或者和牧人们在牧场上打发时光。他根本不关心自己的衣着仪表,不修边幅,身上穿的衣服发出一种汗味和羊膻味。他理解的生活就是广阔的天地、阳光和自由。他饿了就吃,渴了就喝,困了就睡,没有想过明天会怎样。他流荡在外,从不管家务事。以扫经常从田野里打回猎物来孝敬父亲以撒。

雅各可完全是另外一种人。他勤于管理家事,是母亲利百加的好帮手。他处事三思而后行,足智多谋,从不莽撞,并且显得文静儒雅,干净利索。有时候以扫笑他是个傻子,他也不介意。父亲以撒喜欢粗犷的以扫,而多心眼的雅各是母亲的宠儿。

一碗红豆汤

按照古希伯来人的规矩,长子在家庭中地位较高,享有分配财产的优先权,父亲的遗产绝大部分都归长子所有。雅各是个深谋远虑的人,看得比较远。他知道自己在家中是次子,处于不利的地位。他看到哥哥整天在外游荡却不知自己的所作所为的目的,认为自己应该取代他的兄长。

有一天,烈日当头,燥热难耐。雅各正在帐篷外边的橡树荫下面熬红豆汤。以扫从田野里回来,又饥又渴,都快晕倒了,他远远地闻到香味就三步并作两步走到饭锅前,对雅各说:"我又饿又渴的,你把这汤给我喝吧!"

雅各看他那副急不可耐的样子,心想机会来了,就对他说:"要想喝汤,你得把长子的名分让给我才行。"

以扫手一挥,扔下弓,一屁股坐在地上,说:"让给你就让给你吧。我都要渴死了,这长子的名分,于我有什么益处呢。"

雅各心中暗喜,迫不及待地说:"你就对我起誓吧!"

以扫就对雅各起誓,把长子的名分卖给了他。雅各知道希伯来人的起誓是不可以随便改变的,以为自己得到了长子权,就拿出饼,用碗盛了红豆汤,递与以扫。以扫便津津有味地吃起来。吃饱喝足后,以扫擦擦嘴,站起身来回自己的帐篷里睡觉去了。他根本没有想到这个轻率的起誓会给自己的命运带来什么样的后果。

偷梁换柱

亚伯拉罕死后,以撒又在希伯仑住了若干年。有一年希伯仑闹灾荒,耶和华向他显现,要求他不要去下埃及避饥荒。以撒就按耶和华旨意迁到他父亲住过多年的地方——非利士人的基拉耳王国。因为他父亲亚伯拉罕曾与基拉耳国王亚比米勒有过相当深的友谊,所以当以撒再回去的时候,亚比米勒对他非常照顾。

在以撒全家迁出希伯仑之前,以扫在外面认识了两个当地赫梯人的女子,她们很适合他的脾气。以扫先是与她们暗地里往来。这种偷鸡摸狗的行为使他很不习惯,后来就干脆把她们娶回来做了自己的妻子。

这两个女子就是赫梯人比利的女儿犹滴与赫梯人以伦的女儿巴实抹。赫梯人是古代中东地区的一个民族,据载他们身强力壮,额低鼻扁,颊宽皮黄,黑头发并留有辫子,穿长袍和尖头鞋,信奉多神教,本民族使用象形文字,亚伯拉罕的时代,居住在迦南的赫梯人使用迦南方言。这些特征与蒙古人相似。亚伯拉罕和以撒他们在希伯仑时,为了生存和发展不得不与当地赫梯人友好交往,和睦相处。但出于民族和宗教的原因,他们历来不准本族人与赫梯人通婚。以扫旷达不羁,风流潇洒,不把什么清规戒律放在心上。这使以撒和利百加非常心烦,成为他们晚年的一块心病。不过以撒仍然没有改变对以扫的偏爱。以撒晚年视力衰退,老眼昏花,看不清东西。

有一天,以撒把大儿子以扫叫到身边,对他说:"我的孩子,你过来。"

以扫答应道:"父亲,我在这里。"

以撒就吩咐他:"如今我老了,不知道什么时候就会归到耶和华那里去了。你听我说,现在你去带上你的器械,就是箭囊和弓,到野外去打点猎物来,做一、两样美味给我吃。我好在未死之前给你祝福。"

以扫一边应承,一边就取了弓箭到野外去了。以撒在说这话时,正巧利百加也在旁照顾他。说者无意听者有心,她知道关键的时候到了,不能让大儿子以扫这个粗人继承族长的位置。她赶忙把小儿子雅各找来,对他说:"我听见你父亲对你哥哥以扫说:'你去打点野味回来,做几道美味给我吃,我好在死之前在耶和华面前给你祝福。'我的儿,现在你要照着我的吩咐去办。你到羊群里给我牵两只山羊羔来,我便按照你父亲平素的喜好做几道拿手菜,你给你父亲送去,请他吃,好使他在未死之前给你祝福。"

雅各是个机敏的人,他马上意识到自己要在父亲面前冒充哥哥以扫会有哪些困难,就对母亲说:"我哥哥以扫浑身是有毛的,我身上是光滑的;如果我父亲摸着我身上是光滑的,认出我不是以扫,以为我欺骗他,恐怕不仅得不到祝福,还要被诅咒。"

他母亲见多识广,胸有成竹地给他打气说:"我儿,你只管听我的话去把羊给我拿来,我自有办法。如果你遭诅咒,诅咒都归到我身上。"

雅各便去拿了羊,宰好以后,交到他母亲手里。利百加就按照以撒的喜好作成美味佳肴。她又取出大儿子以扫放在家里的衣服给雅各穿上,好使雅各身上嗅起来有以扫的气味。再用山羊羔皮包在雅各的手上和颈项的光滑处。最后她把美味和饼端来,交在雅各手里,送他到以撒的帐篷外面,反复叮咛了几句,拍拍他的背催他进去。

雅各走到父亲身边叫了声:"父亲。"以撒答道:"我在这里。我的儿,你是谁?"

"我是您的长子以撒呀。我已照您的吩咐,给您打回了野味,做成了美味。您坐起来尝一尝吗? 您吃完了,好给我祝福。"

因为有一碗红豆作为教训,凡是遇到儿子之间的利益分配这类事情,以撒总是十分仔细。以撒心想这孩子回来得也太快了,就再问:"我的儿,你怎么这么快就打到猎物回来了呢?"

"因为耶和华,那庇护您的神使我遇到好运气,我出门不远就打到了一只野山羊。这给您不是端来了吗?"雅各临机应变,很会编故事。

以撒还是不放心,又说:"我的儿,你到我跟前来,我摸摸你,知道你是我的哪个儿子。"

雅各凑近他父亲以撒,以撒摸着他说:"声音是雅各的声音,手却是以扫的手。"雅各手上捆了山羊羔皮,摸起来有毛,跟以扫的手相同,以撒就分辨不出这不是以扫,决定给他祝福。于是雅各把饭菜送给以撒,以撒吃了;雅各又递酒过去,以撒也喝了。

以撒对雅各说:"我的儿,你上前来吻我。"雅各就上前吻他父亲。在以撒吻雅各时,他闻到雅各穿的衣服上那股带着田野气息的汗味,他的一切怀疑都解除了,就正式给他祝福:"孩子的气息如同耶和华赐福之田地的气息一样。愿耶和华赐你天上的甘露、地上的良田,并许多五谷美酒。愿多民事奉你,多国跪拜你,愿你作你弟兄的主,你母亲的儿子向你跪拜。凡诅咒你的,愿他受诅咒;为你祝福的,愿他得福。"

以撒为雅各祝福完毕,雅各便成了有合法地位的长子和主要继承人。雅各满意地从他父亲那里退出来,正好碰上他哥哥以扫把打回来的猎物作成美味后给以撒送来。二人互相打了个招呼就擦肩而过。

以扫走到他父亲身边,叫道:"请父亲起来,吃您儿子的野味。吃完以后好给我祝福。"老以撒不禁一惊,问道:"你是谁?""我是你的长子以扫呀。"以扫莫名其妙地回答。以撒知道自己被雅各骗了,气得浑身发抖,一时难以发声:"你未来之先,是谁拿了美味来给我呢?我已经吃了,为他祝福,他将来也必蒙福。"以扫听了父亲的话就放声痛哭,说:"我的父亲呀,求您也为我祝福。"

以撒说:"你兄弟已经用诡计将你的福分夺去了。"以撒对雅各非常恼恨,在父亲面前责备起雅各来:"雅各这样做对吗?他欺骗了我两次,第一次他夺去了我长子的名分,他现在又夺了我的福分。"

以撒懊恼地低着头,以扫也无话可说。过了一会儿以扫似乎想起了什么,说:"您没有留下为我可以祈祷的福分吗?"以撒回答以扫说:"我已立他为你的主,使他的弟兄都给他作仆人,并赐他五谷美酒可以养生。孩子,现在我还能为你做什么呢?"

以扫还不甘心,他知道自己在父亲心中的地位,接着说:"我的父亲啊,你没有一件福分送给我吗?我的父亲啊,求你也为我祝福。"以扫说着又放声大哭起来。

以撒看着这个长子,一种恻隐之心从心底泛起,他猛然明白,自己对以扫的偏爱在很大程度上是为了保护他,使他不致受到母亲和兄弟的欺负。

以撒为了安慰以扫,就也为他祝福说:"地上的沃土必为你所住,天上的甘露必为你所得。你必倚靠刀剑度日,又必事奉你的兄弟,到你强盛的时候,必从你颈项上挣开他的钳制。"这次事件就这样结束了。以扫受了雅各两次欺骗,非常怨恨雅各。眼看父亲天年将尽,就想待以撒去世以后杀了雅各,出出这口恶气。然而以扫是一本只有一页的书——没有封面和封底,别人能够一眼看完它的全部内容。以扫在外面把复仇的想法对人讲了,就有人转告给利百加。利百加赶紧打发人把雅各找来,对他说:"你哥哥以扫想要杀你,报仇雪恨。现在我儿,你要听我的话,起来逃往哈兰我哥哥拉班那里去,住些日子,直到你哥哥怒气消了。你哥哥怒气消了,忘了你向他所做的事,我便打发人去把你从那里带回来。我不想在你父亲百年的时候为你们两人服丧。"

世界经典文库

中外神话故事

·希伯来及基督神话·

图文珍藏版

利百加未敢告诉她丈夫说大儿子以扫想杀死雅各,只是说因为以扫娶了这两个赫梯人的女子,感到非常厌烦;倘若雅各也像他那样娶个赫梯人女子回来,那她活着还有什么意思呢?还不如叫孩子到他舅舅拉班家去,让他给说门亲。以撒听利百加说得很有道理,就同意了她的意见。

耶和华的许诺

以撒听了妻子利百加的话,同意把小儿子雅各送到哈兰舅舅拉班家去,好在本族订一门亲。他叫雅各来,给他作临行祝福,并嘱咐他说:"你到外祖父彼土利家里,在你母舅拉班的女儿中,娶一个为妻。愿全能的神赐福给你,使你生养众多,成为兴旺的家族。"

第二天清早,以撒分配给雅各少量财物,就打发他上路了。漫漫长路,雅各独自一人,身背行囊,逶迤而行。日出上路,日落而息。这样走了三天,到第四天太阳落下地面的时候,他感到十分疲倦,便选了一块干净一点的草地,捡了一块石头当枕,转眼之间就入睡了。他开始做梦,梦见一把梯子从天上掉下来,立在地上。上面下来两队天使,耶和华最后出来,站在梯子的最顶端,对他说:"我是耶和华你祖父亚伯拉罕的神,也是以撒的神。我要将你现在所躺卧之地赐给你和你的后代。你的后裔必像地上的沙尘那样多,将扩展到海边、东方、西方、南方、北方,我与你同在。"雅各一觉醒来,感到非常惧怕,说:"耶和华真的在这里?这地方何等可畏,这是神的殿,是天的门。"

雅各清早起来,把所枕的石头立作圣石,来纪念在这里做的梦,并往石头上洒了橄榄油。他把那地方起名叫作伯特利,就是"神殿"的意思。

雅各还许愿说:"神若与我同在,在我所行的路上保佑我,给我食物吃、衣服穿,使我平平安安地回到我父亲的家,我就必以耶和华为我的神,我所立为柱子的石头也必作神的殿;凡你所赐给我的,我必将十分之一献给您。"

雅各的祖父亚伯兰曾在战胜诸王救出罗得后,把战利品的十分之一献给撒冷王麦基洗德,今天雅各向耶和华许愿,就相当于希伯来人与耶和华立的约,后来摩西律法规定,土产及牧畜的十分之一须归耶和华。向教会交纳什一税便成为一种制度,直至欧洲中世纪仍在实行。

牧羊换妻

雅各傍晚时分到了哈兰城外。城门外的田野中有一口井,许多哈兰人聚在井边等着饮羊。他们或坐或站或靠或依,三五成群地在谈天说地,讲述哈兰城的新闻。还有一位青年坐在石阶上吹长笛,笛声绵长悠扬,与大漠西下的斜阳相映成趣。

井是沙漠民族的生命,也是沙漠小城的广场、公园,希伯来民族的许多故事都是在井边发生的。亚伯拉罕的爱妾两次出走都是在旷野上的井边得救。他们每新到一个地方最重要的就是要找井，挖井；他们为井而与外族人争斗，又在井边与他们媾和。几十年前，正是在哈兰城外的这口井边，雅各的母亲利百加认识了亚伯拉罕的仆人，奠定了与以撒的终身姻缘。

雅各打量了周围的情境，来到聚在那里的几位牧人跟前打听舅舅拉班。他说："弟兄们，劳你们大驾，我想向你们打听一点事儿。"那几位听他的口音不是本地人，就说："远道而来的客人，请您讲。"

"你们可认识拿鹤的孙子拉班吗？"

"我们认识。"

"他平安吗？"

"平安。"牧羊人一边回答，一边张望，然后又说："看哪，他女儿拉结赶着羊群走过来了。"

雅各顺着他们手指的方向望去，但见远处一位窈窕女子，手里拿羊鞭，驱赶着羊群向这边走来。她红色的头巾迎风飘起，散发出青春的魅力。不知为什么，雅各这时心里有点紧张，他也许在想如何与表妹相见。

其中有一个人老远就喊："喂！拉结，你们家来客了。"拉结走过来，雅各先作了自我介绍，拉结看着这位远道而来的表哥，也做了自我介绍，然后走过来与这位表哥行相见的礼，与他亲吻。表哥也吻了她。雅各看见天色还早，就劝等在那里的牧人："日头还高，不是羊群聚集的时候，你们不如饮完羊，再趁早出去放一放。"

"饮羊？"那几位牧羊人指着井口的大石头说："说得倒容易，这石头没有七八个小伙子是搬不动的。"原来哈兰人为了保护井里的水，白天就用大石头把井盖上，到傍晚人聚齐了，再一起动手挪开石头，挨个饮羊，饮完了又齐心协力把那块石头移回去盖上。

"让我来试试。"他走上前去，撩起衣服的下摆扎在腰带里，弓下腰一使劲，石头就移开了井口。这使在场的人都赞叹不已。拉结就把羊鞭交给表哥，自己先跑回去把雅各到来的消息报告给他父亲拉班。拉班听见自己的外甥来了，就来到城外与他相见，与雅各拥抱亲吻，领着他回了家。

来到拉班家，雅各转达了父母对他们全家的问候，大致讲了自家近年来的情况，接着就将与哥哥纷争的事情，来龙去脉，详详细细地给舅舅一家讲述了一遍，说着就大哭起来。拉班安慰他说："你是我们的骨肉，就在这里住下吧。"

时光如梭，转眼间雅各在舅舅家住了已经两个月了。在这两个月里，雅各帮着舅舅干了不少活。他的勤奋、细致、谨慎和聪明深得拉班的好感。拉班就对雅各说："你虽是我的骨肉，怎么能够白白服侍我，为我干活呢？请你告诉我，你需要什么报酬。"

拉班有两个女儿，大女儿叫利亚，长相一般，双目无光，显得没有什么灵气；小女儿就是美丽的拉结。雅各此行本有娶妻的目的，他早已爱上小表妹拉结了，只是苦于没有机会向舅舅表述。

· 希伯来及基督神话 ·

图文珍藏版

现在拉班既把话说到这里,聪明的雅各就说:"舅舅,我爱小表妹拉结,我想娶她为妻。舅舅,您若同意,我愿意服侍您七年。"拉班心想,女儿迟早都要出嫁的,还不如就此让他给我干七年活,这等于我免费雇了一个自愿给我干七年活的长工。拉班略加盘算,点点头,以一种大度慷慨的口吻说:"就这样吧,我把她嫁给别人还不如嫁给你呢。你就与我们同住吧。"

雅各就为拉班死心塌地地干了七年,因为他深爱拉结,就把七年看成七天一样。七年的时间终于过去了。雅各七年里一直为拉班牧羊,他聪明好学,又勤奋细致,使拉班的羊群增长了好几倍,成为富甲一方的大户。雅各就对舅舅拉班说:"您许给我成亲的日期已经满了,求您把我的妻子给我,我好与他同房。"拉班满口应承。

选定一个喜日,拉班在家大摆筵席,请齐了那地方的亲朋好友,隆重地举行了婚礼。但拉班耍了个诡计,把自己相貌平庸的大女儿利亚打扮了一番,送到新房等着与雅各圆房。拉班又将婢女悉帕给利亚作使女。

雅各被大伙轮番劝酒,喝得醉醺醺的。按照当地的风俗,新郎摸索着钻进了黑灯瞎火的新房与新娘同房。

第二天早上雅各醒来一看,与自己同床共枕的并不是一心所向往的拉结,而是拉结的姐姐利亚。被戏弄的新郎就气冲冲地去找岳父评理:"你都对我做了些什么事呢?我花了七年时间辛辛苦苦地服侍你,不是为了拉结吗?你为什么欺骗我,把利亚给我同房呢?你这不是欺骗我吗?"拉班并没有脸红,他辩解说:"大女儿还没有嫁人,先把小女儿嫁了,我们这里没有这个规矩。不过,你如果真心爱拉结的话,你可以为了她再服侍我七年。"

雅各害怕拉班到时候反悔,就说:"我愿意,不过你得先把拉结给我,与我同房,我才给你再干七年。"

拉班满口答应:"可以,等这事满了七日,我就让你与拉结也完婚。"满了利亚的七日,拉班便将女儿拉结给雅各为妻。拉班又将婢女辟拉给女儿拉结作使女。那夜雅各与拉结同房,成就了多年的梦想,了却了七年的心愿。为了这桩心愿,雅各已为拉班干了七年长工,并且还要再干七年。雅各显示出对爱情超人的决心和毅力,这常常被后人传为佳话。

生子竞争

雅各显然更爱拉结。利亚没有漂亮的外表,得不到丈夫更多的宠爱,耶和华就决定给她以补偿。他使利亚很快怀孕了,而得宠的拉结却一直不能生育。这在共事一夫的姐妹之间造成了一种心理平衡。

利亚给雅各生的长子,利亚给他取名为流便。流便的意思是"有儿子",因利亚在生他的时候说:"耶和华看见我的苦情,如今我的丈夫必爱我。"很快地,利亚又怀孕生子了。她给这第二个儿子取名叫西缅。西缅的意思是"听见",她说:"因为耶和华听见我失宠,所以又赐给我这个儿子。"接着她相继生了两个儿子。她给老三起名叫利未,说:"我给我丈夫生了三个儿子,他必与我联合。"利未就是"联合"的意思。

她给老四起名叫犹大。说:"这回我要赞美耶和华。"犹大就是"赞美"的意思。利亚一口气生了四个儿子,这才停住了生育。拉结见自己不能给雅各生子,很嫉妒她姐姐,对雅各说:"你要给我孩子,不然我活着也没乐趣。"

雅各听见这话有点生气,就说:"叫你不生育的是耶和华,我怎么能代替他做主呢?"无可奈何,拉结只好按本族人留下的古老传统行事,把自己的使女辟拉送给丈夫为妾。雅各便与她同房,辟拉就怀孕了,并给雅各生了一个儿子。这个儿子应归在主母拉结名下。拉结说:"耶和华申了我的冤,也听了我的声音,赐给我一个儿子。"因此她给这个儿子取名为但。但就是"伸冤"的意思。于是一场生子竞争无声无息地开始了。

辟拉不久又怀孕,给雅各生了第二个儿子。拉结说:"我与我姐姐长期相争,我终于得胜了。"因为在生这两个孩子时利亚已经停止了生育。拉结于是给第二个孩子起名叫拿弗他利。拿弗他利是"相争"的意思。

反过来倒轮到利亚生气了。她见自己停止了生育,而妹妹的使女却连得二子,就把使女悉帕给雅各为妾。漂亮的悉帕很得雅各的欢心,很快给雅各生了一个儿子。利亚说:"万幸!"于是给那孩子取名叫迦得。迦得就是"万幸"的意思。哺乳期刚停,利亚的使女悉帕又怀孕了,给雅各生了第二个儿子。利亚又胜过了妹妹,情不自禁地说:"我有福啊,所有的女人都要说我是有福气的人。"于是给他孩子起名叫亚瑟。亚瑟就是"有福"的意思。

沙漠的绿洲中长着一种叫风前的植物。风前在春天生长极盛,到秋天麦子收获的季节成熟。据说这种植物吃了可以催情,常被人们用作春药。麦收时节,已经长成少年的长子流便遵照母亲的嘱咐从田里找了风前回来给利亚。拉结听说利亚得了风前,就跑去对她说:"好姐姐,你能把你儿子得到的风前分给我一些吗?"利亚生气地说:"你这个坏女人,你夺去了我丈夫还嫌不够吗?你还要来要我儿子的风前,休想!"

"姐姐别生气,我有一样东西跟你换。"拉结软磨硬泡,"你如果同意把风前给我,今晚他就是你的了。"想到丈夫好些时间没有进自己的房间了,今天妹妹愿意放弃,把风前给她也没什么。于是二人的交易就这样达成了。

晚上,雅各回来,利亚打扮一番出来迎接,说:"今晚你要到我的房里去睡。"

"为什么?"雅各问。

"因为我已与那坏女人达成协议,今晚我用我儿子找回来的风前把你换下了。"利亚这么说。那一夜雅各就到利亚的房里,与利亚同床共枕。没想到这一夜温存竟种下了根苗。一个月后,利亚高兴地发现自己怀孕了。这就是利亚生下的第五个儿子。利亚再一次证明了做一个女人的价值,她说:"耶和华给了我价值,因为我

世界经典文库

中外神话故事

·希伯来及基督神话·

图文珍藏版

把使女给了我丈夫。"于是她把这个儿子的名字定为以萨迦。以萨迦的含义是"价值"。

雅各因利亚能生育,就多多地眷顾她,使利亚为他生了第六个儿子。利亚心满意足他说:"耶和华赐我厚赏,我丈夫必与我同住,因我给他生了六个儿子。"于是她给这个小儿子取名为西布伦,就是"同住"的意思。

利亚最后还为雅各生了女儿底拿,利亚一共生了六男一女,加上使女悉帕的两个孩子,归在她名下的一共有八男一女。看来利亚在这场生子大战中是稳操胜券的了。

然而出人意料的事情发生了。拉结有了身孕,她总算有机会证明一下自己作为女人的能力,搬开了长期压在自己心上的石头。她扬眉吐气地说:"耶和华除去了我的羞耻。愿主耶和华再给我增添一个儿子。"因此她给这个久盼不至的儿子取名为约瑟,意思就是"增添"。

这场生子竞争谁胜谁负很难评说。利亚有数量上的优势,而在十二个子女中,雅各最喜欢的是小儿子约瑟。约瑟后来建立了卓越的成就,比其他兄弟都要强。

雅各致富

拉结生约瑟的那年正是雅各为了娶拉结而给拉班做事第二个七年期满的时候。雅各对拉班说:"请让我回到我故乡去吧。请您把我服侍你所得的妻子和儿女让我带走。我是怎样服侍您的,我想您是清楚。"

雅各的精明能干给拉班带来了大量财富,所以拉班舍不得让雅各走,于是挽留他说:"我如果在你眼前蒙恩,你如果还看得起我这个家的话,请你别走,和我们再一起住一些日子吧。我知道,耶和华赐福与我全是因为你的缘故。"

他见雅各不吭声,又说:"至于报酬,由你来定。"雅各琢磨已久,就说:"这些年来,我使你的羊增加了好多倍,我未来之前,你的羊很少,现在你的羊群满坡,耶和华随我的脚步赐福与你。如今我已有妻儿,我也应该为自己家庭打算。"

拉班说:"我怎样才能留下你呢?"

雅各回答:"什么你也不必给我,只是你得答应我一个条件:我仍旧放牧你的羊群。今天我走遍你的羊群,把绵羊中凡是有斑点的、黑色的,和山羊中有斑点的分出来,将来这类羊就归我,作为我的报酬。将来您来查看我的报酬,如果发现我的羊群中绵羊不是黑的、有斑点的,山羊不是有斑点的,就算是我偷您的,这样就可以证明出我的信用来。"

拉班想,这个呆女婿,我羊群中有几只绵羊不是白的,有几只山羊是有斑点的呢? 于是拉班就说:"好啊,我情愿照着你的话办。"

当天,拉班把有纹的、有斑点的、有杂白纹的母山羊和有斑点的、黑色的绵羊全部挑出来,交给他儿子们放养,又使自己和雅各距离三天的路程。雅各就放养拉班其余的羊。雅各看到岳父这么做,心里暗暗高兴,知道这老头因为不懂使羊杂交的

世界经典文库

中外神话故事

·希伯来及基督神话·

图文珍藏版

办法而中了他的圈套。原来，雅各在长达十四年的牧养生活中，留心观察羊的习性，研究出一套使黑白羊杂交的方法。他拿杨树、杏树、枫树的嫩枝，将皮剥成白纹，使枝子露出白道道来。将剥了皮的枝子对着羊群插在饮羊的水沟里和水槽里，羊来喝的时候彼此交合，就生下有纹的、有点的、有斑的羊羔来。雅各把羊羔分出来，使拉班的羊与这有纹和黑色的羊相对，把自己的羊另归一处，不叫他和拉班的羊混杂。到羊群肥壮交合的时候，雅各就把枝子插在水沟里，使羊对着枝子配合。只是到羊瘦弱配合的时候就不插枝子。这样，瘦弱的就归拉班，肥壮的就归雅各。

没有几年，雅各的财富越来越多，拉班的财富变得越来越少了。几乎所有的羊都成了有斑的，有点的，或黑色的了。雅各已经发达起来，拥有了许多羊群、仆婢、骆驼和驴。到第六个年头上，拉班的儿子看见妹夫家越来越富有，甚至超过了自家，就对人说：“雅各把我们父亲所有的都夺去了。他的财富全是靠我父亲的羊赚来的。”

这话辗转传到了雅各耳朵里，另外岳父对雅各一家也远不如以前那么和气了，他见到雅各时总是沉着脸。他感到很为难，就跪下来祷告。耶和华在他做梦的时候对他说：“你要回你祖你父之地，到你亲族那里去。我必与你同在。”

雅各就打发人，叫拉结和利亚到田野羊群那里来，对她们说：“我看你们父亲的脸色越来越难看了，但我父亲的神与我同在。你们也知道，我尽了我的力量服侍你们的父亲。你们的父亲欺骗我，十次改了我的报酬，然而耶和华不容他伤害我。他如果说：‘有点的归你作报酬。’羊群所生的都有点；他如果说：‘有纹的都归你作报酬。’羊群所生的都有纹。这样，耶和华把你们父亲的牲畜夺来赐给我了，我刚才在梦中，看见羊群交配，我举目一看，见到的母羊和公羊都是有纹的、有点的或黑色的。是耶和华的使者在那梦中呼叫我说：‘你举目观看，这些羊都是有纹的、有点的或黑色的，凡拉班向你所做的我都看见了。我是伯特利的神。你在那里用油浇过石柱，向我许过愿。现今你起来离开这地方，回你的故乡去吧。’”

利亚和拉结爱自己的丈夫胜过爱父亲，当然站在雅各一边说话，她们说：“在我们父亲家里还有我们所得的份吗？还有我们的产业吗？我们不是被他当作外人吗？因为他卖了我们，吞了我们的价值。耶和华从我父亲那里所夺去的财物就是我们和我们的孩子们的。现在凡是耶和华吩咐你的，你就只管去做吧。”

雅各得到了妻子们的谅解和支持，就开始规划返回迦南的计划。他分析，如果他告诉拉班他就要回迦南，他还会以种种借口阻拦；如果他强行离去，他们就会仗着人多势众，夺去他的财产。因此唯一的办法就是选择适当时机，不辞而别。

雅各逃回迦南

剪羊毛的季节到了，拉班全家都上野外剪羊毛去了。雅各看到时机已经成熟，叫他的妻子们悄悄地做好起程的准备。一天早晨天刚蒙蒙亮，雅各就起床，叫醒妻儿们，让妻子和使女们骑骆驼，把小孩装在驮筐里，放在骆驼背上，把他们早已捆扎停当的财物放好，让仆人们赶着牲口踏上了回迦南的路。

在出发的时候，拉结却偷了他父亲家的神像，放在自己的行李中。因为人畜太多，尽管他们马不停蹄地赶路，已经尽了最大的努力，仍然走得不快。第三天，他们越过了伯拉大河。这时有人把雅各逃离哈兰的消息告诉给拉班。拉班听说后立即带了一大队人马来追赶。追了七天，他们才在基列山追上雅各的人马。头天晚上，耶和华的灵降到拉班的营地，在梦中对他说："你要小心，不可与雅各为敌。"

拉班追上雅各，对他说："你这是为什么呢，你背着我不辞而别，又把我女儿拐了去，如同用刀剑掳去的一般。你为什么不打声招呼就暗暗地逃跑，偷偷摸摸地走了呢？你该告诉我们一声，叫我可以欢喜、唱歌、击鼓、弹琴地送你回去呀。你连让我与外孙和女儿们吻别的机会都不给，你所做的真是愚昧。我原有能力伤害你，只是你父亲的神昨夜对我说：'你要小心，不可与雅各为敌。'我今天才不忍心下手。我还要问你，你想回你的祖籍，为什么还要偷我的神像？"

雅各开始还有些害怕，听完岳父这番话后，才知道他的主要目的并不是要兴师问罪，而是要追回自己家的神像。拉班还没有完全摆脱多神教的影响，他很迷信，认为神像是财富的保护神，它要是被谁拿走，他家的财富也会随之而去。雅各并不信那神，他也不知道拉结拿了那神像，就说："我担心你把你女儿从我手中夺去，我才逃跑的。至于你的神像，你在谁那里搜出来，就不容谁存活。当着我们各位兄弟的面你认一认，在我这里有什么东西是你的，就拿去。"

拉班进了雅各、利亚和两个使女的帐篷，没有搜出什么来，就从利亚的帐篷中出来，进了拉结的帐篷。拉结已经把神像藏在骆驼的驮筐里，自己就坐在那筐上头。拉班摸遍了那帐篷，并没有摸着。拉结对她父亲说："现在我身子不便，不能在您面前起来，求我主不要生气。"这样拉班的搜索工作，竟毫无结果。现在优势就落在雅各这边了，他借这个机会，反守为攻，怒斥拉班说："我对你有什么冒犯？有什么罪恶，你竟这样火速地追我？你摸遍了我一切的财产，你搜出什么来了？我们把事实摆在各位兄弟面前，让他们在我们中间辨别。我在你家这20年，你的母绵羊、母山羊没有掉过胎；你羊群中的公羊，我没有吃过；被野兽撕裂的，我没有拿来给你，滥竽充数，而是由我自己赔上。无论是白天黑夜受尽寒霜，不能合眼安睡，我常是这样。我这20年在你家里，为你的两个女儿服侍你14年，为你的羊群服侍你6年，你又10次改了我的报酬。若不是我父亲以撒所敬畏的神，也就是亚伯拉罕的神与我同在，你如今必定打发我空手而去。正是耶和华看见我的悲情和我的劳碌，才在昨夜责备你。"

雅各一番话振振有词，说得在场的人都感动了。拉班的气势也开始缓和了，他回答雅各说："这女儿是我的女儿，这些孩子是我的孩子，这些羊群也是我的羊群，凡在你眼前的都是我的。我的女儿和她们所生的孩子，我今天能对他们怎么样呢？我们不要争了，来吧，你我二人可以立约，作你我中间的证据。"

雅各就拿一块石头立作柱子。又对众弟兄说："你们堆起一个石堆来。"

兄弟们便捡来石块堆成一个石堆,完了,就在那石堆边吃喝。拉班称那堆石头为伊迦尔撒哈杜他,雅各却称之为迦累得,就是"以石为证"的意思。

拉班说:"今日这石堆作你我中间的证据。"他指着那作为永结友好标志的石堆,"我们分手以后,愿耶和华在你我中间明察。你若苦待我的女儿,又在我的女儿以外另娶妻妾,虽没有人知道,却有耶和华在你我中间作见证。你看我在你我中间所立的这石堆和柱子,这石堆作证据,这柱子也作证据。我不得过这石堆去伤害你,你也不可越过这石堆和柱子来伤害我。但愿亚伯拉罕的神和拿鹤的神,就是你父亲的神,在你我中间判断。"

雅各就指着父亲以撒所敬畏的神起誓,起完誓又在山上献祭。一切仪式完成后,便在山上住宿。拉班清早起来,与他外孙和女儿吻别,给他们祝福完毕就返回哈兰城去了。

与神较力

雅各进了迦南境内,在他称之为马哈念的地方搭起了帐篷。他从当地居民口中打听到了他哥哥以扫的消息,心里很慌张。以扫20年来发生了很大的变化,他在死海边的西珥平原(又称以东地)当上了首领,成为那里的统治者。他主要是在山上打猎,但有机会时也干抢劫勾当。在迦南的居民中间以扫的名声不太好。

雅各得知这些情况后,心里十分紧张。因为他曾经欺骗过哥哥,他当然不会相信以扫的记忆力会糟到忘记这种怨恨的程度。他迅速地盘算着怎么应付当前的局势。经过反复考虑,他先打发人去见以扫,吩咐他们说:"你们对我主以扫说:'你的仆人雅各这样说,我在拉班那里寄居,直到如今。我有牛、驴、羊群、仆婢,现在打发人来报告我主,为要在你眼前蒙恩。'"

过了两天,打发去的人回到雅各那里说:"我们到了你哥哥以扫那里,他带着400人,正迎着您来。"雅各吓得心惊肉跳,但是他马上使自己镇静下来,开始布置下一步的行动。他把那些与他在一起的人和羊群、牛群、骆驼,分作两队,这样以扫若来击杀其中的任何一队,另外一队就可以逃避。

安排完了以后,他就坐下来祈祷,他乞求耶和华:"耶和华我祖亚伯拉罕的神,我父亲以撒的神啊,您曾对我说:'回你本地本族去,我要厚待你。'您向仆人所施的一切慈爱和诚实,我一点也不配得。我先前只拿着我的杖过这约旦河,如今我的人马已成了两队。求你救我脱离我哥哥以扫的毒手。因为我怕他来杀我,连妻子带儿女一同杀了。你曾说:'我必定厚待你,使你的后裔如同海边的沙粒,多得不可胜数。'"接着他从他所有的财物中拿出礼物来,准备送给他哥哥以扫:母山羊200只,公山羊20只,母绵羊200只,公绵羊20只,奶崽子的骆驼30只,各带着崽子,母牛40只,公牛10只,母驴20匹。每样各分一群,交在仆人手下。一共分成三批,一批过去了,再让另外一批过去,这样比一次送去好,更显得隆重有礼。他生怕仆人出什么差错,作了详详细细的交代。

"你们要在我前头过去,要分批分批地过去,使每群牲畜相离有一段的地方。"

他吩咐第一批走的仆人:"我哥哥以扫遇见你的时候,问你说:'你是哪家的人?要往哪里去?你前头这些牲畜是谁的?'你就说:'是您仆人雅各的,是送给我主以扫的礼物,他自己也在我们后边。'"

又吩咐第二、第三批赶牲畜走的人说:"你们遇见以扫的时候,也要这样对他说,并且你们要说:'你仆人雅各在我们后边。'"因雅各心里说:"我先用那些礼物解他的恨,然后再见他的面,或者他能容纳我。"送礼的队伍就按照他的安排逐队逐队过去了。当天夜里他就在营中与下人一起住宿。子夜时分,雅各便置身于一种似梦非梦的境地。他起身来,带着两个妻子,两个使女,十个儿女,来到约旦河上的雅博渡口。他先打发他们过去,再打发随从和其他人畜过去。最后只剩下雅各自己。

这时,有一个人来和雅各摔跤,不分胜负,直到黎明。那人见自己胜不了雅各,就将他的大腿窝摸了一把。当雅各再与那人摔跤,大腿窝就扭伤了。

那人说:"天亮了,让我走吧。"

雅各说:"你不给我祝福,我就不让你走。"

那人问:"你名叫什么?"

他回答:"我名叫雅各。"

那人说:"你的名字不要再叫雅各,要叫以色列。因为你与神与人较力,都得胜了。"

雅各说:"请将你的名字告诉我。"

那人说:"何必问我的名字?"于是那人为雅各祝福。

与雅各摔跤的就是耶和华。雅各便给那地方起名叫毗努伊勒,有"神之面"之意,意思是要表明:"我面对面见了神,我的性命仍得保全。"日头刚出来的时候,雅各经过毗努伊勒,他的大腿就瘸了,故此以色列人不吃大腿窝的筋。源于这个故事,这种风俗一直延续到今天。从此雅各又叫以色列。耶和华正式通知雅各改名为以色列并祝福他为犹太人始祖的事情发生在雅各辗转迁徙到伯特利以后,这是后话。

以色列的希伯来文含义为"与神较力"。雅各有 12 个儿子,他们的后裔被称为以色列 12 支派。此后希伯来人又称为以色列人。

兄弟重逢

过了约旦河不远,雅各举目观看,见以扫由远而近,带着 400 名随从,迎面走过来了。雅各尽管受到耶和华的祝福,仍然胆战心惊。他急忙把家眷分成三批,他把两个妾和她们所生的孩子安排在最前头,其次是利亚和她的孩子,最后才是他心爱的拉结和小儿子约瑟。

雅各见以扫并不伤害他们,自己才敢过去。他一连七次俯伏在地,向哥哥请罪,然后才向他接近。没有想到以扫早已把20年前的事置诸脑后了。他跑过来迎接雅各,拥抱他,搂住他的脖子吻他,两人相视良久,然后放声大哭。以扫举目看看女人们和孩子们,就问:"这些和你一起回来的是些什么人呢?"

雅各说:"这些孩子是耶和华施恩给您仆人的。"于是两个妾和她们的孩子们先来下拜,接着是利亚和她的孩子们下拜,最后是约瑟和拉结下拜。以扫一一接受了,扶他们起来。又问:"我所遇见的这些成群的牲畜是什么意思呢?"

雅各回答说:"是要在我主面前蒙恩的。"

以扫说:"兄弟啊,我已经有足够的财富了,你还是把这些东西都收回去,仍然归你。"

雅各说:"不,我若在你眼前蒙恩,就求你从我手里收下这礼物,因为我见了你的面,如同见了耶和华的面,况且你还接纳了我。求你收下我带来给你的礼物。因为耶和华恩待我,使我富足。"雅各再三求他,他才收下。

以扫说:"我们可以一起回去,我在你前头走。"尽管如此,雅各还是对以扫有戒心,不敢轻信,就推托说:"我主知道孩子们年幼娇嫩,牛羊也正在乳养的时候。若是催赶一天,牲畜都会死光。求我主在仆人前头走,我要量着我的畜群和孩子们的能力慢慢地前进。"

以扫又说:"那就请允许我把跟随我的人留几个在你这里,听你使唤。"

雅各再次推辞说:"何必呢?只要在我主眼前蒙恩就是了。"于是以扫当天就起程回西珥去了。雅各待以扫离去以后,就调转了前进方向,往示剑城去了。示剑是希未人的地方,到了示剑,雅各征得示剑王哈抹的同意,用100两银子在城东买了支帐篷的地皮,在那里为自己盖造房屋,又为牲畜搭棚。因此那地方叫疏割。疏割就是"棚"的意思。一切都安排妥了,雅各作了长期居住的打算。

20个银币卖弟

雅各在迦南的伯特利长住下来,几年以后,除在伯特利出生的便雅悯外,11个儿子都长成了人。连最小的约瑟也有17岁了。17岁的约瑟与他的哥哥一同牧羊,跟他姨妈辟拉、悉帕的儿子们常住在一处。因为约瑟是雅各晚年生的,又出自爱妻拉结,所以雅各对他便格外看重,宠幸有加。约瑟也爱在父亲面前讨好卖乖,经常报告哥哥们的劣迹。他大哥流便与姨妈辟拉私通,被约瑟发现了。他还是个童子,不能理解其中的原因在于老夫少妾,就去给父亲咬耳朵,雅各听后气愤万分。从此雅各对约瑟就更加钟爱了,他特意为约瑟做了一件彩衣,约瑟穿起来十分精神,显得很神气。

约瑟仗着父亲的宠爱,常常在哥哥们面前吹嘘自己。有一次,约瑟做了一个梦,第二天早上就对哥哥们夸耀起来:"呃,你们听我说我昨晚的梦:我们在田里捆麦子,我的麦捆站在中央,而你们的麦捆来围着我的下拜。"

他的哥哥们都大叫着质问他:"你这是什么意思?难道你主要做我们的王吗?

难道你真要统治我们吗?"

哥哥们就因为这话越发恨他。后来他又做了一个梦,就在吃早餐的时候当着他父亲的面对他哥哥们炫耀:"昨晚我又做了一个梦,梦见太阳、月亮,与11颗星向我下拜。"他父亲就责备他说:"你做的这是什么梦!难道我和你母亲、你弟兄,也要来俯伏在地,向你下拜吗?"

他父亲虽然当时很生气,但过了一些时候就不把这话放在心上了,不过这话使哥哥们对约瑟的嫉妒更加深了。哥哥见他这么受宠,这么高傲,这么爱耍小聪明,爱向父亲告密,还不爱干活,都想找个机会好好收拾他一下。有一天哥哥们出去放羊,为了寻找水草,他们一直跋涉到示剑。约瑟自然是不干这种活的。哥哥们一连出去好几天,以色列不放心,就想打发约瑟去看看,对他说:"你哥哥们不是在示剑放羊吗? 你来,我要打发你往他们那里去。"

以色列说:"你去看看哥哥们平安不平安,羊群平安不平安,就回来报信给我。"

约瑟于是就带了点干粮,步行到示剑去了。到了示剑他在田野里四处寻找,没有找到哥哥们,自己却走迷了路。当地有人认得他是以色列的儿子,就问他:"你找什么?"

约瑟回答:"我找我的哥哥们,求你告诉我他们在哪儿放羊。"

那当地人说:"他们已经走了,我听见他们说,要往多坍去。"

约瑟感谢了那位当地人,就按那人给自己指的路往多坍去追赶他哥哥们去了。哥哥们远远地看见约瑟,趁他还没有走到跟前,大家就商量要害死他。他们说:"你看那做梦的来了。来吧,我们将他杀了,丢在一个坑里,就说有野兽把他吃了,我们看看他的梦将来怎么实现。"大哥流便虽然因约瑟告自己的密很恨他,但听见要杀死自己的亲弟弟,觉得太过分了,于心不忍,想救他,就劝阻众兄弟说:"我们不能害他的性命。不可流他的血,可以把他丢在这野地的坑里,不可下手害他。"

流便的意思是先救约瑟脱离众兄弟的毒手,然而再慢慢说服他们,让他们同意把约瑟一同带回去还给父亲以色列。转眼间约瑟到了。他的哥哥们剥了他的外衣,就是他们的父亲以色列送给他的那件彩衣,把他丢在坑里,那坑是空的,里头没有水。约瑟被意外的袭击吓蒙了,他虽然本能地挣扎,但毕竟寡不敌众,仍被扔到坑里。他开始还以为哥哥只是开开玩笑,吃午饭时,见哥哥们只顾自己吃,并不管他,知道事情不那么简单,就在坑里哇哇乱叫。

这时有一伙米甸的商人从这几个兄弟面前经过。那些商人是亚伯拉罕与他的爱妾夏甲的儿子以实玛利的后代,他们从基列来,用骆驼驮着香料、乳香、药草,要带到埃及去卖。排行老四的犹大看到这队商人,心生一计,对众兄弟说:"我们杀我们的兄弟,流了他的血,有什么益处呢? 不如将他卖给以实玛利人,不可下手害他,因为他是我们的兄弟,我们的骨肉。"

众兄弟一听这是一个两全其美的计策,既可以除掉心头之患,又可以有些收入,就爽快地同意了。他们叫住那些米甸商人,从坑里拉出约瑟来,说要卖给他们。

商人们见约瑟年轻体壮，相貌英俊，也有意买下。经过讨价还价，最终以 20 舍客勒银子成交。约瑟就这样被自己的兄弟们卖给了以实玛利人。以实玛利人就把约瑟带往埃及去了。

这件事情发生的时候，流便正在代兄弟们看羊。兄弟们吃完饭，去顶替他，好让他回营地吃饭。流便到那坑里一看，人已经不在了。这时兄弟们才告诉他发生什么事。流便见木已成舟，不好说什么，便埋头吃饭，一边吃一边想怎么与父亲交代。饭吃完了，主意也拿定了。他撕裂了约瑟的彩衣，回到放羊的兄弟们那里，对他们说："约瑟没有了，我就说他在田野里走迷了路，被野兽撕裂，吃了。"

他们宰了一只公山羊，把约瑟的那件彩衣染上血，打发人送到他们的父亲那里说："我们在田野里捡了这个，请认一认，是你儿子的外衣不是？"以色列一眼就认出那是他送给约瑟的彩衣，一把夺过来，就说："这是我儿子的外衣，有恶兽把他吃了，约瑟被撕碎了！我可怜的约瑟！"

以色列便撕裂了衣服，腰间围上麻布，为他儿子哀悼多日。儿子们回到以色列那里，看到父亲的装束，知道计谋已经成功，就假装悲痛，还哭丧着脸安慰父亲。以色列却不肯接受安慰，对家里人说："我必悲哀着下阴间到我儿子那里。"说罢又哀哭不止。在老以色列为自己爱子的夭折痛哭不已时，引起这悲痛的约瑟却在埃及经历着戏剧性的人生。

约瑟

约瑟是希伯来神话中重要的人物。相传法老曾摘下手上带着的象征权力的戒指，戴在约瑟的手上，还亲手给他穿上细麻衣，把金项链戴在他的脖子上。做完了这一切，法老回到宝座前，对各位大臣宣布："我派约瑟代表我治理整个埃及，从今以后，他就是你们的主人，你们都得听从他的命令。违者严惩。"

犹太之母

以色列的四儿子犹大在贩卖兄弟的事件以后，回到伯特利呆了一些日子，看到父亲因为失去约瑟如此悲痛，全家人都不开心，就想暂时离开家找个地方散散心。

有一天他告别了父亲，到一个亚杜兰族人名叫希拉的家里去做客，并在他家小

约瑟

住了一段时间。犹大在那里爱上了迦南人书亚的女儿，就娶他为妻，与她同房。书亚不久就怀孕生产了，犹大给这个长子取名为珥。后来，犹大的妻子还生了两个孩子，老二名叫俄南，老三名叫示拉。大儿子珥长大成人后，犹大给他娶了媳妇他玛。珥一向依仗自己这个大家庭的权势在外作恶，耶和华惩罚他，在他娶他玛不久还未留下传宗接代的根苗之前就夭折了。

他玛年少而寡，按照以色列人的族规，她应该委身于前夫的兄弟，与小叔子同房，生下孩子后算在前夫的名下。犹大就对二儿子俄南说："你应当和你嫂子同房，向她尽你为弟的本分，为你哥哥生子立后。"

俄南知道与他玛生的孩子不归自己，加之珥在世时与俄南不和。这样俄南就不愿尽这份义务。为了应付父亲犹大，也为了房中之乐，俄南仍常去他玛房中。但是每当俄南与他玛交合，他都将精液遗在地上。他玛百般求他，他一点也不听，因此他玛很久仍无身孕。

耶和华看到俄南的恶作剧，知道他也不是善良之辈，就让他跟他哥哥一样早早地死了。犹大并不知道其中的详情，看到自己的两个儿子都在与他玛同房后不久就去世了，他想自己的小儿子示拉年纪更小，身体尚弱，如果再与他玛同房，恐怕也会像他的两个哥哥一样死去。犹大就打发他玛回娘家守寡，对她说："他玛，我儿子们的媳妇，你先回娘家去，在你父亲家里守寡，等我小儿子示拉长大了，我就派人去接你回来，与他圆房，好给我家传宗接代。"

他玛不知道公公心中原是对自己有顾虑，就顺从地回了娘家，在娘家一住就是好几年，眼看小叔子已经长大成人，却不见婆家来人接自己回去与他圆房。这时候，他玛心中才明白，一定是公公把两个孩子的早逝归罪于自己了。虽然这是冤枉和委屈的事情，但这种事怎能开口向人说明，她又怎能在公公面前讨个公道呢？

又过了许久，犹大的妻子、书亚的女儿死了。犹大的朋友亚杜兰人希拉去他家安慰他，然后接他到自家小住，以宽解他的丧偶之痛。

那时正是剪羊毛的季节，犹大家的牧场在亭拿，离希拉家不远，犹大天天去亭拿帮仆人剪羊毛。他玛早就听人说公公住在娘家的邻居希拉家，也打听到他天天都要到附近的亭拿去剪羊毛。他玛想自己是犹大家的人，一定得给他家留下后代。他玛心中如此合计着，就在一天下午脱了身上的寡妇衣裳，用面纱把脸罩住，又用斗篷遮住自己的身体，早早地来到去亭拿路上的伊拿印城门口等候。犹大每天往返都必须从这儿经过。

犹大的妻子去世已经有些日子了，现在代替丧偶之痛的是鳏夫的那种难耐的孤独。这天他剪羊毛回来，走到伊拿印城门口，看到一个盖着面纱的少妇站在那里卖俏，以为是妓女，就凑过去说："来吧，让我与你同寝。"

他玛见公公没有认出自己，便答道："你要把什么给我呢？"

"我从羊群里取一只山羊羔打发人送给你。"犹大爽快地说。"口说无凭，你得给我一点东西作当头吧。"

"你要什么呢?"

"你的印,你的带子和你手里的杖。"他玛一边说着一边就去摸犹大拿拐杖的手。犹大已来不及多想什么,便按照他玛的要求给了她那三样东西。

他玛把他带到一个隐秘的地点,在黑暗里成就了男女之事。完事后,他玛不让犹大与自己过夜就送走了他,为的是不让他认出自己来。这样万一这次不成功,没有怀上他的孩子,下次还可以用同样的办法与他同寝。

他玛送走了犹大后就除去了面纱、斗篷,穿上寡妇的衣裳,起身回娘家去了。犹大托朋友希拉送一只山羊羔到与他玛幽会的地方去,好换回那女人手里的当头来,去了几次都找不到她。向住在周围的人打听,那里的人都说:"我们这里没有什么妓女。"犹大感到好生纳闷。大约过了三个月,有人告诉犹大说:"你的儿媳妇他玛作了妓女,而且因为淫乱怀了孕。"

犹大一听暴跳如雷,大声地吼道:"把她拉出来,用火烧死!"女人淫乱,一旦发现就会被族人用火烧死。这是古以色列人的律法。他玛被拉出来的时候,便打发人去见她公公,对他说:"这些东西是谁的,我就是跟谁怀的孕;请你认一认,这印、带子和手杖,都是谁的?"

犹大拿过来一瞧,那些东西原来都是自己给"妓女"的当头。他这才恍然大悟,他承认道:"她比我更有义,因为我没有将她给我的儿子示拉。"从此犹大不再与他玛同寝了。

又过了三、四个月,他玛身孕足月了才发现她腹里是一对双胞胎。到生产的时候,一个孩子伸出一只手来,收生婆拿红线拴在他手上,说:"这是头生的。"话音刚落,那孩子又把手缩回去了。另一个没拴红线的孩子先下地,成了哥哥。收生婆说:"你为什么抢着来呢?"这孩子的名字叫法勒斯。后来,那个手上有红线的孩子出生了,成了弟弟,名字叫作谢拉。

法勒斯的后裔成为法勒斯族,法勒斯族分为两支。后来的英雄大卫和耶稣都是法勒斯族。因为他玛,犹大才成为以色列十二支派的始祖之一。

从奴隶到家臣

再说以色列宠爱的第十一个儿子约瑟被哥哥们以 20 个银币的价钱卖给以实玛利人,以实玛利人把少年约瑟带到埃及,给他的双手双脚套上铁链,让他站在奴隶市场的高台上等着他人来购买。

那一天刚好埃及法老的侍卫长波提乏从台前经过,看到约瑟年少伶俐,就以数倍于 20 个银币的价钱买下了他。约瑟看到自己的地位发生了根本的变化,一改在家因父亲宠爱而养成的懒散自大的不良习气,在主人家里非常勤谨,事事都小心地侍候。小约瑟的运气特别好,耶和华保佑他事事都很顺利。不管有多难的事情,只要交给约瑟都可以使问题迎刃而解,其他仆人办不到的,约瑟都能办到。自从约瑟来到波提乏家开始料理家务以来,这个家的家业就一天天地昌盛发达,因此没多久,约瑟就深得这位侍卫长的信任,被破格提拔为管家。波提乏放心地让他管理家中的一切,所有的事情都由他决定,自己一概不予过问。

约瑟英俊潇洒,精明能干更使他具备了超越年龄的成熟魅力。他的女主人,波提乏的妻子爱上了他。她先是给约瑟暗送秋波,眉目传情。约瑟装着没看见,不予理睬。渐渐地她就用语言暗示他,挑逗他,约瑟就装聋作哑,显出不懂人事的样子。后来,那女人竟然顾不得自己主人的尊严,恳求约瑟说:"让我们同寝吧。今天老爷他不会回来,我这里除了你其他任何人都不敢进来,我们可以好好地相爱。"

约瑟一听这话急忙跪下,对女主人说:"仆人不配,仆人不敢,仆人绝不能做对不起老爷的事。看哪,一切家务我家老爷都不知道,他把所有的都交在我手里,在这家里仆人中没有比我大的。老爷没有留下任何一样东西不交给我,除了您,因为您是他妻子。我怎么能以怨报德,做这样的大恶呢?我怎么能得罪神呢?"

女主人一听这话非常尴尬,转身走了。但是她没有就此罢休,既然已经撕破了作为主人尊严的面孔,以后就更加无所顾忌地追求约瑟。她几乎天天都与约瑟纠缠,但约瑟就是不跟她偷情,还尽量躲着她。

有一天,那女人终于耐不住了,趁约瑟在内室办事的机会,见四下无人,就一把搂住他的脖子,拼命地吻他,口里不停地说道:"你与我同寝吧,你与我同寝吧!"约瑟没有想到她会这样,急忙地挣脱她,慌张地跑出房间去了。女主人竭力想抓住他,不让他离开,因为约瑟的力量比她大,没有抓住约瑟,但约瑟的外衣却被她抓脱了。她见约瑟如此不识抬举,伤了她的心,心中的爱意变成了仇恨。她拿着衣服叫家里人进来,对他们说:"你们看,他带了一个希伯来人回来。这家伙竟敢戏弄我。他到我这里来,要与我同寝,我就大声喊叫,他听见我放声喊起来,就把衣裳丢在我这里,跑到外边去了。"

等到波提乏回家后,那女人就把约瑟的衣裳拿在手中向他告状说:"你看你带了什么人回来?那个下贱的希伯来人跑进来要戏弄我,我放声喊起来,他就把衣裳丢在我这里跑出去了。"波提管听信了妻子的话,非常生气,就把约瑟当成忘恩负义、犯上作乱的人关进了大牢——就是法老的囚犯被囚禁的地方。约瑟蒙冤进了监狱,但耶和华与他同在。耶和华施恩于他,使他在司狱的眼前蒙恩。司狱见他行为方正,就把所有的犯人都归在约瑟手下,经他的手管理犯人。凡在约瑟手下的事情,司狱都概不过问。

在约瑟替司狱管理的犯人里有两个是从法老的身边下到狱中的,他们是法老的酒政和膳长。二位臣子因得罪了他们的国王,被下到大牢,正好归约瑟管理。正是这两个埃及王的近臣给约瑟的命运带来了翻天覆地的变化。

约瑟狱中解梦

有一天晚上,与约瑟在同一牢房的埃及王的酒政和膳长各做了一个梦,早上起来他们不知道自己的梦是什么意思,都闷闷不乐地坐在地板上发呆。约瑟巡视牢房,看到这一情景,关心地问他们:"你们今日为什么面带愁容呢?"

　　酒政和膳长就对他们说:"我们各做了一个梦,都不能解释是什么意思。"

　　约瑟说:"梦是耶和华降下的预兆,解梦需要耶和华的指引。请你们将梦告诉我,看我能不能帮助你们。"

　　酒政回忆他的梦说:"我梦见在我面前有一棵葡萄树,树上有三根枝子,好像发了芽,开了花,上头的葡萄都熟了。法老的杯子在我手中,我就拿葡萄汁挤在法老的杯里,将杯递在他手中。"约瑟略加思考,很快地从梦的象征下面挖掘出意义来。他给酒政解释说:"你所做的梦可以这样解释:三根枝子就是三天,三天之内,法老一定放你出监狱,叫你官复原职,你仍要递杯在法老的手中,和先前做他的酒政一样。"

　　酒政一听这话喜不自禁,他拍着约瑟的肩膀表示感谢。约瑟趁此机会就恳求酒政道:"但你得好处的时候,求你念在我们同住一个监狱的情面上,给我做件好事。请你在法老面前给我说句好话,救我出这监狱。我其实是被人从希伯来人那里拐卖到埃及,在这里我并没有做错什么事,却遭人陷害,将我下在狱中。"膳长一听酒政得了祥梦,就对约瑟说起自己的梦来:"我在梦中见我头上顶着三筐白饼。最上面的筐子里,有为法老烤的各种食物,有飞鸟来吃我头上筐子里的食物。"

　　这回约瑟几乎不假思索地解释说:"你的梦可以这样解释:三个筐子就是三天。三天之内,法老必斩断你的头,把你挂在木头上,必有飞鸟来吃你身上的肉。"过了三天,事情完全按照约瑟预言的发生了。这天正好是法老的生日,他为众臣仆摆设筵席,把酒政官复原职,他仍旧递杯在法老手中,但把膳长挂起来。

　　然而酒政得意忘形,竟把约瑟这个患难之交的请求忘记了。酒政的健忘使约瑟在法老的监狱中多待了两年。直到有一天法老做了一个奇怪的梦,全国的博士和术士都不能解释,酒政这才想起约瑟这个释梦的奇才。

从囚犯到首辅

　　法老的酒政出狱官复原职后两年,有一天,法老做了两个怪梦。他先梦见自己站在河边,看见有 7 只母牛从河里上来,又好看又肥壮,在芦苇中吃草。随后,又有 7 只母牛从河里上来,又丑陋又干瘦,与前面那 7 只母牛一同站在河边。这又丑陋又干瘦的 7 只母牛,吃掉了那又好看又肥壮的 7 只母牛。

　　做完了这个梦,法老醒了一会儿,当他再次入睡的时候,他又做了第二个梦:他梦见一棵麦子长了 7 支麦穗,苗壮而金黄。随后又长了 7 支麦穗,细弱而枯干。这 7 个细弱的麦穗吞了那 7 个肥大又饱满的麦穗。早晨法老醒来后,心里很不安,就差人招来埃及所有的术士和博士为自己占梦。但这些人没有一个能给法老解释其中的含义。

　　这时酒政才想起狱中的约瑟来,他对法老说:"国王,我有罪。"

　　法老听到这句话感到有些奇怪,问道:"嗯,你有什么罪?"

"国王,我今天才想起一个圆梦家来。两年前您为我的过失激怒,把我和膳长下在护卫长府内的监狱里。我们两人在同一个晚上各做了一个梦,都不知道梦的意思。正在犯愁的时候,我们同狱的一个希伯来青年听了我们说的梦,给我们详细讲解了每一个梦的含义。后来发生的一切完全应验了他的话:我官复原职,膳长被处决后挂起来了。"

法老一听自己的监狱中还有这样的人,就急忙令人通知监狱放人。法老的侍从把约瑟从监狱中带出来,让人给他剃头、刮脸、换衣裳,收拾停当后把他带到法老面前。法老对约瑟说:"我做了一个梦,全国没有一人能够解释。我听酒政说,你很有这方面的才干,你能解释我的梦吗?"

约瑟自信而谦逊地回答:"能不能解陛下的梦不取决于我,而是取决于耶和华。耶和华的圆满回答会使法老您满意的。"

法老一听非常高兴。他原原本本地给约瑟讲述了自己的梦,然后说:"我把这个梦给全国的博士和术士都讲了,但是他们没有一个能给我解说。"约瑟认真地听了法老的复述,胸有成竹地给法老解释起来:"尊敬的国王,是耶和华在向您降示神旨了,耶和华已经把自己将要做的事情指示给您了。您的两个梦,意义其实是一个。您的梦中,7只好母牛代表7年,7支好麦穗也是7年,都是7个丰收年;那随后上来的7只又干瘦又丑陋的母牛代表7年,那7支空瘪干枯的麦穗也代表这7年,都是7个荒年。这就是说,埃及全国必来7个大丰年,随后就是7个大荒年。那7只丑陋的牛吃掉了7只好看的牛表示,后来的7个荒年会把先前的7个丰年的收获吃光,使全埃及的人都忘了先前的7个丰年;因为后来的饥荒太大,全国的人都想不起来曾经有过丰收年,全埃及都将被灾荒所灭。至于法老两次做梦,是耶和华在催促你,叫你赶快做好准备。"

约瑟一边讲,法老一边连连地点头。等约瑟讲到这里,法老迫不及待他说:"聪明智慧的年轻人,请你告诉我,按照耶和华的旨意,我该怎么办呢?"约瑟有条不紊地对答说:"为国王考虑,您应该挑选一个聪明能干的人,派他治理埃及。您还要任用其他贤明的官员到各地去担当重任。当前面7个丰年到来时,让各级官员征收本地所出粮食的五分之一,运到各城,集中储存,由法老您统一布置。这些储备的粮食就可以用来救济第二个7年的灾荒。只有这样埃及才不会为饥荒所灭。"

法老听了,点头称是,他马上召集群臣会议,大家都同意约瑟的主意,认为是妙法。法老对各大臣说:"像这样的人,有耶和华的灵给他看顾,我们岂能找得着呢?"他接着把约瑟叫到座前,当着众人的面对他说:"耶和华既将这事指示给你,可见没有人像你这样聪明有才智。我现在封你为首辅,你可以掌管我的国家,我的人民都听从你的命令,只有在宝座上的我比你更大。"

法老于是走下宝座,给约瑟举行隆重的授权仪式。法老摘下手上带着的象征权力的戒指,戴在约瑟的手上,还亲手给他穿上细麻衣,把金项链戴在他的脖子上。做完了这一切,法老回到宝座前,对各位大臣宣布:"我派约瑟代表我治理整个埃及,从今以后,他就是你们的主人,你们都得听从他的命令。"

法老又带着约瑟出巡,把他载在副座上。喝道的在前面呼叫街旁的百姓:"跪下!"所有的百姓都跪下,迎接国王带领的新首辅。法老给予约瑟极大的权力,在埃及全国,没有约瑟的命令,不论什么官员,都不得擅自处置。

法老还给约瑟取了一个埃及名字,叫撒发那忒马内亚,意思是"耶和华说:万岁"。法老还亲自做媒,把大祭司波提非拉的女儿亚西纳许配给他为妻。这一年,约瑟刚好30岁。

约瑟任首辅后,服侍埃及王尽心尽力,经常到各地视察,走遍了埃及每一个地方。在头7个丰年里,埃及各地都连年大丰收。约瑟将出产粮食的五分之一,储存在分布于埃及各地的城市里。7年之中,埃及的蓄粮很多,如同海边的沙,无法计算。所有的粮仓都装满了,粮食从仓门中溢了出来。在这7年中,约瑟还得了两个儿子。大儿子的名字叫作玛拿西,意思是:"使之忘了。"他说:"耶和华使我忘了一切的困苦和我父的全家。"

小儿子的名字叫作以法莲,意思是"使之昌盛"。他说:"耶和华使我在受苦的地方昌盛。"7个丰年过去后,接着就是7个荒年。约瑟这时就开仓放粮,赈济全埃及的灾民。这时候埃及周围的国家的灾情也非常严重,纷纷来埃及买粮。来埃及买粮的人中有很多迦南人,这些迦南人中有10个人是大家长以色列的儿子,他们就是用20个银币出卖掉约瑟的哥哥们。

摩西出埃及记

摩西被上帝挑选为带以色列人出埃及的使者,结束他们在埃及的奴隶生活。透过摩西与亚伦,上帝施展了许多神乎其神的神迹以证明他的存在,也证明他是唯一的真神,他是至高无上,也是唯他独尊。

水里的孩子

以色列的后代在埃及至少生活了400年。他们在那里日子过得很红火,人丁兴旺,子孙绵绵。到了大约公元前15世纪,埃及有一位新法老登上了王位。这位法老不承认约瑟对埃及曾经有过的功绩,他对希伯来人生养众多、繁荣强盛深为不安。

法老对他的百姓们说:"你们看呀,以色列民族比我们强盛,人口比我们还多。如果我们不用巧计对付他们,任凭他们繁殖延续,他们就会更加强盛,那么日后战争一爆发,他们会联合我们的仇敌来攻击我们,然后离开我们这个地方。"

当时法老正在尼罗河三角洲建新都拉姆塞,还要建一座粮库和军械库。他就派以色列人去干最苦最累的活:和泥、烧砖、田间的农活。监工对他们非常狠毒,不给水喝，不让休息，企图用这种办法来减少以色列人的寿命，损坏他们的身体。但是结果恰好相反，以色列人受的苦越多，他们繁殖生命的能力就越强，人丁越加兴旺。

希伯来人有两个接生婆，一个叫施弗拉，一个叫普阿。埃及法老命令她们说："你们为希伯来妇女接生，看她们临盆的时候，若是男孩就把他杀了，若是女孩就把她留下，让她活命。"

但是这两个接生婆敬畏耶和华，她们不愿意干这种事情。她们没有杀死希伯来人的男孩，却让他们活下来。以色列人的人丁越来越兴旺，法老知道后，就把她们叫去责问道："你们为什么不听从我的命令，把希伯来人的男孩都杀死呢？"

两个接生婆机智地回答说："因为希伯来妇女与众不同，她们身体非常健壮，每次都是在我们未到时就生产了。"法老听了这话，就重新下了一道命令："以色列人，你们所生的男孩都必须丢在河里，所有的女孩都可以留下。违抗者死。"那时候有一个利未族人叫暗兰的，娶了他父亲的妹妹约基别为妻。约基别给他生了一男一女，女儿是姐姐米利暗，儿子是弟弟亚伦。在埃及法老发布溺死以色列男婴的命令后，这对夫妇又生了一个儿子，长得非常俊美。他们不忍心把这孩子扔到河里，在家里悄悄把他养了3个月。3个月后再也藏不住了，因为那孩子的哭声很大，在大街上都听得见。他们打听到法老的女儿十分善良，常常帮助以色列人。为了不给全家人带来麻烦，为了最终能够保住孩子的性命，丈夫就找了一个蒲草箱，在上面抹上石漆和沥青，将孩子放在里头，然后把箱子搁在王宫附近河边的芦苇中，希望公主能够看见，因为她每天都到那里去洗澡。

孩子的姐姐米利暗远远地躲着，看那孩子的下落会怎么样。公主像往常一样来到河边洗澡，洗完澡后就带着使女们在河边散步。他们看到了装婴儿的箱子，公主就打发使女把箱子拿过来。公主打开箱子的盖，看到是一个男孩。那孩子一见生人就哭。公主看着婴儿在哭泣，非常怜悯他，说："这是希伯来人的孩子。长得多可爱啊，我来收养他作义子。"一直躲在一边的姐姐听说公主要收弟弟为义子，急忙上前去问："尊贵的公主，我到希伯来妇女中去给你请个奶妈来，为您奶这孩子，好吗？"

公主见那姑娘长得纯真可爱，就欣然应允道："好吧。"米利暗回家里叫来了自己的母亲，来给公主的义子作奶妈。公主打量了孩子的"奶妈"一番，吩咐她："你把这孩子抱去，为我好好抚养，我会给你报酬的。"

奶妈非常高兴地应声而去。那男婴又回到了生身母亲的怀抱。那孩子在自己亲生母亲的精心照顾下长得很好，不多久就断奶了。奶妈就把这孩子带到宫中，交到公主跟前。公主给孩子起名为摩西，意思是"水里的孩子"，以此纪念是她把他从水中捡来的。

摩西从此就生活在王宫里，接受宫廷教育，享受宫廷的物质生活，仿佛他生来就是王室成员。他穿的是贵重的细料衣服，住的是陈设豪华的房间，身边有好多奴仆侍候。他到庙宇里去听祭司讲课,经常乘着华丽的马车在城里兜风。他也非常热爱敬重自己的"奶妈",经常去看她。这位"奶妈"一有机会就给他讲述希伯来民族的历史,教给他本族的语言,谆谆教诲他不要忘记自己的希伯来血统,到他懂事以后,还对他讲了全部的真情——她是他的生身母亲。

因此他经常到工地上去看自己的同胞干活,有时也与他们交谈。他看见自己的同胞在苦难中挣扎,听见驱赶他们去干苦役的鞭挞,他的耳边响着以色列人的哭泣和求救的声音,睡梦中他常常看到母亲温存而悲哀的面容。最使他感到气愤的是以色列人对自己命运的麻木,以及苦难中相互间的冷漠。他的血管里,好像有一团火焰在奔流。

一天,他看见一个埃及监工殴打一个希伯来同胞。摩西四顾无人,一气之下,就把那个监工打死,并且埋在沙土里。第二天,他照样出去,看见两个希伯来同胞争斗,非常生气,就上去教训欺负人的那一个,对他说:"你为什么打你的同胞呢?"没想到那人竟说:"谁立你作我们的首领和审判官呢?难道你要杀了我,像杀那埃及人一样吗?"

摩西听到这话,顿时惧怕起来,心里说:"昨天的事恐怕被人发现了,所以今天才传扬出来。"他想,法老一定已经知道了他杀人的事。这事要让法老知道,决不会饶他。果然,好心人很快给摩西报信,说宫廷卫队来捉拿他了。摩西顾不上换衣服,仓皇地逃出都城,到东方的米甸去了。那里的荒漠使他逃脱了埃及卫队的追捕。

沙漠流亡

米甸在阿拉伯沙漠中,在阿卡巴湾的东侧。那里住着亚伯拉罕和他的二房妻子琴土拉所生的儿子米甸的后代。这里是米甸人的住地,地名也叫作米甸。米甸人与以色列人有亲属关系,所以摩西想去投奔他们。

从埃及到米甸,路程有450公里,沿途是沙漠和草原,当摩西到达米甸时,长途跋涉已经使他筋疲力尽。他仓皇出逃时穿的那身宫廷服装已经又脏又破,昔日的华丽连一丁点儿痕迹也没有留下,完全像一个到处流浪的乞丐。

摩西在当地水井旁一块石头上坐下休息,好奇地观看7个姑娘饮羊,突然有几个牧羊人赶着羊群来到井边,他们把那7个姑娘推开,饮起自己的羊来。摩西见到牧羊人如此无礼,十分愤慨,不顾疲惫,冲上前去,挥拳就打。那几个牧羊人害怕了,就赶着羊群走了。原来这7个牧羊的姑娘是米甸当地很有威望的祭司叶忒罗的女儿。叶忒罗又叫流珥,当他听到女儿们讲起摩西见义勇为的事情后,就对女儿们说:"那个人现在在哪里?为什么撇下他呢?快去请他来家里吃饭。"叶忒罗打发人把摩西请到家里来做客。谈话中,他还了解到摩西是自己的远亲,就留他在家与自己同住,还把女儿西坡拉许给摩西做妻子。那一年摩西年满40岁。

西坡拉给摩西生了两个儿子,一个叫作革舜,另一个叫作以利亚撒。摩西在岳父家居住了 40 年,帮助岳父经营家业,放牧牲畜。境遇的改变,进一步锻炼了摩西的身心。严峻的大自然,朴素而自食其力的牧人生活,孤独地在露天中度过的时光,促使他思考生活的意义。埃及王宫中的安逸生活渐渐被淡忘,米甸人对自己是亚伯拉罕的后代的自豪感染着他。他经常登上山冈,举目四望。

在西方,摩西看到一片沙漠,沙漠那边就是埃及,他的民族正在那里受苦受难。在东方,在那群山后面很远的地方是迦南,那里是他的祖先的故乡,是以色列人的乐土。他心中酝酿着一个伟大的计划:他决心把自己的同胞从埃及的奴役中解救出来,把他们领到富饶的迦南故土去。

但是他不知道怎么才能实现这个计划,只好眼看着自己一年年地衰老下去,心急如焚。在他 80 岁那年的一天,摩西在何烈山脚下放羊。据米甸人说,这是一座神山,山顶的云端里住着他们的神,亚伯拉罕的神,以色列的神。那一天,耶和华的使者向摩西显现。摩西在四下观望之际,忽然看见一个奇异的景象:一丛荆棘燃烧起来,但却未被烧毁。

摩西说:"我要过去看看这异象。这荆棘为什么没有烧坏呢?"

耶和华见他要过去,就从荆棘里呼叫说:"摩西,摩西!"

摩西答道:"我在这里。"

耶和华说:"不要这样到我跟前来,应当把你脚上的鞋脱下来,因为你站着的地方是圣地。"

耶和华见摩西脱了鞋,又说:"我是你父亲的神,是亚伯拉罕的神,以撒的神,雅各的神。"

摩西蒙上脸,因为他怕看见耶和华。

耶和华在荆棘丛中的熊熊烈焰烘托下,在天上对摩西说:"我听见以色列人的哀号,我也看见他们在埃及受欺压。我要打发你去埃及,把以色列人解救出来。"

摩西想,我怎么能做到这些呢? 他对耶和华说:"我是什么人,竟能去见法老,将以色列人从埃及领出来呢?"

耶和华鼓励他说:"我与你同在,你必能克服一切困难。"

摩西仍然信心不足,对耶和华说:"我到以色列人那里,对他们说:'你们祖先的神打发我到你们这里来。'他们若问我说:'他叫什么名字。'我要对他们说什么呢?"

耶和华说:"就说神的名字叫耶和华。"

摩西又问:"我凭什么能使以色列人相信我,听从我的命令,跟我出埃及呢? 我光是知道您的圣名就能完成使命吗?"

耶和华指着他的手问:"你手里的东西是什么?"

摩西答道:"是手杖。"

耶和华命令他:"把它丢在地上。"

摩西把手杖丢在地上,手杖便变成一条蛇在地上爬行。摩西吓得赶紧跑开。

耶和华告诉他:"你不要怕。伸出手来拿住它的尾巴,它必在你手里变为杖。这样你就可以向他们证明,你们祖宗的神曾向你显现,与你同在。"

这是耶和华赋予摩西的第一个神迹。接着耶和华又教给他第二个神迹。耶和华说:"把手放在怀里。"

摩西把手放在怀里,然后抽出来,不料手上长了大麻风,风疹像雪那么白。耶和华又告诉他:"再把手放进怀里。"摩西再把手放进怀里,然后抽出来,仔细端详,手上的大麻风已经好了,手上的皮肤跟其他部位没有什么两样。耶和华恐怕人们还会以为这两个神迹都是雕虫小技,又教给摩西第三个神迹。耶和华对他说:"这两个神迹他们若都不信,也不听你的话,你就从河里取些水,倒在旱地上,你从河里取出来的水必在旱地上变成血。"

耶和华教给摩西三项神迹,满以为他会就此领命而去,但摩西又提出一个新的问题。他对耶和华说:"主啊,我是个笨嘴笨舌的人,一向不擅长言词,我怎么去说服法老和众人呢?"耶和华见摩西还在借故推诿,很不高兴,不过,他仍然耐着性子对摩西说:"是谁造就了人的口才呢?是谁使人口哑、耳聋、目明、眼瞎呢?难道不是我耶和华吗?现在去吧,我一定赐给你口才,指导你应当怎么说话。"

摩西这回没有什么好推诿的了,就干脆直言不讳地说:"你愿意打发谁去,谁就去好了,我不能胜任。"耶和华发怒了,他明确告诉他这是不可推卸的责任。不过耶和华还是答应让他的哥哥亚伦出来帮助他完成使命:"你不是有你的哥哥利未人亚伦吗?我知道他能言善辩。他会出来帮助你,他将替你对百姓说话,你要把他当作你的喉舌,他要把你当作神。"

最后,耶和华又叮嘱他:"你手里要拿着这手杖,好行神迹。"摩西回家向岳父叶忒罗讲了耶和华对自己的神谕,叶忒罗同意他带着妻子西坡拉和两个儿子回埃及去代表耶和华拯救以色列人。摩西一家骑着驴踏上了回埃及之路。途中摩西遇险,差点丧命。事情是这样的:天黑了,摩西一家在一家客栈里住下来过夜。突然大祸临头,耶和华要杀死摩西,因为他没有给两个孩子施割礼。西坡拉拿一块火石,割下他儿子的阳皮,丢在摩西脚前,这样耶和华才放过他。到了埃及,亚伦奉耶和华的命出来相迎。两兄弟把以色列众长老召集在一起,告诉他们,按着耶和华的旨意,以色列人应该离开埃及。摩西当众行了耶和华传授给他的神迹,亚伦又进行宣传动员,所有的以色列人都相信离开埃及去迦南是耶和华的意志。他们同意尽快离开这块以色列人的屈辱和苦难之地。

十灾胁迫埃及法老

自从摩西一气之下杀死埃及人以来,已经过去 40 年。原来那个法老已经死去,在位的是另一个法老,宫里的官吏也换了另一代人。摩西杀人的事早已被忘记,所以他不再有被抓捕的危险了。即便如此,有谁能认出这个身披粗布长袍,长着一脸花白的大胡子、手执牧羊杖的亚细亚人,竟是埃及公主的义子,当年风度翩翩的埃及贵族呢？摩西和亚伦会见法老,对他说:"耶和华以色列的神这样说:'容我的百姓去,在埃及的旷野里向我守节。'"

这当然是一个花招,他们根本不想再回来受埃及人欺压了。法老说:"耶和华是谁,要我听他的话,要我允许你们到旷野里去呢？我不认识他。"

摩西和亚伦说:"耶和华是以色列人的神,我们不听他的话就会受到灾难的攻击。求您允许我们带着我的人民到旷野里去3天给他献祭。"

法老被激怒了,他大发雷霆:"你们不是要叫百姓懈怠吗？他们不干活,活儿谁来干？你们来替他们干吗?"法老没有把煽动罢工的罪名加在摩西和亚伦身上,给他们治罪,因为他知道他们是以色列人的领袖,弄得不好会引起民变。但是他决定惩罚以色列的百姓,他吩咐自己的督工和他们委派的以色列官长说:"你们不要照常把草给以色列人烧砖,你们要叫他们自己去捡烧砖的草,你们要求他们每天做砖的数目一点也不要减少。"

埃及地处沙漠,柴草很难找到。以色列人散布在埃及全国捡碎秸当柴草为法老烧砖。百姓完不成任务,督工就责打以色列人的官长。官长们苦不堪言,他们遇见摩西、亚伦就抱怨说:"愿耶和华监察你们,施行判断,因为你们使我们在法老和他臣仆面前有了臭名,把刀递在他们手中来杀我们。"

摩西感到非常惭愧,他觉得自己没有尽到责任却给同胞带来了更大的灾难。他甚至有些埋怨耶和华没有履行诺言。他求告耶和华说:"主啊,您为什么这样对待百姓呢？为什么我回来向法老说您的名字,他却不允许我们离开呢？你一点也没有拯救以色列人。"

耶和华对摩西说:"我要用全能的手惩罚埃及法老,我要使法老的心更强硬,也要在埃及地面多行神迹。到法老那里,对他说:'让以色列人走出你的国家埃及去吧。'但法老必不听你们的话。我要伸手重重地惩罚他们,把以色列人救出来。"

摩西和亚伦进宫去见法老。亚伦把手杖扔在法老面前,手杖变成一条蛇在地上爬行。他们以此证明耶和华的神迹。对此,法老只是冷冷一笑,他招来术士,他们施行埃及法术,各人把手杖丢在地上,都变成一条蛇。虽然最后亚伦变出的蛇吃掉了术士们的蛇,但法老不为所动。

摩西和亚伦就决定按照耶和华的神谕行事,他们要连降十大灾难给埃及,迫使法老屈服。

第一回,摩西和亚伦按照耶和华的旨意,给埃及降下血灾。他们去见法老,亚伦在法老和他的臣仆眼前举杖击打河里的水,河里的水都变作血。鱼死了,河水也腥臭难闻。埃及遍地都是血,连木器中、石器中都有了血。埃及人无法饮用河里的水,只能在河边挖井汲水出来供人畜饮用。这种血水的法术共持续了七天。但是固执的法老不把这一切放在心上。

第二回,摩西和亚伦按照耶和华的授意,给埃及降下蛙灾。亚伦把手杖伸到江河池塘的水上,水里就长满了青蛙。青蛙跳进了法老的王宫,他的宫殿上、寝宫中、床榻上、大臣们的房屋里、百姓的身上,到处都是青蛙。这回法老主动召见摩西和亚伦,对他们说:"请你们求耶和华使青蛙离开我和我的人民,我就允许你们去祭拜耶和华。"摩西回答道:"那好说,凭你说什么时候要青蛙离开陆地,只呆在河里,都可以办到。"法老迫不及待他说:"明天。"

第二天,所有陆地上的青蛙都死了。人们把死青蛙聚成一座座小山,埃及到处充满了腥臭。法老见灾祸解除,他反悔了。以色列人仍然没有获得出埃及的批准。

第三回,按照耶和华的命令,亚伦用手杖击打地上的尘土,使尘土在埃及遍地变作虱子,埃及人的身上和畜生身上爬满了虱子。但是虱灾没有使狠心的法老回心转意,他还是不肯听从摩西的话。

摩西见此情形就接着显现了第四回神迹,向埃及降下蝇灾。他让成群的苍蝇爬到法老、大臣和埃及百姓的身上,埃及人的房子里、道路上,到处都是成群的苍蝇,而以色列人的聚居地却没有一只苍蝇。法老招来摩西和亚伦,对他们说:"你们去吧,就在埃及祭礼你们的神吧。"

摩西说:"这样不合适,因为我们要把埃及人所厌恶的东西在他们眼前献为祭品,他们会用石头打死我们的。我们要往旷野里去走三天的路程,才能祭拜他。这是他的吩咐。"

法老说:"我允许你们到旷野去,只是不能走得太远。你们要为我祈祷。"

于是摩西请求耶和华消灭了那些苍蝇。但是法老见灾难已除就再一次反悔了。

第五回,摩西进宫去见法老,警告他们将在埃及降下瘟疫。摩西对法老说:"你如果不答应让我们去,埃及全国的牲畜都将在明天患瘟疫死去。"法老仍然是铁石心肠,对摩西的警告不予理睬。果然,埃及的牲畜,不论是马、驴、骆驼、牛、羊都在第二天死去了。只有以色列人的牲畜一个也没有死。

第六回,摩西按照耶和华的吩咐,用炉灰在法老面前向天上扬起,这灰落在埃及人的身上或牲畜身上,成了起泡的疮。疮病使埃及人坐立不安,不过这也未使冥顽不灵的法老开窍。

第七回,摩西听了耶和华的话,用手杖向天空一指,耶和华就打雷下雹,还有火光闪到地上。雹与火相杂,非常可怕。这冰雹很大,从埃及开国以来都未见过。冰雹下在埃及全国,凡是在田间所有的人和牲畜,以及一切菜蔬和树木都被打死了。只有以色列人的聚居地没有下冰雹。

法老招来摩西和亚伦,对他们说:"这一次我犯罪了,耶和华是公义的,我和我的百姓是邪恶的。这雷轰和冰雹已经够了,求耶和华马上停止雹灾,我就让你们离开。"

摩西说:"只要我们向耶和华举手祷告,雷必止住,也不会再有冰雹。"但是当摩西把灾难止住后,法老再次变卦了。摩西警告法老说:"你若不允许我们离去,明天埃及就要降下蝗虫之灾,蝗虫会把你们剩下的庄稼、树木都吃光。"法老害怕了,他赶忙求摩西说:"请别折磨我们,你们可以去了。但只有壮年人才能去,妇女孩子和牲畜不能同去。"法老的臣仆也劝告法老说:"我们要折腾到多久呢?容这些人去吧,去侍奉他们的耶和华罢,埃及已经败坏了,你还不知道吗?"

法老生气地说:"胡扯!只能照我说的办,否则就不要去。"

第八回,摩西给埃及降下蝗灾。他向埃及的上空伸杖,当天晚上,耶和华使东风刮过埃及境内。到了早上,东风把蝗虫刮来,落在埃及的四面八方,非常厉害,埃及历史上以前没有记载过,以后也再没有发生过。蝗虫在天空中飞过,把太阳都遮住了。蝗虫吃光了冰雹留下的蔬菜、水果、树木,使田野里没有了一点生机。法老急忙招来摩西和亚伦,对他们说:"我得罪了耶和华你们的神,得罪了你们,现在我最后一次求你饶恕我的罪过,使我脱离这一次死亡。"

摩西把请求传给耶和华,第二天晚上就刮起了极大的西风,把所有的蝗虫都吹到红海淹死了。当最后一只蝗虫被风吹走时,法老翻脸不承认自己讲过的话。

第九回,摩西向天上伸杖,给埃及降下黑暗之灾。黑暗笼罩了埃及三天,这三天中,埃及人伸手不见五指,不能干任何一件事。只有以色列人家中有光亮。法老招来摩西,对他说:"我同意你们的妇女孩子都随你们去,但要把牛群和羊群留下。"

摩西说:"我们要在旷野举行祭供,没有牲畜怎么行?我们所有的牲畜都要带去,一只蹄子也不能留。"法老厉声他说:"你给我滚!从今以后不要再让我见到你,要不然,我会要你的命。"

摩西冷冷地说:"你说得好,我不必再见你的面了。"说罢提着手杖扬长而去。

第十回,耶和华给埃及人降下头生子之灾。这是最后一个,也是最致命的惩罚。在灾难降临之前,耶和华预先告诫以色列人,叫他们做好准备。他晓谕摩西和亚伦,要他们传达圣命给以色列人说:"你们要以本月为正月,为一年之首。本月初十,你们每一家都要准备一只无残疾的公羊羔。初十四,你们要把羊羔宰了,把羊血涂在自家门上,当天晚饭以色列人要吃烤羊羔肉,要与无酵饼和苦菜一起吃。我要越过你们去杀死埃及人的长子。"摩西还告诉以色列人,吃晚饭前就要做好动身离开埃及的准备。

于是那天晚上人们便戎装束腰吃晚餐。到了半夜,耶和华看见谁家门上没有羊血,就走进去把那家的长子杀死,不管是法老的长子还是奴隶的长子,统统杀掉,就连一切头生的牲畜也都杀了。哭声遍及全国,没有一个埃及家庭不死人的。只是到这时候,法老才真正意识到摩西的威力,他连夜招来摩西和亚伦,对他们说:"去吧,去吧。把你们的以色列人从我的人民中带出去吧,去侍奉你们的神吧。这回你们什么都可以带去,连羊群牛群都带走吧。"

埃及人遭受如此惨重的灾难,惊魂失魄,以色列人早有准备,他们乘机报仇雪恨,抢劫了埃及人的金器银器衣裳等财物和各种兵器。这样以色列人有了金银财宝,有了武器,为和沙漠上的部族打仗做好了准备。摩西把这一天定为逾越节,意思是耶和华越过了以色列人家,而只杀死了埃及人家的长子。

挥杖劈海出埃及

以色列人抢劫了埃及人的财物以后,已是黎明时分。他们便整队从埃及兰塞出发,向东边的疏割前进。以色列人在埃及居住了 430 年,来时只有 70 人,现在光步行的男子就有 60 万之多。男人们个个手执武器。走在以色列人队伍最前面的是灵车,灵车上的木棺中放着约瑟的木乃伊。在后的是无数的羊群和驮着东西的驴队。在沙漠地带,以色列人高兴地发现耶和华在给他们引路。白天耶和华在云柱中,夜里在通天的火柱中指引他们前进。这样他们便可日夜兼程地赶路。

开始,摩西领着以色列人走商队来往的道路,就是沿着红海的岸边走。后来,他又领着以色列人向南拐弯,进入沙漠地带,因为他怕当地人沿海设立的关卡不会轻易放行。在叶法姆,以色列人第一次停下来休息,然后又按耶和华的旨意向北方转,安营在比哈希录前面,密守和海之间,离巴力洗芬城不远的地方。以色列人这样折来拐去,是为了迷惑埃及人,使他们摸不清他们的目的地到底在那里,以免中他们的埋伏和拦截。

法老听说以色列人浩浩荡荡出走以后,与他的仆臣们商量道:“放走以色列人,往后谁来服侍我们呢? 不能这么便宜他们,让他们跑了。”于是法老就亲自带兵,带领 600 辆战车,来追赶以色列人。以色列人回头看见尘土飞扬,知道埃及的追兵逼来,都感到很害怕,他们七嘴八舌地抱怨摩西说:“难道埃及没有坟地,你把我们带到旷野里来送死吗?”

“我们祖祖代代服侍埃及人已经 430 年,已经习惯了。在埃及当奴隶虽然苦,总比在这沙漠里白白地死在追兵的手里要好得多。”摩西安慰陷入绝境的百姓说:“不要惧怕,耶和华绝不会看见自己的百姓受难而不管的。你们今天看到的埃及人以后再也不会看到了。”

果然,当黑夜降临时,有一条烟雾构成的墙把埃及人从以色列人身边分开。埃及人那边一片黑暗,以色列人那边光亮如白天。那天晚上,耶和华还在红海上刮了一夜大风,使海潮退去。第二天,摩西来到海边,根据耶和华的授意,伸出手杖把海水分开,劈出一条旱道,水在旱道两边像围墙一样高高耸立。以色列人于是便匆匆地顺着这条旱道走到了彼岸。法老看见以色列人过了红海,暴跳如雷,命令埃及军队赶快尾追上去。法老的一切马匹、车辆和步卒都跟着以色列人下到海中间的旱道上去。耶和华用强光照射埃及军队,埃及军队便陷入一片混乱。耶和华还使他们的车轮脱落,进退两难。

这时,摩西向海里伸杖,海水便开始合拢。埃及军队更加慌张,兵、马、车相互践踏倾轧,一个也没有逃到岸上,全部被海水吞没。以色列人看到埃及人的尸体和他们牲畜的尸体漂在海面上,黑压压地一片,心里充满了对耶和华的敬畏。他们更加信服耶和华的使者摩西了。

耶和华的奇迹

红海大捷后,摩西率领以色列人从红海往前,到了书珥的旷野。他们走进了无水区,走了三天都没有找到水喝。好不容易到了玛拉,那里的水又是苦的,人畜不能饮用。人们渴得要死,他们难以忍受这样的打击。不满和怨言再次在以色列人中爆发。为了安定民心,摩西请求耶和华显示神迹。耶和华指示给摩西一棵树,告诉他,那树的枝叶可以使水变甜。摩西就摘下一些树枝扔在井里,井水顿时就变得甘甜。人们喝足了水,喂饱了牲畜,稍事休息又继续前行。

以色列人到了以琳,那里有 12 股泉水,70 棵棕树。他们就在那里安营扎寨。不过以琳不是目的地,他们还要继续往前走。他们往前走着,从埃及出来已经 6 个星期了。这时他们来到以琳和西奈中间的汛这个地方。他们便在汛安营扎寨。汛这个地方仍然是一片荒漠。太阳热得像火烤一般,更糟的是,带的粮草和水也都用尽。人们又嚎叫起来:"我们要喝水!""我们要食物!""我们还不如早早地死在耶和华手下,死在埃及呢,那时我们还可以坐在肉锅边吃个饱。你们把我们领出来,到这个荒无人烟的沙漠中,是诚心要我们全都饿死吗?"

听到这些话,摩西痛苦地感觉到,以色列人身上的奴性太重了,他们竟然认为肉和饱饭比自由还珍贵。摩西和亚伦出来安慰全体以色列人说:"耶和华已经听见了你们的怨言,他就会给你们送吃的来了。"

到了黄昏时候,摩西的预言果然应验了。无数鹌鹑从东方飞来,一下子遮满了整个驻地。这些鹌鹑由于长途飞行,累得筋疲力尽,只能无力地挥动翅膀,因此伸手可得。以色列人全都忙着捉鹌鹑,燃起篝火,用叉子烤鸟肉,霎时间馋人的香气弥漫了整个营地。以色列人吃得饱饱的,直到躺下睡觉时,口里还不断地赞颂摩西,把他几乎捧上了天。

第二天早晨起来,以色列人惊讶地发现了另一个神迹:整个荒原全部铺满了像白雪似的小圆体。大人小孩都走出来看个究竟,有的人拣一个起来尝尝,感觉到滋味好像掺蜜的薄饼。摩西对人们说:"这是耶和华赐给你们的食物。"

以色列人管这食物叫吗哪。从此,在 40 年浪迹荒漠的过程中,他们每天都收集天降的食物吗哪,正好够一天食用。这就是耶和华赐给以色列人在沙漠中的粮食。虽然以色列人每天有吗哪可吃,但仍然经常面临缺水的危险。他们从汛往前走,到了非汀安营扎寨。那里找不到一口井,人们遭受干渴的折磨。结果营里混乱起来,到处是怨言,都来找摩西要水喝:"快给我们水喝吧,我们都快渴死了。"

"你为什么将我们从埃及领出来,使我们和我们的儿女、牲畜都要渴死呢?"有的人还发疯似的捡起石头来,要砸死摩西。摩西向耶和华求救,他照耶和华的吩咐带领众人来到何烈山下,当着大家的面,用手杖击打岩石。刹那间,岩石裂开一道缝,一股清澈的山泉涌了出来。水找到了,人心稳定下来。摩西刚想指挥众人安扎营盘,忽然从远处传来一片喊杀声。原来,是荒漠中好战的部族亚玛力人来攻打他们，要掠夺他们的财物和女子。

大战亚玛力人

摩西接到报告说亚玛力人来攻打以色列人，就立即命令足智多谋的约书亚指挥本族军队迎击。摩西自己则在亚伦和户珥(摩西的助手、参谋)的陪同下登上山顶观战。战争从清晨打到黄昏，战局交替变化。

当摩西举起手来时，以色列人就得胜，而只要他把手垂下，胜利就转到亚玛力人方面。这样持续了很长的时间，摩西感到手臂十分沉重，他再也无力举起来了。亚伦和户珥就搬了一块石头，让摩西坐下，他俩站在摩西左右扶着他的手臂。直到太阳快下山的时候，约书亚用刀杀了亚玛力王，亚玛力的百姓死的死，逃的逃。

这一仗以色列人大获全胜。摩西在战场上建立了一座感恩坛，在坛上写上"耶和华尼西"两个单词，意思是"耶和华是我旌旗"。耶和华还授意摩西把这一胜利载入史册。他说："耶和华已经起了誓，必世世代代和亚玛力人争战。"

这场战争就发生在何烈山下，何烈山离摩西的第二故乡米甸不远。摩西的岳父叶忒罗听到以色列人来到家乡，而且战胜了亚玛力人的喜讯以后，就立即带着摩西的妻子西坡拉和两个外孙革舜、以利以谢来见摩西。

原来，摩西在准备与法老做斗争之前就打发人把妻子和儿子送回米甸岳父家去了。摩西听说岳父来到，立即迎出帐篷，向他下拜，与他亲吻，彼此问安，然后把他让进帐篷里去。摩西向他讲述了耶和华所行的种种神迹和一路上的遭遇。叶忒罗还与摩西他们一道向耶和华献祭，共进晚餐，然后就住在以色列人的营盘中。

叶忒罗之谏

第二天，摩西坐在帐篷前审理官司。摩西从早到晚忙个不停，事无巨细都要亲自过问，然后做出处理，所以感到很累，简直有些疲惫不堪。百姓们排着长队，有的排了一整天也没有轮到自己，所以求摩西审理事情的百姓们也感到很疲乏。

叶忒罗看着女婿这样办事，费力而不讨好。事无巨细地过问，既浪费了自己的时间，也浪费了别人的时间。作为有经验的大祭司，叶忒罗直率地对女婿说了自己的看法："你这样做不好。你和这些百姓必都感到疲惫，因为这么多人的事务繁琐，担子太重，你独自一人办不了。我为你考虑，给你出个主意：你要把你手中的事，按照重要的程度和影响的大小，委派给不同的人。你要在百姓中拣选有才能的人，敬畏耶和华的人，诚实无欺的人，恨不义之财的人，派他们作千夫长、百夫长、五十夫长和十夫长，由他们来管理百姓。你要将律例法度教给他们，告诉他们当行的道，当做的事。这样你就可以叫他们随时审理百姓，只有关系全部民众的大事才呈报到你这里来，小事就由他们自己审理。这样你不但会轻松一些，百姓也很乐意。"

摩西听从了岳父的话，按着他们所说的去做。他在以色列人中挑选有才有德之士，让他们担当各级官员，随时处理百姓中的事，下级的长官服从高级的长官，全体官员都归在他的治理之下。

这种新型组织的形成,是以色列人新的政治制度的萌芽。叶忒罗在摩西的营中住了几天,以色列人又要出发了。他便与摩西一家告别,回到自己家里去了。

以色列人的背叛

以色列人出埃及以后刚好满 3 个月的那一天,他们来到西奈山对面的荒漠里安营扎寨。西奈山峰直耸入云,从远处望去阴森森的,使习惯于尼罗河三角洲平原景色的以色列人心中产生一种神秘、敬畏的感情。

西奈山跟前的这块旷野适于长期定居,那里水源充足,生长着椰枣树和其他可做建筑材料的树木。营地里过起了火热的生活。新的管理制度保证了生活的秩序。男人干各种手艺,妇女们做饭、纺线、织布,孩子们则在帐篷之间玩耍。

有一天,耶和华给摩西降下神谕说:"我要与你和你的人民立约,你和你的人民今天明天要自洁,要清洗衣服,不要亲近女人。因为第三天我要在百姓面前降在西奈山上,使百姓能够听到我与你的对话。这样百姓就会更加相信你。"

预定的日期到了,西奈山上彤云密布,号角齐鸣,响彻万里。所有以色列百姓都聚集在西奈山脚下,心中的畏惧之情使他们不住地发抖。摩西用牧羊杖在山脚下画一条线,警告众人说:"你们不可越过这道界线,违背者无论是人是兽,都必定死。"

等了不久,西奈山全山冒烟,耶和华在火中降于山上。这时全山的烟雾更浓,徐徐上腾,如烧窑一般。山体如被一只巨手在摇动着。号角声越来越响,摩西健步登上了山坡,很快就消失在萦绕在山上的重重烟雾中。

在西奈山顶上,摩西从耶和华那里接受一系列法规和戒律,它们从此要成为以色列人民生活的基本准则。摩西带着与耶和华立的约回到山下,将其中的内容都讲给长老和百姓听。众百姓齐声说:"耶和华所吩咐的我们都必遵行。"摩西将耶和华的命令都写上。清早起来,在山下筑一座坛,按以色列的 12 支派,立 12 根柱子。摩西还打发以色列中的少年去献祭,他将牛宰了作为平安祭,把牛血一半盛在盆中,一半洒在坛上。他用盆中的血洒在百姓身上,作为与耶和华立约的凭据。

过了不多久,摩西又一次上山去与耶和华会面,这次他带了亚伦、拿答(亚伦的长子)、亚比户(亚伦的次子)和 70 名以色列长老上去。不过摩西把其他同去的人都留在半山腰,自己独自登上了山顶。他在山顶停留了 40 个昼夜。耶和华授予他两个石牌,上面刻着 10 条天诫。除此之外,耶和华还指示如何设立供奉他的祭坛和保存圣约的约柜。最后耶和华告诉摩西,他赐予亚伦以最高祭司称号,这个称号由他的家族世代相传下去。

而半山腰上等候摩西的那些人,等了好久不见摩西回来,他们又乏又饿,于是就返回了营地。亚伦担心弟弟遭到不幸,他惊慌不安,不知所措。以色列人群龙无首,他们对耶和华的信念动摇了。要知道,对他的崇拜和信仰还是不久之前才建立起来的。现在摩西不在他们身边，他们也感受不到摩西的那种宗教虔诚了。于是以色列人重新供奉他们过去在埃及时所崇拜的神。众百姓以为摩西抛弃了他们，惊慌不安，他们聚集在亚伦的帐篷前，高声要求说："起来，为我们制造神像，因为领我们出埃及的那个摩西，我们不知道他出了什么事。"

亚伦心中也充满了疑惑，答应满足百姓的强烈要求。按着他的号召，妇女们都把自己的金耳环等饰物捐献了出来。以色列人用这些金子铸成了一头金牛。第二天，人们把这金牛犊放在营地中央，他们看到，他们从远古以来就崇拜的偶像又回来了。他们欢喜若狂。他们宰了牛犊，给金牛献了祭，然后就坐下来大吃大喝。整整一天鼓乐齐鸣，男女老少如痴如狂地围着金牛神像又唱又跳，达到了狂热的地步。只有利未这一支的人站在一旁，恐惧地看着那些背叛了耶和华，恢复了偶像崇拜的人们。

耶和华告诉摩西山下发生的一切，摩西急忙从山顶下来，很远就听到震耳欲聋的喧闹声。他加快了脚步，回到营地，看到狂热崇拜偶像的景象，气得直喘息，花白的胡须在胸前颤抖不停。他把写着耶和华十诫的两块石牌扔在山石上摔得粉碎，又把那金牛犊用火焚烧，磨成齑粉，撒在水面上，叫以色列人喝。摩西痛斥亚伦说："这些百姓做错了什么？你竟使他们陷在大罪里！"

亚伦申辩说："我主不要发怒。这些百姓专于作恶，你是知道的。他们来围攻我，要我出面为他们铸一个偶像，我也不能不听呀。"

摩西听见百姓如此放肆，就站在营门中说："凡属耶和华的，都到我这边来。"于是利未的子孙都到他跟前聚集，摩西就命令他们："以色列的神——耶和华这样说：'你们各人把刀挎在腰间，在营中往来，从这门到那门，把那些叛徒杀死。'"利未的子孙遵命而行，用剑杀死了3000名背叛者。

与耶和华的契约

当营地的秩序恢复正常以后，摩西第三次登上西奈山顶，祈求耶和华宽恕营地发生的事情。耶和华重申，他把迦南赐给以色列人，那是"流着奶与蜜之地"。摩西十分感激，他迅速地回到营地，吩咐在营地外面架起一个特殊的帐篷，称之为会幕。只有摩西一个人可以进入会幕。当摩西出营到会幕去的时候，百姓就都起来，各人站在自己帐篷门口，望着摩西，直等到他进了会幕。

摩西进入会幕时，有一个云柱从天上降下来，隔开了人们的视线，人们听着他与耶和华像朋友面对面谈心一样的说话，就在自家门前下拜。摩西与耶和华在会幕中谈话的时候，只有他的助手约书亚没有离开会幕。

摩西在会幕中与耶和华对话，却不能看到耶和华的尊容。他请求耶和华说："我如今若在您眼前蒙恩，得到您的指示，使我可以认识您，求您显出您的荣耀给我瞻仰。"

耶和华回答说："你不能看见我的面孔，因为人见了我的面孔就不能存活。"不过耶和华最后允许摩西看到自己的背影。他叫摩西进到一个岩缝里，而他自己手捂着那个石缝，待他转身离去时，才把手挪开，所以摩西只看见了耶和华的背影，却没有看到他的面容。

耶和华吩咐摩西凿两块石牌，跟上回摔碎的一模一样，他重新把那十诫写在上面。

摩西

摩西拿着凿好的石牌，登上西奈山顶，他在那里又呆了 40 个昼夜，不吃不喝。

耶和华这次不仅重新给了十诫，而且还授予摩西一套法典和教规，以色列人时时都要遵循照办。摩西拿着两块诫牌下山回营。由于他不知道自己见到了耶和华的真身，脸上发出了耀眼的光辉，所以没有掩饰面部。以色列群众看到他脸上发光，都不敢直视他，怕挨近他。摩西这才用帕子蒙上自己的脸，代表耶和华和众人说话。他把耶和华在西奈山上给他交代的话都传达给以色列人。

摩西给众人展示了刻有十诫的两块石牌，上面写着：

崇拜唯一耶和华而不可祭拜别神；不可雕刻和敬拜偶像；不可妄称耶和华的名字；须守安息日为圣日；要孝敬父母；不可杀人；不可奸淫；不可偷盗；不可作假见证诬陷他人；不可贪恋别人的妻子及财物。

摩西把制造帐幕和其中器皿的任务交给了两个能工巧匠——比撒列和亚何利亚伯。比撒列属犹大支派，是户珥的孙子，亚何利亚伯属但支派。耶和华的灵赋予了他们，使他们有智慧，有灵气，有知识，能做各样的工艺，会刻宝石、作镶嵌、作雕刻，还能用蓝色紫色朱红色的线和细麻绣花。

比撒列和亚何利亚伯用捻的细麻和蓝色紫色朱红色线制造的绣上基路啪的 5 副幔子做成帐幕，帐幕内用幔子隔开，内为至圣所，外为圣所。整个帐幕中的圣所是用皂荚木做成的，没有用钉子，里外镶上纯金。圣所的四周立有铜柱，铜柱的顶端是银的柱头。横梁上挂着细麻布做成的帐幔。正门的门帘是用绸做的，上面用天蓝色紫色和朱红色的线绣了花纹。横梁上还安有金环，直杠套在金环里。这样圣所在迁移时便于拆卸和安装。圣所的外壁并不露金，而是用红蓝两色羊皮包上。以保护它们，使之免遭日晒雨淋。在圣所的入口前立着一个祭坛，是用青铜铸的，还有一个巨大的铜盆。圣所里还放有香烛台和陈设饼桌。圣所只有摩西和最高祭司才可进入，百姓在献贡时在外祈祷。在祈祷或祭祀时，最高祭司必须穿上圣衣。

圣衣的制作和穿戴的细节都有规定。除穿圣衣之外最高祭司还要戴圣冠,圣冠上嵌有一个金牌,上面写着"归耶和华为圣"的字样。

圣所里香烟缭绕,铜灯台上点着 7 支神灯。在神秘的灯影中,在豪华的带花纹的帐幔后面放着圣所里最神圣的东西——金约柜。金约柜是比撒利和亚何利亚伯用皂荚木做成的。约柜长 2.5 时,宽 1.5 时,高 1.5 时,里外包金,四围镶金牙边,四角上铸有四个金环,每边两个,内穿抬柜的皂荚木杠。约柜的盖上镶着两个金铸的基路啪,他们张着翅膀仿佛时刻都在尽心地行使着保护的职责。摩西将刻有十诫的两块石牌和其他西奈法典藏入柜中。摩西把掌管帐幕、约柜和属于帐幕的一切东西的使命交给了利未支派的人。迁移时,他们要抬帐幕和其中的器具;宿营时,利未人要在帐幕四周安营。

约书亚记

约书亚是耶和华的帮手。在希伯来神话中,担当起以色列人的政治、军事和宗教领袖的责任。作为新一代的领袖,他的主要任务就是带领以色列人占领迦南。约书亚还制订了严厉的军规:凡是违抗命令的人,不管是谁,都必治死罪。

智取耶利哥

为了攻占迦南,摩西在世时就对以色列人的军事组织形式做了重大改进,他还帮助有军事天赋的约书亚树立了很高的威信。所以约书亚的继任非常顺利,他在短短几个月内就建立起一支 4 万人的正规军,他经常对各支派的官长说:"你们每天都要到营中,指挥百姓为战争预备粮食、军械和车马。你们要定期检阅部队,督促练兵。因为不久我们就要过约旦河,攻打耶利哥城了。"

他又对流便、迦得和玛拿西半支派的人说:"你们虽然已经拥有了土地,但是不可懈怠,只有全部打下迦南,你们才可能永享平安。你们除了妇女、儿童和老人可以留下,其他人都要积极参与攻打迦南的战争。"

约书亚还制订了严厉的军规:凡是违抗命令的人,不管是谁,都必治死罪。约书亚一方面训练兵士,一方面利用一切手段搜集敌军的情况。他命令两个探子从什亭出发,深入敌后了解布防情况。

这两个人装扮成商人,偷偷越过约旦河,混进耶利哥城,在城中各处侦察了一整天,把重要的布防情况了解得一清二楚。傍晚时分,他们来到城门口,却发现城门已经关了。无可奈何,他们找到一家客栈住下,准备歇一夜,明天清早就出城。

这家客栈的主人是耶利哥城的名妓喇合。喇合见多识广,一下子就认出他们不是本地人,她试探地问:"二位贵客,请问你们从哪里来?"

两位以色列人沉着地答道:"我们是从埃及来迦南做生意的。"

"恐怕二位不是从埃及来,而是从河对岸来的吧?"喇合瞟了一眼两位来客,见他们有几分不安,又接着说,"其实你们用不着骗我,你们以色列的军队所向无敌,迟早会攻下这座城的。依我看,咱们从今以后做个朋友,也好彼此有个照应。你们今天就住在这里吧,至于房钱和饮食费,就算在我的名下好了。"

两位探子就这样幸运地交上了一位异性朋友,并在她家里住下了。再说耶利哥人知道以色列人要来进攻他们的城市,防备得很严。两个以色列探子虽然经过伪装,行动也很隐秘,但还是走漏了风声。有人报告耶利哥王说:"今天有两个以色列探子进了城,到妓女喇合家去了。"

耶利哥王就派巡逻队到喇合家去搜查。这时,两个探子刚好躺下。他们就听见大街上人声嘈杂,像是有军队朝这边跑过来。喇合估计是耶利哥的巡逻队来了,就把他们引到房顶上的麻秸中隐藏起来。耶利哥军人敲开喇合家店的门,劈头就说:"你这里来了两个以色列人的探子,快快交出来!"喇合机智地回答道:"两个时辰前,是有两个男子来过这里,我不知道他们是什么地方的人,听口音,是有点像以色列人。他们在我这里只喝了一盏茶,我要留他们过夜,他们说有事情要办,怕城门关了出不去,就走了。我也没有问他们到哪里去。你们快快出城朝约旦河方向追,或许能追上。"

巡逻队在喇合家中里外搜了一遍没有发现什么可疑的形迹,就急急忙忙出城朝约旦河边追过去了。喇合待巡逻队走远了以后,就上了房顶,对两个以色列人说:"我知道,耶和华已经把这地赐给你们了。你们的上帝的威力,和你们的英勇善战,所有有见识的迦南人都知道了。耶利哥人的胆子早就被吓破了。刚才我是怎么承担风险,你们是亲眼看到,亲耳听到的,你们要对我起誓,将来有一天你们要得了这座城,一定要宽待我,要保证我全家性命财产的安全。"

两个探子回答她说:"这件事,只要你不泄漏出去,你就是犯了死罪,我们也会替去你受死的。我们对上帝发誓,只要有进城的那一天,我们一定会报答你的救命之恩。"

喇合听完了他们发誓,就从屋里拿出一根又长又粗的绳子,对他们说:"我家就在城墙边上,你们可以把这根绳子拴在这扇窗户上,然后沿着这根绳子滑下去,就出了城。你们出城以后,不要走大路,要往山上去,你们要在山上躲三天,等搜捕你们的命令取消以后才可以走大路回去。"

两个以色列人非常感激,说道:"等我们攻下这座城市以后,你要把今天放我们下去的这根朱红绳子系在今天系绳的窗户上,那时候,你的父母兄弟姐妹都不准出这个屋。在这种情况下,如果有人下手害你们,那流你们血的罪责就由我们来担当。凡出了你家门往街上去的,他的罪必归到自己的头上。凡在你家里的,若有人下手害他,流他的血的罪就归到我们的头上。否则,我们刚才起的誓就无效了。"

喇合说:"好,到时候我们一定照办。"三天以后,两个探子回到什亭,向约书亚汇报了所有的情况,最后对他说:"我们的主啊,快快行动吧,耶和华果然要把这城赐给我们了,那里的居民早就被我们的声威慑服了。"

约书亚仔细研究了带回来的情报,他认为时机已经成熟,就果断地传令全军:三天后发动攻击。三天后,进军的号角吹响了,数万大军浩浩荡荡出发了。约书亚让利未人抬着约柜走在最前面,离大部队有1000步远。

那时候正值春天,高山上的冰雪融解,河面上正在涨水,虽然什亭渡口是一片浅滩,要涉水过河仍然不大容易。以色列士兵正在为过河发愁之际,只见抬着约柜的利未人脚一入水,河水就在远处阻绝了,在那里涌动,堆成一座水山,而以色列人过河的渡口就成了旱地。利未人就抬着约柜站在河中间,使河床保持无水,让大军过去。以色列人终于踏上了上帝应许给他们的流着奶与蜜之地迦南。

等所有的以色列人都过河完毕以后,约书亚命令12支派每一个支派都派一个人到河床底部利未人脚下去拣一块石头,带到当晚的宿营地。

于是就有12个以色列人,分别来自不同的支派,从河床中央,一人拣了一块石头上岸来。12人都上来以后,约书亚才命令利未人抬着约柜上岸。约柜上岸后,河上再恢复了涨水的势头。当天晚上,以色列人在耶利哥城东的吉甲安下营盘,把吉甲当作大本营。约书亚把从约旦河底取来的12块石头立在吉甲,给以色列人的后代作纪念,告诉他们约旦河水断流给以色列人让路的事情。过约旦河的那天正好是犹太历的正月初十。约书亚立石为记以后,下令对全体以色列男子行割礼。原来,在埃及的时候,以色列人还坚持了割礼制。但出埃及以后,由于在荒漠中漂流,割礼制日渐松懈,出埃及后出生的婴儿再也没有行割礼了。

过约旦河来的军士,除了约书亚和迦勒是在埃及出生的之外,其他人都是在沙漠中出生的新一代以色列人,都未经过割礼。约书亚按照上帝的神谕,制造了火石刀,第二次为全体希伯来人举行全体性的集体割礼(第一次是亚伯拉罕举行的)。以色列人在吉甲住了好几天,等待伤口痊愈。在养伤期的第四天,就是犹太历的正月十四,是第四十个逾越节,也是他们在迦南度过的第一个逾越节。那一天,他们吃上了迦南生产的粮食做成的无酵饼和其他丰盛的食品。从此以后,他们再也不用吃吗哪充饥了。这更加激励了以色列士兵攻下耶利哥地决心。

住在耶利哥城的亚摩利人,早就被上帝给以色列人显示的神迹和以色列人的勇敢吓破了胆,这回他们又听说了关于约旦河水阻绝的神迹,所有的耶利哥官民更是缩成一团,他们不敢发动主动的进攻,甚至在全体以色列男子举行割礼后伤口疼痛的养伤期间也没有放出一兵一卒去袭营。待到以色列男子伤口愈合后,约书亚就下令攻城。亚摩利人虽然丧失了战斗力,但他们的城防仍然十分坚固,没有攻城的云梯很难突破。

约书亚摸透了亚摩利人畏怯的心理,为了尽量减少伤亡,他采取了智取的战术。约书亚下令军队每天绕城一周。他让一队手拿武器的士兵走在最前面,后面跟着7个祭司,手拿7支羊角号,一边走一边吹,最后跟着上帝的约柜。他们就这样每天绕城一周,每次绕城时离城的远近是刚好使城墙上的人看得清楚,又让他们的弹弓和箭矢伤不着。

就这样一天天地重复绕城，一连绕了 6 天。被困在耶利哥城里的居民看到以色列人只是绕城，不知道他们的上帝又在施什么法。耶利哥人都感到害怕，攀上城墙围观以色列人绕城的游行队伍。他们一边看一边议论："这下可要大难临头了。"

到第七天，约书亚下令发起总攻。清早他把军队领出营盘，让他们绕城。这次他们不再是绕城一圈，而是一口气绕了 7 圈。前 6 圈他们都照旧一言不发。但走第 7 圈时，以色列人一听到号角声，就一致大声地喊起来，喊声震天动地，城墙随之倒塌，以色列军队一拥而上，攻入城中，见人就杀，见金银财宝、铜铁器皿就抢。他们不分老幼，把全城所有的人都杀光了，只余下妓女喇合一家，她的财物分毫未动。

被她掩护过的两个探子来到她家，看到窗户上的朱红绳子，就走进去，把屋里的人领到城外以色列人的营地边上住下，把她的财物都搬运出来，仍归她所有。只有以色列士兵缴获的财物，约书亚事先规定，一律归入会幕的银库。约书亚看到耶利哥城抢劫一空，就命令放火烧城。冲天大火烧了几天几夜。耶利哥城自此成为一片废墟。约书亚看到被焚毁的耶利哥城发誓说："以后任何人不得重修耶利哥城，如有人修这城就会在耶和华面前受诅咒。修城的人起地基的时候必丧长子，安门的时候必丧幼子。"

引蛇出洞克艾城

智取耶利哥城使约书亚的名声大振，以色列人中也潜滋暗长出一种骄傲轻敌的情绪。耶利哥一战后，约书亚一面命令部队稍做休整，一面派出探子去下一个攻击目标——艾城收集情报。艾城是位于耶路撒冷以北、伯特利以东不远处的一座山城。约书亚派去那里的人很快就回来了，他们向约书亚报告说："艾城的城防比耶利哥城差远了，他们的人也没有耶利哥城的多。我看我们不必兴师动众，让大部队都去，只要派出一个两三千人的支队去就可以轻而易举地拿下那座城。"

约书亚听信了他们的话，只派了 3000 人的部队去攻打艾城。他们没有想到，艾城人比耶利哥人英勇无畏，他们见以色列人来得少，就齐心协力地出击，打得他们落荒而逃。混乱中，以色列人中有 36 人死于艾城人的刀箭下。艾城人乘胜追击，一直追到示巴琳。在吉甲焦急地等待着军队战胜归来的以色列群众，一看到 3000 名士兵溃不成军地逃回来，全都感到震惊和恐惧，阵亡者家属的失声痛哭，更增加了 60 多万人心中的压抑气氛。

约书亚接到狼狈逃回的攻城指挥官的报告，悲愤不已，他撕裂了衣服，袒露出上身，把灰撒在在场的以色列长老和自己头上，领他们到圣所内约柜前，俯伏在地上，向上帝祈祷了好几个时辰，直到晚上。他向耶和华祈祷说："主啊，这到底是怎么回事？我们犯了什么罪，你要把以色列人交在仇敌手中？这场败仗使我的人民陷入悲痛之中，迦南人听到这个消息，他们一定会一齐出动，围困我们，我们不都会完蛋吗？"

上帝对约书亚说:"你们在艾城败北是因为以色列人的军士中有人犯了罪,违背了我所吩咐他们的约,取了当交的物;他们欺骗我,把当交的东西藏在自己家里。因此,以色列在仇敌面前站不住,要转身逃跑。"

第二天清早,约书亚下令各支派严格清查,要把那贪婪的人查出来。结果这个人在犹大支派中查出来了,他是犹大支派中谢拉的曾孙、撒底的孙子、迦米的儿子亚干。犹大支派把亚干带到约书亚跟前。约书亚问他:"我的孩子,我命令战利品要全部交到会幕,归上帝耶和华所有。你违背了军令,连累了全族人。你必须认罪,不得隐瞒。"

亚干坦白地交代:"我实在是欺骗了上帝。我进入耶利哥城后,进了一个富人家里,看见1件漂亮的示拿衣服,200舍客勒银子,还有1条金子,重50舍客勒,我就起了贪心,把它们藏起来,拿回家,埋到帐篷下面的地里了。"

约书亚就打发人把亚干家的帐篷拆了,刨开泥土,找到了如数的财物。按照以色列法典,亚干要被石头砸死。约书亚叫卫队把亚干押到亚割谷去,指挥众人用石头把他砸死。亚干倒下去了,愤怒的人群扔出的石头在他身上堆成了小山。上帝见以色列人惩罚了违背神谕的人,就宽恕了他们。他晓谕约书亚说:"不要惧怕,也不要惊惶。率领你的大部队,去攻打艾城。我要把艾城的王和他的人民交在你手里。你们占领那城后,所得的一切财物不要再交给我,你们可以据为己有。"

约书亚总结了上次失败的教训,对英勇无畏的艾城军民,不能硬攻,要智取。他事先选派了3万精兵趁天黑来到城外的小山后,在树林中埋伏起来。第二天早晨,约书亚自己带着5000名士兵到了艾城下的山谷中摆开阵势,向艾城王挑战。艾城王不知是计,一看对手人数不多,于是,他带了全部的军队冲出城外,杀向约书亚的阵地。两军刚一交手,约书亚伸出短枪,发出佯装败退的信号。以色列士兵拖着兵器就向回跑。艾城王见这些军队不堪一击,就下令穷追不舍,一直追到离城很远的地方。这时埋伏在城外的3万以色列军队乘城内空虚,轻而易举地就杀入城中。他们进了城,就放火焚烧;瞬时间,浓烟滚滚,直冲云霄。

艾城人正拼命追赶约书亚他们,眼看就要追上了,有人回头一看,见城内烟火冲天,艾城王才知道是中计了,急忙转身回去营救自己的老巢。当他们快到城下的时候,3万伏兵早已等在那里了。约书亚带领的5000人见伏兵已经夺了城,城中烟雾升腾,就回转身来,追杀仓皇回撤的艾城人。艾城军队在以色列人的前后夹击下,像无头苍蝇似的在田野里四处乱窜,完全失去了战斗力。以色列人奋勇拼杀,把艾城人全部歼灭,一个也没有留下。他们还生擒了艾城王。约书亚叫人把他吊在树上绞死。

在城外杀尽了艾城的军队以后,以色列人就回到城中,屠杀了留在城中的全部百姓,不管男女老幼,一个也没有留下。他们砍杀了一整天,共杀死艾城人12000名。以色列人一边杀,一边抢,把城中所有的金银财物,牛羊牲畜全部抢走,占为己有。到黄昏时分,艾城已经一片狼藉。街道上到处流着鲜血,尸体横七竖八地躺在地上,十里之内充满了血腥味。约书亚又下令放火焚烧艾城。冲天大火使黑夜变成白昼。曾经是迦南重镇的艾城从此成为废墟。约书亚看到吊在树上的艾城王已经死了,就叫人把尸体取下来,放在城门口,在尸体上堆了一大堆石头,形成一个乱石堆。艾城废墟和城门口埋葬国王的乱石堆至今仍然是以色列人引以为骄傲的历史遗迹。

艾城大捷以后,约书亚在以巴路山上为上帝筑了一座坛。那座坛全是用从未动过铁器的石头垒成的。他领着以色列人来到坛前为上帝献祭。约书亚还在全部以色列人面前,把摩西写的律法书刻在石头上,并在以巴路山上为以色列人宣读了一遍。他要求以色列所有的人,无论是长老、官长或审判官,还是寄居的外人,都要无条件地遵守这些条例。

基遍人设计求生

以色列人血洗耶利哥城和艾城之后,居住在迦南的所有部族都感到恐怖,他们有的联合起来,准备共同抵抗,有的部落不善征战,就想到如何与以色列人媾和。基遍这个部落离艾城不远。基遍人不好征战,却擅长外交。他们看到以色列人非常统一强大,迦南土著部落没有一个是他们的对手,如果与他们硬拼无疑是以羊投狼,自取灭亡。

然而,不做任何努力必定坐而待毙。因此就只剩下一个选择:与以色列人媾和。但是以色列人怎么愿意和一个唾手可得的弱小族群进行谈判呢?基遍人知道得想出一个办法来骗取以色列人的信任,好获得以色列人的和平誓言。他们找来旧口袋和破裂后打过补丁的旧皮酒袋,驮在驴背上;把补过的旧鞋穿在脚上,把旧衣服穿在身上;他们的口袋里装着又干又硬已经长霉的饼。他们就这样把自己装扮成一副风尘仆仆,远道而来的样子。他们来到以色列人的大本营吉甲,自称是远道而来的使者,有要事需要晋见族长约书亚。营卫传话到会幕,不一会儿就回话出来:"有请使者。"

使者从站在两厢、一字形排开的刀剑手中间走到会幕前约书亚座前,俯伏在地齐声说:"我们的国王向以色列王请大安。陛下,我们是您的仆人,我们国家离这里很远,以色列的神和以色列的国王威震四方,我王久慕大王威名,特派仆人代他前来仰望大王尊颜,还要特请大王开恩与我们立约。"

在场的一位以色列长老走到约书亚身边,对他耳语道:"恐怕他们的国家并不很远,就在迦南。迦南是上帝应许给我们的宝地,我们要征服这里,怎么能与他们立约呢?"约书亚听了这话就问那两个使者:"你们是什么人?是从哪里来的?"

他们回答说:"我们是陛下您的仆人,我们从极远的地方来。我王听到你们的神耶和华的大名和他在埃及所行的一切事,也听到耶和华你们的神在约旦河东对亚摩利人所做的一切,他和本国的臣民就对我们说:'你们手里要带着路上用的食物,去迎接以色列人,对他们说,我们是你们的仆人。现在求你们与我们立约。'我们出发到这里来的时候，从家里带出来的这饼还是热的，现在都干了，长了霉了；还有这皮酒袋，我们出来的时候还是新的，现在都已经破裂了；我们出发时换的新衣服，因为道路遥远，现在都穿旧了。"

说着他们把带来的食物呈送给约书亚，约书亚仔细看了看，那饼的确又干又硬又长了绿毛；拿过皮酒袋来察看，也是一副被磨得破旧不堪的样子。接着他又把这些东西传给长老们看，长老们也找不出破绽。与一个遥远的仰慕上帝的国度签约有利而无害。约书亚基于这个想法，就答应与这些基遍人签订和约。

和约规定，既然这些人是仰慕上帝的子民，在任何情况下以色列人都不攻打他们，不杀他们的人民。签完和约以后，基遍的使者和以色列的众长老步人会幕，向上帝起誓，永不反悔。起完誓，使者就告辞而去。

与基遍人签约后的第三天，以色列人从被俘的亚摩利人口中得知，基遍人就住在迦南，离吉甲不远。以色列会众听说后都因为被欺骗而非常气愤，有些急于想得到战利品的人就嚷嚷着要去把基遍人斩尽杀绝。约书亚得知会众的这些反应后，就让各支派的首领给百姓传话，对他们说："我们已经指着耶和华我们的神起誓，要允许他们活着，所以我们不能杀他们，免得上帝动怒，因我们的亵渎而惩罚我们。不过我们虽然可以不杀他们，仍然要领兵前去问罪，令他们给我们作奴仆，劈柴挑水。"

因此，约书亚就发兵前去兴师问罪。到了基遍人的城下，并没有任何抵抗，基遍王反而带着群臣出来迎接。约书亚就召见了国王和他们的属下，质问他们："你们的使臣为什么欺骗我们，说你们离我们非常遥远呢？其实你们就是我们的邻居。你们犯了欺骗上帝的大罪，你们要受到诅咒。你们的人民将永远作为以色列人的奴仆，劈柴挑水。"

国王对约书亚说："我主啊，请稍息怒。因为有人告诉您的仆人，耶和华您的神曾吩咐他的仆人摩西，把这全迦南都赐给你们，并在你们面前灭绝这的一切的居民。所以我们十分害怕丧命。现在我们在你们手中，你们觉得怎样对待我们，就怎样做吧。"

约书亚没有杀他们，但是从此以后，基遍人不论在什么地方都要为以色列的神坛和会众做仆人，干劈柴挑水这类下贱的活儿。

5 王抗拒约书亚

基遍人与以色列人签订和约，宁愿作奴仆在异族人中间苟且偷生而不敢为自由而战的消息很快传遍了迦南各部落。耶路撒冷王亚多尼洗德听见这一消息以后，很怕其他迦南邦国也纷纷起来效仿，他觉得有必要好好教训一下基遍。但是基遍是座大城市，比艾城还要大，城里的居民非常多，自己一个国家去打恐怕力不胜任。亚多尼洗德就打发使臣分头联络了希伯仑王何咸、耶末王毗兰、拉吉王雅非亚和伊矶伦王底壁等5个国家的国王，对他们说："求你们来帮助我，跟我们一起去攻打基遍。因为他们与约书亚和以色列人立了和约,做他们的帮手,来对付我们大家。"

这5国国王听了这话,都觉得有道理。战也是死,不战也是死,与其让以色列人各个击破,最后都或迟或早同归于尽,还不如联合起来,干他个鱼死网破。于是5个亚摩利人的王同意出兵,跟着盟主耶路撒冷王去攻打基遍。他们都带着自己的大批军队到了基遍,在城的四周安营扎寨,围攻基遍。

基遍人被围困在城里,基遍王一边指挥加紧防守,一边派出信使,在夜间潜行出城,到吉甲去向宗主国以色列求救。信使见到约书亚后,对他说:"现在耶路撒冷王、希伯仑王丫那未王、拉吉王和伊矶伦王联合起来攻打基遍,基遍危在旦夕。基遍是您的仆人为您看守的,求您快快发援军拯救我们,帮助我们。"约书亚得到这十万火急的情报以后,就率领他的大部队,星夜兼程,赶到基遍。时间正好是黎明时分,5国联军正在军营中酣睡,根本没有想到以色列人的大部队已经布阵在眼皮底下了。约书亚指挥将士猛烈进攻,很快把城外亚摩利人的营地冲乱。

5国联军本是临时拼凑的乌合之众,没有统一的指挥和纪律约束。他们从梦中惊醒,看到刀光剑影,个个都吓得魂飞魄散,纷纷溃逃。

基遍人看到宗主国的军队来解围,也从城里杀出来,与以色列军队会合,紧紧咬住逃去的联军不放。在伯和仑的上坡路上,终于追上了掉在后面跑不动的部分逃兵,一路来到亚西加和玛基大。这时上坡的路已经跑完,开始跑下坡路。联军就连滚带爬,拼命往坡下逃命,眼看以色列军队追不上他们了。

这时在山坡下坡的那面,天上降下大冰雹,冰雹打在亚摩利军人身上,但是当追赶的以色列人跑过去的时候,冰雹就在他们前面停住不下了。冰雹落在以色列人前面,打在联军逃兵身上。5国联军被冰雹打死了一大半,比以色列军队用利刃刺死的要多。整个白天以色列人追击逃兵,当冰雹停住时,天色已近黄昏,约书亚怕敌人在即将来临的夜下跑掉,就祷告上帝说:"太阳啊,你要停在基遍;月亮啊,你要止在亚雅仑谷。"于是日头停住,月亮止住,不再急速下落,持续时间约有一日之久,直到以色列人把残兵败将收拾干净。那5个国王随着逃散的士兵跑到山里,藏在玛基大洞里。有人告诉约书亚说:"那5个王已经找到了,都藏在玛基大洞里。"

约书亚就命令部下:"你们把几块大石头滚到洞口,派人看守。其余的人不可耽误,要继续追赶你们的仇敌,击杀他们跑在后头的人,不能让他们进入自己的城邑。因为耶和华你们的神已经把他们交在你们手里了。"他的意思是要在战斗结束后再解决这5位国王。

待到把所有的逃兵都赶尽杀绝以后,约书亚命令道:"打开洞口,将那5个王从洞里带出来,领到我面前。"众人就把那5个国王从洞中带出来,交到约书亚面前。约书亚召集以色列众人来,对手下的军官说:"你们近前来,把脚踏在这些国王的颈项上。你们不要惧怕,也不要惊惶,应当刚强无畏。因为耶和华一定要这样对待你们所要攻打的一切仇敌。"

于是约书亚身边的军官们就上去把脚踩在那 5 个国王的脖子上。

以色列人一路追击,沿途经过这 5 个邦国中的拉吉、伊矶伦、希伯仑和底壁等 4 个部落国,几乎没有遇到任何抵抗。此外,他们还拿下了沿路的其他几个城市。第一天他们占领了玛基大、立拿,第二天他们攻占了基色。他们攻进每一个城堡以后,把城中所有的财物抢光,所有的人口杀光,凡是有气息的都不留一个。

这样在短短两天时间里,约书亚指挥以色列人占领了 5 个部落国的全部领土。然后,率领部队回到了吉甲,让部队稍事休整,以迎接新的战斗。

迦南终归以色列

迦南北部的一些小国,在得知迦南中部和南部一些实力很强的城邦相继陷落之后,惊恐万状。这些小国中有一个夏锁王,叫作耶宾。他非常有胆识,在其他各国国王心目中享有很高的威望。耶宾决定集结迦南地方还未被以色列占领的各部落所有力量,共同对抗以色列的进攻。他派出使节,出使各国,向各国的国王游说,动员他们加入联盟,共同行动。各国纷纷响应,联军很快就成立起来了。这些是由北部山地和高原的亚摩利人、赫梯人、比利洗人、耶布斯人和希未人等民族组成的联军。各民族动员了所有能够参加战斗的人跟随夏锁王,由他统一指挥。他们人数多如海边的沙,并且还拥有众多的车辆马匹。耶宾率领联军浩浩荡荡地来到米伦河边安营扎寨,要与以色列人决一死战。

面对这样一支实力强大、比 5 王联军更有组织的军队,约书亚也感到很难对付。他召集以色列众长老商量作战方针,又得到耶和华的指引,终于确定如下的战术:

一、采取突然袭击的办法,因为耶宾的联军才成立不久,队伍庞大,突然袭击可以使他们不能首尾相顾,便于乱中取胜;

二、加长刀剑的长度,以便砍断联军骑兵和战车的马蹄;

三、敌军车阵布置密集,可以用火攻。

战术确定以后,约书亚传令三军做好准备。天色微明,营中号角齐鸣,杀声震天,军队冲过米伦河,直捣敌营。联军的骑兵刚刚上马,阵形还没有摆好,以色列人已经冲到跟前了。以色列人把手持长刀的步兵排在阵前作先锋,这些步兵在身后弓箭手密集的箭矢的掩护下,一手持盾牌,一手持长刀,冲到联军的跟前,用刀砍他们的马蹄。不一会儿,联军阵前就倒下了一大溜前蹄受伤的战马。

这时联军已经有些乱了,以色列的弓箭手赶紧上前几步,向战马后面的战车发射带火把的箭。顿时,联军的阵地中火光一片,军中大乱,惊呼四起,一个个丢盔弃甲,只顾逃命。约书亚带领部分以色列军队,一路追杀夏锁王的部队,直到夏锁城下。他们攻破城防,杀人城中,不分男女老幼都砍尽杀绝,不留任何一个有气息的活物。血战中夏锁王那宾英勇战斗,直到力气用尽,被以色列人乱刀砍死。

约书亚听到城中已经没有喊杀声了,就下令收兵,然后令人放火焚烧了夏锁城,这样才使以色列人能够消解心头的仇恨。接下来几个月里,以色列人四面出击,夺下了北方山地和高原的全部城市,他们把见到的每一个土著居民都斩尽杀绝。但是除了夏锁城以外,以色列人再也没有焚烧一座城市。他们把这些人的城市、房屋、牲畜和一切财产都留下,据为己用。不知道又过了几年几月几日——有人说,征迦南的战争一共持续了7个年头,约书亚把迦南土地上每一地方的原住居民都赶尽杀绝了。于是迦南这地方再没有以色列以外的人,很长一个时期,以色列国中太平,没有战争。

以色列攻占迦南以来,除了基遍和希未这两个部落国低头臣服而得以保全以外,其余各国都被武力所摧毁,他们前后消灭了迦南的31个国,杀死了31个王,灭了31个国家的人民。现在除耶路撒冷以及海边和山区的几个城邦外,整个迦南,从南疆直到北边黎巴嫩的巴力迦得,都是以色列人的领土。

这时候,约书亚已经年迈,上帝命令他按照摩西的计划把迦南分给以色列的各个宗族支派。这时以色列一共有13个支派,因为以色列临死前把约瑟的两个儿子——玛拿西和以法莲——归在自己名下,约瑟支派一分为二,支派数目由12变为13。由于流便、迦得两个支派和玛拿西的半个支派已经分得约旦河以东的土地为业。现在迦南的土地就由剩下的9个半支派来分。这样迦南就被分成了10块:西缅、犹大和便雅悯的后代分得了最南边的土地;以法莲、玛拿西半支派、以萨迦、西布伦、拿弗他利和亚设,按次序从南往北分得他们的土地。

但的后裔人数不多,他们分得的地方位于海水和群山之间,东西两边与便雅悯和犹大支派为邻。这三个支派与非力士人为邻。他们还未与非力士人交过锋,因此,非力士人对以色列是个潜在的威胁。利未支派是祭司阶层,摩西在世的时候没有把产业分给他们。他们的产业就是献给以色列人的神耶和华的火祭。利未人在各个城市里负责宗教事务,担任各种教职,他们主要靠居民缴给教堂的贡赋为生。不过他们在迦南境内掌管着48座城市,还可以从事商业和畜牧业。以法莲支派分得的领土上座落有示罗城。以色列宗教会所就设在示罗城,约柜安放在会所里。因此示罗便成了以色列的第一个王城。

约书亚的最后日子

约书亚一生征战,功勋卓越,他完成了上帝耶和华赋予的使命。他本来可以住在亭纳西拉小城的别墅里平静地安度晚年,但是他有一块心病,像大石头一样压得他寝食不安:他没有得力的接班人,他担心死后以色列人各支派会闹独立,一个统一的民族会搞得四分五裂。

果然,有一天,一个令人不安的消息传到示罗:流便、迦得和玛拿西半支派的军民回到约旦河东岸以后,在约旦河边的山冈上自己单独设立了一个供奉耶和华的神坛。他们在示罗神坛之外另立神坛,意味着亚伯拉罕创立的宗教面临着危机。

约书亚听到这个消息,非常吃惊。回想当年迦南战役完全结束以后,他打发这两个半支派回约旦河以东去时，还谆谆教诲他们："你们要切实地谨慎遵行耶和华仆人摩西所吩咐你们的诫命、律法，爱耶和华你们的神，行他一切的道，守他的诫命，依靠他，尽心尽力地侍奉他。你们带着这许多财物，许多牲畜和金、银、铜、铁，许多的衣物，回你们的帐篷去。要将你们从仇敌手中夺来的东西与你们众兄弟同分。"

约书亚没有想到才隔几个月，河东的支派就把自己的话当成耳边风。约书亚把各宗族的部队召到示罗，但是各支派的首领对此的态度并不一致，他们有的主张出兵镇压，有的说，以色列刚刚立国，需要休养生息，医治战争创伤。如果还未在迦南扎根的时候，以色列内部就相互残杀，必然造成两败俱伤，后果不堪设想。

最终约书亚派祭司以利亚撒的儿子非尼哈，带着 10 个宗族的首领，也是以色列军队的主要将领，到基列去找流便、迦得和玛拿西半支派的首领，问明情况，晓以利害，让他们停止分裂活动。非尼哈对河东长老说："你们在示罗之外另立神坛，犯了多么大的罪孽呀。难道你们忘记了，在毗耳许多人受米甸女人的诱惑，到她们的宗庙去敬奉异族的神灵所招受的惩罚吗？难道忘记了，亚干私藏当归上帝的供物，受到了什么样的惩罚吗？"

非尼哈这番谴责，使流便、迦得和玛拿西的子孙们非常恐惧。他们连呼："全知全能的神耶和华，无所不在的神耶和华！"然后诚恳而雄辩地继续说："您圣恩在上，必能分辨，以色列全会众也必能分辨。我们筑坛，若有半点悖逆的意思，必遭天诛地灭，比毗耳和亚干之灾更甚。我们在这里筑神坛并非无缘无故，我们是为了更好地敬神。因为上帝把约旦河定为我们和以色列其他各支派的分界，我们的后人会说：上帝与我们无缘分了。这样他们就有可能不再敬奉耶和华了。为了我们的子孙能够千秋万代地供奉耶和华，感谢他把流着奶与蜜之地赐给我们为业，所以我们才自己筑了这座坛。我们筑这座坛不是为了在耶和华我们的神的帐幕外献祭，我们要把这座坛作为你我中间的证据，好让我们的子孙记住我们与你们原为一体。"

这个机智的回答，虽然不能完全消除疑惑，但是也很有说服力，让人难以驳倒。非尼哈和 10 名长老找不到更多的破绽，也不愿再去刨根问底，弄得双方别无选择，非要动用武力不可。所以这场神坛之争，最后不了了之。非尼哈对流便人、迦得人和玛拿西人说："经过调查，我们知道耶和华在我们中间，你们没有向他犯大罪。"

非尼哈一行回到示罗，向约书亚汇报此事，约旦河这边的以色列人完全取消了发兵攻打的计划，不再提这件事了。流便人、迦得人和玛拿西人听到这个消息后，就把自己筑的那座坛起名为证坛。这事以后，约书亚有两次感到自己病危，快离开人世了。

第一次，他把以色列各支派的长老、族长、审判官和官长都召了来，对他们说："你们要鼓起勇气，谨守遵行写在摩西律法书上的一切条例，不可偏离左右，不可与你们中间所剩下的这些国民掺杂。他们的神，你们不可侍奉、叩拜。你们要谨慎，爱耶和华你们的神。你们若稍微偏离，与你们中间所剩下的这些国民联络、结亲、互相往来,他们就要成为你们肋上的鞭、眼中的刺,直到你们在耶和华你们的神所赐的这块土地上灭亡。"

第二次,约书亚是真正的病危了,众长老、族长、审判官和官长来到约书亚跟前。约书亚用尽全身的力气,把摩西的律法向他们宣读了一遍,要求他们宣誓,以后任何时候都绝不崇拜耶和华之外的神。他叫人在一棵大橡树下立下了一块石头,他指着那块石头说:"你们看哪!这块石头可以做我们的见证,因为它听见了我们向耶和华表的忠心。如果你们背弃耶和华,这块石头就是见证。上帝赐给你们的土地,非你们所修治;赐给你们的城池,非你们所建造。你们就住在其中,又得吃非你们栽种的葡萄园、橄榄园的果子。你们要世世代代感谢耶和华,专心地侍奉他,遵守他的约。"

约书亚活到110岁时死去了。以色列人将他葬在他的领地以法莲山上的亭纳西拉。

耶稣的圣绩

耶稣基督宗教的创始人,上帝的儿子。"耶稣基督"名字中,耶稣是他的本名,"基督"则是他的称号,是希腊语"救世主"的意思。

耶稣的诞生

耶稣的母亲尚未嫁到约瑟家时,她便感应圣灵怀了孕。约瑟是个义人,他不愿意公开地羞辱未婚妻玛利亚,但心里的苦恼是可以想见的。约瑟思量如何才能悄悄地休掉玛利亚。

正当此时,主的使者在约瑟梦中显现。天使说:"约瑟,不要害怕。只管娶来你妻玛利亚,因她所怀的孕,是从圣灵而来。她会生一儿子,你要给他取名耶稣,因为他将从罪恶中救自己的子民。这一切的事情,就是要应验主借先知所说的话:'必有童女怀孕生子,要称他的名为以马内利。'"以马内利的意思,便是"神与我们同在"。

义人约瑟按天使的吩咐娶过玛利亚,期待神之子的降世。带着身孕的玛利亚随约瑟到伯利恒申报户口,但城中客栈住满了,他们只好在一间马棚中暂且安身。玛利亚的产期已到,夜里便在客栈的马棚中生下儿子。这头胎之子给用布包起来,放置马槽之中。马槽便是神子耶稣的摇篮。

耶稣降临的那天夜里,伯利恒的乡间野外,一群牧人在轮番守夜看护他们的羊群。主的使者突然来到,向他们宣告耶稣诞生的喜讯。主的荣光从天上来,把牧人周围照得明亮。天使说:"不必惧怕,告诉你们一件大喜信息。今天夜里,大卫的城中,诞生了你们的救主,他就是主基督。你们去看看罢,在那马槽中有一个布包着的婴孩,那便是主的标记。"说到这里,空中便有一大队天兵来临。他们与那报信的天使齐声赞美上帝:"在至高之处,荣耀归与神,在地上平安,归与他所喜悦的人。"

牧羊人彼此商量:"我们去伯利恒城中看吧,看那所成就的事。那是主所指示我们的。"他们在城中的客栈马棚里寻到了约瑟夫妇,还有那安卧在马槽内的婴儿。牧羊人将天使的话传开了,凡听见的,无不觉得惊异。玛利亚经历并听见了这些话,知道它们已经应验,并且还会应验。她像天使说的那样,将荣耀归与神,赞美上帝。

耶稣诞生的时候,伯利恒仍属希律王治下。这天,从东方来了几位博士,他们向耶路撒冷的希律王说:"那生来要做犹太王的孩子在哪里?我们在东方便看见了他的星,特地前来拜见。"希律王觉得心中不安,他召来了祭司长和民间的术士。这帮人回禀王说,那孩子生在犹大的伯利恒,以往已有先知说过:"犹大的伯利恒呀,你在犹大的众城中并不是最小的,因为将来有一位君主从你产生,牧养所有以色列的子民。"

希律王招来东方来的博士,仔细盘问始末,然后差他们去伯利恒寻访,回来再给王复命。博士们才出宫门,便看见了那颗在东方便见到的星。星在他们前头闪烁,一直引他们到了婴儿诞生的地方,停在客栈马棚的上方。博士们欣喜地进去,看见了孩子和他母亲玛利亚,他们向孩子伏拜,打开带来的宝盒,献上黄金、没药、乳香。博士们先前已经在梦中得了主的指示,便没有回耶路撒冷去见希律王回话,径直回自己的国家去了。

这男孩生下来的第八天,按摩西律法的要求,父母给他行了割礼,然后带他到耶路撒冷去,将他献与上帝,因为律法上这么说:"凡头生的男子,必称圣归主。"这是犹太男孩出生礼仪的一部分。

耶稣的童年时代

希律王死了以后,主的使者来到埃及,向约瑟显梦,天使说:"起来!带着小孩子和他母亲,往以色列去吧。那要害小孩子性命的已经死了。"

约瑟便携带一家人回以色列之地。听说希律王的儿子亚基老做犹大王,他还不敢冒险去耶路撒冷,凭着天使在梦中的指示,约瑟一家来到了加利利的拿撒勒。这也应了先知说过的,救主是拿撒勒人的话。

约瑟是个木匠,他们一家在拿撒勒是诚实本分,勤勤恳恳的居民。贤惠的玛利亚操持家务,教育儿女。这期间,耶稣又添了四个弟弟,他们分别称为雅各、约西、西门和犹大,另外又有两个小妹妹。作为长子的耶稣平时也帮父亲干活,帮母亲带弟弟妹妹。耶稣渐渐长大,并且强健起来,充满了智慧,因为神恩从来就不离开他。

每年一到犹太人的逾越节,约瑟夫妇都要带孩子去耶路撒冷,朝拜圣殿,守满节期才回到拿撒勒来。耶稣12岁那年,父母又带他去圣城耶路撒冷,然后随大队的朝圣队伍回家乡去。可是赶了一天路,到天黑时,父母才发现耶稣并不在回乡的人群中。他们问遍了亲族朋友,没有结果,只得重回耶路撒冷去打听。

三天之后,他们在耶路撒冷的圣殿中找到了这孩子。他正坐在犹大的教师和学者中间,听人讲学争论,还不时插进去发问。凡听了他的问答的,无不惊异他的天资,竟能如此应对自如。急坏了的父母赶紧走上去,抱住这男孩。玛利亚对耶稣说:"孩子,你怎么能这样呢? 你知道你的父母因为四处找不着你,会有多么伤心吗?"

耶稣回答道:"你们不用这么担心,不要这样焦急地找我,我也要以我父的事为念。"

约瑟夫妇对他的话尚不能清楚了解,但他们隐约感到了神子肩负的重任。因为这孩子不只是他们的,更是上帝的;他的家也不仅在拿撒勒,而更在耶路撒冷的圣殿上。因为神所在的地方,才是他的家。

玛利亚和约瑟带着耶稣走下圣殿。耶稣也温顺地依从了他们,回到了拿撒勒。玛利亚将发生的这一切所见所闻记在心底,她知道该发生的总要发生,她的长子最终要走向犹大的旷野,宣示天国的声音。他最终要回到他来的地方,因为他是神的儿子。

初收门徒

耶稣 30 岁的时候,接受了洗礼,得到了上帝的认可,抵御了魔鬼撒旦的诱惑,坚定了为上帝的事业而奔走的信心。至此,他开始游历巴勒斯坦各地,传播福音。

耶稣每到一处,便对人们说:"天国近在眼前,你们悔罪吧。"他告诉人们,上帝是爱这个世界的,他将接受人们的悔改,使他们从失望中挣脱出来,在天国里得到永生。

那时,耶稣受洗的故事和他击败撒旦的经历早已传遍了整个巴勒斯坦,他那充满圣灵的身体无论站立在哪里,都会有无数的人围上来,他们被他神奇的生平所吸引,更为他带来的福音所鼓舞。在人群当中,有一些人每当人群散去之后,不肯离开,执意要知道耶稣到底是谁,他们已被耶稣的呼吁所感染,被他的人格所吸引。耶稣决定将他们聚集在自己的身边,分担自己的责任,传播他的信息。

这天,耶稣站在革尼撒勒湖边,众人簇拥着他,要听他传道。耶稣看见有两条船停在湖边,打鱼的人离开船洗网去了,其中有一条船是西门的。耶稣请西门把船撑开,离岸远些,他自己便上了船,坐在船头讲述天国的福音。

耶稣讲完后,众人在一片赞叹声中陆续散去,只有西门坐在自己的船上补起了刚洗净的网,耶稣对他说:"你把船开到深水的地方下网捕鱼吧。"西门说:"主啊,我们整夜都在撒网,什么也没打着。不过,你既然这么说,我们就暂且听从你的,再去试试吧。"

西门和他的弟弟安德烈又把渔船撑到了水深的地方,他们将信将疑地把网撒了下去,起网时,他们感觉到沉甸甸的,两个人怎么拖也拖不上来,他们只好招呼另一条船上的雅各和约翰兄弟俩来帮忙。活蹦乱跳的鱼险些挤破了渔网,装满了鱼的两条船都差点沉下水去,西门兄弟可从来没有打到过这么多的鱼,雅各和约翰也是这样。

惊讶之余,西门俯伏在耶稣膝前,说:"主啊,离开我,我是个罪人。"耶稣将他扶起来说:"不要怕,来跟从我,我要叫你们得到的欢迎和这些鱼一样多。"等船靠岸,他们抛弃了一切跟从了耶稣。

耶稣非常高兴,对西门说:"以后你就叫彼得吧。"彼得成为第一个得主赐名的人,后来在众门徒中大有作为。耶稣又为雅各赐名雷子。

耶稣招收了彼得、安德烈、雅各、约翰等四人做门徒后,准备带着他们前往加利利去传道。他们师徒五人刚上路,便碰上了一个叫腓力的人,这人是安德烈和彼得的同乡。当腓力从彼得兄弟口中得知耶稣已收他们为徒后,眼里流露出羡慕的目光,他正想着以怎样的方式恳求耶稣也收自己为徒呢,不料耶稣开口对他说:"来跟从我吧。"这话使腓力简直欣喜若狂。

腓力想起自己还有个好朋友叫拿但业,他要去劝拿但业也来跟从耶稣。腓力找到了拿但业说:"摩西在律法上所写的和众先知所记的那一位,我们遇见了,就是约瑟的儿子拿撒勒人耶稣。"拿但业撇撇嘴道:"我不信,拿撒勒那个又贫穷又小的村子会出这么伟大的人吗?"拿但业说什么也不肯相信弥赛亚会从一个不起眼的小地方走出来。腓力只好对他说:"你若不信,我带你去看看你就知道了。"

耶稣看见拿但业和腓力走近前来,便指着拿但业说:"这是一个真正的以色列人,他心里是没有诡诈的,他是一个坦诚的人。"拿但业惊奇地问道:"你怎么会知道这一切呢?"

耶稣回答说:"腓力还没有招呼你之前,你站在一棵无花果树下,那时我就看见你了。"

耶稣说得一点不错。这天天气很热,太阳晒得人睁不开眼,拿但业只好走到一棵无花果树下去躲避阳光的照射,腓力正是在树下找到他的。

耶稣的话使拿但业恍然大悟,他清醒地意识到站在自己面前的这位的确就是弥赛亚,是他们的救主。他发自内心地呼喊道:"主啊,你是上帝的儿子,你是以色列的王。"

耶稣对拿但业笑了笑说:"因为我说在无花果树底下看见你,你就相信了我吗?以后你还会看到比这更伟大的事呢。"少顷,耶稣又对门徒们说:"我实实在在地告诉你们,你们将要看见天开了,上帝的使者从上面下来,在人子的身上。"

就这样,耶稣又收了腓力和拿但业做他的门徒。

耶稣令死者复活

在加利利期间,耶稣曾经令两个人复活,一个是拿因城的少年,另一个就是会堂管家睚鲁的女儿。

　　耶稣结束了在迦百家的工作,便前往拿因城去,他的门徒和许多的百姓都与他同行。他们一边谈论着,一边走进城门。这时,从城里传来一阵哀恸的哭声,耶稣听得是一位老妇人的哭声,不由举目望去。只见一群人抬着一个死人走出城门来,死者是一位少年,那哀声痛哭着的是他的母亲,他的父亲早已离开人世,母亲一个人千辛万苦地养育着他,眼看儿子一天天地长大,母亲布满皱纹的脸上渐渐露出了笑容,她知道自己的后半生有靠了。谁料这少年不知为了什么,竟在一夜之间突然死去,怎不叫做母亲的哭得死去活来。

　　同城的人们都非常同情这孤苦无依的老妇人,纷纷来帮她料理丧事,同她一起送殡。耶稣见到这情景,怜悯之情油然而生,他扶住那老妇人,对她说:"不要哭!"然后上前按住抬死者的木杆,那抬杆的人就站住了。耶稣说:"少年人,我吩咐你起来!"那死人就坐了起来,并开口讲话。耶稣便把他交给了他的母亲,那妇人感激涕零自不必说。这神奇的事使众人都惊呼起来,他们归荣耀于上帝说:"有大先知在我们中间。"又说:"上帝眷顾了他的百姓。"这件事传遍了犹太和周围地方。

　　有一个管会堂的人名叫睚鲁,他有一个女儿已经12岁了,小孩子长得非常美丽,且又十分聪明伶俐,睚鲁因之非常疼爱她,不管干什么都依着她,久而久之孩子就十分任性。那时,加利利的秋天刚过,寒冷的冬天就来临了,屋外下着鹅毛大雪,人们都蜷缩在火炉旁边,可小孩子去觉得屋外更好玩,玩热了就把衣服脱掉随便扔在什么地方,任父母怎么叫也叫不回家。白天倒没什么,到了夜间,小孩子便发起高烧来,口里尽说胡话,一连两天人事不省。睚鲁急得团团转,恍惚间,他听得人们说拿撒勒的耶稣已行了许多奇迹,他急忙前去请他帮忙。

　　耶稣正在海边上和众人讨论赶鬼的事情,睚鲁急急地跑来,俯伏在他的脚下,再三地求他说:"我女儿快要死了,求你去把手按在她身上,让她得以痊愈,得以继续活在人世。"正说话,又有人跑来说:"睚鲁,你的女儿已经死了。你不要再求这位先生了。"睚鲁立即放声大哭起来。耶稣扶住他说:"不要难过,不要害怕,只要你信,我就能叫你的女儿复活。"说罢便带着彼得、雅各和雅各的兄弟约翰一同往睚鲁家赶去,他不许众多的人跟着他。

　　来到睚鲁家里,耶稣看见屋子里挤满了人,吵吵嚷嚷的,有些人在那里大声地哭泣哀号,耶稣就走过去对他们说:"为什么乱嚷哭泣呢? 孩子不是死了,是睡着了。"

　　人们听见耶稣的话语,纷纷嗤笑他,嘲讽他。耶稣顾不了这些,他把他们不由分说地全都赶了出去,就带着孩子的父母和三个门徒进了孩子的卧室。孩子真的像睡着了一样,安详地躺在那里,金黄的头发散乱地披在枕头上,圆圆的小脸蛋仍然红扑扑地,嘴角仿佛还挂着一丝微笑,她不知道她的父母已为她的死去而伤心落泪,痛苦不堪。

　　耶稣坐在床头拉着她的小手,轻声说道:"孩子,我要你起来。"那小孩子立刻把眼睛睁开,看见他的父母和几个陌生人立在床前,便活动了一下胳膊,掀开被子,走下床来拉住她的父母。人们都被这一情景惊呆了。耶稣便叮嘱他们，不要把这件事告诉别人，又吩咐赶快拿东西给小孩子吃，说完便带着他的三个门徒走了。

当孩子的父母醒悟过来时，耶稣已走了很远。他们望着他的背影，在内心中久久地感谢上帝的恩典。

与尼哥底母论重生

耶稣在耶路撒冷继续传播天国的福音，并显示了很多奇迹，令许多在耶路撒冷过逾越节的人都信服了他，就连犹太上层中少数正直的人也信了他，尼哥底母便是其中的一个。这尼哥底母是犹太人的官。他在逾越节期间多次挤在人群中和百姓一起聆听耶稣的讲道，他很敬佩耶稣，很想和他交朋友，但他又很怯懦，不敢在大庭广众之下去追随耶稣，他怕他的举动会引起别人的不满。

当夜幕降临时，尼哥底母匆匆来到耶稣的住所，他庆幸没有人在黑暗中能看见他。见到耶稣，尼哥底母恭恭敬敬地说："先生，我知道你是从神那里来的，因为你所显示的奇迹是其他人所不能显示的，若没有神同在，无人能行。"听见尼哥底母这样说，耶稣便回答道："我实实在在地告诉你：人若不能重生，就不能进到上帝的天国，也不能看到天国里的一切。"尼哥底母一时也难理解这句话的意思，他困惑地问道："人已经老了，怎么还能重生呢？难道还要再进到母亲的腹中像婴儿一样地生出来吗？"耶稣只好对他说道："我实实在在地告诉你：人是从水和圣灵生的，如果不是从水和圣灵而生，就不能进上帝的天国。从肉身生的，就是肉身，从灵生的，就是灵。我对你说：'你们必须重生。'你一时理解不了，也不必感觉得稀奇。打个比方说，风随着意思吹，你可以听见风吹的声音，却不知道它从哪里来，要往何处去。凡是圣灵生的，就是这个样子。"

尼哥底母仍然不解，他继续问道："怎么会有这种事情呢？"

"尼哥底母。"耶稣顿了顿说道，"你是以色列人的先生，以你的聪明和智慧，难道还理解不了这个最简单的意思吗？我不妨告诉你，我们所说的，是我们知道的；我们所见证的，是我们见过的，你们却不领悟我们的见证。我对你们所说的都是地上的事，你们都还不相信，我如果讲起天上的事情，你们又怎么会相信呢？你们都知道摩西是怎样在旷野里将大蟒蛇举起来，我告诉你，上帝的儿子也同样被举起来，他要叫一切相信他的人都在他那里得到永生。"

听了耶稣的话，尼哥底母开始有些明白了，他不停地点着头。耶稣又继续说道："上帝怜爱世人，他甚至将他唯一的儿子赏赐给他们，他要叫所有相信他的人，都不会被灭亡，反而得到永生。"

见尼哥底母听得很是入迷，耶稣兴奋地接着说了下去："光来到世间，世人因自己的行为是恶的，不爱光倒爱黑暗，定他们的罪就是因此。凡作恶的便恨光，不喜欢和光在一起，恐怕他的行为受责备；但行真理的就喜欢光明之处，要证明他所做的一切都是神的引导。"

虽然并没有完全听懂耶稣所说的每一句话,但尼哥底母已从心底里彻底地相信耶稣。从那以后,他便暗地里追随了耶稣,成为耶稣的一位门徒。但他直到耶稣殉难以后,才承认了自己的信仰。尼哥底母是法利赛人中少数追随耶稣的。法利赛人是犹太人中的支派之一,他们多有充当律法师和文士的。由于他们对基督教采取排斥打击的态度,耶稣称他们为"伪善者"。

逾越节洁净圣殿

逾越节一天天地靠近了,这是犹太人的重大节日,耶稣准备在圣城耶路撒冷度过这个喜庆的日子。

来到圣城耶路撒冷,耶稣要做的头一件事就是到圣殿去朝拜他的父亲。耶稣走进了圣殿,圣殿的景象令耶稣怒火中烧。这是什么样的圣殿呀,简直成了交易市场。只见庭院里商贩云集,有的在兑换钱币,有的在买卖牛羊,还有的将鸽子卖给朝拜的人,吆喝声

圣城耶路撒冷

不绝于耳,讨价还价此起彼伏。这里已没有了上帝的威严,没有了神圣的气氛。

耶稣取过一条绳子猛烈地抽打着牛群、羊群,那些牲畜叫唤着冲出圣殿,耶稣转身又将商贩们的桌子掀翻在地,把他们兑换的钱币扔得到处都是。他对卖鸽子地说:"把这些东西拿去,不要将我父的圣殿当做买卖的地方。"见耶稣发怒,商贩们自知有错,大都仓皇逃走。耶稣说:"我父亲的殿是应做祷告的殿,你们倒使它成为贼窝了。"

祭司长和文士们看见耶稣的所作所为,听见耶稣的斥骂,简直气得要命,他们暗里谋算着想要除掉耶稣,但一时想不出什么好法子来。

耶稣每天都在圣殿里教训众人,百姓都洗耳恭听。在殿里有瞎子、瘸子到耶稣跟前,他就治好了他们。于是就有小孩子在殿里欢呼道:"啊,大卫的子孙,你多么伟大。"祭司长和文士们听见这句话就非常恼怒,他们责问耶稣道:"这些人所说的,你都听见了吗?你怎么配呢?"耶稣回答说:"是的,经上说:'你从婴孩和吃奶的口中才能得到赞美的话。'你们没有念过吗?"

祭司长并不死心,他又想出计策刁难耶稣,他得意地望着耶稣说:"你既然显示了这些奇迹,那么你能不能再显示一下,让这座圣殿重新变得清洁呢?"耶稣说:"你

们把这座殿拆了吧,三日之内我一定会再建造一座新的。"那祭司长掩饰不住欣喜地说道:"这殿总共花了46年的时间才建成,你说你三日之内就能重新建成,岂不是说大话? 说大话的人可是不会有好下场!"当时在场的人谁也没有理会到,耶稣当时说的,就是把他自己的身体比为圣殿,譬喻他在受到杀害后,将于三日内复活。后来当这件事发生时,他的门徒才醒悟过来。

三日之后,犹太人欢庆的逾越节到来了,一座崭新的圣殿耸立在人们的眼前,那么庄严,那么辉煌。人们简直不敢相信自己的眼睛,他们欢呼着,跳跃着,庆贺这个奇迹的出现。祭司长及文士们在这个奇迹面前本应是无话可说的,可他们仍然不甘心地追问耶稣:"你究竟是谁? 你凭什么权力能够做这些事? 给你这个权力的又是谁?"

这次耶稣不再回答他们,他反问他们道:"我也要问你们一句话,你们先告诉我,约翰的洗礼是从天上来的,还是从人间来的呢?"

祭司长和文士们面面相觑,他嘀咕着:"我们如果说'从天上来的',他必然会说'你们为什么不信他呢'? 我们如果说'从人间来',百姓又要用石头砸死我们,因为他们都相信约翰是先知。"于是他们回答道:"我们不知道从哪里来的。"耶稣便对他们说:"我也不告诉你们,我仗着谁给的权力做这些事。"

五饼二鱼

耶稣要退往旷野里去的消息不知怎么竟被传扬开来,许多人听见了,就从各处出来步行跟随他。耶稣才从屋里出来,便看见有这样多的人跟随自己,便对他们产生了怜悯之心,他医治好了他们的病,又开口给他们讲了天国的道理。

日头快要偏西,12个使徒前来对耶稣说道:"请叫众人散开吧,他们好往四周乡村里去借宿、找吃的喝的,因为我们这里是野地,不便于招待他们。"耶稣说:"你们拿东西给他们吃吧。"使徒答道:"难道叫我们拿20块钱买吃的东西给他们吗? 这怎么可能呢? 这里有这样多人。"耶稣说:"不用去买,你们这里有多少可吃的东西?""只有五个饼,两条鱼。""拿过来。"使徒们顺从地将五个饼及两条鱼交给了耶稣,耶稣接过饼和鱼,望着天祈祷,然后吩咐众人一排一排地坐下,有100人一排的,有50人一排的,光是男人就有5000人。耶稣将饼用手掰开递给使徒,使徒把它们摆在众人面前,那两条鱼也分给了众人,每人都得了一份,而且吃得很饱,到再吃不下时,耶稣叫使徒们用篮子去把那些掉在地上的碎末盛起来共盛了满满的12篮。

见众人都吃饱了,耶稣便催使徒们上船,让他们先渡到伯赛大那边去。等他叫众人都散开。使徒们摇着船走了,耶稣好不容易才辞别了众人,然后他独自往山上去祷告。到了晚上,耶稣祷告完毕,下山到岸边等待使徒们摇船来接他,然而已是四更天时,船仍在海中,因风向不顺,使徒们再怎么样努力摇橹也是没有用。

耶稣等得心急,同时又怜惜弟子们的辛苦,索性踏着海水向弟子们走去。当时四周静悄悄地,船上使徒忽然看见有个黑影在海面上行走,并且离他们越来越近,被吓得失声喊叫起来:"鬼怪,是个鬼怪。"耶稣连忙对他们说:"你们放心,是我,不要害怕!"彼得说:"主,如果是你,请叫我从水面上走到你那里去。"耶稣说:"来吧!"

彼得从船上下来,在水面上行走,要到耶稣跟前去,他走着走着,听见风声在耳畔呼呼乍响,就又突然害怕起来,将要沉下水去,口里大声喊着:"主啊,救我!"耶稣赶紧伸手拉住他,说:"你这信仰不深的人哪,为什么突然之间会产生疑惑呢?"

他们上了船,风就停了下来。在船上所有的人都不由得一齐匍匐在耶稣的脚下,崇拜他说:"你真的是上帝的儿子。"

他们过了海,来到革尼撒湖这个地方,这里的人一认出是耶稣,就打发人到周围地方去,把所有的病人带到他那里,只求耶稣准他们摸他的衣角,摸着的人就都好了。

耶稣离开那里,退到推罗、西顿的境内去。有一个迦南妇女从那个地方出来,口里喊着说:"主啊,大卫的子孙,可怜我吧!我的女儿被魔鬼附着,痛苦不堪。"那妇女喊得很哀痛,闻者无不动容。

耶稣却像不曾听见一般,继续朝前走他的路。门徒走近前来求他说:"这妇人在我们后头喊叫,请打发她走吧。"耶稣说:"我奉天国差遣,不过是到以色列家迷失的羊那里去。"

那妇人一溜小跑,冲到耶稣跟前下拜道:"主啊,帮助我!"耶稣回答说:"不能拿儿女的饼干给狗吃。"妇人说:"主啊,不错,但是狗也吃它主人桌子上掉下来的碎渣儿。"耶稣说:"妇人,你的信心是很大的,好吧,我就照你所要求的,成全了你吧!"从此,那妇人的女儿便好了。

耶稣离开那地方,来到靠近加利利的海边,就上山坐下了。这时,又有许多人来到他那里,带着瘸子、瞎子、哑巴,有残疾的和好些别的病人,都在他的脚下。耶稣治好了他们,众人又都感到稀奇,因为看见哑巴说话、残疾的痊愈、瘸子行走、瞎子看见,他们就归荣耀给以色列的神。

这之后,耶稣叫了门徒来,对他们说:"我怜悯这些人,因为他们同我在这里三天,也没有吃的了。我如果就这样打发他们回去,他们饿着肚子,走在路上困乏,因为其中有人是从远处来的。还是给他们弄点饼吃吧。"门徒回答说:"在这野地里,能从哪里弄出饼来,叫这么多人全都吃饱呢?"耶稣问他们说:"你们有多少饼?"他们说:"七个。"耶稣便吩咐众人坐下,自己拿着这七个饼祝福、掰开,递给门徒,叫他们摆开,门徒就摆在众人面前。

又有几条小鱼,耶稣祝福,就吩咐也摆在众人面前。众人开始时还抢着往自己嘴里塞,到后来,都吃饱了,连面前的碎屑也懒得去捡拾,耶稣便吩咐门徒收拾这些零碎,共装了七个筐子,这次吃饼的人数除妇女和儿童外,共有4000人。耶稣打发吃饱了的人们走后,随着门徒上船,来到大马努他境内。

关于天国的比喻

一天,耶稣从房子里出来,坐在海边,有许多人看见他出来了,便到他那里聚集,由于人太多,他只得上船坐下,众人都在岸上站着。耶稣开始用比喻对他们讲述关于天国的道理。

他说:"有一个撒种的在田里播他的种子,但他播撒的时候,有的种子被风吹落在路旁,飞鸟前来吃尽了掉在路旁的种子;又有的种子落在尚浅的石头地上,你们知道,土不深,秧苗发得就快,结果叫太阳出来一晒,因为没有根,秧苗就枯干了;还有落在荆棘里的,荆棘长起来,把它挤压住了;只有那些落在好土里的种子,最后都发了芽、开了花、结了果实,有100倍的,有60倍的,有30倍的。有耳可听的,就应当听。"

门徒近前来问耶稣:"对众人讲话为什么用比喻呢?"耶稣回答说:"因为天国的奥秘,只叫你们知道,不叫他们知道。凡有的,还要加给他,叫他有余;凡没有的,连他所有的也要夺去。所以我用比喻对他们讲,是因为他们看也看不见,听也听不见,也不明白。在他们身上,正应了以赛亚的预言,说:'你们听是要听见,却不明白;看是要看见,却不晓得。因为这百姓油蒙了心,耳朵发沉,眼睛闭着。恐怕眼睛看见,耳朵听见,心里明白,回转过来,我就医治他们。'但你们的眼睛是有福的,因为你们看见了神迹;你们的耳朵是有福的,因为你们听见了。我实在告诉你们:从前有许多先知和义人要看你们所看的,却没有看见;要听你们所听的,却没有听见。"

"所以,"耶稣顿了顿说,"你们应当听这个撒种的比喻。凡是听见天国的道理后依然不明白的,那为恶的魔就会来把撒在他心里的善都夺了去,就像飞鸟吃尽撒落在路旁的种子一样;撒在石头地上的,意思就是说人在听了道后,当下欢喜领受,只是因为心里没有根,不过是暂时地接受了,一旦为道遭了患难,或是受了逼迫,立刻就跌倒了;撒在荆棘里的意思就是说,人听了道后,心里是接受的了,但后来又思前想后,患得患失,受钱财的迷惑,把道挤住了,不能够结出果实来;撒在好地上的这个比喻,就是说人听明白了道理,始终保持着虚心和不怀成见的态度,那么结出果实来,那果实有100倍的,有60倍的,有30倍的。"

解释完用比喻的因由和所设比喻的含义后,耶稣又设了一个比喻对门徒们说:"天国好像人撒好种在田里,到了他睡觉的时候,有一个仇敌跑到他的田里,将稗子撒在麦子中间就走了。麦子终于长苗吐穗了,这时稗子也跟着长了出来。田主的仆人跑来告诉他说:'主人,你不是撒了好种在田里吗?怎么长出些稗子来呢?'主人平静地说:'这是仇敌做的。'仆人问:'那我们去把稗子拔出来好吗?'主人笑了笑说:'没有必要,如果你们去拔稗子,恐怕连同麦子也要被拔出来。不如让这两样一起长,等着收割的日子来临。当收割的日子来临时,我会吩咐收割的人将稗子先拔出来,捆成捆,留着烧,唯有麦子才能收进仓里。'"

门徒们不知道耶稣的这段比喻是将他自己比作"田主",而把好种喻为天国之子,是基督耶稣播撒在世界里的,而稗子即为恶者之子,也就是那一切叫别人跌倒和作恶的人,是魔鬼偷偷撒在世界上的。到了世界的末日,恶者之子要被拔出来丢在火里,天国之子结出的麦粒,也就是一切的义人,要被收在仓里。

当门徒们正咀嚼着这段比喻的时候,耶稣接着设了个比喻:"天国好像一粒芥菜种,有人拿去种在田里。这原是各式种里最小的,等到长起来,却比各样的菜都大,且成了树,天上的鸟飞来宿在它的枝上。"

紧接着他又讲了一个比喻,说明天国的影响是由小变大,由远及近的。他说:"天国好比酵面,有妇人拿来,藏在三斗里面,直等全团都发起来。"耶稣讲这些比喻,无非是为了应验先知的话:"我要开口用比喻,把创世以来所隐藏的事表述出来。"

当耶稣讲完以上那些比喻后,便不再说什么,他起身离船走进他的屋子里。但他的门徒们又跟了进来,要求他再讲一些比喻给他们听,见门徒的要求如此之强烈,耶稣不得不开口又说道:"天国好像宝贝藏在地里,人遇见了就把它藏起来,欢欢喜喜地去变卖一切所有的,买这块地。天国又好像买卖人寻找好珠子,遇见一颗贵重的珠子,就去变卖了他一切所有的,买了这颗珠子。"在耶稣看来,天国是极其珍贵的,他甘愿付出一切代价来获得天国,同时,他也要求门徒为了天国的事业而不惜付出一切代价。

讲到天国,耶稣余兴未尽,他又说:"天国好像网撒在水里,聚拢各样的水中的生灵。网既然满了,人们就要将它拉上岸来,然后坐下将网里的好东西拣出来收在器具里,将不好的东西全部丢弃。世界的末日也要这样。天使要出来,从义人中把恶人分别出来,丢在火炉里,在那里恶人们一定会哀哭切齿了。"

耶稣在这一天里一口气说完了这样多的比喻,他问门徒们:"这一切的话你们都明白了吗?"他们说:"我们明白了。"耶稣便放心地点了点头,离开屋子,去到自己的家乡拿撒勒,在会堂里教导人。

生命的食粮

在耶稣将五饼二鱼分给 5000 人吃饱,又将七个饼喂饱了 4000 人之后,他便带领门徒们前往迦百农的海边。

那时,以色列人的生活过得非常艰苦,食不果腹,衣不蔽体,吃饱穿暖是他们最大的愿望了,而耶稣希望给予他们的,是关于神和信仰的真理,对于这一点,耶稣心里很明白,他不愿轻易放弃努力,他要利用一切机会引导他们。

当那些人吃饱了耶稣的饼满意地四处散去的时候,五饼二鱼的故事也在四下传开来。更多的人从四面八方涌来了,他们来到耶稣先前分饼给众人吃的地方坐下,然而耶稣已不在那里,门徒们也不在那里,那里只有几条别人的船。他们不甘心,又顺着海边追寻耶稣和他的门徒们的踪迹,一直追到迦百农的海边。

人们在海边见到了耶稣,毫不客气地责问他:"先生,你是什么时候到达这里的,怎么也不招呼我们一声呢?"

耶稣回答说:"我实实在在地告诉你们,你们找我,并不是因为见到了神迹,而是因为能得饼吃饱。我劝你们不要再为那些最终都会坏掉的食物费心了,你们应该为那种可以存放到永生的食物动脑筋,那食物就是神子要赐给你们的。因为神子是被他的父亲上帝所印证了的。"

于是众人问耶稣:"我们应当做些什么,才算是为上帝效力呢?"

耶稣回答说:"很简单,只要你们相信上帝所差遣的人,就算是为上帝效力了。"

那些人又说:"你行什么神迹,叫我们亲眼看见就相信你。你到底准备作成什么事给我们看呢?我们的祖宗在旷野里吃过吗哪,就像经上写着的那样,他从天上赐下粮来给他们吃。你能从天上拿来粮食给我们吃吗?"

耶稣说:"我实实在在地告诉你们,那从天上来的粮食不是摩西赐给你们的,而是我的父亲从天上赐给了你们。因为上帝的粮食就是那从天上降下来赐生命给世界的。"

人们说:"主啊,求您常将这食粮恩赐给我们,叫我们永远不受饥饿。"

耶稣说:"我告诉你们,我就是生命的食粮,到我这里来跟从我的人,永远不会受饿;真心相信我的人,永远不会干渴。我早已对你们说过这一点,并且你们也曾看见过我行的异能,可你们还是不相信我。凡是我父亲赐给我的人,一定会到我这里来;到我这里来的,我永远也不会丢弃他。因为我从天上降下来,不是要按自己的意思行事,而是要按那差我来的天父的旨意行事。差遣我来的天父的意思就是:他所赐给我的,叫我一个也不要失落了,在世界的末日里要叫那人复活。因为我父亲的意思是要让见到神子并真心相信他的人得到永生,并且在末日里我也要叫他复活。"

犹太人因为听到耶稣说:"我是从天上降下来的食粮。"就私下议论他说:"这不是约瑟的儿子耶稣吗?他的父母我们又不是认不得,我们分明是了解他的底细的嘛。他如今怎么开口对大家说'我是从天上掉下来的呢'?这个人是不是疯了?"

耶稣听见他们私底下议论,便喝住他们说:"你们不要在那里议论了,你们应该想一想,如果不是差遣我来的上帝吸引人,你们谁会到我这里来呢?我真真实实地告诉你们,凡是到我这里来的,在末日里我要叫他复活。在先知的书上写着说:'他们都要蒙上帝的教训。'凡是听见了我父亲的教训又加以深刻领会的,就可以到我这里来。这不是说有人看见过我的父亲,只有从神那里来的,他才看见过我的父亲。我实实在在地告诉你们,信的人就会得到永生。我就是生命的食粮。你们的祖宗虽然在旷野里吃过吗哪,但他最后还是死了。从天上降下来的食粮,叫人吃了就不会死。我是从天上降下来的生命的食粮,人们如果吃了这食粮,就一定会永远活着。我们要赐的粮,就是我的肉,为世人的生命所赐的肉。"

犹太人听了耶稣的话，彼此又争论了起来，他们说："这个人怎么可能会把他的肉分给我们大家吃呢？"

耶稣正视着他们说："我实实在在地告诉你们：你们如果不吃神子的肉，不喝神子的血，就没有生命在你们的身体里面存留，你们不过是一具行尸走肉。吃了我的肉喝了我的血的人就拥有生命，就会得到永生，在末日里我要叫他复活。我的肉真的是可以吃的，我的血真的是可以喝的。吃我的肉喝我的血的人就常驻在我的心里面，我也会常驻在他的心里面。永远活着的父亲差遣我到人世上来，我会因为他的缘故而活着。同样地，吃我的肉的人也要因为我的缘故而活着。这就是从天上降下来的食粮。吃了这种食粮的人就永远活着，不像你们的祖宗吃过吗哪还是死了。"

耶稣的门徒听见耶稣在众人面前反复申说自己是从天上降下来的生命的食粮，便对他说："先生呀，你说的这些话的含义太复杂了，我们都不甚明白，其他人又怎么能听得懂呢？"

耶稣便问他们："这些话让你们感到厌烦了吗？如果将来你们看见神子升到他原来所在的那个地方，你们又会怎么样想呢？我告诉你们，叫人活着的乃是灵，肉体是无益的。我对你们所说的话就是灵，就是生命。只不过我知道在你们中间有一个人自始至终都没有相信过我。"耶稣的这句话中流露出一个信息，那就是从一开始他就已经知道在 12 使徒中，有一个不相信他的人，有一人将会出卖他的人。只是在他说这句话的时候，门徒们并没有细加理会而已。

耶稣又说："所以我对你们说过，如果不是蒙我父亲的恩赐，没有人会到我这里来。"从那以后，耶稣的门徒大多离开了他，他们不愿再与他同行。耶稣就对那 12 门徒说："你们也要离开我吗？彼得回答说："主啊，你有永生之道，我们还会去归附谁呢？我们已经信了你了，又知道你就是上帝的圣者。"耶稣说："我不是拣选了你们十二个门徒吗？但你们中间有一个是魔鬼。"

耶稣所指的那个人就是加略人西门的儿子犹大，他本是十二门徒里的一个，后来就是他出卖了耶稣。

门徒认耶稣为基督

耶稣和门徒在伯赛大待了不久，又带领门徒第二次往该撒利亚腓立比的村庄走去。

在抵达该撒利亚腓立比境内继续前行的路上，耶稣问门徒："人们说的神子是谁？"

门徒回答说："有人说是施洗约翰，有人说是以利亚，还有人说是耶利米，或先知里的一位，即古时的那位领以色列人从为奴之地埃及解放出来的摩西。"

以色列百姓之所以对耶稣有这样那样的猜测，在耶稣身上，确实具有这些先知的魅力。耶稣在洁净圣殿时所表现出的义愤和果敢，确如当年在迦密山上的以利亚;他视罗马统治下困苦流离的百姓,如同羊没有牧羊人一样,非常同情。他曾对门徒说:"要收的庄稼多,而真正收割的人又少,所以你们应当要求庄稼的主人打发百姓出去,帮助他们收割庄稼。"

耶稣的这般同情心,如同当年的摩西和耶利米,在最后进入耶路撒冷的前三年,他那种悲天悯人的深情,不可能没有流露。他给百姓施洗,要求他们悔改,向他们传天国的福音,又像施洗约翰。

这次他又对门徒说:"你们说我是谁?"彼得回答说:"你是基督,是永生上帝的儿子。"

早在两年前,在约旦河外伯大巴喇约翰施洗的地方,门徒虽然已经知道,身边这位拿撒勒人耶稣就是那要来的基督。但当时,只是出于施洗约翰的见证,而今他们通过两年多跟从耶稣的亲眼所见,亲耳所闻,认识了他们所跟从的耶稣不只是一位先知,更不只是一位拉比,而是上帝之子基督。为此,耶稣对彼得说:"西门巴约拿,你是有福的,因为这不是属血肉的指示你的,乃是在天国的上帝指示的。"

耶稣又说:"我还要告诉你,你是彼得,我要把我的教会建造在这磐石上,阴间的权柄都不能胜过他。我还要把进天国的钥匙也交给你。凡是你在人间所行的一切事情,天国的上帝都会赐恩于你。"他又嘱咐门徒不要对别人说自己就是基督。使徒承认耶稣是上帝之子基督之后,耶稣第一次向他们预告了自己那将面临的受苦、受死与复活。他说:"神子必须受许多的苦,还要被长老、祭司长和文士们弃绝,并且被杀,过三天后复活。"

门徒彼得虽然承认耶稣是基督,但此时他还没有真正认识到,这位基督就是先知以赛亚所预言的那位受苦的仆人。于是彼得就拉住耶稣说:"主啊,万万不可如此,这种事情绝不会降临到你身上。"他要让耶稣逃避十字架的道路。耶稣转过来责备彼得说:"你的这些话,完全是来自撒旦的试探,如果是这样,就退到一边去,别做我的绊脚石,因为你只体贴人的意思,而不体贴上帝的意思。"耶稣已经意识到十字架的路是他的归宿,而且这也是他要跟从他的门徒所遵循的路。

耶稣又接着对门徒说:"若有人要跟从我,就应当舍己,背起他的十字架,来跟从我。因为凡要拯救自己的,一定会丧失生命;凡为我丧悼生命的,必定得到永生。如果人已经征服了整个世界,却丧失了自己的生命,甚至灵魂,那又有什么益处呢?"

上帝的儿子耶稣要在上帝的荣耀里,同各位使徒同时降临。到那时,他又将按照各自的行为报应他们。

差遣 70 人传道

由于耶稣在撒玛利亚的一个小村子里不受接待,更加感到了要在那些不懂真道的人群中传播天国福音的迫切性,他也明显地感到了这样艰苦的工作单靠他 12 个使徒是不够的,因此他又差遣了 70 个人,差遣他们两个两个地在他前面走,他们必须先到达他所要到的各城各地方去,使那里的人见到他之前有心理准备。

耶稣对受差遣的70人说:"要收的庄稼多,做工的人少,所以你们当求庄稼的主,打发工人出去收他的庄稼。你们去吧!我差你们去,有如将羊羔赶进狼群。你们不要带钱袋、不要带口袋、不要带鞋、在路上也不要问人的安。无论你们进哪一家,都要先说:'愿这一家子平安。'那里如果住有配得到平安的人,你们所祈求的平安就会降临到他家;如果不是这样的话你们所祈求的平安就为你们自己了。你们要记住在那个人家,吃喝他所提供给你们的东西,因为工人得到工钱是天经地义的事情。你们要固定在一个人家,不要从这家搬到那家,又从那家搬到这家的。不管是到哪一个城市,人们如果接待你们,给你们摆上什么,你们只管吃,不要客气,不要推辞。"

"你们要医治那些城里头的病人。"耶稣接着说道,"你们要对他们说:'神的国临近你们了。无论进到哪一个城市,如果那里的人不接待你们,你们就到街上去。然后对他们说:'就算是你们城里的尘土粘在我们的脚上,我们也当着你们的面把这些灰尘跺掉,虽然如此,你们也应该知道神的国临近了。'我告诉你们,当审判日子来临时,所多玛所承受的,比那些不接待你们的城市还要容易承受呢!哥拉汛哪、伯赛大啊,这些城市都已经有祸了!因为在这些城市中所行的异能,他们并不相信,如果把这些异能行在推罗和西顿,那里的人们早就披麻蒙灰坐在地上悔改了。到了审判的日子,推罗和西顿所承受的比哥拉汛和伯赛大还容易承受呢!迦百农本来已经升到了天上的,但它的百姓又因受金钱名利的诱惑而挤掉了在心间的真道,所以将来它一定会被推下阴间。"

耶稣对门徒们说:"凡是听从你们的,就是听从我的;凡是弃绝你们的,就是弃绝我;弃绝我的,就是弃绝了那差遣我来的天父。"

70个人带着耶稣的训导走了。耶稣料想他们会取得成功。果然,过不多久,70个人欢欢喜喜地回来了。见过耶稣,70个人开始汇报说:"主啊,因了你的保,就是恶鬼也服从了我们。"耶稣却对他们说:"你们不要过早乐观,因我曾经看见撒旦从天上坠落,像闪电一样。我已经给你们权柄了,你们可以践踏毒蛇和蝎子,又有可以胜过仇敌一切的能力,再也没有什么能够伤害你们,然而不要因为魔鬼服了你们就欢喜,你们要因你们的名字被记录在天上而感到欢喜。"

尽管如此,耶稣还是被圣灵感动,他说:"父亲啊!天地的主,我感谢你!因为你将这些事向聪明通达的人就藏起来,向婴孩就显出来。父啊,是的,因为你的美意本是如此。一切所有的都是父亲您交付给我的。除了父亲,没有人知道我是谁;除了我和我所愿意指示的,没有人知道父亲是谁。"

耶稣转身对门徒们说:"你们看见了你们所看见的一切神迹,你们的眼睛就有福了。我告诉你们:从前有许多先知和君主都想看你们现在所看见的一切,但是却没有谁能看见;先知和君主们想听你们现在所听见的一切,却没有能够听见。你们是有福的。"

天国里最大

耶稣还在迦百农的时候,有一次,他的门人问他,天国里谁是最大的。耶稣便叫过一位孩童来,让他站在众人中间,对门徒们说道:"我实在告诉你们,你们若不回转成小孩子的样式,一定不能进入天国的。所以,只有恭谦如同这孩子,卑微如同这孩子的,才能在天国中成为最大的。"耶稣的意思很清楚,只有孩子一样单纯、率真而没有自以为是的,才符合跟随他的人应有的标准。

因此,耶稣又责备那些不让小孩到他跟前来,阻止他给孩子们按手祷告的人。他说:"让孩子们到我这里来,不要禁止他们,因为天国中正是这样的人。"

恭谦的品德,就是耶稣的门人也不一定都能时时体现。有一次,西庇太的儿子的母亲,同她的两个儿子来拜见耶稣,向耶稣提出一个要求:希望她的儿子能够追随耶稣,一个坐在他左边,一个坐在他右边。耶稣回答道:"你们不知道所求的是什么吧? 我将要喝的杯,你们能喝吗?"他的意思是:进入我的国,走我的这条充满荆棘的路,你们能无畏地接受一切磨难吗? 仅仅要求坐在我的左右,不是耶稣允许了就行的。西庇太两个儿子的要求惹起门徒们的嫉妒,人人都有些愠怒。

耶稣再次告诫他们应该谦恭和容忍:"你们知道外邦人有君王为主治理他们,有大臣掌权管束他们,只是在你们中间不可以这样。你们中间谁愿意为大,就必作你们的佣人,谁愿意为首,就必作你们的仆人。正如神子来不是为了受人的服侍,而是要服侍人,并且要牺牲生命作为救人的代价。"

饶恕 70 个 7 次

一次彼得来对耶稣说:"主啊! 我弟兄得罪我,我当饶恕他几次呢? 到 7 次可以吗?"耶稣回答说:"我对你说吧。不是 7 次,而是 70 个 7 次。"

他接着举了这么一个比喻:天国好像一个主人,要和他的仆人算账。才开始算的时候,有人带了一个欠一千万银子的来,因为他没有什么可以偿还的,主人便吩咐他把他和他的妻儿以及一切所有的都卖掉来抵偿。那仆人就跪下求主人说,主啊,宽容我,将来我要还清你的债。主人动了慈心,便放了他,还免了他的债。

可那仆人出门,又遇见另一个欠自己 10 两银子的同伴。他一把抓住对方,掐住他的喉咙,要求那人立即还清欠款。他的同伴跪下求他,也说:"饶恕我吧! 我将来必要还清你的债的。"但这仆人不肯,竟然将同伴送官下狱了。别的人看见了甚为不平,就去告诉他主人。

于是主人叫了这奴才来,对他说:"你这恶人呀,你央求我,我就免了你的欠债。你难道不该怜恤你的同伴,如同我怜恤你吗?"

主人一怒之下,也把他交付掌刑罚的,让他也要还清所有欠债。

耶稣的意思是,不要以为自己比别人强,认为他人有负于自己,对于天国说来,我们都是欠有债务的人。因此,耶稣反复说:"若你们的弟兄得罪你,你就去趁着只有他和你在一处的时候,指出他的错来,他若听你的,你便得了你的弟兄;他若不听,你就另外带一两个人去,要凭两三个人的口作见证,句句都可定准;若是不听他们,就告诉教会;若是不听教会,就看他像外邦人,和税吏一样。我实在告诉你们,凡你们在地上所捆绑的,在天上也要捆绑。凡你们在地上释放的,在天上也要释放。我又告诉你们,若是你们中间有两个人在地上,同心合意地求什么事,我在天上的父,必为他们成全,因为无论在哪里,有两三个奉我的名聚会,那里就有我在他们中间。"

什么人能进天国

耶稣有许多次谈到天国,但都用的是或明或暗的比喻。他在加利利各地传道时,曾经运用过撒种的比喻、芥菜种的比喻、酵面的比喻、稗子的比喻和撒网的比喻。当他离开加利利往犹太地界及约旦河外传道时,又曾运用过别的比喻来说天国。

他曾经这么说:天国好比主人清早到市上去雇人来葡萄园中做工。他清晨6点时雇了一批人,许他们一天一钱银子的工价。到上午10点又雇了几个工人。都下午两点了,主人一出葡萄园,看见还有人闲站着,便说:"你们也来我园中做工吧。"这帮人也就来了。

晚上6点钟,主人让管事的通知工人们来领工钱,先让那下午两点才来做工的来,一人给了一钱银子。等到那上午就来做工的人来了,他们自以为工钱会比晚来做工的人多一些,结果仍然是一人只得一钱银子。

先来的雇工便埋怨主人说,他们整天劳累,天气又这么热,可是那晚来干得少的,竟也与自己拿得一样多。主人便说:"朋友,我并未亏待你,我们不是早就讲定了,干一天一钱银子吗?你走你的吧,我给后来的也是一钱银子,那是我愿意的,我的东西难道不可随我的意吗?因为我做好人,你就红眼了吗?照这样,真是被召的多,选上的少哩。"耶稣在这里是要说,凡人天国的人,地位平等,没有什么差别,其中再没有什么先来后到的分别了。

天国什么时候到来呢?法利赛人曾经问过耶稣。耶稣当时回答他们:"上帝的国来到,不是眼所能见的。人也不得说:'看哪,在这里!看哪,在哪里!'因为上帝的国,就在你们心里。"

什么样的人才能得入天国呢?有人问耶稣得行何等善事,才能获得永生。耶稣说:"只有一位是善的,你若要进入永生,就当遵守诫命。"那人问这诫命是什么,耶稣告诉他,就是不可杀人、不可奸淫、不可偷盗、不可作假见证。当孝敬父母、又当爱人如己。如果这些都做到了,还可以做什么善呢?耶稣说:"你若愿意做完全人,可去变卖你所有的,分给穷人,就必有财宝在天上,你还要来跟从我。"可那年轻人听他这么一说,却垂头丧气地走开了,因为他真的有许多财产,而他舍不得放弃财产。

耶稣对他们的门徒讲过:"我实在告诉你们。财主进天国是难的。我又告诉你

·希伯来及基督神话·
图文珍藏版

们,骆驼穿过针眼,比财主进上帝的国还容易呢!"在耶稣看来,人不能奔忙在财产和上帝之间,如同一人不能为两个主子当仆人。

他说:"一个仆人不能侍奉两个主子。不是恶这个就是爱那个,不是重那个就是轻这个。你们不能又侍奉上帝又侍奉玛门(金钱)。"贪钱财的法利赛人嗤笑他。耶稣便说:"你们在人面前,自称为义的。你们的心,上帝却知道。因为人听尊贵的是上帝看为可憎恶的。律法和先知,到约翰为止。从此天国的福音传开了,人人努力要进去。"

财主和拉撒路的故事便要说明富人在死后的痛苦和穷人的蒙恩。

有一个财主,穿着华贵,或是紫色的袍,或是细麻布的衣服,天天都是酒席宴乐。又有一个讨饭的,名叫拉撒路,满身疥疮,被人弃放在财主门前,从财主的桌上得碎屑充饥,得财主的狗舔疥疮去脓。

财主与拉撒路都死以后,拉撒路给天使带到天上亚伯拉罕的怀中,而那财主则在阴间受苦。财主眼望着拉撒路得亚伯拉罕眷顾,便大声发出哀求:"我祖亚伯拉罕呀,可怜可怜我吧!让拉撒路用指尖蘸点凉水点点我的舌尖吧,地狱的火煎得我受不了啊!"

亚伯拉罕告诉他:"你生前享福,拉撒路受苦。如今他在这里得安尉,你倒受苦了。不单如此呢,你与我之间有一道鸿沟,从你那边到我这边,或从我这边到你那边,都是不可能的。"

财主只求亚伯拉罕,使拉撒路和财主能对他活着的五兄弟作见证,免得他们将来也像这位财主兄长一样在阴间忍受煎熬。

死后的遭遇往往是对生前的待遇的报偿,耶稣在去耶路撒冷的路上,也向人们宣说了得人天国是不容易的事,不仅富人进去困难,一切不义的人都是进不去的。天国的门是极狭窄的门。

有人问耶稣:"主啊!得救的人少吗?"耶稣对众人说:"你们要努力才能进那窄门。我告诉你们,将来有许多人要想进去,却是不能。及至家主起来,关了门,你们却在门外叩门,并且说:'主啊!给我们开门吧!'他就回答:'我不认识你们,不晓得你们从哪里来的。你们这一切作恶的人,离开我去吧。你们要看见亚伯拉罕、以撒、雅各和众先知,都在上帝的国里,你们却被赶到外面,在那里哀哭切齿。从东从西,从南从北,都有人来,在天国里座席。只是有在后的将要在前,有在前的将要在后。'"

基督的最大诫命

耶稣到了耶路撒冷,立即同那里把持犹太会堂的法利赛人发生了冲突。耶稣传播的福音引起了他们的恐惧和仇恨。

法利赛人中的一位律法师为要试探耶稣,便问他道:"请教,律法上的诫命哪一条最大呢?"意思是,律法中最根本的精神是什么呢?耶稣毫不犹豫地答道:"要尽心尽性尽意爱主,爱你的上帝。这是诫命中第一的,也是最大的。其次也相仿,就是要爱人如己。这两条诫命,是律法和先知一切道理的总纲。"

在离耶路撒冷不到6里路的地方,有个叫伯大尼的村庄,那里住着耶稣的信徒和朋友马利亚和马大姐妹俩。马利亚便是那位用香膏抹过他的脚,又用头发替他擦过脚的女子。她的姐姐叫马大。先前耶稣也曾去过她家,马大手忙脚乱地料理别的事,她妹妹马利亚却在耶稣脚前听他讲道。虽然马大也是信主的,但耶稣委婉地劝告她,要像她妹妹一样抓紧时间听道,不要丧失了应有的上好福分。

马大姐妹二人还有一个兄弟,名叫拉撒路。拉撒路患了病,马利亚便请人捎话给耶稣说,主啊,你所爱的人病了。耶稣听说后,不顾犹太拉比和法利赛人的迫害,便要去伯大尼看望拉撒路。

等耶稣赶到时,拉撒路已经死去四天而且葬入墓室了。马利亚呆在家中,马大出来迎接他,并且说:"你若早在这里,我兄弟必不死。就是现在,我也知道,你无论向上帝求什么,上帝也必赐给你。"

耶稣说:"你兄弟必然复活。"

马大说:"我知道在末日复活的时候,他必复活。"

耶稣说:"复活在我,生命也在我,信我的人虽然死了,也必复活。凡活着信我的人,必永远不死。你信这话吗?"

马大说:"主啊!是的,我信。你是基督,是上帝的儿子,是那有永生之道的。"

马利亚接着也出村外来迎耶稣,伏在他脚下哭泣,说:"主啊!你若早在这里,我兄弟必不死的。"

耶稣看见马利亚以及同来的犹太人哭泣,心里甚为悲叹,又很忧愁。一边问拉撒路葬在哪里,一边也落下泪来。犹太人们都说:"看啦!他爱此人是何等恳切。"

来到墓室跟前,耶稣让人搬开堵在门口的大石块。马大说:"主啊!他死了四天了,别是臭了吧。"

耶稣说:"我不是对你说了,你若信,就必看见上帝的荣耀吗?"

他们把石头移开。耶稣举目望天,说:"父啊!我感谢你,因为你已经听我,我也知道你经常听我。但我说这话,是为周围站着的众人。叫他们相信是你差我来的。"然后,他就大声呼喊拉撒路出来。那死人就出来了,脸上还包着布,手脚包着布。耶稣说:"解开!让他行走!"耶稣的爱心便有这么大的力量。

在场的人便大都信奉了主。

为门徒洗脚

耶稣来到耶路撒冷,准备度过他的最后一个逾越节。他已经知道自己离开这世界的时候到了。他爱一切这世界上属于他的人,便要在生命的最后日子中显示这种爱。

这天吃完晚饭,耶稣站起身来,脱了衣服,拿来一条手巾,然后打水倒在盆中,要为门徒们一一洗脚，又用腰间的手巾为他们擦脚。

彼得说："主啊！你要为我洗脚吗？"

耶稣说："我所作为的事，你现在虽不明白，但将来必然会清楚的。"

彼得答道："主啊！你断不可为我洗脚！我是你的仆人啊！"

耶稣说："你若不让我洗脚，你就与我无缘分了。"

彼得说："主啊！既然这样，那就不但我的脚，连手和头也要洗吧。"

耶稣答道："凡洗过澡的人，只要把脚一洗，全身就都干净了。"

耶稣的话是暗暗地说那加略人犹太，因为他已计划要出卖主耶稣了，哪里还能干净呢？耶稣洗完了门徒的脚，再穿上衣服坐下来说："我向你们所做的一切，你们明白这含义吗？你们称呼我夫子（老师），称呼我是主。当然，我确实是你们的夫子和你们的主。以我的身份尚且要为你们洗脚，那你们也就应该互相洗脚。我是要为你们做个榜样，叫你们照我行的去做。我实实在在地告诉你们仆人不能大于主人，差人也不能大于差他的人。你们既已知道这事，若是能够实行，也就有福了。"

主是真葡萄树

耶稣 12 岁那年便在耶路撒冷的圣殿中说过要以在天之父的事业为念；他在犹太地和约旦河外传道时便宣称自己来是要成全而不是废掉律法和先知。他在勉励自己的门徒时，宣称他来并不是叫地上太平，乃是要地上动刀兵。

耶稣对自己受神差遣到世上来这点是确信不疑的，所以他才猛烈去抨击种种假先知，宣布自己是好牧人。他曾经举了关于羊圈的比喻来谴责那些妄图将世人引入邪路的撒旦，他称他们为强盗和贼。

"我实实在在地告诉你们，人进羊圈，不从门进去，倒从别处爬进去，那人就是贼，就是强盗。从门进去的才是羊的牧人，看门的就给他开门，羊也听他的声音。他按着名叫自己的羊，把羊领出来。既放出自己的羊来，就在前头走，羊也跟着他，因为认得他的声音。羊不跟着生人，因为不认得生人的声音，必要逃跑。"

"我实实在在地告诉你们，"耶稣又说，"我就是羊的门，凡在我前面来的，都是贼，是强盗，羊却不听他们。我就是门，凡从我进来的，必然得救，并且出入得草吃。"

"盗贼来无非要偷窃杀害，我来了，是让羊得生命，并且更好生长。"

"我是好牧人，好牧人为羊舍命。若是雇工，不是牧人，羊也不是他自己的。他看见狼来了，就撇下羊逃走。狼抓住羊，赶散了羊群。我认识我的羊，我的羊也认识我。正如父认识我，我也认识父一样。并且我为羊舍命。我另外有羊，不是这圈里的，我必须领他们出来，他们也要听我的声音，并且要合成一群，归一个牧人。我父爱我，因我将命舍去，好再取回来。没有人夺我的命去，是我自己舍的。我有权柄舍了，也有权柄取回来。这是从我父所受的命令。"

耶稣又以真葡萄树自喻，通过他，世人才能成就主的道。他说："我是真葡萄树。我父是栽培的人。凡属我不结果子的枝子,他就剪去;凡结果子的,他就修理干净,使枝子结果更多。"

"现在你们因我给你们讲道,已经干净了。你们要常在我里面,我也常在你们里面。枝子若不常在葡萄树上,自己就不能结果子。你们若不常在我里面,也是这样。"

"人若不常在我里面,就像枝子丢在外面,枯干,人拾起来扔在火里烧了。你们若常在我里面,我的话也常在你们里面。凡你们所愿的,我就给你们成就。你们多结果子,我父就因此得荣耀,你们也就成了我的门徒了。"

世界的光

耶稣对众人说:"我是世界的光。跟从我的,就不在黑暗里走,一定会获得生命的光。"

法利赛人不服气地对他说:"你是为自己作见证,你的见证不真实,你不能见证你自己。"

耶稣说:"我虽然为自己做见证,我的见证还是真的,因为我知道我从哪里来,要往哪里去;你们都不知道我从哪里来,要往哪里去。你们是以外貌判断人,我却从来不这样。就算是我要判断人,我的判断也是真的,因为不是我独自在这里,还有差遣我的天父与我在一起。你们的律法上也记着说:'两个人的见证是真的。'我是为我自己作见证,还有差我来的父亲也是为我作见证。"

那些法利赛人又问:"你的父亲在哪里?"耶稣回答说:"你们不认识我,也不认识我的父亲;如果你们认识我,也就能够认识我的父亲。"

耶稣在说这一番话的时候,那一班法利赛人感到很不舒服,但是他们并没有把他抓起来,因为他的时候还没到。耶稣又对那些法利赛人说:"我要去了,你们要四处找我,并且你们要因为你自己所造下的罪恶而死;我所去的地方,你们去不了。"

犹太人猜疑说:"他说'我所去的地方,你们去不了',难道是要去自尽吗?"

耶稣对他们说:"你们是从下面来的,我是从上面来的;你们是属于这个世界的,我不是属于这个世界的。所以我要对你们说,你们要死在你们自己造下的罪恶之中。你们如果不相信我是基督,你们就必定会死在罪恶之中。"

法利赛人听那耶稣说出这些奇怪的且又令他们害怕的话,不由自主地问他:"你到底是谁?"耶稣对他们说:"我就是那个我从起初就告诉你们我究竟是谁的人。我有许多事讲论你们,判断你们,但那差我来的是真的,我在他那里所听见的,我就传给世人。"

法利赛人当然不明白耶稣是指着天上的父亲说的。所以耶稣又说:"你们举起人子之后,就必会知道我就是基督,并且知道我没有一件事是由着我自己的意念所做的。我说这些话,乃是照着我父所教训我的那样说出来的。那差我来的父,任何时候都与我同在;他没有将我一个人撇在这里,因为我经常做他喜欢的事。"

耶稣说着这些话的时候,已经开始有许多人喜欢他、相信他了。

耶稣对相信他的犹太人说:"你们如果时常遵守我的道,就真的是我的门徒。你们必须晓得真理,真理必然会让你们获得自由。"犹太人说:"我们是亚伯拉罕的后裔,从来没有做过谁的奴仆,我们从来都是自由的,你怎么说'你们必然会得到自由'呢?"

耶稣回答说:"我实实在在地告诉你们,所有犯罪的,就是罪恶的奴仆。奴仆不能永远住在家里,儿子才是永远可以住在家里的。所以天父的儿子叫你们自由,你们就真的得到自由了。我知道你们是亚伯拉罕的子孙,但你们却想杀我,因为你们的心里头容不下我的真道。我所说的是在我父亲那里看到的;你们所行的是在你们的父亲那里听见的。"

犹太人说:"我们的父亲就是亚伯拉罕。"

耶稣说:"你们如果是亚伯拉罕的儿子,就应该行亚伯拉罕所行的事。我已经将在上帝那里所听见的真理告诉了你们,现在你们却想要杀我,这绝不是亚伯拉罕所行过的事。你们所行的事是你们的父亲所行的事!"

犹太人耍横地说:"我们不是从淫乱生的,我们只有一位父亲,那就是上帝。"

耶稣便说:"倘若上帝是你们的父亲,你们就应该爱我,因为我本身是出于上帝的,也是从上帝那里来的,并不是由着自己来的,是上帝差我来的。我已经讲了很多了,可你们为什么就是不明白我所说的话呢?无非是因为你们不能够听进去我所讲的真道。你们不是出于神,你们乃是出于你们的父亲魔鬼,你们的一切行动无不为你们的魔鬼父亲所驱使。他从一开始就是个杀人者,他不守真理,因为他心里没有真理;他说谎完全是为了他自己,因为他生来就是说谎者,他是所有说谎者的父亲。"

"我将真理已经告诉了你们。"耶稣接着说,"你们就因此不相信我。你们中间谁指证我有罪呢?没有人能指证我犯过罪。我既然已经将真理告诉了你们,可你们为什么还不相信我呢?既然是出于上帝的,就应该听上帝的话。你们不听上帝的话,那就证明你们根本不是出于上帝。"

犹太人回答说:"我们说你是撒玛利亚人,是被鬼附着的撒玛利亚人,这话不是说得很正确吗?"

耶稣说:"我不是被鬼附着的,我是尊敬我的父亲,你们反倒轻视我怠慢我。我不求自己的荣耀,有一位为我求荣耀定是非的。我实实在在地告诉你们,人如果遵守我的道,就永远不会死。"

犹太人对他说:"我们现在知道你的的确确是被鬼附着了。试想亚伯拉罕死了,众先知都死掉了,你却还在这里说:'人如果遵守我的道,就永远不会尝到死亡的滋味。'难道你比我们的祖先亚伯拉罕还大吗?他死了,众先知也死了。你到底把自己看作是什么人呢?"

耶稣回答说:"我如果荣耀自己,我的荣耀就算不得什么;荣耀我的乃是我的父亲,就是你们所说的是你们的神。你们未尝认识我,我却认识他;我如果说我不认识他,我就是说谎,就像你们说谎一样;但我认识他,也遵守他的道。你们的祖先亚伯拉罕欢欢喜喜地仰望我的日子,他只要一看见我,就会感到无比的快乐。"

犹太人气愤地说:"你还没有 50 岁,怎么可能见过亚伯拉罕呢? 分明又在说谎。"

其实当时耶稣只有 30 多岁,但由于他长期在外奔波,岁月使他变得像 50 岁的老头。

耶稣说:"我实实在在地告诉你们,还没有亚伯拉罕就有了我。"

这回,犹太人真的气得跳起来,耶稣竟然说他生在他们尊敬的亚伯拉罕之先,这简直就是对他们的污辱。他们捡起石头向耶稣打去,他们要收拾这个敢于冒犯他们祖先的人。耶稣知道和这些犹太人再说下去也没有用了,他们是自始至终都不会相信他的。于是,他就离开了圣殿。

父与子本为一体

耶稣在耶路撒冷过修殿节的时候是冬天。

修殿节是犹太人三大节期(逾越节、五旬节或七七节、住棚节)之外的三个小节期之一。公元前 167 年,叙利亚塞琉西王朝的安提阿哥·伊皮法纽入侵犹太,烧杀抢掠后,下令废除犹太律法和圣殿祭供,凡遵守安息日、行割礼的犹太人均被处死。除在犹太许多城镇建起异教祭坛外,竟在圣殿的祭坛上供上一头犹太人视为污秽的猪。这一暴行激起了犹太人民的反抗,在老祭司玛他提亚和他的五个儿子领导下揭竿起义。苦战一年后,玛他提亚去世,他的儿子继续领导人民沉重打击叙利亚入侵者,因而被称为"玛喀比",意为"大锤"。公元前 164 年 12 月,犹太攻下耶路撒冷,拆除圣殿祭坛上的被污秽的石头,重新建坛,恢复祭祀,这就是犹太人修殿节的由来。

由于天气寒冷,大多数人都在自己家里生火取暖,殿上冷冷清清的。耶稣没有前去讲道,便在殿里所罗门的廊下行走。

一些犹太人见他独自在那里走来走去的,便围住他问道:"你要叫我们犹疑不定到几时呢? 你如果是基督,就该将这一点明确地告诉我们,省得我们胡乱猜疑。"

耶稣回答:"我已经告诉过你们,可是你们始终不肯相信。我奉我父亲的名义所行的事可以为我作见证。只是你们不相信,因为你们不是我的羊。我的羊听我的声音,我也认识他们,他们也跟着我。我又赐给他们永生,他们永不死亡,谁也不能从我手里把他们夺去。我的父亲把羊赐给我,他比万物都大,谁也不能从我父亲手里把他们夺去。我和我父亲从来都是一体的。"

听见耶稣说他同天父没有分别,犹太人又拿起石头来要打他。

耶稣对他们说:"我遵从我的父亲的旨意显出许多善事给你们看,你们究竟为了什么又要拿石头打我呢?"

犹太人回答说:"我们不是为善事而拿石头打你,是因为你说的这些亵妄的话,因为你明明是个普通的人,偏要将自己当作神。"

耶稣说:"你们的律法上难道没有明明写道,我曾说你们是神吗?经上的话是不能废的,如果那些承受上帝之道的人,尚且可以被称为神,那么我父所分别为圣,又差到世间来的,他自称是上帝的儿子,你们还要向他说你说亵妄的话吗?我如果不行我父亲的事,你们就不必信我;我如果行了,你们就算不信我,也应当信这些事,叫你们又知道又明白父亲在我里面,我也在父亲里面。"

犹太人恼羞成怒,又想捉拿耶稣,耶稣却再次从他们手里逃脱了。

耶稣又带着门徒往约旦河外去,到了约翰起初施洗的地方,就住在那里。有许多人来到耶稣面前,他们说:"约翰一件神迹都没有行过,但约翰指出这个人所说的一切话都是真的。"这样,在约翰施洗的地方,信奉耶稣的人多了起来。

预言将到的灾难

耶稣和门徒们一起走出圣殿时,门徒们仍在回味着那圣殿的金碧辉煌。有一个门徒对耶稣说:"先生,请看,这是何等的石头,何等的殿宇啊。"

耶稣摇摇头,对他们说:"你看见了这规模雄伟的殿宇吗?我告诉你,将来在这里没有一块石头留下而不被拆毁。"

回到橄榄山,耶稣面对圣殿而坐,远眺着圣殿的影子。彼得、雅各、约翰、安德烈凑到他的跟前,悄悄地问他说:"请告诉我们,什么时候有这些事呢?这一切到将成的时候,有什么预兆呢?"原来,他们仍在咀嚼着耶稣关于圣殿将要被毁的预言。

耶稣说:"你们要谨慎,免得有人迷惑你们。将来有好些人冒我的名而来,说'我是基督',并且要迷惑许多人。你们如果听到打仗和打仗的声音不要惊慌。这些事是必须有的,只是时候还没有到。到那个时候,民要攻打民,国要攻打国,多处必有地震、饥荒,这都是灾难的开始。"

说到灾难的来临,耶稣不免要给门徒们打气,他对他们说:"你们要谨慎,因为有人要把你们交给公会,并且你们在会堂里要受鞭打,又要为我的缘故站在诸侯和君王面前,对他作见证呢。然而,福音必须先传给万民。人们把你们拉去交官的时候,不要预先考虑说什么。到那个时候,赐给你们什么话,你们就说什么,因为说话的不是你们,乃是圣灵。那个时候,弟兄要把弟兄,父亲要把儿子,送到死地,儿女要起来与父母为敌,害死他们。并且你们要为我的名被众人恨恶,唯有忍耐到底,必然得救。"

耶稣告诉他们说:"那个时候,你们会看见那可憎的行毁坏的人,站在他不可以站的地方。那时,在犹太的,应当逃到山上;在房上的,不要下来,也不要进去拿家里的东西;在田里的,也不要回去取衣裳。当那些日子,怀孕的和奶孩子的有难了。你们应当为人们祈求,叫这些事不要在冬天来临,也不要在安息日来临,以便百姓逃脱被杀被掳的苦难。在那些日子必有灾难,自从上帝创造了物直到如今,并没有出现过这样的灾难,之后也不再会有这样的灾难了。如果不是主减少那日子,凡有血气的,就没有一个得救的,只是为主的子民,他将那日子减少了。那个时候如果有人对你们说'看啊,基督在这里',或说'基督在那里',你们不要相信。因为假基督、假先知将要起来,显神迹奇事。倘若能行,就把大家迷惑了,所以说你们要谨慎。你们看,凡事我都预先告诉你们了。"

耶稣预言了耶路撒冷和犹太人的劫难。

末日及人子降临

耶稣向门徒们预言灾难将要来临之后,又告诉他们人子将怎样的来到世上。

耶稣说:"闪电从东边发生,直照到西边。人子降临,也要这样。那些日子的灾难一过去,日头就变黑了,月亮也不放光,众星要从天上坠落,天地都要震动。那时,人子的预兆要显在天上,地上的万族都要哀哭。他们要看见人子有能力,有大荣耀,架着天上的祥云降临。他要差遣使者,用号筒的大声,将他的子民从四方都招聚了来。"

门徒们要求耶稣讲一讲人子降临时有无征兆。耶稣便说:"你们可以从无花果树学一个比方:当树枝发嫩长叶的时候,你们就知道夏天近了。这样,你们看见这一切的事,也该知道人子近了,正在门口了。我实在告诉你们,这世代还没有过去,这些事都要成就。天地要废去,我的话却不能废去。但那日子、那时辰,没有人知道,连天上的使者也不知道,人子也不知道,唯独天父知道。诺亚的日子怎样,人子降临也要怎样。当洪水以前的日子,人们照常吃喝嫁娶,直到诺亚进方舟的那日,不知不觉洪水来临,把他们全都冲去。人子降临也是这样。那时,两个人在田里,就要取去一个,撇下一个;两个女人推磨,也要取去一个,撇下一个。所以,你们要警醒,因为你们不知道你们的主哪一天来到。家主如果知道半夜会有贼来,他们一定会警醒,不容许有人挖透他的房屋,这一点你们是应该知道的。所以,你们也要预备,因为在你们想不到的时候,人子就来了。"

耶稣设了两个比喻,要求门徒们做好迎接人子降临的准备。

第一个比喻说:"一个忠心的有见识的仆人,为主人所派,管理家里的人,按时分粮给他们。主人来到,看见他这样行,那仆人就有福了。我实在告诉你们:主人要派他管理一切所有的。倘若那恶仆心里说'我的主人一定来得迟',就动手打他的同伴,又和酒醉的人一同吃喝。在想不到的日子,不知道的那时辰,那仆人的主人就来,重重地处治他,定他和假冒为善的人同罪,在那时必要哀哭切齿了。"

第二个比喻说:"那时,天国好比十个童女拿着灯,出去迎接新郎。其中有五个是愚拙的,五个是聪明的。愚拙的拿着灯,却不预备油;聪明的拿着灯,又预备油在器皿里。新郎迟延的时候,她们都打盹、睡着了。半夜有人喊着说:'新郎来了,你们出来迎接他!'那些童女就都起来收拾灯。愚拙对聪明地说:'请分点油给我们,因为我们的灯要灭了。'聪明的回答说:'恐怕不够你我用的,不如你们自己到卖油的那里去买吧!'于是那五个愚拙的童女只好去买油,在她们出门去的时候,新郎到了,那预备好了灯和油的,同他进去坐席,门就关了。等到那五个愚拙的童女买油回来,在门口拍打着门说:'主啊,主啊,给我们开门!'新郎却回答说:'我实在告诉你们,我不认识你们。'那五个童女只好在门外站到天亮了。所以,你们要警醒,因为人子到来的那日子、那时辰,你们不知道。"

耶稣还谈到人子降临后,将要对众生进行的末日审判。

他说:"当人子在他荣耀里,同着众天使降临的时候,要坐在他荣耀的宝座上。万民都要聚集在他面前。他要把他们区别出来,好像牧人分别绵羊、山羊一般;把绵羊安置在右边,山羊在左边。于是,王要向那右边的说:'你们这蒙我父赐福的,可来承受那创世以来为你们所预备的国。因为我饿了,你们给我吃;渴了,你们给我喝;我做客旅,你们留住我;我赤身露体,你们给我穿;我病了,你们看顾我;我在监里,你们来看我。'义人就回答说:'主啊,我们什么时候见你饿了,给你吃,渴了,给你喝?什么时候见你做客旅,留你住,或是赤身露体,给你穿?又什么时候见你病了,或是在监里,来看你呢?'王要回答说:'我实在告诉你们:这些事你们既作在我这弟兄中一个最小的身上,就是作在我身上了。'王又向那左边的说:'你们这被诅咒的人,离开我,进入那为魔鬼和他的使者所预备的地火里去!因为我饿了,你们不给我吃;渴了,你们不给我喝;我做客旅,你们不留我住;我赤身露体,你们不给我穿;我病了,我在监里,你们不来看顾我。'他们也要回答说:'主啊,我们什么时候见你饿了,渴了,或作客旅,或赤身露体,或病了,或在监里,不伺候你呢?'王要回答说:'我实在告诉你们:这些事你们既不做在我这弟兄中一个最小的身上,就是不做在我身上了。'这些人要受到永远的刑罚,那些人应该获得永生。"

耶稣说完了这一切的话,就对门徒说:"你们知道,过两天是逾越节,人子将要被交给人,钉在十字架上。"

那时,祭司长和民间的长老聚集在大祭司该亚法的院子里,大家商议要用诡计拿住耶稣杀他,只是说:"节日期间还不能这么做,恐怕民间生乱。"

最后的寂静

临近逾越节的日子是耶稣生平中最悲壮的时候,但他仍在圣殿注意到了一个只奉献了两个小钱的穷寡妇。

当时,耶稣对着银库坐着,看众人怎样投钱入库。有好些财主往库里投了若干的钱。有一个穷寡妇走了进来,将两个小钱投入银库之中。

耶稣见到这个情景,便将他的门徒们叫来,深有感触地对他们说:"我实在告诉你们,这穷寡妇投入入银库里的,比众人所投的更多。因为他们都是自己有了多余的,才拿出来投在里头;但这寡妇是自己本来就不足,还把她一切养生的都投上了。"

一颗忠诚的爱心,两个清洁的小钱,在一个如同贼窝的圣殿里,让基督耶稣的心得到了最大的安慰。从那天傍晚到第二天傍晚,耶稣没有再到耶路撒冷的圣殿里去,这在后来被称为"寂静日"。

耶稣在最后走上各各他山的十字架之前,需要独自祷告的时间,既让自己的意志完全顺服天父的旨意,也要从父亲那里支取走上十字架的路上所需要的心灵和身体的力量,此时此刻,门徒的心情已如将被撇下的孤儿。耶稣在和门徒们最后分别之前,也需要和他们同在,给他们安慰的时间。

在耶稣被害前两天的那个晚上,伯大尼那个害过麻风的爱主的信徒西门家,为耶稣设了一次筵席。他们也许知道,也许不知道,再过两天,耶稣将辞别这里,不再归来。

当时,耶稣坐在席上,有个女人拿了一瓶极贵的真哪哒香膏来,走至耶稣身边,便打破了盛香膏的玉瓶,将香膏抹在耶稣的脚上,又用自己的头发去擦,立时屋里就充满香膏的香味。

有几个人见了这情景,心中很不舒服,就说:"何必这样枉费香膏呢?这香膏可以卖许多钱周济穷人呢。"

耶稣说:"由她吧。为什么难为她呢?她在我身上做的是一件美事。因为常有穷人和你们同在,要向他们行善,随时都可以;只是你们不常有我。她所做的,是尽她所能的,她是为我安葬的事,预先把香膏浇在我身上。我实在告诉你们,普天之下,无论在什么地方传这福音,也要述说这女人所做的以为纪念。"

最后的晚餐

逾越节前的一天,耶稣知道自己离世的时候到了,就吩咐门徒在耶路撒冷预备筵席。这是耶稣和门徒在一起吃的最后一次晚餐。

最后的晚餐

按犹太人的传统,逾越节的筵席是在犹太阳历正月十四日晚上。那一年,正好是那一周七日的最后一个晚上,相当于后来的礼拜五晚上。逾越节前一天,也就是那一周七日的第六日,即后来礼拜四傍晚到礼拜五傍晚,称为预备日。在预备日,犹太人宰杀羔羊,为逾越节的筵席做准备。

实际上,耶稣是提前一天和门徒同吃逾越节的筵席,因为第二天,也就是犹太人宰杀羔羊的预备日的白天,耶稣就被钉在十字架上了。

这天上午,耶稣在房里坐着,门徒们问他:"逾越节的筵席,要我们往哪里去预备呢?"耶稣就打发彼得、约翰说:"你们进城去,必定会碰见有一个人拿着一瓶水迎面而来,你们就跟着他,他进那家去,你们就跟进去对那家的主人说:'我们先生问客房在哪里,他要与门徒在房里吃逾越节的筵席。'主人必定会指给你们一间摆设整齐的房间,你们就在那里为我预备节日的筵席。"彼得、约翰进了城,正如耶稣所说的那样,遇见一个手拿宝瓶迎面而来的人,他们就跟着他进了一家客店,在那里订好了客房,然后回耶稣那里去交差。

到了晚上,耶稣与门徒到了预订筵席的地方。耶稣与门徒入座以后,便对他们说:"我乐意在遇害之前,与你们一道吃这逾越节的筵席。我告诉你们吧,直到以后成就在上帝的国里,我不会再吃筵席了。"

说完之后,耶稣拿过杯子,祝谢以后让门徒们依次分喝其中的葡萄汁,又说直到上帝的国到来,他不再喝了。然后他又拿起饼,祝谢之后,掰开以后递给门徒,说:"这是我的身体,为你们舍的,你们也应当如此行,为的是纪念我。"

饭后,耶稣又拿起杯来,说:"这是用我的血所立的新约,是为你们流出来的。"

这便是耶稣设立的圣餐了。耶稣接着说:"看那,那出卖我之人的手与我同在桌子上。人子固然要照所预定的去世,但出卖人子的则有祸了。"门徒们接着便觉得惊慌,纷纷猜测打听,究竟是谁要做这种不义的事。

然后,门徒们又议起他们中间谁应为尊,谁应为大。耶稣告诉他们:"外邦人有君主治理他们,那掌权管理的,他们便称为恩主。但你们不可以这样,你们中间若有为大的,倒应像年幼的;为首领的,倒要像服侍人的。到底是谁为大呢?是座席的呢?还是服侍人的呢?不是座席的大吗?然而,我在你们中间如同服侍人的。我在磨炼之中,常和我同在的就是你们。我将国赐给你们,正如我父赐给我一样,叫你们在我国里,坐在我的席上吃喝,并且坐在宝座上,审判以色列 12 个支派。"耶稣又说:"西门,西门,撒旦想要得到你们,好将你们像筛麦子一样。但我已经为你祈求,叫你不至于失了信心,你回头以后,要坚固你的兄弟。"耶稣为了用行动向他的门徒表明爱心,作一榜样,他决定给门徒们一一洗脚。门徒们先是觉得惶恐,而后成全了他。

洗完脚,耶稣坐定,又对他们说:"我向你们所做的,你们明白吗?你们称我夫子,称我为主,诚然我是。但我尚能为你们洗脚,你们也应当彼此洗脚,我给你们作了榜样。我实实在在地告诉你们,仆人不能大于主人,差人也不能比差他的人更大。"这是《路加福音》中的说法,按照《约翰福音》,故事是这样的:耶稣在为门徒们洗过脚后,向他们指明了自己的真正用意,但他却仍是忧愁,因为在他亲自设立的

世界经典文库

中外神话故事

·希伯来及基督神话·

图文珍藏版

门徒中,有出卖他的人,而他又不得不把这一事实明明白白地告诉那11个忠心他的门徒们。沉思良久,耶稣望着大家说:"我实实在在地告诉你们,你们中间有一个人要出卖我了。"

耶稣的话犹如一石激水,门徒们不禁感到愕然、惊奇,他们彼此对望着,猜不透耶稣究竟指的是谁。

有一个门徒,就是耶稣平日里最喜爱的约翰,他正侧身挨近耶稣的怀里。彼得点头对他说:"你告诉我们,主是指着谁说的。"约翰便就势靠着耶稣的胸膛,问他说:"主啊,你到底指的是谁呢?"耶稣回答说:"你看我蘸一点饼递给谁,我指的就是谁了。"说完,耶稣就蘸了一点饼递给加略人西门的儿子犹大。犹大吃了以后,撒旦就入了他的心。

出卖耶稣的犹大其实在几天前就去见过了祭司长,他对祭司长说:"我如果把耶稣交给你们,你们愿意给我多少钱?"祭司长听了犹大的话,简直大喜过望,他想不到竟然是耶稣自己亲自设立的使徒会要出卖他,他也知道,只有靠这使徒,才有抓住耶稣的最大把握。

祭司长当即答应给犹大30两银子,条件是一定要在逾越节那天由犹大带领士兵们去把耶稣抓来。但他又怕耶稣在被捉拿之前就溜掉,或是士兵们不认识耶稣就无法下手或是反而抓错了人,他问犹大打算怎么办。

那手里拿着30两赏银的犹大,此刻腆着脸讨好他说:"他必要到马克西尼园去祷告。那时是在夜里,你们的士兵一定不会在黑暗之中分辨出他来,那就要请他们跟定我,到时候看我跟谁亲吻,就上前去把他抓住。"祭司长很赞同犹大的这个计策,但同时心里也很鄙视这个卑鄙无耻的小人。

此刻,当耶稣蘸了饼递给犹大时,11个使徒的目光就都集中在了他的身上。那犹大心中有鬼,脸上却装着莫名其妙的、委屈的样子问:"夫子,你是指我吗?"耶稣毫无表情地答道:"你说得一点也不错。"接着,他的怒火上来了,他对犹大吼道:"你想要做的就快点做吧。"

犹大出门去的时候正是夜间。那同席的11个人兀自在那里发愣,他们仍然弄不懂耶稣为什么要在此时叫犹大出去,有人因为犹大带着钱囊,以为耶稣是对他说:"你去买我们过节所应用的东西。"或是叫他拿什么周济穷人。犹大走后,耶稣便拿起饼来祝福,然后掰开递给门徒们,说:"你们拿着吃,这是我的身体,是为你们舍的,你们也应该如此行,为的是纪念我。"吃完饭后,耶稣又端起杯来对门徒们说:"你们喝吧,这杯是用我的血所立的新约,是为你们流出来的。使你们的罪都得到赦免。但我告诉你们:从今以后,我不再喝这葡萄汁了,直到我在我父的国里同你们喝酒的那日子。我也不再吃这筵席,直到成就在上帝的国里。"

他们吃完饭,喝完酒,唱了诗,便一同出门来,往橄榄山去。橄榄山有一个僻静的客西马尼园,耶稣经常和门徒到那里去,他经常在那里祷告。耶稣与门徒们的这次晚餐成了最后的晚餐,从那以后,他将和门徒们分手,直到天国来临的时候,才能与他们相聚。

殉难十字架

耶稣被钉在十字架的地方,是在耶路撒冷城外北边的各各他山。"各各他"意为"骷髅地",这不只由于这座山远远看去像是一个骷髅头,而是因为这是罗马镇压并处死犹太人的刑场。钉十字架这种死刑,用于罗马统治下的异族人,而不用于罗马人。这是一种最残酷的死刑,被钉在十字架上的人,要在经受很长时间的痛苦之后才会死去,并且带有示众的用意。

按规定,被判钉十字架的人,要自己背着十字架在兵丁的押解下走向刑场。但耶稣遭受多次鞭打和折磨,已经心力交瘁了。罗马兵丁便抓住一个从乡下来的名叫西门的古利奈人,强迫他替耶稣将十字架背到各各他山去。这个西门是鲁罕的父亲,后来他们全家都成了耶稣的门徒。

在通往各各他山的路上,有许多百姓跟随着耶稣,内中有好些妇女,妇女们为他号啕痛哭。耶稣转身对她们说:"耶路撒冷的女子,不要为我哭,当为自己和自己的儿女哭。因为日子要到,人必说:'不生育的和未曾怀胎的,未曾乳养婴孩的,有福了!那时,人要向大山说:'倒在我的身上!'向小山说:'遮盖我们!'这些事既行在有汁水的树上,那枯干的树将来怎么样呢?"

人们当时不会明白,耶稣所言"日子将到",就是指将在公元70年来到耶路撒冷的灾难。犹太民族已经像一棵枯树,再难以经受罗马人的蹂躏和摧残了。许多与耶稣熟识的人以及从加利利跟随他的妇女,也一直跟到十字架下。其中有耶稣的母亲玛利亚,抹大拉的玛利亚。小雅各和约西的母亲玛利亚,西庇太两个儿子的母亲,以及撒罗米等。耶稣的门徒中,跟随到十字架下的,却只有约翰一人。到了刑场,兵丁们拿了苦胆和没药调和的酒给耶稣喝,耶稣尝了尝,便拒绝再喝了,他宁愿清醒地为救赎人类喝尽从父亲手里接过的苦杯,也不愿喝那可以减少被钉时的痛苦的麻醉剂。兵丁们就把耶稣钉上了十字架,和他同钉的还有两个强盗,一个钉在他的左边,一个钉在他的右边。彼拉多用牌子写了一个名号挂在耶稣的头上,这牌子上写的是"犹太人的主,拿撒勒人耶稣"。有许多犹太人念这名号,因为耶稣被钉十字架的地方,与城相近,并且是用希伯来、罗马、希利尼三样文字写的。犹太人的祭司长就对彼拉多说:"不要写'犹太人的主',要写'他自己说我是犹太人的主'"。彼拉多说:"我所写的,我已经写上了,没法再改了。"

士兵们既然将耶稣钉在十字架上,就拿他的衣服分为四份,每个人一份;又拿他的里衣,这件里衣原来没有缝儿,是上下一片织成的,不好再撕开来分,他们便彼此说:"我们不要撕开,只要拈阄,看谁得着。"这是应验经上的话说:"他们分了我的外衣,为我的里衣拈阄。"士兵果然作了这件事。耶稣的母亲玛利亚站在十字架下,此时心如刀绞,悲痛万分。耶稣看见他所爱的门徒约翰也站在十字架下,便决定将自己的母亲托付给他。他对母亲说:"母亲,看你的儿子!"又对那门徒说:"看你的母亲。"从此,约翰便将玛利亚接到自己的家中,当作亲娘一样地服侍。

那些前来观看和路过的百姓们,有人讥诮耶稣说:"你这样拆毁圣殿,三日又建立起来的,可以救自己吗? 你如果是上帝的儿子,就从十字架上下来吧!"

祭司长和文士并长老也是这样戏弄他,说:"他救了别人,不能救他自己。他是以色列的主,现在能够从十字架上下来,我们就信他。他倚靠上帝,上帝若是喜悦他,现在就可以救他,因为他自己曾经说:'我是上帝的儿子。'"

耶稣并不理会那些人物的讥讽,兀自在那里为钉他上十字架的士兵祈祷说:"父啊,赦免他们。因为他们所做的,他们不晓得。"同钉的两个犯人,有一个听见了,就又讥讽他说:"你不是基督吗? 可以救自己和我们吧!"另一个犯人听了后责备他说:"你既是一样受刑的,还不怕上帝吗? 我们是应该的,因为我们所受的与我们所做的相称,但这个人没有做过一件不好的事。"说罢,就求耶稣说:"耶稣啊,你的天国降临的时候,求你纪念我!"

耶稣对他说:"我实在告诉你,今日你要同我在乐园里了。"

耶稣之死

从正午到申初,也就是从中午 12 点到下午 3 点,日头变黑,遍地都黑暗了。申初时,耶稣被钉挂在十字架上已经 6 个小时,他大声喊着说:"以利,以利,拉马撒巴各大尼?"意思是说:"我的神,我的神! 为什么离弃我?"站在那里的人,有的听见就说:"这个人呼叫以利亚呢!"这时,正是耶路撒冷圣殿里为准备逾越节筵席宰杀羔羊的时刻。

耶稣知道各样的事都已成了,为要使经上的话应验,就说:"我渴了。"有一个器皿盛满了醋放在那里,他们就拿海绵蘸满了醋绑在牛膝草上,送到他口边,说:"且等着,看以利亚来救他不来。"耶稣尝了那醋,就说:"成了!"这就是说,上帝救赎人类的事已大功告成。说了这话,气就断了。

就在耶稣断气的那一瞬间,圣殿里的幔子从上到下裂为两半。大地震动,磐石也崩裂。坟墓也开了,圣徒的身体,多半又都站立起来,到耶稣复活后,他们从坟墓里出来,进了圣城,向许多人显现。

百夫长和一同看守耶稣的人看见地震和所经历的事,就极其害怕,说:"这个人真的是上帝的儿子了!"聚集观看的众人见了这所成的事都捶着胸回去了,还有一切与耶稣熟识的人和从加利利跟着他来的妇女们,都远远地站着看这些事。

犹太人因为这回是预备日,又因那安息日是个大日,为促使耶稣等人迅速死亡,就求彼拉多叫人打断他们的腿,把他们拿去,免得尸首安息日还留在十字架上。

彼拉多的士兵们来了,他们打断了那两个强盗的腿,轮到耶稣时,见他已经死了,就不打断他的腿,唯有一个士兵拿枪扎他的肋旁,随即有血和水流出来。

看见这件事的那个人就做见证,他的见证也是真的,并且他知道自己所说的是真的,叫大家也可以相信,这些事成了,是为要应验经上的话说"他的骨头一根也不可拆断",经上又有一句说,"他们要仰望自己所扎的人"。

有一个人名叫约瑟,是个义人,为人善良,众人所谋所为,他并没有附从,他本是犹太亚利马太城里的人,这个人暗地里作了耶稣的门徒。

当晚,约瑟来到彼拉多跟前,放胆要求把耶稣的身体给他去掩埋,彼拉多允准了他,他就把耶稣的身体领去了。又有一个叫尼哥底母的,就是先前在夜里悄悄拜访耶稣的那位,带了没药和沉香来。他们就照犹太人殡葬的规矩,把耶稣的身体用细麻布加上香料裹好了,放在园中的一座新坟墓里,这个园子离刑场很近,那石棺是约瑟自己凿在磐石里的,安置好耶稣的身体,他们便滚过一个石头来封住墓门,然后回家去了。

那些从加利利和耶稣同来的妇女跟在约瑟的身后,看见了坟墓和耶稣的身体安放的情景,然后也回家去预备了香膏和香料,因为那日是安息日,他们便都遵守诫命安息了。次日,就是预备日的第二天,祭司长和法利赛人聚集来见彼拉多,说:"大人,我们记得那诱惑人的人还活着的时候,曾说,三日后我要复活,因此,就请您吩咐人将坟墓把守妥当免得到了第三日,他的门徒们来把他偷了去,就告诉百姓说,他从死里复活了,这样的话,那后来的迷惑比先前的反而更加厉害了。"彼拉多说:"你们有看守的兵,去吧,尽你们所能把守妥当就是了。"

祭司长和法利赛人就带着看守的兵一同去到耶稣的坟头,封了石头,将坟墓把守妥当。后来,耶稣从死里复活之后,祭司长就贿赂士兵,教他们说:"夜间我们睡着时,他的门徒把他偷去了。"

基督显现

耶稣从死里复活的当天,便开始接连不断地向人们显现。

早晨,他向9个从加利利来的妇女显现,她们正奉天使的命去通知耶稣的门徒。在回去的路上,耶稣突然出现,对那几个妇人说:"愿你们平安!"那几个妇女正在议论着耶稣身体不见了的事。她们听到他问安,便上前抱住他的脚,向他礼拜。耶稣对他们说:"不要害怕! 你们去告诉我的弟兄,叫他们往加利利去,在那里一定会见得到我。"

下午,耶稣的两个信徒正往一个村子走去,这个村子名叫以马仵斯,离耶路撒冷约有25里。他们一边走一边谈论着所遇见的一切事情。正谈论着,耶稣亲自就近他们,和他们同行,只是他们的眼睛迷糊了,尚不认识他。

耶稣对他们说:"你们刚才谈论的是什么事呢?"他们就站住,脸上带着愁容。二人中有一个名叫革流巴地回答说:"你在耶路撒冷作客,还不知道这几天在那里出的事吗?"

耶稣假装什么也不知道,问:"什么事呢?"他们就详详细细地告诉他说:"就是拿撒勒人耶稣的事。他是个先知,在上帝和众百姓面前,说话行事都有大能。祭司长和官府竟把他抓去,定了死罪,钉在十字架上。我们素来所盼望要赎以色列民

图文珍藏版

的，就是他啊！这事成就到现在已经三天了。我们中间有几个妇女说的使我们惊奇。她们清早到了坟墓那里，不见他的身体，就回来告诉我们说看见了天使显现。她们说，他活了。又有我们的弟兄中几个人往坟墓那里去，所遇见的，正如妇女们所说的，只是没有看见他。"

耶稣对他们说："无知的人哪，先知所说的一切话，你们的心信得太迟钝了。基督这样受害，又进入他的荣耀，岂不是应当的吗？"

于是耶稣从摩西和众先知起，凡经上所指着自己的话，都一一给他们讲解明白了。将近他们所要到的村子，那人好像还要往前行，他们便挽留他说："时候晚了，日头已经偏西了，请你同我们住下吧！"那人就进去，要同他们住下。到了座席的时候，那人拿起饼来，祝谢了，掰开，递给他们。他们的眼睛明亮了，这才认出他来。这时耶稣就不见了。他们彼此议论："在路上，他和我们说话，给我们讲解圣经的时候，我们的心岂不是火热的吗？"

革流巴二人当即赶往耶路撒冷，去找耶稣的 11 个使徒，要向他们述说刚才发生的这件事。那日，正是 11 个使徒和他们的同道聚集在一处，因革流巴二人来是要与他们说有关耶稣的事，大家害怕祭司长的人来找麻烦，便把门关紧，放低了嗓子说话。

革流巴低声说："主果然复活了，已经显现给西门看了。"两个人就把路上所遇见和掰饼的时候怎么被他们认出来的事，都说了一遍。

正说这话的时候，耶稣亲自站在他们当中，说："愿你们平安！"使徒们一下子看见耶稣出现在那里，便惊慌害怕起来，以为所看见的是魂。

耶稣说："你们为什么愁烦？为什么心里起疑念呢？你们看我的手，我的脚，就知道实在是我了。摸我看看，魂无骨无肉，你们看，我是有的。"说了这话，就把手和脚给他们看。

他们欢喜得不敢信，感到非常惊奇，耶稣就说："你们这里有什么吃的没有？"他们便给他一块烤鱼。他接过来，在他们面前吃了。

耶稣对他们说："这就是我从前与你们同在之时所告诉你们的话说：摩西的律法、先知的书信和诗篇上所记的，凡指着我的话，都必须应验。"

于是耶稣开他们的心窍，使他们能明白圣经。又对他们说："照经上所写的，基督必受害，第三日从死里复活，并且人要奉他的名，传悔改、赦罪的道，从耶路撒冷起直传到万邦。你们就是这些事的见证。"

耶稣又对他们说："父亲怎样差遣了我，我也照样差遣你们。"说了这话，就向他们吹一口气，说："你们受了圣灵。你们赦免谁的罪，谁的罪就赦免了；你们留下谁的罪，谁的罪就留下了。"那 12 个门徒中，有称为低士马的多马，耶稣来的时候，他没有和他们同在。那些门徒就对他说："我们已经看见主了。"多马却说："我看见他手上的钉痕，用指头探入那钉痕，又用手探入他的肋旁，我总不信。"

过了 8 日，门徒又在屋里，多马也和他们同在，门都关了。耶稣来站在当中说：

"愿你们平安!"就对多马说:"伸过你的指头来,摸我的手;伸出你的手来,探入我的肋旁。不要疑惑,总要信。"

多马照耶稣的吩咐做了,他才确信无疑是真的,便拜道:"我的主,我的上帝!"

耶稣对他说:"你是因为看见了我才相信,那没有看见就信的有福了。"

耶稣又在门徒面前行了许多神迹,目的是要叫门徒们坚信他就是基督,是上帝的儿子,并且要叫门徒们信了他。

北欧神话

众神之王奥丁

奥丁神,北欧神话中的最高天神,人类的创造者,被称为"众神之王""天神之父"。他是智慧的象征,胜利的体现,北欧的英雄和贵族们都受到他的保护,所有居住在阿瑟加德的天神们都听从他的调遣。不管是谁,都不能违抗奥丁的旨意。

奥丁的形象是一个威严的老者,约莫有五十岁左右。他身材高大、灰须黑发,经常头戴一顶青色的大风帽,身披一件青灰色的大长袍,据说那是天空的象征。奥丁常持的武器是一支名为冈格尼尔的长矛。这支长矛是世界上最庄严、最神圣的东西。不管是谁,只要对着它发了誓,那么就必须遵守,永远不能反悔。此外,奥丁的手指上还带有一枚名叫"德罗普尼尔"的戒指,代表巨大的财富。

每当战事来临时,奥丁就会骑上长有八条腿的灰色神马"史莱普尼尔",手持冈格尼尔和一个白色的神盾,威风凛凛地冲向阵前,消灭那些企图给世界带来灾难的家伙。

关于奥丁还有一件非常有趣的事,那就是他有一个别名叫作"独眼老头"。当奥丁降临人间时,他总会用那大大的帽檐遮住自己的半边脸,为的是不让人类看到他少一只眼睛。那么,奥丁的那只眼睛到哪里去了呢?是谁把它毁掉了呢?是霜巨人?还是其他恶魔?这一切的谜底应该从创造人类说起。

天地创造完了,但是当时的世界上并没有人类。亚瑟神族的天神们觉得世界并不完整,因此决定创造最高级的动物——人类。这一天,奥丁神和他的两个兄弟维利和伟以及海尼尔、洛多尔一起走出宫殿,来到了一片海滩上。

突然,他们发现海面上漂浮着两根又黑又长的东西,从它们身上散发出灵气。奥丁觉得很奇怪,就把它们捞了上来。哦!原来是两棵树,一棵是桦树,另一棵是榆树。奥丁对着他的两个兄弟说:"我还以为是什么呢?原来就是两棵树啊!没想到它们能有如此大的灵性……"

说到这,奥丁突然停了下来,眼睛一直盯着这两棵树。维利奇怪地问:"怎么了?奥丁,发生什么事了?"

奥丁抬起头说:"我有个主意,我们干嘛不用这两棵树来做创造人类的材料呢?它们的灵性完全足够了!"其他的亚瑟天神听后马上表示赞同。

创造工作开始了，天神们以自己为蓝本，把这两棵树削成了人形。然后，洛多尔给了它们生命所必需的血液，海尼尔赐给了它们生命特有的感觉和动作，主神奥丁则赐给了它们人类特有的、最有灵性的东西——灵魂。就这样，世界上有了人类，他们有智慧、有头脑、能说话、会使用工具。天神们把桦树做成了男人，把榆树做成了女人，并让他们结为夫妻，繁衍生息。

为了使宇宙和世界一切都井井有条地进行，奥丁又创造了一棵巨大的桦树，树中包含了宇宙中所有的精华，包括时间和生命。这棵大树被称为伊格德拉修。

这棵大树有三条根，其中有一条根一直延伸到了遥远的"巨人国"，那里有一条神秘的智慧泉不停地灌溉着伊格德拉修。在北欧神话中，当时世界上所有的东西都是没有最神奇的智慧的，包括亚瑟诸神在内。因为只有喝过了智慧泉水的人，才拥有通晓过去、现在和未来的能力，而智慧之泉的守护者不是别人，正是邪恶可怕的霜巨人的后代——巨人米默。

霜巨人和亚瑟神族势不两立。虽然米默没有坏到要去攻击亚瑟神族，但是他也不可能允许神族的成员饮用智慧之泉的水。因此，世界上除了他之外，没有任何人拥有那神奇的智慧。为了拥有无穷的智慧，奥丁决定去向米默讨要智慧泉水。

这一天，米默独自一人坐在智慧之泉旁边，手中拿着一个取水容器，从泉中舀出了清澈的泉水。突然，远处传来了一阵马蹄声，而且明显是向这里来的，米默马上警觉起来。

一个骑马的老人出现在米默的眼前，他穿着一件灰色的斗篷，头戴一顶蓝色的帽子。老人低着头，轻声地说："好心人！能帮我一下吗？我现在渴得要命，很想喝一口泉中之水。"

米默不是一个傻瓜，他知道眼前的这个老头不是凡人，而是亚瑟神族的主宰奥丁神。但是他没有拆穿奥丁，而是将计就计地说："是吗？你真的很口渴？对不起，不是我这个人狠心，是这泉水太过珍贵，我是不能随便给别人的。"

老人马上接过来说："没关系，我愿意出高价钱。你要黄金、白银还是珠宝翡翠，只要我有的都会给你。"

米默心想："一定要提出一个很难答应的条件，那样的话他就不会再纠缠了。"想到这，他大声说道："想要喝这泉中之水也可以，不过我要的东西却是非常珍贵的。恐怕如果我说出来，你是无论如何不会同意的。呵呵！我不要别的，只想要你的一只眼睛。"

老人为难地说："什么？要我的眼睛？难道就没别的办法了吗？"

米默大笑起来："奥丁神，别再演戏了！我早就知道是你了！如果你答应我的条件，我就给你智慧泉水；如果不答应，那就请回。"

为了得到无穷的智慧，奥丁神献出了他的右眼，从而得知了"诸神之黄昏"的可怕预言（亚瑟诸神会在特定的时间被推翻）。从那以后，奥丁开始积极准备，以便对付"诸神之黄昏"的到来，而他自己则永远失去了右眼。

世界经典文库

中外神话故事

·北欧神话·

图文珍藏版

众神之后芙莉嘉

芙莉嘉女神,黑夜女神诺特的女儿,女神乔迪的妹妹(乔迪也是奥丁的妻子),掌管婚姻的女神,奥丁神的正式妻子,为"众神之后"。

芙莉嘉美丽大方,而且气质非凡,她那特有的高贵气质足以让任何具有思维的东西臣服于脚下。芙莉嘉女神经常穿一件或是白色或是灰黑色的长袍,腰间挂着一大串奇特的钥匙。在亚瑟神族中,芙莉嘉女神有着特殊的权利。

按照奥丁的旨意,他的宝座是不允许其他人随便坐的,因为坐上宝座的人将会拥有通晓过去和未来的能力。其他天神都没有资格,也没有胆量坐在宝座上,只有芙莉嘉女神一个人享有这样的特权。因此,芙莉嘉女神和奥丁神一样,可以知道宇宙中所发生的一切事情,但是这位女神有一个很大的优点,那就是对什么事都守口如瓶,从没有泄露天机。

芙莉嘉虽然高贵美丽,但是也有自身的缺点。第一点就是她的记忆力简直差得惊人,刚刚告诉她的事,可能转眼就忘掉了。她之所以能够对什么事都守口如瓶,和自己的迷糊性格也有很大的关系。芙莉嘉女神的第二个缺点却是致命的,那就是贪图虚荣和财富。她经常用各种各样的金银财宝来装点自己的住所,并且从未满足过。直到有一次,她的虚荣心给她留下了难以忘却的记忆。

这一天,芙莉嘉女神正躺在床上休息,欣赏着自己富丽堂皇的卧室。这时,一向以调皮捣蛋闻名的火神洛基突然前来拜访。女神知道这个家伙准没什么好事,因此心中也设了一道防线。

火神洛基嬉皮笑脸地走了进来,然后毕恭毕敬地对芙莉嘉说:"伟大的女神,尊敬的天后,您的宫殿简直太漂亮了。看!那些美丽的宝石我根本没看过,连我周身的火焰在它们面前都显得那么暗淡无光。您是阿瑟加德最美丽的女神,您的宫殿也是阿瑟加德最漂亮的宫殿。"

洛基的奉承话使得芙莉嘉心花怒放,内心的警戒也渐渐地消失。她心想:"都说火神洛基十分调皮,我看也没他们说的那么夸张。我觉得他还是很会欣赏的,要不也不会说出那么多肺腑之言。"

火神偷偷看了芙莉嘉一眼,知道自己的计划已经很顺利地实施了,不免心中窃喜。接着,他马上开始实施第二步计划。只见洛基突然眉头一皱,脸上做出了一副欲言又止的表情。

芙莉嘉察觉到了洛基的变化,马上追问道:"怎么了?亲爱的火神洛基,你觉得我这里有什么地方布置得不好吗?如果有请您说出来,我是很愿意接受他人意见的。"

洛基装作很为难地说"您这里的布置其实很好了,没有什么缺陷。不过……"

火神说到这里故意停顿了一下，没有往下说。

芙莉嘉着急地问："不过什么啊？有什么话你就直说吧！"

火神洛基知道时机已到，马上说："我说了请您千万不要生气。我觉得您的宫殿中其他东西都非常非常的好，只有那些用金子打造的饰品还不够完美。我听说过两天有三位女巨人会来做客，到时候她们一定会嘲笑您的。"

没想到芙莉嘉听完火神的话后居然大笑起来，说："别开玩笑了，亲爱的洛基！你要说别的我可能相信，可是我的金子都是最好的，怎么可能丢人呢？"

洛基不慌不忙地说："我并不是说您的金子不好，而是说它们的工艺不好！用粗糙手工打造出来的金首饰，是配不上您的金子的。"

果然，洛基的话触到了芙莉嘉女神的痛处，她的金首饰的手工确实不怎么样。女神的脸色马上晴转多云，不高兴地说："哼！那我能怎么办？有谁的手艺能满足我的要求呢？"

洛基慢悠悠地说"也不是没有办法！这个世界上最心灵手巧的要数住在地下的侏儒们，而在侏儒当中，又要数黑侏儒莫兹格纳最会打造首饰，所以……"

还没等洛基把话说完，芙莉嘉就大喊道："来人，快去地下把黑侏儒莫兹格纳请到我这里来！"

很快，莫兹格纳就来到了芙莉嘉的宫殿。他恭敬地说："尊敬的芙莉嘉女神，您叫我到这里来有什么事吗？"

芙莉嘉笑着说："没什么，只是有点事情请你帮忙。我想让你用金子给我打造几件世界上最漂亮的首饰。"

莫兹格纳的嘴撅得可以挂十个香油瓶子，心中一百个不乐意。可是眼前这位是众神之后，自己又不好推辞，于是就想了一条妙计。他说："尊敬的女神，我非常愿意为您效劳！不过要打造出您想要的首饰，需要很多很多的金子，光凭您拥有的那些是不够的。"

芙莉嘉一听，马上着急地说："怎么？我的那些金子都不够吗？我还有很多很多呢！"说着，她叫人拿来了自己所有的金子。

莫兹格纳看了看，说道："您的金子确实不少，不过还不能达到我的要求！当然，差得也不是很多，如果加上奥丁的金身像，那么就足够了。"其实，莫兹格纳这么说只不过是一种推辞的说法。因为所有亚瑟神都知道，奥丁的金身像是不能随便碰的。

此时的芙莉嘉已经失去了理智，心中只想要她的首饰。于是她走到神像面前，用魔法把神像打了个稀巴烂，希望神像不会告发她。可是她忘记了，奥丁神是具有通晓一切事情的能力的。这件事使主神非常愤怒，一气之下离家出走，来到了人间。

奥丁走后，他的两个兄弟维利和伟趁机夺权，成了阿瑟加德新的首领。因为他们和奥丁的模样完全一样，所以芙莉嘉在不知情的情况下失了身。后来，由于他们两个没有奥丁神的威望，而霜巨人又趁机捣乱，搅得天地间不得安宁。

七个月过后，奥丁终于平息了怒气，返回了阿瑟加德。亚瑟神族的成员在奥丁的带领下，又一次挫败了霜巨人的阴谋。而芙莉嘉女神也吸取了惨痛的教训，不再像以前那么虚荣了。

奥丁盗神酒

在一个叫作尼特堡的山崖里，有一个神秘的石窟。在石窟里，藏着三罐神酒。这种神酒有着特别的威力，喝了它的人不仅可以获得智慧，而且还可以变成满腹经纶的诗人。因此，无论是天上的神仙，还是人间的凡人，都渴望得到神酒。那么，神酒是怎样酿成的，它又怎么会被保藏在尼特堡山崖的石窟里呢？

事情还要从亚萨和华纳两大神族缔结和平的会议说起。由于众神的意见不统一，会议开了很久却始终没有结果。后来，众神达成一致，不再胡乱发表意见，尽快缔结和约。为此，每一位神仙都向一个小陶罐中吐上一口唾沫，以示不再浪费唇舌。就在最后一位神仙吐完最后一口唾沫的时候，奇迹发生了，陶罐里的唾沫中诞生了一个生命，众神为其取名卡瓦西。因为汇集了众神的力量和智慧，卡瓦西非常聪明，他能轻而易举地解决各种问题，没有任何问题能够难倒他。

卡瓦西喜欢四处云游，将智慧带到各个地方。可即使他聪明绝世，也还是没能逃脱小人的算计。当他云游到侏儒国的时候，碰到了两个阴险狡诈的侏儒。他们嫉妒卡瓦西的才学，于是设计谋害了他。杀死卡瓦西后，两个侏儒将卡瓦西的鲜血用两个蜜罐装了起来。接着，他们把两罐鲜血和一罐蜂蜜混合，酿造出了一种蜜酒。由于卡瓦西是众神智慧的结晶，因此他的血液也充满着智慧的力量，而用他的鲜血酿造出来的酒自然也非同寻常。这就是具有神奇力量的神酒。两个侏儒将它装入了三个罐子中，无论走到哪里，都将其带在身边。

一次，两个侏儒要出海办事，请一个名叫吉灵的巨人为他们掌舵。路上，吉灵无意中得罪了两个侏儒，于是在返航的途中，两个侏儒就设计将吉灵杀害了。船靠岸后，吉灵的妻子向两个侏儒追问丈夫的下落。两个侏儒一狠心，将吉灵的妻子也推向了大海。后来，吉灵的儿子苏特顿知道了父母惨死的真相，他四处寻找两个侏儒，要为他的父母报仇。两个侏儒不是苏特顿的对手，面对强大的苏特顿，他们跪地求饶，并亲手奉上他们视若珍宝的三罐神酒，希望能保住自己的性命。苏特顿早就对神酒有所耳闻，现在得此良机，就顺势接受了侏儒的请求。苏特顿得到神酒之后，就把它们藏到了尼特堡山崖的石窟里，并让自己的女儿守护神酒。

苏特顿是一个吝啬之徒，自他得到神酒之后，就把神酒严密地看守起来，任何人都无缘闻一闻神酒的气味。不过天上的众神也不甘心让神酒永远存封在石窟里，尤其是众神之王奥丁，更是不愿放弃任何一次增长智慧的机会。思来想去，奥丁决定亲自下凡去盗取神酒。虽然贵为众神之王，但若没有可靠之人的帮助，他也很难盗得神酒。奥丁将目光锁定在苏特顿的兄弟保吉身上。

在保吉的庄园里，九个仆役正在费力地割着稻草。奥丁见他们的镰刀非常钝，就走上前说他有一块磨石，可以将镰刀磨得非常锋利。九个仆役试了试，镰刀果然锋利了许多。他们都希望得到这块磨石，那样他们就可以干更多的活，得到更高的报酬了。奥丁装出很为难的样子，突然将磨石向天上一抛，九个仆役就争相抢了起来。为了得到磨石，九个仆役打得不可开交，最后全都倒在了血泊之中。

奥丁来到保吉的家中时，保吉正在为九个仆役的突然死去而苦恼。奥丁说："不必烦恼。我一个人就可以干九个人的活，我可以帮你把地里的农活干完。"保吉听了十分高兴，忙问奥丁要什么报酬。奥丁说："我什么都不要，只求能喝上苏特顿珍藏的一口神酒。"这下保吉可为难了。想了很久，他才开口说："苏特顿是个吝啬之人，你的要求确实很难办到。不过如果你能帮助我把地里的农活干完，我一定会帮你喝到一口神酒。"奥丁满意地离开了。

奥丁果然是个出色的农夫，保吉对他所干的农活非常满意。秋收过后，保吉带着奥丁来找苏特顿，希望苏特顿能赏赐一口神酒。结果不出所料，苏特顿看都没看奥丁一眼就断然拒绝了保吉的要求。无奈，保吉只好带着苏特顿去盗取神酒。他们挖取了一个山洞，一直通往藏神酒的石窟。待石壁打通后，奥丁就一个人进了石窟。在石窟中，奥丁遇到了苏特顿的女儿。可是苏特顿的女儿却爱上了奥丁，两个人在石窟中过了几个甜蜜的夜晚。后来，苏特顿的女儿答应奥丁临行之前可以喝上三口神酒，可奥丁却在每个罐中都喝了一口，而每一口就是一大罐。喝完之后，奥丁就变成一只雄鹰，飞出了石窟。

苏特顿看到天空突然多了一只雄鹰，马上感到了异常，连忙起身去追。奥丁由于带着三罐神酒，行动有些迟缓，眼见苏特顿就要追上来了。天上的众神看此情景，知道奥丁已经成功盗取神酒，于是纷纷带酒器前去迎接。待奥丁将神酒吐入酒器之中，苏特顿知道一切已经无可挽回，他绝不是众神的对手，只好悻悻地回去了。奥丁将神酒分发给众神和人类中的智者享用，于是便有了很多才华横溢、出口成章的诗人。

雷神托尔

雷神托尔，北欧农民最崇拜的天神，因为当第一声天雷响彻北欧上空时，寒冷的冬季行将结束，大地将从沉睡中苏醒，万物将迎来期待已久的春天。

托尔是奥丁主神的第一个儿子，是他与大地女神乔德结合所生。他身材魁梧，力大无穷，刚刚出生就能举起十大包熊皮。在阿瑟加德诸神中，他的地位仅次于奥丁。托尔为人耿直、疾恶如仇，凡是自己看不顺眼的事都要反对。此外他食量非常大,又很能喝酒,而且吃东西的时候也没有什么文雅可言,所以用"粗犷"两个字来形容他是再合适不过了。

托尔在诸神中是出了名的脾气暴躁,他的母亲自认为无法抚养,就把他托付给维格尼尔和赫萝拉这两位天神。他是天神中唯一一个被允许不走那虹桥的神,因为奥丁怕他沉重的脚步把桥毁掉。正是因为托尔的脾气火爆,所以所有天神都让他三分。不过,托尔也是天神中最有法力的神。雷神锤是托尔的武器,也是雷霆的象征,凭借它托尔击退了霜巨人多次的进攻。

虽然霜巨人们一直没能打败亚瑟诸神,但是却常常将凛冽的寒风刮到世界,于是托尔决定前往霜巨人的老巢——尤腾海姆,断了这个可恶的祸根。火神洛基自告奋勇与托尔同去,希望能助托尔一臂之力。在路上,两位天神投宿在一户农民的家里,机缘巧合收了一位新的随从——提亚尔菲。

雷神托尔

托尔、洛基和提亚尔菲这主仆三人很快就踏入了尤腾海姆的地界。傍晚到了,三位天神发现在路旁边有一所高大的房子,于是他们决定在这里过夜。

清晨的阳光刺开了托尔的双眼,他站起身来,察看了一下周围的环境。突然,托尔大声喊道:"洛基、提亚尔菲,快起来,你们看,这房子简直太奇怪了!"

洛基的脸上写满了不情愿,嘟囔着嘴说:"什么事大惊小怪的啊?这不过是一座房子而已,有什么奇怪的!"

托尔白了他一眼,说道:"你们有没有发现,这所房子只有门口,没有大门,而且找不到一扇窗户。"

提亚尔菲也发现了这奇怪的现象,接过来说:"是的!我的主人说的一点都没错。我看这个房子一定有古怪,我们还是快出去吧!"

当三位天神从房子里走出来时,突然听见一声炸雷般的问候:"早上好,三位天神,昨晚睡得好吗?"

托尔吓了一跳,赶忙拿起雷霆锤。他们发现刚才的炸雷声是从一个身材异常高大的巨人口中发出的。托尔警惕地说:"你想做什么?这个房子是你的吗?对不起,我们并不知道那是你的。"

没想到巨人却哈哈大笑起来,说:"房子?什么房子?那是我手套的大拇指!"

别害怕,我不会伤害你们的。我叫斯克利密尔,是尤腾海姆的巨人,很高兴引导你们前往我们国王的宫殿。"

天啊!三位天神着实吃了一惊。托尔在亚瑟神中是出了名的个头足,可是在斯克利密尔面前简直连个孩子都不是。托尔定了定神,然后说:"谢谢!很高兴认识你!我们愿意接受你的好意。"就这样,三位天神加一位巨人,一起踏上了前往巨人之王宫殿的路程。

傍晚到了,斯克利密尔一屁股坐在地上,大声说道:"好了!我们该休息一下了!这个包袱里面有食物,解开它你们就能享用美味的晚餐了。"说完,他把一个巨大的包袱扔给了托尔,然后倒地睡着了。

托尔接过了那个包袱,打算把它解开。尽管托尔使出了浑身解数,但依然没能打开包袱。洛基和提亚尔菲也都试了,也没能打开它。其实,只要叫醒斯克利密尔,他们就能享用晚餐了。可是碍于面子,他们只好忍饥挨饿,熬到天亮。

夜很深了,斯克利密尔睡得非常香甜,可是托尔却无法入睡。原来斯克利密尔的鼾声太大了,和火山爆发时所发出的声音不相上下。托尔恼羞成怒,拿起雷霆锤,重重地向斯克利密尔的脑袋砸去。可是他连砸了三下,不但没伤到斯克利密尔一丝一毫,反而使他的鼾声更响。没办法,三位天神只好忍到天亮。

第二天早上,斯克利密尔并没有感觉有什么地方不对。吃过早饭后,斯克利密尔指点托尔去往国王宫殿的道路,然后与他们分了手。就这样,托尔他们终于见到了霜巨人的国王——乌特加德罗基。

乌特加德罗基的嘴角都快和肚脐连上了,眼皮抬都不抬一下,傲慢地说:"这就是所谓的天神?哼!真是太可怜了!我们这里的婴儿都要比你们身材高大!可怜的小矮人,别在这里丢人现眼了。"

火神洛基第一个按捺不住,站出来说:"是吗?既然你如此轻视我们,敢比赛吗?"

乌特加德罗基的表情更夸张了,说道:"好啊!比就比!说吧!比什么?"

"比吃饭,"洛基大声说,"找一个很大很长的盘子,里面放满肉,我们分别从两头开始吃,看谁吃得多。"

比赛开始了,霜巨人的代表是厨子罗吉。火神吃得很快,一会的工夫就吃到了盘子的中央。可这时他发现,那名不起眼的厨子罗吉早已将肉、骨头和盘子一起吃光了。这样,第一场比赛洛基输了。

第二场比赛开始了,这次是提亚尔菲和一个名叫修基的小孩子比赛跑。结果不用说,当然是修基取得了胜利。

轮到托尔出场了。他首先提出要和巨人们比喝酒,乌特加德罗基命人取出一个盛满酒的牛角杯。托尔的酒量是很大的,可是这次不管他怎么喝,牛角杯中的酒都不见减少。没办法,托尔又提出比力气,乌特加德罗基唤来了一支灰色的猫。托尔使出了吃奶的劲,可是最终也只能把它的一只脚抬离地面。最后,托尔提出比赛摔跤。乌特加德罗基居然派出了老乳母爱莉。尽管托尔使出了所有的劲头和技巧，但最终还是失败了。他们只能选择离开。

第二天，乌特加德罗基亲自送他们出城，临别前道出了秘密。原来，斯克利密尔就是乌特加德罗基，手套、包袱以及打不烂的头，都是魔法。至于比赛，罗吉是可以烧尽一切的野火，小孩修基是思维，牛角杯直接与大海相连，灰猫则是大蛇米德加德，至于老乳母爱莉，其实是任何人都不能抗拒的衰老。

听了乌特加德罗基的叙述，托尔觉得受到了莫大的屈辱，愤怒地把雷霆之锤扔向他。可是，锤子划过天空落到了地下，乌特加德罗基也不知所踪。

战神提尔

北欧人生性好战，因此战神提尔理所当然地成为他们崇拜的偶像。提尔是奥丁主神与众神之后芙莉嘉的儿子。他有两件法宝：一件是侏儒德瓦林所铸的宝刀，另一件是坚硬的白盾。通常，提尔的形象是左手持刀，右臂处挂着盾牌。可能有人会问，战神为什么不用手拿盾牌啊？因为这位北欧人的战神是没有右手的。那么提尔是怎么失去右手的呢？这一切又是那个爱捣蛋的火神洛基造成的。

火神洛基生性风流，有一次他竟然私自与尤腾海姆的女巨人安格尔波达结合，结果生下了三个可怕的怪物。它们分别是巨型苍狼芬利尔、世界大蛇尤蒙刚德以及死亡女神赫尔。世界很快就被他们搅得不得安宁。

奥丁主神知道了这件事后，非常生气。他害怕如果放任它们胡作非为，将来会控制不了它们的邪恶法术。于是，主神冒着危险来到了巨人之国尤腾海姆，把这三个怪物抓回了阿瑟加德。接下来的任务就是如何处置它们三个了。碍于火神洛基的面子，杀了它们肯定是不行的。可是又不能把它们留在阿瑟加德，那样天界肯定会大乱。最后，奥丁主神想出了一个两全其美的办法。

赫尔的模样非常奇怪，她一半是美丽的女神，另一半则是可怕的骷髅。奥丁派她前往死亡地下，在那里掌管死人的灵魂，因此赫尔也就成了死亡女神。至于那条令人生厌的毒蛇尤蒙刚德，奥丁则把它扔进了大海里，让它永远镇守在那里。

现在只剩下巨型苍狼芬利尔了，这可是个难缠的家伙。芬利尔不仅凶猛强悍，而且野性十足，不服任何人的管教。不过它的这股野劲倒是得到奥丁的另眼看待，奥丁决定把它留在阿瑟加德，希望有一天能使它"皈依正果"，成为有用之才。

其他的天神可犯起了嘀咕，这个芬利尔可不好惹，谁要是靠近它准会倒霉。因此当奥丁询问有谁愿意喂养芬利尔时，没有一位神表示愿意接受任务。

奥丁对他们的做法十分生气，怒吼道："你们这些胆小的家伙，一个芬利尔就把你们吓成这个样子，平时你们一个个不都是挺神气的吗？"

一个英武的少年高声叫道："父神奥丁，请您不要生气好吗？我愿意接受这项艰巨的任务,因为它充满了挑战性,而我战神提尔则是无所畏惧的。"

奥丁满意地看着战神,说道:"很高兴能有你这样的儿子。从今以后,芬利尔的喂养工作就由你担任了。"

就这样,战神提尔每天都按时地给芬利尔送来食物。不过这头苍狼似乎并不领情,吃过食物后依然对着战神狂啸。芬利尔的身体一天天地强壮起来。这种情况使得其他亚瑟天神十分害怕,因为他们担心有一天芬利尔会挣断铁链,然后把他们一个个都咬死。

于是,天神们召开了一次会议,商量如何除掉芬利尔。杀了它是不行的,因为奥丁订下过法律,不允许在阿瑟加德境内发生流血事件。天神们决定用一条坚硬的铁链把芬利尔捆住,那样它就不会作恶了。于是,天神们制了一条又粗、又结实的铁链,来到了芬利尔的面前。

还没等天神们靠近芬利尔,它已经张开血盆大口,对着他们叫了起来。天神们都被芬利尔可怕的样子吓住了,谁也不敢用铁链去捆它。

正在尴尬的时候,有一位聪明的天神说道:"嘿!芬利尔!先别激动,我们是来看你的。"

芬利尔知道诸神不怀好意,大声说道:"你当我是三岁小孩子啊!你们来看我?哼!你们想杀我才对吧!"

那位天神笑了笑说道:"开什么玩笑,你是主神奥丁最喜爱的宠物,我们怎么会伤害你呢?"

虽然对天神的话半信半疑,但是芬利尔已经有些放松警惕。那位天神又说:"芬利尔,我们听奥丁神说,你是世界上力气最大的动物,任何绳索都不能把你捆住!我们不相信,因此我们合力打造了一条非常结实的铁链,想看看你能不能把它挣断。"

芬利尔一向狂妄,根本没把天神的话放在心上,轻蔑地说:"是吗?那就来吧!我就不相信有什么东西能捆得住我。"

天神们见芬利尔上了当,心中窃喜,可是这种喜悦之情很快就消失了。原来,芬利尔根本没费什么力气就把那根在天神们看来根本无法挣断的铁链挣断了。

后来,天神们又找来几根铁链,但都没能困住芬利尔。没办法,天神们只好再一次求助于黑侏儒,求他们打造一条世界上最结实的绳索。很快,这条绳索就完成了。不过它并不是想象中的又粗又壮,相反却是一条又细又滑的线。

天神们故伎重施,当他们拿出那条细绳时,芬利尔这次却拒绝了。因为它觉得天神们是要加害自己。为了让芬利尔相信,天神们答应可以满足它提出的任何条件。芬利尔想了想说"如果我不答应你们,你们肯定会说我胆小如鼠的!但是为了保险起见,你们必须有个人把手臂放进我的嘴里,那样的话我才能放心。"

芬利尔太狡猾了,这道题的确是把天神们难住了。正在为难的时候,战神提尔表示愿意把手臂放进它的嘴里。事情进行得很顺利,芬利尔终于被捆住了。细绳越来越紧,几乎要勒得芬利尔断气了。正当它想呼救时,突然看到了天神们幸灾乐祸的表情。芬利尔知道上当了,于是它一口下去,就把战神的胳膊咬掉了。

从那以后,提尔就成了独臂战神。

光明及黑暗之孪生神

光明神与黑暗神是奥丁与芙莉嘉所生的一对孪生子。虽是亲兄弟,但是在外貌和性格上却截然相反。光明神巴德尔相貌英俊,性格开朗。他的脸上永远挂着那迷人的微笑,任何人看见他都会产生倾慕之情;而黑暗神霍德尔双目失明,且终日阴沉着脸,沉默寡言,不愿意和任何人打交道。

不知从何时起,一向快乐的巴德尔变得不爱说话,脸上的笑容也不知所踪。奥丁和芙莉嘉都很担心他,就问是什么原因。原来,巴德尔最近一直被噩梦侵扰,老觉得自己会被人杀死。奥丁和芙莉嘉隐约感到了事态的严重性。为了预防万一,芙莉嘉让宇宙万物发誓永远不会伤害巴德尔。因为巴德尔十分讨人喜欢,所以这件事办起来并不困难。不过,芙莉嘉忘记了让瓦尔哈拉宫外一棵橡树上的槲寄生发誓,她认为槲寄生又小又弱,是不可能伤害到巴德尔的。

奥丁也没闲着,他骑上自己的神马,来到了死亡的国度,希望从长眠在那里的女预言家伐拉口中得到一些消息。当他经过赫尔的宫殿时,发现里面正在大摆宴席,好像是在准备迎接什么贵客似的。

当伐拉被咒语唤醒时,奥丁对她说:"尊敬的女预言家伐拉,我是一个世间的普通人,我想请问你,今天冥界为什么举行宴会,他们是在迎接谁呢?"

伐拉没有察觉眼前这个人就是奥丁,坦诚地说:"既然你不辞辛苦地来到这里,我就把一切都告诉你!赫尔知道,在不久的将来,阿瑟加德的光明之神巴德尔将会来到地府。这里所有的一切,都是为了迎接巴德尔准备的。"

奥丁吃了一惊,继续问道:"是吗?天上的神也会死吗?您能告诉我谁会杀死光明神巴德尔吗?"

伐拉依然没有察觉,说道:"天上的神也会被杀死,世界就是这么创造出来的!凡人是不能伤害天神的。杀死光明之神巴德尔的,不是别人,正是他的孪生兄弟,黑暗之神霍德尔。"

伐拉的回答大大出乎奥丁的意料。奥丁又问:"真是太可怜了,居然被自己的兄弟杀死!难道巴德尔就那么白白地死去吗?难道就没有人为他报仇吗?"

伐拉已经被问得有些不耐烦了,但还是耐着性子回答说:"不!巴德尔不会白白死去,将来会有人替他报仇的!巴德尔死后,奥丁神会和一个名叫琳达的女神结合,然后生出一个男孩,名叫伐利。他从出生起就肩负着复仇的使命,他将不洗脸、不梳头,这一切都会在他杀死黑暗之神霍德尔之后结束。"

奥丁神穷追猛打,继续问道:"那么这件事是因什么而起的呢?是什么让霍德尔杀死巴德尔的呢?谁又不会为巴德尔的死伤心呢?"

啰唆的奥丁引起了伐拉的怀疑,她睁眼看了看,才发现眼前这个人就是奥丁。于是,伐拉不再回答奥丁提出的任何问题,重新躺进了棺材里,再也不起来了。

奥丁把自己知道的一切都告诉了妻子,当他得知宇宙万物已经发过誓不会伤害巴德尔后,悬着的心总算落了下来。巴德尔的心情也异常的高兴,重新回到天神中间,与大家一起嬉戏玩耍。玩耍时,众神提议见识一下巴德尔的本领,因为大家都知道万物的誓言了。巴德尔也是一时兴起,就答应了诸神的要求。

果然,不管是刀枪剑戟,还是长矛弓箭,都不能伤害巴德尔一丝一毫。当那些武器掷向巴德尔时,都会自动坠落下来。天神们一个个玩得非常开心。但是有个人却躲在角落中,恨得牙根痒痒,这个人就是火神洛基。

洛基早就对巴德尔不满,因为他的光芒盖过了自己。他不相信巴德尔没有弱点,于是就变成一个老妇人的模样,来到了芙莉嘉女神身旁。洛基试探着问:"真是恭喜您了!您看你的儿子多神勇啊!任何东西都不能伤害他!不过我觉得您应该好好想想,看看有没有什么东西没有起誓!"

芙莉嘉并不知道他就是洛基,笑着说:"没什么可担心的,所有东西都发过誓了!只有殿外橡树上的槲寄生除外。它太弱小了,没有能力伤害巴德尔。"

洛基得到了想要的答案,于是就退出宫殿,把槲寄生摘了下来。火神施展了一种神奇的魔法,槲寄生很快就变得又粗又大,而且十分坚硬。洛基把他制成了一个小小的木棒,然后来到了黑暗神霍德尔那里。

火神对霍德尔说:"怎么了?你为什么不去参加游戏呢?你看他们和你的兄弟巴德尔玩得多开心啊!你也应该参加的。"

霍德尔一脸阴沉地说:"对不起,对那种无聊的游戏我没兴趣,而且我觉得你是在挖苦我,明知道我是瞎子,怎么能去玩那种投掷游戏呢?"

洛基笑了笑,接着说:"看你说的,谁规定看不见东西就不能玩投掷游戏了!你看……"说着,洛基把那根木棒塞进了霍德尔的手里,接着说:"这根木棒怎么样?你可以用它投掷啊!你不要担心会伤害你的兄弟,因为世间万物都起过誓了,谁也不会伤害到巴德尔的!怎么样?扔出去吧!让其他神看看你的本事。"

霍德尔没有禁得住火神洛基的引诱,也许在他心中也十分渴望能参与到游戏中去,只不过平时他太自卑了。黑暗之神拿起了木棒,然后毫无目的地,使出全身力气把它抛了出去。伐拉的预言实现了,木棒不偏不倚地插进了巴德尔的要害,光明之神死了。

本来,巴德尔还有机会复活,但是在洛基的阻挠下没有成功(赫尔答应芙莉嘉,如果世间万物都为巴德尔的死哭泣的话,就让他返回阿瑟加德,但是洛基化身的女巨人索克却不肯流一滴眼泪,因此巴德尔就永远留在地府)。后来,奥丁和琳达结合,生下了伐利。最后,伐利杀死了霍德尔,替光明神报了仇。

丰饶之神弗雷尔

丰饶之神弗雷尔并不属于亚瑟神族，他是伐纳神族的后裔，因为弗雷尔的父亲涅尔德是伐纳神族的成员，而他自己也是出生在伐纳海姆的，但是这一切并不影响弗雷尔拥有高贵的地位。

当初按照约定，他和家人一起来到了阿瑟加德，作为伐纳神族献给亚瑟神族的人质。所有的天神都被弗雷尔英俊的外表和爽朗的性格征服。天神们把很多美好的东西都赐给了他。首先是一把无敌的、代表胜利的神剑，弗雷尔经常拿着这把神剑与霜巨人战斗；其次是居住在地下的侏儒的礼物，那是一头闪闪发光的金毛野猪，名叫古林布尔斯提。这头野猪象征着农业的丰收，也代表了无限灿烂的阳光。

丰饶之神弗雷尔的妻子名叫吉尔达。她既不是亚瑟神族的成员，也不是伐纳神族的后裔，而是可怕的霜巨人盖密尔的女儿。我们的丰饶之神是怎么爱上这位吉尔达的呢？霜巨人又怎么会嫁给亚瑟神族的朋友呢？来听听下面的故事吧！

由于弗雷尔生性活泼开朗，而且相貌俊美，所以很快就得到了阿瑟加德诸神的认同。奥丁神更是对他宠爱有加，甚至超过了对自己儿子的喜爱。

这天，弗雷尔在奥丁的宫殿中陪着他聊天。突然，弗雷尔提出了一个问题："奥丁神！我听人说如果坐上您的宝座，那么就可以看到很远很远的地方，是这个样子吗？"

奥丁神笑了笑，说："是的！一切和你听到的都是一样的！"

弗雷尔接着说："那我能不能坐一下呢？我实在是很想试试！"

如果这话是从别人口中说出，准会遭到一顿严厉的训斥，因为那个宝座除了众神之王奥丁和众神之后芙莉嘉以外，任何人都不能坐。可是这次奥丁居然答应了弗雷尔的请求。

弗雷尔坐上了奥丁的宝座，被眼前出现的奇妙景象吸引住了。那是东方，那是西方，那是南方，天啊！原来有那么多美丽的地方自己都不知道！当弗雷尔要往北方望去时，他犹豫了一下，因为那里是霜巨人居住的地方。不过，在好奇心的驱使下，弗雷尔还是向北方望去。辽阔的北方一片荒凉的景象，到处都被冰霜覆盖。弗雷尔心想："这个地方太荒凉了，根本不好玩，还不如不看呢！"

正当他要从宝座上下来时，突然愣住了。弗雷尔的心跳得越来越厉害，脸红得像一个红苹果，他想："我以奥丁神的长矛起誓，我从来没有见过这么漂亮的女孩！她的眼睛像大海一样清澈，她的头发闪烁着太阳般的光芒，她那魅力四射的青春气息简直可以溶化掉北方所有的冰川。这个女孩子是谁？我一定要娶她为妻。"

可是，他的美梦很快就破灭了。这位美丽的女孩居然是亚瑟神族的死敌霜巨人盖密尔的女儿。他知道，不管是神族还是霜巨人，都不会同意这桩婚事的。弗雷尔垂头丧气地走出了奥丁神的宫殿。

从那以后，丰饶之神弗雷尔患上了相思病，他每天都坐在窗前发呆，面容也越来越憔悴。涅尔德看到儿子如此憔悴非常担心，于是就派出使者史基尔尼尔前去询问。

起初，弗雷尔不愿意说出实情，但是史基尔尼尔一再坚持。没办法，弗雷尔只得告诉他自己喜欢上了霜巨人盖密尔的女儿吉尔达。史基尔尼尔想了想，然后对弗雷尔说："主人！请您不要伤心，我愿意为您解除相思之苦！"

弗雷尔眼睛一亮，马上说："真的！史基尔尼尔，太谢谢你了！你要怎么帮我呢？"

史基尔尼尔回答说："其实你不用担心神族那边，他们会理解你的！现在难办的是霜巨人那边，必须得到他们的同意。要想办成此事，您必须要借给我几样东西。"

弗雷尔说："说吧！你需要什么，只要我有的都可以给你！"

史基尔尼尔说："首先要把您的马借给我，因为那样我才能尽快赶到盖密尔的家；其次您要把您的宝剑借给我，因为如果她不同意我就用宝剑吓唬她；第三我要带上您在泉水中的倒影，因为那样才算是相亲；最后我需要您的十一颗金苹果和聚金指环德罗普尼尔，作为提亲的彩礼。怎么样？您答应我的条件吗？"

为了能够娶吉尔达为妻，弗雷尔答应了史基尔尼尔的所有要求。就这样，史基尔尼尔骑着马，挎着剑，怀中揣着弗雷尔的影子和彩礼，来到了霜巨人盖密尔的家。

当得知史基尔尼尔是来为伐纳神族的丰饶之神弗雷尔提亲时，吉尔达说："你是不是脑子不清醒了！我是霜巨人的女儿，怎么可能会嫁给神族呢？那个弗雷尔真是太异想天开了，怎么会有这样的想法？你别费力气了，我是不会嫁给他的！"

史基尔尼尔马上拿出了弗雷尔的影子和彩礼，希望能够打动吉尔达。没想到吉尔达连看都不看一眼，口气很硬地说道："我说过了，请不要白费力气了，我是不会嫁给他的。"

史基尔尼尔见此计不成，就拿出了弗雷尔的神剑，恶狠狠地对吉尔达说："看到没有，这是一把威力无穷的神剑，能杀死所有的人。如果你不答应，我将会砍下你的头。"

本来史基尔尼尔只是想吓吓吉尔达。可不想她不吃这套，反而更加强硬地说："就算你杀死我，我也不会答应的。"

看来只有使出最后的杀手锏了，史基尔尼尔举起了魔杖，对吉尔达说："如果你再不答应，我就在你的身上施下魔法，要么嫁给弗雷尔，要么就嫁给一个又老又丑的霜巨人，否则你将独守闺房。"

这下可把吉尔达吓坏了。没办法，她只好选择同意与弗雷尔成亲。听到消息的弗雷尔简直高兴极了，为了感谢史基尔尼尔，把自己随身的宝剑赐给了他，而自己则和吉尔达过上了幸福的生活。

世界经典文库

中外神话故事

·北欧神话·

图文珍藏版

建造众神之家

诸神们知道，虽然世界已经创造出来，霜巨人也被打到遥远的北方居住，但是这并不意味着一切都可以高枕无忧，因为邪恶恐怖的霜巨人随时都在寻找时机，以便向阿瑟加德发起进攻，夺回他们失去的世界。为了保障世界和阿瑟加德的安全，诸神决定建造一座既高大又坚实的城堡。当霜巨人来犯时，就可以用城堡来作为屏障。

天神们虽然法力无边，但是他们并不懂建筑。有人提议找住在地下的侏儒们帮忙，他们心灵手巧，一定可以完成任务。这个提议很快也被否定了，因为侏儒虽然善于建造，可是他们的身材太过矮小，根本不能建造出合乎要求的城堡来。就在天神们着急的时候，一位神秘人物出现了。

这个人有着高大的身躯，但他并不承认自己是霜巨人一族。他对焦急的天神们说："尊敬的亚瑟神们！我是一个建筑师，我知道你们如今正想建造一座城堡，所以前来帮助你们！"

天神们都不认识他。奥丁主神首先发话了，说道："哦！你真的能为我们建造出坚实的城堡吗？我对你的能力表示怀疑。还有，如果我们接受你的帮助，那么你想要从我们这里得到什么呢？"

神秘的建筑师笑了笑，说道："我建造出来的城堡绝对是最结实的，可以抵挡住任何霜巨人的进攻，这一点我可以保证。至于报酬嘛！呵呵，我不要金，不要银，只希望你们能把太阳、月亮和美之女神芙蕾雅赐给我。"

建筑师的话惹恼了所有天神，他们愤怒地叫嚷着："你这个家伙简直太狂妄了，居然还敢提出要太阳、月亮和芙蕾雅，我们坚决不能容忍这样的事情发生。"

这时，火神洛基站了出来，大声喊道："这个人是不是有那么高的能力，我们只有看过才知道！我提议，不如就让这个狂妄的家伙试一下，说不定他真的能建造出我们所要的城堡呢！"

其他天神马上反对，说道："怎么？真的答应他！如果真的建成的话，岂不是要答应他的要求吗？"

火神洛基笑了笑，说道："不要着急，我还没说完呢！我们可以让他建造，但是必须遵守两个条件：一是这项工程必须在夏季来临之前完成；二是除了自己以外，建筑师不能找任何帮手。"

天神们听后都笑了，因为在这样的条件下，要完成建造城堡的任务简直是不可能的。不想，建筑师却回答说："好的！我愿意接受这个挑战。我只有一个条件，那就是允许我的马斯瓦迪尔法利做我的助手，因为我要用它来搬运石头。"

天神们觉得这个要求并不过分，于是就答应下来。建筑师满怀信心地说："我一定不会让所有的天神失望的。不过,希望诸位天神不要在我完工的时候反悔。"说完扭头走了。

本来,这一切都应该是不可能的,可是这位神秘的建筑师偏偏地把它变成了可能。夜间,建筑师让斯瓦迪尔法利往阿瑟加德搬运石头,那石头简直就和山一样大。到了白天,建筑师则施展神奇的功力建造城堡。很快,一座高大结实、富丽堂皇的城堡就要落成了。

过了今晚就不再是冬季了,阿瑟加德的城堡也已经快完工了。那座城堡其实已经落成,唯一缺少的就是一扇拱门而已。可是,此时的天神们却高兴不起来,因为他们为了那份报酬感到担忧。

一位天神叫道:"他居然真的办到了,这个人到底是谁啊? 如今马上就要夏天了,城堡仅仅剩下个拱门没有完成。按照那个建筑师的速度,建造这个拱门简直就是小菜一碟,难道我们真的要把太阳、月亮和美之女神芙蕾雅给了他吗? 我真的不敢想象。"

另一位天神插话说:"其实谁又愿意答应他的条件呢? 可是又有什么办法呢? 我们和他是事先约定好的,亚瑟天神是不能没有信用的! 虽然我们不愿意,但是也必须答应他的要求!"

众神你一言,我一语,都认为这件事当初就不应该答应那个建筑师。这样,矛盾理所当然地就转移到了当初那个自作主张的火神洛基身上。诸神开始埋怨他。

洛基却是一脸的无辜,委屈地说:"这……这怎么能全怪我自己呢? 当初你们也没有提出异议啊!"

天神们才不管呢,反正就是洛基的错。诸神威胁洛基说:"听着,洛基,你这个出了名的捣蛋鬼! 你自己捅的娄子必须自己解决。现在,你必须阻止那个建筑师按时完成工作。如果办不到的话,我们会杀死你! 一定会的!"

洛基只得硬着头皮想办法。不过,这件事并没有难倒洛基,因为他是以狡猾而著称的,很快就想到应对办法。他趁着黑夜,来到了即将落成的城堡面前。

洛基施展法力,变成了一匹俊俏的母马。他站在远方,像那匹正在辛勤劳动的公马斯瓦迪尔法利发出了求爱信号。公马没能抵挡住诱惑,丢开了自己的工作,追随母马而去。建筑师发现事态不妙,赶忙在后面追赶。经过一夜的时间,斯瓦迪尔法利是追上了,可是最后的时限也已经过了。

建筑师对诸神的做法十分不满,现出了原形,来找诸神算账。原来,这个建筑师是一名太古时代的霜巨人。亚瑟诸神迎来了厄运,很多神都被他杀死。不过幸好雷神托尔及时赶回,才用雷霆之锤打死了这个霜巨人。

火神洛基

火神洛基,亚瑟诸神中最令人头疼的天神,喜欢恶作剧、捣蛋、制造麻烦,是一位具有善恶双重性格的天神。在前面的故事中,我们不止一次提到了火神洛基,而他的出现总是会和各种各样的麻烦联系在一起。不过,那时的洛基还只是顽皮,很多过错也是无心之失。直到光明之神巴尔德死后,火神洛基变成了一个不折不扣的恶神。

由于洛基从中作梗,光明神巴尔德再也不能返回阿瑟加德了,所有天神都因为巴尔德的离去而感到伤心。海神埃吉尔也知道了这件事情,虽然他平时和亚瑟诸神的关系并不是非常好,但是看到这种情景,他也十分难过。为了让诸神尽快从悲痛中走出来,埃吉尔在自己的海底宫殿中举办了一场丰盛的宴会,邀请了所有的亚瑟天神。

宴会在欢乐的气氛中开始了,这多多少少减轻了大家对巴尔德的思念。突然,大家发现有一个影子在他们前后左右来回地晃动,定睛一看,原来是火神洛基。洛基的出现重新勾起了天神们对巴尔德的思念。

天神们很生气,大声斥责洛基,说他是一个"不义的天神"。洛基被诸神的话激怒了:"好了! 你们骂够了没有,如果再这样,我可不客气了!"

火神洛基

洛基的话激怒了天神,他们要求把他赶出宫殿,流放到森林中去。洛基也被惹火了,他咬牙切齿地说:"既然这样,就别怪我无情了。"正在这时,海神埃吉尔的奴仆、伺候天神进膳的美丽女侍者费玛芬格过来为洛基倒酒。趁此机会,洛基对她痛下杀手,流血事件在宴会上发生了。

天神们被突发的事件惊呆了,继之而来的是更大的愤怒。他们愤怒地叫嚷着:"洛基! 你这个混蛋,你看你都干了些什么? 滚,马上滚出去,如果不滚的话你将会受到最严厉的惩罚的!"

虽然洛基被赶走了,可费玛芬格也不能复活了。天神们都为这件事感到遗憾,本来挺高兴的宴会,如今又蒙上了一层凝重的气氛。突然,火神洛基又从宫殿外跑了进来。众神发现,洛基的眼神发生了变化,充满了邪恶的气息。

还没等众神开口,洛基就开始大骂。先是艺术美神布拉琪,然后是主神奥丁,总之所有在场的天神都被洛基骂个遍,最后连众神之后芙莉嘉也没能躲过。洛基越骂越起劲,越骂越难听,气氛也越来越紧张。天神们一个个恨得不行,真想冲过去,让这个可恶的家伙永远闭上嘴巴。可是奥丁神说过,在亚瑟神族中是不允许发生流血事件的,因此大家也只能默默忍受。

这时,脾气暴躁的雷神托尔按捺不住了。他跳了起来,手中高举着雷霆之锤,大声喊道:"洛基!你给我听好了,我的脾气你是知道的。如果你再敢如此放肆的话,我一定会让你尝尝雷霆之锤的滋味的。我才不管什么阿瑟加德法律呢!相信你清楚,我是说到做到的。"

洛基傻了眼,知道眼前这位雷神爷什么事都做得出来,如果自己再骂下去,肯定没什么好下场。想到这,洛基头也不回地跑出了宫殿。

洛基心中很清楚,这件事绝不会这么简简单单地结束。自己已经没有重返阿瑟加德的希望了,亚瑟诸神也绝不会放过自己。为了保险起见,洛基必须想一个万全之策,以便脱身。

他逃到了一座高高的大山上,并在那里建了一座四面有门的大房子。这四扇大门终日敞开着,为的是有朝一日天神追杀到这里,方便自己逃走。不过,光有这四扇大门还是不够的,洛基还需要更周详的计划。他实地勘察了四周的环境,发现不远处有一条大河。于是洛基决定,如果众神追到这里,自己就变成鳜鱼,在河中藏身。但是,洛基转念一想,如果天神们发现自己变成了鳜鱼,一定会用渔网来捕捉自己的。为了万无一失,洛基决定自己先编一只渔网,把自己网住,然后再考虑如何从渔网中逃脱。

正当渔网制成一半时,洛基的噩梦来了。远远的,只见主神奥丁带领着托尔和克瓦希尔正怒气冲冲地朝着洛基的房子赶来。火神知道再不逃跑就会有大麻烦了,于是他把那张半成品渔网丢进火里,自己变成鳜鱼躲在了大河之中。

奥丁、托尔和克瓦希尔闯进了房子里,找了一圈也没有发现洛基的影子。这时,克瓦希尔在火中发现了那张渔网。聪明的他很快就明白了,对奥丁和托尔说:"看!这是什么?渔网!洛基这个家伙一定躲在河里。"

于是他们一起来到河边,开始寻找洛基。可是狡猾的洛基此时正藏在河底的一块大石头下,因此很难被发现。克瓦希尔又想到了一个办法,说道:"没关系,我知道他躲在什么地方!我们在下游放上一张巨大的渔网,然后慢慢向上游拉!在拉渔网的过程中,逐渐地清理掉河里的大石头。那样的话,洛基就跑不了了!"

这个方法果然奏效,洛基很快就沉不住气了。他不能坐以待毙,必须马上想办法逃脱。于是,他使出全身的力气,想要跳出渔网。前两次都没能成功,第三次他跳得很高,几乎就要看见胜利的曙光了。突然,洛基觉得浑身一紧,抬头一看,原来托尔的大手已经把他牢牢抓紧,正面带微笑地看着他。

洛基受到了应有的惩罚,他被众神囚禁在了地下洞穴之中。更加令他伤心的是,捆绑他的锁链居然是用自己的儿子纳尔弗的内脏做成的。

祸不单行,洛基的死对头女巨人斯卡蒂也趁机报复。她把一条毒蛇绑在了洛基头顶的岩石上,让毒液滴在他的脸上。要不是有希格恩(洛基的妻子)用盘子接住毒液,洛基恐怕早就和他的女儿赫尔团圆去了。当盘中的毒液滴满时,希格恩就会把它倒掉。火神洛基就会因为毒液的侵蚀而不停地抖动自己的身体,发出巨大的惨叫。这时世界上就发生了令人心惊胆寒的地震。

爱神芙蕾雅

　　爱神芙蕾雅是整个神族中最为美丽和性感的女神,她的风情万种在天上和人间都是大家公认的,没有哪个男人可以抵御她的魅力。好在这位女神并没有那样高不可攀,相反,她倒是极为风流,因此与很多神仙和凡人都有过肉体关系。在众天神之中,芙蕾雅的人缘是最好的。因为天神们都不想断了与芙蕾雅的来往,同时他们也深知芙蕾雅是不属于他们中的任何一个的,所以他们从不争风吃醋,只是以他们的方式与芙蕾雅保持着暧昧的关系,并适时满足一下他们的情欲。

　　尽管芙蕾雅风流成性,但却十分眷恋自己的丈夫。与其他男神不同,芙蕾雅的丈夫奥度尔对芙蕾雅并没有太大的兴趣,也没有因为芙蕾雅是自己的妻子而倍感骄傲。其他男神恨不得每天都让芙蕾雅相伴左右,只可惜他们都没有这样的资格,毕竟芙蕾雅不是属于他们的。然而丈夫奥度尔却并没有表现出对芙蕾雅的依恋,反倒是芙蕾雅十分依恋奥度尔。比较常见的情景是:一夜风流之后,当芙蕾雅睁开惺忪的睡眼时,却已经不见了奥度尔的身影。

　　奥度尔对芙蕾雅的热情是有限的,只要与芙蕾雅在一起的时间一久,他就会感到厌倦,厌倦到他想逃离的程度。奥度尔对爱情也并不专一,但他逃离芙蕾雅的主要原因不是要寻找其他的情感寄托,而是与芙蕾雅相比,旅游和探险对他的吸引力更大一些。可是只要芙蕾雅在他身边,他就不能做自己想做的事,所以他必须逃离。这也许是爱神芙蕾雅最大的悲哀,她的身体让无数天神垂涎不已,但却无法留住自己的丈夫。

　　每当奥度尔逃离以后,芙蕾雅都会到处寻找他,直到找到他为止。芙蕾雅既然有无数情人,为什么会对自己的丈夫如此痴情呢? 这或许与奥度尔在情爱施舍上的特殊能力有关。因为奥度尔给予她的快乐是别人无法给予的,所以奥度尔在她心目中的地位也是无可替代的。为了获得那绝无仅有的快乐,她必须要找到奥度尔。每次出门,她都会乘着两只猫拉着的金车前行,那是她特有的交通工具。在寻找奥度尔的途中,她也为各地百姓带去了黄金和珠宝。因为芙蕾雅的眼泪可以化为黄金和琥珀,而由于对奥度尔的思念和埋怨,她的眼泪总是流个不停,这样就将财富带到了各个地方。

　　寻找奥度尔的过程常常是很漫长的,而芙蕾雅又是耐不住寂寞的,所以她也会与路上遇到的一些年轻武士逢场作戏,让这些武士为她效劳。芙蕾雅的风流是出了名的,但大家似乎并不介意,仍然以得到芙蕾雅为荣。这种心理恰恰被芙蕾雅利用。有些时候,芙蕾雅会违背自己的意愿与某些人或神发生肉体关系,其目的就是为了得到自己想要的东西。她有一条著名的金链子,就是利用美色从四个黑侏儒的手里骗来的。

　　女人都是爱美的,被称为爱神的芙蕾雅更是如此。她总是精心地打扮自己,好让自己看上去更加与众不同。一天,她在四个黑侏儒那里看到了一个金链子,顿时被吸引住了。虽然她也有无数珍贵美丽的首饰,但却没有哪一件可以与这条金链子相比。爱美的欲望驱使她走进黑侏儒,她必须要得到这条金链子。黑侏儒对芙蕾雅的出现都有些惊喜,他们也是爱芙蕾雅的,只是平时他们根本就没有接近芙蕾雅的机会,这次芙蕾雅主动出现在他们面前,自然让他们激动不已。

　　侏儒们首先开口说话了:"多么美丽的女神啊!您一定是爱神芙蕾雅吧!世界上再没有谁的美丽可以与您相比了。我们精心打制的这条金链子,如果能戴在您的脖子上,一定会让您更加美艳,相信普天下的所有神魔都会被您迷倒的。"芙蕾雅本就是虚荣之人,自然爱听奉承之语,黑侏儒的话对她很是受用。她笑着说:"既然如此,你们就将这条金链子卖给我吧!说吧,无论多少金子都行。"黑侏儒说:"不,这条金链子是无价之宝,我们是不会卖的。而且我们也知道您的眼泪就是金子,我们又怎么忍心让您流那么多眼泪呢?我们只会把它送给别人。"芙蕾雅说:"那就送给我吧!"黑侏儒说:"我们只会把它送给同时爱上我们四个人的人。"芙蕾雅有些为难,这四个黑侏儒样子实在不怎么好看,不过为了得到金链子,她豁出去了。

　　芙蕾雅以自己的身体换得了黑侏儒手中的金链子。她对此并不介意,在她看来,这是非常值得的。戴上金链子的芙蕾雅果然显得更加妖媚迷人,连她自己都有些惊呆了。不过她也许没有想到,这条金链子后来却惹了祸,并挑起了一场旷日持久的战争。

诸神之黄昏

　　在前面的神话中我们已经提到,奥丁以右眼为代价,喝下了智慧之泉的水,因此奥丁有了知晓过去、现在和未来的能力,从而也得知了"诸神之黄昏"的预言。

　　所谓"诸神之黄昏",实际上是指诸神遇到的灭顶之灾。按照预言的显示,亚瑟诸神和伐纳诸神会经历由兴起到繁盛、由繁盛到衰落、最后再到死亡的过程,这是不可改变的。亚瑟诸神虽然已经知晓这个预言,但是并没有引起高度的重视,所以他们才会放任火神洛基胡作非为。最终,光明神巴尔德离开了世界,"诸神之黄昏"的预言马上就会实现。

　　恐怖的气息已经笼罩了整个阿瑟加德,亚瑟诸神心中都忐忑不安。他们已经看到了一些迹象,一些代表"诸神之黄昏"即将到来的迹象。日神和月神变得越来越害怕,因为他们已经感觉到芬利尔苍狼的力量正在日趋强大,随时都有把他们吞下去的可能。天地间失去了往日的繁荣,大地也没有了生机。寒冷、狂风、干旱、枯萎,这一切可怕的东西都降临了世界,天空和大地都在发出痛苦的呻吟。

那些一直被压抑着的邪恶势力此时也开始蠢蠢欲动。女巨人安格尔波达加紧了对芬利尔苍狼的后代斯库尔、哈梯和玛纳加尔姆的喂养。这三头凶恶的狼的身体越来越强壮，日神和月神马上就招架不住了。

"诸神之黄昏"来临了。最先张狂的是原为天神的火神洛基和他的后代苍狼芬利尔、死亡女神赫尔以及毒蛇尤蒙刚德。

洛基诡计多端，又是叛军主力的父亲，是邪恶势力的领袖。死亡女神赫尔则带上地狱恶犬加尔姆和双翼上挂满死尸的毒龙尼德霍格前来助阵。苍狼芬利尔挣开了那条束缚它太久的细绳索，张着血盆大口，嗷嗷狂啸。大蛇尤蒙刚德则在海洋中激起巨大的波浪，冲断了命运之船纳吉尔法的缆索，赶来充当叛军的战车。

更加可怕的事情发生了。以前被打败的霜巨人此时也得知"诸神之黄昏"到来的消息，他们拿起武器，杀气腾腾地前往阿瑟加德，与洛基的队伍汇合。同时，一直镇守在火焰之国穆斯帕尔海姆的火焰巨人苏特尔特，此时也举着可怕的火焰剑，带领着全体火焰巨人前来助阵。阿瑟加德危在旦夕。

亚瑟诸神早就觉察到事情不妙。原来，盘踞在宇宙之树旁边的毒龙尼德霍格已经咬穿了树根，耸立在众神之殿顶上的红雄鸡费雅勒也已经发出了警报。一直守候在那虹桥的天神守望者海姆达尔听到了警报，也看到了种种不祥的预兆。现在不是害怕和哭泣的时候，唯一能做的就是唤醒亚瑟诸神的斗志，让他们拿起武器，争取摆脱命运的安排，打破"诸神之黄昏"的预言。想到这，海姆达尔立即吹响了号角，刺耳的声音响彻了宇宙。

此时的阿瑟加德已经乱成一团，亚瑟诸神已经听到了海姆达尔的报警声。奥丁对所有的天神说："诸位亚瑟天神、伐纳天神以及那些英雄的武士恩赫里亚们（奥丁一直在为这一天的到来做准备，恩赫里亚实际上就是人类当中英勇的武士的亡魂），那个可怕的预言终于实现了。是的！'诸神之黄昏'到来了。我们不能逃避，也逃避不了。现在，我们应该拿起我们的武器，穿上我们的盔甲，骑上我们的坐骑，与那些可恶的邪恶势力进行战斗。不管结局是什么，我们都要努力战斗。因为我们是天神，我们身上流的是亚瑟神族的鲜血。"

奥丁的话使得每一位亚瑟天神都热血沸腾。他们一个个精神抖擞，全副武装。奥丁神的长矛冈格尼尔显得比平日更加光芒四射。雷神托尔更是威风凛凛，他手持雷霆之锤，摩拳擦掌，准备与邪恶军队决一死战。战神提尔失去了一只手，但是他勇猛的个性并没有失去，神剑在他的左手一样可以斩妖除魔。伐纳神族的弗雷尔虽然没有了宝剑，但是一只鹿角也可以作为武器，它一样会将那些叛徒杀死……突然，整个天空都变红了，从远处传来了一阵巨大的轰鸣声。诸神知道，虹桥已经毁了，决战时刻已经到来了。他们呐喊着，冲向了战场维格利德平原。

最后的战斗开始了，双方都拼尽了全力。他们知道，这是一场你死我活的战斗。天、地、冥三界都已经卷入了战争，人类在这里只能扮演羔羊的角色，他们能做的只是等待战争的结束。

虽然亚瑟诸神非常尽力地战斗，但是预言的力量实在太强大了，所有的天神都将失去生命。首先遇害的是主神奥丁。他的对手是他一直想驯服的芬利尔狼。芬利尔还算是有"良心"，没有把奥丁撕碎，只是将他一口吞了下去。

其他天神的结果也好不到哪里去。弗雷尔被火焰巨人苏特尔特尔杀死；海姆达尔和提尔也双双战死；雷神托尔虽然杀死了毒蛇尤蒙刚德，但自己也被它的毒血毒死。天神们一个个倒下了，为那个可怕的预言付出了代价。

邪恶军团也没占到什么便宜。火神洛基被海姆达尔杀死；地狱恶犬加尔姆也被提尔杀死；芬利尔狼被维达尔撕成了两半，只有火焰巨人苏尔特尔还在那里硬撑着。

战斗进入了白热化，双方都杀红了眼。火焰巨人苏尔特尔挥舞着火焰神剑，使整个世界都充满了熊熊大火。生命之树烧毁了，诸神宫殿没有了，阿瑟加德也不存在了，大地变成了一片焦土，海水因沸腾而蒸发，善和恶都在烈火中消失。世界又回到了一片混沌。

很长很长时间以后，世界将会迎来新的开始，那也是第二代神族的开始。

丢失的神锤

托尔的雷霆之锤是保护阿瑟加德安全的重要武器，没有了它阿瑟加德将会抵挡不住霜巨人的进攻。因此托尔把雷霆之锤看的比生命都重要，除了自己谁也不准碰一下。

有一天，托尔的神锤居然不翼而飞。这真是个可怕的消息，大家都纷纷议论，猜测是谁拿走了托尔的宝贝。托尔更是大发雷霆，对着诸神说："我的雷霆之锤丢了，这对我们大家谁都没有好处。如果霜巨人这个时候来侵犯阿瑟加德，恐怕我们都得完蛋。"

火神洛基赶忙过来打圆场，说道："托尔，你先别着急，发火是不能解决什么问题的。我看这件事不是我们亚瑟神族的人干的，一定是霜巨人偷的。我愿意为你效劳，前去找回雷霆之锤。"托尔觉得洛基说的有道理，所以就同意了他的意见。

洛基首先找到了女神芙蕾雅，从她那里借来了鹰之羽衣，然后变化成一只苍鹰，前往各地寻找。功夫不负有心人，雷霆之锤终于有了下落。偷走雷霆之锤的不是普通的霜巨人，他就是著名的暴风巨人索列姆。

洛基施展他的狡猾本领，花言巧语地哄骗索列姆，希望能从他嘴里套出雷霆之锤在什么地方。尽管洛基好话说了一大车，可就是没从他的嘴中得出半点消息。没办法，洛基只得无功而返。

回到阿瑟加德以后，洛基马上把自己打探到的消息告诉给了雷神托尔，托尔听后，叫嚷着要找索列姆算账。洛基说："冷静一下，你太爱冲动了！现在你没有雷霆之锤,恐怕不是索列姆的动手。不如这样,我再去向他索要,看看他会开出什么条件。只要我们能答应的,就尽量满足他!"托尔想了想,也只好答应。

洛基第二次来到了索列姆的住处,不过这次是以自己的本来面目出现的。洛基对索列姆说:"说吧!你想要什么作为交换物品,只要你能把雷霆之锤交还,我们愿意满足你的任何条件。"

索列姆笑了笑,回答说:"金山银山我不要,宝石珍珠我不稀罕,你们阿瑟加德的所有东西都不能打动我的心。我知道,雷霆之锤对你们十分重要,因此我一定要卖个好价钱。除非你们把美丽的芙蕾雅女神嫁给我,否则我是不会告诉你雷霆之锤在什么地方的。"

当洛基把索列姆的话转告给托尔时,托尔居然笑得前仰后合,说:"什么?他居然想娶芙蕾雅做妻子?"

火神洛基可没有笑,而是严肃地说:"托尔,你觉得我是在开玩笑吗?我说的一切都是真的,如果你不去劝服芙蕾雅的话,那么就别指望追回你的雷霆之锤了。"

没办法,托尔只好硬着头皮和洛基一起来到了芙蕾雅的住处。可想而知,芙蕾雅听到这个消息之后会是多么震惊。她哭喊着说:"不!我决不同意嫁给那个可怕的霜巨人!我才不管什么雷霆之锤呢,你们不能把我的幸福作为你们的交换条件。"

不管托尔和洛基怎么劝,芙蕾雅就是不答应嫁给索列姆。正在这时,海姆达尔想出了一条妙计,让托尔化装成芙蕾雅的模样,前去哄骗索列姆。

芙蕾雅揉了揉哭红的眼睛,问道:"这……这能行吗?"

托尔也觉得海姆达尔是在说笑话,气呼呼地说:"都什么时候了,还开玩笑。就我这五大三粗的模样,索列姆不会上当的!"

海姆达尔却一脸严肃,说:"笨蛋,你穿上美蕾雅的衣服,然后再稍稍变一下形,索列姆怎么会认出来呢?"

托尔恍然大悟,连忙称赞海姆达尔出了一条妙计。于是,他穿上了芙蕾雅的衣服,并在脸上遮上一层厚厚的面纱,随着假扮成侍女的火神洛基来到索列姆的住所。

索列姆准备了一大桌酒席迎接他们。酒宴开始了,索列姆发现,眼前的这个新娘没有一丝文雅可言,她不仅吃东西的时候发出巨大的响声,而且食量也是大得惊人,总共吃下去一头牛、八条大鲑鱼,同时还喝掉了三大桶蜜酒。索列姆看呆了,心中充满了疑问。

洛基看势不妙,马上过来解释说:"索列姆,请您见谅!我们的新娘太高兴了。为了能够早一天到达这里,她已经八天没吃饭了。"

索列姆听得心花怒放,借着酒劲想要和新娘接吻。可当他凑近新娘的面前时,突然发现她的两只眼正在冒火。索列姆吓坏了,不知道这是怎么回事。

洛基又说:"不要害怕,亲爱的索列姆,新娘眼中发出的是爱的火光。您知道吗？她是那么爱您，对您爱得又是那么狂热。她觉得能嫁给您是最大的荣幸。"

索列姆的姐姐觉得这里面有鬼。于是，她试探着对新娘说："按照我们霜巨人的规矩，新娘是要送给我们家族礼物的，请你拿出你的礼物吧！"

托尔是来这里要礼物的，自己哪里带什么礼物来了？于是，托尔给她来了个一问三不知，不管他姐姐怎么问，就是不回答。

洛基没办法，只好再一次撒谎，说："对不起！新娘现在满脑子都是新郎，如今的她已经是昏头昏脑了。"

洛基的甜言蜜语使索列姆完全丧失了警惕，他马上拿出了托尔的雷霆之锤，送给新娘作为定情信物。托尔见时机已到，马上显出本来面目，夺过雷霆之锤，然后把在场的霜巨人都烧成灰烬。

就这样，托尔和洛基两个人带着雷霆之锤，高高兴兴地回到了阿瑟加德。

美索不达米亚神话

人类和农牧的开始

天神安独自在宇宙中生活了很多年后创造出了很多天神。这些天神组合在一起,成了美索不达米亚的众神集团——亚恩纳基。就这样,最初统治世界的天神全部出现了。

天神安在不停地创造,宇宙也没有停止过对世界的改造。大地上出现了万物生灵的生命源泉、人类文明的发源地——底格里斯河以及幼发拉底河。后来,在这两条"母亲河"的周围,众神又开凿了很多运河,并在河两岸筑造了很多堤防。自那以后,整个苏美的国土有了自己的模样,开始蓬勃发展。

一天,天上的众神们聚在了一起,商讨一下如何为这个已经井然有序的世界做点有意义的事。其中最有发言权的神包括天神安、大气之神恩利鲁、太阳神乌多以及水神恩基。

无处不在的、拥有无边法力的大气神恩利鲁首先发表了意见:"万能的天神安,诸位宇宙的天神们,世界已经按照自己的意愿创造出了天和地,之后它又为生命的出现创造了底格里斯河和幼发拉底河这两条母亲河。如今该看我们的了,我们应该为这个神奇的世界做点什么,尽一下我们的义务,你们觉得怎么样?"

恩利鲁的提议马上得到响应,太阳神乌多对他说:"伟大的恩利鲁啊!你所说的其实也是我们所想的!我觉得我们应该为那些人类做些事情,因为他们和我们一样有智慧。人类是地上生物的主宰,可以说是代替我们统治着大地。"

水神恩基马上接过乌多的话,说道:"是的!人类已经出现了。你们还记得吗?在天和地的连接处有一座名叫尼布鲁斯的圣殿。这座圣殿就坐落于一处名叫乌斯姆拉的地方。很久以前,两位天神创造出了和我们一样聪慧的人类,然后把过去我们所做的一切工作都交给了他们。人类代表了我们的意志,代表了我们的形象,我们应该帮助他们,赐福给他们。"

众神都同意他的说法,水神恩基又接着说:"人类是非常聪明的,更重要的是他们将来一定会懂得如何敬重我们。如今,人类还不知道如果通过开凿运河而把土地分开;在耕种时如何使用锄头等工具来挖地;如何用陷阱、绳索、笼子等工具来捕获猎物。同时,他们还不知道应该为我们建造很多住所。"

天神安打断了水神恩基的话,说道:"是的! 水神恩基说的一点都没错。"天神安顿了一顿,接着说道:"人类慢慢地繁衍出了很多后代。不过,他们是居住在水里的。他们不知道世界上有一种美味叫面包,也不知道世界上有一种琼浆叫美酒。大地上没有大麦、谷物,更没有面粉。此外,人类生活得很辛苦,因为他们没有可以圈养的牛羊。因此,我们要帮助他们,使他们过上幸福的生活。我相信,我们亚恩纳基的土地通过他们的开垦,整个苏美的国土会变得丰裕。就像水神恩基说的,人类一定不会忘记我们对他们的恩典,一定会对我们顶礼膜拜的。让我们为这个世界做出自己的贡献吧!"

众神对天神安的提议表示一致赞成,马上开始了各自的工作。最先做出贡献的是天神乌努神以及女神宁乌努神。这两位天神赋予了人类无穷的智慧,而且还教会了他们认识各种事物。

之后是调皮的亚鲁努女神。她可以用泥土捏出各种各样的东西来。为了让人类能够获得足够的猎物,亚鲁努首先给人类送去了羊。这样,成群的羊来到了苏美的土地上。人们知道这是天神赐给他们的礼物,就用栅栏把这些羊圈了起来,作为自己的家畜。接着,亚鲁努女神又创造出了诸如牛、鸡、鸭等其他家禽以及各种兽类、鸟类和鱼类。同时,她还带领着人们昼夜不停地在神殿里为天神们举行祭祀活动。

接下来是充满智慧的女神妮达法。她被天神们任命为人类的守护神。因为妮达法女神掌管着人类最重要的农作物——谷子。更重要的是,她脑子里存有各种各样的人类所需的知识和学问。人类只有在她的庇护和保佑下,才能朝文明时代发展。

最后一个,也是十分重要的是掌管农业的天神亚修南。他知道人类没有一种固定的食物,而且人类找到的那些野草、野菜之类的东西既难吃又没有营养。于是,亚修南赐给了人类大片的田园和草原,以供他们耕种和放牧。此外,为了能够提高耕种效率,天神亚修南还赐给人类很多耕种所必需的工具。

就这样,人类和农牧才从真正意义上开始了。天神们赋予农作物所需要的阳光、雨水,使所有的植物都繁荣地生长,人类获得了丰富的谷物和成群的牛羊。后来,在亚鲁努女神的帮助下,人类又开始用黏土建造家园。当然,这些人类并没有忘记天神们的恩惠,他们也为天神们建造了很多住所,并不时地献上他们的祭祀。

从此,世界变得越来越美丽有序,人们的生活也越来越幸福。

伊南娜·多姆基的神话

伊南娜·多姆基,金星神,太阳神乌多的女儿,多姆基的妻子。她掌管着美丽、爱情、富饶以及生产。伊南娜生性活泼,脑子里总是冒出一些奇怪的想法。有一天，伊南娜突然想去由她姐姐亚莉修姬达鲁统治的地界去玩一圈。于是，她马上着手准备。

按照天界的规定，天神是不能随便到地界去的。如果非要去，则必须到人间各个神殿毁掉自己的神像，放弃自己女神的地位。伊南娜为了满足自己的好奇心，就到乌鲁克、沙巴拉姆、亚达布、尼布鲁等地把自己的神像拿走了。之后，她穿上漂亮的衣服，戴上各种华美的首饰，做好了去往地界的准备。

不过，伊南娜女神并不糊涂，对闯入地界也是心存顾虑的。于是，她对自己的女仆修布鲁女神说："你是我最忠实的仆人，我对你的忠心十分清楚。现在，我要去往地界，到那里去看一看。不过我担心

太阳神乌多

会在那里受到屈辱，因此我希望我走之后，你到天神恩利鲁、南纳鲁以及恩基那里为我祈求保护。你要好言相求，求他们保佑我在地界平安。"说完，伊南娜转身离去。

当伊南娜来到地界入口时，碰到了守门人尼帝。他很客气地对她说："尊敬的伊南娜女神，您到这里来有何贵干？"调皮的伊南娜回答道："哦！没什么，只是过来看看！请把大门打开吧。"

尼帝一脸为难地说："对不起，尊敬的女神。这里是由您的姐姐亚莉修姬达鲁女王统治的。我知道您想去地界，不过我没有权利放您过去。我必须要向女王通报，只有她批准了，您才能从这里通过。"伊南娜知道姐姐一向和自己不合，不过如今有求于她，也就不得不答应。

亚莉修姬达鲁得知伊南娜来到地界，恨得牙根痒痒，恶狠狠地对尼帝说："好！谁叫她是我妹妹呢！你就放她过去。不过，你是知道的尼帝，地界的大门共有七道。当伊南娜通过每道门的时候，你都要摘去她身上的一件饰物或衣服。等到她走过第七道门时，你要让她赤身裸体。"守门人听后很是害怕，刚想争辩，只见亚莉修姬达鲁脸色一沉，说道："还不快去，这是地界的规矩，所有人都是赤裸裸地来到这里的。"守门人见女王主意已定，只得领命而去。

伊南娜听到姐姐允许自己通过地界之门，高兴得差点蹦起来，毫不犹豫地跟随守门人走进门内。不过，她的这股高兴劲很快就没了，因为守门人按照亚莉修姬达鲁的吩咐，把她所有的饰物和衣服全部拿走了。伊南娜对守门人无礼的行为十分生气，大喊道："你疯了吗？你怎么可以这样对我呢？你看我现在已经是赤身裸体了。"守门人一脸无辜地说："对不起，这是规矩！所有的人都是一样的。"

伊南娜马上知道了是姐姐亚莉修姬达鲁捣的鬼，于是气汹汹地跑到姐姐的宫殿找她理论。不料，亚莉修姬达鲁女王却以伊南娜下地界没有充分的理由为借口，判定她有罪。愤怒的伊南娜大骂姐姐公报私仇，结果被恼羞成怒的亚莉修姬达鲁女王夺去灵魂，连尸体也被挂在宫殿的墙壁上。

修布鲁女神很快就知道了主人被害的消息，赶忙去找天神帮忙。可是，恩利鲁和南纳鲁都对伊南娜任性的做法感到生气，谁也不愿意搭救她。最后，还是水神恩基答应了修布鲁的请求。

恩基从自己的指甲缝中抠出一些污垢，然后把它们变成了两个人：一个叫克鲁卡奴拉，一个叫卡拉多鲁。接着，恩基把生命之能给了克鲁卡奴拉，把生命之水给了卡拉多鲁，并告诉他们想办法把这两样东西洒在伊南娜的尸体上。

克鲁卡奴拉和卡拉多鲁来到了亚莉修姬达鲁的宫殿，正赶上女王卧病在床。于是他们两个治好了女王的病。亚莉修姬达鲁为感谢他们的救命之恩，就答应把伊南娜的尸体还给他们。就这样，伊南娜终于找回了自己的灵魂，获得了新的生命。

不过，此时的伊南娜已经不是女神了，因为她自己放弃了神的地位。她请求克鲁卡奴拉和卡拉多鲁帮助她重新返回天界，成为受人尊敬的女神。克鲁卡奴拉和卡拉多鲁点了点头，对伊南娜说："伊南娜，你的要求可以实现，因为你本来就是天神。不过，当初是你自己放弃了女神的地位，如今要想回到天界，你怎么也要给众神一个交代吧！"

伊南娜听说有机会可以回到天界，毫不犹豫地回答说："好！你们说！只要能重做女神，你们提出什么条件我都愿意。"克鲁卡奴拉和卡拉多鲁微微一笑，说道："别那么痛快地答应，也许你做起来不是那么容易呢。如果想回天界，你必须找一个人代替你，做你的替身。只有他留在地界，你才能重返天界。"伊南娜满口答应了他们的要求。

三个人首先来到了伊南娜忠实的仆人修布鲁女神面前，克鲁卡奴拉和卡拉多鲁问道："你是选择修布鲁女神做你的替身吗？"伊南娜摇头说："不！她对我是那么忠诚，我怎么忍心牺牲她呢？"接着，他们又来到了夏拉神的面前，克鲁卡奴拉和卡拉多鲁问道："是这个人做你的替身吗？"伊南娜又摇头说："不！因为我的离去，你看她是多么伤心啊？我怎么忍心牺牲她呢？"就这样，他们走了很多地方，也没有找到一个合适的人选。

最后，他们来到了克拉布草原，看到了伊南娜的丈夫多姆基。伊南娜发现，她的离去非但没有使丈夫伤心，反而让他更加快活。女神气得火冒三丈，对克鲁卡奴拉和卡拉多鲁说："恩基神的使者，你们看，这个人是多么的无情无义啊！我决定让他做我的替身。"

后来，太阳神乌多因为可怜自己的女婿，就把他变成了一条蛇。可是即使这样，多姆基也没有逃脱厄运。最后，克鲁卡奴拉和卡拉多鲁在草原上找到了多姆基,把他带到了可怕的地界。多姆基永远留在了地界,受地狱女神亚莉修姬达鲁支配与管辖。

吉尔丹尼斯的神话

人类和农牧的时代已经开始了,在很长一段时间里,整个世界呈现出一片繁荣的景象。

有一年,幼发拉底河畔长出一棵柳树。在幼发拉底河的孕育下,这棵平凡的小柳树苗壮成长,变成一棵参天大树。可惜好景不长,一天,狂风暴雨在幼发拉底河的上空肆虐,无情的大风一次次从柳树的身上掠过,最后把它连根拔起。大雨使幼发拉底河暴发了洪水,而那棵可怜的柳树则漂流在河面上。

一天,女神伊南娜来到幼发拉底河畔游玩,发现了这棵柳树。伊南娜心想:"多漂亮的柳树啊!让它漂在河面上简直太可惜了。看!它的木质是那么好,如果再长大一点的话,完全可以做一把漂亮的椅子和一张结实的床架。"想到这,女神施展法力,把这棵柳树移到了自己神殿所在的乌鲁克,并把它种在自己培育各种花草树木的圣园里。

因为这个柳树已经有了特定的用途,所以受到了女神伊南娜特别的照顾。伊南娜每天都会亲自给它浇水、施肥、除草,希望能够早一天得到心中理想的椅子和床架。也许,因为女神的眷顾,柳树也沾上了很多灵气。随着柳树的不断成长,也招来了很多邻居和它为伴。

第一位邻居是一对鹭鸟夫妇。它们在这棵柳树的树梢上安了家,把这里作为它们的安乐窝。第二位邻居是毒蛇一家。它们在树根底下挖了个很大的洞穴,把那里作为它们的安身之处。最后一个邻居是远在沙漠的魔女莉妮多。她到这里来的原因是想离开荒凉枯燥的沙漠。

当女神伊南娜想要砍伐掉这棵柳树时,发现了这些"可爱"的邻居。她知道,凭借自己的力量是根本不可能办到的。于是,女神四处求助,希望有人能够帮她完成这个心愿。可是伊南娜求了一圈,居然没有一个人愿意站出来。正当伊南娜犯愁时,乌鲁克城的首领吉尔甘尼斯得知了这件事,马上披盔戴甲,手持利斧来到了女神面前,表明愿意帮助她砍伐这棵柳树。

女神对吉尔甘尼斯的到来表示欢迎,马上允许他进行这项工作。于是,吉尔甘尼斯挥动起巨大的利斧,不一会就把这棵柳树砍倒了。至于那些倒霉的邻居,则只能四散奔逃,另寻他处。女神非常感激吉尔甘尼斯,为了表示感谢,她挑出树上的一部分枝杈送给了吉尔甘尼斯,告诉他可以用这些东西制作一个布克(一种大鼓)和密克(打鼓棒)。吉尔甘尼斯高兴地接受了女神的礼物。

吉尔甘尼斯回到了乌鲁克城,用那些枝杈制成了布克和密克。他召集了全城的所有年轻人，举行了一场盛大的宴会。宴会过后，所有的人都沉浸在欢乐之中。人们互相传递布克和密克，谁都想尝试一下敲神鼓的滋味。也许是他们的欢呼声惊动了地界，大地突然裂出了一条巨大的缝隙。可是人们此时太过兴奋了，根本没有留意可怕的危险。最终，由于一个年轻人的失手，布克和密克掉入了地界。

吉尔甘尼斯对失去女神赐予的神物十分伤心，悲伤地说"天啊！都怪我，我不该拿出女神的圣物在众人面前炫耀。如今，因为我的过失，布克和密克再也不能回到我的身边了。"

这时，吉尔甘尼斯最好的朋友，也是他最得力的助手恩基多说道："亲爱的吉尔甘尼斯，请不要如此责怪自己，事已至此，还能有什么办法呢？"

没想到，吉尔甘尼斯居然大哭起来，他叫喊着："谁能帮帮我啊？谁能帮我从那黑暗的地界取回布克和密克呢？我看是没有人了，所有人都是那么的懦弱，包括我自己。"

恩基多看到吉尔甘尼斯如此伤心，就对他说："我的朋友，我的主人，请不要再这样下去了，不要在发出这样的叹息了。我，恩基多，您的朋友、仆人愿意为您效劳，前往黑暗的地界，替您拿回布克和密克。"

听了恩基多的话，吉尔甘尼斯破涕为笑："谢谢你，恩基多，你是我最好的朋友。不过在下地界之前，我有几件事要跟你说，你一定要听仔细，而且要牢牢记住：首先，黑暗的地界是不喜欢人间美好的事物的，所以你不能穿华丽的衣服，更不能往身上涂上好的香油；其次，地界的天神不喜欢有敌意的人，所以你不能带任何武器，就连拐杖也不行，同时你也不能穿拖鞋；第三，你不能和你家人有任何的联系，不管是你的孩子还是你的妻子。最重要的是，地界的天神不喜欢被人打扰，你绝对不要在地界大声喧哗，更不要看尼亚斯神母亲的身影。"

恩基多虽然点头称是，但根本没往心里去，心想："哪有那么多麻烦啊？我只是去一下，很快就会回来的。"就这样，粗心的恩基多来到了地界。由于他没有按照吉尔甘尼斯的嘱咐去做，所以触怒了地界的众神，被抓了起来，永远不能返回人间。

吉尔甘尼斯为失去恩基多放声大哭，后悔让他去冒险。他来到大气之神恩利鲁的神像前祈祷，希望他能让恩基多返回人间。可是恩利鲁对他和恩基多的做法十分生气，所以根本没有理睬他。没办法，吉尔甘尼斯又来到水神恩基的神像前祈祷，希望能得到他的帮助。恩基被吉尔甘尼斯的诚意打动了，决定帮助他。

恩基知道，凭自己的力量是办不成这件事的。于是，他亲自前往太阳神乌多的住所，求他帮忙。因为乌多是地界女王亚莉修姬达鲁的父亲。乌多同意了恩基的要求，但他能做的只是让恩基多的影子从地界出来，至于恩基多的肉身必须还留在地界。无奈，吉尔甘尼斯只得同意。

乌多在地界上挖了一个洞，恩基多的影子从洞中爬了出来。吉尔甘尼斯为能够再一次见到朋友非常高兴，而恩基多则把自己在地界的所见所闻一一告诉了吉尔甘尼斯。

伊修达鲁·丹姆斯的神话

地界,这是一个可怕的地方,一个被称为黑暗之家的地方,那里居住的是死人的亡魂。在通往地界的大门口,竖立着一块大木牌,上面写着:所有从这里走进去的人将永远不能回头。

天神和凡人都知道,如果谁走进了地界,那么他享受光明的权利从那一刻起就被剥夺了,因为地界是没有一丝光亮的。如果有谁想从那里返回人间,那更加是异想天开,脾气暴躁的地界统治者亚莉修姬达鲁女神坚决不会允许这种事情发生。

一天,月神欣的女儿、亚莉修姬达鲁女神的妹妹伊修达鲁女神来到了通往地界的大门前,笑呵呵地对守门人说:"亲爱的守门人,你辛苦了!为我打开这座大门好吗?我想去地界看一看,请不要问我为什么,即使你问了我也不会回答。"

守门人知道眼前这位女子的来历,不敢怠慢,赶忙解释道:"尊敬的伊修达鲁女神,我很乐意为您效劳。不过,地界是有规定的,如果天神想进入地界,必须得到亚莉修姬达鲁女王的允许。如果您没有女王的允许,我是不能放您进去的。"

其实,伊修达鲁到这里来根本没有告诉任何人,更不会通知她的姐姐,因为她知道姐姐一直不喜欢她。她不过是想来地界玩玩。于是伊修达鲁假装生气地说:"什么?你知道我是谁吗?难道连我都不让进吗?识相点!要不我就把门砸烂!"

守门人知道这位调皮的女神什么都做得出来,心中十分害怕。没办法,他只能对伊修达鲁说:"请您等一等好吗?我马上就去向尊贵的亚莉修姬达鲁女王请示。"说完,守门人转身来到了女王的宫殿。

亚莉修姬达鲁听到警卫的描述后大发雷霆,怒吼道:"她以为她是谁?她以为这里是什么地方?难道说我统治的地界就容她如此放肆吗?马上把她给我赶走。"

突然,亚莉修姬达鲁又叫住了守门人,一脸狡猾地说:"等等!好吧!你可以让她进入地界,不过必须穿过那七道门,而且我们地界一向都是最公正的,尽管她是我的妹妹,但一样要遵守地界的规定。知道了吗?"守门人领命后,回到了地界门口。

伊修达鲁迫不及待地问道:"怎么样?我姐姐同意了吗?"守门人回答说:"是的!女王同意了,不过她还说您也必须遵守古老的规矩。"

"规矩?什么规矩?"伊修达鲁疑惑地问。守门人没有直接回答,只是神秘地说:"您马上就会知道了。"是的,伊修达鲁马上就知道了可恶的规矩。原来,不管是天神还是凡人,如果想进入地界,都必须除去身上所有的衣服和饰物。就这样,赤身裸体的伊修达鲁被带到亚莉修姬达鲁女王的面前。

亚莉修姬达鲁傲慢地问道:"伊修达鲁,我亲爱的妹妹。你来到我这可怕的地界做什么啊?是不是要搞什么阴谋诡计啊?"伊修达鲁赶忙回答:"不,亲爱的姐姐!

我来这里只是好奇，根本没有什么其他想法。"亚莉修姬达鲁露出了凶相，恶狠狠地说："你当我是三岁小孩子吗？你觉得这些话我会相信吗？告诉你，你已经犯了擅闯地界罪，必须受到应有的惩罚。"女王向两边看了看，然后说道："南牧达鲁，我的侍从，去把这位可爱的女神关进地界的监牢里。还有，要好好关照她，让那六十个可怕的恶灵来侍奉她。那样的话，她身体所有的部位都将受到疾病的侵蚀。"

就这样，伊修达鲁被囚禁在地界，并且被六十个恶灵折磨得奄奄一息。由于伊修达鲁的离去，人间从此不再有繁衍的迹象，不管是动物还是植物。同时，由于伊修达鲁身体虚弱，导致地上所有的植物和动物都失去了活力。整个世界都失去了生机。

天界的众神为这件事十分头疼，可又没有办法。因为谁都知道地界女王亚莉修姬达鲁是个不好惹的家伙。最后，大家来到智慧之神耶亚面前，希望他能想办法救出伊修达鲁。

耶亚神很愿意帮助他们。他想了一会，变出了使者阿斯亚士修纳米路。耶亚对天使说："去吧！阿斯亚士修纳米路，你肩负着我和众神的使命。你要去往黑暗的地界，那里的七道大门将会为你敞开。"阿斯亚士修纳米路点了点头，表示愿意接受。他问道："伟大的智慧神，我应该怎么做呢？"耶亚回答说："你的任务是从亚莉修姬达鲁手中救出女神伊修达鲁。女王会因为你的到来感到高兴，你要对她念出众神的名字，那样她的心情就会愉快。你要求喝她的'生命之水'，女王一定会拒绝的，不过你可以施展我的法力，让她接受。最后，你把生命之水浇在伊修达鲁的身上。这样她就得救了。"

一切都像耶亚所想的那样，亚莉修姬达鲁女王对阿斯亚士修纳米路的到来确实很高兴，不过当听说使者要喝她的生命之水时，却愤怒地说道："你怎么能忘记自己的身份？你怎么能说出如此破格的话呢？我会给你恶毒的诅咒的。"这时，阿斯亚士修纳米路施展智慧神的法力，控制了女王的思想，使她产生了想要释放伊修达鲁的想法。于是，亚莉修姬达鲁女王命令南牧达鲁把伊修达鲁从牢房中带出来，并且赶走附在她身上的六十个恶灵，然后把可怜的伊修达鲁女神交给了阿斯亚士修纳米路。

最后，生命之水终于被浇到伊修达鲁的身上，女神也得以重返天庭。

阿托拉·哈希斯神话

最初，世界虽然被创造出来，但是大地上并没有人类居住。那时候，世界上所有的工作都是由众神来承担的。开始的时候，每位天神还都能任劳任怨、专心做自己的工作，可时间一长，很多神对这些枯燥无味而且永无休止的工作感到厌倦。最先挑起事端的是大气之神恩利鲁的儿子们。

　　恩利鲁的儿子们被亚奴天神派去做一些挖掘和搬运工作,已经整整做了四十多年了。这天,他们终于忍受不了这种辛苦的工作。一位天神扔掉了自己的工具,大声骂道:"我们是天神,而且还是恩利鲁的儿子。我们是应该受到所有生物顶礼膜拜的,怎么可以做这些粗重的活呢? 这是对神的亵渎,我不干了。"话音刚落,就有很多人跟着响应。在他的煽动下,他们把挖掘和搬运的工具烧掉,气势汹汹地来找他们的父亲恩利鲁,并包围了宫殿。

　　此时的恩利鲁并不知道危险已经降临,正躺在自己舒适的大床上睡觉。突然,鲁斯科跑了进来,慌张地喊道:"尊敬的恩利鲁,快醒醒吧! 出大事了!"恩利鲁睁开睡眼,很不满地问道:"慌什么? 怎么了? 是什么事让我们一向镇定的鲁斯科如此慌张?"

　　鲁斯科赶忙回答说:"不好了,一群愤怒的天神包围了您的宫殿。"

　　"啊!"恩利鲁马上从床上爬了起来,大声问道:"快去看看,是怎么回事? 是谁这么大的胆子?"鲁斯科看到恩利鲁慌张的表情心中暗笑,不紧不慢地说:"不过您不用担心,因为围住宫殿的是您的儿子。"

　　听到是自己的儿子包围了宫殿,恩利鲁又恢复了以往的尊严,慢条斯理地说:"不用担心,他们不敢乱来的。这样吧,鲁斯科,你去把亚奴神、恩基神等所有亚恩纳基的成员都叫来,一起商讨一下对策。"

　　恩利鲁的宫殿里灯火通明,所有的天神都集聚在一起。天神亚奴首先发话:"我现在唯一关心的,是他们为什么要包围恩利鲁的宫殿,是什么原因使他们如此愤怒。"这时,鲁斯科自告奋勇,对亚奴说:"伟大的亚奴神啊! 请您把这个任务交给我吧! 我愿意为您去打探消息。"亚奴神同意了他的要求。

　　不久,鲁斯科从外面回来了。他对亚奴和众神说:"我已经知道了原因,这些天神是因为不能再忍受那些无聊的、枯燥的、没有尽头的工作才会做出这种事来的。"刚说完,脾气暴躁的恩利鲁大喊道:"这帮小混蛋,这是想要造反,应该好好收拾他们。伟大的亚奴神,请您惩罚他们吧,让他们永远从这个世界上消失掉。"

　　可是,亚努神却摇了摇头,说:"你怎么可以这么说呢? 难道出现今天这种局面我们就没有一点责任吗? 是的! 他们说得没错,那些枯燥的工作是不应该由天神来做的。"恩利鲁一脸不高兴,嘟囔道:"天神们不做由谁来做? 难道还有什么拥有和我们一样的智慧?"

　　这时,水神恩基在旁边说:"我倒是有个办法。我们可以按照我们的样子创造出一种新的生物,就把他们叫作人类吧。我们赐予他们智慧,给他们力量,让他们代替我们的工作。"恩基的提议马上得到众神的响应,纷纷表示赞同。当然,除了天神恩利鲁以外。

　　就这样,人类被创造出来了。他们拥有强壮的体魄、灵巧的双手,更重要的是,他们拥有其他生物所没有的东西——智慧。从那以后,世界上所有的工作都交给了人类,天神们终于可以休息了。

好景不长，天神们开始的时候对这种舒适的生活十分满意，可时间一长，他们开始厌烦人类的所作所为，嫌他们太过吵闹了。于是，天神恩利鲁召集了一大批神，商讨如何给人类一点颜色。恩利鲁气势汹汹地说"诸位！你们都看到了！人类是多么的讨厌啊！他们不停地工作、交谈、争斗，搞得连天界都不得安宁。是时候了！该给他们点颜色看看了！"

恩基神一直以来对人类都很照顾，如今听到恩利鲁要惩罚人类，慌忙劝道："尊敬的恩利鲁天神，你是高高在上的，何必和那些渺小的人类过不去呢？"

恩利鲁才不吃他这一套，反驳道："是吗？那你有什么办法能让那些人类安静下来呢？不要再说了，我已经决定了。"恩基吃了闭门羹，也不好再说什么。恩利鲁见最大的障碍已经铲除了，继续说道："七天之后，我会让大洪水冲刷整个大地，所有的人类都将会在这场灾难中死亡。这是我的决定，任何人都不能改变。"说完还狠狠地瞪了恩基神一眼。

恩基神对恩利鲁的做法十分不满，可又不能劝说他。不过，明的不行，就来暗的。一天晚上，恩基托梦给自己忠实的信徒阿托拉·哈希斯，对他说："我最忠实的仆人，你要仔细听我的话。由于你们人类的过错，天上的恩利鲁神要惩罚你们。七天以后，无尽的洪水将从天而降，所有的生物将在这场灾难中死亡。"恩基顿了一下，接着说："不过，你是最纯洁的人，我会救你的。你要把你这件芦草盖的房子拆掉，用那些材料作一艘大船。然后，你要在船上建造一个大的舱，并用沥青固定。接下来，你把所有种类的生物一公一母都放进船里，记住你们家族的所有人都不能落下。时间不多了，抓紧办吧！"

阿托拉·哈希斯从梦中醒来，马上按照恩基神的旨意去办。果然，七天之后洪水从天而降，地上所有的人类都消失了，只有阿托拉·哈希斯一家幸免。

后来，天神亚奴介入了此事。他认为恩利鲁神的做法有些过激，不过幸亏恩基神的帮助，否则这个世界就真的没有人类了。恩利鲁也觉得自己的做法有些过分，于是他去找多女神宁多，让她帮助人类繁衍后代。从那以后，新一代的人类逐渐出现在地球上的每个角落。

亚达巴的神话

很久很久以前，居住在耶里多市的天神是被人们称为智慧和水之神的耶亚。耶亚虽然居住在人间，但是一样拥有无穷的法力。起初，耶亚神是一个人住在耶里多市的，时间一长，渐渐地感觉很孤独。于是，耶亚神施展法力，创造出了一个人作为他的儿子，并给他取名为亚达巴。

亚达巴备受耶亚神的宠爱，从他那里学到了很多生存的技巧，而且还拥有了最有力的武器——智慧。不过，耶亚神虽然喜欢这个儿子，但并不想让他也成为天

·美索不达米亚神话·

图文珍藏版

神,所以一直没有赋予他神力。当然,亚达巴并不知道真相,他每天都在耶亚神殿前的大海中捕鱼,然后把大部分的鱼都贡献给耶亚神。

一天,亚达巴像往常一样驾驶着帆船出海捕鱼。突然,一阵猛烈的南风从海面上掠过。由于亚达巴的船帆年久失修,所以被大风吹折,就连船也被掀翻。亚达巴落入了大海中,成了狼狈的落汤鸡。

耶亚神的儿子十分生气,心里暗暗诅咒南风:"你这可恶的南风,仗着你有一双鸟一样的翅膀,居然胆敢欺负我亚达巴。我要诅咒你,因为你的行为太过无礼。从现在开始,你那无形的翅膀将会折断,你再也不能像以前那样在天空中飞翔了。"

可怜的南风失去了翅膀,耶利多市的海面上再也没有刮起大风。亚达巴感到非常满意。但他不知道,一场祸事马上就要降临到他的头上。

原来,南风的主人就是最高天神亚奴。这天,亚奴问自己的侍从、巨人伊拉布拉特:"我的仆人,为什么这几天我总感觉有些不对劲呢?"

伊拉布拉特深施一礼,回答说:"我尊敬的主人,究竟是什么事让您那么苦恼呢?请您告诉我,也许我能帮助您。"

亚奴紧锁双眉,说:"真是奇怪,都已经七天了,为什么南风一直没有再刮起来?难道出了什么事吗?"

伊拉布拉特回答道:"伟大的亚奴神,这件事我知道。居住在耶里多市的耶亚神有一个儿子名叫亚达巴,是他诅咒了南风,使它失去了鸟一样的翅膀。"

亚奴听后十分震怒,说道:"可恶的家伙,渺小的凡人,他怎么敢这样做?我一定要让他吃点苦头,让他得到应有的惩罚。我要派使者把他带来,让他承受因为触怒我而获得的灾难。"

耶亚神很快就知道了亚奴神的命令。他害怕失去爱子亚达巴,就对他说:"傻孩子,你看你都做了什么?你怎么可以贸然地诅咒南风呢?现在最高天神亚奴神已经知道了这件事,他还十分愤怒说,一定要让你得到应有的惩罚。"

亚达巴非常害怕,赶忙祈求自己的父亲:"伟大的智慧之神耶亚,我的父亲,我知道自己当初太鲁莽。可是,事情已经做了,后悔也来不及了。请您帮帮我,因为我是您的儿子啊!"

耶亚神对亚达巴的认错态度还算满意,轻声对他说:"别怕,我有办法让你躲过亚奴神的惩罚。在亚奴神的使者到来之前,你要脱去现在的衣服,换上一身丧服,表示你在服丧。"亚达巴刚想插话,耶亚神马上又打断了他,继续说道:"别多嘴!放心,亚奴神的使者是不会有什么疑问的,倒是亚奴神宫殿门口的塔姆斯神和基斯济达神会问你为什么要穿丧服。那时你要装作不认识他们,然后回答说,是为了耶里多市和整个国家失去塔姆斯神和基斯济达神这两位贤明的天神而穿上丧服的。这样一来,他们会非常高兴,一定能帮助你渡过难关。"亚达巴赶忙表示已经牢记了父亲的话。

但耶亚神并不希望自己的儿子亚达巴成为天神,所以他又补充道:"当亚奴神撤销对你的惩罚时,他还会试探你是不是真的悔过了。他会拿出可怕的死亡面包,记住你不能吃;他还会拿出死亡之水,记住你也不能喝;他也许会拿出天神的衣服,记住你也不能穿;他也有可能拿出天上的神油,记住你更不能要。总之,亚奴神赐给你的一切你都不能接受,否则你将失去性命。"亚达巴牢记了耶亚神的话。

不久后,亚奴神的使者就把亚达巴带到了天上。亚达巴果然在亚奴神宫殿的大门口遇到了两位天神。他们很奇怪地问亚达巴为什么要穿丧服。亚达巴心想:"这两个人一定就是父亲口中的塔姆斯神和基斯济达神。"于是,他低着头回答说:"因为耶里多市和整个国家失去塔姆斯神和基斯济达神这两位贤明的天神,我感到很悲伤,所以穿上了丧服。"塔姆斯神和基斯济达神非常高兴,心中暗想一定要帮帮这个有孝心的年轻人。

亚达巴来到了亚奴神的面前,跪倒在地。亚奴神阴沉着脸,问道:"你就是亚达巴吗?你为什么要折断南风的翅膀呢?"

亚达巴一脸无辜地说:"对不起,伟大的亚奴神。我所做的一切其实都是为了我的父亲,我的主人天神耶亚,因为我要捕捉好多鱼献给他。南风吹翻了我的船,使我不能给耶亚神送去海里的鱼,因此我才诅咒了他。"

这时,塔姆斯神和基斯济达神也趁机说好话,这个说亚达巴如何如何有孝心,那个说南风如何如何不对。最后,亚奴神也被他们说动了心,觉得贸然把亚达巴带到天界是错误的。于是,亚奴决定给这个可爱的小伙子一点补偿。

亚奴神先拿出了可以长生不老的生命食物,但是亚达巴没有要;接着他又拿出了生命之水,亚达巴依然没有要;亚奴神又拿出了天神的衣服,可亚达巴没有穿;最后亚奴神拿出了拥有神力的香油,但亚达巴依然拒绝了他的好意。

亚奴神感到很奇怪,就问亚达巴:"亲爱的孩子,这些东西可以使你成为天神,你为什么要拒绝它们呢?"亚达巴说:"是我的主人让我这么做的。"亚奴神很快就明白了耶亚的用意。他没有拆穿耶亚的诡计,而是把亚达巴放回到了人间。不过作为奖励,亚奴神赐给了亚达巴很多福,让他可以从耶亚神那里获得别人没有的特殊权利。

耶达纳神话

恩利鲁天神用可怕的洪水惩罚了人类。事过之后,他也对自己的行为感到后悔。于是,恩利鲁召集所有的天神商量,准备为人类建一座坚固的城市。天神对恩利鲁的提议表示赞同。就这样,人类第一座城市——基修城建成了。

很多年过去了,居住在基修城的人类的数量已经增长了许多。渐渐的,人们之间开始出现矛盾、争吵甚至斗殴,秩序越来越乱。天神们决定为人类选一个领袖。于是,亚奴神找到了伊修达鲁女神,让她在基修城内选出一位国王。最后,伊修达鲁选中了一个名叫耶达纳的聪明牧人,把王冠和王座赐给了他。

耶达纳没有辜负众神的期望,把基修城治理得很好。不过,身为国王的他也有自己的烦恼。那就是虽然他有一个美丽温柔的王后,但是多年以来王后一直没有给他生个孩子。耶达纳非常苦恼,为了能够有一个继承人,他举行了盛大的祭祀活动,向伟大仁慈的太阳神乌多求助。

太阳神乌多被耶达纳的诚信打动了,决定帮助这个国王。乌多问他:"说吧!耶达纳,我会帮助你的。虽然你是基修城的国王,但也是我太阳神的子民。你所提的要求我都会答应的。"耶达纳悲伤地说:"伟大的太阳神啊!我的确需要您的帮助!您看,都已经好几年了,我依然没有一个孩子!您总不能眼睁睁地看着我后继无人吧!我听说天上有一种神奇的草药叫作'送子草',您能告诉我怎么得到它吗?"

乌多点了点头,说:"其实很简单,你只要走出基修城,一直往北走。在翻越一座高山后,你会在一个洞穴里看见一只没有毛的鹫鸟,它会告诉你如何得到送子草的。"耶达纳听后千恩万谢,马上出城。

耶达纳费了很大的力气才翻过了那座高山,终于看到了太阳神所说的那只鹫鸟。鹫鸟见到他非常高兴,说道:"亲爱的国王,英明的耶达纳,是太阳神叫您来的吧!快救救我吧!"耶达纳回答说:"你说的没错,是太阳神叫我来的。我可以救你,不过你必须答应我一个条件。"鹫鸟痛快地回答说:"说吧说吧!只要我能做到的。"耶达纳走到它跟前说:"我想要送子草。"鹫鸟脸上闪过一丝惊讶的表情,不过马上就消失了,然后严肃地说:"只要你想好了,我会帮助你的。"

耶达纳把鹫鸟从洞穴中救了出来,还给他吃了些食物。看着鹫鸟狼吞虎咽的样子,耶达纳笑道:"你家在哪里?"鹫鸟咽下了嘴里的食物,说:"我的家?呵呵!基修城内有一座供奉太阳神的神殿,神殿后面有一个大树,我就住在那棵树上。"

耶达纳接着问:"那你怎么会变成这个样子?"鹫鸟一脸哀伤地说:"都怪我自己贪心。"于是,鹫鸟诉说起自己可怜的遭遇。

原来,鹫鸟确实住在太阳神神殿后面的那个树上。不过它是住在树梢上,在树底下,还住着它的邻居大蛇。开始的时候,蛇和鹫鸟的感情非常好。为了见证这段坚贞的友谊,它们两个来到太阳神的神像面前发了誓,宣称谁也不会破坏这段友谊,谁违反了誓言,就要受到惩罚。

一段时间过去了,蛇和鹫鸟都产下了自己的孩子。天下的母亲都是那么的辛苦,动物们也不例外。这两位母亲每天都外出打猎,哺育自己的孩子们。在母亲的精心照顾下,小蛇和小鹫鸟都长得非常快。

这一天,鹫鸟不想飞很远的地方捕猎。于是,它违背了誓言,把自己的朋友蛇的孩子们做了小鹫鸟的点心。蛇回到家后,发现孩子不见了,马上就明白是怎么回事。于是,它痛哭流涕,跑到太阳神乌多那里告了鹫鸟一状,请求太阳神惩罚这个背信弃义的家伙。

乌多对鹫鸟的做法也十分反感,于是他让蛇隐藏在一只死牛的肚子里。等鹫鸟来吃牛肉,就拔掉它所有的毛,并把它关进洞穴里。鹫鸟对自己的行为也很后悔,请求太阳神的宽恕。最后,太阳神答应了它的请求,告诉它有一天耶达纳会来救它的。

几天后,在耶达纳的照顾下,鹫鸟长出了失去的羽毛,恢复了原来的力量。这时,耶达纳再一次提出寻找送子草的事情。

鹫鸟点了点头,说:"放心,我会帮助你完成心愿的,你先听听我的梦吧!"耶达纳对鹫鸟的做法很不满意,责怪它借故推辞。鹫鸟却装作没听见,继续说:"昨天晚上我梦见我们两个去了天界。在那里我们看到了亚奴神、恩利鲁神、耶亚神、乌多神等天神,并向他们恭敬地行礼。之后,我们来到了女神伊修达鲁的宫殿。我看到女神正端坐在一张华丽的王座上,一只威武的狮子躺在她的脚下。正当我注视那只狮子时,它却突然向我扑来,就这样我被吓醒了。"

耶达纳忍不住了,喊道:"你被吓醒了还说什么? 你能帮我做点什么啊?"鹫鸟赶忙说:"你别着急啊! 这个梦告诉我们,那个送子草就在女神的王座下面。"耶达纳一听有理,马上要求鹫鸟带他去天界。鹫鸟迟疑了一下,问道:"你不怕吗? 天界可是很高的。"耶达纳不屑地说:"怕什么? 我是基修城的国王,还不知道什么是怕呢?"鹫鸟看到耶达纳如此自信,只好说:"好吧! 你不怕就好! 你骑到我的背上,抱紧我的脖子,我马上把你带上天界。"

就这样,鹫鸟驮着耶达纳飞上了天空。可是,在距离天界还有一半距离的时候,耶达纳害怕了,他请求鹫鸟把它带回地界,说他再也不想要什么送子草了。鹫鸟拗不过他,只得往下降落。突然,不知从何处刮来一股飓风,一下子把鹫鸟和耶达纳吹向了远方,再也没回来。

尼鲁卡路与亚莉修姬达鲁

整个世界被分成两个部分:天界由最高天神亚奴神掌管,而地界则由女神亚莉修姬达鲁统治。所有居住在地界的神都拥有很高的权力和地位,天界的众神在进入地界时都要向他们行礼,而且每年还要在特定的时间里派使者给地界送去食物。其实,亚奴神非常厌恶这个规矩,打算借个机会把它废除掉。

这一年,又到了该给地界送去食物的日子了,天神亚奴把众神召集在一起,说:"尊敬的天神们,很多年以来,都是由我们派使者给地界送去食物。但是我们是天神,是宇宙中最尊贵的。我觉得,这个规矩需要改一下,应该叫地界的神自己来取食物。"亚奴的提议得到了众神的认可,于是他就派卡卡充当信使,前往地界。

信使卡卡通过了地界的七道大门,来到了地界女王亚莉修姬达鲁面前。女王对他很客气,笑呵呵地说:"你好啊! 亲爱的卡卡! 很长时间没见了。亚奴神还好吗？恩利鲁神、耶亚神和其他众神都还好吗？"

卡卡深施一礼，回答道："谢谢女王的关心，天上的众神都非常快乐。"

亚莉修姬达鲁笑了笑，说："那就好！你这次是给我送食物来的吗？为什么我看不到那些东西呢？"

卡卡回答说："尊敬的亚莉修姬达鲁女神，我是奉最高天神亚奴的旨意来的。他让我转告您，从今年开始，天界将不再派使者给地界送食物，所有的事情都需要地界亲自去办。"

亚莉修姬达鲁脸上闪过了一丝不愉快，但很快就消失了。她依旧笑眯眯地说："好的！亲爱的卡卡！既然是最高天神亚奴的决定，我一定会服从的。"说完，她转过头，对身边的仆人南牧达鲁说："我最忠实的仆人，看来今年要辛苦你一趟了。"

南牧达鲁心计颇深，一向不苟言笑，冷冰冰地回答道："是，女王，我一定会完成您的使命。"就这样，南牧达鲁跟随着卡卡前往天界。

几天后，南牧达鲁回到了地界，把食物带了回来。他对亚莉修姬达鲁说："尊敬的地界女王，按照您的吩咐，我已经把食物带回来了。"

亚莉修姬达鲁冷笑着说："我的吩咐？哼！不如说是亚奴的主意。这帮可恶的家伙，居然敢这样对我。我一定要给他们点颜色看看。南牧达鲁！你在天界的时候有没有谁对你很不尊敬，你告诉我，我一定会夺走他的性命。"

这个问题可把南牧达鲁难住了，他虽然有心计，但当时只顾挑选食物，根本没留意谁尊敬不尊敬他。所以，南牧达鲁支支吾吾了半天也没回答上来。

亚莉修姬达鲁马上明白是怎么回事，接着说道："我知道你当时专心办事，肯定没有留意。不过，这口气我实在咽不下。这样，你再走一趟，到天界去看看，有没有谁敢对你不敬。"就这样，南牧达鲁再一次去往天界。

几天后，南牧达鲁面带怒色返回了地界，亚莉修姬达鲁知道他肯定带回了"好消息"，兴奋地问："南牧达鲁，肯定是谁惹你生气了？快告诉我，我替你出气。"

南牧达鲁余怒未消，恶狠狠地说："尊敬的女王陛下，所有的天神都对我非常的尊敬，只有耶亚神的儿子，可恶的战神尼鲁卡路对我不敬。他不仅瞧不起我，还说我是一个丑陋的、没有感情的怪物。"

亚莉修姬达鲁也表现出一脸的愤慨，说："是的，他太可恶了，我将会夺去他的性命。"

消息很快就传到了尼鲁卡路的耳朵里，他非常害怕。因为他知道，这个地界女王可是说得出做得出。于是，尼鲁卡路就跑到自己的父神耶亚神那里求助。

耶亚神生气地说："你这个孩子，怎么可以做出如此愚蠢的事呢？真应该让你受到惩罚。"不过，话虽这么说，但耶亚神还是很疼爱自己的孩子。他对尼鲁卡路说："你要自己去向亚莉修姬达鲁赔罪，我会派出十四个精灵跟随你，每当你通过地界的一道大门时，你都要留下两个精灵把守，这样的话地界之门就不会关闭，你也能返回天界。你要记住，你只能在地界待七天。"

这时，慌张的尼鲁卡路插嘴道："可是父亲，如果我见到了亚莉修姬达鲁，她会马上夺走我的性命的。"

耶亚神瞪了他一眼，骂道："没用的东西！你到了那里之后，要诚心诚意地道歉，不可有任何狂妄举动。如果她给你椅子，你不能坐；给你面包，你不能吃；给你美酒，你不能喝；给你清水，你不能洗，因为那样会要了你的命。还有，如果亚莉修姬达鲁在你面前脱衣服洗澡，你千万要把持住，否则后果不堪设想。"

尼鲁卡路亲自前往女神亚莉修姬达鲁的宫殿道歉，一切都和耶亚神所说的一样，七道大门、椅子、面包、美酒、清水，所有的问题尼鲁卡路都遇到了。不过他牢记了父亲的话，没有做出丝毫犯忌讳的事。亚莉修姬达鲁对尼鲁卡路的表现还算满意，笑着对他说："好吧！就算我接受了你的道歉，请原谅我刚才无礼的待客方式。现在我要沐浴更衣，然后再正式接受你的歉意。"

可怕的事情发生了，当亚莉修姬达鲁脱去外衣时，尼鲁卡路完全被她迷住了，他一把上去就把地界女王抱在怀里。两人坠入了爱河。七天很快就过去了，尼鲁卡路必须返回天界。

尼鲁卡路的离去使亚莉修姬达鲁非常痛苦，她哭喊道："为什么啊？尼鲁卡路！你为什么要离开我啊？你知道，你对我是多么重要吗？"但是不管她怎么哭，尼鲁卡路也不会再回来。这时，南牧达鲁凑了过来，对女神说："女王，我有个办法。我愿意再去一趟天界，把尼鲁卡路接回来。如果他或是其他天神不肯，你就报复他们，把地界所有的死灵放出去，让世间的人类受尽苦难。"亚莉修姬达鲁破涕为笑，同意了他的建议。

天神们因为害怕亚莉修姬达鲁的威胁，只得同意让尼鲁卡路去往地界。从那以后，尼鲁卡路和亚莉修姬达鲁结为夫妻，生活得还算幸福。

怪鸟斯的神话

在太古时期，恩利鲁神是众神的统治者，他常在尼布鲁城的神殿中与其他大神举行会议，商议要事。在神殿中，藏有一件名为《天命书版》的神宝，只要得到这件神宝，就可以支配众神和万物。为了保证神宝不落入恶人之手，恩利鲁神特地安排一只叫作斯的巨大怪鸟看守神殿。开始的时候，怪鸟斯还能恪尽职守，可时间一长，它就起了邪念。

怪鸟斯心想，既然得到《天命书版》可以支配众神和万物，那么如果自己监守自盗，岂不是就可以号令天下？以前自己之所以要听恩利鲁神的命令，那是因为不是他的对手。可如果得到《天命书版》，就再没有哪位神能与自己抗衡了。因为所有违背《天命书版》的人，都会变得和泥土一样。想到这儿，怪鸟斯坚定了盗取《天命书版》的决心。一次，它趁恩利鲁神沐浴之机，盗走了《天命书版》，向着它的故乡

·美索不达米亚神话·

图文珍藏版

得知《天命书版》被盗，众神纷纷赶来与恩利鲁神商量对策。事到如今，他们已经别无选择，只能派人去圣峰与怪鸟斯战斗，从怪鸟斯的手中夺回《天命书版》。可是此去圣峰路途遥远，没有人可以到达那里。再说如今怪鸟斯手中握有《天命书版》，又有哪位神是它的对手呢？众神商量来商量去，竟没有一位敢于站出来。一时间，整个神殿笼罩在一层恐怖的氛围之中，所有人都觉得危机四伏。

众神商量不出对策，只能在神殿里胡乱揣测。忽然，有人想到了智慧之神耶亚，说不定他有对付怪鸟斯的办法。于是，众神连忙赶往耶亚居住的深渊，找到智慧之神耶亚，将事情的原委向耶亚一一阐明。耶亚听后，表情变得凝重起来。众神都在静静等待耶亚的回音，这可是他们最后的一线希望，如果连耶亚都没有办法，那他们就彻底没辙了。沉思片刻后，耶亚说："我有个办法倒可以一试！"众神大喜，忙问其是何办法。耶亚说："要打败怪鸟斯，只有一个人能办到，那就是可以用七种风作为武器的尼基鲁斯神。我现在就去找他，请他前往圣峰捉拿怪鸟斯。"

尼基鲁斯神性格怪异，与其他大神素无往来，因此要请其出山并非易事，还得用一些手腕儿才行。耶亚没有直接去拜访尼基鲁斯神，而是首先找到了他的母亲玛哈女神。他在玛哈女神的面前将尼基鲁斯神大肆夸奖了一番，并称尼基鲁斯神是世界上最有能力的人，只有他才能战败怪鸟斯。一番话说得玛哈女神心花怒放，她答应耶亚让儿子前往圣峰夺回《天命书版》。这位尼基鲁斯神虽然性格怪异，但却对母亲言听计从。在得到母亲的命令后，他就马上向着圣峰出发了。

在圣峰附近，尼基鲁斯神遇到了怪鸟斯。当得知尼基鲁斯神的来意后，怪鸟斯不屑地说："难倒你不知道我已经得到《天命书版》、天下无敌了吗？你怎么还敢来与我作对？真是愚蠢。"尼基鲁斯神答道："我就是来与你战斗的，我有信心战胜你，夺回《天命书版》。"两个人话不投机，很快就厮打在了一起。因为有众神的帮助，尼基鲁斯神很快就占了上风，可怪鸟斯有《天命书版》相助，所有射向它的箭都在瞬间化为无形。尼基鲁斯神无论怎样用力，都伤不了怪鸟斯一分一毫。就这样僵持了很长一段时间，尼基鲁斯神开始泄气了，他觉得自己确实没有能力打败怪鸟斯，看来《天命书版》的力量真的无人能敌。

众神将战况报告给耶亚，耶亚提醒尼基鲁斯神用七种风的力量折断怪鸟斯的翅膀。尼基鲁斯神如梦初醒，重新燃起了战斗的欲望。他开始拼命地发动风力，一起吹向怪鸟斯的翅膀。终于，怪鸟斯的翅膀被吹断了。至于众神最终是不是战胜了怪鸟斯，史料中并没有相关的文字记载。一个美好的神话却没有结局，难免让人有些遗憾。不过其实结局已经显而易见了，众神最后一定会战胜怪鸟斯，夺回《天命书版》。

克马鲁迪的神话

宇宙形成之初，世界是由一位名叫阿拉鲁的天神掌管的。他拥有无穷的法力，所有天神都听从他的吩咐。阿拉鲁神身边有一位贴身大臣，负责照顾阿拉鲁日常的饮食起居。这位贴身大臣就是后来的天界主神——天神亚奴。

阿拉鲁的统治维持了九年以后，他的那个亲信、自己的贴身大臣亚奴神背叛了他。亚奴神率领着天界众神攻入了阿拉鲁的宫殿，而他自己则直接面对阿拉鲁神。最后，阿拉鲁神战败，失去对天界的支配权。阿拉鲁只能躲进黑暗潮湿的地界，永远不能返回天界。也许有人会问，亚奴神为什么要背叛自己的主人？其实很简单，天界和人间一样，权力的斗争一直都存在。

亚奴神作了天界的最高统治者，此时的他可谓是春风得意。当然，作为天界之王自然要有气派。于是，亚奴神从天神中选出一位做自己的贴身大臣，当然也是他的仆人。最后，众神之王亚奴神选中了克马鲁迪天神，由他来照顾自己的饮食起居。

最初，克马鲁迪神对亚奴神可谓是俯首帖耳，毕恭毕敬，每天都小心翼翼地伺候亚奴神。在亚奴神眼里，克马鲁迪神是最忠诚的仆人。

好景不长，在亚奴神当了九年天界之王后，他最亲近的人、自己的贴身大臣——克马鲁迪神叛变了。当克马鲁迪神拿着武器站在他面前时，亚奴神简直不敢相信自己的眼睛，他叫道："为什么？克马鲁迪！你为什么会拿着武器？我的亲信！你为什么会有那样的想法？我的仆人！你为什么会背叛我？我的朋友！难道我对你不够好吗？"

克马鲁迪神冷笑了几声，说道："不！亚奴神，你对我很好，就像对待亲生儿子那样！其实我应该很满足的。"亚奴神不解地问："那你为什么还要谋反？"克马鲁迪神说道："为什么？那我问你，以前的阿拉鲁神对你不好吗？你为什么还要谋反？其实你背叛阿拉鲁神的原因，也是我背叛你的原因。谁叫那闪烁着无限光芒的王冠那么诱人呢？"

亚奴神终于明白是怎么回事了，其实他早该知道有这一天。当初他为了当上天界之王赶走了阿拉鲁神，如今克马鲁迪神为了夺走那至高无上的权力也要赶走他。为了捍卫自己的尊严，为了捍卫王权，亚奴神拿起武器与克马鲁迪神展开了殊死的搏斗。

经过几天的战斗，亚奴神渐感体力不支，一不留神被马鲁迪神刺伤了胳膊。身负重伤的亚奴神没办法，只好败走，飞向远方。不过，克马鲁迪神比他的主人更加狠毒，懂得什么叫斩草除根。他不打算放任亚奴神逃走，而是在后面紧追不舍。

受伤的亚奴神不一会就被克马鲁迪神赶上。兴奋的克马鲁迪被胜利冲昏了头

世界经典文库

中外神话故事

·美索不达米亚神话·

图文珍藏版

脑,居然忘乎所以,一口咬下了亚奴神的生殖器,还把他的精子吞进了肚子里。

亚奴神觉得受到了极大的屈辱,他愤怒地吼道:"你这个卑鄙的家伙,你这么做简直是太无耻了。你将会受到可怕的诅咒。"

克马鲁迪却不以为然,反而讥笑说:"是吗?那我倒要听听,看看你这个失败者如何诅咒我。"

亚奴神恶狠狠地说:"是的,你现在是胜利者,而且是高傲地把我打败了。但是你吞下了我的精子,它们会在你体内生长,变成三位拥有无穷法力的、给你带来灾难的天神。他们分别是天候神、大修米修神以及底格里斯河神。这三位天神将会让你体验到真正的恐怖,会给你带来无尽的痛苦。"说完,亚奴神转身飞向远方。

被吓坏了的克马鲁迪神此时已经没有心情追赶,心想:"虽然亚奴不再是天界之王,但是他依然拥有无穷的法力,那么他的诅咒还是会实现的。"于是,为了摆脱亚奴的可怕诅咒,克马鲁迪神施展法力,想要把亚奴的精子吐出来。

努力还是有成效的,大部分精子已经从克马鲁迪的身体里排了出来,大修米修神以及底格里斯河神落到了地面。不过,还有一部分精子留在了他的体内,这些精子将会孕育成天候神。克马鲁迪知道自己无能为力,只好逃回众神居住的坎斯拉山,以便从长计议。

日子一天天过去,不管克马鲁迪怎么努力,遗留的精子都没能从他体内排出。天候神在克马鲁迪的身体内渐渐长大,等待着他的主人亚奴神的召唤。

七个月后,时机终于成熟了,亚奴神盼来了自己复仇的日子。他施展法力,告诉天候神如何从克马鲁迪的身体出来。一天晚上,当克马鲁迪熟睡的时候,天候神悄悄地从他口中跳了出来。亚奴神见自己的孩子终于出世,高兴得不得了,马上赐予他无穷的力量和勇气,并教他与克马鲁迪战斗。

对于克马鲁迪来讲,这可能也算是一种解脱,他再也不必终日担惊受怕了,终于可以面对面地和天候神战斗了。在亚奴神和其他天神的帮助下,克马鲁迪最终被这个新生的天候神打败了。他不得不把自己刚刚抢夺过来的天神之王的位置重新让给亚奴神,自己则只能开始亡命生活了。

像很多故事一样,克马鲁迪神并不甘心自己的失败,总是找机会报仇。后来,他生下了一个儿子——山岩巨人乌鲁里克牧尼(就是打败克牧米亚人的意思,因为天候神居住在克牧米亚城)。可惜,乌鲁里克牧尼也在战斗中被杀死,克马鲁迪的复仇计划失败了。

德利比鲁的神话

在美索不达米亚神话中,天神们虽然高高在上,有着无边的法力,但是他们和凡人一样,也有喜怒哀乐等感情,有的天神甚至还很小心眼。风暴之神提修布的儿子,掌管农业丰收的丰饶之神德利比鲁就是一个十分小气的天神。

有一次,天上的众神和他开玩笑,说他在人间没有什么地位,根本没有人会把他放在眼里。德利比鲁对众神们的话非常生气。于是,他恨恨地对天神们说:"是吗?真的如你们所说的那样吗?那好吧!那我就走,永远地离开这个鬼地方,你们将不会找到我。我倒是要看看,可怜的人类离开我到底能不能活?"说完就走了。

众神们被德利比鲁恶狠狠的话吓呆了,不过转念一想,德利比鲁的小气是出了名的,他说的不过是气话而已,过不了几天他就会回来的。

可是,天上的众神这次错了,德利比鲁果真一去不回。人间迎来了可怕的灾难,农作物不再生长,所有的植物都出现枯萎的现象,谷物收获少得可怜。人类、动物以及一切有生命的东西都停止了繁衍,整个世界陷入了前所未有的恐慌。人们将自己仅有的一点食物和水作为贡品献给了天神,祈求他们把这可怕的灾难带走。

天神们为当初的一句戏言感到后悔,觉得不应该那么侮辱小气的德利比鲁。于是,所有的天神聚集到了一起,商量如何找回德利比鲁,让大地重新获得生机。

德利比鲁的父亲,风暴之神提修布首先发言:"诸位天神们,你们要负一定的责任,明知道我的德利比鲁不喜欢开玩笑,为什么还要那么说他!"

一位天神笑嘻嘻地说:"尊敬的提修布,我们知道错了。不过现在不是埋怨的时候,我们应该做的是找回您的儿子。"

太阳神说道:"是啊!生气有什么用呢?只要德利比鲁能回来,我们愿意向他道歉。我看,还是先让我来试着寻找他吧。"说完,太阳神就唤来一只鹫,让它去远方寻找德利比鲁神。

过了很久,鹫回到了太阳神身边,但并没有带来什么好消息。这时,提修布又一次开口了:"你们是不可能找到德利比鲁的。现在,我们只能依靠我的妻子、德利比鲁的母亲韩娜韩娜女神了。只有她知道如何找到我的儿子。"

提修布去求她,希望她能指点迷津。韩娜韩娜说:"伟大的风暴神,亲爱的夫君,德利比鲁的父亲,我知道你也深爱着我们的儿子。不过,这次那可怜的孩子是真的生气了,我看什么人都不能把他找回来。"

提修布很是着急,说:"我亲爱的妻子,伟大的韩娜韩娜女神,你难道不想再见到我们的儿子吗?一定有办法可以找到他的,而且这个办法只有你知道,请告诉我好吗?"

女神没有办法,只得对丈夫说:"现在只有一个办法可以找回德利比鲁,那就是必须由他的父亲,你——风暴之神提修布亲自去找。除此之外,根本就没有办法找回德利比鲁。"提修布听取了妻子的建议,飞向远方寻找德利比鲁。

提修布走遍了世界的每个角落,也没有看到德利比鲁。这一天,风暴之神发现了一座城堡。他想自己的儿子很可能就躲在这座城堡里。于是,他施展法力,使天空中刮起了强大的暴风,把上了锁的城堡大门吹了开来。提修布走进城堡,找遍了所有的地方也没有发现德利比鲁。提修布非常沮丧,垂头丧气地回到了韩娜韩娜女神身边。

女神知道丈夫的遭遇后，一脸不悦地说："我知道那个臭小子一定就躲在城堡的某个地方，你没有找到他，是因为他根本不想见你。这个家伙，怎么可以这样呢？连自己的父亲都要欺骗。我一定要好好惩罚他。"说完，女神召来了千万只小蜜蜂，对它们说："去吧！我可爱的孩子们！你们拥有灵巧的身体和坚韧的翅膀，一定可以找到我的儿子德利比鲁。"

在韩娜女神的帮助下，蜜蜂们很快就找到了德利比鲁。可不管这些小东西如何在德利比鲁面前扇动翅膀，他就是不理睬，最后居然索性睡起觉来。小蜜蜂们一看没办法，就用刺蜇他。德利比鲁被蜜蜂蜇得实在受不了了，叫喊着跑出了房间。

天神们很快就得到了消息，赶忙派鹫给德利比鲁送去新鲜的椰子、美味的橄榄和上等的葡萄酒，又给他带去了最好的香油，让他止痛。可惜，德利比鲁对天神们的殷勤并不领情，嘴里嘟囔道："干什么啊？难道凭这点东西就想收买我？哼！不管他们怎么做，都无法抹去我心中的怒气。"

没办法，天神们只好去求女神卡姆露少巴。卡姆露少巴答应了众神的要求，说道："我十分愿意效劳。首先，太阳神的鹫要再次飞到德利比鲁那里，扇动它的翅膀来减轻德利比鲁的疼痛。然后，天神使者要带上十二只洁白的羔羊，代表所有的天神献上纯洁的羊血。最后，我会亲自赶到那里，施展法力，平息德利比鲁的怒气。"就这样，德利比鲁终于答应返回天界。

众神为德利比鲁的归来举行了盛大的欢迎仪式。他们穿上整洁漂亮的衣服，一起站在哈达奴基修纳树下迎接德利比鲁。此外，众神为了表示诚意，还特地为德利比鲁修建了一座华丽的、有七扇大门的宫殿。其实，众神这么做一方面是为了讨好德利比鲁，另一方面也是想通过这七道大门把他软禁起来，使这个小气的家伙不再出走。

德利比鲁回来了，大地又重获生机，人们又过上了幸福的生活。

比布鲁斯创造天地

宇宙已经有了，但世界尚未形成。在那时，没有天、没有地、没有日月星辰、没有花鸟树木、没有鸟兽鱼虫，也没有人类。到处都是一片混沌的状态，大地上到处都是荒芜的景象。当时世界是有水的，但并不是我们今天看到的明亮的景象，而是昏暗的颜色。宇宙中没有一丝生命气息，只有一位主神比布鲁斯在浩繁的水面上来回游荡。

比布鲁斯天神觉得这个世界太单调了，应该有一个丰富多彩的世界取代它，于是他开始按照自己的意志来改变这个世界。比布鲁斯决定把水分为两个层次，于是他首先创造出了空气，然后把空气注入水中。就这样，水被分开了，一部分升到很高很高的上方,变成了我们今天看到的天空;另一部分则下降了很远很远的距离,但是那并不是陆地。从那以后,天和地就分开了,而且有了空气作为分界线。

接下来是给这个世界带来光明,因为那时到处都是一片黑暗。于是,比布鲁斯施展法力创造出了耀眼的光。他把世界分为两部分:一部分充满光明,另一部分则保留黑暗。从那以后,光明和黑暗就分开了。同时,为了加以区分,比布鲁斯把有光的那部分称为白天,把没有光的部分称为黑夜。创世主命令他们彼此交替,轮流掌管世界。

比布鲁斯站在空气中,抬头望了望,对自己创造的天空很满意。可是,当他低下头时,却对自己创造的大地不满意。于是,比布鲁斯施展无边的法力,按照自己的意志改造大地。他说:"茫茫的大水布满了我所创造的整个大地,但是那并不是我想要的景象。现在,大地将会升起,陆地将会从水面中显露出来。至于那些水,我不会抛弃它们的,它们将会一起聚集在凹地中。"

就这样,大地按照比布鲁斯的命令升了起来,广阔的陆地出现在世界上。不过,因为水的面积实在太大,所以世界上依然有三分之二的地方是水。从那以后,世界上有了陆地山川,也有了江河湖海。比布鲁斯高兴极了,他觉得自己创造的这个世界真是太美丽了。他一会儿飞上天,一会儿落下地,一会儿又潜入海。

不过,一段时间过去后,比布鲁斯开始觉得寂寞了。因为没有一丝具有生命的东西在他身边,不管他高兴也好,生气也好,根本不会有什么东西去理会他。比布鲁斯觉得,世界虽然已经变得很漂亮很美丽了,但是如果没有生命的点缀,那么它依然是一片死气沉沉的状态。于是,比布鲁斯决定创造生命。

比布鲁斯首先创造出了植物,他向大地上投去了很多种子,包括青草、花卉、水果、蔬菜、树木以及其他各种植物。此外,为了让海洋也热闹起来,比布鲁斯还把一些很奇特的植物种子投入了水里。

白天和黑夜有序地交替着,充足的雨水也不时地从天而降,一段时间后,所有的种子都发了芽,大地很快就变得充满生机。比布鲁斯非常高兴,心想:"如今世界不再单调了,有绿绿的青草,有美丽的花朵,还有漂亮的果实。那些蔬菜都有子,花朵都有粉,果实都有核。看啊!我创造的这个世界多么美丽啊!"想到这,比布鲁斯的心里不禁沾沾自喜起来。

可是,一段时间后比布鲁斯又开始觉得孤独。因为虽然花草树木能够使世界充满生机,但是它们依然没有思维,依然不能陪比布鲁斯玩耍。于是,创世主比布鲁斯决定创造生物。他施展无穷的法力,分别向天空、陆地和海洋投去了生命的"种子"。就这样,天空中有了各种各样的飞鸟,陆地上有了各种各样的走兽,海洋里也有了各式各样的鱼。这样一来,世界变得热闹起来了,比布鲁斯开始觉得不孤独了,因为有很多生命陪伴他。创世主再一次沉浸在喜悦之中。

谁知好景不长,麻烦事又一次困扰了比布鲁斯。原来,在比布鲁斯忙于创造生物的时候,白天和黑夜之间产生了矛盾。他们不能容纳对方,都认为自己才是最重要的。白天有时候会赌气不去"接班",黑夜则不允许白天踏进他的领地一步。因此在那个时候白天是无定时出现的,而到了黑夜则看不见一丝的亮光。

比布鲁斯对他们的做法十分生气,决定找什么东西监督他们。于是,他首先创造出了一个巨大的发光的天体,让它监督白天的工作,同时还可以给世界带来温暖。从那以后,世界上就有了太阳,它把无限的光和热献给了大地,献给了所有的生物。

接着,比布鲁斯又创造出了一个稍微小一点的发光的天体。它的光比较弱,温度也比较低。它的任务就是在夜晚照耀世界,使得大地看起来不是那么可怕。从那以后,世界上就有月亮。比布鲁斯觉得,光有月亮照耀夜空还显得有些不足。于是,他又创造出许多更小的天地,让它们帮助月亮一起工作。从那以后,世界上就有了无数的星星。

其实,世界被创造成这个样子已经很完美了,应该来说不需要再有其他东西了。但是,那些具有思维的动物们可以排解比布鲁斯的寂寞,当然也能给他制造麻烦。渐渐的,这些动物没有了规矩,它们互相追逐,互相残杀,根本不把任何事放在眼里。

为了给它们找一个监督者、一个首领、一个统治者,比布鲁斯决定创造出具有智慧的生物——人。他照着自己的样子,在脑海里不停地想象,人类很快就来到了这个世界上。在那些原始的人类中,有强壮的男人,也有温柔的女人。他们一出现就认识比布鲁斯,对他不停地叩拜。

比布鲁斯非常满意人类的行为,就赐福给他们,让他们在大地上生存、繁衍。他们可以决定一切动物的命运,包括飞鸟、走兽和鱼。同时,比布鲁斯还给他们特权,允许他们以任何有生命的物质作为食物。从那以后,世界上就有了许许多多的人类。

这时的世界才称得上真正的完美,创世主比布鲁斯也终于可以放心地笑了。

巴比伦神话

巴比伦的创世纪

宇宙尚未形成的时候,到处都是一片混沌和黑暗,没有一丝生机。在那个让人无法想象和理解的宇宙中,只有两位天神浑浑噩噩地蜷在里面,他们就是纯净之水阿普苏和涩咸之水提亚马特。

这两位被巴比伦人称为世界上最古老的天神不知道自己该做什么,也没有想过要做什么,只是彼此互不往来地生活着。他们的命运,就连他们自己都不清楚。

几亿年的时光过去了,宇宙内部发生了一些微妙的变化,世界也随之产生了变化。也许是因为寂寞难耐,也许是因为命运的驱使,在一些后人无法知晓的原因的驱使下,阿普苏和提亚马特结合了。他们的结合方式非常简单,那就是一大片淡水(阿普苏)与那一大片的咸水(提亚马特)融合在一起,然后彼此搅拌。就这样,最早的生命气息在他们的体内酝酿着,用不了多久世界就将迎来很多新的天神。

最先出来的是一对双胞胎,阿普苏给他们取名叫拉赫姆和拉哈姆。这两位小天神从父母那里继承了非凡的神力,在很短的时间内就长大成人。他们相貌俊美,身材健硕,单单从外表看就能判断出他们是天神的儿子,而并非凡夫俗子。

第二个出生的是一对兄妹。他们就是英明神武的天神安沙尔和美丽聪明的基什瓦尔。虽然他们比拉赫姆和拉哈姆晚一些来到这个世界,可是他们的力量却大大超过了两位哥哥。他们的身材更加高大,法力更加高强。最重要的是,这两位天神后来结为夫妇,而他们的儿子就是以后最有名的天神之王——安努。

就这样,阿普苏和提亚马特不停地互相搅拌,越来越多的天神来到了这个世界上。原来冷冷清清的、混沌黑暗的世界因为这些新生命的出现而变得热闹起来。阿普苏和提亚马特也不再孤独和寂寞,孩子们给他们带来了很多欢乐。

可是,好景不长。也许是阿普苏和提亚马特赋予这些小天神的力量太多了,也许是他们天生就是这样的性格,总之,阿普苏和提亚马特越来越不能忍受这些调皮的小家伙了。因为他们不停地追逐打闹,到处搞恶作剧,更加过分的是,就连最伟大的母神提亚马特也被他们骚扰了。终于,父神阿普苏再也无法忍受孩子们的顽皮了。

这一天,阿普苏神把提亚马特神和一位名叫穆穆的心腹叫到身边,怒气冲冲地对他们说:"好了!闹剧该结束了,是教训一下那些可恶的孩子们的时候了!这些可恶的家伙没有一刻不给我们惹祸,整个宇宙都被他们搅得不得安宁。我决定把他们全部杀死。"

这个穆穆可不是省油的灯,他早就看不过小天神们的所作所为,如今见阿普苏有除掉他们的意思,立即在一旁煽风点火说:"是啊!伟大的阿普苏神,他们简直太可恶了。您完全有权利这么做,也应该这么做,因为他们是您创造出来的,您当然有权力把他们消灭。"

世界上最伟大的就是母爱,这一点对天神也不例外。提亚马特神对丈夫的决定十分不满,哭泣着对他说:"亲爱的阿普苏,你怎么能做出这样的决定呢?要知道那些孩子还小啊!我们应该教导他们如何做,而不是因为他们做错了事就毁掉他们。是的,你有权力消灭他们,但是如果你要消灭他们的话,那么当初为什么要制造他们呢?"

阿普苏被提亚马特劝得有些心软,想改变自己的想法。可是,穆穆却不想放过这个机会,赶忙在一旁添油加醋,结果阿普苏的心又硬了起来,吼道:"好了,提亚马特,别再浪费唇舌了!那些可恶的家伙根本不听教训,只有消灭他们才能还世界清静。"

提亚马特见阿普苏决心已定,知道没有办法挽救了。没办法,她也只得参与了进来。就这样,一个诛杀亲子的计划制定下来。

可是,这个恶毒的计划在实施以前就被那些小天神们知道了。也许他们是从母亲提亚马特那里得到的消息吧!小天神们聚集在一起,商讨如何应对。他们知道,现在根本不能讲什么父子情深,因为即使他们想讲,他们的父亲阿普苏也不会讲。小天神们非常明白,现在最要紧的是先下手为强。

在小天神当中,最有智慧的应该算是水和智慧之神埃阿,所以他理所当然地当上了军师的职位。埃阿神采飞扬地说:"各位兄弟姐妹们!我已经对现在的局势进行了精确的分析。我认为我们面临的问题虽然很严峻,但是还没有发展到无法挽救的地步。虽然我们的父神阿普苏想要杀死我们,但是我们完全可以凭借自己的力量推翻他。不过有一点要注意,这次斗争不能以武力进行,而必须使用智慧。你们不要担心,我已经有办法了。"

埃阿一顿云山雾罩的演讲把所有天神都听呆了,他们迫不及待地问:"埃阿!你就别卖关子了!你到底有什么办法啊?你需要多少人做帮手,都需要那些人?你现在快说出来吧!"

埃阿笑了笑,说:"放心,你们不必为这件事负责,因为这次行动只需要我一个人就可以了。至于是什么方法,我还不能告诉你们。不过我有个条件,如果我办成此事,那么我们的父神阿普苏的尸体将归我所有,我可以任意支配他。"众神们想都没想就答应了他的条件,他们想知道的是埃阿的计划到底行不行得通。

几天后,结果出来了,埃阿的计划成功了。原来,他趁阿普苏不注意,悄悄地施

左侧竖排:

世界经典文库

中外神话故事

·巴比伦神话·

图文珍藏版

展法术，把能让人昏睡的咒语灌入他的耳朵里，使他一睡不醒。之后，埃阿又拿起一把宝剑，把他们的父神阿普苏的头砍了下来。

所有的小天神都欢呼雀跃，因为他们不仅躲过了一场灾难，而且从今以后再也不用接受谁的管教了，他们可以随心所欲地做任何事情。按照事前的约定，埃阿得到了阿普苏的尸体，并在他的上面建立了一座华丽的宫殿。

从那以后，埃阿居住的那片土地就被巴比伦人称为圣地。

大母神复仇

阿普苏死了，而且是被他的亲生子女杀死的，失去了丈夫的痛苦让提亚马特伤心欲绝。可怕的事情发生了，也许是太过伤心了，提亚马特心中的悲伤竟然变成了愤怒。她的形态本来是一大片水，可是因为愤怒却变成了实体——一条长有七个脑袋的可怕的毒蛇。

老一辈的天神们发现了提亚马特的变化，他们知道是来劝劝她的时候了。其中一个天神说："可怜的提亚马特，你怎么变成这个样子了呢？哎！丈夫的离去使你太伤心了，你要振作一点。"另一个人接过来说："是啊！你要坚强！不过我对你的做法真的很失望，那些浑小子们杀死阿普苏。那是他们的父亲，也是你的丈夫啊！你看你，只知道整天躲起来，你为什么不去找他们报仇呢？你是他们的母亲，你一定有能力除掉他们的……"

就这样，老天神们你一言我一语，纷纷指责起提亚马特，责怪她不采取行动为阿普苏报仇。终于，提亚马特被众神劝服了，那颗曾经善良仁爱的慈母之心此时已经完全被狂热的仇恨所吞噬了。提亚马特大声吼道："住口！不要再多说了！我明白我应该做什么了，等着瞧吧，我会让那些可恶的小鬼受到惩罚的。"老天神们欢呼雀跃，纷纷表示愿意奉她为首领。

刚刚平静的天界又大乱起来，以大母神提亚马特为首的天界魔军组成了。提亚马特召集了以前阿普苏神的旧部，并从里面挑选出一个法力最强的人做了自己的丈夫，他就是被称为魔怪的金古。为了表示对他的信任，提亚马特把至高无上的命运簿交给了他，而且还让他做这支复仇军队的统帅。此外，为了给自己的部队补充有生力量，提亚马特还特意制造了十一个可怕的蛇妖，并让他们做了先锋。如此，这支强大的魔军浩浩荡荡地出发了。

最先得知这一可怕消息的是埃阿，因为魔军第一个进攻的目标就是他。谁叫他杀死了阿普苏，还用父亲做了自己的的领地呢。此时，埃阿已经没有往日的镇静，而是惊慌失措地跑到了天神安沙尔那里，向他汇报情况。

安沙尔皱了皱眉，对埃阿说："这件事很难办，不过我觉得他们是冲你来的，因为是你杀了我们的父神，所以一切责任都要由你来承担。"

世界经典文库

中外神话故事

·巴比伦神话·

图文珍藏版

埃阿知道他要过河拆桥,生气地说:"什么?我那么做还不是为了大家,要知道他们这次来的目的并不仅仅是找我,他们还要杀死所有的人,重新恢复阿普苏时代。"

巴比伦大母神

安沙尔觉得埃阿说的有道理,连忙道歉说:"对不起!不过,我认为提亚马特再怎么说也是我们的母亲,我觉得她未必想杀死我们。你是我们当中最聪明的,去劝劝他们也许会管用。"

埃阿没办法,只好硬着头皮走出安沙尔的城堡,来到了魔军阵前。愤怒早已经充斥了魔军队伍中每一个人的心,他们根本不会听任何人的劝告,再加上埃阿心里非常害怕,以前那股伶牙俐齿的劲头早已无影无踪。结果可想而知,劝降没有成功,可怜的埃阿还险些丢了性命。

没办法,由于事情紧迫,安沙尔只得找来了所有的天神,一起商讨如何才能平定这次叛乱。众神一个个都变成了哑巴,没有一个人愿意出面,因为他们谁也不想得罪大母神。

这时,埃阿神悄悄走到他的儿子马尔都克身边,对他说:"孩子!该看你的了!其实我早就可以举荐你,但是我没有。我就是要让所有的天神都感谢你,让他们把你奉为新一代的天神之王。如今,我已经老了,也没有那么多的雄心壮志了,只希望你能够成功!"

其实,马尔都克早就想请命出战,因为没有父亲的允许所以没敢有所行动。如今听到父亲的鼓励,他马上挺身而出,表示愿意接受这项任务。安沙尔打量了年轻人,点了点头说:"好!我相信你一定可以完成这次平叛的任务。说吧,你需要什么,只要你说出来,我们都会满足你的!"

马尔都克笑了笑,回答说:"其实很简单,安沙尔天神。我要你召开众神大会,然后你要在会上宣布,从今以后我就是天神最高的领袖,任何人都不能违反我的命令。因为是我拯救了新一代的天神,是我打败了那些可怕的叛军。同时,只有你们赐予了我无穷的力量,我才能彻彻底底地除掉那些魔军。此外,从今以后,我的命令是不能更改的,不管是对是错,而且我所说的话都要变成现实。"

安沙尔犹豫了,因为马尔都克的条件太苛刻了。不过,眼前的危险才是最可怕的,让他当众神之王,总比让叛军杀死要好,所以安沙尔答应了马尔都克的条件。于是,众神聚集在一起,举行了一场盛大的宴会,并在宴会上把马尔都克扶上了王位。

第二天一大早，马尔都克带上众神的法宝，乘坐由"毁灭""无情""践踏"和"飞驰"四匹神马拉的风暴战车，来到了叛军面前。威风凛凛的马尔都克吓坏了所有的叛军，此时他们已经头晕目眩，四肢无力，完全丧失了抵抗能力。

马尔都克冲到阵前，质问大母神提亚马特，指责她谋反、叛乱，有失母神的身份。提亚马特笑了笑，说："谋反？叛乱？这些词应该是说你们的吧，要知道是阿普苏和我创造了你们。如今你们杀死了他，还抢夺了他的政权，却在这里大谈什么谋反？真是可笑。"

马尔都克知道多说无益，于是采用了激将法，对她说："提亚马特，你是他们的母亲，但不是我的！你既然有胆子叛变，为什么没胆子和我决斗呢？"

果然，提亚马特忍受不了这样的讥讽，冲上前去与马尔都克战斗。由于得到天神们的赐福，马尔都克很快就把大母神提亚马特生擒活捉了，而那帮可怜的叛军也都沦为了天神的阶下囚。

马尔都克创世

平叛战争结束了，按照事前的约定，埃阿神的儿子，天神马尔都克成为新的众神之王。

所有天神都拜倒在马尔都克的脚下，向他行最重的礼。这时，一位天神问道："伟大的马尔都克天神啊！如今提亚马特已经被你杀死了，你打算怎么处理她的尸体呢？"

马尔都克想了想，然后回答说："这个你们不要担心，我已经有了想法！以前那些思想顽固的天神已经彻底被我们打败了，如今这个世界是属于我们的了。我决定以提亚马特的尸体为材料，创造出一个全新的世界，一个更加适合我们新一代天神生活的世界。"马尔都克的提议得到了所有天神的赞同。

创世工作开始了，首先要有天空和大地。马尔都克先用锋利的宝剑把提亚马特的头割了下来，流干鲜血。之后，马尔都克抓起了提亚马特的双脚，然后用力一撕，尸体就被生生地撕成两半。接着，马尔都克使出全身力气把一半尸体抛向上方，天空就这样出现了；他又把另一半尸体踩在脚下，用力踩了几下，大地就这样出现了。

天和地都造完了，下面的工作就是保护大地不受侵害。马尔都克先是派出几个人驻守在大海里，目的是防止海水泛滥淹没了大地。后来，马尔都克又觉得不够保险，于是又在大地的周围砌上了一圈栅栏，这样即使海水泛滥了，也不会轻易地冲到大地上。

接下来是划分领地的时候了，众神之主马尔都克决定让天神们居住在天上，大地留给那些平凡的生灵居住。马尔都克按照地位的高低，在天空中给所有的天神划分了各自的领域。他是众神之主，地位是最高的，因此他要居住在天空的正中央，而且领地的面积也是最大的。安沙尔天神是前任众神之王，他的位置也不能太偏，而且领地的面积也不能太小。而另一位天神埃阿神，他是众神之王马尔都克的父神，那么他的位置和领地自然也是很好的。马尔都克依然把阿普苏赐给了埃阿神，并且在原来的基础上，扩大了阿普苏的面积，使它与安沙尔神的领土面积相持平。就这样，每一位天神都得到了自己的位置和领土。

胜利的果实分配完了，下面该布置工作了。马尔都克望了望天空，然后把太阳、月亮和许许多多的星星放在天空上。他把天上的星星分为十二个星座，规定每一位天神都要找一个自己的星座，而且要时刻监督他们，使他们都按照各自固定的轨道运行。马尔都克又把一年分为十二个月，并规定了每个月的天数。

马尔都克把月神叫到了跟前，对他说："你掌管无尽的黑夜，我们将会根据你的变化来确定时间。你要记住，你每天必须按照特定的时间从山中升起。你要以十五天为一个周期，其中在每个月的第一个周期，你的形态是要从小变大的，到了十五那天，你将变成最圆的形态；而在每个月的第二个周期，你的形态是要从大变小的。你要记住我的话，不能有一点差错。"月神点头领命。

接着，马尔都克又把太阳神叫到了跟前，对他说："你掌管耀眼的光明，月神是你的引导者。每天，当看到月神下山时，你就要马上接替他的工作，从山顶上升起来。你是以半天为周期的，其中在一天的第一个周期，你的光芒和温度是要逐渐增强的，到了正中午的时候，你将会发出最热和最强的光；而在一天的第二个周期，你的光芒和温度是要逐渐减弱的。你也要记住我的话，不能有一点差错。"太阳神也接受了这项任务。

世界的创造工作完成了，但是并没有出现具有生命的物质。于是，马尔都克把天神们召集在一起，商量如何给世界带来生机。众神之主首先开口："诸位天神，你们也看到了！这个世界已经创造出来了，我是最公正的，根据每个人的需要和特征，分配了各自的任务和领地。不过，现在有个很重要的问题，世界太大了，如果什么事都要我们来做的话，恐怕很难办到。因此，我想要创造出一种具有智慧和头脑的生物。他们虽然没有神力，但是他们可以代替我们完成一些简单的工作。他们会为我们效力，会服侍我们的饮食起居，而且他们还会非常崇拜我们，对我们的话唯命是从。我打算给这种生物叫人类，你们觉得如何？"

这样的好事打着灯笼都找不着，天神们自然不会拒绝。天神安沙尔先开口了："伟大的马尔都克啊！你的决定真是太英明了！我们都一致赞同你的想法！不过，想要创造出具有生命和智慧的东西，必须用天神的血和大地的钙，那么我想知道您准备牺牲谁？"是啊！享福谁都愿意，可是谁想为了别人白白牺牲掉自己的性命呢？

还是埃阿神心计深，他早就知道天神们会来这手，这一点在当初提亚玛特发动叛变时就已经领教过了。埃阿神笑了笑，对马尔都克说道："马尔都克天神，我的儿子,你不要为这件事发愁,我有一个很恰当的人选。"

众神一听埃阿神说有人选,一个个面面相觑,提心吊胆,生怕他说的那个人是自己。埃阿神心中暗笑,不过他并没有表现出来,继续说:"我觉得,我们不应该让一个善良的天神做出这种牺牲,因为他应该享受到最好的待遇。你们记不记得上次提亚马特的叛变,她一定是受到坏人的唆使才会做出那样糊涂的行为的。因此,我们该杀的,是那个唆使她的人。"

众神马上领会了埃阿神的意思,叫喊着说:"对!杀了他!杀了金古这个可恶的家伙!"就这样,那位可怜的金古成了牺牲品。马尔都克用他的血、泥和钙创造出了大地上的人类。

从那之后,天神们过上了舒适的生活,因为人类完成了他们的工作,而且经常给他们送去各种祭品。人类也从天神那里获得了祝福,世代繁衍下去。世界变得越来越热闹了。

降临人间的灾难

人类被创造出来以后,就开始在大地上辛勤地忙碌着。自从有了人类,天神们可比以前自在多了,因为所有的苦活累活都有人类帮他们干,他们只需要在天上等候人类为他们奉上的美食就行了。天神们都为他们的这一创举而感到自豪,生育之神南吐更是受到了众神的尊敬。转眼几百年过去了,人类在大地上迅速地繁殖着,地面上很快就布满了大大小小的村落。眼见着人口越来越多,嘈杂声越来越大,天神们开始厌烦起来。他们觉得人类制造的噪音已经严重影响了他们的生活,他们就快要受不了了。

在众神之中,恩里尔的脾气是坏得出了名的。他已经无法忍受人类的喧闹了,于是,在一次众神的集会中,他首先开了口:"我实在受不了那些讨厌的人类了,他们整天吵个不停,吵得我心烦意乱,连觉都睡不好。我们不能再任由他们继续下去了,我看干脆把他们消灭一些,我们也好清静清静。"众神对恩里尔的建议很是赞同,便一起研究消灭人类的办法。最后,他们决定用瘟疫消灭一些人。瘟疫之神尼姆塔拉接受了众神的委托,他要到人间去走一走,将瘟疫带到人间。

尼姆塔拉的到来果然给人间带来了瘟疫,一时间,瘟疫横行,人们一个接着一个地倒下去,景象极为凄惨。埃阿神见到人间的凄惨景象,心中很是不忍。作为人类的创造者之一,他可不希望人类就此灭绝。于是,他决定想办法救救人类。他找到自己在人类中的忠实奴仆阿特拉哈西斯,将众神降灾难于人间的事说了一遍。阿特拉哈西斯听后十分震惊,他请求埃阿神帮助他们逃过此劫。埃阿神对他说:"你回去告诉人们不要再信仰地方神了,赶快到尼姆塔拉的住处拜祭他,说不定他会因为你们送上的祭品而手下留情。"

得到埃阿神的指点，阿特拉哈西斯一刻也不敢耽误，急急忙忙地将埃阿神的话带给了人们。按照埃阿神所说的，人们不再信仰地方神，而是准备了丰盛的祭品到尼姆塔拉的住处拜祭尼姆塔拉。尼姆塔拉见人们如此厚待他，便十分高兴地在住处享用美食，不再出去散布瘟疫了。就这样，人间的瘟疫停止了，人类躲过了一劫，但这场瘟疫中死去的人也不计其数。因此，人间的喧闹也停止了。天神们见人间已经平静下来，就不再想办法将灾难降到人间了。

转眼间又过去了六百年，人间又恢复了往日的喧闹，这让天神们很是心烦。恩里尔认为，只有再次给人间降下灾难，才能让他们安静下来。众神表示同意。这次，他们决定将干旱降到人间，让人们因为没有食物而饿死。很快，大地开始干旱，庄稼全部枯死了，田野一片荒芜。阿特拉哈西斯意识到可能是天神再一次降灾难于人间，便向埃阿神祈求。埃阿神不忍人类遭受如此灾难，就告诉阿特拉哈西斯："你们不要再信仰地方神了，赶快到雨神的住处拜祭，说不定他会帮助你们的。"

埃阿神再一次拯救了人类。雨神见人们送来的丰厚祭品，悄悄降下了雨露。庄稼被救活了，人类又躲过了一劫。不过恩里尔却并没有就此罢手，他知道人类之所以能躲过灾难，必然有天神相助。因此，这次他决定一面派人降下灾难，一面派人监督天上的天神。因为监督严格，这次灾难持续了两年，每天都有很多人死去。埃阿神实在看不下去了，他绝对不能让人类遭受灭顶之灾，所以他私自帮助了人类，停止人间的灾难。恩里尔很生气，不过看到人类已经所剩无几，不再影响天神们的生活，也就没有追究。

人类的繁殖速度真的很快。天神们仅过了几百年的平静生活，就被人类的喧嚣打破了。恩里尔气愤地对众神说："看来仅仅消灭一部分人是没有用的，我们应该想办法将他们全部消灭，只有这样才能免除后顾之忧，否则我们就别想一直清静地活下去。"埃阿神当即表示反对："既然我们创造出了人类，为什么还要消灭他们呢？他们使我们摆脱了沉重的负担，帮助我们做了很多事，难道就因为他们的吵闹就要将他们赶尽杀绝吗？"对于埃阿神的抗议，支持的寥寥无几，大多数天神都站在恩里尔一边，同意降下一场大灾难，将人类全部毁灭。

埃阿神孤掌难鸣，他无力阻止这场大灾难的发生，但是他也做不到袖手旁观。他连夜托梦给阿特拉哈西斯，告诉他天上发生的一切，并让他打造一艘大船，准备好食物及要带走的各种飞禽走兽，在六天后的傍晚就带着家人进入船舱，以躲避洪灾。埃阿神没有办法拯救所有人，但他绝不能让人类就此毁灭，所以他要留下人类的种子，以便他在灾难过后能再次生根发芽。

阿特拉哈西斯在接到埃阿神的指示后，就开始着手准备。他告诉长老们自己要远行，人们为他举行了盛大的告别仪式，并预祝他一路顺风。阿特拉哈西斯的内心十分矛盾，他多想把一切都告诉大家，让所有人都能躲过这场灾难，可是他不能，他不能泄露天机，更不能辜负埃阿神对自己的信任。那个晚上终于到来了，阿特拉哈西斯将家人都带到了船舱里，静静地等候着那最可怕的一幕随时上演。

那天晚上,人间发生了一场毁灭性的大灾难,凶猛的洪水冲毁了所有的房屋,卷走了无数生命。除了阿特拉哈西斯一家,地面上已经再没有一个人了。这场灾难实在太可怕了,它不仅毁灭了人间,也毁掉了人间的一切。前几天还口口声声说要惩罚人类的天神们,现在都傻了眼,不少天神已经开始懊悔自己当初的决定。尤其是生育女神南吐,更是声称自己中了邪才会做出那样的决定。局面一下发生了扭转,大多数天神都站在了埃阿神一边。当天神们知道埃阿神私自救了阿特拉哈西斯一家时,几乎没有一个天神责备他,反倒十分赞赏埃阿神的做法。见到这种局面,恩里尔也只能与埃阿神握手言和。

塞米拉米斯女神

在古巴比伦的历史上,曾发生过多次洪水。一次,幼发拉底河发了洪水。在这场洪水中,很多乡镇和房屋被毁,不少人还失去了生命,只有天上的飞禽和水中的鱼儿安然度过了这场灾难。在一处水流相对缓和的角落,两条大鱼发现了一个巨大的鸟蛋漂浮在水面上,它们将鸟蛋推到了岸边,使得鸟蛋也躲过了这场浩劫。

被两条大鱼救下的鸟蛋在岸边度过了一些时日,后来,一只鸽子飞到了岸边,它用自己的身体来孵鸟蛋。几天后,蛋壳破了,一个人面鱼身的女神诞生了。这位女神就是迪丽基吐神。女神为了感谢两条大鱼对自己的救助,就将它们送到了天上。南鱼星座中最明亮的两颗星,就是这两条大鱼变成的。

迪丽基吐神是公正、美德和聪慧的化身,只要是她许下的心愿,很快就会变为现实。女神觉得自己一个人太孤单了,就许愿怀了身孕。不久后,女神生下了一个和她一样漂亮的女孩。只是这个女孩并没有鱼的身子,完全就是人的模样。女神对这个孩子很不满意,她认为神和人应该有明显的区别,而自己的女儿竟然和人别无二致,反倒与自己相差甚远,这必然会受到其他天神的猜疑。她越看越不喜欢这个孩子,一狠心就将她扔到了荒郊野外。

尼尼微的主神巴亚维斯发现了这个被遗弃的小生命,对她很是喜爱。他派使者到人间保护小女孩,并让一群鸽子负责喂养。鸽子们用自己的翅膀为小女孩遮风挡雨,用嘴衔来甘甜的奶酪为小女孩充饥。在鸽子们的精心照料下,小女孩健康地成长着。只是她一直都没有一个家,她的家就是鸽子们用翅膀为她遮起的狭小空间。直到牧人将她抱走,她才有了真正意义上的家。

原来,牧人发现自家的奶酪每天都会丢。起初,他还没有在意,但天天如此,他就不得不留神了。一天,他决定留下来看个究竟。当他看到鸽子们衔住奶酪并不是自己吃而是迅速飞走时,好奇心驱使他跟去看个究竟。就是这个猎奇之旅,牧人发现了小女孩。他还没有子女,见到这个异常美丽的小女孩,不由得爱怜起来,于是决定把他带回家中抚养。就这样,小女孩在牧人家中一天天长大了,很快就长成

世界经典文库

中外神话故事

·巴比伦神话·

图文珍藏版

了一个亭亭玉立的少女。牧人给她取名塞米拉米斯,就是小白鸽的意思。

塞米拉米斯很讨人喜欢,所有见过她的人无不为她的美丽所动容。一天,牧人带塞米拉米斯到集市上去,恰好看到了王家的骑兵卫队长西玛。西玛十分喜爱塞米拉米斯,他膝下也无子女,就想把塞米拉米斯收为养女。他给了牧人一大笔钱,之后便带走了塞米拉米斯。牧人虽然舍不得,但无奈对方官高权重,也只好认命了。塞米拉米斯在西玛家中很受宠爱,养父养母都对她百依百顺,尽量满足她的所有要求。后来,军机大臣米努吐斯来到西玛家中,对塞米拉米斯一见倾心,执意要娶塞米拉米斯为妻。西玛不敢违抗米努吐斯的命令,只能眼睁睁地看着塞米拉米斯被米努吐斯带走。

因为塞米拉米斯的美丽,米努吐斯对她恩宠有加,将她视为珍宝一样用心呵护着。他一直以拥有塞米拉米斯为荣,不管走到哪里都要带着她,整日与她形影不离。城中的百姓也都知道米努吐斯有一位美若天仙的新娘,他们都将塞米拉米斯视为心中的女神,对她十分崇敬。

一次,国王让米努吐斯随他一起出征,这就意味着他将与自己心爱的妻子分别很长一段时间。米努吐斯很想把塞米拉米斯带在身边,但是他不能。一方面随军打仗风餐露宿,他不忍心妻子受这样的苦;更重要的是他害怕国王看到塞米拉米斯,他知道国王只要看到塞米拉米斯就一定会喜欢上她,而自己作为臣子,显然是不能拒绝国王的。所以,他宁愿自己饱受相思之苦,也没有将塞米拉米斯带在身边。然而时间一长,米努吐斯还是耐不住寂寞,就悄悄让人接来了塞米拉米斯。

如果塞米拉米斯一直留在米努吐斯的帐中,或许还不会被国王发现,但她却做了一件异常抢眼的事。当时,军队进攻屡屡受挫,对方的城池久攻不下,所有人都非常着急。聪明的塞米拉米斯看出了其中的端倪,想出了一条破城之计。她让丈夫允许自己带领一队兵马从后面迂回进攻,由于对方的主力都集中在前面,所以她一定会得手。米努吐斯当然不想让她去,可塞米拉米斯坚持要去,他也只好依了。

塞米拉米斯果然取得了成功,帮助国王攻下了城池,但这样一来,也让国王不得不注意她了。米努吐斯最担心的事情终于发生了,国王见了塞米拉米斯之后就决定将她留在后宫之中。为了补偿米努吐斯,他同意将自己的女儿嫁给米努吐斯。可是在米努吐斯心中,任何人都是无法和塞米拉米斯相比的,就算是国王的女儿也不例外。失去了爱妻,米努吐斯痛不欲生,他已经失去了生存的勇气和信心,于是到河边上吊自杀了。

得知丈夫自杀的消息后,塞米拉米斯并没表现出一丝悲痛。虽然丈夫这些年来对自己极为宠爱,但她并不爱丈夫,之所以会嫁给米努吐斯,那也完全是被逼无奈。当然,如今她奉命入宫,也是被逼的。国王对塞米拉米斯也是千依百顺,很快就封她为王后。但塞米拉米斯却对国王有很大的成见,因为国王太过残忍,总是屠杀很多无辜的生命。尽管如此,她还是必须屈从于国王。长期的压抑让她迫切希望拥有权力,只有大权在握,才能摆脱被人摆布的命运。

塞米拉米斯凭着国王对她的宠爱,向国王提出了一个近乎无理的要求。她要求国王退下王位,让她做三天的国王。国王以为她只是在开玩笑,就满口答应。当塞米拉米斯真的要求国王下令的时候,国王还是不忍拒绝。就这样,塞米拉米斯利用手中的权力杀死了国王,成了新的女王。她带领军队东征西讨,打了无数场胜仗。但在征讨印度时,她受伤了。逃回尼尼微后,她的儿子开始策动篡位。为了讨儿子欢心,她不惜嫁给了儿子。可即使这样,也仍然没能保住她的地位。失去王位的塞米拉米斯独自一个人住在荒郊野外,日夜祈祷着能飞到天上去。最终,她的愿望实现了,成了天上的一位女神。

灾难之神艾拉

灾难之神艾拉喜欢到处搞破坏,给人间带来了不少灾难,因此人们都不喜欢他。看到人们对其他的神灵都是毕恭毕敬,而对自己却爱答不理,艾拉心里很不平衡。他觉得人类太不把他这个神灵放在眼里了,必须要让人们尝尝他的厉害。究竟该怎样教训那群不知死活的人类呢?

艾拉一时想不到什么好办法,就找来了他的得力助手塞巴。塞巴有着怪异的身体,可以散发出死亡的气息,所有人见到他都难逃一死。见到主人坐在那里唉声叹气,塞巴忍不住说道:"不要想那么多了,现在就行动起来吧!只要你愿意,我们可以毁掉一切,让那些该死的人们都见鬼去吧!"塞巴已经迫不及待地想要出去杀个痛快了。听塞巴这么一说,艾拉也不再犹豫,决定马上出发去毁灭人类。

除了塞巴之外,艾拉身边还有一个谋臣,那就是伊布舒姆,负责为艾拉安排一切相关的事情。与塞巴不同,伊布舒姆对人类有着深深的同情,他不希望人类遭受灾难,更不希望人类被毁灭。当得知主人又要出发的时候,他马上意识到人类又要遭殃了,而且从这次出行的架势上看,人类所要面临的这场灾难将是空前的。他开始为人类的命运感到担忧,试图劝说艾拉放弃这次行动。可艾拉却把他大骂了一顿,无奈,他只好跟随着艾拉出发了。

艾拉知道,要带给人类毁灭性的灾难,必须先把众神之主马尔都克支走。因为只要有马尔都克在,他就不会让灾难横行人间。怎样才能让马尔都克离开巴比伦城呢?艾拉想到了一个鬼主意。他来到马尔都克所在的艾札吉拉神庙,对马尔都克说道:"我的主神啊!您快离开这里吧!有人正在对您的王权虎视眈眈,您快去看看吧!晚了恐怕就要被人窃取了。"马尔都克半信半疑,他担心王权被夺,但也担心自己的离开会给人间带来动乱。

看到马尔都克犹豫的样子,艾拉又接着说道:"我的主神,请您不要再犹豫了,再迟了恐怕就来不及了。如果您是担心您走后人类的安危,那么我可以向您保证,在您离开的这段时间,人间大地不会有任何灾难降临,人类会平安地等待着您的归

图文珍藏版

来。"听到艾拉的保证,马尔都克不再犹豫了。他轻信了艾拉的话,离开了巴比伦城。他并不知道,他这一走,人类就难逃被毁灭的厄运了。

眼见着马尔都克离开,艾拉露出了邪恶的笑容。他决定马上采取行动,毁灭所有的城市和村庄,杀光所有的居民。伊布舒姆非常着急,他劝说艾拉不要赶尽杀绝,否则众神都不会饶恕他的。可无论伊布舒姆说什么,艾拉都是一句话也听不进去。他已经决定的事,就是任何人都无法改变的。在艾拉的号令下,塞巴开始对人间进行了毁灭和杀戮。很快,人间大地一片狼藉。曾经繁华的城市转眼间就变成了废墟,刚才还在嬉笑的人们现在已经倒在了血泊之中。喧闹的人间完全失去了生机,景象凄惨得连艾拉神自己都有些战栗。

伊布舒姆对着正在发呆的艾拉说道:"这就是你想要的结果吗?你杀死了所有人,毁掉了所有的城市,这样你满意了吗?做了这些你能得到什么呢?只能让众神谴责你,主神惩罚你。难倒你到现在还没有后悔自己的所作所为吗?"伊布舒姆的话说到了艾拉的心里,此时此刻,他已经开始后悔了。他确实想报复人类,可那完全都是因为人们不尊敬他,他一时生气才想要毁灭人类。如今当他做了这一切以后,他才觉得这样的结果并不是他想要的,他也不希望看到人间如此凄惨的景象。

艾拉真后悔自己没听伊布舒姆的劝告,可现在说这些已经太晚了。他问伊布舒姆:"我现在该怎么办?还有什么补救的办法吗?"伊布舒姆说道:"你现在要做的就是尽力去帮助阿卡德人,与他们成为朋友,并保证以后再不去祸害他们。"艾拉连连点头,保证自己一定做到。

众神知道艾拉所做的一切之后,都非常恼怒,他们找到众神之主马尔都克,要求严厉地惩罚艾拉,让他为自己造成的恶果付出代价。马尔都克也为艾拉对自己的欺骗十分恼火,惩罚艾拉也是他的愿望。可是当他们找到艾拉的时候,艾拉已经真心悔过,并热心地帮助阿卡德人对付临近的敌国。见艾拉确有悔改之意,众神也不再追究,允许艾拉戴罪立功。艾拉向众神发誓,自己一定会痛改前非,并多做好事,以弥补自己的过错。

之后的几年,艾拉帮助阿卡德人重新强大起来,荒废的巴比伦城又繁荣起来,人们再次过上了幸福安乐的生活。从那以后,人们对艾拉也开始尊敬起来。虽然这位灾难之神曾犯了不可饶恕的错误,但他却将功补过,帮助阿卡德人重新建立了自己的国家,让曾经毁灭的一切又重新出现在人们面前。人们没有忘记艾拉以前的过激行为,但同时也开始歌颂他之后的功德。对于人们的评价,艾拉很满意。灾难之神从此不再祸乱人间,而是成了人类真正的朋友。

英雄吉尔伽美什

在人类被创造出来以后,天神们的负担减轻了。人们辛勤地劳作,并将劳动成果都用来贡献神灵。起初,人间秩序井然,所有人都安分守己地做着自己的工作。但随着人口数量的逐渐增多,人间开始出现争斗和杀戮,这让天神们很是忧心。因为争斗愈演愈烈,将影响到那些辛勤劳作的人们,那时天神们的衣食恐怕就供应不上了。众天神都意识到了事态的严重性,因此纷纷前往天神安努那里商量对策。

坏脾气的恩里尔首先发表了意见:"我看干脆把那些喜欢斗殴的人全部杀掉,看他们还怎么闹事! 就让我去完成这项使命吧! 我一定狠狠地教训他们。"安努不以为然地说:"你只能解决一时的问题,难倒你能永远留在人间吗? 等你回来以后,人间还是会再次乱起来。"恩里尔不说话了。

这时,智慧之神埃阿开口了:"依我看,人间之所以会陷入混乱,是因为那里没有权威,没有秩序。如果我们能像在天界一样建立权威和秩序,那么人间就不会动乱了。"安努点点头,说:"这倒是一个解决根本问题的好办法,你有什么在人间建立秩序的良策吗?"埃阿说:"我们可以为人类创造一个拥有无上权威的国王,由他去统治和管理人类,在人间创建秩序。"众神都对埃阿的建议表示赞同。安努把这件事情交给了恩里尔,让他去创造这个人间的统治者。恩里尔高兴地接受了任务,表示自己一定会完成这项伟大的杰作。

恩里尔请来了生育之神南吐、太阳神沙玛什、雷神阿达德、智慧之神埃阿和大神乌鲁鲁帮忙共同造人。大神乌鲁鲁用深海海底的上等泥团捏造出了一副高大魁梧的身躯;生育之神南吐赋予他男性的性别和魅力;太阳神沙玛什赋予他英俊伟岸的外表;雷神阿达德赋予他无穷的力量和勇气,并给予他坚强不屈的英雄性格;智慧之神埃阿让他的头脑充满了智慧;恩里尔给了他超凡的武力和气魄,同时也将自己肆虐急躁的脾性传给了他。在众神的努力下,人间的统治者诞生了。

这位人间的统治者有着三分之二的神性和三分之一的人性,这可以确保他在人间的统治地位。不过安努还是为他设置了在人间的寿命,以区别于神灵们。安努给了他灵魂,并为其取名吉尔伽美什。在将他送到人间之前,安努还为他设置了一个显赫的身世。他被认为是伟大的鲁卡班达的后代,圣牛拉曼特·南松的儿子。在一切安排妥当之后,吉尔伽美什就带着众神的嘱托来到了人间。

吉尔伽美什降临在了乌鲁克城,那是幼发拉底河下游东岸的一座城市。因为超凡的武力和智慧,吉尔伽美什很快征服了这里的居民,成了乌鲁克城的国王。很快,他就成了远近闻名的英雄。在他的统治下,人间秩序井然,没有人敢再生事端,所有人都老老实实地工作。起初,也有人试图反抗吉尔伽美什的统治,但这些人没有一个有好下场的。渐渐地,没有人再敢反抗他了,所有人都被他管得服服帖帖的。人间的秩序终于建立起来了,众天神们都很高兴。尤其是恩里尔,更为他的得意之作而沾沾自喜。

论勇气、论武艺、论智慧,吉尔伽美什都是当之无愧的英雄。他在人间所向披靡,没有一个人是他的对手。但作为国王,吉尔伽美什却并不是一个贤明的君主。这主要是因为当初众神灵在创造他的时候,恩里尔将自己肆虐急躁的脾性传给了他。所以,人们惧他而不敬他。他常常仗着自己的权势欺压士兵和百姓,甚至公然嘲弄士兵,并要求所有的男子都为他日以继夜地干活。士兵打不过他,百姓更不敢违逆他,所以只能忍气吞声。此外,他还将所有美丽的女子据为己有,供自己享乐。就算是已经嫁为人妇,他也绝不放过。

吉尔伽美什的残暴统治很快激起了民愤,人们怨声载道,纷纷指责吉尔伽美什的不是。可无奈这个国王勇武异常,没有人是他的对手,所以人们尽管怨恨,却无力反抗。后来,压抑的人们开始向天神安努告状,将吉尔伽美什的一切罪状都说给安努听,并请求安努救救他们。人间的怒气直冲上天,安努已经没有办法不管了。

吉尔伽美什与恩启都

吉尔伽美什在人间的肆意妄行惹起了众怒,天神安努知道他必须尽快平定民怨,否则人间又要不太平了。他连夜叫来了大神乌鲁鲁,对乌鲁鲁说:"当初你曾创造了英勇无畏的吉尔伽美什,现在我要求你再创造一个与他同样出色的人,让他成为吉尔伽美什的对手。这样,他们俩在人间就可以互相牵制,吉尔伽美什也就没有多余的精力去虐待百姓了。"

乌鲁鲁回到家后,用一块湿泥捏造出了一个像野牛一样健壮的怪物。那个怪物全身都长满了毛,披着一头及肩的长发,就像谷物神纳萨帕一样。他不认识人,也没有家,就像人妖一样与猛兽们生活在一起,样子十分可怕。乌鲁鲁为给他取名为恩启都,并赐给他如吉尔伽美什一样的勇气和力量。乌鲁鲁将他送到了人间,与一群猛兽共同生活在荒郊野外。

在恩启都降临人间的那晚,吉尔伽美什做了一个梦。他梦到天上的一颗星星突然降临到他的身边,他想要把星星拾起来,可无奈怎样用力都搬不动它。就在这时,乌鲁克的居民们赶来了,他们将星星围个水泄不通。吉尔伽美什着急了,他改变姿势,俯身下去用力抱起了星星,一下将星星举过了头顶。接着,他带着星星去找自己的母亲南松神。与星星站在一起,他们倒显得极为般配。

梦醒后,吉尔伽美什还在回想刚才的梦,一切都是那样真实,仿佛真的发生过一样。他想不通梦的含义,就去找自己的母亲南松神。母亲为他解开了谜团,告诉他那个星星非同凡响,将与他成为患难中的知己。他们俩都是非常英勇的人,都是英雄式的人物。吉尔伽美什听了十分高兴,他正愁没有对手、没人懂他呢!他真希望马上就见到他的这个好伙伴,可是这个与他势均力敌的人物现在在哪呢?

恩启都整日与猛兽们生活在一起,出没于深山野林之中。一次,有个猎人无意中看到了恩启都。只见恩启都面色僵冷,目光逼人,看得猎人胆战心惊。更可怕的是,他力大无穷,将猎人设好的陷阱全都扯掉,并从猎人手中救出了很多猎物。好在他似乎并没有想伤害猎人的意思,转身跟随猛兽们回到山林中去了。接连几天,猎人都看到了恩启都。他很害怕，甚至不敢再去捕杀猛兽了。之后的几天，他都没有出门，一直把自己关在家里，整日心不在焉，精神恍惚。

猎人的父亲见到儿子的情景很是担心，就问儿子到底发生了什么事。猎人将事情如实告诉了父亲。父亲对儿子说："别害怕，我倒是有一个办法可以对付他。你到乌鲁克去找一个名为吉尔伽美什的英雄，将你看到的一切都告诉他，然后向他讨要一名神妓。你带着神妓回来后，就到池塘边去等那个男妖。待男妖出现，你就让神妓脱光衣服，尽情展现她的魅力。男妖必定会被神妓所吸引，这样他们就会离开了。"

猎人听了父亲的话，连夜赶往乌鲁克拜见了吉尔伽美什。吉尔伽美什很乐意帮忙，慷慨地送给他一名神妓。按照父亲的嘱咐，猎人叫神妓去引诱恩启都，恩启都果然被神妓迷住了，日夜与神妓纠缠在一起。几日之后，恩启都发现自己有了很大的变化，他不再像以前那样粗野狂暴，但思路却比以前开阔了许多，比以前更有智慧了。野兽们不再与他亲近，而是看见他就跑。恩启都有些失落，他坐下来开始沉思。

神妓也坐到恩启都的身边，劝恩启都说："您是如此伟大的人物，怎么能在这里一直与野兽们生活在一起呢？您还是跟我到乌鲁克去吧！那里有跟您一样伟大的吉尔伽美什，我们到他统治的地方去吧！"恩启都听说有人与自己一样伟大，不禁兴奋起来，对神妓说："我答应和你一起到乌鲁克去，我在这里没有任何对手，我想见见那个与我旗鼓相当的吉尔伽美什，我要向他挑战，与他一较高下！"

一路上，在神妓的指点下，恩启都开始习惯人类的生活。他身上的兽性慢慢退去，人性渐渐彰显。当他到达乌鲁克的时候，已经是一个人性十足的人了。这天，乌鲁克的街头特别热闹。大街小巷聚满了人，不少人都在朝一个地方赶。恩启都很是纳闷，就让神妓叫住一个经过的男人。神妓把男人带到恩启都身边，恩启都问男人："你们这是要去哪儿呀？是不是有什么热闹看？"男人说："我们的国王吉尔伽美什又在大张旗鼓地娶亲了。他已经娶了很多妻子了，就连已婚妇女都不放过，听说这次这个也是已经结了婚的，哎，真是……"男人说不下去了，尽管他有满肚子的怨言，但在大街上抱怨他的国王总归不太好。

恩启都听了男人的话，已经气得脸色发青了。他愤慨地对神妓说："这个吉尔伽美什也太不像话了，看我不去教训教训他！"说着，他也随着人流向广场的方向走去。在广场上，已经聚集了不少人。当人们发现恩启都的时候，都觉得这个男人与他们的国王很是相像，只是个子稍微矮了些。有人不禁欢呼起来："看哪！我们的国家来了一个和吉尔伽美什一样的英雄！"这一句话，使得全场人的目光都聚集在恩启都的身上。人们议论纷纷，有人说拯救乌鲁克人民的人出现了，也有人说一场异常激烈的较量即将在两个英雄之间展开。

吉尔伽美什发现了恩启都，恩启都也看到了吉尔伽美什。人们很自然地让出一条通道来给两位英雄，似乎在等待着他们的较量。可奇怪的是。吉尔伽美什与恩启都的眼睛里全然没有怒火,更没有想要厮杀的样子。那一刻,他们反倒有一种英雄惜英雄的默契。两个人缓缓地走到一起,没有争斗,没有打骂,而是紧紧地抱住了对方的手,接着拥抱在一起,仿佛两个多见未见的老友。吉尔伽美什知道,恩启都就是他梦中的那颗星星。他们果然成了患难中的知己。

征讨洪巴巴

恩启都与吉尔伽美什一起回到了乌鲁克的王宫,成了吉尔伽美什最得力的助手。吉尔伽美什听说森林中住着一个无恶不作的恶魔,名叫洪巴巴。他到处兴风作浪,搞得大地上生灵涂炭,而且他还绑走了女神伊什塔尔。吉尔伽美什决定去征讨洪巴巴,消灭人间的罪恶,救出女神伊什塔尔。他向恩启都征询意见,毕竟恩启都是从森林里出来的,比他更了解森林中的情况。

恩启都对吉尔伽美什说:"那个恶魔十分可怕,没有人敢靠近它。只要它一声怪叫,山洪便会爆发;大口一张,便会喷出烈火。任何人只要沾了他吐出的一口气,就会马上死去。为什么你要去征服他呢?我劝你还是不要去了。"吉尔伽美什却说:"我的朋友,难倒你害怕了吗?我们都是勇敢的人,不要让自己身上的英雄气概丢失。跟我一起去讨伐那个恶魔吧!哪怕是战死,也可以流芳百世。"

洪巴巴头像

恩启都确实是有一点担心,因为他刚做了一个十分不吉利的梦,这让他对这次出征充满了担忧,或许他会遭遇不测。不过他不愿打消吉尔伽美什的积极性,也不愿放弃征讨恶魔的机会,所以他答应同吉尔伽美什一起出征。

吉尔伽美什知道,他们此去充满了艰险,很可能一去不回。因此,在临行之前,他必须见见自己的母亲。他希望得到母亲的帮助和祝福,这将给他信心和力量。南松神向神祈祷了一番,接着对恩启都说:"孩子,你虽然并非我的亲生骨肉,但我现在愿意收你为义子。从此以后,你就是我的孩子了。我将我的儿子吉尔伽美什交给你,你一定要保证他的安全,让他平安回到我的身边。"恩启都点了点头,表示自己一定会保护吉尔伽美什的安全。

南松神又对自己的儿子吉尔伽美什说:"你们此去必定困难重重,森林中的情况你不熟悉,所以你要听恩启都的,让他走在你的前面。"吉尔伽美什答应了母亲。接着,南松神又一一祝福了吉尔伽美什和恩启都,请求太阳神沙玛什一路上保护他们。吉尔伽美什和恩启都告别了母亲，就开始准备出征了。

吉尔伽美什命工匠为他打造了一把大斧和一柄长剑，恩启都也让工匠打造了几样武器。两个人各准备了六百镑的武器，准备刺杀恶魔洪巴巴。出发那天，乌鲁克的人民都来送行。一位德高望重的长老对吉尔伽美什说："此去充满了凶险，你性情又急躁，凡事不可鲁莽行事，多听听恩启都的意见，他比你更有经验，也更了解情况。听说洪巴巴十分凶恶，你们一定要多加小心，希望神保佑你们平安归来。"吉尔伽美什与恩启都热泪盈眶，告别了乌鲁克的人民，他们就上路了。乌鲁克的人民翘首以盼，都在等待着他们的英雄凯旋。

吉尔伽美什和恩启都日夜兼程，仅用了三天的时间就走完了常人要走一个半月的路程。当他们到达森林入口时，遇到了第一道障碍。洪巴巴手下的士兵正在入口处放哨站岗，他们个个都手拿尖枪，凶神恶煞地看着前方。吉尔伽美什有些心慌，在原地站了半天，丝毫没有要进攻的意思。恩启都见此情景，忙激励吉尔伽美什说："现在才仅仅是个开始，你就已经退缩了吗？难倒你连洪巴巴的影子都没见到就想要回去吗？想想出发前你的豪言壮语吧！"

吉尔伽美什果然备受鼓舞，他挥起大斧，向哨兵走去。经过一番激烈的较量，吉尔伽美什和恩启都取得了胜利。通往森林的大门敞开了，他们离洪巴巴又近了一步。进入森林，他们觉得有些晕。森林如此之大，究竟该到哪里去找洪巴巴呢？恩启都说："别着急，我们仔细找找，洪巴巴所行之处必然留有印迹。我们只要循着印迹去找，就一定可以找到洪巴巴。"果然，他们在森林中发现了一些特殊的印迹，比如说大路变得笔直、小路变得平坦等。

在杉树山前，吉尔伽美什做了个梦。他梦到天塌地陷、电闪雷鸣，整个世界都陷入了一片黑暗之中。吉尔伽美什被噩梦惊醒了，他连忙把自己的梦说给恩启都听。恩启都听后，觉得杉树山定会对他们不利，于是拿起斧头将杉树砍倒。随着杉树的倒下，恶魔洪巴巴出现了。他愤怒地叫骂："是谁这么大的胆子，竟敢将我的杉树砍倒？"吼声冲天，吓得吉尔伽美什和恩启都连连后退。

就在危急时刻，太阳神沙玛什出现了。他对吉尔伽美什和恩启都说："不要害怕，快逼近他，千万不要被他的吼声吓住了。"吉尔伽美什与恩启都定了定神，勇敢地向洪巴巴冲去。太阳神沙玛什用狂风吹向了洪巴巴，刮得洪巴巴张不开眼睛，进退不得，只好向吉尔伽美什投降。洪巴巴为了脱身，故意低三下四地讨好吉尔伽美什："我的英雄吉尔伽美什啊！您是最伟大的，我已经屈服在您的武力之下。我愿意做您的仆人，从此后一心一意地伺候您，请您放过我吧！"

吉尔伽美什举起的斧头停在半空，似乎在犹豫什么。恩启都连忙劝道："吉尔伽美什，你可千万不要相信他的甜言蜜语，那些话都是哄你的。如果你在这个时候手软，我们就前功尽弃了。"听了恩启都的话，吉尔伽美什不再犹豫，迅速地落下了斧头。随着斧头的下落，洪巴巴的头颅被砍掉了。接着，他们又救出了被困的伊什塔尔女神。一场征讨恶魔的行动终以胜利告终，所有人都由衷地感到高兴。

吉尔伽美什与伊什塔尔

吉尔伽美什杀死了洪巴巴,拯救出了伊什塔尔女神。可这位多情的女神却看上了英俊的吉尔伽美什,甚至要求成为吉尔伽美什的妻子。

伊什塔尔在吉尔伽美什面前尽情卖弄着她的万种风情,希望能打动吉尔伽美什。她柔情款款地对吉尔伽美什说:"伟大的吉尔伽美什,我心中的英雄,是你从恶魔的手中拯救了我,让我重新获得自由。自我见到你的那一刻起,我的心就已经完全属于你了。请接受我的爱意,让我成为你的新娘吧!"

吉尔伽美什没有说话,只是一直低着头保持沉默。对于眼前的这位女神,他是有一些了解的。在众神之中,伊什塔尔的风流是出了名的。她有过一个丈夫,还有过无数情人。这些与她有关系的男神,没有一个有好结果。她的丈夫绿色和春天之神坦姆兹被她送到了地狱之中;她的情人伊舒兰努因为不肯屈从于她,竟被她点化成青蛙,至今还半死不活;她所钟情的牧人也被她点化为狼,受尽了折磨。此外,这位女神的残暴也是出了名的。她曾折断了花斑三宝鸟的翅膀,并将它打得体无完肤;她曾将用计将雄狮骗入陷阱之中;她曾将骏马溺死在粪便之中,等等。

如今,这位臭名昭著的女神竟然要嫁给他吉尔伽美什。吉尔伽美什觉得心中一阵好笑,他是断然不会答应的,可他也没有马上拒绝伊什塔尔。他故意对伊什塔尔说:"做你的丈夫,我何德何能呢?我又能给你什么呢?"伊什塔尔见吉尔伽美什没有拒绝她,心中一阵欢喜,忙对吉尔伽美什说"我心中的英雄,只要能跟你在一起,我什么都不要。我不需要你给我什么,相反,我倒可以给你很多。我愿意为你付出一切,哪怕让我受尽苦难,我也是心甘情愿的。"

吉尔伽美什已经厌倦了伊什塔尔的虚伪,他不冷不热地说"成为你的丈夫?难倒你想害死我吗?你的旧情人个个死于非命,下场凄惨,你的专横跋扈也是出了名的,我才不会选你这样的人做我的妻子呢!"伊什塔尔睁大了眼睛,她万万没有想到吉尔伽美什会这样对她说话。吉尔伽美什见伊什塔尔惊呆的样子,就把伊什塔尔过去曾经做的坏事都数落了一通。伊什塔尔十分恼怒,这个人竟敢公然揭她的老底,让她无地自容。她必须要惩罚这个狂妄的人,否则难消她心头的怒火。

愤怒的伊什塔尔找到了父亲安努,对安努大声控诉吉尔伽美什的罪状:"我亲爱的父亲啊!您知道您所创造的人间统治者吉尔伽美什在人间都干了些什么吗?他竟然出恶言侮辱您的女儿,让我十分难堪。父亲啊,他这样侮辱您的女儿,就是对您的不敬。您可不能让他再这样放肆下去了,否则他必将会成为您的心腹大患。"面对暴跳如雷的女儿,安努显得很平静。他问伊什塔尔:"你是不是招惹了吉尔伽美什,所以他才会对你出言不逊?"伊什塔尔辩解道:"当然不是,我并没有招惹他。"

安努知道女儿的脾气，心想定是她招惹了吉尔伽美什，否则吉尔伽美什也不会羞辱她。所以，他并没有理会女儿的吵闹，转身就要离开。看到父亲要走，伊什塔尔急了。她上前拦住父亲，对父亲说："父亲，这件事您可以不管，但你必须答应我为我制造一头天牛，让我去收拾吉尔伽美什。"安努说："我不能答应你的要求。你应该知道，如果我为你制造一头天牛，那么人间就将歉收七年，没有粮食和青草，你让人类和兽类如何生存呢？"伊什塔尔说道："这点您不用担心，我会储存好七年的粮食和青草，保证在这七年里，人类和兽类都不会被饿死。"

　　安努推脱不掉，只好答应为伊什塔尔制造一头天牛。天牛造好之后，伊什塔尔就命令天牛来到乌鲁克城，寻找吉尔伽美什报仇。来到乌鲁克城的天牛到处寻找吉尔伽美什，乱闯乱撞，伤了很多人，损坏了很多建筑。百姓们纷纷跑到王宫告状，请吉尔伽美什制服天牛。吉尔伽美什得知情况后，马上与恩启都商量对策。他们一起到街上找到了天牛，与天牛厮打在一起。天牛虽然也很勇猛，但终究不是吉尔伽美什和恩启都的对手，很快就败下阵来。恩启都杀死了天牛，并把它的心肝献给了太阳神。

　　看到自己的天牛惨死，伊什塔尔更加痛恨吉尔伽美什。她对着吉尔伽美什大喊："你这个该死的，竟然杀死了我的天牛，我诅咒你不得好死！"吉尔伽美什对伊什塔尔的辱骂根本不予理会，恩启都则掰下了天牛的一条大腿朝伊什塔尔扔去。他大声对伊什塔尔说："快给我闭嘴，你这个疯子！要是让我抓到你，我一定会像整治天牛一样整治你。"伊什塔尔不再叫骂了。她悲哀地坐在天牛腿上，日夜不停地叹息。

恩启都之死

　　恩启都帮助吉尔伽美什杀死了伊什塔尔女神的天牛，这件事很快就传到了天上。天神们议论纷纷，商量着如何惩罚吉尔伽美什和恩启都。其实，恩启都自征讨洪巴巴之前，就已经有了不祥的预感。他不知道在征讨洪巴巴的过程中会发生什么事，他甚至想过自己可能会死在路上。然而直到杀死天牛，他都没有发生任何事。这让他几乎忘了临行之前的不祥预感，可就在杀死天牛之后，这种不祥的预感又来了，而且比上一次来得还要强烈。他隐隐感觉到，可能真的有什么不幸的事要发生在自己身上。

　　这天晚上，恩启都做了一个梦。在梦中，他来到了天国，看到众天神正聚集在一起开会，而他们开会的内容就是对吉尔伽美什和恩启都的惩罚。一手创造出天牛的安努认为，吉尔伽美什与恩启都杀死了天牛，他们已经触犯了天条，应该被判死罪；恩里尔认为吉尔伽美什虽然有罪，但他是国王，不能就这样死去，因此可以由恩启都来承担所有的罪过；太阳神沙玛什则认为，吉尔伽美什与恩启都都是按自己

世界经典文库

中外神话故事

·巴比伦神话·

图文珍藏版

的旨意办事,他们都不应该受到惩罚。三种不同的意见中,恩里尔的意见占据主流,大多数天神都同意对恩启都进行惩罚。尽管太阳神沙玛什拼命地为他辩护,但无奈寡不敌众,众神最终做出了处死恩启都的决定。

梦醒之后,恩启都只觉得全身无力,很快就卧病在床。看到好友患上怪病,且无论如何医治都不见效果,吉尔伽美什十分着急。恩启都将自己做的梦告诉了吉尔伽美什,并对他说:"我想这必定是神的旨意,你不要为我难过,即使我到了地下,我也会祝福你的。"当天夜里,恩启都又做了一个梦。梦中他一个人独自走在荒原上,忽然,迎面来了一个面目狰狞的怪兽。怪兽用利爪紧紧抓住恩启都的衣服,恩启都只觉得一阵窒息,随后便晕倒过去。待恩启都身体恢复直觉,他已经变成了另外一副模样。他的两只手臂变成了一对翅膀,且身上已经长满了羽毛。那个怪物又将恩启都带到了地下世界,在那里,他见到了许多已故的人。

第二天,恩启都似乎已经感觉到自己大限将至,忙拉住吉尔伽美什的手,向他讲述了昨晚的梦境。吉尔伽美什虽然不懂其中的含义,但他和恩启都一样都感到有什么可怕的事就要发生了。吉尔伽美什连忙去找自己的母亲南松神,请她来解恩启都的梦。南松神的解释证实了吉尔伽美什的不安,他的好友已经时间不多了。他急奔回王宫,守在恩启都旁边,希望能多看好友几眼。可是此时的恩启都已经看不到他了。在吉尔伽美什走后,恩启都便昏了过去,而且这一昏迷就是十几天。

在恩启都昏迷的这十几天里,吉尔伽美什几乎寸步不离恩启都的身边。他要守护着好友,不让恶魔将好友带走。到了第十二天的时候,恩启都终于睁开了他的眼睛。他微弱地喘着气,对吉尔伽美什说:"朋友,我可能要先行一步了。那可怕的诅咒落在了我的头上,我必须到地下王国报到了。可我真的不愿就这样死去,大丈夫不能战死沙场,干一番轰轰烈烈的大事,真是人生最大的遗憾。只可惜,我没有办法再实现我的理想了。"说完,恩启都便带着遗憾永远地闭上了眼睛。

吉尔伽美什大声呼喊着恩启都的名字,希望好友不要睡去。他多希望恩启都能够再次睁开眼睛,他多希望恩启都只是睡着了。可是无论吉尔伽美什怎样呼唤,恩启都的眼睛都是紧紧闭着,没有丝毫要睁开的迹象。吉尔伽美什在恩启都的床边大声地哭号,哭声惊天动地,所有的人都为之动容。可一切都已经来不及了,恩启都已经走了,再也不会回来了。吉尔伽美什从没受过如此大的打击,他就这样失去了自己唯一的知己。他甚至还来不及对恩启都论功行赏,就再也见不到这位好友了。

自恩启都死后,吉尔伽美什整日都处在极大的悲痛之中。他日夜守在恩启都的尸体旁,哪儿都不去。他幻想会出现奇迹,让恩启都死而复生。他不愿将恩启都下葬,因为一旦下葬,他就真的再也见不到恩启都了。直到恩启都的尸体已经开始腐烂,并散发出怪味,吉尔伽美什才在众人的劝说下为恩启都举行了隆重的葬礼,让好友人士为安。此后,他仍然不能忘记好友,常常回想起与恩启都在一起的日子。他不想再见任何人,不想再问任何事,独自一个人离开了乌鲁克,到原野上游荡去了。

达伊里

古代的巴比伦人非常崇拜彼勒神。上到王公贵族,下到平民百姓,都将彼勒神视为偶像。除了每天的朝拜以外,还常常为彼勒神敬献贡品。在巴比伦人的心目中,彼勒神是至高无上的神。任何对彼勒神不敬的行为都会遭到人们的唾弃和指责,哪怕只是说一句对彼勒神不敬的话,也是不允许的。

巴比伦的国王居鲁士有很多得力助手,其中最受器重的是亚伯的儿子达伊里。与以往的国王一样,居鲁士对彼勒神也十分崇敬,可是他的宠臣却对彼勒神十分不敬。在巴比伦人的传统中,还没有不崇拜彼勒神的先例。因此,当居鲁士得知达伊里不崇拜彼勒神时,他十分生气。他绝不允许在他统治的国家里有人对彼勒神不敬,即使是自己最宠爱的臣子也不例外。

这天,居鲁士把达伊里叫到身边。虽然他对达伊里不崇拜彼勒神的行为很不满,但他也不想公然处置达伊里。他责问达伊里:"你身为巴比伦人,怎么能不崇拜最最伟大的彼勒神呢?你知道自己在干什么吗?"达伊里不紧不慢地说:"尊敬的国王陛下,我只是不愿意去崇拜一个人们用手捏造出来的偶像。"居鲁士反驳道:"虽说如此,但他却是有生命的,你没有看到他每天要享用多少美食和美酒吗?"达伊里答道:"不,陛下,他只是一个不能吃喝的废物。"

居鲁士本来是想耐心地说服达伊里崇拜彼勒神的,可没想到达伊里竟如此固执,而且还说出如此大逆不道的话来。居鲁士彻底披达伊里激怒了,他将彼勒神庙中的祭司全部叫来,当面质问他们:"你们如实地告诉我,彼勒神前面的东西是被谁吃掉了?"祭司们吓了一跳,不知国王为什么会这样问,连忙答道:"当然是最伟大的彼勒神吃掉的。"居鲁士看向达伊里,说:"听到了吗?我们最崇拜的彼勒神每天都会将他面前的大量食品吃掉,你还敢说他是不吃不喝的吗?"达伊里镇定地说:"不,国王陛下,他们说的不是实话。供奉在彼勒神前面的食物并不是被彼勒神吃掉的,而是被人偷吃的。"

达伊里的话激起了祭司们的愤怒,他们大声指责达伊里对彼勒神不敬,并向国王保证食物确实是被彼勒神吃掉的。居鲁士为了让达伊里心服口服,就当众宣布:"这样吧!我们明天就到神庙去验证一下。如果食物不是被彼勒神吃掉,而是被人偷吃的,那么神庙的所有祭司们都难逃一死;相反,如果食物确实是被彼勒神吃掉的,那么达伊里就要接受死刑。"达伊里和祭司们都表示赞同。从表面上看,双方都是信心满满的样子。但事实只有一个,究竟什么才是真相呢?

当天,居鲁士与达伊里带着随从一起来到了神庙。在神庙中彼勒神像的前方,居鲁士亲手献上了贡品,然后命人将神庙的门封起来。在退出神庙之前,达伊里说他要先做一件事。他让随从在地面上洒满了木屑，屋内的各个角落都不要遗漏。一切布置妥当之后，才与国王一起退了出来。随从将神庙的门用居鲁士钦赐的封条封好，然后便离开了。国王对达伊里说："现在我们已经将门封好了。如果明天早上食物没有动，那就说明彼勒神没有吃过；如果食物已经被吃，那就说明确实是彼勒神吃了，你就该受到惩罚。"达伊里笑了笑，没有说话。

第二天早上，当众人再次来到神庙时。神庙门上的封条还完好无损，说明并没有人破门而入。接着，居鲁士让人打开封条。推开大门一看，桌案上的食物已经全部被吃光。居鲁士忙命人将达伊里抓起来，要治他的罪。达伊里镇定地说："国王陛下，在您降罪之前，请先看看神庙的地面吧！"国王低头一看，只见屋内的木屑上印着大大小小很多脚印，有的像男人的，有的像女人的，有的像小孩的。居鲁士马上明白了一切，命人将神庙的祭司们全部召来，问他们是何缘故。祭司们一看吓傻了眼，将事情原原本本地向居鲁士交代了。

原来，在神像的下面有一条密道，直接通往神庙之外。每天夜里，祭司们都会拖家带口地从密道进入神庙，将神像前的食物吃个一干二净，然后再由密道返回。日复一日，年复一年，始终如此。人们误以为是彼勒神吃了前面的食物，就不断供奉美酒佳肴。现在事情败露了，祭司们知道终究难逃一死，还是说出真相吧！得知真相的居鲁士怒不可遏，他命人将祭司及其家人全部斩首，并当场砸毁了彼勒神的神像。从此，居鲁士不再要求达伊里信奉彼勒神，连他自己也不再信奉了。

虽然居鲁士不再要求达伊里信奉彼勒神，但对于达伊里信奉上帝的做法，居鲁士还是很不满。巴比伦人除了信奉彼勒神外，还很崇拜当地的一条大蛇。居鲁士想让达伊里也信奉这条大蛇，就对达伊里说："我们崇拜的大蛇是活灵活现的，它能吃能喝，你为什么不崇拜它呢？"达伊里说："虽然它是活生生的，但它却不是永生的，只有上帝才是永生的。"居鲁士不服气地说："你凭什么说大蛇不是永生的，它已经陪伴我们这么多年了。"达伊里说："我将亲手杀死大蛇，证明给您看。"

其实，要杀死一条大蛇并不难，只要稍稍动点脑筋，就可以将它送入地狱。达伊里很轻松地做到了。居鲁士看到大蛇果然不堪一击，就相信了达伊里的说法，从此不再信奉大蛇。不过国王的意见并不能代表所有巴比伦人民的意见，在达伊里相继砸毁神像、杀死大蛇神之后，很多巴比伦人都对他非常不满。有些极端的人开始策动叛乱，他们组织了一条军队，逼向了居鲁士的王宫。在攻入王宫之时，他们要求居鲁士交出达伊里，否则就杀死他和他的全家。无奈，居鲁士只好将达伊里交到了叛军的手中。

这些人缴获达伊里后，将他投入了森林中的狮子洞。狮子洞中有七头凶猛无比的狮子，所有被投进去的人都会被它们瞬间撕成碎片。可是达伊里有上帝的保佑，在狮子洞中，狮子们都安静地趴在他的身边，没有丝毫要伤害他的意思。不过达伊里还是饥渴难耐，这时，他所信奉的上帝向他伸出了援助之手，为他送来了食物和水。

当居鲁士来到狮子洞悼念达伊里的时候，马上被眼前的情景惊呆了。他简直不敢相信自己的眼睛，达伊里不但没有死，而且还与狮子们待在一起。这次，他彻底相信达伊里所信奉的上帝了。他命人放出了达伊里，将叛军首领投进了狮子洞。这些叛军刚被投入狮子洞，狮子们就一起上去，将他们撕扯成了碎片。而被放出的达伊里，则又成了居鲁士的爱臣，受到了居鲁士的重用。

菜豆男孩

有一对老夫妻，一直都没有孩子。看着别人家的孩子在外面玩耍，老婆婆常常偷偷地掉眼泪。她多希望自己也有一个活泼可爱的孩子啊！可是她如今已经年纪一大把，是不可能再有孩子了。

一天，老婆婆正要烧火做饭，忽然听到一个清脆的声音在叫她："妈妈，妈妈！"老婆婆一愣，这是在叫自己吗？自己并没有孩子呀！谁在叫妈妈呢？可声音出现在她家，如果不是叫她，那又是叫谁呢？老婆婆循着声音找去，在炉膛里发现了一个可爱的小男孩。老婆婆真是又惊又喜，她只记得自己将一罐菜豆放在这里，如今怎么变成一个小男孩了呢？这究竟是怎么回事呢？不管这些了，一定是伟大的安努赐给她的。因为小男孩的出生与菜豆有关，所以老婆婆就给他取名为菜豆男孩。

菜豆男孩一天天长大了，也能跟其他孩子在一块玩耍了。老婆婆高兴极了，以前，望着那群嬉笑玩耍的孩子，她总要伤心半天。如今，那群孩子中也有一个是属于自己的了。跟邻居们在一起，她也不再觉得有什么不如人的了。因为有了菜豆男孩，她的生活发生了很大的变化，整个家也变得更加温暖起来。

一天，菜豆男孩和伙伴们一起到森林中玩耍，玩着玩着就忘了时间，结果没能在天黑前赶回家。森林中有一个魔鬼，只要夜幕一降临，他就会出来活动。眼见天已经黑了下来，伙伴们都很害怕，只有菜都男孩镇定自若，带领着大家往前走。走着走着，魔鬼忽然挡住了他们的去路。一下子见到这么多孩子，魔鬼高兴极了，他已经很久没有饱餐一顿了。他没有露出凶恶的面孔，而是装出一副慈祥的样子，热情邀请孩子们到他的家中做客。菜豆男孩代替大家接受了魔鬼的邀请，因为他知道除此之外，他们别无选择，与魔鬼来硬的肯定是不行的。

魔鬼将孩子们带到家中，就催促他们赶紧睡去，他也好动手。过了半个小时，魔鬼问："孩子们，你们都睡了吗？"菜豆男孩答道："没有，菜豆男孩没有睡。"魔鬼就问："你为什么不睡觉呢？"菜豆男孩说："每天晚上，妈妈都会在睡前给我做些好吃的，不吃东西，我睡不着。"魔鬼没有办法，出去准备了一些好吃的。菜豆男孩让大家赶紧吃些东西，补充一下体力。吃完东西，魔鬼又催促孩子们睡觉。

一个小时之后，魔鬼又问："孩子们，你们都睡了吗？"菜豆男孩说："没有，菜豆男孩没有睡。"魔鬼有些生气了，问："你怎么还不睡？"菜豆男孩答道："每天晚上睡觉之前，妈妈都用喂月亮海中的水给我喝，喝不到月亮海中的水，我就睡不着。"魔鬼没有办法，只得去月亮海打水。去月亮海的路途可不近，往返一次至少要花费两个小时的时间。魔鬼走后，菜豆男孩连忙叫醒了伙伴们，让伙伴们穿上衣服赶紧回家，自己留在这里等魔鬼回来。伙伴们让菜豆男孩一起回去，菜豆男孩没有同意，他要留下来将魔鬼除掉。

魔鬼打水回来，看到只有菜豆男孩一个孩子，其余的孩子都跑了，不由得勃然大怒。他将菜豆男孩装进袋子里，将袋口封好，自己则出去寻找树枝，他要好好地收拾一下这个可恶的孩子。菜豆男孩趁魔鬼离开的时间钻出了袋子，将魔鬼的猫抓来放在袋子里，然后封好袋口，自己则躲在一边等魔鬼回来。魔鬼找寻树枝回来，对着口袋狠狠地抽打，口袋中不时发出猫叫声。魔鬼以为是菜豆男孩搞的鬼，并没有在意，继续抽打。直到打得口袋鲜血直流，他才住了手，可打开袋口一看，却看到自己的爱猫躺在里面。

魔鬼气得暴跳如雷，恨不得将菜豆男孩碎尸万段。当魔鬼在角落里找到菜豆男孩时，张口就要吃了他。菜豆男孩大喊："先别吃我。"魔鬼住了口，他想听听菜豆男孩说些什么，反正现在他已经逃不脱自己的手掌心了。菜豆男孩接着说："您这样将我吃掉多没滋味呢？如果您能烙一张大饼，将我卷着吃，那一定会非常美味的。"魔鬼觉得很有道理，就按菜豆男孩说的做了。可就在魔鬼烧火的时候，菜豆男孩趁其不备，在背后猛踢他一脚。魔鬼被踢入了炉膛，一声惨叫后便无声无息了。

菜豆男孩除掉了可恶的魔鬼，以后孩子们再也不用害怕到森林里面玩了。村里的人都称赞菜豆男孩是勇敢智慧的小英雄，对他非常尊敬。

樱桃为什么是血红色的？

在很久以前，樱桃并不是血红色的，而是白色的。直到两个年轻人为了爱的忠贞在樱桃树下自刎，樱桃才变成了血红色。故事还要从几千年前的巴比伦说起。当时，有一个叫作贝拉姆的男孩和一个叫作泰茜芭的女孩。由于两家是邻居，且关系向来很好，因此两个孩子也常常在一起玩耍。时间长了，也就彼此有了感情。随着年龄的增长，这种两小无猜的感情也逐渐变成了至死不渝的爱情。

虽说两个年轻人早已私订了终身，但他们还不敢公然在一起。因为按照巴比伦人的传统，男子要娶妻，必须到市场上去买。没有成亲的青年男女是不能私自待在一起的，否则就会被人们唾骂耻笑。那被认为是违背巴比伦传统道德的行为，是会给家族带来耻辱的。虽然心中有所顾忌，但爱情的力量还是紧紧地牵引着两个年轻人。他们常常从家里偷跑出来，到山后的树林中私会。每次见面，他们都有说不完的话、诉不尽的情。直到夜幕降临，他们才依依不舍地告别对方，各自回家。

这天，两个年轻人又在树林中私会，恰好被经过的诽谤女神看到了。这位女神向来以破坏纯洁和高尚出名，见到这对亲密无间的爱人，她顿时又生了妒恨之心。诽谤女神摇身一变，变成了一位姑娘。她躲在暗处密切留意着贝拉姆和泰茜芭的一举一动，然后便到处散播两个人在山后私会的事，还不时添油加醋地加上几句。就这样，一传十，十传百，贝拉姆和泰茜芭的事很快就传开了。没过多久，贝拉姆和泰茜芭的父母也知道了这件事。他们一起向贝拉姆和泰茜芭私会的地方赶去，结果发现两个年轻人正在热烈地拥吻。四个老人都气坏了，泰茜芭被父亲抓住头发带回了家，贝拉姆也被父亲拳打脚踢了一顿。

自两个人的事情败露以后，双方父母就强迫他们断绝来往。为了阻止他们见面，他们的父母还将他们锁在房间里，让他们连门都出不去。无论贝拉姆和泰茜芭怎样恳求，都无济于事。两个相爱的人近在咫尺却不能见面，这让他们备受煎熬。夜晚，他们就各在自己的房间里叹息。思念折磨着两颗脆弱的心，他们多希望看一看对方，再听一听对方的声音。可是他们连门都出不去，又怎么可能见到对方呢？

时间一天天过去了，贝拉姆和泰茜芭也日渐消瘦，他们都在为不能与爱人相见而苦恼着。一天夜里，贝拉姆忽然想到，他与泰茜芭的房间不过一墙之隔，何不将墙凿出一个小洞去看一看泰茜芭呢？想到这，他急忙从床上爬起来，来到墙边开始凿墙。听到隔壁传来的凿墙声，泰茜芭似乎获得了什么启发，也跟着一起凿起来。终于，洞被打通了，他们终于又看到了彼此。虽然不能拥抱亲吻对方，但仅仅是这样看看对方，他们就已经很满足了。他们在洞口诉说着对彼此的相思之情，一遍又一遍地重复着他们至死不渝的爱情誓言。每天，他们都蹲在洞口说话，一直说到很晚。

渐渐的，他们觉得每日隔墙对话太过辛苦，他们已经快被思念折磨疯了。为了长久地与对方在一起，他们决定私奔。两个人约好晚上在城外尼努斯国王的墓地会和，然后一起远走高飞。这天晚上，泰茜芭带上贝拉姆送给她的白色丝巾，兴冲冲地向城外赶去。可到了城门口，她却开始害怕起来。因为守门的卫士个个拿着刀枪，她要如何才能出城呢？就在泰茜芭犹豫之际，天上的爱和美女神向她伸出了援助之手。女神派下一个使者为守门的士兵唱歌、跳舞，士兵们被仙女动人的舞姿和曼妙的歌声吸引住了。泰茜芭就趁这个机会，悄悄溜出了城门。

城外一片漆黑，墓地周围更是冷清得吓人。不过爱情的力量让泰茜芭变得胆大起来，一想到马上就可以与心爱的人见面，她就忍不住地激动。尼努斯国王的墓地上有一棵巨大的樱桃树，上面已经结满白色的果实。在墓地旁边，是一股清泉。泉水非常清澈，泰茜芭觉得有些渴，就捧起一捧喝了下去。然后，她就坐在樱桃树下等着心上人的到来。忽然，她听到一声可怕的狮吼。泰茜芭害怕极了，她急忙躲进凹地里，可情急之下，她却丢了贝拉姆送给她的白色丝巾。

在凹地里，泰茜芭看到了更为可怕的一幕。一头狮子正在撕扯着一头野牛，泰茜芭只看了一眼，就吓得晕了过去。狮子吃过野牛后，在泉里喝了几口水。在转身要走的时候，它看到了泰茜芭丢落的丝巾。它走上前去将丝巾又是一阵撕扯，然后才扬长而去。丝巾被撕烂了,上面还沾染了野牛的血迹。

过了一会儿,贝拉姆赶到了墓地。看到泰茜芭还没来,他决定坐在樱桃树下等着心爱的人。忽然,贝拉姆发现了那条被扯烂的丝巾。那是他送给泰茜芭的丝巾,他是无论如何也不会认错的。看着上面的血迹,再看看周围出现的狮子爪印,贝拉姆痛哭失声。他可以确定,他心爱的泰茜芭一定已经惨遭不幸。为什么上天要夺去泰茜芭的生命?她本应该在温暖的家中睡上甜美的一觉,都是自己害了她。如果自己不让她私奔,如果自己早一些到来,那么她就不会出事了。贝拉姆悲痛地呼喊着爱人的名字,他已经决定与爱人共赴黄泉了。在樱桃树下,贝拉姆拿出随身携带的短剑,刺进了自己的胸膛。

泰茜芭在凹地里醒来,心想贝拉姆应该已经到了。她并不知道外面发生了什么事,更不会想到她心爱的贝拉姆已经离她而去。当她走到墓地的时候,发现樱桃树上的樱桃全部变成了血红色的,而在樱桃树下,赫然躺着一个人。走近一看,泰茜芭一下扑了上去。那不正是他的贝拉姆吗?看着贝拉姆手中紧紧握着的白色丝巾,泰茜芭马上明白了一切。她抱着贝拉姆的尸体,拼命呼喊爱人的名字。她的眼泪流到了贝拉姆的脸上,她的吻落在了贝拉姆的唇上。贝拉姆睁开了眼睛,可他也仅仅是深情地看了爱人一眼,便又闭上了眼睛。

泰茜芭悲痛欲绝,既然爱人已经死去,她也绝不会独生。她拔出贝拉姆胸口的短剑,毫不犹豫地刺进了自己的胸膛。贝拉姆与泰茜芭双双死在了樱桃树下,他们的鲜血渗入了樱桃树的树根,滋养着上面的果实。自那以后,樱桃就变成了血红色的,仿佛诉说着贝拉姆与泰茜芭忠贞不渝的爱情。他们的父母看到他们的尸体后,不忍心再将他们分开,便将他们一起火化,并将他们的骨灰安放到了一起,让这对苦命的恋人可以在另一个世界里团聚。天上的众神也都为他们的爱情所动容,他们的灵魂被聚集到了一起,引送到天堂,那是一片只有光明和欢乐的净土。在那里,他们再也不会被分开了。

波斯神话

创造天地的时代

混沌的世界最初只有光明和黑暗这两种东西存在。光明处在遥远的上界,那里居住着善神阿富拉·马斯达;黑暗则处在深邃的下界,那里居住着魔神阿哈利曼。波斯人认为从有宇宙的那一刻起,光明和黑暗就开始对立,善神和魔神就互相敌视,他们之间的争斗从没停止过。不过,也正是因为他们之间的争斗,才有了如今这丰富多彩的世界。

魔神阿哈利曼野心勃勃,认为自己住在地下受了很大委屈,觉得只有他才有资格居住在那高耸的上界。至于阿富拉·马斯达,只不过是个小丑而已。于是,他慢慢地从下层升起,向着光明的天界一点点靠近,准备发起进攻。

"邪不胜正",这句话不管在什么地方或是什么时候都适用。可怜的阿哈利曼失败了,因为他实在抵挡不了阿富拉·马斯达那炙热的光芒,被打回下界。他不甘心失败,一心想着报仇雪恨。他在黑暗中一点点地创造条件,慢慢地纠集起了一支庞大的黑暗军团。

阿富拉·马斯达觉察到了阿哈利曼的举动,担心哪一天他真的杀上来,自己一个人抵挡不住。于是,阿富拉·马斯达就向阿哈利曼下战书,要求以三千年为一个期限,三千年后,光明和黑暗将进行一次大决战,胜利的一方有权居住在上界。阿哈利曼答应了他的要求。

为了防止被阿哈利曼偷袭,阿富拉·马斯达在空中念起了咒语,无数的光线编织成了一个巨大的网,把在黑暗中的阿哈利曼紧紧地束缚住了。这样,在以后的三千年里,魔神阿哈利曼就没办法从黑暗中出来了。

三千年对于凡人来说简直太长了,可是对于天神来说却显得那么短促。善神阿富拉·马斯达不敢耽误,马上开始创造工作。因为他要在魔神阿哈利曼冲出束缚前制造出很多有形的物质,它们将会代表光明的力量。

最关键的是要创造出能够放射无限光芒的物质。阿富拉·马斯达先用一些类似石头的东西做成了一大片背景,那就是我们后来看到的天空。接着,他又用各种各样的石头创造出了许许多多的星星,据说有六百四十八万颗。这些星星平时在天空中发出光芒,一旦遇到黑暗力量侵犯时,它们就会变成无数个勇敢的光明战

图文珍藏版

士。此外，阿富拉·马斯达还在东南西北四个方位设立了四大将军，由他们来统领各个方位的星星战士。

星星有了，可是它们的光量还不够强，天空需要一个更大更强的发光体。于是，阿富拉·马斯达制造出了月亮。后来，他又对月亮的光亮不够满意，所以又创造出了太阳。就这样，阿富拉·马斯达不停地制造着，直到过了四十天，天空的创造工作才算完成。之后，阿富拉·马斯达休息了五天。

接下来，阿富拉·马斯达要创造生命物质的源泉，因此水在世界上出现了。只有水才能培养出具有生命的物质来，因此水在陆地上要占有很大的分量。他拿着水，走遍了大地的每个角落，当他走到一个他认为合适的地方时，他就会把水全部倒在那里。有的时候倒的比较多，那么那里以后就成了大海；有的时候倒的比较少，那么那里以后就变成了江河。五十五天过去了，世界上已经有三分之一的地方有了水。阿富拉·马斯达又休息了五天。

善神阿富拉·马斯达下面要进行的工作就是建起堡垒，以便在和黑暗势力做斗争的时候能够有天然的屏障。他首先用很多很多的石头建起了平坦宽阔的大地，然后在大地上四处巡视。当他觉得合适的时候，他就施展法力让那个地方的地面升起很高很高，变得尖尖的。七十天过去了，世界上有了很多很多的山，有的高一点，有的则低一些。这样，阿富拉·马斯达又休息了五天。

下面的创造工作是最伟大的，善神阿富拉·马斯达决定开始创造有生命的物质。他想："应该从那些比较简单的生物开始创造，因为那样会让我觉得自己有能力创造出更高级的生物。"于是，他决定创造出世界上第一种生物——植物。

阿富拉·马斯达把一个神奇的植物种子扔进了大海里。一段时间后，在生命源泉的孕育下，种子开始生根发芽，慢慢地长成了一棵参天大树，树上结满了各式各样的果实。这些果实很奇怪，那就是它们的外形各不相同。当果实降落到地面时，就会变成各种各样的植物。而这棵最早的大树，则被称之为原木草。阿富拉·马斯达又休息了五天。

接下来，阿富拉·马斯达开始创造比较高级的生物——动物。他思来想去，最终决定以牛作为世界上的第一种动物。于是，他找来一大块泥土，整整用了七十五天，终于创造出了一头健硕的、犹如天空中的月亮一样洁白的牛，这头牛被称为原始牛。阿富拉·马斯达又休息了五天。

最后的任务，也是最艰巨、最伟大的任务就是创造人类。从创造原始牛那里得到了启发，阿富拉·马斯达找了一块比较有灵性的土，整整捏了七十天，终于创造出了世界上第一个人类。为了显示人是高级的动物，应该和牛有所区别，阿富拉·马斯达还给原始人取了个名字，叫作卡幽马路司。

就这样，世界上有了天、有了地、有了水、有了原始牛，而且还有了原始人。阿富拉·马斯达非常满意自己的创造工作，于是他又休息了五天。从天空的创造到原始人的出现，阿富拉·马斯达整整地耗费了三百六十五天的时间。从那以后，人们就把三百六十五天定为一个周期，称为一年。

光明和黑暗的战争

在波斯神话中，宇宙的发展分为三个周期，每一个周期的时间都为三千年。其中，第一个周期为创世时期；第二个周期是光明与黑暗战争时期；第三个周期就是我们现在所处的时期。

宇宙的第一个三千年过去了，世界将迎来第二个三千年，一个可怕的时代，一个充满血腥的时代。光明咒语的力量正在消失，黑暗的力量正在加强，善神阿富拉·马斯达越来越紧张，因为他知道魔神阿哈利曼很快就会冲破咒语的束缚了。

该来的还是要来，这是不能避免的。魔神阿哈利曼从地面升起了，紧跟其后的是他亲手制造出来的黑暗魔军。阿哈利曼怒吼着，狂笑着，他觉得如今的阿富拉·马斯达根本不是他的对手。

第一道天然堡垒发挥了作用，整个大地剧烈地震动起来。为了保护大地，世界上所有的高山都联合起来，把黑暗魔军团团围住。它们悄悄地把自己的根插得更深，并且在地下互相连接起来，这样的话阿哈利曼和他的魔军就没那么容易摧毁它们了。从那以后，大地就变得非常坚固和结实了。

不过，这些牢固的屏障并不能阻止阿哈利曼吞并光明的野心。他施展黑暗的力量，创造出许许多多可怕的动物，比如毒蛇、蝎子、蜥蜴以及青蛙等。这些可怕的小怪物到处作恶，搅得世界不得安宁。为了对抗黑暗力量，阿富拉·马斯达把天狼星派下界来，让他消灭那些可怕的毒物。

天狼星下界之后马上变成了马、牛、人等动物，这些都是毒物的克星。同时，阿富拉·马斯达也为天狼星助阵，在天空放射出耀眼的光芒。经过三十天的苦战，阿哈利曼的毒物终于被消灭干净。为了冲刷掉世界的罪恶，阿富拉·马斯达又从天降下瓢泼大雨。

罪恶虽然已经被大雨冲刷掉，但是大地依然被毒气和臭水包围。为了彻底消灭这些后患，天狼星又变成了一匹白色的天马，挥动长尾巴驱除毒气。阿哈利曼恨得牙根痒痒，一心想要报仇。他从黑暗世界召唤来了可怕的干旱魔神，并让他化成一匹短尾的黑马与天狼星作对。

毒气还没有消除，干旱又接踵而至，这下可急坏了善神阿富拉·马斯达。他知道必须速战速决，于是施展无穷的法力，帮助天狼星把干旱魔神赶回了黑暗老家。阿富拉·马斯达又使世界刮起大风，把覆盖在大地上的水吹到了海里。接着，天狼星把这些海水舀起来，存在云彩里，等到积攒到一定数量时，大雨又一次从天而降。经过了十天，大地终于摆脱了干旱的侵扰。从那以后，陆地就被分为了七个州。其中面积最大的，土地最肥沃的就是波斯。

这场大雨虽然使大地不再干旱,但是依然有一些毒残留在了地下。雨水渗透到了地下,变成含有盐分的水流进了大海。扎根在大海里的原草木遭了殃,吸收了很多有害的水分。阿哈利曼又趁机对它进行攻击,就这样原草木枯萎了。

负责看守原草木的天神没办法,只好把树连根拔起,并把它捻成碎末。这时,阿富拉·马斯达出现在天空中,对这位天神说:"不要怕! 原草木失去的只不过是它的外形,它的力量依然是存在的。"

心情沮丧的守护天神问道:"伟大而光明的阿富拉·马斯达,因为我的过错使得原草木枯死,我想知道如何才能弥补我的过错。"

阿富拉·马斯达回答说:"你不用为这件事着急,这一切都是注定的。魔神阿哈利曼不会善罢甘休的,你知道吗? 很多毒已经掺在了水里,今后的世界将会有很多很多的痛苦。同时,我还觉察到阿哈利曼会派出十万个病魔肆虐大地,到时候世界将迎来灾难。"

守护神吃惊地问道:"那怎么办啊? 如何才能对付这些可怕的东西呢?"

阿富拉·马斯达笑了笑说:"这就是我说的定数,你将原草木的碎末放入天狼星的水中搅拌,然后让它变成天降的雨水。那样的话,世界就可以获得平安。"

守护天神按照阿富拉·马斯达的意思去做了,从那以后世界上就有了许许多多的、各种各样的草药。

原草木枯死了,必须有植物来代替它。于是,阿富拉·马斯达又在宇鲁卡夏海种下了一棵新的树木,一棵比原草木还要茂盛高大的树木。因为有一只名叫沙耶鸟的灵鸟在这里筑巢,所以这棵树就被称为沙耶树。

屡战屡败的阿哈利曼一计不成又生一计,他又创造出一种可怕的物质——衰老。不管是植物还是动物,都面临可怕的衰老,而且速度相当快。为了对抗他,阿富拉·马斯达又创造出了一棵名为白何姆树的植物,并把光明的力量赐给它,让它对抗可怕的衰老。

阿哈利曼不甘心失败,发誓一定要破坏这棵树。于是,他偷偷潜入海底,变出一只巨大的、有毒的青蛙,让它看准机会毁掉白何姆树的根。不过,他的毒计又被阿富拉·马斯达察觉。为了对抗大青蛙,善神又变出两只名叫卡路的灵鱼,由它们负责保护白何姆树。在光明和黑暗的三千年斗争中,大青蛙虽然时刻都想吃掉白何姆树的根,但一直没有得逞。世界也因为白何姆树的存在而免遭灭顶之灾。

那只洁白的原始牛,它也没有逃脱厄运,也被魔神阿哈利曼杀死。不过,它体内的生命种子升到了天上,经过月光的洗礼后,变得更加纯洁。后来,生命种子里不断地创造出许许多多的动物来,而且这些动物都是一对一对的。

至于原始人卡幽马路司,他则成了伊朗最早的国王。据说,他一共统治了波斯三十年,是后来伊朗人、印度人和土耳其人的祖先。

贾母希德王

卡幽马路司在人间统治了三十年便将他的生命归还于天,他的孙子布香克继承了王位。布香克是一位贤明的君主,他教导大家制作铁农具,将动物皮穿在身上蔽体等。布香克在位四十年便去世了,他的儿子塔呼姆拉斯继承了王位。塔呼姆拉斯同样是位贤明的君主,他教导大家纺织、饲养动物等。塔呼姆拉斯在位三十年,他死后,由他的儿子继承王位。他的儿子便是鼎鼎大名的王中之王——贾母希德王。

贾母希德王是统治波斯时间最长的一位君王,带给波斯整整七百年的太平盛世。在他统治期间,国家繁荣富强,百姓安居乐业,全国上下没有人不尊敬爱戴他们的君王,没有人不感念贾母希德王的恩惠。人们尽情地享受着和平幸福的生活,并为他们拥有这样一位伟大的君王而感到骄傲和自豪。在波斯神话中,贾母希德王的地位非常崇高,以至于后世的伊朗君王都自称是"贾母希德宝座"的继承者。

贾母希德王降生

贾母希德王称得上是一位功勋卓著的君王。他确立了影响深远的等级制度,将所有臣民分成司祭、兵士、农民和工人四个等级。其中,司祭是最高的等级,属于统治阶级,是权力的掌管者;兵士是仅次于司祭的等级,负责保卫国家,为国家的和平和利益而战;农民是第三个等级,他们是粮食的生产者,负责解决全国人民的温饱问题;工人是最后一个等级,主要是丰富人们日常生活、为国家创造更多的财富。等级制度的确立使得每个人都有明确的分工,当然,最早的阶级也由此产生。

除了确立等级制度以外,贾母希德王还制定了更为精确的历法。此前,波斯人的历法中只有夏天和冬天两个季节。其中,冬天五个月,夏天七个月。贾母希德王通过对气候的长期观察,最终确定每年的三月二十一日至四月二十日为春天的开始,并将三月二十一日确定为诺如日,也就相当于今天的春分。每到这一天,贾母希德王都会与子民们一起庆祝春天的到来,请求神明保佑他的国家永远繁荣。

此外,贾母希德王还有很多突出的贡献,比如说教导人们制造船只、出海捕鱼,研究制造各种武器等等。在贾母希德王的领导下,人们不仅生活得越来越好,这也使得他们对贾母希德王的话言听计从。在人们心中,贾母希德王就是善神的化身,将一切美好的事物送到了他们身边。所以,他们从不怀疑他们的君王,心甘情愿地受其支配,毫无条件地服从贾母希德王所安排的一切。

贾母希德王的贤明是毋庸置疑的,他所建立的功绩也是不容否认的,但这些还不足以让他统治一个国家七百年之久。那么,贾母希德王还有什么特别之处呢?原来,他还有一只神奇的酒杯,这只酒杯被人们称作"贾母希德王的酒杯",是贾母希德王统治国家的得力助手。一只酒杯又怎么会成为贾母希德王的得力助手呢?它又有什么神奇的力量呢?

普通的酒杯当然不具备任何神奇的力量,但贾母希德王的这只酒杯却与众不同,因为它是善神赐给贾母希德王的神圣之物。每当贾母希德王遇到难题或是想了解什么情况的时候,只要将酒杯稳稳地端在手里,向杯中望去,事情的本来面目就会呈现在他的眼前。因为有了这只酒杯,贾母希德王就可以洞悉一切,且不出宫殿就可以了解千里之外的情况。

起初,人们还对贾母希德王这只酒杯的威力将信将疑,有位大臣还以身试险,结果得到了应有的惩罚。这位大臣偷盗了王宫里的财物,但当时并没有被任何人发现,于是当贾母希德王问起时,他就试图蒙混过去,并借机陷害贾母希德王身边的侍卫。没想到的是,贾母希德王当众拿出了酒杯,将大臣偷盗财物的全过程展露无遗。这下大臣没话说了,只能心甘情愿地接受惩罚。此后,再没有人敢在贾母希德王面前撒谎了。

自身的贤明再加上酒杯的帮助,贾母希德王成了波斯历史上最伟大的君王之一。然而再伟大的君王也有犯糊涂的时候,在贾母希德王统治晚期,他开始变得骄傲自大,目中无人。他认为只有他才是最伟大的君王,没有人能够和他相比,因为一切都是他赐给人们的。所有子民都应该将他视为最高的神,称他为造物主。他开始对子民的事情表现得漠不关心,甚至对子民蛮横起来。子民的尊敬和爱戴非但没能让他收敛,反倒让他更加放纵。渐渐的,人们开始不再像以前那样尊敬他了,甚至有人已经开始背离他了。

持续了几百年的繁荣盛世首次出现了危机,国家不再像以往那样富强,子民们不再像以往那样听话,他们觉得自己不再像以前那样幸福了。这种状况终于让贾母希德王幡然醒悟,他意识到了自己的错误,开始向子民们道歉,可这一切已经太迟了。不远处,蛇王查哈克已经率领军队一步步逼近了。

蛇王查哈克

当波斯人民对贾母希德王已经失去信心的时候,恰好来了一位勇猛的阿拉伯王子,他就是蛇王查哈克。人们纷纷转投查哈克的麾下,而失去军队与人民的贾母希德王则走到了生命的尽头。贾母希德王死后,查哈克理所当然地接管了城中的一切,成了波斯国的新一任统治者。人们满心期待这位新王能重新带给他们幸福美好的生活,可事实却恰恰相反,他们怎么也没有想到,他们的新王竟会如此恶毒。

查哈克本是一位善良仁爱的王子,他的父亲马鲁达斯更是一个万民敬仰的贤明君主。在马鲁达斯统治期间,全国秩序井然,人民安居乐业。由于父亲的悉心教育,查哈克从小就是一个充满爱心与智慧的王子。看到儿子一天天长大,本领也一天天增强,马鲁达斯非常高兴,他决定在自己晚年时就将王位传给儿子。然而不幸的是,魔神阿哈利曼盯上了年轻气盛的查哈克,决定借查哈克之手来毁掉人间的和平。一切灾难即是从此开始。

一天,魔神阿哈利曼化作查哈克身边的一个奴仆,趁查哈克刚睡醒午觉的时候走到查哈克身边。他表现得非常忠诚,且又带有一丝神秘,这不仅卸掉了查哈克的戒备,而且也让查哈克充满了好奇。阿哈利曼俯下身对查哈克说:"我最敬爱的王子,我有一件绝密的事情要告诉您,这件事除了我谁都不知道,但我愿意说给您听,可您一定要答应我不告诉其他任何人,永远保守这个秘密。"

查哈克想都没想就满口答应:"我保证不告诉任何人,就连我最爱的父王也不说。"阿哈利曼暗自欣喜,接着说道:"神已经选择您成为人间的统治者,让您拥有华美的宫殿、勇猛的军队和数不尽的财宝,但现在有一个障碍,那就是您的父亲。您应该知道,您的父亲已经年老,不能再为子民做贡献了,可他仍然占据着那个位置。如果不除去他,您就得不到您应有的一切。您是那样的英明和伟大,应该知道怎样做。"

查哈克心里一惊,除去父亲?这可是他想都没想过的事情,如此大逆不道的事,他也不敢想。不过一想到那华美的宫殿和无尽的财宝,他又是那样的向往,于是,他禁不住颤抖地问阿哈利曼:"我该怎么做呢?怎样才能除掉父亲,得到我应有的一切呢?"阿哈利曼忙说:"请您不要担忧,我已经为您设计好了一切,您就等着做您的国王吧!"在马鲁达斯做礼拜的路上,阿哈利曼设下了陷阱,使得毫不知情的马鲁达斯惨死。其后,查哈克继承了王位。丧父的悲痛只在他的心中停留了一会儿,就被成为新王的喜悦所替代了。

不久,国中来了一位年轻人,说会做世界上最美味的食物。查哈克当然很高兴,就让他做几道菜来给自己尝尝。果然,这个年轻人的手艺非凡,做出的菜肴异常美味,让查哈克欲罢不能。此后,宫廷中每天都大摆宴席,查哈克也整日沉湎于酒食之乐中。他并不知道,自己正一步步陷入阿哈利曼所设计的陷阱之中。

年轻人每天都变换着花样为查哈克做菜,而这些菜又都是查哈克以前从未吃过的,所以他对这个年轻人非常喜爱。其实,这些菜都是用动物的肉做成的,查哈克以前从未吃过动物的肉,当然会觉得异常美味。一天,当年轻人再次为查哈克献上美味佳肴时,查哈克再也忍不住对他的喜爱,主动询问他有什么要求。年轻人表现得十分谦逊,称自己什么都不需要,如果能让他吻一吻国王的双肩,那就是他最大的荣幸了。

查哈克马上答应了年轻人的要求。可就在年轻人吻过查哈克的双肩后,恐怖

·波斯神话·

图文珍藏版

的事情发生了。在查哈克的双肩长出了两条大蛇,这让查哈克和殿下的臣子都感到恐惧。查哈克忙命人将肩头的大蛇砍掉,可这根本无济于事,因为无论砍掉多少次,大蛇都会再次长出来。向来胆大的查哈克彻底陷入了恐惧之中,他下令在全国内遍寻能人志士,将自己肩头这两条可恶的大蛇除去。然而时间一天天过去了,大蛇却仍然完好无损地栖息在查哈克的肩头。原来,这一切都是阿哈利曼计划中的一部分,而那个会做美食的年轻人就是阿哈利曼的化身。

无计可施的查哈克感到了绝望,就在这个时候,阿哈利曼再次出现,说有办法将查哈克肩头的大蛇除掉。查哈克欣喜若狂,忙问他有什么办法。阿哈利曼不紧不慢地说:"这两条大蛇并非普通之物,因此一般的办法是除不掉它们的。只有每天用两个人脑去喂食它们,才能将它们喂饱。它们吃饱后,自然就不会伤害您了。而且时间一长,大蛇就会慢慢死去,那时您就再也不必因此而烦恼了。"

一心只想除掉大蛇的查哈克顾不得太多,马上采纳了阿哈利曼的意见。他开始疯狂地屠杀自己的子民,然后取出他们的脑子来供大蛇食用。全国上下都感到恐慌,人们怎么也想不到,他们善良的王子竟忽然变成了一个杀人恶魔。不仅如此,查哈克还将魔爪伸到了贾母希德王统治的波斯王国。在他成为那里的新王后,波斯人民也陷入了水深火热之中。

贾母希德王的两个女儿虽然逃脱了死亡的厄运,但他们却被查哈克要求每天喂食大蛇。从此后,丽个娇弱的公主每天都要杀两个人。开始时,她们非常害怕,整日都战战兢兢,但渐渐的,她们的胆子开始大了起来。她们决心挽救波斯人民的悲惨命运。一天,她们没有杀人,而是杀了两只羊,用羊脑代替了人脑。幸运的是,查哈克肩头的两条大蛇并没有感到什么异常,照样饱餐了一顿。两个公主非常高兴,她们按照同样的方法救了很多即将被杀的波斯人。

尽管有公主的暗中保护,可人们仍然整日提心吊胆,生怕下一个被捉去的人就是自己。同时,也有人开始盘算着如何除去这个恶魔。查哈克的凶狠残暴已经引起了众怒,最后终于传到了天界,这也预示着查哈克的末日即将来临。

一天晚上,查哈克做了一个奇怪的梦。他梦到自己被三个武士追赶,其中一个武士用铁矛砸向他的头,另两个武士则将他用兽皮捆绑起来。他本想努力求救,可却无论如何也发不出声音,只能眼睁睁地看着锋利的长矛刺向自己的头部……被噩梦惊醒的查哈克再一次体验到了恐惧的滋味,他急忙下令寻求能解此梦之人。开始,人们碍于他的残暴,都不敢说实话。后来,查哈克为了听到真话,特意展现了自己的笑容,让人们相信他是真心想解梦的,且承诺他绝不会怪罪解梦之人。

最终,查哈克听到了真话,但却从此陷入了恐惧之中。一位老者告诉他:这个梦意味着查哈克的末日,一位贤明的新王将要取代他。因为他屠杀了太多的生灵,所以生灵们都前来寻仇。不久后,查哈克将会杀死一头叫作比鲁马耶的牛,而取代他的新王就是被比鲁马耶牛养大的法力多恩。查哈克听后十分恐慌,终日惴惴不安,他下令四处打探法力多恩的下落,妄图将他除掉,以免除后患,可这显然只能是徒劳。

法力多恩王

凶狠残暴的查哈克终于惹恼了上天,于是神决定惩治他,帮助人们脱离苦海。一头叫作比鲁马耶的牝牛被选作拯救人类的使者,它那身五彩斑斓、光辉夺目的外衣即是上天的馈赠。比鲁马耶所在的牧场离法力多恩出生的地方很近,在法力多恩出生之前,比鲁马耶就已经在那里等着他了。

法力多恩自出生时起就注定是一个不平凡的人。他的父亲拥有皇族血统,他的母亲贤良聪慧,他的祖先是讨伐魔神的勇士。在层层光环之下,法力多恩还受到了善神的特别眷顾。尽管如此,但由于查哈克的追杀,年幼的法力多恩还是经历了诸多磨难。

法力多恩刚出生不久,他的父亲就被查哈克抓去喂了他肩上的两条大蛇。可怜的法力多恩还没来得及感受父爱就永远地失去了父亲,只剩下母亲与他相依为命。然而厄运远没有就此终止,查哈克在得知法力多恩将要取代自己后就四处打探他的下落,很快就得到了他的住址。法力多恩的母亲知道后,连忙带着法力多恩逃了出去。她听说附近一个牧场的一头牝牛是上天派来的使者,就想到那里去寻求牝牛的庇佑。

在牧场主人和牝牛比鲁马耶的帮助下,法力多恩和他的母亲躲过了查哈克的追杀。比鲁马耶知道法力多恩将是查哈克的替代者,不仅收留了他们母子,而且还用自己的乳汁将法力多恩喂大。可这一消息又传到了查哈克的耳中,他马上派人前往农场抓捕法力多恩。好在比鲁马耶预感到了灾祸的降临,让法力多恩和他的母亲及时离开了牧场,然而发了疯的查哈克因为没有找到法力多恩,就下令杀了比鲁马耶和牧场主及牧场里所有的动物。

法力多恩的母亲带着法力多恩一路逃亡,最终来到了艾路布斯山上的一个隐士家中。隐士听说母子俩的境遇后,就决定收留他们,将法力多恩抚养成人,让他完成他的使命,替所有受苦的人民去讨伐查哈克。在隐士家中,法力多恩过了十六年的平静生活。看着已经长大成人的儿子,母亲决定告诉法力多恩事情的真相。

一次,法力多恩又问起自己的父亲,母亲觉得时机已经成熟了,就将一切都告诉了他。法力多恩听后没有丝毫的畏缩和恐惧,他的内心已经充满了仇恨,他决定替自己的父亲、比鲁马耶以及所有被查哈克残害的人报仇。母亲对儿子的勇敢感到非常欣慰,但他觉得以法力多恩一个人的力量是不足以打败查哈克的,所以就劝儿子等待时机。法力多恩也觉得自己应该等待幸运的降临,只有剑与幸运同在,才有必胜的把握。

在法力多恩音讯全无的这十六年,查哈克没有睡过一天安稳觉,他每天都在重复同样的噩梦,梦到法力多恩用长矛砸向自己。十六年过去了,查哈克意识到如今的法力多恩已经具备了向自己复仇的实力,正准备着向自己发起进攻。虽然他的表面依然风光,但内心却极度空虚与恐惧。为了消除内心的恐惧,他必须要做些什么。

一天,查哈克将众人召集到身边,宣称自己要组建一个强大的军队,以对抗随时可能出现的敌人。他要求所有人当面表明对他的忠心,并在誓言书上签字,承认他是一个仁慈而公正的君王,保证在任何时候都效忠于他,不与他为敌。众人虽然大多心理不愿意,但因为害怕这个残暴的君王,无奈只得在誓言书上签字。

就在众人纷纷签字的时候,一个年长的老者走了进来,他对查哈克说:"我不能在誓言书上签字,因为您并不是一位仁慈而公正的君王。您知道吗?我本有十八个儿子,有十七个都喂了您肩上的大蛇,而这最后剩下的一个如今也被您抓了起来。您就是这样体现您的仁慈和公正的吗?"听了老者的话,查哈克虽然心中恼怒,恨不得马上杀了他,但为了体现自己的仁慈和公正,他还是好脾气地安抚了老者,并马上释放了老者的儿子。

查哈克觉得自己已经表现得非常仁慈,就对老者说:"现在你应该感受到我的仁慈和公正了吧!来,你也把这份誓言书签了,像其他人一样效忠我吧!"老者手拿誓言书,对众人说:"我是不会在这种满篇谎言的誓言书上签字的,畏惧查哈克就是在向魔鬼和罪恶低头,我不能出卖自己的灵魂,那是对神明的不敬。"说完,老者就带着自己的儿子逃回了家中。查哈克终于忍无可忍,下令捉拿老者和他的儿子。

邻居们知道老者的事后,不约而同地赶过来保护他们。老者非常感动,趁机煽动人们站起来讨伐查哈克。人们纷纷响应,有人甚至恨不得马上就冲进宫去杀了查哈克。可是他们缺少一个英明的领袖,所以还不能贸然行动。这时,人们想到了查哈克梦中的法力多恩,于是决定找到法力多恩,立他为王,跟随他一起讨伐查哈克。当人们找到法力多恩时,法力多恩觉得幸运已经降临,他可以行动了。

在讨伐查哈克的过程中,法力多恩得到了神的帮助。曾养育过他的比鲁马耶虽然已经死去,但他的头却化作了一件利器——酷似牛头的长矛。法力多恩拿着这根长矛,仿佛与比鲁马耶一同战斗,顿时觉得充满力量。为了帮助法力多恩战胜查哈克,神还派使者传授了法力多恩很多魔法。因为查哈克有恶神的帮助,不借助神的力量是不可能将他打败的。就这样,法力多恩终于攻破了查哈克的城池,但遗憾的是在法力多恩冲进宫中的时候,查哈克已经逃走了。

落荒而逃的查哈克并不甘心就此落败,于是他在印度重整旗鼓后又卷土重来。可当他站在城门外时,却发现一切都已经不同了,原来效忠自己的士兵都开始效忠法力多恩。看到查哈克的军队,他们非但没有开门迎接,而且还纷纷投下石头。很快,查哈克就支撑不住了。当法力多恩挥动着长矛要刺向查哈克时,神阻止了他,因为查哈克的死期还没到,只能将他关到山洞中。法力多恩按照神的吩咐,用狮皮将查哈克捆绑后关到了山洞中。

人们终于摆脱了查哈克的统治,他们纷纷走上街头,庆祝这个特别的日子。法力多恩成了波斯人民心目中的救世主,受到了人们的拥戴,也被寄予了很大的希望。人们都希望在这位新王的统治下,他们的生活能越来越好。法力多恩显然没有让人们失望,他登上王位后,广施仁政,处处为人民着想,使人们再一次感受到了生活的美好。

也门王择婿

在也门国,国王沙挪威有三个聪明美丽的女儿。这三位公主就如同沙挪威的掌上明珠,被沙挪威小心地呵护和照料着。转眼间,三位公主已经到了婚配的年龄,但沙挪威并不想把她们嫁得太远,他希望随时都能见到这三位宝贝女儿。为了把女儿留在身边,他开始在国内物色合适的人选。可要在也门国内找到能与三位公主般配的男子确实不是一件容易的事,尽管如此,沙挪威也仍然不愿意将公主嫁到其他王国去。

一天,沙挪威迎来了一位他乡的来客,而他此行的目的就是为他们的三位王子向沙挪威提亲。这位特殊的来客是法力多恩王派往也门国的使者,沙挪威碍于法力多恩王的权威,尽管心中几百个不愿意,也不敢怠慢了来使。他吩咐下人先将使者安排到住处休息,自己则召集众人商量对策。众人觉得,如果贸然拒绝法力多恩王的提亲,很可能会引发两国的战争,后果不堪设想。可如果仅仅是碍于武力而屈服,又会有损也门国的威严。最后,一位武士献了一个好计策,他让沙挪威向对方提出无法办到的事,这样他们就知难而退了。

法力多恩王为何会派人到也门国提亲呢?原来,法力多恩王打败蛇王之后,原来被蛇王囚禁在宫殿的贾母希德王的两个女儿就嫁给了法力多恩王,并为他生了三个英俊的王子。随着王子一天天长大,法力多恩王也开始盘算他们的婚事。在法力多恩王的眼中,自己的三个儿子都非常优秀,因此一般人家的女子是配不上他们的。他命令臣子为他寻找三位像月亮一样聪明、美丽的三姐妹,而且这三姐妹必须具有王室血统。因为只有这样的女子才能配得上他的儿子。可是由于这样的女子非常难找,大臣们寻找了很长一段时间也没有结果。终于有一天,一位大臣听说也门国王的三个女儿完全符合法力多恩王的要求,就将此事如实禀报给了法力多恩王。法力多恩王听后非常高兴,马上决定派使者前往也门国提亲。

法力多恩王对自己的儿子宠爱有加,沙挪威同样也很疼爱自己的女儿。为了把女儿留在自己身边,他必须难倒法力多恩王的三个王子。他对来使客气地说:"我早就仰慕法力多恩王的大名,想必他的三位王子也十分出色,但我非常爱我的女儿们,她们甚至比我的生命还要宝贵,所以我不能贸然答应她们的婚事。如果可能,我希望贵国的三位王子能够来一趟也门国,让我见识一下他们的本领,也好让我放心将女儿交给他们。"

使者回到波斯后，将沙挪威的话带给了法力多恩王。法力多恩知道，这是沙挪威要考验他的儿子们了。当然，这并不是一场普通的考验，沙挪威一定会想尽办法难为三位王子，让他们知难而退。法力多恩王让人将自己的三个儿子叫到身边，嘱咐他们说："孩子们，也门国王要考验你们的智慧，你们能不能娶到三位公主，就看你们自己的表现了。你们一定要记住，在宴会上必须依次而坐，当三位公主出现的时候，你们必须记住她们每个人的特点，不要弄错了。因为三位公主长得几乎一模一样，所以你们最好按照她们出现的顺序记住她们。第一个出现的应该是小公主，最后出现的应该是大公主，中间的自然就是二公主。"

三位王子带着父亲的期望上了路，在到达也门国后，他们受到了沙挪威的热烈欢迎。三位王子丝毫不敢怠慢，一直表现得彬彬有礼。在入座时，他们谨记父亲的话，按照长幼顺序依次入座。接着，轮到三位公主出场了。三位公主确实长得美轮美奂，像月亮一样皎洁。可她们长得实在太像了，不了解她们的人根本分不出谁是谁。好在法力多恩王在出行前就已经想到了沙挪威会以此来考验他们，提前为他们揭晓了答案，否则他们还真不知道该如何分辨。当他们说出三位公主的长幼后，连沙挪威也觉得十分惊讶。

沙挪威的一连串考验都没能难倒三位王子，这多少让他有些沮丧，可身为一国之君，他总不能出尔反尔。既然已经通过了考验，那就应该把女儿许配给他们。不过一想到自己的宝贝女儿即将离开自己而远走他乡，沙挪威就心如刀割。于是，他决定利用最后一个晚上再努力一次，只要还有一线希望，他就绝对不会放弃。

对三位王子，沙挪威已经挑不出任何毛病，他只能表面答应他们的婚事，但暗地里却在实施自己的计划。他在玫瑰园设宴，盛情款待三位王子。三位王子以为沙挪威已经决定将公主许配给他们，不免放松了警惕，兴高采烈地与沙挪威的大臣们把酒言欢。一杯接着一杯，大臣们不停地向三位王子敬酒，很快，他们就醉倒在玫瑰园中。夜晚，玫瑰园中寒气逼人，沙挪威又用魔法向玫瑰园吹起了寒风，将整个玫瑰园中的玫瑰都冻死了。当然，他更希望冻死三位王子，这样他的女儿就不必离他而去了。

三位王子仍然在睡梦中，他们对一切都浑然不知。不过他们的父亲法力多恩王却在远方感受到了他们的危机，于是念起了咒语，用温暖之气保护了自己的三个孩子。当三位王子苏醒过来的时候，他们并没有感觉到任何异常，只是美美地睡了一觉，于是他们来到宫殿向沙挪威辞行。沙挪威见三位王子毫发无伤，不由得心中一惊，难道这三位王子有神灵暗助吗？想到这，他知道一切都是天意，便不再难为三位王子，而三位王子也终于如愿娶到了三位像月亮一样美丽的公主为妻。

伊那西之死

三位王子从也门国带回了三位公主,法力多恩王很快为他们举行了盛大的婚礼。看着自己的三个儿子都组建了自己的家庭,法力多恩王十分欣慰。同时,他也觉得自己已经年老,是时候分封领土给三个儿子了。虽说法力多恩对三个儿子都很疼爱,但却很难做到一碗水端平。在三个儿子中,法力多恩最喜欢小儿子伊那西。所以,在分封领土的时候,他就将最肥沃且距王宫最近的土地分给了小儿子伊那西,将距王宫较远的偏僻领土分给了大儿子沙努姆和二儿子特多鲁。

法力多恩的三个儿子虽然都生得仪表堂堂,但却性格各异。老大沙努姆性格偏激,嫉妒心强;老二勇敢有余而智慧不足,生性冲动、鲁莽;只有老三充满仁爱,是一位贤明的王子。由此看来,法力多恩偏爱三儿子伊那西也不是没有道理的。在三个儿子中,只有伊那西与法力多恩王最像,也最能胜任一个好的君王。法力多恩王虽然从未公开表示要将王位传给小儿子,但他对伊那西的偏爱已经引起了诸多猜测。这次领土分配的不公,更是点燃了大儿子沙努姆的嫉妒之火。

一天,沙努姆来到二弟特多鲁的领地,向二弟抱怨父亲法力多恩的不公。他气愤地说:"你我都是父亲的儿子,伊那西也是,可为什么父亲处处向着伊那西,还将最好的领地封给他,依我看,将来的王位也非伊那西莫属了。父亲如此偏心,真是太不重视我们了。"特多鲁听到哥哥这么一说,顿时也火冒三丈,气愤地说道:"大哥,父亲这样伤害我们,我们不能再忍气吞声了。如果继续这样下去,那王位一定是伊那西的,到时恐怕连我们的容身之地都没有了。"两个人越说越气,最后决定派使者到父亲那里讨回公道。

法力多恩看到两个儿子派来的使者非常高兴,连忙询问两个儿子最近可好,是否遇到了什么困难。但这位苍老而慈爱的父亲怎么也没有想到,两个儿子是来向他兴师问罪的。当两位使者说明来意后,法力多恩期盼的眼神马上失去了光芒,他愤怒地对两位使者说:"我并不是一个独断专行的人,领地的分配也是在祭司、占卜师和贵族的合议下进行的。如果他们觉得我分配不公,那是他们的内心已经滋生了邪恶,是对神明的不敬,是非常可怕的。王子应该充满正义、宽容和善良,而不应该让邪恶占据头脑。"

打发走两位使者,法力多恩的内心久久不能平静,他将伊那西叫到身边,对他说:"我的孩子,你的两个哥哥已经被邪恶蒙蔽了双眼,他们再也不是你慈爱的兄长了,而是对你充满了嫉妒和怨恨,不远的将来,他们可能会率领大军前来攻打你,你必须随时做好准备,以免遭遇不测。"看着父亲担忧的眼神,伊那西诚恳地说:"父亲,您别担心,我不会让这样的事情发生的。我愿意到两位哥哥那儿去安抚他们,化解他们的仇恨。他们都是我最爱的哥哥,我愿意为了他们放弃一切。人间应该

世界经典文库 中外神话故事

·波斯神话·

图文珍藏版

是充满仁爱的,而不应该是充满仇恨的,我一定会竭力避免这场战争。"

法力多恩看着懂事的伊那西,内心充满了感动,可他更为这个慈爱的孩子担心。他知道沙努姆和特多鲁是不会轻易善罢甘休的,就算伊那西不与他们争夺王位,也未必能化解他们的仇恨。况且自己又怎么能将王位传给一个心胸狭窄之人呢?虽然心里有千百个不放心,可那一丝美好的愿望毕竟还在,怎么说也都是他所爱的儿子,而且伊那西去意已决,他也是拦不住的。既然如此,那就抱着最好的期待,希望事情一切顺利,向着最好的方向发展。如果真是那样,可就皆大欢喜了。

伊那西临行之前,法力多恩让他带上了自己写给两个儿子的亲笔信,希望两个儿子无论如何也一定要让伊那西平安回到自己身边。当伊那西带着满腔的热忱和诚意来到两位哥哥的领地时,迎接他的却只有两个哥哥冰冷的脸庞和责问的话语。对此,伊那西早有准备。为了表示自己的诚意,他当着两个哥哥的面说自己愿意放弃现在的领地,也愿意放弃王位。遗憾的是,伊那西的真诚并未能驱除两个哥哥心中的恶魔,他们将伊那西诚恳的话语看作是虚情假意的托词,父亲的信更是让他们对伊那西充满了仇恨。

被仇恨冲昏头脑的特多鲁拿起黄金椅就向伊那西砸去,伊那西这时才意识到自己身陷危险之中。他试图做最后的努力去劝说哥哥:"你们杀了我有什么用呢?我的生命那样微不足道,如果是为了王位,我已经让出来了,为什么还要杀我呢?我的鲜血只会带给你们痛苦,更会让父亲伤心,你们会受到神明的惩罚的。"可这些显然已经毫无用处了,沙努姆拿起短剑,刺进了伊那西的胸腔。可怜的伊那西倒在了血泊之中,这是"旋转天轮"的恶作剧,也是伊那西难逃的劫数。

亲手杀害了自己的亲弟弟,沙努姆和特多鲁不但没有丝毫悔意,而且还丧心病狂地砍下了伊那西的头颅,用绢布包好派人送给了法力多恩。年老的法力多恩每天都在盼望着伊那西的平安归来,他甚至还让人备下了宴席准备为伊那西接风,可惜上天并没有给他这次机会。当法力多恩见到伊那西头颅的那一刻,他觉得整个世界都崩塌了,他最心爱的儿子就这样离他远去了。难掩悲痛的法力多恩放声大哭,他祈求神灵让伊那西生出英勇的子嗣,日后为伊那西报仇,同时也诅咒那两个杀人恶魔得到应有的报应。

马鲁吉呼鲁复仇

伊那西虽然不幸惨死,但他还有一个女儿,这是法力多恩唯一的希望。伊那西的女儿长大后,与一名男子结为夫妻,并生下了一个男孩。这个男孩长得与伊那西十分相似,以至于他的母亲在他出生时竟然大喊"伊那西降生了"。曾孙的降生对法力多恩来说无疑是个天大的好消息,但遗憾的是此时的法力多恩已经看不到这个和伊那西一样的孩子了,因为他的双眼已经被悲伤夺去了光明。

法力多恩抱着曾孙，心中有说不清的欢喜和期待。他默默地向天祈祷，祈求神灵让他见一见这个如伊那西一般的孩子。上天听到了他的祷告，也被他所感动，于是准许了他的心愿。当法力多恩流下滚烫的泪水时，他的双眼也随之恢复了光明。他为曾孙取名马鲁吉呼鲁，意为天国的颊。因为在他看来，这个名字对曾孙来说再适合不过了。现在，他只有一个心愿，就是马鲁吉呼鲁快快长大，好为他的外祖父伊那西报仇。

时间一天天过去了，马鲁吉呼鲁终于在众人的期盼下长成了一位如他的外祖父一般英明果敢的男子，复仇的时候到了。在马鲁吉呼鲁的身边，聚集着很多英勇的武将。这些武将个个身手不凡，他们聚集在一起拥护马鲁吉呼鲁只有一个目的，那就是为他们敬仰的伊那西复仇。法力多恩看着气宇轩昂的马鲁吉呼鲁，仿佛看到了曾经的伊那西。

再说伊那西的两个哥哥沙努姆和特多鲁，他们虽然杀死了法力多恩最喜爱的儿子伊那西，但却并没有得到他们渴望得到的一切。法力多恩虽已年老，但他的威严还在，以他们的实力，是不足以与法力多恩抗衡的。而且自伊那西死后，原来封给伊那西的领地也一直保留着，法力多恩并没有将沙努姆和特多鲁叫回身边。由于上天眷顾，法力多恩活了很多年，直到他的曾孙长大成人，他仍然可以带兵打仗，这就没有给沙努姆和特多鲁任何篡位的机会。

一转眼这么多年过去了，马鲁吉呼鲁已经做好了攻打沙努姆和特多鲁的准备。这时的沙努姆和特多鲁早已没有了年少的轻狂，取而代之的是无尽的恐惧和惊慌。尤其当他们听说马鲁吉呼鲁长得与伊那西一样，且像伊那西一样智勇双全时，他们更是寝食难安。商量过后，他们决定再次派使者去找父亲，只是这次去不是兴师问罪，而是向父亲求情，请求父亲给他们一条生路。

法力多恩看着沙努姆和特多鲁派来的两位使者，马上想到了惨死的伊那西，眼中顿时又浮现出一丝愤怒。可他并没有急于发作，而是耐心地听两位使者说些什么。他们恳切地说道："两位王子已经知道自己犯下了大错，他们的双手沾满了弟弟的鲜血，这让他们这些年来一直懊悔不已。可这并不是他们的本意，他们是受到了魔神阿哈利曼的驱使，才做出了违背本意之事。请求您给他们一次赎罪的机会吧！让马鲁吉呼鲁到他们那里去，他们一定会表现出最大的诚意，像奴隶一样侍奉马鲁吉呼鲁，以清洗他们身上的罪孽。"

法力多恩听了两位使者的话，嘴角浮现出一丝冷笑，而后说道："他们让马鲁吉呼鲁过去干什么？我已经失去了伊那西，绝不会再失去马鲁吉呼鲁。你们回去告诉他们，马鲁吉呼鲁会去的，但是率领军队去，是去为他的外祖父伊那西报仇。"一直站在旁边的马鲁吉呼鲁严厉地对两位使者说："快回去一字不差地传给那两个混蛋吧！我是不会放过他们的！"

两位使者将法力多恩和马鲁吉呼鲁的话带给了沙努姆和特多鲁，他们知道战争已经不可避免了。尽管内心恐惧万分，但也不能坐以待毙，于是他们整顿军队，决定先发制人,在马鲁吉呼鲁未率兵前来之时就发起进攻。而马鲁吉呼鲁事实上早就已经做好了应战的准备,当他听说沙努姆和特多鲁的军队逐步逼近他的领地时,马上意识到复仇的机会来了。他亲自率领军队出城迎战,值得一提的是,年迈的法力多恩也重披战袍,与自己的曾孙共同迎战。

一个一心要为自己的爱子报仇,一个全力要为自己的外祖父雪恨,打起仗来自然会奋不顾身、勇猛异常。面对如此勇猛的法力多恩和马鲁吉呼鲁,沙努姆和特多鲁又怎么可能招架得住呢?没用多久,马鲁吉呼鲁就先后取下了沙努姆和特多鲁的头颅,为他的外祖父伊那西报了仇。可当这两个恶人的头颅摆在法力多恩的面前时,法力多恩却又产生了一种莫名的伤感。无论如何,不管这两个人多么恶劣,也毕竟是他的亲生骨肉啊?天下又有哪个人能对自己儿子的死无动于衷呢?即使是英名盖世的法力多恩王,也不例外。

相对于法力多恩的复杂情绪,马鲁吉呼鲁在手刃仇敌后却只有报仇的痛快,但他并没有被复仇的快感冲昏头脑,更没有大量屠杀沙努姆和特多鲁的部下及子民。相反,宽厚善良的马鲁吉呼鲁饶恕了其他所有有罪的人,教导他们重归善途。在马鲁吉呼鲁的统治下,人们重新过上了幸福平和的生活。

白发英雄沙鲁

在波斯,武将享有很高的荣誉和地位。尤其是名门武将,更是被皇族所信赖和倚重。长期以来,那里曼一族一直都深受波斯人民的敬爱。只要这一族中有某一家生下了一个男孩,人们就会接连举行七天七夜的庆祝宴会,庆祝王国又多了一位英勇的武将。在那里曼家族,萨姆一家得到了王室的特别信赖。当法力多恩将王位传给马鲁吉呼鲁时,就选定了萨姆为马鲁吉呼鲁的监护人。

尽管在仕途上顺风顺水,但萨姆却始终有一块心病,那就是他一直都没有一个儿子。为此,萨姆每天都向神灵祷告,祈求上天赐给自己一个儿子。如果波斯最勇武的一族绝了后,那不仅对萨姆本人来说是一个莫大的遗憾,而且也是整个王国的不幸。因为武力的缺失即意味着战力的削弱,这将给敌国可乘之机,为王国带来灾难。因此,萨姆家的人丁旺盛不仅是萨姆的心愿,也是全波斯人民的心愿。终于,上天被萨姆的虔诚所感动,决定赐给他一个男孩,这让萨姆激动万分。

接下来的日子里,萨姆每天都沉浸在对孩子的期待中,恨不得马上就见到自己的孩子。可当孩子降生的那一刻,所有人都惊呆了。虽然萨姆如愿得到了一个儿子,可这个儿子却如一位百岁的老者,长着一头的白发。怎么会这样?难倒是一个怪物?然而不可否认的是,这个孩子除了头发是白的,其他地方都很健康漂亮,尤其是他那双漆黑的眼睛,更是闪烁着智慧的光芒。这是一个多么可爱的孩子啊!就算是那一头白发,也不能掩盖他的光辉。也许这是上天的恩赐,仆人们都劝萨姆接受这个孩子。

　　然而萨姆的情绪却从巅峰跌到了谷底,刚才还处在欣喜的山巅,现在就跌入了痛苦的深渊。他无法接受这个残酷的事实,为什么自己苦苦期盼的孩子却是一个白发怪物呢? 这难道是神明对他的惩罚吗? 伤心欲绝的萨姆已经看不到这个孩子的可爱之处,包括他那双明亮的眼睛也被他完全忽略。在萨姆眼里,全部都是那头刺眼的白发。不行,绝不能让这个孩子留在自己身边,否则自己该如何在族人面前抬头。于是,萨姆忙叫来了身边的侍卫,命令他们神不知鬼不觉地将孩子送出去,随便送到哪里都好,总之不要让他再看到这个孩子。

　　两个侍卫领命出了城,一直走到艾路布斯山。在艾路布斯山的某个山顶上,住着神的使者灵鸟斯何姆克。据说这只鸟非常凶猛,任何生灵只要接近它,就有失去生命的危险。因此,这一带鲜有人和动物出现。两个侍卫将婴孩放到了山麓上,就匆匆离开了。

　　灵鸟斯何姆克发现了这个婴孩,它决定带回去给它的孩子们做午餐。可当小鸟们看到这个婴孩的时候,非但没有争相啄食,而且还反倒用它们的羽毛保护着他。小鸟们对婴孩的呵护让斯何姆克很是吃惊,它马上意识到这个婴孩来历不凡。于是,斯何姆克决定收养这个婴孩,将他当成自己的孩子一样喂养长大。

　　在斯何姆克的悉心照料下,小婴孩很快就长成了英俊的青年。他长着飘逸的银发,银色的睫毛,乌黑的眼睛,英气逼人。斯何姆克教给他很多人类的语言和知识,还带领他出去狩猎,让他谨记自己是人类的后代,早晚要回到人类的世界。可青年却感念灵鸟的养育之恩,不愿离开它。斯何姆克知道时机未到,也不多言,只是继续教给他各种本领。

　　一天,三个旅行者因为迷失了方向,偶然见到了斯何姆克的鸟巢。他们从未见过如此美丽的鸟巢,而更让他们吃惊的是站在鸟巢边的白发青年。当他们回去以后,就将自己的所见所闻讲给了其他人听。就这样,一传十,十传百,最终传到了萨姆的耳边。那个在鸟巢边的白发青年让萨姆立刻想到了自己的白发儿子,难倒自己的儿子还在人间? 可他刚出生就被送走了? 怎么可能一直活到现在呢? 可如果不是,那个白发青年又会是谁呢? 萨姆的心开始烦躁不安。

　　晚上,萨姆做了一个梦,梦到一个响亮的声音清清楚楚地告诉萨姆,他的儿子还活着。萨姆从睡梦中惊醒,困意全无,为什么自己会做这样一个梦呢? 难倒自己的儿子真的活着吗? 第二天,他忙找来祭司,将一切都告诉了他们,包括他当年抛弃儿子的事情。祭司们告诉他,他的儿子确实还活着,而且那个站在鸟巢边的白发青年就是他的儿子。

　　萨姆开始自责,他后悔当初的弃子行为。如果上天能让他重新找到儿子,那么他愿意用他的一切来爱他的儿子。一想到自己的儿子还活着,他就再也坐不住了,他决定亲自去寻找儿子,并将儿子带回来,弥补以前亏欠他的一切。终于,他看到了自己的儿子。那一刹那,他几乎不敢相信自己的眼睛。在没有奶水喂养的情况

· 波斯神话 ·

下,自己的儿子竟然能长成如此英伟的青年,这简直太不可思议了。一定是有神灵暗中相助,否则这是绝不可能的。想到这,他更加害怕,连忙向神灵忏悔、祈祷,祈求神灵原谅自己的愚蠢行为,让儿子重新回到自己身边。

作为神的使者,灵鸟斯何姆克看到了匍匐在地上祈祷的萨姆,它觉得应该让青年回到自己的父亲身边了。尽管它也非常舍不得,但它知道这是神的旨意,青年还有他的使命,必须回到人间去履行。青年当然也不愿意离开斯何姆克,但在斯何姆克的一再劝说下,他终于鼓起勇气站在了自己的父亲面前。老泪纵横的萨姆几乎不敢相信自己的眼睛,这就是自己的儿子啊!他真诚地向儿子忏悔,并给儿子取了一个响亮的名字——沙鲁,而沙鲁也原谅了自己的父亲,与他一起回到人间,去完成他的使命。

沙鲁和鲁达别

白发青年沙鲁与父亲相认后,得到了父亲的特别宠爱。一方面,沙鲁自小被抛弃,父亲打心里觉得愧对沙鲁,现在好不容易有这样的补救机会,自然会加倍地疼爱;另一方面,沙鲁也确实讨人喜欢,不仅有俊朗的外表,而且文才和武艺也是样样出色。后来,萨姆干脆将领地交给沙鲁来管理。

沙鲁接管领地后,将一切打理得井井有条,这让萨姆十分满意。一天,沙鲁带着几个随从到郊外去狩猎,不知不觉间就走到了卡布鲁附近。卡布鲁曾是蛇王查哈克的领地,他的后代都生活在这里。不过现任国王美黑拉布却与查哈克大不相同,他勤政爱民,是个贤明的君主。当他听说白发英雄沙鲁来到他的国家附近时,连忙带着大量的随从和礼物欢迎沙鲁。卡布鲁现在是个小国,国力比波斯弱得多,他们当然希望与强国交好。

沙鲁见到美黑拉布王如此盛情地迎接自己,也非常高兴,于是大摆酒宴款待美黑拉布王。美黑拉布王是个非常英俊的国王,他对自己的容貌也充满自信。席间,沙鲁情不自禁地赞美美黑拉布王的威风是神的恩赐。此语一出,立即有人接着说美黑拉布王的女儿才是世界上最美的女子。一番描述说得沙鲁春心荡漾,他在心中描绘着公主的画像,仅仅是这样,就足以让他魂牵梦萦。这是沙鲁第一次为一个女孩动心,而且还是为一个素未谋面的女孩动心。他开始思念公主,甚至想马上就见她一面,如此辗转反侧,竟然一夜未睡。难道爱情的魔力有如此之大,竟让人夜不能寐吗?

尽管沙鲁非常想见见自己日思夜想的公主,可当美黑拉布王向他提出邀请时,他却断然拒绝了。波斯人民曾饱受蛇王的摧残,虽然最终蛇王被查哈克制服,但人们对查哈克的仇恨并没有消失,两国之间的积怨也颇深。在这种情况下,贸然去拜访查哈克的后人,必然会触怒父亲和马鲁吉呼鲁王。所以,沙鲁只能将自己的感情压抑起来,拒绝美黑拉布王的真诚邀请。

美黑拉布王回到宫中,将自己与沙鲁的相识讲给王妃和女儿听,其中对沙鲁不乏赞美之词,其喜爱之情溢于言表。父亲无心的诉说却打动了女儿的芳心,公主鲁达别已经对这个白发青年心生爱慕。最初的爱恋就是这样简单,仅仅是听了父亲的描述,鲁达别就已经对沙鲁倾心不已了。她将心事告诉了自己的五个侍女,希望她们能帮帮自己。五个侍女都对公主的纯情感到惊讶,但见公主已经芳心大动,就决定帮公主会会意中人。

五个侍女找到了沙鲁所在的营寨,但她们没有贸然去拜访沙鲁,而是与他隔岸相望。她们的出现引起了沙鲁的注意,沙鲁希望将自己的心意传达给公主,于是他用箭射下了一只水鸟,水鸟恰好落在这五个侍女的面前。五个侍女见到了沙鲁的英姿,知道公主并没有看错人。当她们将这个消息告诉鲁达别时,鲁达别也十分高兴。而此时的沙鲁,再也按捺不住自己的冲动,决定趁夜色去会见公主。

夜幕降临,沙鲁偷偷潜入王宫,在五个侍女的帮助下,两个有情人终于见面了。见了面的沙鲁和鲁达别更加难分难舍,他们相互诉说着对彼此的仰慕之情,更是在动情之时许下了终身。虽然一直沉浸在爱情的甜蜜之中,但沙鲁并没有失去理智,他知道自己与鲁达别的结合困难重重,父亲和马鲁吉呼鲁王怎么会接受蛇王查哈克的后代呢?他将自己的担心告诉了鲁达别,但也同时表示了自己的决心,说自己今生非鲁达别不娶。鲁达别又何尝不知道蛇王罪孽深重,她只能祈求神的护佑,成全她与沙鲁的爱情。

与鲁达别相见后,沙鲁更加寝食难安,满脑子都是鲁达别的身影。他要和鲁达别在一起,不管有多难,他都必须去争取、去努力。他决定将自己的心意告诉手下的仆人,请他们帮自己出主意。可这件事非同小可,谁都想不出更好的主意。既然如此,还不如直接告诉父亲,希望父亲能够理解自己的心意。再由父亲去向马鲁吉呼鲁王请示,这样就容易多了。想到这,沙鲁马上给父亲写了一封信,信中满是坚定恳切之词,希望父亲成全自己。

萨姆接到儿子的信后,一时间傻了眼。自己什么要求都可以答应他,可他竟然要与波斯人眼中的魔鬼查哈克的后代在一起,这怎么能行呢?不过他在接回沙鲁时又曾向神灵起誓,说要满足沙鲁的一切要求,帮助他达成所有的愿望。现在该如何是好呢?在这种情况下,萨姆只能请示神意了。于是,萨姆请来术士,请他占卜吉凶。结果大大出乎萨姆的意料,沙鲁和鲁达别的结合非常吉利,而且他们所生下的孩子还会成为波斯的英雄,为波斯王带来幸福。听到这里,萨姆悬着的心总算放了下来,他决定代儿子向马鲁吉呼鲁王请示。

就在萨姆决定向马鲁吉呼鲁王请示之时,忽然接到了马鲁吉呼鲁的传召。原来,马鲁吉呼鲁已经听说了沙鲁与鲁达别的事,而且还非常生气,决定派兵攻打卡布鲁。萨姆还未来得及为儿子请命,就接到了攻打卡布鲁的命令。无奈,萨姆只能带兵向卡布鲁进发。途中,萨姆见到了儿子沙鲁。沙鲁向他讲述了美黑拉布王的贤明和自己对鲁达别的深厚爱情,并为卡布鲁的民众感到心痛。听了儿子的话,本就不太坚定的萨姆已经有了放弃的念头。沙鲁看出了父亲的为难,他决定亲自去向马鲁吉呼鲁王求情。

在马鲁吉呼鲁王的宫殿,沙鲁接受了马鲁吉呼鲁王的考验。其实在此之前,马鲁吉呼鲁王就已经找术士占卜了吉凶,但他并没有急于将结果公之于众,而是让沙鲁在宫中暂住。他希望亲眼看看沙鲁的英勇和智慧。在经过重重考验之后,马鲁吉呼鲁王终于被沙鲁的聪明才智和英明果敢所折服,而沙鲁不仅赢得了天下英雄的美誉,受到了众人的爱戴,而且也如愿娶到了他心仪的鲁达别公主。

勒斯塔姆

沙鲁和鲁达别的婚礼空前盛大,这对有情人在经历了几番周折之后终于走到了一起。对这份姻缘,他们都分外珍惜。而对于这对爱侣,其他人也给予了特别的祝福。沉浸在爱情之中的两个人尽情地享受着婚后的喜悦和甜蜜。然而,出乎他们意料的是,上天很快就为他们带来了另一份喜悦,鲁达别怀孕了。

即将为人父母的沙鲁和鲁达别每天都在祈祷,希望神赐给他们一个健康且英勇的孩子。可随着预产期的临近,鲁达别的脸色却越来越差,这让沙鲁非常担心。就在沙鲁一筹莫展的时候,忽然想到了将自己养大的灵鸟斯何姆克。当初,沙鲁恋恋不舍地离开斯何姆克,回到了父亲身边。临别前,斯何姆克曾送给沙鲁一片大羽毛,并告诉沙鲁,如果日后遇到困难,只要取下一根羽毛焚烧,它就会赶来帮助他。想到这,沙鲁忙取来羽毛,用火焚烧起来,他相信灵鸟一定会帮助妻子渡过难关的。

斯何姆克果然来了,在听过沙鲁的担忧之后,它告诉沙鲁,鲁达别所怀的孩子并非凡人,他将成为波斯最具力量和智慧的勇者。正因为这个孩子不是普通人,因此他的降生也必定会不同于一般的孩子,只能将他从母亲的肋腹中取出。沙鲁听了有些担心,如果切开妻子的肋腹,岂不是会带给她很大的痛苦?斯何姆克看出了沙鲁的担忧,安慰他说道:"别担心,我会告诉你怎么做,保证他们母子平安。"

斯何姆克先将鲁达别用酒醉倒,然后切开她的肋腹,将婴儿取出,然后再用麝香及多种药草揉成的软膏涂抹在鲁达别的伤口处,并用它的羽毛在伤口上轻轻地抚摸。片刻间,伤口奇迹般地愈合了,且没有留下一道疤痕。很快,鲁达别也醒了过来,没有丝毫痛苦的表情。当她看到沙鲁怀中的婴儿时,竟不敢相信那就是自己的孩子。为此,鲁达别特意为孩子取名勒斯塔姆。

刚刚出生的勒斯塔姆一点儿也不像一个初到人间的婴儿,反倒像一个一岁多的幼儿,而且他竟然能开口叫父亲母亲。不过他的饭量也是大得惊人,十个奶妈的奶仍然不能让他吃饱,他还要吃一些其他的食物。也许正因为如此,他的成长速度比一般的孩子快得多,且长得异常勇猛。沙鲁看着儿子如此茁壮地成长,意识到这一定是神的安排,于是更加用心地培养勒斯塔姆,希望把儿子培养成比自己更英勇的武士,为那里曼家族增光添彩。

当勒斯塔姆长成一个健壮的青年时,已经成了远近闻名的英雄。波斯人因为他的存在而骄傲和自豪,外族人则因为他的存在而胆怯畏惧。尽管勒斯塔姆勇猛异常,但也有一个问题,那就是他的身体已经像一座小山一样,没有一匹马可以负担他的重量。只要他用手去抚摸马背,就可以让马因负担不起而弯下腰来。一个举世闻名的大英雄却没有一匹战马,这始终是勒斯塔姆的一大遗憾。

一天,有人为勒斯塔姆带来了一匹战马,说非常适合勒斯塔姆。勒斯塔姆高兴极了,可当他看到这匹战马时,却大失所望。原来,这匹战马看上去十分矮小,连其他马都不如,又怎么可能负担他的重量呢?就更别提在战场上冲锋陷阵了。来人看出了勒斯塔姆的心思,告诉他这匹战马非同一般,如若不信,不妨一试。勒斯塔姆将信将疑地走到马前,这才发现这匹马果然不同凡响。它的眼睛如此光亮,背部如此结实,声音如此有力,显然不是普通的马所能比的。勒斯塔姆拍了拍马头,纵身一跃跳上马身,骑着它尽情驰骋了几圈。勒斯塔姆终于找到了适合他的战马,这让他惊喜万分。他为战马取名那古休,骑着它纵横沙场,打了无数场胜仗。而那古休也成了勒斯塔姆形影不离的战友,无论走到哪里,勒斯塔姆都一定会带着它。

自从有了那古休之后,勒斯塔姆更加骁勇善战,使附近各敌国闻风丧胆,纷纷与波斯修好。可偏偏也有人不信邪,马赞德郎的恶神偶然俘获了波斯国王,他决定借此会会这位波斯英雄。沙鲁则觉得这是儿子建立功名的大好机会,可当勒斯塔姆提出要一个人去营救国王时,他还是有些担心。勒斯塔姆告诉父亲不必担心,自己一定会成功救出国王,平安归来,请他在家中等待自己的好消息。

拜别了父亲,勒斯塔姆就带着他的爱马那古休上路了。通往营救地点的路有两条,一条路途较远但比较安全,另一条路途较近却充满了危险。勒斯塔姆毫不犹豫地选择了近路,他希望尽快将国王救出来。在途中,勒斯塔姆曾多次遭遇危险,但他和那古休都一一化解了。历尽了千难万险,勒斯塔姆终于到达了恶神的城堡,那个关押波斯国王的地方。经过一番恶战,勒斯塔姆战胜了恶神,救出了被困的波斯国王。可国王的眼睛却失明了,据说只有恶神的脑子才能让国王的双眼重见光明。于是,勒斯塔姆再一次深入虎穴,与恶神交战。最终,勒斯塔姆取得了胜利,并在神的指引下用恶神的脑子帮助国王恢复了视力。

成功拯救出波斯国王之后,勒斯塔姆不仅得到了国王的重赏,而且也成了波斯人心目中无与伦比的英雄。当然,这并不是他功勋的终点,而仅仅是起点。此后,勒斯塔姆又建立了无数功勋,为波斯及波斯人民东征西讨,守护着自己深爱的这片热土。

父子之战

英雄勒斯塔姆的美名不仅传遍了全波斯,而且也传到了附近各国。在波斯东北部,有一个叫作沙曼的王国。那是一个盛产美女的国度,其中尤以国王的女儿塔赫米娜最为美丽动人。虽然沙曼与波斯向来不和,但塔赫米娜却对勒斯塔姆仰慕已久,只是苦于无缘相见。神看透了塔赫米娜的心思,决定成全这个多情的女子。

一次,勒斯塔姆在外出狩猎时,不幸走失了爱马那古休。他一路追赶,不知不觉就越过了国境,来到了沙曼国境内。在沙曼,勒斯塔姆邂逅了美丽的塔赫米娜公主。两个人一见倾心,很快陷入了爱河,并在神的祝福下结为了夫妻。虽然两个人是两情相悦,但鉴于两国的敌对关系,他们的婚姻是不宜公开的,而且勒斯塔姆也不宜在沙曼久留。勒斯塔姆还没看到自己的孩子出生,就恋恋不舍地告别了公主。

勒斯塔姆

勒斯塔姆走后,塔赫米娜生下了一个男孩,取名索拉夫。索拉夫不愧是勒斯塔姆的儿子,他生下来就有如一岁大的幼儿,三岁时就可以手拿武器,且食量和力量都大得惊人。当他长成十三岁的少年时,已经勇猛得如一头小狮子了。同龄的孩子没有人能和他相比,这让索拉夫非常自豪。但他心中也有不可触摸的伤痛,每当伙伴们问他父亲是谁时,他都答不上来。这些年来,他也曾问过母亲,可母亲总是含糊其词,避而不答。如果以前是因为他年纪小不方便说,那么现在自己已经长大了,应该知道真相了。这次,索拉夫决定向母亲问个明白。

塔赫米娜知道已经不能再瞒儿子了,应该将一切都告诉他了。当索拉夫知道自己的父亲就是鼎鼎大名的勒斯塔姆时,不由得激动起来,这是一种何等的荣光啊!母亲为什么要隐瞒自己这么多年呢?塔赫米娜当然有自己的考虑。虽然勒斯塔姆的大名在沙曼也是无人不知,但两国毕竟是敌国,公开索拉夫的身份只会对儿子不利,所以她一直都严守这个秘密,直到儿子可以独自承担。

索拉夫则不像母亲考虑得那么多,他兴奋地说:"我的父亲如此伟大,他才应该成为波斯的国王。我将率兵进攻波斯,与父亲会和,到时我们一家人就可以团聚了。"塔赫米娜担忧地说:"可是你和你父亲如何相认呢?你们万一在战场上打起来可怎么办呢?那是我最不愿看到的事。"索拉夫安慰母亲道:"我会在开战前问清对方的名号，如果是父亲的军队，我就会报上自己的姓名，与父亲联手打败波斯王。"塔赫米娜忽然想到了什么，从柜子中拿出了三颗红宝石，将它们串成一个手镯，交给素拉夫，"这是你们父子相认的凭证，当初我与你父亲约定，如果生男孩就用这三颗红宝石串成，若是女孩则用它们做发饰。这是那里曼家族世代相传的红宝石，你父亲一眼就可以认出。"索拉夫接过母亲手中的红宝石手镯，对母亲说："我一定会找到父亲，与他相认，您就在家等着我的好消息吧！"

几日后，索拉夫就率领大军向着波斯的方向出发了。索拉夫的这次波斯之行，被很多邻国尤其是那些知道索拉夫真实身份的人视为征服波斯的良机。索拉夫勇猛异常，不逊于勒斯塔姆。两人交战虽然胜负难料，但无论是哪种结果，都对波斯的敌国非常有利。如果索拉夫战胜，那么强大的波斯就会落入索拉夫的手中，而索拉夫虽然勇猛，但却过于年轻，难以掌控大局，这必将给其他国家可乘之机。如果勒斯塔姆战胜，那么当他知道自己亲手杀了自己的亲生儿子时，必然会痛不欲生，饮恨自尽，而缺少了勒斯塔姆的波斯，就再也不是坚不可摧的了。所以，当索拉夫出发时，就有很多人等着看好戏。当然，也有不少人从中做了手脚，阻止索拉夫与勒斯塔姆父子相认。

勇猛的索拉夫顺利通过了第一道关卡，并捕获了守城的将领，让他随大军出发。一路上，索拉夫每打一仗之前，都要问随军的将领对方可是勒斯塔姆。他希望尽快找到父亲，与父亲相认，可结果却一再让他失望。既然并非父亲的军队，那他就可以毫无顾忌地大开杀戒了。波斯王见波斯军连吃败仗，忙叫来了勒斯塔姆，请他亲自迎战。此时的勒斯塔姆虽然没有了年轻时的力量，但却多了一分成熟与稳重，且他仍然是波斯境内最勇猛的武士。因此，在紧急关头，波斯王首先想到的人就是勒斯塔姆。

当勒斯塔姆得知沙曼的领军是一个十三岁的青年时，不由得想起了自己的孩子。当初沙曼公主生下的孩子，按年龄推算今年也有十三岁了，这个青年该不会就是自己的儿子吧！想到这，勒斯塔姆十分烦躁，他只能强迫自己不去多想，但却仍然一夜未眠。父子对阵的情形终于出现了，没有人告诉索拉夫那就是勒斯塔姆，连勒斯塔姆自己都没有承认自己的身份。他亲眼看见了索拉夫的勇猛善战，他害怕自己会失败，所以他不想玷污自己的名声。尽管他也从索拉夫身上看到了自己当年的影子，但在战场上，已经容不得他多想，他只能尽自己的全力去迎战。

索拉夫与勒斯塔姆的交战进行了整整一天，却没有分出胜负来，于是双方约定暂且回去休息，第二天再战。回到营寨，索拉夫开始回想与勒斯塔姆交战的情形。此人如此勇猛，莫不是自己的父亲吧！他找来了看城的守军，问他与自己交战的人可是勒斯塔姆，守军表示对方并不是勒斯塔姆，而是波斯的另一位勇士。其实，这位守军是受到了敌国军的指使，故意这样说的，目的就是让他们父子交战。索拉夫尽管心中怀疑，但守军这样说了，况且勒斯塔姆本人也亲口否认了，所以也就不再多想，继续准备第二天的战斗。

第二天,索拉夫与勒斯塔姆又进行了激烈的争斗。虽然双方都勇猛异常,但无奈勒斯塔姆已然年老,在年轻气壮的索拉夫面前,难免要吃些亏。这次,索拉夫得到了一次杀死勒斯塔姆的机会。但在紧要关头,勒斯塔姆告诉索拉夫波斯有这样一条规矩,两人交战,一方只有在两次擒拿对方后,才有杀死对方的权利。索拉夫毕竟太过年轻,不知是计,放了勒斯塔姆。一生未吃过败仗的勒斯塔姆竟然要靠诡计才能从对方手下逃脱,不免心中羞愧,他向神灵祈求,让他恢复年轻时的力量。神允许了。

　　第三天,恢复青春的勒斯塔姆抓住了机会,一剑刺向索拉夫。鲜血从索拉夫的胸口不断向外流出,虚弱的索拉夫请求勒斯塔姆告诉他自己的父亲勒斯塔姆究竟在哪里? 勒斯塔姆一惊,忙问对方有何凭证说是勒斯塔姆的儿子。当他看到索拉夫手上那镶嵌着三颗红宝石的手镯时,勒斯塔姆彻底崩溃了。他紧紧抱着索拉夫的身体,仰天长啸,天哪! 他竟然亲手杀了自己的亲生骨肉。索拉夫终于在生命的尽头与自己的亲生父亲相认,可这带给勒斯塔姆的悲痛,却是无法言说的,以至于在此后的很长一段时间内,勒斯塔姆都不知去向,完全消失在人们的视线之中。

世界经典文库 中外神话故事

·波斯神话·

图文珍藏版

印度神话

梵天创世

尚未形成的世界是一片黑暗的,到处都是混沌的景象,所有的地方都是空荡荡的。整个世界显得那么的孤寂,没有天、没有地、没有水、没有火,也没有日月星辰、云雨雾风、花草树木、鸟兽鱼虫。当然,此时的世界上,更不会有后来作为万物之灵的生物——人。

不知过了几亿年,世界上有了第一种物质——水。浩瀚的大水是自发产生的,传说它是由至高无上的存在创造的。大水无边无际,充斥了世界的每一个角落。

又过了几亿年,世界上第二种物质出现了,那就是火,这种物质产生于无边的大水之中。起初火只不过是一颗小小的火星。火星在水中越来越大,甚至于到最后居然在大水中熊熊燃烧起来。火不断对水释放热力,渐渐的,水中居然冒出一枚蛋,那是一枚金色的蛋。这枚金蛋在水中漂流着,没有任何东西阻碍过它的漂流。过了不知多少年,金蛋突然裂开了,最伟大的神、宇宙的主宰、世界的创造者——大梵天从中诞生了。

伟大的梵天从一出生就施展了他无边的法力,开始创造整个宇宙。他把孕育他的金蛋的蛋壳分为两个部分。他把蛋壳的上半部分变成了无边的天空,下半部分变成了无尽的大地,就这样宇宙间的天地形成了。梵天使天和地永远地、彻底地分开了,他要为自己创造一个可以活动的空间。

虽然宇宙已经具有了雏形,但是它依然是混沌的,因为此时的宇宙没有方位。于是梵天就创造出了东、南、西、北四个方位,然后又确立了时间概念,出现了年、月、日以及小时。自此,宇宙才得以真正形成,成了可以孕育生灵的摇篮。

过了一段时间,伟大的梵天开始苦恼。虽然他创造了宇宙,虽然他是宇宙的主宰,但是每当他环望天空、俯视大地的时候,一切是那么的黑暗,那么的沉寂,因为此时的宇宙中没有任何的生物,没有一点生机。梵天感到寂寞了,感到孤独了,他想:"这个世界为什么一点生机都没有呢?我一个人简直是太孤独了,我应该找一个或几个伴侣,那样一者可以让我不再觉得寂寞,二者也可以让他们无限地繁衍后代,使这个由我创造出来的世界变得有生气。"

梵天这个想法刚刚冒出,马上就有六个儿子从他身体的各个部分诞生出来。

其中，老大名叫摩里质，产生于梵天的心灵。他是创造了天神、妖魔、人类、禽兽以及所有生物的著名仙人伽叶波的父亲。老二名叫阿底利，诞生自梵天的眼睛。他是正义之神达摩和月神苏摩的父亲。老三名叫安吉罗，出自梵天的嘴巴。他是安吉罗仙人家族的祖先。老四名叫补罗私底耶，出自梵天的右耳。相传他是恶魔罗刹的祖先。老五名叫补罗诃，诞生于梵天的左耳。相传他是半人半神的小精灵夜叉的祖先。老六名叫克罗图，产生于梵天的鼻孔。这六个儿子是最早的神，都是宇宙中伟大的造物主。

梵天创造完这些伟大的、崇高的造物神以后，决定再创造出能够繁衍后代的神。他先从自己的右脚大拇指生出了第七个儿子——达刹，然后又从自己的左脚大拇指生出了一个女儿——毗里尼。达刹和毗里尼在梵天的庇护下生长得非常快，最后还结为夫妻。

达刹和毗里尼是我们的始祖，繁衍了我们后世的人类。在他们结为夫妇后不久，就生下了五十个女儿。这些女儿都嫁给了他们的哥哥或是哥哥的儿子们。其中，有十三个女儿嫁给了摩里质的儿子伽叶波，二十七个女儿嫁给了阿底利的儿子月神苏摩。

在达刹和毗里尼所有女儿中，最为有名的是大女儿底提、二女儿檀奴以及三女儿阿底提。底提是巨魔底提耶族的母亲，檀奴则是巨魔檀那婆族的母亲，她们的儿子被后人统称为阿修罗。三女儿阿底提一共生有十二个儿子，被后世的人们统称为天神。他们个个都是英明的神，比如守护之神毗湿奴、雷电之神因陀罗、海神婆楼那、太阳之神苏里耶等，特别是守护之神毗湿奴和雷电之神因陀罗更是声名显赫。

梵天在创造完世界后，感觉非常疲惫，不想再去管理宇宙了，就将整个宇宙的统治权交给了他的后代——阿修罗以及天神们。

起初，整个宇宙的领导权是归阿修罗们所有的。他们法力无边，拥有极其强大的军队。他们有着数不清的财宝，而且还能随心所欲地变成任何形态。为了能够更好地统治世界，巩固住他们对世界的统治权，阿修罗们在天地之间建起了由金、银、铁构成的三个要塞，并把它们连接起来，统称为"特里普拉"，即"三连城"的意思。

慢慢的，这些作为天神长兄的阿修罗们开始忘乎所以。他们目空一切，骄傲自大，不把任何东西放在眼里，甚至于众神。天神们再也不能忍受阿修罗们的胡作非为，他们与阿修罗之间展开了一场争夺宇宙控制权的战争。

阿底提的十二个儿子勇猛异常，他们在国王因陀罗的领导下，与阿修罗展开了激烈的战斗。最后，在这场战争中，无数的阿修罗被天神的队伍杀死，使得他们元气大伤，就连特里普拉也在斗争中被湿婆摧毁。没办法，阿修罗们只得认输，将宇宙的控制权交给了自己的弟弟。

从那以后，整个世界就一直由英明的、崇高的、法力无边的天神们领导。

天帝因陀罗

天帝因陀罗刚强勇猛,他杀死旱魔夫利特,夺回被盗走的奶牛,从而成就了一系列的丰功伟绩。他的妻子舍质温柔善良,美丽大方,尽管她是阿修罗的后裔。

因陀罗,阿底提的第七个儿子,也是阿底提十二位天神中最勇猛的一个。他威风凛凛,所向披靡,曾率领天界众神们打败了不可一世的阿修罗们,夺回了宇宙的统治权,最后被天神们奉为统领,成为天帝。

他的武器是一个金刚杵,坐骑是一头战象。他是雷电之神,也是人类的保护神。他给大地送去甘露,让农田获得丰收,一直受到凡间的顶礼膜拜。

但是,伟大的天帝因陀罗曾经被无情的命运捉弄过,差点无法返回天界。故事还要从天神和阿修罗的战争说起:

在那场争夺宇宙统治权的斗争中,所有的天神都尽心竭力地加入战斗。但是,在天神中也出现了一个叛徒,那就是创造与建筑之神陀湿多的儿子,天神们的大祭司。他暗中勾结阿修罗,企图消灭所有的天神。天帝因陀罗知道了这件事后,愤怒至极。他骑上战象,拿起了金刚杵,解决了这个叛徒。

这次战斗后,有一个人要找他算账,那就是因陀罗的亲哥哥、大祭司的父亲——陀湿多。但为了平息他的怒气,因陀罗不得不自我流放。于是,他离开了天界,离开了他的妻子,躲在莲藕的藕节中度日。

失去统帅的三界开始变得混乱起来。天地间昼夜更替没有规律,世界上的江河湖海也开始断流,大批的生物在可怕的混乱中死去。最后,天神们觉得不能再这样下去,必须找出一位新的领袖。

选来选去,天神们最后决定,让地球的统治者、月亮家族的国王——友邻王来统治三界。因为只有友邻王才有着和因陀罗一样的力量、一样的品德和同等的名声。只有他做天帝,才能让所有的人信服。于是,友邻王在众神们的一再坚持下,坐上了天帝的宝座,并得到了所有天神的赐福。天神们以为从此天下就太平了,却没想到等待他们的将是一场更大的灾难。

一开始,友邻王还能严格要求自己,但渐渐的那无边的权力助长了他的贪念,他变得飞扬跋扈,目空一切,就连梵天都不放在眼里。天神们开始为他们当初的决定后悔,但是如今也没有办法,因为友邻王的力量是他们赐予的,给出去的东西是收不回来的。

更加让人难以忍受的事情发生了。一天,友邻王外出时看到了因陀罗美丽的妻子舍质,被她的外表迷住了,并动了邪念,要占有她。于是,他下令让舍质进宫觐见,好趁机行不轨之事。

舍质看出了友邻王的心思,宁死也不进宫。天神们也对友邻王卑鄙无耻的做

世界经典文库

中外神话故事

·印度神话·

图文珍藏版

法感到愤怒,决定帮助舍质渡过难关。可商量来商量去,谁也没想出一个合适的办法。最后,众神决定去找毗湿奴大神。

天神们先把舍质藏起来,然后来到了毗湿奴的住处。他们请求大神为因陀罗洗刷罪行,让他能够重返天界。毗湿奴对天神们说:"你们要找到因陀罗,让他为我举行一次盛大的马祭。只有那样,我才能为他洗刷掉罪行,让他重新归位。"天神们找遍了世界的每个角落也没有找到因陀罗。

舍质见众神没有找回自己的丈夫,很是伤心。她虔诚地向夜神祈祷,祈祷他能够帮助自己找到因陀罗。最后,夜神被舍质的诚心打动了,化成一个美丽的仙女,带领舍质找到了因陀罗。

舍质看见久别的丈夫悲喜交加,向他哭诉了自己的思念之情。之后,她又痛陈友邻王的昏庸,希望因陀罗能够振作起来,打败友邻王。此时的因陀罗已经没有了斗志,他只是对妻子说:"算了吧!我能怎么办呢?他可是拥有众神的力量啊!"

舍质知道丈夫已经失去了斗志,赶忙告诉他说毗湿奴大神会为他洗刷掉罪行。因陀罗听说他的罪行可以被洗刷掉,十分高兴,对妻子说:"我会去的,我一定能够打败这个可恶的、昏庸的友邻王。现在你要委屈一下,答应友邻王的亲事,并且告诉他,你们的婚车必须是由圣洁的修行者来拉。"

舍质按照因陀罗的话去做,答应友邻王做他的妻子。友邻王高兴万分,根本没想到里面会有圈套。他找来了天界的仙人,让他们作他的车夫,为他唱赞歌。仙人们感觉受到了莫大的屈辱,但慑于友邻王的淫威,一个个都是敢怒而不敢言。

在去往舍质家的路上,仙人们和友邻王发生了争吵。友邻王一脚踢在了阿竭多大仙的头上。这时,梵天的儿子苾力瞿从阿竭多的头里飞了出来。他诅咒友邻王说:"你是个魔鬼!你将永远地失去你的力量,你将从宝座上掉下来,变成一条可恶的毒蛇,将会在地面上爬行一千年。你的后代也要因为你的罪行而受苦。一切都无法改变,因为这是我苾力瞿,梵天的儿子对你的诅咒。"话音刚落,友邻王就从宝座上掉了下来,落到人间后,变成了一条蛇。

因陀罗得知这个消息后,返回了天界。他为毗湿奴举行了马祭,使自己从罪行中解脱出来。于是,因陀罗再一次成了天界的领袖,重新成为受人景仰的天帝。

莎维德丽和加耶德丽

在创世之初,伟大的梵天虽然创造出了六个造物主及达刹和毗里尼,但依然不能使他摆脱孤独和寂寞的侵扰。他觉得,需要找一个人陪伴他,需要有人能够和他共同分享快乐,一起承担痛苦。于是,大梵天就用自己的身体一部分创造出了一个女人,世界上第一个女神。梵天给她取了个美丽动听的名字,叫作莎维德丽。

梵天创造的这个女人太美丽了,她的美貌是无法用言语来形容的。莎维德丽的出现让伟大的梵天痴迷了，他忘记了自己是世界的造物主，丝毫不顾及作为宇宙主宰的身份，被这个自己创造出来的女人莎维德丽俘虏了，目不转睛地盯着她。

莎维德丽被梵天的举动搞得不好意思，开始四处躲避梵天的目光。可是梵天为了能够欣赏这位美人，居然让自己长出四个脑袋来。后来莎维德丽飞到了天空，梵天又在自己的头顶上长出一个脑袋。莎维德丽无处藏身，就做了梵天的妻子。

莎维德丽是聪敏贤惠女神，即辩才天女。她是天神、仙人以及那些忠于梵天的信徒们的庇护者。在很长一段时间里，她和梵天的感情非常好，相处也很融洽。但是，也许是由于梵天的过分宠爱，莎维德丽开始变得越来越傲慢无礼。

这一天，至高无上的梵天把所有的天神聚集到一起，要举行一次非常隆重的献祭仪式。天神们应梵天的召唤赶来了，但当一切都准备就绪的时候，他们发现梵天的妻子莎维德丽还没有到场，于是不免开始抱怨。

梵天觉得很丢脸，为莎维德丽做出如此无礼的行为感到愤怒。于是，他派了一名祭司前往莎维德丽的住处，催促她赶快来参加献祭仪式。

祭司进了女神的房间，发现她不慌不忙地在镜子前化妆。祭司把梵天的话告诉给了她。没想到莎维德丽却傲慢地说："是吗？难道他们已经等不及了吗？你都看到了，我还没有准备好呢！我莎维德丽，梵天的妻子，宇宙中的第一女神，难道不应该让他们在那里恭候我的出现吗？"

祭司碰了一鼻子灰，将莎维德丽的话转达给了梵天。梵天大发雷霆，对天帝因陀罗说："我要教训一下这个无礼的女人，让她得到应有的惩罚。去！把你在路上见到的第一个女子带过来，她将成为我新的妻子。"因陀罗按照梵天的旨意出发了。不久，他就在湖边碰到了一个年轻漂亮的牧羊女加耶德丽，并把她带回了天界。

梵天对加耶德丽十分满意。他对众神说："加耶德丽，这个牧羊女，将是我梵天的新娘，她会成为新的女神。"众神都开始欢呼雀跃，因为他们早就看不惯莎维德丽的傲慢。于是，天界的祭司们开始装扮加耶德丽，给她佩戴上最好的饰品。

这时，那位高傲的女神也来到了献祭的现场。当她看到加耶德丽拥有了和她一样的待遇，甚至要取代她的时候，十分愤怒。她对梵天喊道："你是世界的主宰，宇宙的天神。可你都干了些什么？你居然要抛弃你的妻子，和一个出身如此卑微的牧羊女结婚。难道你就不怕被天上的众神和凡间的人类耻笑吗？"

梵天这时也觉得自己做得有些冒失，只好对她说："美丽的莎维德丽，平息你的怒气好吗？如果不是因为你的傲慢和无礼，我怎么会做出这样失德的行为呢？不要怪罪因陀罗，一切都是我的错。因为我不能没有夫人出席这盛大的、隆重的仪式，我以后再也不会让你受委屈了。"

莎维德丽已经被嫉妒和愤怒冲昏了头脑，她开始诅咒，甚至连梵天都没放过。她对梵天说："你永远都不会得到我的原谅，你将不再拥有你现在的荣誉。以后，你每年只能接受一次婆罗门的祭奠。"然后，她又对因陀罗说："你是那么的无耻、卑鄙，你永远无法抹去我对你的怨恨。你对宇宙的统治权将被敌人夺走，你还会沦为阶下囚。"之后,她又把矛头指向了毗湿奴:"你将会投胎为凡人。你的妻子将会被牧人掠走,你将饱受离别之苦。在你第二次投胎的时候,你会成为牧童,而且还要与牧羊女纠缠不清。"最后,她把怒火转嫁到了那些苦行者的身上:"从现在起,你们将不再纯洁,你们只是出于贪婪的目的而去祭奠,你们会成为贪心的家伙。"说完这些话,莎维德丽扬长而去。

天界的众神们十分害怕,因为莎维德丽是庇护者,她的诅咒一定会应验的。正在这时,加耶德丽站了出来,开始为众神化解诅咒。她说:"凡是崇拜梵天的人,都会得到世人的承认,人们都会尊敬他。因陀罗的苦难将是短暂的,他终会重返天庭。毗湿奴虽会受尽离别之苦,但总有一天会和妻子团圆。他虽然会成为牧童,但总会重返天界。那些苦行者们,你们不必担心。因为你们是圣洁的,只有那些人间的祭司才是贪婪的。"

加耶德丽的话让众神们感到欣慰,盛大的献祭仪式又重新开始。这时,梵天又派毗湿奴再一次去请莎维德丽出席仪式。此时莎维德丽也开始为自己刚才的过激行为感到懊悔,于是她终于又一次出现在会场当中。

梵天见到了莎维德丽很高兴,希望她能与加耶德丽和好。温柔善良的加耶德丽丝毫不把莎维德丽的傲慢行为放在心上,依然向这位女神行跪拜大礼,请求她能够原谅自己的行为。莎维德丽被加耶德丽的真诚感动了,愿意和她成为姐妹,她说:"亲爱的加耶德丽,这不是你的错。我以前的做法是有些过激。你将成为第二个我,我们会一起让梵天快乐的。"

从那以后,莎维德丽和加耶德丽和睦相处,互相尊敬。她们携起手来,为天界和人间带去了很多的幸福和欢乐。

日神和月神

日神苏里耶是天神迪亚乌斯和众神之母阿底提的第八个儿子。与他的几位兄长不同,苏里耶刚出生时丑陋无比,不但无手无脚,而且身材矮小,体态臃肿,就像一个雪球一样,可以滚动起来。正因为如此,苏里耶才没有像他的几个哥哥一样刚一出生就被确认为天神,至于其成为日神,则是以后的事了。在成为日神以前,苏里耶还在几位哥哥的改造下成了人类的祖先。

在苏里耶还是凡人的时候,陀湿多就将自己的女儿萨拉尤尼嫁给了他。不过心高气傲的萨拉尤尼并不甘心嫁给一个凡人,只是由于父亲的一再坚持才不得不委身下嫁。嫁给苏里耶的萨拉尤尼并不开心,虽然苏里耶对她很是宠爱,但她仍然不愿留在凡间。不久,萨拉尤尼为苏里耶生了一对双胞胎,取名阎摩和阎密。萨拉尤尼觉得自己已经尽到了妻子的义务,就决定离开苏里耶,回到父亲家中。可她怕苏里耶发现自己不在后到父亲那儿寻找自己,就造了一个自己的影子桑吉娜,替自己留在凡间。

安排好了一切，萨拉尤尼就悄然离开了。陀湿多见女儿回来，以为她是回来探亲，非常高兴地与女儿闲话家常。当听说女儿是偷着跑出来的时候，陀湿多十分生气，他将女儿赶出了家门，命其马上回到苏里耶的家中。倔强的萨拉尤尼哪肯听父亲的劝告，她出门后就化作了一匹母马，消失不见了。陀湿多虽然生气，却也拿女儿没有办法，只希望苏里耶暂时不要发现事情的真相。

起初，苏里耶确实没有感到任何异常，将影子桑吉娜视为自己的妻子萨拉尤尼。可时间一长，苏里耶也觉得有些不对，虽然他自己也说不上究竟有什么不对。直到有一天，他的儿子阎摩找到他，向他控诉母亲对自己和妹妹的种种不公，苏里耶才如梦初醒。原来，自萨拉尤尼走后，桑吉娜也为苏里耶生了几个儿女。她对自己的亲生儿女与对阎摩和阎密完全是两种态度，甚至还恶毒地诅咒阎摩和阎密。试问亲生母亲又怎么会如此不公呢？理由只有一个，那就是眼前的这个萨拉尤尼是假的，真的萨拉尤尼在生下阎摩和阎密后就已经离开了。

苏里耶十分生气，他找到桑吉娜，责问其事情的真相。桑吉娜见到盛怒的丈夫，吓得浑身发抖，毫无隐瞒地将一切都告诉了苏里耶。苏里耶决心找回自己的妻子。他来到岳父陀湿多的家中，陀湿多极为热情地接待了他。对于自己亲自选定的这个女婿，陀湿多是非常满意的。况且也确实是自己的女儿做得不对，他自觉心中有愧，对苏里耶更为热情。苏里耶对岳父和妻子都没有责怪之意，只是一心想找回自己的妻子。当他得知妻子化作一匹母马逃走之后，也化作一匹公马去追赶妻子了。

在遥远的北国，苏里耶终于找到了自己的妻子萨拉尤尼。萨拉尤尼见苏里耶不远万里来寻找自己，心中一阵感动。当苏里耶走近她时，她主动投入了苏里耶的怀抱。他们再一次结为了夫妻，只是这一次他们是以马的面目结为了夫妻。后来，苏里耶成了日神，与众天神并驾齐驱，再也不用回到人间了。

月神苏摩也被称为酒神，各天神饮用的苏摩酒就是由苏摩供给的。相传苏摩是一个好色之徒，只要是被他看上的女神，他就一定会想方设法将其弄到手。一次，苏摩看上了祭主的妻子陀罗，竟不择手段地将其诱拐了过来。失去妻子的祭主悲愤异常，他亲自来找苏摩，要求苏摩归还自己的妻子。可苏摩根本就不把祭主放在眼里，任其怎样威逼恳求都无济于事。无奈，祭主找到了梵天，希望梵天出面化解此事。不过梵天的求情也没有起到作用，苏摩仍然不肯将陀罗还给祭主。于是，一场大战一触即发，双方都摩拳擦掌，做好了战争的准备。

战争终于爆发了，双方争得你死我活，随处可见战死将士的尸体，景象惨不忍睹，就连大地女神都看不下去了，请求梵天结束这场残酷的战争。梵天知道事已至此，劝说已经解决不了问题，于是干脆下令让双方停止战争，并缔结和约。至于战争的导火索——陀罗，则被送还给祭主。

重新见到爱妻，祭主十分欣喜，可意外的是陀罗竟然怀孕了。这个孩子是谁的呢? 祭主和苏摩都宣称孩子是自己的,但孩子的父亲只有一个,究竟是祭主的还是苏摩的呢? 在众人的一再追问下,陀罗才羞涩地说出孩子的亲生父亲。原来,这个孩子并不是祭主的,而是苏摩的。这让苏摩大喜过望,不过可惜的是陀罗再也回不到他的身边了。

为了弥补失去陀罗的遗憾,苏摩连续娶了二十七个妻子。这二十七个女子都是达刹的女儿,是天空中的二十七个星座。这二十七个妻子都很美丽,其中尤以罗希妮最为漂亮,因此也最得苏摩的宠爱。因为对罗希妮的特别宠爱,苏摩常常会冷落其他二十六位妻子,这让她们很是不满。她们也曾向父亲抱怨苏摩的不公,达刹也劝过苏摩要一视同仁,不能厚此薄彼。可苏摩每次都是答应得好好的,回去后就仍然我行我素。终于,达刹被苏摩的无礼激怒了,他决定惩治苏摩。

因为受到了达刹的诅咒,苏摩开始变得消瘦起来,夜晚也因为月亮的黯然失色而变得更加黑暗。这让众天神们都感到不安,他们一起向达刹求情,请他收回对苏摩的诅咒。达刹答应了天神们的求情,饶恕了苏摩。而受到惩罚的苏摩在身体康复以后,再也不敢像以前那样傲慢无礼、我行我素,而是一视同仁地对待二十七位妻子。不过从那以后,月亮每个月都有圆有缺。前半个月,天神们会来吸收月神身上的苏摩酒;后半个月,太阳又会为其补充能量,使其重新丰满起来。

风神之子

在印度的须弥山上,居住着一个由猴子组成的王国。国王有一个十分美丽的妻子安吉那。她本是天上的仙女,因为犯了天规,所以被贬下界来,变成一只母猴,成了猴子国的王后。

有一天傍晚,安吉那像往常一样,独自在森林中散步。这时,四处游荡的风神看到了她,被她的美貌吸引住了。他爱上了漂亮的王后,在安吉那背后抱住了她,轻轻地对她说:"不要害怕! 我对你的爱是真诚的。我不会伤害你的。我会在你的头脑里吹入生命之风,你将会生出一个强壮的男孩。他会拥有我的一切力量,他的威名将传遍天下。"

那天晚上以后,安吉那就怀孕了。不久,她就生下了一个健康的金色小毛猴。整个猴子王国为王子的诞生而欢呼雀跃,把一切最美好的祝愿都给了这个新的生命。风神也赶来了,把自己的神力赐给了他,并说要在他长大的时候,带他去周游世界。

有一天,安吉那带着小毛猴去森林中采摘野果。她把孩子放在林中的草地上,自己独自去寻找野果。过了一会,强壮的小家伙有点饥饿,就大哭起来。他的哭声太大了,以至于把太阳都引来瞧热闹。小毛猴看到太阳后,居然把它当成了一个又大又圆的熟透了的果子。他纵身一跳,飞了起来,想要抓住那个馋人的大果子。

太阳一看小毛猴朝他飞了过来,心想:"这个小家伙真是不知天高地厚,如果再靠近我的话,他会被烧成灰的。不过,这个淘气的小鬼将来一定会成为一个大人物,所以我不能伤害他。"于是,他就收起了热气。这时,风神也看到了。他吓坏了,赶忙从后面追赶小毛猴,一边追还一边往他的身上吹冷气。

这一切,都被另一位天神看在眼里,那就是天帝因陀罗的儿子,专门以日月为食的罗睺。罗睺心里很是气愤,他想:"怎么能够这样呢?太阳和月亮只能是我的食物,这是上天定下的规矩。什么时候轮到这个小鬼了?"于是,他跑到天帝因陀罗的面前,装出一副可怜兮兮的样子告了小毛猴一状。

因陀罗听后非常气愤。他骑上战象,拿上金刚杵,打算教训一下这个小家伙。小毛猴看到因陀罗的战象那圆圆的耳朵,以为又是什么美味佳肴,于是就冲上前去,抓住象耳朵就啃。这下可激怒了因陀罗,他骂道:"小小的毛猴,居然连我因陀罗都敢冲撞。"说完,他就放出了一道霹雳雷,扔出金刚杵,打中了小毛猴的脑袋。小毛猴一下子就被打死了,从天上摔了下来。

风神看到因陀罗打死了自己的儿子,非常气愤。他对天帝说:"你的做法我永远都不会原谅,我将停止我的工作,这是我对你的报复,也是对世界的惩罚。"

从那以后,整个世界没有了一丝的风。空气不再流动,树枝不再摇摆,鸟儿不再飞翔。人们汗流浃背,没有一丝的凉意,到最后几乎不能呼吸。整个世界都没有了生机,一切生物都感受到了风神那可怕的惩罚。于是,众神一起来到了伟大的梵天面前,希望他能够劝说风神,消除他的诅咒。

梵天出现在风神的面前,对他说:"请不要再伤心了,你知道我是无所不能的。我会让因陀罗向你道歉,还会让你的孩子死而复生。"说完,梵天抓起了小毛猴,用手在它的身上轻轻地抚摸了几下。奇迹发生了,小毛猴复活了。风神非常高兴,马上恢复了他的工作。

众神都松了一口气,感谢梵天的恩惠。梵天对他们说:"这个孩子将来会成为一个伟大的人,他会创造出一系列的丰功伟绩。你们以前对他的做法实在是太过分了。你们都要爱这个孩子,赐福给他。只有这样,才能真正平息风神的怒火。"

天帝因陀罗首先赐给了小毛猴一个莲花花环,并说金刚杵永远都不会再伤害到他。然后,其他各神也都对他进行了赐福。最后,众神又给小毛猴起了个名字叫哈奴曼,即大颌猴的意思。

在众神的保佑下,哈奴曼渐渐地长大了。但是,哈奴曼非常顽皮,经常搞出一些恶作剧来。终于有一天,他的行为激怒了两位仙人,他们抹去了哈奴曼的记忆,夺走的他的智慧,还说这一切都要等到他能靠自己的力量为正义事业效力为止。

从那以后,哈奴曼过上了苦行者的日子。他在森林里潜心学习各种知识,同时还练习武术,盼望有一天能够摆脱那可怕的诅咒。

后来,另一个猴子王国被放逐的国王须羯哩婆来到森林中。须羯哩婆见到哈奴曼仪表非凡,就拜他为大将军。哈奴曼在自己修行的同时,还为猴王操练兵马,等待报仇的机会。

有一天，猴王国里来了两个年轻人。他们是人间阿逾陀城的国王十车王的儿子，老大叫罗摩，老三叫罗什曼那。他们告诉须羯哩婆，十首罗刹王罗波那贪恋罗摩妻子悉多的美貌，把她抓走了。他们是来寻找悉多的。须羯哩婆和两兄弟定下盟约：两兄弟帮助他夺回王位，他则帮助他们寻找悉多。

后来，罗摩和罗什曼那帮助须羯哩婆夺回了王位。哈奴曼则飞越了漫漫大海，来到了楞伽城，探知悉多被囚禁于罗波那的老巢楞伽岛。最后，罗摩两兄弟在哈奴曼的帮助下，带领着大批的猴子军队，经过一番恶斗，终于消灭了魔王，救出了悉多。而哈奴曼，风神之子，也因此摆脱了诅咒，成就了一番大事业。

湿婆

梵天在造物之初，创造出了世界上第一位女神——莎维德丽。他为了能够欣赏莎维德丽的美貌，居然一口气长出了五个脑袋。

湿婆

这时，一位天神对梵天如此失态的做法很是气愤，就用剑砍下了他的一个脑袋。梵天虽然因此而清醒，但也开始怨恨这位天神。于是梵天诅咒他，让他永远流浪，同时还要在恶劣的环境中苦修。这位天神，就是印度教三大主神之一，毁灭和再生之神——湿婆（另外两个主神是创造之神梵天和保护之神毗湿奴）。

湿婆，也叫大自在天，据说产生于梵天的额头，是梵天愤怒的产物。他的前身是鲁陀罗，红色的风暴和闪电之神。"湿婆"的意思则是"仁慈"，也是人们对这位天神的希望。

湿婆大神独自居住在荒凉险峻的喜马拉雅山上，不管是天界的众神还是世间的凡人都畏惧他那具有极大毁灭性的无边法力。他能传播可怕的疾病和死亡，所有的人都必须以好言抚慰，以此来得到他的庇佑。

据说，湿婆的额头上长有能喷出毁灭之火的第三只眼睛。当整个宇宙面临周期性的毁灭时，他就会用这只眼睛消灭掉所有的神和生物。在天神和阿修罗们争夺宇宙控制权的斗争中，湿婆就是用这只神眼毁灭了由金、银、铁组成的三连城。

此外,他还用神火把妄图引诱他、使他脱离苦行的爱神化为灰烬。

作为毁灭之神,湿婆有着极其恐怖的形象。他骑着青色的神牛,颈上带着由蛇和骷髅组成的项链,身上涂满了死人的骨灰,散发着让人窒息的恐怖气息。他的出现总是会有成群的魔鬼相伴。

湿婆拥有四件武器,包括一把名叫阿贾伽瓦的神弓、一柄称为比那卡的三叉戟、一根称作卡特万伽的棍棒以及一口削铁如泥的神剑。此外,湿婆的身上还有三条神蛇缠绕:一条盘在他的头发上、一条缠在他的脖颈上,另一条则构成了他的圣线。毁灭之神拥有的这一切,让所有具有思想的生物都对他望而生畏。

此外,湿婆还被称为"舞蹈之神"。他在快乐的时候会跳舞,在悲伤的时候也会跳舞。湿婆所跳的舞蹈并不是简单的、供人欣赏的肢体语言,它还代表了宇宙永恒的运动。当他跳起坦达瓦之舞时,宇宙的一个时代就会结束。湿婆就是通过坦达瓦之舞来毁灭旧世界,创造新世界的。

湿婆性格孤僻、脾气暴躁,和任何人都不能融洽地相处。他不买任何人的账,不给任何人留面子,就连伟大的造物主梵天都要让他三分。

这位可怕的天神也有自己的爱情故事。达刹的女儿萨蒂对湿婆很有好感,一心想嫁他为妻。但是父亲达刹却坚决反对这门亲事,因为他对湿婆没有一丁点的好感。为了让女儿打消这个念头,达刹在为萨蒂举行的选婿大会上,没有邀请毁灭之神湿婆。萨蒂看到自己的心上人没来,非常伤心。她向湿婆祈祷,祈祷他能够出现。

萨蒂扔出了决定自己命运的花环,所有到场的天神都争相抢夺。这时,湿婆突然出现了,接住了这个花环。此时的达刹尽管心中有万分的不满,但也只能接受这个现实。而讨到老婆的湿婆,也在内心种下了怨恨的种子。

有一次,梵天邀请众神参加祭典。当威风凛凛的达刹走进会场之时,所有的天神都站起来向他致敬,唯独他的女婿——毁灭之神湿婆一动不动。达刹对湿婆无礼傲慢的举动十分生气,认为这是在侮辱他,是在向他的权威挑战,并在心里发誓一定要报仇。

不久,达刹举行了一次盛大的祭典。他邀请了天界所有的神,就连那些平时不被人注意的小神也被列入宾客名单之中。达刹故意没有邀请自己的女婿,那个傲慢无礼的湿婆。

萨蒂知道这件事后,甚是恼火。她跑到会场之中,对父亲做出如此小肚鸡肠的行为提出严重的抗议。而达刹非但没有后悔,反而借此机会重重地挖苦了湿婆一番。愤怒的萨蒂失去了理智,她在父亲的祭典上,当着众神的面引火自焚。

湿婆得知妻子的死讯后,愤怒至极。他带上了自己所有的武器,骑着青色神牛赶到了会场。湿婆的出现让所有的天神都感到了从未有过的恐惧。他们中有人试图劝说湿婆,让他不要在这盛大的祭典上大动干戈。可被愤怒填满心窍的毁灭之神已经完全失去了理智,根本听不进任何人的话。他用黑色的神箭射飞了祭品,用三叉戟和木棒打败了所有的天神。最后,湿婆与至高无上的达刹展开了战斗。

虽然达刹也有无边的法力,但他终究敌不过湿婆。最后,达刹的脑袋被愤怒的湿婆砍了下来。这时,保护神毗湿奴出现了。他劝告湿婆就此收手,不要因为妻子的死而毁灭整个天界。湿婆根本不理会毗湿奴的话,拿起他的神剑迎战毗湿奴。就在他们两个打得难解难分之时,伟大的造物主梵天出现了。在梵天的一再劝说下,湿婆总算罢手,不再搅闹这可怜的祭典了。

但是,梵天的话并没有使湿婆从失去爱妻的痛苦中清醒过来。他从火堆中拿出了萨蒂的尸体,悲伤地呼唤着她的名字,然后带着他妻子的身体在人世间流浪了七年。

后来,梵天和毗湿奴觉得这样下去也不是办法,于是下令让所有天界的神仙和阿修罗们都要向湿婆献祭,要永远歌颂和称赞这位毁灭之神。同时,萨蒂的尸体被分割成五十块散落到人间。凡是落有萨蒂尸体的地方,都将会成为圣地,人们每年都要在那里举行盛大的祭典。

雪山神女

毁灭之神湿婆在失去了爱妻萨蒂之后,心中再也没有一丝的爱情。他离开了天界,离开了那个让他伤心的地方,独自一人过着清苦的修行生活。

在湿婆苦修的同时,天界出现了一个名叫塔卡拉的阿修罗,也过着极其艰苦的修行生活。不过他比湿婆幸运,因为他的诚心感动了所有的天神,就连梵天对他的举动也大为赞赏。于是,梵天出现在塔卡拉的面前,问他有什么愿望。

塔卡拉要求梵天赐给他长生不老之身。但梵天没有答应,因为天界所有的神仙和凡人一样都要经历生死。然后,塔卡拉要求梵天让自己拥有战无不胜的力量。梵天虽然答应了他的请求,但也在恩典中加上了他能够被湿婆的儿子打败的旨意。

塔卡拉成了阿修罗的国王。有恃无恐的他带领阿修罗们,把天界的众神打得四散奔逃。天神们再也忍受不了塔卡拉的恶行,一起来到梵天面前哭诉。

造物的梵天此时也没了主意。因为塔卡拉无穷的力量是他赐予的,他不能杀死这个阿修罗。于是,梵天对众神说:"你们必须去请求伟大的天神湿婆!因为只有他的儿子才能杀死这个可恶的塔卡拉。"

天神们听到梵天的话后又一次犯难了。自从萨蒂死后,湿婆就已经心灰意冷。何况萨蒂的死和他们或多或少有一些关系,如今去求湿婆结婚,恐怕是难以办成。这时,一位天神突然说道:"雪山神女,只有雪山神女才能让湿婆重新点燃心中的爱。"

原来,这位天神口中的雪山神女名叫帕尔瓦蒂,是众山之王喜马拉雅的女儿。她是湿婆的妻子萨蒂的转世。帕尔瓦蒂倾慕大神湿婆,一心想嫁给他做妻子。于是，她和父王喜马拉雅一同来到了湿婆修行的地方进行朝拜。

喜马拉雅为湿婆唱了许多赞歌，希望他允许自己每天都能来这里朝拜，同时还希望他能答应把自己的女儿雪山神女留在身边侍奉他。湿婆没有答应喜马拉雅的第二个请求，因为他觉得女人是进行苦修的最大障碍。站在一旁的帕尔瓦蒂听了湿婆的话后很是不满，就站起来和他辩论。

我们这位湿婆大神虽然有无边的法力，可是他看起来并不善于辩论之道。几个回合下来，就被帕尔瓦蒂辩得无话可说。没办法，湿婆只好答应让帕尔瓦蒂留下来侍奉他。但不管帕尔瓦蒂如何努力，湿婆始终不为她的美色所动。

天帝因陀罗对爱神说："伟大的爱神！这次必须劳烦你了。你必须要想尽一切办法让湿婆大神停止他的苦修，让他彻彻底底地爱上这位雪山神女。你能做到，因为你拥有任何人都不可以抗拒的力量。更何况雪山神女本来就是他的妻子。去吧！我们在这里等待你的好消息！"于是，爱神带上自己的妻子和助手春神，来到了湿婆修行的地方。

爱神看到湿婆正在专心坐禅，四周一边荒凉，没有一丝生机。他决定先要创造出一个春意盎然的环境，然后再找机会用那支"爱心"之箭射中湿婆的心。他让春神把大地铺满鲜花绿草，将那凛冽的寒风变成了柔和的春风。这时，月神也前来助阵，将那皎洁的月光洒在了草地之上。爱神看到一切都布置妥当，就躲在一边，等候机会。

这时，雪山神女像往常一样，从远处走来朝拜湿婆。大神停止了坐禅，睁开眼看了一下帕尔瓦蒂。爱神赶紧抓住了这个机会，射出了爱之箭。湿婆的心灵受到了震撼，开始动摇，不禁赞美起神女来："看啊！多么美丽的女子啊！她的眼睛就像天上明亮的星星，她的脸庞就像皎洁的月亮，伟大的梵天居然能造出这样的美人来。为什么我以前就没有发现呢？"而帕尔瓦蒂也被湿婆暧昧的眼神看得满脸羞涩，低下了头。

但是，湿婆毕竟是修为极深的大神。他很快就注意到了自己反常的现象，心想："我是怎么了？我怎么会有这样的想法呢？一定是有人在搞鬼，让我原本平静的心起了波澜。"他开始环视四周，寻找那个家伙。此时的爱神早把危险抛之于脑后，高兴得手舞足蹈。

湿婆发现了他，明白了一切。他愤怒到了顶点，打开了他的第三只眼睛，把还没来得及躲藏的爱神化为了灰烬。然后就从雪山神女的面前消失了。

雪山神女很是悲伤，她回到父亲的身边，告诉他自己要进行艰苦的修行，希望以此来打动湿婆的心。喜马拉雅不同意帕尔瓦蒂的做法，认为她不应该遭受如此大的磨难。但帕尔瓦蒂决心已定，不顾父亲的反对，独自一人来到湿婆坐禅的地方，开始了苦行。

雪山神女的修行十分艰苦，甚至于到了惊人的地步。但她从没有叫过苦，也没有退缩过，足足修炼了三千年。三界的众神都为她的做法感到震惊。

·印度神话·

图文珍藏版

一天,一个年轻的婆罗门来到了雪山神女的面前,好奇地问起她苦修的原因。帕尔瓦蒂如实地将自己的想法告诉了他,并表示希望得到他的支持。不想,年轻的婆罗门听后哈哈大笑,他说:"可怜的人啊!你别那么傻了,那个叫湿婆的有什么好的。他长着三只眼睛,而且面貌丑陋。他身上充满了死亡之气,而且他只是个苦行者。为了这样一个人如此糟蹋自己,你真是太不值了。你的这种做法是在浪费自己的青春和生命。"

雪山神女听后非常生气,对他说:"我对大神的爱是纯洁的,不是你想象的那么卑劣。不管湿婆是什么样子,我都会永远爱他。"

婆罗门笑得更加大声,并把湿婆形容得更加难看。最后,雪山神女终于忍不住了,她大吼道:"请你离开这里,我的地方不欢迎你这样的人。"奇怪的是,天空中响了一声炸雷。雷声过后,日思夜想的湿婆居然出现在自己的面前。湿婆笑着说:"你的真诚打动了我,你的苦行让我成了你的奴隶。"

湿婆向喜马拉雅正式求婚,然后就和帕尔瓦蒂在喜马拉雅山上举行了盛大的婚礼。众神都来表示庆贺,祝他们幸福美满。当然,他们更希望帕尔瓦蒂能够早一天生出一个儿子来,好打败阿修罗王塔卡拉。

战神出世

湿婆大神和雪山神女结为夫妻,天界的众神们每天都在为这对新人祈祷,不停地为他们唱颂赞歌,希望他们能够早一天生出儿子来。

但是,刚刚脱离苦海的湿婆似乎并没有把众神赋予他的使命放在心上。他和雪山神女找了一处僻静的地方,日夜不停地欢爱,丝毫没有要生孩子的意思。

众神开始发愁了,因为湿婆的儿子晚出世一天,天界就要多受一天阿修罗王塔卡拉的折磨。天神们来到了大神毗湿奴的面前,希望他能够劝说湿婆停止那无休的欢爱,早一天生出众神的保护者来。可是,毗湿奴的回答却又一次扑灭了天神们心中的希望之火,他说:"男欢女爱的事情是宇宙中的真理,任何人都不能阻止这真理的进行,不管他是凡人还是天神。我不会去阻止大神湿婆的。你们相信我,再过一千年,他们的欢爱就会停止了。"

天神们很是沮丧。他们想到还要再忍受塔卡拉一千年的折磨,心里很是害怕。他们决定一起去找湿婆。天神们虔诚地跪倒在湿婆的脚下,不停地赞颂着他,不停地为他唱着赞歌。他们眼中充满了对这位天神无比的崇敬,同时也含着泪水。

湿婆被天神们的举动感动了,答应了他们的请求。他说:"并非我不想生下一个孩子,但是我的生命之精是很难承受的。如果你们能够接受它,我会毫不吝惜地赐给你们。因为我也希望能够早一天消灭掉塔卡拉。"说完,湿婆就将自己的精液赐给了众神。

众神知道湿婆所说的话并不是危言耸听,他的生命之精的力量确实是太过强大。于是,他们决定让火神阿耆尼变成一只鸽子,吞食湿婆的精液。但是,尽管火神阿耆尼法力很强,可依然无法承受生命之精带给他的痛苦。他飞到了湿婆面前,请求给他帮助。湿婆又一次发了善心,他允许阿耆尼将精液注入一个女人的体内。于是,火神就把生命之精注入六个仙子体内,因为他觉得这样可以减轻她们的痛苦。就这样,这六个女人怀孕了。过了一段时间,众神们盼望的时刻终于到来了。他们的保护神,拥有无穷力量的、战无不胜的战神鸠摩罗(塞健陀)出世了。

整个天界都为战神鸠摩罗的出世而欢呼。在战神出世后不久,所有的天神都来到他面前,要给他送去最美好的祝愿。就在这时,刚出世的鸠摩罗说:"你们要为我举行一场圣礼。我会赐福给你们,让你们成为婆罗门,然后再由你们行使婆罗门的权利,为我进行圣礼。"所有的天神都对鸠摩罗的话感到惊奇。他们按照他的指示,为战神做了一场盛大的圣礼。

这时,湿婆大神的坐骑南迪神牛出现了。它告诉众神,湿婆已经知道了自己的儿子鸠摩罗出世的事情。他和他的妻子十分想看看这个孩子。于是,战神鸠摩罗坐上华丽的车子,来到了自己的父母亲面前。

湿婆看到自己的儿子非常高兴,雪山神女也十分喜爱这个不是自己亲生的孩子。这对夫妇为儿子举行了最盛大的典礼。他们用世界上所有具有灵性的水为他洗礼,把他们无边的力量赐给了他。同时,湿婆大神还把自己最得意的武器——三叉戟送给了鸠摩罗。

天界的众神们也赶来参加典礼。天帝因陀罗把自己的战象送给了他,毗湿奴也把自己的神盘送给了他,其他天神也都把自己的贴身宝物送给战神。他们的目的只有一个,就是让鸠摩罗拥有强大的力量,好打败塔卡拉。

天神们拜倒在湿婆面前,唱了无数的赞歌,请求他允许鸠摩罗出任天神的统帅。湿婆同意了他们的请求。众神们欢呼雀跃,再一次为鸠摩罗举行了盛大的仪式,让他成为天神的领袖。战神鸠摩罗带领着神军,浩浩荡荡地来到了阿修罗王塔卡拉的城堡前。塔卡拉听见天神们的叫骂声,马上带领阿修罗们出城迎敌。

塔卡拉此时并不知道神军的统帅是湿婆大神的儿子。

第一个出战的是天帝因陀罗。他举起金刚杵,与塔卡拉交战。不出几个回合,因陀罗就力感不支,败下阵来。毗湿奴见状,赶忙上前解围,但不久也被塔卡拉打败。天神们一个一个地冲上去,又一个一个被打败,形势相当危急。

鸠摩罗催动战象,来到了塔卡拉的面前。阿修罗王见来的这个娃娃虽然年纪轻轻,但是威风凛凛。他不敢怠慢,拿起武器迎战鸠摩罗。这一战杀得天昏地暗,所有的天神和阿修罗都被这场激烈的战斗惊得目瞪口呆。

鸠摩罗和阿修罗王战了无数个回合依然没有分出胜负。战神开始着急了,因为再这样打下去,恐怕打到世界毁灭也分不出输赢。他在心中默默地向父亲湿婆和母亲雪山神女祈祷,希望他们能够赐给自己更强的力量。在父亲和母亲的帮助下,鸠摩罗的力量不断地增长。最后,他看准了机会,朝着塔卡拉的胸部来了重重的一击。这位曾经战无不胜的阿修罗王就这样倒下了。

天界的众神们已经无法用言语来形容此时的心情。他们唱着赞歌,把无数的鲜花赠送给他们的英雄——战神鸠摩罗。

象头天神

象头天神是破坏之神湿婆和雪山神女帕尔瓦蒂的儿子。他是印度神话中与世俗关系最为密切的天神,有着非常好的人缘。因为印度人认为,象头天神是最重义气的,只要对他虔诚,他一定会降福给你。象头天神性情友善、定力非凡,而且具有超凡的记忆力。有关象头天神出世的传说有很多的版本,最为有名的是下面这个传说:

雪山神女的相貌十分美丽,虽然她已经嫁给湿婆大神为妻,但是依然得到很多天神的青睐,所以经常有人在她沐浴的时候偷窥。雪山神女对他们的这种做法十分不满,以至于到最后对她自己的丈夫湿婆观看她洗澡都感到厌恶。于是,雪山神女决定生一个只服从自己命令、能够保护自己的儿子。

一天,湿婆大神外出了。雪山神女就从自己的身上取下了一些污垢,造出了一个强壮俊美的小男孩。她对男孩儿说:"我亲爱的孩子,你必须牢记我是你的母亲,我的命令胜过所有人的话。你必须而且只能听从我一个的话。你是我最可爱的儿子、最忠实的仆人。你的母亲要在这里沐浴,为了不让那些可恶的天神们偷看,你要一直守在洞口。记住!没有我的命令任何人也不能够进来。"说完,就给了小男孩一根木棒,让他站在了洞口。

不久,湿婆回来了。他看到这个英俊的小男孩很是诧异。但他没有多想,依然径直朝洞口走去。小男孩见湿婆要往里闯,就说道:"站住!这是雪山神女的住所,任何人都不能够进入,除非得到她的允许。"

湿婆一愣,心想:"什么时候来了这么个小毛孩,真是不懂事。管他呢!反正这是我的家。"想着想着他就要往里走。这小男孩居然大吼道:"这里不许任何人进,你马上给我走。"湿婆这下生气了,他对这小孩叫道:"你搞什么鬼!这是我家,我为什么不能进?你是哪里来的毛头小子?"可是,不管湿婆怎么说,小男孩就是不让他进。

这下可把湿婆难住了。他心想,自己作为至高无上的天神,总不能和一个孩子动粗吧。于是,他叫来仆人,让他们去告诉小男孩自己是谁,让他别再做蠢事。

仆人到了小男孩跟前,笑嘻嘻地说:"小弟弟!你知道你自己做了一件多么愚蠢的事吗?你知道站在你面前的那个人是谁吗?他不仅是这个家的主人,更是世界的主人。他是伟大的天神湿婆,要是把他激怒了可不得了啊!"小男孩回答道:

·印度神话·

"我只知道雪山神女的命令就是我的一切。"不管仆人怎么软磨硬泡，小男孩就是不同意让他们进去。到最后，小男孩居然拿起木棒赶走了仆人。湿婆很生气，派出所有的仆人前去和小男孩打架。可打了半天，没一个人能打得过他。仆人们一个个都被木棒揍得鼻青脸肿的。这时，天上的众神都赶来了，就连梵天也来凑热闹。因为所有的神都想知道，究竟是谁能把那可怕的、让人生畏的湿婆搞得如此狼狈。

当他们看到只不过是个小孩时，心里都偷偷地笑了起来。梵天走了出来，他觉得自己的名声一定要比湿婆大得多，小男孩肯定会马上让路的。可小男孩反而把他的胡子揪下一大把来。紧接着，天帝因陀罗、保护神毗湿奴还有很多天神都来劝说小男孩，可没有一个成功的。

这下可激怒了湿婆，他大发雷霆，叫嚷着："我一定要让你这个臭小子吃点苦头。"小男孩拿起木棒迎战湿婆。湿婆真的生气了，他举起了三叉戟，一下子就把小男孩的头给切了下来。

正在这时，沐浴完毕的雪山神女从洞中走了出来。她被眼前的情景吓呆了。当知道事情的前因后果之后，她对着湿婆哭诉道："你怎么可以这样呢？他是我的儿子，也是你的儿子。你怎么忍心亲手杀害了自己的骨肉呢？"余怒未消的湿婆回应道："是他不听我的话，才会有这样的结果。要知道，我才是这个家的主人。"雪山神女也生气了，她叫道："你还好意思说出这样的话？我在沐浴的时候经常被别人偷看，却从没有得到你和你的仆从的保护。如今你还杀死了这个对我最忠诚的孩子！"

自知理亏的湿婆无话可说，只好开始哄他的妻子："我的妻子啊！美丽的雪山神女啊！我知道我错了，但事情已经是这个样子了，又能怎么办呢？我究竟该怎么做才能平息你心中的怒气呢？"雪山神女擦了擦眼泪，坚定地对他说："除非我的儿子复活，否则我永远都不会原谅你。"

为了讨好妻子，湿婆决定为小男孩再找一个头。他对雪山神女说："你的愿望一定会实现的。我降临凡间把我见到的第一种生物的头作为这个孩子新的头颅，让他获得新的生命。"于是，湿婆骑着南迪往北方走去。不久，湿婆就撞见了第一种生物，那是一头大象。他走上前去，用那把削铁如泥的神剑，砍下了大象的头，带了回来。

湿婆把象头安在了小男孩的身上，小男孩复活了，而且精力比以前更加旺盛。为了让妻子高兴，湿婆赐给了他很强的法力，还让他做了自己仆从的首领。同时，湿婆还给小男孩取了个名字，叫迦奈什，即"群主"的意思。

杜尔迦女神

在每年公历的九月至十月之间，印度的很多地区，特别是印度东部的孟加拉地区都会庆祝一个盛大的节日——杜尔迦节,以此来纪念伟大的杜尔迦女神。

在节日期间,大街小巷都建起神棚。人们在神棚中跟随祭司一起朗诵歌颂女神的经文,祈祷这位女神为他们驱灾避难。在节日的高潮,善男信女们还会载歌载舞,把这位女神的神像投入到圣河或圣湖里。

杜尔迦女神被塑造成一位美丽勇敢的女神的形象。她骑在一只威风凛凛的雄狮上,手里拿着各式各样的兵器。在她清秀的脸上,隐约透出一股让人生畏的杀气。有的神像造型虽和前面所说的一样,但不同的是女神正用手里的三叉戟刺进一头水牛的肋下。

那么,这位杜尔迦女神到底是谁?与她相连的神话传说又是什么?人们为什么会对她如此崇拜?为什么人们会在节日的尾声时期将她的神像投入水里呢?

天帝因陀罗虽然带领着天界的众神们将阿修罗们打败,夺回了宇宙的统治权,但是并没有消灭他们。阿修罗们游荡在人间和地下,不甘心失败。他们很有耐心,可以一直等待。只要稍有机会,他们就会联合起来,向天界发起可怕的夺权斗争。

有一次,阿修罗们有了一个新的首领,一位伟大的英雄,至少所有的阿修罗是这么认为的。他骁勇善战,法力无边,可以变成一头健壮的水牛,因此有人也把他称为牛魔王。牛魔王带领着阿修罗们,把天界的众神们打得四散奔逃。最后,连天帝因陀罗都被赶下了宝座,拱手将三界的统治权让给了牛魔王。

天界的众神们不得不像以前那些被他们打败的阿修罗们一样,在人间和地下不停地游荡,没有一处安身之地。过惯了安乐生活的天神们再也忍受不了了,他们一起来到了梵天、毗湿奴和湿婆这三大主神面前,哭诉这段时间所受的痛苦,恳求他们铲除这些可恶的阿修罗。

在造物主梵天心中,所有的阿修罗和天神一样,都是他的子孙后代。因此,梵天对天神们的请求并没有表态。但是,保护之神毗湿奴和破坏之神湿婆却是气愤至极。他们不能宽恕阿修罗们如此狂妄的行为。毗湿奴和湿婆的眉毛被怒气冲得竖了起来,一股神火自他们口中喷出。天神们见状,也学着两位大神的样子从口中喷出了神火。

这些神火中充满了天神们的怒气,聚结了他们的怨恨之情。当所有的神火聚在一起时,变成了一座燃烧的火焰山,照耀着整个宇宙。然后,从那炙热耀眼的神火中,生出了一位美丽勇敢的女神,那就是湿婆大神妻子的转世、拥有无边法力的以降妖除魔为己任的女神——杜尔迦。

天神们看到了杜尔迦的出世,高兴得欢呼起来。因为他们知道,这个在所有天神怒气中产生的女神,一定可以打败那个可恶的阿修罗牛魔王。于是,他们纷纷向女神进献兵器,希望能为女神的强大贡献一份力量。

湿婆大神将自己的兵器三叉戟送给了杜尔迦,毗湿奴大神则将自己的神盘送给了她。其他天神也纷纷献宝,天帝因陀罗把自己的武器金刚杵以及战象爱罗婆多脖子上的神钟给了她,水神伐楼那将自己的神螺作为礼物。杜尔迦觉得仅仅有两只手拿不了这么多的武器,就又变出了八只手臂,来接受天神们的兵器。最后,喜马拉雅神送给了杜尔迦一匹坐骑,一头勇猛非凡的雄狮。杜尔迦女神拿着众神们的兵器,背负着天神们的使命,骑着雄狮,带领着神军,来到了牛魔王的城堡。

牛魔王正和阿修罗们商量如何把天神们彻底消灭干净。忽然有人来报,说是城堡外来了大批的神军,为首的是一个从未见过的女神。牛魔王感觉事态严重,因为那些被他打败的天神们是没有胆量到这里来讨敌骂阵的。他赶忙拿起武器,出城迎敌。

牛魔王看到了威风凛凛的杜尔迦女神,心中不免产生了一丝恐惧。但这种恐惧感很快就消失了,因为他觉得所有的天神都打不过他,包括眼前的这个女人。他变化成一头足以让在场的天神都丧胆的水牛,咆哮着朝杜尔迦冲了过去。

女神见来势凶猛,催动雄狮闪在一旁。她找准机会,掏出了一个名叫巴希(一种具有法力的绳索)的法宝,将他牢牢套住。牛魔王愤怒了,他喘着粗气,用巨大的蹄子在地上刨着,嘴中的咆哮声更加巨大。他不断地挣扎,希望能够从巴希中解脱。但是,不管他怎么弄,都没能挣断绳索。牛魔王见势不妙,马上变成了一头狮子,咬断了绳索。

女神见状,拿起了湿婆的三叉戟向他砍去。牛魔王变回人形,手拿利剑迎战杜尔迦。杜尔迦不想和他短兵相接,就放出万只神箭,直刺牛魔王的各个要害。牛魔王马上又变成一头大象,以粗厚的象皮抵挡住了神箭。女神这时又拿出神剑,直冲大象的鼻子砍过来。牛魔王不敢怠慢,马上又变回水牛。

牛魔王的行为激怒了杜尔迦女神。她挥动着所有的武器,迅速地朝水牛冲去,牛魔王被她的举动吓呆了。女神抓住这个机会,举起三叉戟,直插入水牛的肋下。就这样,那位阿修罗的英雄一命呜呼。众神们欢呼雀跃,冲进了阿修罗城堡,把那帮可恶的兄弟们再一次打入了凡间。

战斗结束了,不管是天界的众神还是世间的凡人,都对杜尔迦女神顶礼膜拜。众神祈求杜尔迦能够在他们遭遇灾难的时候帮助他们。杜尔迦爽快地答应了。从那以后,人们就开始庆祝杜尔迦节。

大神化身黑天

摩吐罗国的国王刚沙异常凶狠残暴,国中的百姓苦不堪言。大神毗湿奴在得知这一情况后,决定亲自下凡结束刚沙的统治。在大神毗湿奴未投胎之前,刚沙就获知将有人来结束自己的生命,而这个人就是堂妹提婆吉和牧人富天的第八个儿子。在得知这一消息后,刚沙将提婆吉看得十分紧。每当提婆吉生下一个孩子,刚沙都会第一时间赶到,并亲手将其杀害。就这样,提婆吉的前六个孩子刚一出生就全都惨遭不幸。第七个儿子由于得到了睡眠女神的护佑,被临时转移到富天另一

·印度神话·

图文珍藏版

个妻子的子宫里,所以才幸存下来。这个孩子就是大力罗摩。

接下来就是第八个孩子了,也就是大神的化身黑天,提婆吉和富天都异常紧张,他们害怕自己的这个孩子再次遭到刚沙的毒手。不过既然是大神的化身,又怎么可能轻易丧命呢?在提婆吉生黑天的时候,恰好牧人难陀的妻子耶雪达也生下了一个女儿。富天用耶雪达的女儿替下了自己的儿子黑天,将黑天交给了耶雪达。幸运的是刚沙并没有察觉到孩子已经被调了包,当他杀了耶雪达的女儿时,以为自己杀的就是提婆吉的孩子,于是他再次满意而归了。不过刚沙很快就知道自己上了当,他决定在黑天未长大前将其除去。

一天,刚沙派身边的恶魔阿修罗沙迦塔苏儿去刺杀黑天。这天,碰巧耶雪达要去沐浴,临时将黑天放在牛车下面。沙迦塔苏儿认为这是天赐良机,于是钻到车底,用力劈向车身,准备砸死黑天。可他的手掌还没有碰到车身,就被黑天一脚踢了起来,等他落到地上,已经粉身碎骨了。耶雪达归来,看到零碎的牛车,以为黑天出了事,忙奔向前去。当她看到黑天仍然安稳地睡在摇篮里时,才放下了悬着的心。

一计不成,刚沙又心生另一计。这一次,他决定派自己的奶妈普塔纳去杀死黑天。普塔纳化作一只大鸟飞向了黑天的家,她站在窗外向屋内望去,耶雪达正在喂黑天吃奶。喂完奶后,耶雪达便转身离开了。普塔纳趁机钻了进去,将自己的乳头塞进了黑天的嘴里。小黑天闭着眼睛贪婪地吮吸着,似乎并没有发现什么不妥。普塔纳暗中得意,心想自己有毒的奶水一定可以毒死这个小家伙。可黑天吸啊吸啊,吸得普塔纳的奶水都快干了,却仍然没有出现任何中毒的迹象。普塔纳开始心慌意乱,就在此时,黑天忽然用力,迅速吸干了她的乳汁,接着又开始吸她的元气和精髓。当普塔纳想要抽出乳头保全自己的时候,已经太迟了。随着黑天的再一次用力,普塔纳的命根被吸了出来,而普塔纳也随之奔赴黄泉了。

在黑天七岁的时候,他随着牧人们搬到了沃伦达森林居住。其间,黑天过了一段平静的日子,但这并不意味着刚沙已经放弃了他的追杀行动,他只是在寻找时机而已。当他听说黑天搬到了沃伦达森林,脸上随即浮现出了阴险的笑容。原来,刚沙的一位好友——蟒王迦梨耶就住在那里。他找到迦梨耶,将一切都告诉了好友。迦梨耶让刚沙尽管放心,自己一定会帮助他除掉黑天这个心头大患。

年少的黑天非常贪玩,他常和伙伴们一起到河边玩耍,而迦梨耶就住在河对岸的一个深潭中。迦梨耶决定趁黑天到河边玩耍时将其杀死。一天,黑天仍然像往常一样和伙伴们到河边玩耍。正当他们玩得高兴的时候,忽然见到河水沸腾,从河中出现了一条长着五个头颅的巨蟒。巨蟒的出现吓得伙伴们四处逃散,黑天见状非常生气,他纵身一跃,跳进了深潭之中。迦梨耶见黑天自投罗网,忙用蛇身将黑天紧紧地缠住,可这又怎么能奈何得了大神的化身呢?黑天很快就从巨蟒的缠绕中挣脱出来,他跳到巨蟒的头上,在上面跳舞。迦梨耶承受不了黑天的重量,身体随之下沉,头颅也开始流血。他忙向黑天求饶,并保证此后做一条无害之蟒,再不祸乱人间。黑天见共确有悔改之心，就饶恕了他。

刺杀行动再一次失败，这让刚沙十分懊恼。他必须抓紧时间，否则就真的来不及了。他将恶魔波罗兰钵叫到身边，嘱咐他要杀死黑天，只宜智取而不宜强攻。波罗兰钵想到了一个接近黑天的好办法，即化身为他的伙伴。在一群玩耍的少年之中，波罗兰钵的化身就在其中，黑天似乎并没觉得这个少年有何异常，这让波罗兰钵非常高兴。在游戏中，波罗兰钵背着黑天一直向前跑，跑着跑着忽然现出其狰狞的面目，其身体马上变得像大山一样沉重，妄图将黑天压在下面。不过机敏的黑天很快从他的身上跳了下来，并冲着他的脑袋给了他重重的一击。波罗兰钵脑浆迸裂，真的如大山一样永远地倒在了那里。

此后，刚沙又派了很多恶魔去杀害黑天，可都无功而返。屡屡受挫的刚沙开始变得烦躁不安，他似乎预感到自己的末日即将来临，但他不能坐以待毙。这次，他决定亲自出马，将黑天召到身边来，伺机杀死他。他命人到黑天所在的村落去请黑天和牧人们前来献祭，顺便让他们参加摔跤比赛。黑天等人在接到命令后，就开始筹备贡品。待一切准备妥当，他们就向着马图拉出发了。

对黑天的到来，刚沙显然早有准备。他为黑天设置了重重关卡，每一道关卡都足以要他的性命。不过黑天既然是大神毗湿奴的化身，自然有办法化解种种危险。在摔跤场，刚沙认为这是杀死黑天最后的机会了，于是他召来国内最勇猛的两位武士，让他们与黑天格斗。在场的人都在议论比赛的不公，哪有成年武士与孩子对阵的？可黑天却表现出一副无所谓的样子，欣然接受挑战。当他将两位武士全都击倒时，刚沙知道自己彻底完了。黑天没有给刚沙任何反抗的机会，果断地结束了刚沙的性命，完成了他的使命。

大神化身侏儒

大神毗湿奴拥有众多的崇拜者，而所有虔诚崇拜毗湿奴的人，都会得到他的护佑和帮助。大神曾多次化身去解除苦难，惩治罪恶。值得一提的是，大神的护佑并不盲目。如果有人做了错事，那么即使这个人是自己虔诚的崇拜者，他也一定会伸张正义，使这个人得到应有的惩罚。

伯力是大神毗湿奴虔诚的崇拜者，他的虔诚感动了大神，于是大神决定赐给他几件宝物，使他能够建立自己的神威。这几件宝物分别是刀枪不入的宝铠甲，无坚不摧的神弓箭以及疾驰如飞的神战车。在这几件宝物的帮助下，伯力所向披靡，取得了一场又一场战斗的胜利，很快就在人间和地界建立了自己的神威。不过伯力并不满足于此，在征服人间和地界之后，他又将目光瞄准了天界。他决定征服天界，做三界的主人。

当伯力率领着大军向天界杀来时，天神之主因陀罗随即陷入了恐慌之中。伯力的强大让他十分畏惧,而其日益逼近的脚步更是让他寝食难安。慌乱之中,因陀罗想到了祭主,于是连忙赶到祭主那里,向他讨求生存之道。祭主劝因陀罗暂时离开天界,虽然他归为天界之主,但此时却并非伯力的对手,因为时间之神正站在伯力的一方,所以不宜与伯力开战。如果强行出兵,非但无法取胜,而且还必然损失惨重。与其如此,倒不如暂且回避,待时间之神抛弃伯力后再重返天界。

因陀罗接受了祭主的建议,带领众天神离开了天界。伯力不战而胜,占领了天界,成了三界的主人。当伯力尽情地享受其三界之主的荣耀时,众天神们却愁苦不堪。自离开天界之后,他们居无定所,只能四处飘荡。看到儿子们无处安身,天神之母阿底提十分心疼,她希望帮助儿子们重返天界。在迦叶波仙人的指引下,阿底提知道只有大神毗湿奴才能战胜伯力,而大神又是十分仁慈的,他会护佑所有虔诚膜拜他的人。

为了寻求大神毗湿奴的护佑,阿底提开始虔诚地膜拜大神。她甚至不吃不喝,一心膜拜。大神毗湿奴看到了阿底提的虔诚,就问她有什么要求。阿底提流着泪将儿子们的遭遇说给大神听,希望大神能够帮助儿子们摆脱困境。大神是公正的,他不能因为伯力是自己的崇拜者就任其胡作非为。他安慰阿底提不必忧心,自己将化身侏儒去解救他的儿子们。第二天凌晨,大神就借阿底提的身体化身侏儒降生了。

大神化身侏儒后,将自己打扮成梵行者的样子,向伯力所在的地方走去。当他找到伯力时,伯力正在举行马祭。看到如此打扮的大神侏儒,伯力马上意识到这个人非同一般。他恭敬地接待了大神,并主动提出愿意满足大神提出的任何要求。伯力本以为大神会趁机向其索要金银珠宝,可大神却说那些对他没有任何意义,他只想要三步大小的一块地,那就足够他安身了。

听了大神的要求,伯力不免觉得十分可笑。面对三界之主,竟然只有这么小的要求,三步大小的地方能干什么呢? 大神看出了伯力的不屑,谦和地对伯力说:"我知道三步大小的地方对您不算什么,可我只是一个凡人,只有这么大的需要,您即使能给我一切,我又有什么用呢? 人不能要求超过自己需要的东西,更不能贪得无厌。"伯力懒得跟他争论,反正他只要求三步大小的一块地方,这个要求对自己来说简直是易如反掌,干脆答应他就算了。

得到了伯力的应允,大神开始丈量自己的三步之地。接下来,不可思议的一幕发生了。大神刚刚丈量了两步,就已经超过了伯力所统治的三界。那么第三步应该如何丈量呢? 看来伯力是要失信了。见此情景,伯力惊讶得目瞪口呆,可他仍不愿失信于人。当伯力问他第三步应该放在哪里时,他让伯力踏在他的头上,这样就兑现了诺言。伯力知道,大神的脚一踏下,自己就再难活命了,可他如果不能实现自己的施舍,那就连地狱也难容自己。所以,为了实现施舍,他甘愿一死。

听了伯力的话,大神毗湿奴果然将脚向伯力的头顶踏去,可结果是什么都没有发生。对于如此虔诚的人,大神又怎么忍心结束他的生命呢? 即使他曾经有过非分之想,做了错事,但却并非不可救药。仁慈的大神决定给伯力一次改过自新的机会,他命伯力将天界还给众天神们,但将地界赐给了伯力,使其成为那里永远的主人。

恒河女神下凡

很久以前,印度甘蔗族有一个名叫萨竭罗的国王,他统治着印度境内的阿逾陀城。

萨竭罗的身世充满传奇色彩。在没出生以前,他的父亲就已经死了。在他出生的那一天,奥尔瓦仙人出现在阿逾陀城。他要带年轻的王子走,和他一起到净修林修炼。王后为自己的儿子能够由仙人抚养非常高兴,欣然答应了奥尔瓦的要求。

在萨竭罗离开的这段时间里,整个阿逾陀城处于群龙无首的状态。由于没有国王的领导,阿逾陀城很快就被周边的野蛮部落所侵占,人民的生活陷入水深火热之中。后来,修行期满的萨竭罗回到了自己的国家。他带领着阿逾陀城的军队和百姓,齐心合力,不仅把入侵的敌人赶出国门,而且还兼并了很多周边的领土。在萨竭罗英明的领导下,阿逾陀城日益强大。

有件事却始终困扰着国王。原来,萨竭罗虽然早就娶了一对姐妹为妻,但是过了很多年,这对姐妹也没有给他生下个一男半女。萨竭罗王很是着急,担心国家没有后继者。于是,他放下手中的国事,带上两个妻子,来到吉罗娑山苦行。

一百年后,萨竭罗王的虔诚终于打动了湿婆大神。他出现在萨竭罗的面前,高兴地对他说:"你是虔诚的信徒,我一定实现你的心愿。你的一个妻子将会为你生下六万个儿子,另一个则只会生下一个。"得到湿婆赐福德后,萨竭罗带着两个妻子回到了阿逾陀城。

不久大王妃为萨竭罗生了一个英俊健康的男孩,被萨竭罗封为太子。而妹妹则生出了一个大南瓜。国王认为这是不祥的预兆,要把那个南瓜毁掉。天神告诉他,他的六万个儿子就是从南瓜中出生的。果然,阿逾陀城又多了六万个王子。

萨竭罗王以为从此可以安心了。没想到,这个太子从小就不学无术,经常仗势欺人。长大后,他更是变本加厉,经常以残害百姓的生命为乐趣。萨竭罗知道后,非常生气,就废了他的太子之位,把他流放到荒漠中。

伤心的萨竭罗希望能从剩下的六万个儿子中挑选出一个贤明的人,来做自己王位的继承者。可是他发现,这六万个儿子与前任太子比起来,不仅在残忍程度上有过之而无不及,而且还十分傲慢,连天神都不放在眼里。

萨竭罗六万个儿子可恶的行为却激起了天神们极大的不满。他们来到梵天的面前,请求他制裁这些可恶的人。梵天对众神说:"你们回去吧!我答应你们的请求。我已经想好了一个办法,他们不久就会消失的。"

图文珍藏版

　　果然，在不久后的一次马祭活动中，萨竭罗的六万个儿子因为追赶逃跑的祭马，钻进了干涸的海底（在天神和阿修罗的战斗中，海水被阿竭多大仙全部吸走）的地下。他们在那里找到了祭马，还看见了毗湿奴大神的转世——迦毗罗大仙。他们对迦毗罗大声辱骂，触怒了毗湿奴。于是，他张开双眼，将这六万个王子烧为灰烬。

　　萨竭罗听到消息后悲痛万分。但他知道，儿子们触怒的是天神，凭借凡间的力量是不可能让他们的灵魂升天的。于是，他把孙子安舒曼叫到了跟前，让他完成王子们没有完成的任务——找回祭马。

　　这个安舒曼是前任太子的儿子，但他与他的父亲在性格上截然相反。他为人忠厚善良，待人诚恳大方，十分受百姓们的爱戴。这次他接受了祖父的命令，沿着他叔父们的足迹，找到了那匹逃跑的祭马。

　　此时，迦毗罗依然在那里修行。安舒曼见到大仙后，虔诚地拜倒在他的面前。他低下头，双手合十，告诉了大仙自己此次前来的目的。毗湿奴被他的虔诚打动，答应可以帮他实现两个愿望。安舒曼没有要金山银山，更不要权利和美女。他只想要回祭马，让他的叔叔们升入天国。

　　迦毗罗对安舒曼的要求很是满意，对他说："你所想要的都会得到的，祭马你现在就可以拿回去。而你叔叔们的灵魂也将升入天国。不过，这件事并不是你能办成的，得由你的孙子来完成。恒河女神是喜马拉雅王和须弥山的女儿，你的孙子必须使她下凡。因为只有恒河的水才能洗刷掉你叔叔们的罪行，净化他们的灵魂。"

　　后来，安舒曼继承了王位。他告诫后人，要他们牢记为祖先洗刷罪行。安舒曼的孙子跋吉罗陀英武盖世，受到百姓们的称颂和爱戴。他始终没有忘记祖父留下的遗训。最后，他将国家交给了别人，自己来到喜马拉雅山上苦修，希望能够让恒河神女下落凡间。

　　他不怕艰苦，想尽各种办法来磨砺自己。一千年后，他的行为终于打动了恒河女神。女神答应为他的祖先和世间的凡人洗刷罪行。但是，恒河女神担心从天而降的恒河水会淹没整个世界。所以，跋吉罗陀必须想办法让恒河水从天降下时得到缓冲。

　　于是，跋吉罗陀又来到湿婆大神的修行处，请求他帮助自己完成心愿。湿婆被这个凡人坚定的信念和意志所感动，表示愿意帮助他。他们来到了喜马拉雅山，跋吉罗陀对着天空大喊："伟大美丽的恒河女神啊！请你发发慈悲吧！降落到那充满罪行的人间，为我的祖先，也为这世人洗刷罪孽吧！"这时，只见天空中倾泻下无尽的大水，犹如瀑布一般。湿婆大神见状，赶忙冲过去，用自己的前额缓解了恒河水的巨大冲力。恒河水落入了干涸的海底，冲刷掉了跋吉罗陀祖先们的罪过，使他们升入了天国。

　　从那以后，恒河之水就留在凡间，湿婆也成为恒河的保护神。直到现在，印度人们还认为，在恒河里面洗澡可以净化灵魂把一切罪过都洗掉；如果将死者的骨灰撒入河里,那么他就可升入天堂。

恒河女神和她的孩子

　　都说母亲是最疼爱孩子的,但却有位母亲残忍地将刚刚出世的孩子抛到了恒河里,这又是怎么回事呢?原来,这位母亲并非凡人,而是人神共敬的恒河女神。被她抛入恒河的孩子们也绝非凡夫俗子,而是天上的神仙。恒河女神正是因为受托于众仙人,所以才会将他们在凡间的化身抛入恒河之中,让他们尽快死去,好恢复神身。

恒河女神

　　事情是这样的:天上的八位神仙带着妻子到极裕大仙的修道地游玩,忽然见到一头漂亮的奶牛正在草地上吃草。八位仙人对这头奶牛赞赏不已,言语中尽是对它的喜爱之情。神光仙人的妻子对丈夫说:"我们把这头奶牛带走吧!"神光仙人虽然也很喜欢这头奶牛,但他们要这头奶牛除了观赏之外并没有什么实质性的用途,况且得罪极裕大仙可不是闹着玩的。他一口回绝了妻子的要求。可妻子仍然不依不饶,称自己要这头奶牛并非为了自己,而是为了凡间的一位朋友。如果凡人喝了这头奶牛的奶,是可以长生不老的。神光仙人拗不过妻子,只好与众仙一起将奶牛带走。

　　极裕大仙回到修道地后,发现自己的奶牛不见了,掐指一算便知道是八位仙人带走了奶牛。这八位仙人竟然如此大胆,完全不把他极裕大仙放在眼里,他决定要狠狠地惩治这八位仙人。他诅咒八位仙人降落尘世,沦为凡人。极裕大仙的诅咒是非常灵验的,当八位神仙得知极裕大仙的诅咒后,全都慌了神,忙赶到极裕大仙那儿承认错误,请求他收回诅咒。见他们确有悔改之意,极裕大仙的气也消了一半儿,但已经发出的诅咒又怎么能收回呢?不过他答应减轻诅咒,只让神光仙人长期生活在尘世中,其他七位仙人则可以投胎后便马上死去,恢复神身。

　　虽然得到了极裕大仙的宽恕,但八位神仙都知道,他们要顺利地重返天界,必须得到其他人的帮助。他们想到了慈爱善良的恒河女神,于是赶到恒河请求她做他们的母亲,帮助他们在降落凡间后迅速恢复神身。恒河女神被他们的真诚所打动,答应了他们的请求。接下来,她要做的就是在凡间找一位夫婿,生下八位神仙,然后在第一时间将他们杀死。可这样的行为就一位母亲而言,却显得过于疯狂。而她那不明真相的丈夫,又怎么可能理解她这种疯狂的行为呢?

世界经典文库

中外神话故事

·印度神话·

图文珍藏版

恒河女神化身为一位美丽绝伦的女子,当她出现在象城的福身王面前时,马上吸引了对方的注意。象城的福身王是天下国王中的佼佼者,恒河女神决定选择他作为自己在凡间的丈夫。福身王果然为恒河女神的美丽所动,对其日思夜想,终于有一天,福身王挨不过相思之苦,向恒河女神表述真心,希望能娶其为后。恒河女神并没有马上答应福身王的求婚,而是提出了一个条件。如果福身王答应她的条件,她就马上嫁给他。如果福身王无法接受或者将来有违誓言,那么她就会离他而去。

恒河女神提出的条件就是不过问她的来历、出身,也不干涉她所做的任何一件事情。福身王此时只是一心想娶到恒河女神,哪怕让他付出再大的代价也心甘情愿,更何况只是这小小的要求呢!他一口答应了恒河女神的条件。就这样,恒河女神成了福身王的王后。婚后不久,恒河女神便怀上了孩子。得知恒河女神怀孕的消息后,福身王非常高兴,他天天祈祷上天赐给他一个儿子。结果确如福身王所愿,恒河女神果然生下了一个儿子。可正当福身王要为喜得贵子而大摆酒宴的时候,他的王后却带着他的儿子来到了恒河边,毫不犹豫地将孩子扔了进去。

刚刚的喜悦马上化为了巨大的悲痛,王后怎么可以这样残忍,连自己的亲生骨肉都要杀害呢? 福身王的心中是有埋怨的,但一看到自己心爱的王后,他又不忍心责怪,况且自己当初也答应不干涉她所做的任何一件事。这件事虽然在福身王的内心留下了一道阴影,但却并没有影响他对恒河女神的爱,他仍然像以前一样深爱着自己的王后。可是接下来的第二个孩子、第三个孩子……直到第七个孩子,恒河女神都对他们做了同样的事。接连失去七个儿子,这是任何人都无法承受的。福身王一忍再忍,总觉得妻子只是一时任性,下一次就不会这样了。可当他的第七个孩子也命丧恒河之时,他开始绝望了。

没过多久,恒河女神又怀上了第八个孩子。福身王抱着最后一丝希望,希望妻子能够留下这个孩子。可当孩子出世之后,妻子却仍然抱着他向恒河走去。福身王终于忍无可忍了,这次他说什么也要阻止妻子,绝不能再失去这第八个孩子了。就在恒河女神将孩子举起的刹那,福身王制止了她。恒河女神知道这一切都是天意,这第八个孩子就是神光仙人转世,他必须要长时间留在尘世间。她将一切都告诉了福身王,包括自己的真实身份以及下凡和杀子的原因。福身王顿时惊呆了。恒河女神称福身王已经违背了誓言,所以她必须离开了,她会暂时带走这第八个孩子,过段时日便会归还。至于福身王,他生下八子的功德将使其在死后也可以升天为仙。

此后,福身王开始节食减欲,以苦行的精神来治理国家。几年后,福身王在恒河边看到了自己的孩子。这几年间,恒河女神带着这个孩子到处拜师学艺,使他学得一身的本领,如今已然是一个英武少年了。恒河女神为他们父子做了引荐,之后便回到了恒河之中。恒河女神和福身王的这个孩子长大后并没有继承王位,但却成了王国里最有学问的人,受到了全族人的尊敬。他在人间活了很久才死去,在多年后终于回到了天界,恢复了神身。

阿普莎拉丝下凡

　　从前,有一位英勇贤明的国王,在他的治理下,国家富强,百姓安乐,可是在国王的心头却始终有一块心病,那就是他的女儿。公主天生丽质,美若天仙,可是自她出生以来,就从来都没有高兴过,连国王都难得见她笑上一笑。眼见公主已经到了出嫁的年龄,可无论是谁来提亲,公主都断然拒绝。倔强的公主始终都坚持她的条件,那就是她未来的丈夫必须能讲出维夏拉布里的故事。对于国王的臣民来说,维夏拉布里是一个连听说都未听说过的地方。如此还要他们讲出那里发生的故事,岂不是强人所难吗?

　　因为公主的条件太过苛刻,所以一直都没有人能如愿娶到公主。渐渐的,主动上门提亲的人也越来越少了。国王几次都想劝劝女儿,可公主却一句也听不进去。看来,女儿是要老死宫中了,国王心想着。就在国王一筹莫展的时候,有个年轻人走进宫来,称其知道维夏拉布里的故事。国王将信将疑,但只要有一线希望,他都不会放弃。虽然眼前的年轻人不太如意,可总比女儿老死宫中要强得多。如果他能让女儿满意,倒也不失为一件好事。

　　国王忙命人带着年轻人去见了公主。公主见到这个自称去过维夏拉布里的人,只问了他一个问题,即城门口有什么醒目的东西。如果他能答对这个问题,那么他所说的就是真的了。年轻人马上答出了"大象"。公主点点头,说道:"看来你真的去过维夏拉布里,好了,我相信你说的是真的了,但是现在你不需要把一切都告诉我,等我需要你说的时候再说吧!"终于找到一个符合条件的人,国王暗自为女儿高兴,而公主也终于露出了迷人的笑容。

　　国王本以为女儿的幸福生活即将开始,可没过多久,却传来了女儿香消玉殒的噩耗。年迈的国王一时瘫软在地,他怎么也不敢相信女儿竟然如此短命。他忙找来了自称知道维夏拉布里故事的年轻人,问他公主到底发生了什么,怎么会忽然死去?年轻人此时也懊悔不已,他痛苦地说:"都怪我,是我被幸运冲昏了头脑,以为自己发现了不为人知的秘密,就总想着拿出来炫耀。公主曾多次制止我说出维夏拉布里的故事,可我偏要说出来。没想到,当我将一切都告诉公主的时候,她便香消玉殒了。这是上天对我的惩罚。"年轻人痛苦地回忆着,已然泣不成声。

　　原来,公主并不是凡间的普通女子,而是天女阿普莎拉丝的化身。阿普莎拉丝本是天界众舞女之中极为出色的一位,她的体态轻盈,舞姿曼妙,赢得了众神的盛誉。一次,她奉命为众神之主因陀罗献舞。舞毕,因陀罗看得如痴如醉,对阿普莎拉丝十分喜爱,于是将一座美轮美奂的都城维夏拉布里指派给她。阿普莎拉丝忙感谢因陀罗的恩赐,在她到达维夏拉布里后,每天都不忘对因陀罗顶礼膜拜,以示崇敬。可是有一天,阿普莎拉丝却忘记了膜拜因陀罗,这让因陀罗十分生气,他决定惩罚阿普莎拉丝的不敬。

因陀罗向阿普莎拉丝发出了诅咒,令其成为国王的女儿,生活在尘世。但在维夏拉布里,将会保存有她的遗骸。两名侍女将会守在遗骸旁边,等待凡间的一个年轻男子前来探寻真相。当这个年轻的男子将一切告诉她后,她会可以脱掉人身,恢复天女的身份。阿普莎拉丝没有向因陀罗求饶,只希望因陀罗答应自己不要让其他人接管维夏拉布里。因陀罗答应了她的要求。在阿普莎拉丝下降到凡间的时候,因陀罗便用魔法将维夏拉布里封死,使城里的所有居民全都昏迷不醒。

至于那个幸运的年轻人,则是因为得到了幸福女神的指点,并在她的帮助下到达了维夏拉布里,听两位侍女讲述了那里所发生的一切。可惜的是这个年轻人并没能留住幸运,他本可以和公主度过一段幸福的时光,但他却急于将一切说出。得知真相的阿普莎拉丝已然解除了诅咒,自然不会再留在人间。随着公主的香消玉殒,维夏拉布里的灵魂复苏了。阿普莎拉丝重新回到了天界,重新成了维夏拉布里的掌管者。

搅乳海

在高耸的须弥山上,坐落着很多富丽堂皇的宫殿,所有天神都居住在那里,也包括他们的兄弟阿修罗。

有一天,所有的天神和阿修罗聚集到了一起。这一次他们并不是为了争夺宇宙的统治权,而是要讨论一个一直以来都困扰着双方的问题。原来,在印度神话里,神仙虽然有着无穷的法力,寿命要比凡人长得多,但是他们和人类一样,都要经历从生到死的过程。

看来,神仙和凡人一样,都对死亡有着莫名的恐惧。天神和阿修罗聚在一起的目的,就是商量如何远离疾病和死亡,如何获得长生不老之身。保护神毗湿奴首先发言,他说:"诸位天神和阿修罗们,我已经向伟大的梵天请示过了。他告诉我,凭他的力量是不能让我们获得不死之身的。如果我们去搅动乳海,不仅可以从中获取长生不老的甘露,而且还会得到很多宝贝。但是,不管是神族还是阿修罗族,单凭自己的力量是不能完成这项任务的。因此,我们必须团结起来,才能获得珍贵的甘露。"毗湿奴的建议马上得到所有人的响应。天神和阿修罗们有史以来第一次站在了一起。他们订下盟约,要联合起来搅动乳海,然后把长生不老甘露平分。

他们首先来到了高大的曼陀罗山,准备用它作为搅乳海的工具。这曼陀罗山不仅十分高大,而且地基很深。他们请求梵天和毗湿奴给予他们帮助。于是,毗湿奴施展无穷的法力,将整座山都搬了起来,放到乳海的边上。然后他们又找来了蛇王瓦苏基,让他充当搅海的绳索。

接下来的工作是要征得乳海的主人伐楼那的同意。天帝因陀罗来到伐楼那面前，恳请他同意他们搅拌乳海。海神伐楼那同意他们搅拌乳海，但是要求必须分给他一份长生不老甘露。因陀罗答应了他的条件。

他们需要找一个巨大的硬物作为支点。天帝因陀罗再次出马，找到了龟王阿拘跋罗。龟王二话没说就沉入了海底。搅乳海的工作开始了，天神们抓住蛇王的尾巴，阿修罗们则抓住蛇王的头部。他们不停地旋转瓦苏基的身体，然后带动曼陀罗山转动，浩瀚无边的乳海开始出现巨大的漩涡。

几百年过去了，那份长生不老甘露还没有被搅拌出来。但是，天神和阿修罗却受到了不同的待遇。原来，在搅乳海的过程中，蛇王瓦苏基会不时地从口中喷出烟雾和火苗。这下可苦了阿修罗，他们一个个被熏得筋疲力尽，狼狈不堪。而这些火苗和烟雾升到空中后变成了乌云，然后顺着蛇身飘到尾部，最后化成雨水降落到了天神身上。因此，在整个搅乳海的过程里，天神们的精神和体力都十分饱满。

又过了几百年，乳海已经被搅拌成油脂。

这时，神奇的事情发生了。从乳海中升起了一轮明月，它放射着皎洁的柔光，向远方飘去。之后，乳海里又冒出了一位美丽异常的神女。她就是著名的吉祥天女，也就是毗湿奴大神的妻子。然后从海中又出现一颗光彩异常的魔石。它后来成了毗湿奴大神胸前的装饰品。紧接着，宝物一样一样地从乳海中冒了出来，包括尊贵的酒神、圣洁的乳牛、神奇的如意树、矫健的白马以及威武的战象。天神和阿修罗们虽然一个个欣喜若狂，但还是没有得到长生不老甘露。

正在这时，海面发生了变化。从那巨大的漩涡里，冒出了一股黑黑的液体。天神和阿修罗们面面相觑，谁也不敢肯定这东西是不是长生不老甘露。突然，毗湿奴大神喊道："不好！那是一种可怕的毒药。它的威力十分巨大，可以杀死所有的天神和生物。我们必须阻止它。"可谁能做到呢？拥有无边法力的天神和阿修罗此时都没了主意。

这时，伟大的破坏之神湿婆出现了。湿婆大神张开嘴，把那可怕的毒药吞入喉咙，结果他的脖子被毒药烧成了黑色。因此，湿婆也被称为尼拉坎陀，即"青颈"的意思。

危险总算过去了，天神和阿修罗又开始继续搅拌。这时，乳海中冒出了一位捧着酒碗的仙人。那碗中盛的，就是神仙们梦寐以求的长生不老甘露。

看到这不死之药，阿修罗们马上就露出本来面貌。什么攻守同盟，什么一诺千金，他们都抛之脑后。此时的阿修罗眼里只有长生不老甘露。他们疯狂地冲了过去，你争我夺，都想把酒碗抢到手。毗湿奴大神看到这里十分气愤，于是他变成了一个绝色的美女来到了阿修罗中间。

原来，阿修罗们十分好色。他们见到了这位美人后，马上停止抢夺长生不老甘露，转而争先恐后和她调情。毗湿奴看准机会，从他们手中夺过酒碗，然后化作一阵风飞去，把长生不老药交给了天神们。

阿修罗们发现美女突然不见了，而且长生不老甘露也不知去向。于是他们哇哇大叫，大呼上当，开始互相埋怨，指责他人不该如此好色，丢掉了到手的宝贝。只有一个人没有出声，那就是罗睺。他看准了毗湿奴逃走的方向，化妆成天神，悄悄地尾随而至。天神们轮流饮用甘露时，他一声不响地站在一边。罗睺知道迟早会轮到他的，因为他们是天神，不是阿修罗。

可是，正当他饮用长生不老甘露的时候，太阳神和月亮神揭穿了他的伪装。毗湿奴一气之下砍下了他的脑袋。由于罗睺已经喝了一点长生不老甘露，药还卡在喉咙里，所以他的头变成了不死之头。

在"搅乳海"事件以后，阿修罗和天神又陷入了无休止的战斗，阿修罗们因为被毗湿奴欺骗，所以更加气恨天神。可怜的罗睺则发誓要报仇。他不停地追逐月亮和太阳，想把他们一口吞下去，从而制造出我们所看到的"日食"和"月食"。

罗摩的故事

十首罗刹王罗波那通过刻苦修行获取了梵天的信任，梵天答应赐给他一个恩典。罗波那要求梵天赐给他金刚不坏之身，任何天神和魔怪都不能打败他。梵天答应了他的请求，赐给了他无穷的力量。但是，梵天的恩典中并没有说罗波那不能被世间的凡人打败。

悲剧再一次上演了。罗波那仗着梵天的恩典四处惹是生非，搞得天界不得安宁。于是，天神们聚到毗湿奴的面前，请求他除掉这个祸害。毗湿奴听完天神们的哭诉后，很是气愤。但是因为梵天的恩典，所以他不能以神的面貌打败罗波那。于是，他决定投身转世为凡人，杀死十首王。最后，毗湿奴大神选中了拘萨罗国国王十车王的王妃。

十车王是一位英武贤明的国王，深受百姓的爱戴，可是他的三个王妃却一直没有给他生下一男半女。十车王举行了隆重的祭典活动，祈求上天赐给他一个孩子。毗湿奴见十车王十分虔诚，于是，他手托金碗，出现在了祭典之中。

毗湿奴对十车王说："你是我最虔诚的信徒，你的愿望一定会实现的。这只金碗里面盛有牛奶，你的王妃们喝过之后，就会怀孕了。"十车王赶忙照办，把牛奶分给了三个王妃。

果然，三个王妃在不久后都怀了孕。后来，大王妃生了长子罗摩，二王妃生了次子婆罗多，三王妃则生下一对双胞胎罗什曼那和沙多卢那。十车王很是高兴，把长子罗摩封为太子。

十几年过去了，这四个王子不仅个个仪表堂堂，而且品德高尚。尤其是太子罗摩，更是深受百姓们的爱戴和拥护，人们都希望他能早一天登基为王。后来，罗摩因为拉开了毗湿奴的神弓，娶到了大地女神的女儿，美丽的弥提罗城公主——悉多。

十车王看到罗摩已经长大成人，而且也有了自己的王妃，就决定将整个国家交给罗摩管理。但消息还没有宣布，二王妃就要求十车王让她的儿子婆罗多继承王位，同时还要求把罗摩放逐森林十四年。十车王对二王妃一直都疼爱有加，曾经许过诺言，要达成她的两个愿望。如今，二王妃提出这个要求，十车王虽然心里一百个不乐意，可有言在先，也没好说什么。

罗摩知道了这件事后，毅然放弃王位，离开了阿逾陀城。跟随他一起流浪的还有妻子悉多和弟弟罗什曼那。十车王对儿子的孝心十分感动。在罗摩走后不长时间，他因为思念罗摩，郁郁而终。

一直住在舅舅家的婆罗多回国参加父王的葬礼。当听说这件事以后，他谴责了母亲这种卑劣的行为，而且还要去寻找自己的哥哥，把王位让给他。

婆罗多在森林中找到了罗摩，但罗摩宁死也不肯回国。没办法，婆罗多只好把哥哥一双木鞋带回国，放在王位上，表示他并不是国王，只是代出行的哥哥执政。

婆罗多走后，罗摩依然过着流浪的生活。有一天，他们在树林里遇见了十首王罗波那的妹妹——女罗刹舒罗潘卡。舒罗潘卡见罗摩十分英俊，就向他求欢。她不但遭到罗摩的拒绝，还被他割掉了耳朵和鼻子。舒罗潘卡为了报复，就跑到哥哥那里。她添油加醋地诉说罗摩怎样不敬重至高无上的十首王，又说了很多难听的话。最后，她又抓住罗波那的弱点，不住地称赞罗摩妻子悉多的美貌。

好色的十首王被妹妹说得动了心。于是，他耍了一套阴谋诡计，把罗摩和罗什曼那骗走，然后趁机抢走了悉多。罗摩和罗什曼那发现悉多不见了，便四处寻找，最后他们在树林里发现了一只金翅鸟。

金翅鸟告诉他们，它是天上的金翅鸟王，刚才他看到罗波那抢走了悉多。他想救出悉多，可由于年老体衰，反受重伤。罗波那在打伤他之后带着悉多朝南飞去了。要想救出悉多，需与猴王哈奴曼结盟。说完，金翅鸟就死了。罗摩兄弟安葬了金翅鸟，踏上了寻找悉多的征程。

罗摩在神猴哈奴曼的帮助下，知道了悉多被囚禁在楞伽岛。他通过艰苦的奋战，终于杀死了十首罗刹王罗波那，救出了妻子悉多。

但是，罗摩看到悉多后，并没有热情地拥抱她，而是冷冰冰地说："我不会再接受你了。我所进行的这场战争是为了整个拘萨罗国，为了王室的荣誉。并不是为了救你，一个被恶鬼罗刹玷污过的女人。如果我再接受你做我的妻子，那将是我们家族最大的耻辱。"

悉多听了罗摩的话后，悲痛万分。她决定以行动来证明自己的清白。于是，她纵身跳入了熊熊大火之中。这时，火神阿耆尼救了悉多。他痛斥了罗摩一顿，告诉他悉多是清白的。罗摩接受了妻子。但是，事情并没有这样结束。

罗摩回国后，在婆罗多的一再坚持下，重新作了国王。拘萨罗国在他的治理下更加繁荣。但是，有一件事却是他的心头病，那就是百姓们一直认为，王后的贞操早就已经被十首罗刹王玷污了。最后,国王和家族的荣誉战胜了爱情,罗摩将妻子悉多遗弃在恒河边上。而他不知道,悉多已经怀有身孕了。

十几年后的一天,罗摩在城堡里举行一次盛大的祭典活动。这时,蚁蛭仙人突然出现在了会场,还带着两个孩子。蚁蛭仙人在祭典活动中朗诵了一首长诗,名叫《罗摩衍那》。诗中歌颂的就是罗摩的英雄事迹。

罗摩这才知道,眼前的这两个孩子是自己的亲生骨肉,而自己当年是那么愚蠢,为了所谓的尊严而冤枉了自己的妻子。他赶忙派人把悉多接回王宫。

但悉多已经心灰意冷,她对罗摩说:"除了你之外,我的心和我的身体从来没有给过任何人。请大地母亲敞开胸怀,证明我的清白吧。"刚说完,大地就裂开了一个大口子,悉多头也不回地跳了进去。而罗摩,这位伟大的英雄,此后一生都生活在愧疚之中。

班度五子的故事

班度五子的故事取自印度史诗《摩诃婆罗多》。据说,这部巨著是由湿婆的儿子大圣欢喜天所写的,被称为印度史上唯一一部由仙人撰写的史书。故事的开端,要从恒河女神下凡说起:

恒河女神为了解救被极裕仙人诅咒的八位神仙兄弟下凡到人间,嫁给俱卢王的后裔福身王为妻。婚前,女神和福身王定下誓约,不许他询问自己的身世,不许他干涉自己所做的任何事情。陷入爱河的福身王满口答应了恒河女神的要求。

在婚后的七年里,女神按照与神仙八兄弟的约定,将自己所生的前七个儿子全部扔进恒河里面淹死。到了第八年,当她正要把最后一个孩子扔进恒河时,福身王出面阻止了。女神对福身王违背誓言的行为很是生气,告诉了他自己这么做的原因,然后愤然离去。福身王非常后悔,就把第八个儿子立为王子。

后来,福身王爱上了渔夫的女儿贞信,希望能够娶她为妻。但是,渔夫表示,除非贞信的孩子能够继承王位,否则绝不答应这桩婚事。福身王为此十分懊恼。为了能让父亲开心,王子毅然放弃了自己的继承权,并发誓永不争夺王位。同时,他还将自己的名字改为毗湿摩(恐怖的誓言)。就这样,贞信成了福身王的第二任王后。

婚后,贞信为福身王生了两个儿子,大儿子名叫花钏,小儿子名奇武。但是,这两个人命浅福薄,在福身王死后不久,他们也相继去世。贞信为整个国家考虑,希望毗湿摩能够继承王位。但是毗湿摩却坚守自己的诺言,誓死不登基。没办法,贞信只得请来了广博仙人,让他与儿子的两个王后结合。

广博仙人面貌十分丑陋。大王后在与他同房时不敢睁眼,生下了瞎眼的孩子,名叫持国;二王后则因为害怕广博仙人的容貌,生下了面色苍白的孩子,名叫班度。

后来,持国生下了以难敌为首的一百个儿子,被人们称为"持国百子";而班度因为得罪仙人而受到诅咒,所以没办法与妻子生下孩子。

后来,班度的妻子使用了仙人赐给她的求子咒,为班度生下了五个儿子。他们分别是:正法之神阎摩的儿子坚战、风神伐由那的儿子怖军、天帝因陀罗的儿子阿周那以及双马童的儿子无种和偕天。这五个孩子被人们称为"班度五子"。

古往今来,不管是在哪个国家,王权的争斗都是最为惨烈的,也是最为恐怖的。持国百子和班度五子从记事开始,就从没有停止过争斗。由于以难敌为首的"持国百子"人多势众,所以在争斗的一开始就占尽了上风。

难敌为了能够让自己的兄弟独占江山,想尽办法要除掉班度五子。有一次,他命人在城堡北方建了一座涂满树胶的房子,请班度五子到里面居住。然后,他派人在夜里放起大火,想要烧死五兄弟。幸亏有人早早告诉五兄弟,他们才得以从事先挖好的地道逃出。从那以后,班度五子开始了漫长的流亡生活。

后来,流亡在外的五兄弟听说般遮罗国的木柱王要为他美丽的女儿黑公主选婿。于是,他们乔装成婆罗门来到了那里。经过几轮的较量,阿周那终于赢得了比赛,成了木柱王的女婿。有了强大的般遮罗国作后盾,班度五子的力量很快就强大起来。在好朋友大英雄黑天的帮助下,他们所向披靡,消灭了很多邻近的小国,建立了一个强大的帝国。

这时,班度五子觉得是去讨回自己应得东西的时候了。于是,五兄弟向难敌提出要求,让他分一半国土给他们。难敌当然不会同意他们的要求。他让五兄弟和他玩掷骰子,如果他们赢了就把一半国土分给他们,如果输了就要在森林中流放十二年,而且到第十三年还不能被认出来,否则就会再被流放十二年。结果可想而知,在难敌的亲舅舅印度赌博之神沙恭尼的帮助下,难敌赢得了比赛。可怜的班度五子再一次开始了流亡生活。

光阴似箭,十三年转眼就过去了。在这期间,难敌发动所有的力量,找遍全国的各个地方,都没有发现班度五子。到了第十四年,班度五子按照当初的约定来到了皇宫,要求难敌归还他们应得的那一半国土。难敌再一次拒绝了他们的要求,而且还重重地侮辱了他们。班度五子真的愤怒了。他们知道,要想夺回自己的东西,只有通过一种手段,那就是战争。

印度历史上有名的俱卢之野大战开始了,参战双方都联系了很多的国家。当时,在整个印度半岛,几乎所有的国家都加入了这场王权争夺战。

战争把人类变成了魔鬼,血腥使人成为野兽。亲情、友情、爱情,所有一切人类美好的东西都被战争吞噬。这场残酷的战争共持续了十八天,死伤的人数无法用数字计算。难敌一方失去了自己的九十九个兄弟,还包括自己的祖父毗湿摩;坚战五兄弟虽然没有死伤,但也失去了很多爱将。这场惨绝人寰的战争最终以班度五子的胜利而告终。

失败的难敌成了孤家寡人,求生的本能使他拼命逃亡。但是,杀红了眼的班度五子在后面紧追不舍。难敌在恒河边上的一个池塘里躲了起来。但他受不了五兄弟的挑衅，最终也被杀死。傍晚时分，难敌的儿子马勇带领着残余部队溜进了班度五子军队的帐篷，杀害了所有的将士。在这场最后的浩劫中，只有班度五子、黑公主和黑天逃脱噩运，侥幸活了下来。

所有的争斗结束了，班度五子终于得偿所愿，坚战理所当然地登上了王位。虽然赢得了整个国家，但是班度五子为这场残酷的战争给人民和福身王家族带来灾难愧疚不已。不久后，坚战将王位传给了后人，和阿周那带上黑公主来到喜马拉雅山上修行。最后，坚战五兄弟，声名赫赫的班度五子，结束了他们凡世间的生活，升入天国，成为神祇。

那罗和达摩衍蒂

尼奢陀国的国王那罗英勇非凡，且相貌十分英俊，在众多国王之中异常显眼。如此出类拔萃的国王，要什么样的女子才能与其相配呢？在毗德尔跋国，国王毗摩有一位绝美的公主达摩衍蒂。无论是天上的神仙，还是人间的勇士，无不为她的美貌所倾倒。那罗和达摩衍蒂虽然都对对方有所耳闻，但无奈两国相距甚远，这对金童玉女始终都无缘相见。

一天，那罗在树林里偶然捕获了一只天鹅。就在他打算带回去美餐一顿的时候，天鹅忽然开口说话了。天鹅说："尊敬的国王，请不要伤害我！如果您能放我离开，我一定会报答您的。"那罗问道："你要如何报答我呢？"天鹅说："我将把您的英武非凡说给达摩衍蒂听，让她对您朝思暮想，一心一意地爱恋着您。"听到这里，那罗情不自禁地放开了抓着天鹅的手，目送着天鹅向毗德尔跋国的方向飞去。

天鹅没有食言，它果然将那罗的一切带给了达摩衍蒂，并称他们是天造地设的一对，是最为般配的爱人。天鹅的话深深打动了达摩衍蒂，她开始思念那罗，后来竟思念得茶饭不思，连身体也消瘦下来。看着日渐憔悴的女儿，国王十分心疼，他意识到女儿已经到了婚嫁的年龄，是时候为她找一位如意的郎君了。于是，国王向其他各国国王发出邀请，称自己要为女儿举行选婿大典，希望有意者准时参加。

听闻天上人间最美丽的女子要公开招纳夫婿，各国国王纷纷备好礼物，着盛装前往，这其中也包括尼奢陀国国王那罗。一时间，奔往毗德尔跋国的车马、队伍不计其数，景象蔚为壮观，就连天上的神仙也被惊动了。很多天神都对达摩衍蒂的美貌垂涎已久，如今遇此良机，又岂有错过之理？天帝因陀罗带着他身边的火神、水神和死神向着毗德尔跋国的方向出发了。

路上，天神们心里都在想着如何赢得达摩衍蒂的芳心。他们并不知道，达摩衍蒂的心早已被那罗完全占据，再也容不下别人了。此时，她正在等待着那罗来将她带走，而那罗也正满心欢喜地奔赴自己的心上人。可就在那罗马上要赶到毗德尔跋的时候,天神们却给他出了一道难题。

原来,天神们看到那罗以后,都为他的英俊所震撼。在那罗面前,天神们都有些自惭形秽,如果他们共同参加选婿大典,那么达摩衍蒂定然会选择那罗。所以,天神们决定在选婿大典召开之前就为自己扫清障碍。他们降临到那罗的面前,请求那罗做他们的使者,那罗欣然应允。可天神们交给那罗的使命却让他十分为难。天神们让那罗传话给达摩衍蒂,请她务必在四位天神中选一位做丈夫。他们当然知道那罗也是为达摩衍蒂而来,但他们更知道那罗向来言而有信,既然答应做他们的使者,就一定会完成他的使命。果然,那罗信守了自己的诺言。尽管他根本就不想这样做,但他终不愿做个言而无信之人。

那罗在天神的帮助下顺利见到了身处后宫的达摩衍蒂。眼前的达摩衍蒂是那样美好而又光彩照人,让那罗没有办法不心动,而那罗的出现也陡然催生了达摩衍蒂的爱情。难道这就是自己日思夜想的那罗吗?达摩衍蒂迫不及待地想要知道答案。那罗强掩自己的思恋之情,对达摩衍蒂说:"美丽的公主,我是那罗,是天帝、水神、火神和死神四位天神的使者。我很高兴地告诉你,这四位天神都非常喜欢你,请你务必在他们之中挑选一位做你的丈夫。"得知自己爱恋的人如今就在眼前,达摩衍蒂喜不胜收。她看出了那罗眼中的悲伤和无奈,知道那罗必有难言之隐,故安慰那罗说:"尊敬的国王,我对您仰慕已久,我的心早已被您占据,此次选婿大典也是专为您设的。如果不能嫁给您,那么我一天都活不下去。请您准时参加选婿大典,到时我会亲自选择您,这样您就不必背负责任了。"听了达摩衍蒂的话,那罗十分感动。他依依不舍地告别了公主,回来向天神们复命。

那罗将达摩衍蒂的话如实说给天神们听,天神们有些生气,但也不能有失风度,就决定再考验一下达摩衍蒂。到了选婿大典那天,达摩衍蒂急于在众人中找到那罗。终于,她见到了那罗的身影。可她还来不及高兴,就被接下来的情景吓呆了。原来,达摩衍蒂看到的并不是一个那罗,而是五个那罗。五个人长得一模一样,根本就看不出有什么差别。究竟哪一个才是真正的那罗呢?达摩衍蒂急得团团转,她虽然想到了另外四个那罗一定是天神们的化身,可是他们根本就没有显现出任何天神的特点,让她无从分辨。

达摩衍蒂在五个那罗身边转了无数个来回,却始终无法找到真正的那罗。最后,她不得不向天神们祈祷,请求天神们为她指一条明路。天神们被眼前的这个善良而又忠贞的女子感动了,他们决定成全她的心愿。当达摩衍蒂再次睁开眼时,她看到五个那罗的容貌虽然没有改变,但是有四个却显现出了明显的不同。他们双脚离地,眼睛一眨不眨,且身边都环绕着光鲜的花环。依据这些特征,达摩衍蒂很容易找到了真正的那罗,而天神们也给了这对金童玉女最真的祝愿。

在一片欢天喜地的呐喊和喝彩声中,那罗轻轻牵起了达摩衍蒂的手,向着他们所向往的幸福继续前行。毗德尔跋国国王虽然对自己的女儿有几千几万个不舍,但看到英武非凡的那罗,他也是满心的欢喜。在为两位新人举行了盛大的婚礼之后,那罗就带着达摩衍蒂回到了尼奢陀国,在那里他们开始了的新生活。

莎维德丽节

在印度,妇女们每年都要过一个特别的节日,这就是莎维德丽节。提到莎维德丽节,不明就里的人很容易想到莎维德丽女神,但莎维德丽节并不是为纪念莎维德丽女神设立的,而是为了纪念一位叫作莎维德丽的印度女子。这名女子贤良淑德,聪慧机敏,堪称印度妇女的楷模。当然,这位女子也与莎维德丽女神颇有渊源。

在摩德罗国,国王马主谦和公正,敬畏神灵,爱护百姓,是一位贤明的君主。在马主的统治下,国家富强,百姓安乐,社会秩序井然。可这样一位人人爱戴的国王,却连一个后代都没有,这成了马主国王的一大心病。为了求得一个子嗣,马主决定修炼严厉的梵行。为此,他整整守了十八年的戒期。

在马主守戒期满的那天,进行了盛大的祭祀活动。在祭祀的神火中,莎维德丽女神显灵了,她告诉马主,不久后,他将得到一个女儿。虽然不是一个儿子,但马主终于要有后代了,所以他非常高兴,连忙向莎维德丽女神谢恩。几个月后,马主果然得到了一个聪明美丽的女儿。因为女儿是由于莎维德丽女神的恩典才降生的,所以马主为其取名为莎维德丽,提醒自己时刻不忘莎维德丽女神的恩典。

渐渐的,莎维德丽长大了,长成了一个亭亭玉立的妙龄少女。风姿绰约的莎维德丽很讨人喜欢,这让马主十分骄傲。不过却没有一个人上门求亲,眼见女儿的年龄越来越大,马主开始坐不住了。他不能看着女儿错过了青春芳龄,既然没有人主动上门求亲,那就让女儿出门去寻找自己的夫君吧!莎维德丽有些害羞,也不愿离开父亲,但婆罗门教有一条箴言,如果父亲不将女儿嫁出去,就会受到天神的斥责。为了使父亲免于被天神斥责,莎维德丽踏上了漫长的寻夫之路。

世界如此之大,该到哪里去找寻自己的丈夫呢?莎维德丽相信,有缘自会相见,所以她并不急于去拜访什么名门之后。她只是按照自己的方式,参拜了一处又一处修道院。在修道院森林中,莎维德丽见到了自己的真命天子。那是一位名叫萨谛梵的落魄王子。他的父亲耀军本是夏鲁阿人的国王,只因其双眼不幸失明,给了仇人可乘之机,将其赶出了故土,被迫到大森林中修炼苦行。在选定目标之后,莎维德丽就踏上了返乡之路。

当莎维德丽回到摩德罗国的时候,她的父亲马主国王正在会见那罗陀大仙。马主见女儿回来,十分高兴,忙问其是否找到了自己的意中人。莎维德丽将萨谛梵的情况说给了父亲听,称自己已经决定嫁给萨谛梵为妻。马主正准备问女儿更详细的情况,坐在一旁的那罗陀大仙插言道:"亲爱的国王,公主将要大难临头了!"马主和莎维德丽都被吓了一跳。马主忙问那罗陀:"大仙何出此言?难倒这个萨谛梵是个不务正业、游手好闲之徒?"那罗陀摇摇头:"非也。萨谛梵英俊伟岸,勇武过人,智慧超群,性情温和,是一位德才兼备之人。可以说,他具备一切优秀的品德,与公主也十分般配,只是……"马主听了更糊涂了,问道:"只是什么?难倒他已有妻室?"那罗陀又摇摇头,说道:"不,他至今尚未娶妻。我想说的是这位王子是一个短命之人,仅有一年的寿命了。"

马主听后,沉默了很长一段时间。他回过头来看了看女儿,说道:"我的女儿啊,虽然这个萨谛梵是你亲自挑选的丈夫,你们也确实很般配,可他即将不久于人世,我又怎么能把你嫁给他呢?你还是另寻他人吧!"可莎维德丽却坚定地说:"父亲,我已经决定嫁给他为妻,任何困难都不能成为我嫁给他的障碍。父亲,请您成全我吧!"见女儿如此坚决,马主也有些动摇,他问那罗陀大仙:"大仙,您觉得这桩婚事怎么样?"那罗陀说道:"我也是赞成这桩婚事的,毕竟再也没有人能像萨谛梵那样具有一切美好的品德。"马主想了想,对女儿说:"既然你意已决,那么父亲就只有祝福你了,希望你能在婚后得到幸福。"那罗陀大仙也对莎维德丽表达了自己的祝愿。

几天后,马主亲自带着莎维德丽以及厚重的嫁妆,向着森林修道院出发了。当耀军得知马主此次前来是要将女儿嫁给他的儿子时,几乎激动得说不出话来。耀军没有想到,在他们落魄之时,马主竟然毫不嫌弃,不但愿意将女儿嫁过来,而且还亲自备重礼送女儿过来。在马主和耀军的主持下,莎维德丽与萨谛梵结为了夫妻,开始了他们的婚姻生活。

莎维德丽十分贤惠,孝顺公婆,体贴丈夫,待人有礼,修道院中的所有人都很喜欢他,萨谛梵更是庆幸自己得到了一位好妻子。可是随着时间一天天地过去,丈夫的死期也越来越近,这让莎维德丽十分忧虑。很快,离丈夫的死期就只剩下四天的时间了,莎维德丽决定为丈夫做些什么。她进行了绝食三天的大戒,虽然身边的人都劝她不要这样难为自己,萨谛梵更是心疼自己的妻子,可是莎维德丽还是坚持守戒,虽然连她自己也不确定究竟能不能帮上丈夫。

三天的斋戒过去了,莎维德丽靠着自己的毅力坚持了下来。可刚刚守完斋戒的莎维德丽却连用早饭的心思都没有,她只要一想到丈夫即将离开自己,就痛苦不堪。这天,她特别要求和萨谛梵一起上山砍柴。萨谛梵看着憔悴的妻子,心疼地说:"我的好妻子,你已经斋戒了几日了,还是在家好好休息吧!而且山中的路太艰难,你怎么受得了呢?"可莎维德丽坚持要去,她必须陪丈夫走完最后一程。见莎维德丽如此坚持,萨谛梵也不忍再拒绝,就带着她一起出发了。

两个人说说笑笑,时间过得很快,忽然,萨谛梵觉得头痛欲裂,随即昏倒在莎维德丽身边。抱着丈夫的头,莎维德丽痛苦不已。这时,死神出现了,他要亲自将萨谛梵的魂魄带走。莎维德丽并没有舍弃自己的丈夫,她紧紧跟随着死神,誓死也要跟丈夫在一起。莎维德丽的坚贞和善良感动了死神,他决定满足莎维德丽的一个愿望,但不能是萨谛梵的生命。莎维德丽说:"我希望我的公公能够重见光明。"死神答应了,可莎维德丽并没有回去,仍然跟随着死神。就这样,死神又满足了莎维

·印度神话·

图文珍藏版

德丽的三个愿望,其中包括他的公公重建国家、他的父亲拥有一百个健壮的儿子以及她自己拥有一百个健壮的儿子。

死神以为莎维德丽的愿望已经部得到满足了,应该回去了,是莎维德丽还是没有回去,她仍然紧紧跟着死神。死神说:"你已经做了自己可以做的一切了,现在你可以回去了。"莎维德丽说:"天神啊,我无论如何都不能与我的丈夫分开。如果您真的怜悯体恤我,那么就请把我的丈夫还给我吧! 如果没有他,那么您许给我的其他幸福就都是空无的,我也不会再活在这个世界上。为了不让您的恩惠落空,请您让萨谛梵复活吧!"这次,死神没有拒绝莎维德丽的要求,他放开了萨谛梵的生命,转身离去了。

莎维德丽用力跑回丈夫身边,唤起沉睡的丈夫。当他们回到家中时,发现耀军的眼睛已经复明了。不久后,耀军果然光复了国家,而马主国王和莎维德丽也都得到了一百个勇武健壮的儿子。

美娘

芦箭国王有着众多嫔妃,但在后宫之中,最受宠的女子却并不是哪一个嫔妃,而是公主美娘。芦箭国王年逾半百,却只有这一位宝贝女儿,因此对她倍加宠爱。只要是女儿的愿望,芦箭王就都会想办法帮其满足。即使美娘犯了什么过错,他一般也不会苛责。可以说,芦箭王对美娘几乎到了有些纵容的地步。

一天,芦箭王带着公主美娘和众多军士一起到湖边狩猎游玩。美娘从没来过这么美丽的地方,不觉得越走越远,渐渐离开了陪伴她的宫女。走着走着,美娘忽然看到前方有一个巨大的蚁垤,远远望去就有如一个端坐的人。在蚁垤上,有两个圆圆的东西一闪一闪发出耀眼的光亮。美娘被吸引了,她随手拿起一根荆棘,刺向那两个闪动的东西。结果,亮光消失了。美娘被吓了一跳,此时的她还没意识到自己闯了什么祸,只是赶紧跑回到父亲身边。

美娘回去之后,军中发生了一件怪事,所有军士都被同一种疾病困扰着。此病虽不是什么大病,但却异常折磨人。或者说不是什么病,就是大小便不通。军士们都很痛苦,随行的军医却找不出病因。这时,芦箭王忽然想到了在附近修行的行降大仙。这位行降大仙是婆利古的儿子,一直都在附近苦修。如今,他年事已高,想必是有人冒犯了他,所以他才会降此惩罚。想到这儿,他连忙询问军士们是否有人无意中得罪了正在苦修的行降大仙。可是问遍了所有的军士,却一点儿消息都没有。

美娘听说了军中的情况,又想到自己在湖边做的荒唐事,莫非那个得罪行降大仙的人就是自己? 她有些害怕,连忙将一切都告诉了父亲。芦箭王觉得蚁垤很可能就是行降大仙,而美娘用荆棘刺中的则是行降大仙的眼睛。想到这儿,他不由得打了一个冷战。父亲的沉默让美娘更加害怕，她连忙向父亲承认错误。芦箭王本想责备女儿几句，可一看到女儿楚楚可怜的样子，又不忍心责备，于是安慰女儿先回去休息，并说自己会处理好这件事情的。

第二天，芦箭王在美娘的带领下，来到了蚁垤。果然不出他所料，这个蚁垤就是行降大仙。他连忙向行降大仙忏悔，请求大仙的原谅。行降大仙答应了芦箭王的请求，但他也有一个要求，那就是将公主美娘嫁给他。芦箭王觉得将女儿嫁给大仙也是一件不错的事，就欣然答应了。美娘意识到自己的冒失，在嫁给行降大仙后，变得非常贤惠，无微不至地照顾着行降大仙。夫妻两个人十分恩爱，生活美满幸福。

一次，美娘到湖中沐浴，恰巧被天上的一对双马童看见了。双马童虽然只是天神中的小神，连喝苏摩酒的资格都没有，但却精通医术，被称为医药之神。美娘的卓越风姿深深迷住了双马童，于是主动走上前去搭讪。美娘忙穿好衣裙，彬彬有礼地向两位天神说明了自己的身份。双马童听说美娘是行降的妻子，都为她感到惋惜，他们劝美娘说："你如此年轻貌美，与行降那个老头在一起真是太委屈你了。你还是选择和我们在一起吧，那个老头根本就没有能力让你感受爱情，更没有能力让你得到幸福。"双马童的话虽然让美娘很生气，但她还是礼貌地表达了自己对丈夫的忠贞和敬重。

看美娘如此坚定，双马童有些失望，但他们仍然不愿意放弃拥有美娘的机会，就对美娘说："你知道吗？我们是天上的医神，可以让你的丈夫变得年轻力壮，但当他恢复青春以后，我们三个人会变得一模一样，到时候你选中谁，谁就是你的丈夫了。"美娘虽然很想让丈夫恢复青春，可在未经丈夫同意的情况下，她也不能贸然答应她们，所以就推脱说回去与丈夫商量后再做答复。

行降听了美娘的话，深感这是自己恢复青春的大好时机，他也希望自己可以配得上美娘。商量过后，两个人决定试一试。双马童果然让行降恢复了青春，不过之后出现在美娘面前的却是三个行降。美娘一时难以分辨出他们的不同，于是向天神祈祷，希望天神帮助自己找到自己的丈夫。最终，美娘凭借自己的忠贞和善良找到了行降。两个人含情脉脉地对视着，深感幸福的来之不易。

双马童也被美娘的忠贞所感动，给予他们最真诚的祝愿。恢复青春的行降对双马童很是感激，决定让他们享有饮用苏摩酒的权利，以此来报答他们。双马童听后十分高兴，这一直都是他们梦寐以求的，现在终于实现了。行降恢复青春后，不仅外表变得英俊，而且法力也有所提高。他没有忘记自己对双马童许下的诺言，在一次祭祀中，他第一次拿起酒杯给双马童敬苏摩酒。

行降的行为让天帝因陀罗很是生气，他忙上前去阻止行降，称双马童没有饮用苏摩酒的资格。但行降仍然坚持自己的行为，并请因陀罗不要小看双马童。无论因陀罗怎样劝说，行降仍然我行我素，不肯听他的劝告。最后，因陀罗被激怒了，他决定用武力制服行降。可此时的因陀罗已经不是行降的对手，被行降打得连连求饶。无奈,因陀罗只得承认了双马童的地位,让他们享有饮用苏摩酒的权利。而行降则与美娘继续在山林中苦修,过着平淡而幸福的生活。

巴达利普特拉城的由来

巴达利普特拉城位于印度北部的恒河中游一带,是印度繁荣的文化中心。关于该城的由来,有很多动人的传说,但流传最广的还是由魔法而生的传说。

在很久以前,恒河上游有一个叫作卡特卡那的地方,那是一个巡礼者聚集的圣地。南方德干高原的一个婆罗门和他的妻子来到这儿后,就在这里定居了下来。他们共生育了三个儿子,眼见着三个儿子一天天长大,夫妻俩都觉得十分满足。可就在他们计划着送三个儿子外出求学的时候,夫妻俩却双双发生了意外,撒手人寰了。父母的过世让兄弟三人悲痛万分,他们不愿再留在卡特卡那。料理了父母的后事,他们就决定回到父母的故乡德干高原去。

在返乡之前,他们到神庙去参拜了斯堪神,祈求一路平安。接着,他们就收拾行囊,踏上了返乡之路。途中,他们来到了一个叫作清丘的城镇。在那里,他们拜访了一位名叫波吉卡的婆罗门。波吉卡热情接待了这三位年轻人,并让他们住在了自己的家中。波吉卡见这三位年轻人相貌非凡,举止不俗,断定他们日后必定会有一番大的作为,就将自己的财产平分给他们兄弟三人,并将自己的三个女儿许配给他们。交代好一切,波吉卡便离家苦修去了。

三个年轻人受此大恩,自当感恩图报,振兴家业。可遗憾的是,这三个人在得到巨额的财富后,便开始贪图享受,坐吃山空。眼见着家产越来越少,三姐妹也是越来越着急,可却都拿自己的丈夫没有办法。一年,天降大旱,家中的财物已经无法维持生计了。在这种情况下,三个婆罗门想的不是如何与妻子共渡难关,而是如何自保。他们竟然抛下自己的妻子,独自逃出城去了。

三姐妹对自己的丈夫都非常失望,可她们毕竟出身名门,要恪守妇道,而且此时三姐妹中已有一人怀有身孕。所以,尽管她们吃尽了苦头,也从未想过另嫁他人。可是三个女人的生活毕竟不好过,于是她们决定去投靠父亲的老友——耶朱尼亚连答。在耶朱尼亚连答的家中,三姐妹迎来了她们共同的希望,一个如天使般的男孩降生了。三姐妹都非常疼爱这个孩子,视其为掌上明珠。

三姐妹的忠贞被湿婆大神和他的妻子多卡女神看在眼里,他们决定向这三姐妹施以恩惠,让她们的生活好起来。既然这个刚刚出生的孩子是她们的希望,那就让这个孩子来改变她们的生活吧!湿婆大神托梦给三姐妹,让她们为孩子取名普特拉卡,这样他每天早上醒来的时候,枕头底下就会有数不尽的黄金。用不了多久,这个孩子就会成为国王。三姐妹按照湿婆大神的指示给孩子取名为普特拉卡,果然在其枕底收获了黄金。普特拉卡很快成了远近闻名的大富翁,不久便登上了国王的宝座。

成为国王之后，普特拉卡偶然听说了父亲和两位伯伯的事。耶朱尼亚连答建议他将三位婆罗门请回来，并厚赠他们。普特拉卡接受了耶朱尼亚连答的建议，马上叫人去办。三个婆罗门听说此事，自是喜不胜收，忙赶回来投奔普特拉卡。普特拉卡赠给他们大量的金银珠宝，并盛情接待了他们。可三个婆罗门却仍然恶性难改，他们竟然眼红普特拉卡的地位，试图谋害他取而代之。

一天，三个婆罗门假意要与普特拉卡一起参拜多卡女神，可到了神庙前，却让普特拉卡一人先进去参拜。毫不知情的普特拉卡没有多想，一个人走进了庙中。当凶恶的刺客站在他的面前时，他才知道自己被暗算了。他恳求刺客放过自己，他将会给他们大量的财宝，并永远消失在这里。刺客们本就是为钱而来，既然可以拿到更多的钱，为什么不拿呢？他们答应了普特拉卡的请求，私自放走了他，并谎称已经杀死了他。三个婆罗门以为大权即将落入自己的手中，可不想其奸计却被大臣们识破，结果自然是不得好死。

普特拉卡信守诺言，独自一人去了很远的地方。在一片森林中，他看到两个巨人正在进行殊死搏斗。他走上前去问二人为何争斗，得知他们是为父亲留下的三样宝物而争斗。这三样宝物神通广大，神器可以盛装任何你想要的食物，神棍可以让其书写的一切变成现实，神鞋可以将你带到任何你想去的地方。普特拉卡心生一计，称自己有分出胜负的好办法。两个巨人忙问是何方法。普特拉卡让他们赛跑，跑得快的人就可以得到这三样宝物。两个巨人连称好方法，于是一溜烟地跑没了影儿，而普特拉卡则不费吹灰之力就得到了这三样宝物。

普特拉卡穿着神鞋，在天空中飞呀飞呀，忽然见到下面有一座异常美丽的城镇，就决定在这里停下来。在这里，普特拉卡听闻了国王的美丽女儿巴达利。不知为何，他竟然有一种强烈的想见见这位公主的冲动，连他自己都不知道为什么。夜里，湿婆大神出现在他的梦中，告知他巴达利公主本是他前生的妻子，今生也将会成为他的妻子。他们前生都是虔诚侍奉湿婆大神的人，所以今生都会得到善报。

得到湿婆大神的指点，普特拉卡决定趁着夜色去会会巴达利公主。两个人一见倾心，整整谈了一夜。此后，每天晚上，普特拉卡都会穿着神鞋去私会公主。时间一长，就被宫中的卫士看出了端倪。卫士向国王禀报了一切，国王决定找到这个与公主私会的年轻人。一天晚上，普特拉卡像往常一样来到公主的房中与其私会，趁他们在房中睡觉的时候，早就守候在门外的宫女在普特拉卡身上做了一个记号。第二天，国王依据记号很快就找到了普特拉卡。不过普特拉卡有神鞋，所以他可以轻易逃脱，但他知道这里已经不能久留了。

普特拉卡找到公主，告诉公主他们的事情已经被国王知道了，问公主是否愿意同自己一起离开。公主羞涩地点头应允。普特拉卡带着公主飞出了王宫，一直飞到恒河岸边才降落下来。他们都累了，所以决定休息一会儿。这时，公主看到了普特拉卡的宝物。她让普特拉卡用魔棒画出城池、士兵和人民。普特拉卡照办了，结果画中的城池变成了真正的城池,而普特拉卡也理所当然地成了这座城池的国王,巴达利则成了王后。后来,这座城池便以国王和王后的名字命名为巴达利普特拉城。又因为这座城完全是由魔法变出来的,故而也有魔法城之称。

大鹏救母

创造主梵天有两个美丽多姿的女儿,姐姐名为迦德卢,妹妹名为毗娜达。梵天把这两姐妹都嫁给了迦叶波仙人。迦叶波十分喜爱这两姐妹,就答应满足她们每个人一个愿望。姐姐迦德卢希望生一千个健康的蛇子,妹妹毗娜达则希望有两个英勇非凡的儿子。迦叶波点点头,称她们的愿望自会得到满足,然后便到山中修炼去了。

没过多久,姐姐迦德卢果然生下了一千个蛇蛋,妹妹毗娜达也产下了两个卵。又过了很久,蛇蛋中的小蛇破壳而生了,迦德卢终于得到了她的一千个蛇子。可是毗娜达产下的两个卵却一点儿动静都没有。这可急坏了毗娜达。该不会是出什么问题了吧! 是不是他们自己没有力

迦德卢

量挣脱出来,而需要外力的帮助呢? 想到这儿,毗娜达忍不住敲开了其中的一个蛋。这一敲可把毗娜达吓坏了。

在裂开的蛋壳中,一个男孩的上半身已经长好,但下半身却还未成形。此刻,男孩正气愤地瞪着自己的母亲,他恶狠狠地对母亲说:"母亲啊,你怎么可以因为自己的一时贪心而使我陷入永远的痛苦之中。我变成这个样子,完全是你的错,为此你要付出代价,受到惩罚。你将会成为迦德卢的奴隶长达五百年之久,直到你的另一个儿子来拯救你。不过你一定要吸取教训,千万不要再敲开另一个蛋壳,否则他也将和我一样,而你所受的苦难必然会加倍,到时也无人再去解救你了。"说完,男孩便消失不见了。

有了这次教训,毗娜达再也不敢去触碰另一个蛋。她耐心地守护着自己的另一个儿子,静静地等待他的出生。一天,迦德卢和毗娜达外出散步,忽然看见一匹白马从她们眼前一闪而过。姐妹二人于是就马的颜色打赌,并约定输的人将成为另一个人的奴隶。毗娜达亲眼看到马是纯白色的,她以为自己这次一定赌赢了。可她没想到的是,姐姐迦德卢从中做了手脚,让自己的蛇子附在马尾上,使马的尾巴变黑。如此一来,毗娜达自然是赌输了。虽然她看到了附在马尾上的蛇子,可却

没有办法否认这一事实。就这样，毗娜达成为了迦德卢的奴隶，受尽了迦德卢的屈辱和折磨。

时间就这样一天天过去了，毗娜达每天都处在痛苦之中，可她并没有绝望，因为她知道自己尚未出世的儿子将会解救自己。终于，毗娜达盼到了儿子降生的那一天。随着蛋壳的破裂，一只大鹏金翅鸟展翅高飞，直冲云霄。见到自己的儿子如此英勇非凡，毗娜达十分高兴，就连自己沦为奴隶的痛苦也霎时减轻了许多。可就在这时，迦德卢命令毗娜达背自己出去游玩，并要求她的儿子背着自己的蛇子。毗娜达不得不照办，大鹏金翅鸟见母亲没有反抗，也只好照办。

一路上，大鹏金翅鸟看到了母亲所受的屈辱，很为母亲不平。在到达目的地后，他不解地问母亲为何要听命于迦德卢。毗娜达将自己与迦德卢打赌以及被其所骗的经过都告诉了儿子。听母亲讲完后，大鹏金翅鸟既悲愤又难过，他决定救母亲脱离苦海。他对着正在玩耍的蛇子们喊道："你们要怎样才肯放过我的母亲?"蛇子们回答说："只要你能将众仙人从乳海中搅出的仙露交给我们，你的母亲就可以摆脱她的奴隶地位。"大鹏金翅鸟回头拜别母亲，叫母亲等自己取仙露回来。毗娜达虽然十分担心儿子的安慰，但也为他的孝顺而感动。

大鹏金翅鸟在飞往三十三重天的途中遇到了自己的父亲迦叶波仙人，他向父亲讲述了母亲的不幸遭遇，并表明了自己的救母决心，希望父亲为其指一条明路。迦叶波告诉他，前面的河中有一头大象和一只乌龟正在打斗，它们都是受了诅咒的仙人之子。只要你吃掉它们，就可以马上变得无比强大，到时就没有人能阻止你去完成自己的心愿了。大鹏金翅鸟按照父亲的吩咐吃了乌龟和大象，确实觉得浑身热血沸腾，充满了力量，于是一鼓作气飞到了三十三重天。

三界之主天帝因陀罗早就知道大鹏金翅鸟要来劫取仙露，提前做好了周密的布置。可是无论多么勇猛的天神，都不是大鹏金翅鸟的对手。没费多大力气，大鹏金翅鸟就扫清了前进的障碍。天神退去，摆在大鹏金翅鸟面前的是一片熊熊的大火，使得他根本不能靠近。他忙变出八千一百张嘴，到下界吸干河水，终于将这片大火扑灭。大火虽然熄灭了，可一个旋转的飞盘又挡住了大鹏金翅鸟的去路。这个飞盘是众天神的得意之作，专为保护仙露而设。不过神勇的大鹏金翅鸟还是找出了它的破绽，将其击碎。仙露近在眼前了，只是它还有两条巨龙守护着。大鹏金翅鸟抓起一把土撒向两条巨龙的眼睛，趁机撕碎了它们，盗走了仙露。

仙露终于到手了，大鹏金翅鸟现在真想马上飞到母亲身边，使母亲摆脱奴隶的身份。虽然经历了多场厮杀，他也已经口渴了，但他却并没有私自品尝仙露。返回的途中，大鹏金翅鸟遇到了大神毗湿奴。大神很欣赏大鹏金翅鸟的真诚和仁孝，主动提出要满足他的一个愿望。而大鹏金翅鸟也决定满足大神的一个心愿作为回报。最后，他们约定由大鹏金翅鸟做大神的坐骑，并以其为旗徽，高踞在大神的上面。

拜别大神之后，大鹏金翅鸟又遇到了前来追赶的天帝因陀罗。天帝因陀罗知道自己并非大鹏金翅鸟的对手，再做纠缠也是无济于事，倒不如与其结为朋友，恳求其归还仙露。大鹏金翅鸟本就正直，见天帝因陀罗释真心相交，自然愉快地接受。他告诉天帝因陀罗，自己是因为某种特殊的重要缘由才不得不盗取仙露，但他可以保证绝不让任何人吸吮一口。他会将仙露放在某个地方，让天帝因陀罗伺机取走。天帝因陀罗听后十分感动，表示愿意满足大鹏金翅鸟的一切要求。大鹏金翅鸟对蛇子恨之入骨，只求以它们为食。天帝因陀罗对大鹏金翅鸟的这一要求欣然应允。

大鹏金翅鸟将仙露放在了拘舍草丛中，告知蛇子们在祈祷沐浴之后便可以享用了，但他的母亲从此刻开始就已经不再是他们的奴隶了。蛇子们见到仙露早已忘乎所以，齐声称他的母亲此后再也不是奴隶了。大鹏金翅鸟成功地救出母亲。至于那些蛇子们，自然是不可能得到仙露的。当他们赶去吮吸仙露时，却发现仙露已经不见。可他们并不甘心，贪婪地吮吸刚才放置仙露的拘舍草，结果将舌头舔得分叉开裂，成了两条。而天帝因陀罗也按照大鹏金翅鸟指定的地点取回了仙露，捧着仙钵回到了三十三重天。

安错的人头

从前，有一个叫作达婆拉的洗衣工。一天，他来到修巴婆地的"女神之池"中沐浴。修巴婆地有一座祭祀高丽女神的堂皇庙，这座"女神之池"也是为祭祀高丽女神而设立的。每到六七月份，就会有各个地方的人赶来沐浴。达婆拉也是众多赶来沐浴的人之一。他住在布拉夫马斯达拉村，距"女神之池"有一定的距离，这次他是专门来这里浴圣水的。

在池塘中沐浴的人很多，其中，一个年轻的女子吸引了达婆拉的注意。这位年轻的女子叫作马达娜逊达丽，是舒达巴达洗衣店的。这个女子实在是太美了，达婆拉越来越入迷。他情不自禁地走到女孩身边，问了女孩的家世和名字。马达娜逊达丽虽然觉得达婆拉有些唐突，不过她却并不讨厌这个英俊率直的小伙子，所以全都据实相告。她似乎也在期待着什么，只是她并没有告诉达婆拉。

自打在池塘见过马达娜逊达丽以后，达婆拉就饱尝相思之苦。他每日都处在对马达娜逊达丽的极度思念之中，身体日渐消瘦，精神也越来越恍惚，最后竟茶饭不思。母亲见儿子这样十分着急，就问儿子究竟发生了什么事。达婆拉将自己对马达娜逊达丽的爱慕之情毫无保留地全都告诉了母亲，他希望得到母亲的支持和帮助。母亲听后，找到了达婆拉的父亲维马拉，让维马拉想想办法。

维马拉劝达婆拉说："孩子，这件事你大可不必担心。论家世、论品貌、论职业，你与马达娜逊达丽都极为般配，我想舒达巴达是不会反对这门亲事的。这几日你先在家中休养，将自己的精神状态调养好，然后我带你一起去找舒达巴达提亲。这门婚事并不难谈成,你就等着做你的新郎吧!"听了父亲的话,达婆拉觉得一下子振奋了很多。他马上开始进食,精神状态也很快好了起来。他恨不得马上飞到舒达巴达洗衣店,娶回自己心爱的女孩。

准备好了一切,维马拉就带着达婆拉上路了。当维马拉向舒达巴达说明来意时,舒达巴达当即就同意了这门亲事。两个人挑选了一个良辰吉日,为达婆拉和马达娜逊达丽举行了隆重的婚礼。那是达婆拉最为高兴的一天,他终于可以将自己魂牵梦萦的新娘带回家了。马达娜逊达丽也很高兴,整天都是笑盈盈的,显得格外迷人。婚后,两个人也是异常恩爱,生活得非常幸福。

一天,达婆拉与马达娜逊达丽正在家中洗衣服,马达娜逊达丽的哥哥来了。马达娜逊达丽很久不见哥哥,自是十分高兴,忙上前拥抱了哥哥。达婆拉的家人看到亲家来人也很高兴,热情地招待了他。晚宴过后,哥哥向马达娜逊达丽说明了来意,他是来请马达娜逊达丽和达婆拉一同回去参加高丽女神的祭典的。马达娜逊达丽将哥哥的话传达给达婆拉,达婆拉高兴地答应了。

第二天,三个人一早就上了路,赶往修巴婆地。在路过高丽女神庙的时候,达婆拉忽然心血来潮,很想进去朝拜高丽女神。他向妻子和大舅哥说明了自己的想法,可是大舅哥却认为不妥。大舅哥劝达婆拉说:"我们现在没有准备任何祭品,两手空空的怎么去朝拜呢?还是待回家后准备了丰盛的祭品再前来朝拜吧!"达婆拉不想走,就说:"只要我有诚心,什么时候参拜都是一样的。既然你们觉得不妥,那就在外面等我吧!我去去就来。"妻子和大舅哥劝说不了达婆拉,只好在外面等他。

达婆拉是十分崇拜高丽女神的。这位女神曾经以十八只强健有力的手臂打败了恶魔,她的种种事迹让达婆拉十分感动。跪在高丽女神的前面,达婆拉的内心十分激动。他忽然觉得不献给女神任何祭品确实是不敬的,那他该怎么办呢?忽然,他眼睛一亮,有了一个主意。他对着女神的神像说:"尊敬的女神啊!世人都将生灵作为祭品献给您,我是不会那样做的,因为我想挽救那些生灵。不过我又必须敬献给您一些东西,那么,我就用自己的身体做祭品,请您收下吧!"说着,达婆拉便拔剑自刎了。

马达娜逊达丽和她的哥哥在外面等了很久,也不见达婆拉出来。她有些担心,就让哥哥进去看看是怎么回事。哥哥进去一看,马上被眼前的情景吓坏了。不知受了什么驱使,他竟然也拿起剑来割掉了自己的头颅。两副躯体和两个头颅横在庙堂的中央,看上去有些恐怖。马达娜逊达丽见哥哥也是一去不回,更为担心,于是便决定亲自进去查看。一进门,她便失声痛哭。两个自己最亲的人,在一天之内先后都离开了自己,而且都死得如此凄惨,这让她如何能够承受呢?

马达娜逊达丽哭着对女神说:"女神啊!您向来都是布施幸福与快乐的,一切悲伤与痛苦都与您无缘,可您为什么要对我这样残忍,先后夺取我的丈夫和兄长的生命呢!事到如今,我已经心灰意冷,不再抱有任何希望了。我将脱离我的肉身,追随我的丈夫和兄长而去,希望能在地下与他们团圆。如能承蒙您的保佑,希望能让他们来世再成为我的丈夫和兄长。"说完,马达娜逊达丽也要自杀。

·印度神话·

图文珍藏版

就在马达娜逊达丽想要结束自己生命的关键时刻,高丽女神显灵了。她对马达娜逊达丽说:"姑娘,你还这么年轻,怎么能如此轻生呢? 不过你很勇敢,很让我感动,所以我决定对你格外开恩,让你的丈夫和兄长再次回到你的身边。只要你将他们的头颅和身躯连接在一起,我就会帮助他们复活。"马达娜逊达丽转悲为喜,急忙谢过了高丽女神。她将丈夫和兄长的身体重新拼凑起来,然而在慌乱之中,她却安错了头。可是当她发现后就已经来不及了,因为高丽女神已经施法让他们复活了。

复活后的丈夫与哥哥似乎并没有发觉自己的异常,只是兴奋地在谈论着彼此的死后重生。接着,三个人开始往家里赶。一路上,马达娜逊达丽都是心事重重。她在想,如今丈夫和哥哥的头已经安错了,那么哪一个才是自己的丈夫呢? 智者说,头颅是人体最重要的部分,人就是依靠头颅来进行识别的,所以装有丈夫头颅的那个才是丈夫,而装有哥哥头颅的那个则是哥哥。究竟是不是这样呢? 也许每个人的答案都是不同的。但我们相信,马达娜逊达丽已经有了她自己的选择。

王子复仇记

波罗奈国王的儿子很小就被送到波多西摩学习法术,在那里,他掌握了能够听懂所有动物语言的法术。学成归国之后,国王亲自立他为王子,并准备在适当的时机将王位传给他。眼见着儿子一天天长大,见识越来越广,本领也越来越强,国王却忧心起来。因为他还对王位有所留恋,不想现在就将王位让出来。可是臣民们已经开始议论纷纷,究竟该怎么办呢? 国王陷入了深深的苦恼之中。

再说这位王子,他可不是一般的凡夫俗子,而是菩萨转世。对于国王的心思,他看得一清二楚。他知道自己已经成了父亲的心头大患,如果有适当的时机,父亲一定会想办法除掉他。由于菩萨能够听懂动物的语言,所以他曾帮助过很多人,但同时也得罪了一些动物,甚至受到了动物的诅咒。一次,他得罪了一只母豺,结果母豺诅咒他将会在大军压境时被派上战场,并被敌军斩杀。

不久,波罗奈国果然遭遇了大军压境的情景,菩萨感到母豺的诅咒要应验了。这时,国王恰好找到了他,对他说:"儿啊,现在我们的国家正处在危难之中,你身为王子,应该率领军士冲出去应敌。"国王希望借敌军之手杀死自己的儿子,以保全自己的王位。菩萨说:"父王,我有一个不祥的预感,如果我前去应敌,恐怕会有性命之忧。"菩萨如实表示了自己的担心。国王生气地说:"你身为王子,关键时刻怎能贪生怕死呢?"无奈,菩萨只好答应前去应战,可是既然父亲不顾自己的死活,那么他也有了另一番打算。

菩萨带领着浩大的军队出发了,国王亲自来为他壮行。可是菩萨并没有带领大军前去应敌,而是由一座没有敌军把守的城门出了城,并在城外扎起了营寨。他可不希望自己那种不祥的预感变为现实。而国王见儿子把大军带出了城外,城中已然是一座空城，如果敌军此时来犯，他岂不是连退路都没有了。想到这儿，他开始后悔自己不该太过自私，更不该置儿子的安危于不顾。可现在后悔已经来不及了，大军已经出城了，他已经没有应敌的实力了。与其在城中等死，倒不如逃出城去避一避。于是，国王带着王后、祭司和一个随从连夜逃出了城。

没有大军驻守，也没有国王和王子，敌军很轻易地就占领了波罗奈城。波罗奈城沦陷的消息很快传到了菩萨的耳中，他决定率领大军夺回波罗奈城。此时已不再是大军压境，诅咒已经失灵，所以他也无需再有任何顾虑了。在菩萨的率领下，军士们一鼓作气，一举攻下了波罗奈城，将敌军赶了出去。波罗奈城又重新回到了他们的手里，只是他们的国王却就此音信全无了。

原来，国王带着王后、祭司和随从一直逃到了大森林中，并在那里过起了隐居的生活。没过多久，王后再次有了身孕。国王就让随从照顾王后，自己则和祭司出去找寻食物。王后与随从整日相处，时间一长就有了感情，继而做了越轨之事。开始，他们都很害怕，害怕国王发现后会惩罚他们。可转念一想，如今的国王已经一无所有，跟普通人别无两样，还有什么可怕的呢？不过只要国王还在，他们就永远都只能偷偷摸摸，不能光明正大地长相厮守。想到这儿，他们不禁有了一个邪恶的念头，杀了国王。

一次，在国王沐浴的时候，随从拿着国王的剑杀死了国王，并将其尸体分成若干块，埋在湖边。没想到的是，这一切都被躲在一边的祭司看在眼里。祭司被随从的残忍吓呆了，他本想一走了之，以免遭遇与国王同样的下场，可小王子即将出生，他不希望国王就这样不明不白地惨死，他应该留下来照顾小王子，直到小王子可以为国王报仇。坚定了留下来的信心以后，他开始考虑该以何种身份回去。如果就这样贸然回去，很可能会引起随从的疑心。想着想着，他终于想到了一条妙计。

祭司抓起一根木棒，摸索着回到了住处。见随从走过来，他忙说："国王啊，我在林中遇到了毒蛇，被它的毒气熏坏了眼睛，现在我已经看不见了，以后怕不能再伺候您了！"随从心中暗喜，祭司竟把自己当成了国王，这样倒省事，便对祭司说："没关系，以后我来照顾你。"祭司就这样骗过了随从和王后，在他们身边生活了很多年，直到小王子长大。

一天，祭司让小王子带自己到湖边散步。到了湖边，祭司忽然睁开了眼睛，放声大哭，将国王所遭遇的一切都告诉了小王子，并告诉他随从就是杀害他亲生父亲的凶手，让他一定要为父亲报仇。接着，祭司带着小王子挖出了国王的遗骨。捧着父亲的遗骨，小王子悲愤不已，他发誓一定要为父亲报仇。祭司告诉他要以牙还牙，小王子利用随从洗澡的机会，一剑刺向了他。至于王后，则被小王子囚禁了起来。

手刃仇人之后，小王子决定重回波罗奈城。在波罗奈城，他见到了自己的哥哥，并把一切都告诉了哥哥。菩萨对自己的这个弟弟很是喜爱，马上封他为王爷。几年后，菩萨升入天国，而小王子则继承了哥哥的王位，继续统治波罗奈城。

世界经典文库

中外神话故事

·印度神话·

图文珍藏版

鱼王子

从前,有一位国王,他有一位温柔而美丽的王后。夫妻俩十分恩爱,唯一的缺憾就是一直都没有子嗣。为此,王后常常向神灵祈祷,祈求上天赐给她一个孩子。可是时间一天天过去了,王后的心愿却始终未能实现。

一天,仆人从外面买回了很多鱼,养在后宫的水盆中。可是没过多久,这些鱼就相继死去了,最后只剩下一条。仆人为其换了一个小盆,继续饲养这最后的一条鱼。一次,仆人正在为鱼换水,恰好被王后看到了。王后见这条小鱼十分可爱,甚是喜爱,就向仆人要了这条鱼,自己带回去喂养。在王后的精心照顾下,小鱼长得很快,几天就得换一次盆,后来连最大的盆都容不下它的身子,只能放到后宫的水池中喂养。

在与小鱼相处的过程中,王后感到前所未有的愉快,有时她甚至有一种做母亲的感觉。后来,她就真的将小鱼看成自己的儿子,并亲切地称其为鱼王子。而鱼王子也十分喜欢王后,每当王后前来看它,它总是做着各种动作,活像一个在母亲面前撒娇的孩子。一个夏日的午后,王后再次来到水池看望她的鱼王子。鱼王子见王后来了,连忙游向岸边。接着,不可思议的事发生了。鱼王子竟然开口说话了,而且一开口就让王后为它娶一个妻子。王后真是又惊又喜,想到鱼王子独处池中,也确实孤单,于是马上命仆人为其寻找合适的妻子。

在一个小村子,仆人们发现了一个异常美丽的姑娘。跟当地人打听,才知道是一个乞丐的女儿。仆人们马上来到乞丐家中,说明来意。见到乞丐和他的妻子,仆人们断定他们都是贪财之辈,只要用钱就足以将他们打发。当仆人们告知乞丐和他的妻子可以送上丰厚的聘礼时,他们马上答应了这桩婚事。只有那个美丽的女孩,独自一个人到河边默默地哭泣。天知道她有多害怕,虽然自己从未想过嫁给什么王公贵族,可也不能嫁给一条鱼呀!只可惜她在家中毫无地位,父亲懦弱无能,继母尖酸刻薄,自己根本没有反驳的权利。对于父母的安排,纵使她有一万个不愿意,也只能照办。

女孩的哭声惊动了河对岸的七头蛇王,蛇王见她哭得如此伤心,就问她遇到了什么困难。女孩将一切都告诉了蛇王,蛇王安慰她不必担心,并告诉她,她要嫁的并不是一条鱼,而是一个受了诅咒的人。接着,蛇王教给女孩解除鱼王子诅咒的方法,并送给女孩三粒石子,嘱咐女孩一切都按它所说的行事。女孩听了蛇王的话,心里轻松了不少。

晚上,女孩在水池边见到了鱼王子。她按照蛇王的嘱咐,每当鱼王子探出一次头,就用一粒石子砸向它的头。接连三次,鱼王子褪去了鱼身,变成了一位英姿飒爽的青年。第二天,国王和王后为鱼王子举行了盛大的婚礼,而鱼王子也正式认他们为父母。在众人的祝福下,鱼王子和女孩喜结姻缘。婚后,两个人恩恩爱爱,过了一段甜蜜而难忘的幸福生活。

女孩的幸福让继母很是嫉妒,很快,她有了一个恶毒的想法,将女孩杀死,让自己的女儿取而代之。想到这,她再也等不及了,忙写信给女孩,让其回家团聚。鱼王子见女孩出来也有一段时日,也有些想家,就嘱咐女孩快去快回。回到家中,父亲和继母为其准备了丰盛的饭菜,这让女孩有些受宠若惊。可在饭后,女孩的妹妹却趁其不备将其推入了河中,自己则换上了女孩的衣服,随母亲回到了王宫。

　　鱼王子正要走上前去拥抱自己的妻子,可走近一看,眼前的这个丑陋女人哪是自己的妻子。霎时,一种不祥的预感涌上心头,妻子莫不是遭遇了什么不测吧!鱼王子愤怒地看着眼前的这个冒牌货,仿佛要将其撕碎扯烂。待其调查清一切以后,马上将这对作恶多端的母女绳之以法,为爱妻报了仇。可是自己的妻子在哪呢?

　　此后,鱼王子开始到处寻找妻子,他相信妻子一定还活着,正在某个地方等待自己去找他。可是三年过去了,妻子仍然音信全无,这让鱼王子非常伤心,但他不会放弃。只要没有找到妻子的尸体,那就说明妻子可能还活着,他就会一直找下去。一天,他在妻子曾经居住的村子里遇到了一个卖镯子的人,并与其随意攀谈起来。鱼王子问其从哪里来,对方说自己刚给一个住在蛇洞中的女子送镯子。住在蛇洞中?鱼王子不禁有些好奇,什么人会居住在那种地方呢?当他知道住在蛇洞的女子有一个叫作鱼王子的孩子时,激动得几乎说不出话来。他敢断定,那个女子一定就是自己的妻子,而那个孩子必定是自己的孩子。

　　鱼王子请求卖镯子的人为其带路,他必须马上见到妻子。久别后的重逢总是让人分外欣喜,两个相爱的人终于又见面了,他们紧紧地拥抱在一起,互相诉说着彼此的相思之情。原来,女孩被妹妹推下河后,被蛇王救了起来,所以才一直生活在蛇洞中。蛇王看着这幸福的一家,也为他们的团聚而高兴,并送给他们很多礼物。拜别蛇王后,鱼王子带着自己深爱的妻子以及他们的小鱼王子回到了王宫之中,从此过上了幸福的生活。

日本神话

神咒

　　但马国大神有一个聪明美丽的女儿,名字叫作伊豆志。众神都想娶伊豆志为妻,但却始终没有人能赢得伊豆志的芳心。有这样两位兄弟大神,哥哥名为秋山之水冰壮夫,弟弟名为春山之下壮夫。秋山之水冰壮夫生性孤傲,嫉妒心强,且极度虚荣;春山之下壮夫则生性善良,待人宽厚,从不与人斤斤计较。兄弟俩都很喜欢伊豆志,但秋山之水冰壮夫却仗着自己是哥哥,不许弟弟跟他争。春山之下壮夫不想破坏兄弟间的情谊,无奈放弃了追逐伊豆志的想法。

　　虽然少了弟弟这个强有力的对手,但喜欢伊豆志的人岂止他们兄弟两个,还有很多大神在等着与秋山之水冰壮夫较量。为了在众多的竞争者中脱颖而出,秋山之水冰壮夫告诉自己必须抢先别人向伊豆志表白,这样才能占得先机,增加胜算的概率。可就在他信心满满地找到伊豆志时,伊豆志却给了他当头一棒。是的,他被拒绝了,尽管他觉得自己已经十分优秀,但伊豆志还是拒绝了他。这让他有些不能接受,尤其是在看到弟弟以后,他觉得自己更加没有面子。弟弟已经放弃了伊豆志,他还没有娶到伊豆志,弟弟一定笑死他了。

　　春山之下壮夫知道哥哥被伊豆志拒绝,心情一定不好,所以平时都是躲着他走,不敢与他正面对峙。可哥哥却向他下了战书:"如果你能把伊豆志娶到手,我就将我全身的衣服都给你,还要给你很多美酒和山珍海味;如果你娶不到她,那就把你全身的衣服都给我,并供给我美酒和山珍海味。怎么样?有胆量和我打赌吗?"春山之下壮夫知道自己是没有办法拒绝的,可说实话,他也没有把握能娶到伊豆志。

　　春山之下壮夫将自己的苦恼说给母亲听,母亲觉得秋山之水冰壮夫太过胡闹,决定帮助小儿子打赢这场赌。她对小儿子说:"别担心,我会帮助你的。"母亲拿出了很多藤条,编出了衣服、裤子、鞋子、袜子和弓箭。第二天,母亲让春山之下壮夫穿上衣裤鞋袜,背上弓箭去找伊豆志。春山之下壮夫虽不知母亲的用意,但他相信母亲的法力。只要是母亲让他去做的,他都会毫不犹豫地去做。

　　来到伊豆志家,春山之下壮夫没有马上进去,而是在门外驻足了一会儿。忽然,他发现自己的全身都在发生变化,他的衣服、裤子、鞋子和弓箭全部变成了美丽的藤花。这时,伊豆志恰好走出门来,她看到如此多绚烂夺目的藤花,立即被吸引住了。当她走近一看,才发现在藤花后面站着一位俊美的男子。伊豆志觉得自己的芳心忽然被某种神秘的力量开启了,她看了春山之下壮夫一眼,就害羞地转过头去。春山之下壮夫上前恭敬地说道:"美丽的姑娘,这些藤花都是我送给你的礼物。如果你喜欢这些藤花,就请接受这些藤花和它的主人吧!"伊豆志腼腆地拉着春山之下壮夫进了家门,她答应了春山之下壮夫的求婚。

春山之下壮夫高高兴兴地带着伊豆志回了家,母亲为他们举行了盛大的婚礼。这下秋山之水冰壮夫可不高兴了,他本想出点儿难题让弟弟难堪,可没想到弟弟竟真的将伊豆志娶进了家门。他越想越生气,越想越嫉妒,对于之前许下的诺言,也要赖不肯兑现。事实上,他根本也没想给弟弟什么,因为他根本就没想到弟弟能够成功。一切都来得太突然了,也太意外了。其实,春山之下壮夫本来也没想让哥哥兑现什么诺言,可是当他主动与哥哥打招呼的时候,哥哥却总是爱答不理,不给他好脸色。这一切他们的母亲都看在眼里,她决定要惩罚一下大儿子。

母亲下了一道神咒,诅咒秋山之水冰壮夫健康受损,有如石入大海,迅速消亡。受了母亲的诅咒之后,秋山之水冰壮夫就得了消瘦病,身体一天不如一天,马上就要真的消亡了。他害怕了,他知道母亲这次是真的生气了,于是恳求母亲放过自己,并说自己以后一定改,与弟弟和睦相处。春山之下壮夫见哥哥日渐憔悴,十分心疼。他也向母亲请求,求母亲放过哥哥。母亲见大儿子确有悔意,就撤销了诅咒。秋山之水冰壮夫恢复健康后,果然像变了一个人一样。兄弟俩相亲相爱,再没闹过任何矛盾。

赖光除妖

在"一条天皇"时代,本应富庶繁华的京都却笼罩在一种恐怖的氛围之中。最应该太平的地方却一点儿也不太平,这又是怎么回事呢?原来,京都附近的小江山上住着一群妖怪,他们常常到京都来掠夺少男少女。这些少男少女被掠走以后,没有一个能活着回来,他们大都做了妖怪们的下酒菜。除了少男少女之外,妖怪们也会抓走一些美丽的女子服侍他们,供他们享乐。一时间,京都上下人人自危,生怕下一个不幸就降临在自己或家人身上,就连王公贵族也整日惶惶不安。

一天,大臣君高慌慌张张地来找天皇。这次不幸降临在了他的身上,他失去了他美丽可爱的女儿。天皇听后,深感事情的严重性。如果不尽早除掉妖怪,那么王室子孙也必定不能幸免。他急忙找来众大臣商议对策,最后,大家一致推荐一位名叫赖光的武士,认为只有赖光才能除掉妖怪。赖光接受了大家的邀请,表示自己愿意前往小江山除妖。天皇十分高兴,问赖光有什么需要,只要他开口,就一定会尽量满足他。赖光说他什么都不要,只要五名勇敢的武士同自己一起前往。于是,天皇让赖光挑选了五名武士,并一一给了他们祝福。

赖光对妖怪的凶悍早已有所耳闻,知道此行必定充满了艰险,因此只靠勇是不行的。要除掉妖怪,还必须讲究策略。为了掩人耳目,他与五位武士全部乔装成和尚,将兵器藏在行囊之中。出发之前,他们还分别到八幡大神庙、观音堂和权现庙进行了祈祷。他们希望得到三位神的帮助,因此祈祷得异常虔诚。之后,他们便踏上了除妖的征程。没过多久,小江山就出现在他们眼前了。那真是一处绝佳的住所,山的每一边都有巨大的岩石和茂密的森林阻挡来者的路,要想接近山上的妖怪住处是十分不易的。

赖光和武士们不知道该走哪一条路,只能停下来再做观察。就在他们踌躇不前的时候,三位慈祥的老人出现在他们面前。他们的祈祷被天神们听到了,所以天神们亲自下凡来帮助他们。天神们交给赖光一瓮魔酒,并嘱咐赖光说:"这酒人喝了无妨,但妖怪喝了却会全身瘫软。你要找机会让妖怪们喝下这酒,那样你们就有机会将他除掉了。"赖光还来不及谢过天神们,三位老人就已经消失在云彩之中了。

得到天神启示的赖光和武士们如同获得了巨大的力量,他们开始努力地登山。攀过岩石,穿过森林,当一条小溪映入眼帘的时候,他们知道他们已经离妖怪的府邸不远了。走着走着,他们忽然看到一位美丽的女子正在河边洗衣服,边洗还边流着泪。赖光知道,这位女子一定是被妖怪捉来的京都女子。他走上前去,安慰女子说:"别伤心了,我们很快就会救你出去的,到时你就不用再受妖怪的欺凌了。"当女子得知站在面前的就是大名鼎鼎的赖光时,眼睛里立即放出闪亮的光芒。她终于看到了重生的希望,所以她一定要竭尽全力帮助赖光和武士们。

女子带领赖光和武士们来到了妖怪的府邸。守门的妖怪拦住了他们的去路,女子忙解释:"这几位是从这里经过的和尚,他们想在这里借宿一宿。"卫兵相信了她的话,就放他们进去了。当他们穿过硕大的厅堂时,恰好看到了坐在那里的妖王。妖王对和尚可不感兴趣,他只喜欢少男少女,不过这几个和尚的身体还不错,可以将他们留在这里做苦力。妖王心中想着,不由得为这几个送上门的苦力而感到高兴。

赖光恭敬地走到妖王面前,对妖王说:"我们远道而来,没有什么可以献给大王的,这里有自家酿造的美酒一瓮,如果大王不嫌弃,就请尝尝鲜吧!"说着,赖光送上了天神送给他的魔酒。妖王向来嗜酒,听说有美酒自然无法拒绝。他接过魔酒尝了一口,果然是美酒,于是叫来众妖怪一同饮用。酒过三巡,妖怪们一个个瘫倒在地。赖光见时机已到,就拔出剑来,准备杀死妖王。这时,天神们又出现了,他们对赖光说:"这个妖王已修行了多年,仅仅刺中他的身体是不足以杀死他的。我们已用法力缚住了他的四肢,你先将他的四肢砍下,再砍下他的头颅,只有这样才能将他杀死。"

赖光命武士们砍下了妖王的四肢,自己则去砍妖王的头颅。谁知妖王的头颅被砍下后又升到了空中,并从口鼻中吐出烟雾来。赖光对着头颅又是一剑,这次,头颅重重地落在了地上,再也没有了声响。随后,赖光又与众武士们杀死了其他的妖怪,并解救出了被妖怪抓来的所有人。他们光荣地完成了使命,而京都人民也终于重新过上了祥和幸福的生活。

贫穷钩

　　天神有两个儿子,分别是海幸彦和山幸彦。哥哥海幸彦是一个渔夫,以捕鱼为生;弟弟山幸彦是一个猎人,以狩猎为生。天神非常疼爱自己的两个儿子,就各赐给他们一套器具,以帮助他们捕获更多的鱼和猎物。海幸彦和山幸彦在天神的帮助下,日子都过得很殷实。

　　山幸彦很贪玩,他觉得每天狩猎的生活太过单调,于是就找到哥哥海幸彦,要和哥哥互换器具,尝试一下捕鱼的乐趣。海幸彦很爱惜自己的鱼钩,舍不得跟弟弟互换。可是弟弟一再央求,海幸彦也想看看弟弟的器具有什么特别之处,于是就答应跟弟弟换一天使用。山幸彦高高兴兴地接过了哥哥的鱼钩,准备去海里钓鱼。可是这一整天,他连一条鱼都没有钓到,后来还不小心将鱼钩掉到了海里。与弟弟的情况相同,海幸彦也没有捕到一只猎物。到了晚上,他忙来找弟弟,要换回自己的渔具。

　　山幸彦有些害怕对哥哥吐露实情,说话难免支支吾吾。海幸彦见弟弟如此异常,想到必有什么蹊跷,更是紧逼弟弟交出鱼钩。见实在躲不过,山幸彦只得实话实说。听说自己的鱼钩掉到大海里去了,海幸彦气得直发抖。他痛斥弟弟不务正业,非要换什么器具,现在还弄丢了他最心爱的鱼钩。山幸彦也后悔极了,他很想平息哥哥的怒火,可无论他说什么,哥哥都不肯原谅他。他将自己的宝剑做成鱼钩赔给哥哥,哥哥还是不满意。最后,海幸彦只留给山幸彦一句话:"我只要我原来的那个鱼钩,如果你找不回来,我就没有你这个弟弟。"

　　山幸彦怎么也没有想到自己一时的贪玩竟惹出这样的大祸,他希望获得哥哥的原谅,可却想不出什么好的办法。无助的山幸彦坐在海边伤心地哭泣,他的哭声惊动了恰好经过的航海神。航海神问他发生了什么事,他就将事情全都告诉了航海神。航海神说:"我帮你想个办法。待会儿我会把你送到海神那里去,在海神宫殿的门口有一棵桂树,到时你就爬到桂树上,自然会有人来帮助你的。"说完,航海神用竹子变了一条竹笼船,让山幸彦坐了上去。不知不觉间,山幸彦就被竹笼船带到了海神的宫殿前。

　　海神的宫殿非常壮观,远远望去就像是用鱼鳞盖起来的。在宫殿门口,有一棵长得十分繁茂的桂树,山幸彦连忙爬了上去,等待贵人的出现。过了一会儿,一个侍女捧着玉杯出来了。侍女注意到了桂树上的俊美男子,不由得吃了一惊。她转身回去告诉了自己的主人,也就是海神的女儿丰玉姬。丰玉姬好奇地随侍女出门探望,结果却一下爱上了这位俊美的青年。她将自己的心思告诉了父亲,海神出门一看,知道是天神的儿子,于是盛情款待了山幸彦,不久便为山幸彦和自己的女儿举行了隆重的婚礼。

山幸彦和丰玉姬非常恩爱,他们在一起生活得很幸福。起初,山幸彦完全沉浸在新婚的甜蜜之中,但时间一长,他就又想起了自己的哥哥。如何才能获得哥哥的原谅,与哥哥重归于好呢?山幸彦躺在床上辗转难眠,这一切丰玉姬都看在眼里。丰玉姬将山幸彦近日来的忧愁告诉了父亲,海神于是找到山幸彦,问他有什么烦心之事。山幸彦此时也无心隐瞒,便将鱼钩之事告诉了海神。海神将所有的鱼都召集来,问它们是否看到过这个鱼钩。一条鲷鱼游过来说:"最近我总是觉得喉咙里卡了个东西,连吃东西都困难,不知道是不是那个鱼钩。"海神忙叫鲷鱼张开喉咙,可不就是那个鱼钩嘛!

海神将鱼钩交给山幸彦,并嘱咐山幸彦说:"你现在可以带着鱼钩回去找你的哥哥了,但你的哥哥此时对你已经心生怨恨,要彻底消除他的怨恨,你必须按我说的去做。你将鱼钩交给他的时候,要告诉他这个鱼钩是个贫穷钩,会带给他贫穷。你哥哥定然不信。此后,他如果种高田,你就种低田;他如果种低田,你就种高田。我会在暗中帮助你的。如果你的哥哥因为怨恨你而打你骂你,你就拿出涨潮珠来淹他;如果他向你求饶,你再拿出干潮珠来救他。只有这样,他才不会再跟你作对,你们兄弟二人才能真正和解。"

山幸彦带着哥哥的鱼钩以及海神交给他的涨潮珠和干潮珠,回来找哥哥。果然,哥哥从弟弟手中接过鱼钩的时候,对弟弟的态度仍然很冷淡。对于所谓的贫穷钩说法,海幸彦更是嗤之以鼻。于是,山幸彦就按照海神教给他的,与哥哥种相反的梯田。结果,他每年都能获得大丰收,日子一天比一天好,而哥哥则一年年地贫穷下来。海幸彦对弟弟的怨恨越来越大,他开始打骂弟弟。山幸彦则拿出涨潮珠和干潮珠来对付哥哥。久而久之,海幸彦终于意识到自己的偏激,他开始真心诚意地反省,并请求做弟弟的守护人。山幸彦紧紧握住哥哥的手,兄弟俩又恢复了曾经的亲密关系。

桃太郎和金太郎

桃太郎和金太郎都是日本家喻户晓的人物,深受日本人的尊敬与喜爱。如今,日本的小学课本已经正式收录了桃太郎的故事,而金太郎的形象也出现在了舞台上,足见日本人对这两位人物的感情之深。桃太郎和金太郎并没有什么必然的联系,但他们都是正义的化身,都是极为勇敢的人,所以都很值得尊敬。

相传在很久以前,有一对贫穷的老夫妻,他们年过半百了还没有一个孩子。老婆婆每天都要祷告,祈求神赐给她一个孩子,可是时间一天天过去了,她的这一愿望却始终没能实现。随着年龄越来越大，老婆婆也渐渐失去了信心，开始接受无儿无女的现实。这天，老婆婆仍然像往常一样在河边洗衣服。忽然，河对岸漂过来一个大桃子。老婆婆心想，如此大的桃子，够她和老公公美美地吃上一顿了。她用力将桃子够到岸边，并将桃子带回了家中。

老公公回到家，见到桌上的大桃子，很是喜欢，忙问老婆婆是从哪得来的。老婆婆就将白天在岸边的经历说给老公公听，夫妻俩都为他们的丰盛晚餐而兴奋不已。可就当老公公将桃子切开的时候，却发现里面有一个可爱的小男孩，老婆婆和老公公真是又惊又喜。一定是上天怜爱，赐给他们一个孩子，好让他们安度晚年。看着桃子里活泼可爱的孩子，老夫妻甚是喜欢。他们决定收养这个孩子，并为其取名"桃太郎"。

在老夫妻的精心照料下，桃太郎一天天长大了。跟同龄人相比，桃太郎要健壮得多。而且桃太郎特别喜欢打抱不平，总是帮助那些弱小的人。当他还是一个十五岁的孩子时，就已经成为远近闻名的少年英雄。村里的人有什么事都喜欢找桃太郎帮忙，而桃太郎也总是仗义相助，且从来不要求回报。

不知什么时候起，村里开始接二连三地丢人。后来，人们传言是山中的魔鬼抓走了这些人。村民们整日忧心忡忡，生怕下一个被魔鬼抓去的就是自己或自己的家人。他们共同找到桃太郎，希望桃太郎能上山除掉魔鬼。桃太郎正有此意，只是不知该如何跟养父养母交代。老婆婆早已看出了桃太郎的心思，虽然她不舍得桃太郎离开她，更不愿桃太郎去冒险，但她知道桃太郎是上天派来的使者，是为人类造福的，而不是仅仅属于她的。所以，她默默地为桃太郎收拾着行装。老公公则嘱咐桃太郎一定要小心，一定要平安归来。桃太郎安慰了养父养母，就背上行囊出发了。

在出行的路上，桃太郎遇到了一条狗、一只猴子和一只雉鸡。它们在得知桃太郎要去除掉魔鬼后，都愿意同桃太郎一起前往。在狗、猴子和雉鸡的帮助下，英勇的桃太郎打败了魔鬼，将那些被魔鬼抓走的人全部带了回来。此外，桃太郎还带回了魔鬼收敛的大量财富。他将财宝分给村民们，并留出一部分给自己的养父养母。

金太郎被传为是山中女妖的孩子。他不仅生得身高力大、虎背熊腰，而且还非常有理想、有抱负。他自小与母亲生活在山林之中，他所有的朋友都是山中的动物。为了在将来成就一番大的事业，他自小就刻苦训练，山中的各种动物都是他的训练对象。几年后，他已经能够制服山中的所有动物。于是，他决定走出大山，到人世间去实现自己的抱负。在向母亲辞行时，母亲鼓励他说："去吧！孩子。你的父亲就是一名了不起的勇士，我相信你也一定会成为一名伟大的勇士的。"金太郎暗下决心，一定不辜负母亲的希望。

当时，著名的武将源赖光的家臣正在日本各地搜罗武艺高强之人。一次，金太郎正在与狗熊比力气。狗熊说它可以将大树推倒，但是使了半天的劲儿却仍然没有做到。金太郎让狗熊闪到一边，自己上前去推，结果大树很轻易就被推倒了。这一幕恰好被经过的源赖光的家臣看到了。他认定金太郎并非寻常之人,如能受到重用,必然会成就一番事业。于是,他走上前去问金太郎是否愿意同自己回去。金太郎在得知对方的身份后,表示自己非常愿意为源赖光效力。就这样,金太郎跟随着源赖光的家臣来到了源赖光的家中。

源赖光在当时的社会地位并不高,但他武艺高强,且家中聚集了各路高手,因此习武之人多以成为源赖光的家臣而感到荣幸。源赖光是爱才之人,尤其喜欢勇武之人。他见金太郎勇猛过人,自是十分喜爱,就收其为家臣,而金太郎也终于获得了施展才华的舞台。

月亮姑娘

从前,有一个叫作笃郎的老人,以编竹篮为生。老人没有妻子,膝下也无子女,一直都是一个人孤单地生活着。一天,老人又来到竹林里编竹篮,忽然听到一声清脆的女音:"老伯伯!"老人答应了一声,感到声音是从竹筒里传出来的,忙向竹筒望去,果然发现了一个只有手指盖儿大的女婴。老人惊讶极了,他小心地将女婴倒在手上,问:"你是谁呀? 为什么这么小呀?"女婴说:"我本是月宫中的女童,我们所有诞生在月宫中的女童都是这么小的。"老人又问:"那你为什么会在竹子里呢?"女婴说:"我在月宫中玩耍的时候,不小心掉到了地面,等我醒来的时候,我就已经在竹子里面了。"老人见女婴如此可爱,就把她带回家去,做自己的女儿。

女婴不过数月就长成了一个美丽动人的大姑娘。因为是在竹林中捡到她的,所以老人就给她取名为山竹子。距老人的住处不远,有一个铁匠铺,里面的铁匠是一个年轻英俊且心地善良的小伙子,经常来帮助老人干些重活。一来二去,铁匠和山竹子互生情愫,暗暗许下了终身。老人看出了两个年轻人的心意,也暗自为他们高兴。就在老人打算为他们筹备婚事的时候,三位不速之客光临了他家。这三位不速之客是邻国的三位王子,分别是太郎、仓石和道太。三位王子都很想娶山竹子为妻,为了让老人乖乖就范,他们甚至以权威相逼,说如果不将山竹子嫁给他们,就杀了老人。老人很害怕,但他也不愿委屈山竹子,就将一切都告诉了山竹子。山竹子安慰养父说:"别担心,我有办法对付他们。"山竹子知道这三位王子都是吃不得苦、经不住考验的,所以只要她出一道难题,他们自然会知难而退。

第二天,大王子太郎首先登门了。这次,他没有见到老人,迎接他的正是他要娶的山竹子。太郎向山竹子表达了自己的爱慕之情,希望山竹子能嫁给他。山竹子说:"如果你能以实际行动证明对我的爱意,我就答应嫁给你。"太郎高兴极了,忙说:"只要能娶到你,我什么都愿意去做。"山竹子说:"印度有一只薄如蜓翼的铁酒杯,里面装满了宝石,如果你能将它取来作为聘礼,我就接受你的爱意。不过你要小心,那酒杯有一个凶狠的妖怪守护着,不是可以轻易得到的。"太郎信誓旦旦地说："你就等着我的好消息吧！"出了老人的家门，太郎心想印度那么远，且酒杯又有妖怪守护，此行必定充满了艰险，他何必去冒险呢？只要找个铁匠做出一只薄如蜻翼的铁酒杯不就行了，至于珠宝，他的王宫中多的是，要放多少都可以。想到这儿，他叫仆人去办此事，自己则回到宫中玩乐去了。仆人找到了山竹子心仪的铁匠，称事成之后必定会给他丰厚的报酬。一个月过去了，铁匠果然打出了一只薄得就像蜻蜓翅膀的铁酒杯，可是太郎的仆人却没有给他一分钱就走了。

太郎在酒杯中装满了宝石，带着它去找山竹子。他在山竹子面前大肆吹嘘自己如何勇敢地杀死了守护酒杯的妖怪。就在这时，铁匠出现了。他打断了太郎的话，恭敬地说："尊敬的王子殿下，您的仆人答应给我丰厚的报酬，可如今我一分钱也没有得到，所以我要收回这只酒杯。"说完，他从太郎手中夺过酒杯，将它送到山竹子手中，对山竹子说："我虽然没有办法将装满宝石的酒杯送给你，但里面装的却是我对你的一片深情厚谊！"山竹子感动地接过了酒杯，对太郎说："你走吧！我是不会嫁给一个骗子的！"

太郎灰溜溜地走了，他的二弟仓石又来了。山竹子同样提出了考验的要求："东海的蓬莱山上有一棵奇异的樱桃树，金树银枝，果实是金刚钻的。如果你能折回一枝带有金刚钻果实的树枝作为聘礼，我就答应嫁给你。不过你要小心，它的周围可是有三只凶猛的老虎日夜守护着。"仓石也夸下海口，说自己一定会折回树枝，让山竹子做好嫁给他的准备。仓石当然不会真的去蓬莱山，他也想到了找铁匠造假。铁匠见仓石也来了，知道他也必是胆小之人，不敢前去冒险。仓石答应他事成后将给他双倍的报酬，让他务必尽快。

两个月过去了，铁匠果然打造出了一根长满金刚钻果实的银枝。仓石见了非常满意，可他也忘了对铁匠的承诺，拿着银枝就去找山竹子了。在山竹子面前，免不了又是一阵吹嘘。这时，铁匠出现了，他恭敬地对仓石说："尊敬的王子殿下，您曾答应我要给我双倍的报酬，可是现在我一分钱也没有拿到，所以这根银枝是不属于你的。"说完，他从仓石手中夺过银枝，送到山竹子面前，对山竹子说："这根银枝送给你，代表我对你情比金坚！"山竹子接过银枝，对仓石说："你也走吧！我不愿嫁给一个胆小鬼和一个骗子！"

仓石走了，他的三弟道太又来了。山竹子说："中国的东海岸有一对金鸟，它们只有指甲盖儿那样大，翅膀上有一万根鸿毛。如果你能将这对金鸟取来作为聘礼，我就答应嫁给你。不过你要小心，它们身边有十条巨龙守护着，没有十足的勇敢是得不到它们的。"道太说一定要证明自己是一个真正的勇士，让山竹子等着他的好消息。道太比他的两个哥哥强了一点儿，他果然坐上了去中国的大船。可是船还没驶出多远就遇上了风浪，道太被吓得不轻，忙命人掉头返航。他也找到了铁匠，并答应给铁匠三倍的酬劳。

铁匠用了整整三个月的时间，才打造出一对金鸟。当他将金鸟交给道太的时候，道太一分钱也没付给铁匠。他只想尽快娶到山竹子，他已经等得太久了。可是铁匠揭穿了他的谎言,让他无地自容。铁匠将金鸟送给山竹子,对山竹子说:"希望我们就像这对金鸟,永远比翼双飞。"山竹子当即投入了铁匠的怀抱,发誓要与铁匠永远在一起。就在这时,天空忽然变得一片漆黑,夜空中升起了一轮阴森的月亮。山竹子知道,那是月亮发怒了,它在责怪自己与凡人相爱。可是此时的山竹子已经离不开铁匠,她不愿再回到月宫中去,然而她也知道,她是很难如愿的。

夜晚,铁匠就守在山竹子的门外,生怕有人会将他的山竹子悄悄带走。可是凭他的力量,是无法阻止一切发生的。

神通广大的月神用法术让铁匠睡沉了,并派她的喽啰们要把山竹子带走。喽啰们腾云驾雾来到铁匠的家里,他们破门而入。山竹子被惊醒说:"我不愿回月宫,我要和铁匠在一起。"他们见状,拿出一个精致的盒子,对山竹子说:"仁慈的月神决定成全你们,盒子里面是银光闪闪的衣裳,是她送给你们的礼物。"山竹子轻信了他们的鬼话,放心地穿上了它。结果中计了,这原来是件魔衣。谁穿上它,就会忘记过去。只有太阳的光芒才能解除它的魔力。山竹子穿上了魔衣,忘记了她的父亲,也忘记了铁匠。于是,月神的喽啰们让山竹子坐上云朵,离开了地面,飞向广阔的天空。

就在这时,铁匠醒来,他跑进屋里,发现山竹子不见了。于是,他赶忙跑出门,抬头看见一朵云慢慢向天空飞升。他马上明白了,山竹子让月神派来的喽啰带走了。愤怒的铁匠拿起铁锤,紧追在云朵下面,可是追了好几个小时还是没能追上。正在这时,那朵云停在一座高山的峰顶,铁匠快步登上山顶,大叫:"亲爱的山竹子,我救你来了。"但是,那朵云又飞起来了,飞快地飞向月宫。铁匠绝望地用铁锤猛击山头,发泄心头的愤怒。这时,山头裂开了,从裂缝里喷出冲天的火焰,直向云彩烧去。云彩被烧着了,月神的喽啰们全被烧死了,只有穿着魔衣山竹子毫发无伤。山竹子掉下来,落在高山顶上。

铁匠见山竹子又回到自己身边,难掩内心的喜悦,上前抱住了山竹子。可是穿着魔衣的山竹子已经不认识铁匠了,她慌乱地推开铁匠,并愤怒地斥责铁匠,让他离自己远一点儿。铁匠伤心欲绝,一狠心跳入了山头的裂缝。此时,太阳又恢复了它的光芒。随着阳光的重现,魔衣的魔力也消失了。山竹子想起刚刚发生的一幕,悲痛不已,纵身一跃,跳入了裂缝之中。有人说,跳入裂缝的铁匠和山竹子又在地下重逢了,他们一直在那里过着无忧无虑的生活。

三个护身符

从前,在一座山庙中,住着一个老和尚和一个小和尚。师徒两个人相依为命,在庙中过着虽清苦却充实的生活。山庙的后面是一片树林,树林里种着许多栗子树。每到秋栗飘香的季节,栗子树上的栗子就会洒落一地。小和尚很想到树林中去捡栗子,就把自己的想法告诉了师傅。老和尚当即否决了小和尚的想法,无论小和尚怎样哀求,他都不肯让小和尚去。眼见着后山有美味可口的栗子却不能前去捡拾,小和尚觉得实在是太遗憾了。

这天,小和尚又找到老和尚,再次说起了想到后山去捡栗子的想法。老和尚当然还是不同意。这次,小和尚没有听师傅的话,他不服气地问师傅:"为什么明知道后山有那么多栗子却不让我去? 我一定要去。"老和尚忙拦住小和尚:"后山有山妖,她会将你吃掉的!"小和尚根本听不进去,用力挣脱了师傅的束缚,倔强地对师傅说:"这世上哪有什么山妖,即使真的有山妖,我也不怕!"老和尚见小和尚铁了心一定要去,只好由他去了。临行前,老和尚将三个护身符交给小和尚,以备不时之需。

小和尚带着师傅的三个护身符高高兴兴地上路了。没过多久,他就看到了一片茂密的栗子树林。成熟的栗子已经被风吹落了一地,小和尚高兴极了,他蹲在地上捡呀捡呀,不知不觉就走了好远。忽然,他看到眼前站着一位老婆婆。从他懂事以来,山中就只有他和师傅两个人,他从未见过其他人,这个老婆婆是从哪来的呢?小和尚有点儿害怕,不过老婆婆长得慈眉善目,倒也不像是坏人。老婆婆笑着对小和尚说:"你喜欢吃栗子吗?"小和尚点了点头。老婆婆接着说:"我家就在前面,家里有很多很多栗子,你跟我到我家去吧! 我把栗子做好了给你吃。"小和尚一听高兴坏了,兴冲冲地跟着老婆婆回了家。

老婆婆的家中果然有很多很多栗子,它们堆满了老婆婆家的院子。老婆婆为小和尚做好了栗子,其中有炒的、有炸的、有煮的,香味扑鼻。小和尚贪婪地吃了一个又一个,直到吃得实在吃不下去了。可那时天已经快黑了,小和尚就决定在老婆婆家住上一晚,明天再回庙里去。

夜晚,小和尚在睡梦中醒来,忽然觉得有一种恐怖的气息正在逼近自己。他吓得连忙睁开了双眼,结果看到白天还给他煮栗子的老婆婆已然变成了一个可怕的山妖,她吐着细长的舌头,似乎要将自己吃掉。小和尚害怕极了,他告诉自己必须马上离开,否则他就会变成山妖的夜宵了。见小和尚已经醒了,山妖也无须再掩饰,她已经饿了,需要尽快补充能量。小和尚颤抖地对山妖说:"我想上厕所!"山妖不耐烦地说:"不行,要上就在这上吧!"她可不想已经到手的美餐又跑掉了。小和尚哀求着说:"您就让我去外面吧! 在这会弄脏您的屋子的。"山妖想想也是,就用绳子拴住小和尚,将小和尚送到了外面。

小和尚拿出了师傅给他的第一个护身符,对护身符说:"请帮助我回答山妖的话,就说'我在,我在,马上就来。'"随后,他便将护身符绑在了绳子上,自己跳出外墙逃走了。山妖怕小和尚逃走,一会儿一问:"小和尚,你在吗?"每次她都能得到同样的回答:"我在,我在,马上就来。"可是过了很长时间,小和尚还是没有进屋。山妖等得实在不耐烦了,就冲到厕所,结果只看到一个护身符在重复着同样的话。山妖被气急了,连忙去追赶小和尚,她一定要吃掉小和尚。

·日本神话·

图文珍藏版

小和尚虽然早就逃了出来,可他毕竟跑不过山妖。没跑多远,山妖就追了上来。小和尚连忙拿出了第二道护身符,对护身符说:"请变出一座大山,挡住山妖的去路!"瞬间,山妖的面前出现了一座大山。山妖费了很大的力气才翻过大山,此时小和尚已经跑出很远了。山妖继续向前追赶,眼见着又要追上小和尚了,小和尚连忙拿出了第三道护身符,并对护身符说:"请变出一条大河,拦住山妖的去路。"山妖又一次被大河挡住了去路。此时,小和尚已经快要到达山庙了。

山妖好不容易跨越了大河,小和尚却已经不见了踪影。山妖心想,小和尚一定会回到山庙中去的。她敲开山庙的门,只看到老和尚一个人在山庙之中。她向老和尚追问小和尚的下落,老和尚只说小和尚还没回来。山妖见不到小和尚的影子,也无可奈何。不过她是不会放过小和尚的,她相信小和尚早晚都会回来,于是决定在山庙中等。

忽然,山妖闻到一股米糕的香味,这可是她最爱的美食呀!原来,老和尚正在厨房里煮米糕。山妖就向老和尚索要米糕。老和尚说:"我当然愿意把米糕送给你,可你能让我见识一下你的本领吗?"山妖说:"这有什么难的!你想见识什么,尽管说吧!"老和尚说:"听说您既能长高又能变小,我想见识一下。"说着,山妖就已经开始长高,很快就长到屋顶了。老和尚忙说:"够了够了,我已经见识了,那么再让我见识一下你变小的本领吧!"山妖又开始变小,最后变得只有一粒豆子大小。老和尚拿起豆子就放进了嘴里,将山妖吃了进去。随后,他从地窖中叫出了小和尚,他们再也不用害怕山妖了。

黄金山上的宝藏

在黄金山的山顶,藏着人类最大的宝藏。这个最大的宝藏并不是堆积如山的金银珠宝,它小得只用一个小盒子就可以装下,轻得一个人就可以将它带走。据说这个盒子里面藏有智慧、健康、财富、勇敢、知识和快乐等一切人类的幸福和美德,哪个国家的人民得到它,就可以为这个国家的人民带去这些幸福和美德。然而这个盒子却很难得到,它藏在险峻的黄金山山顶,并且有一条凶恶的青龙把守着。很多人慕名而来,结果都是有来无回,命丧在黄金山或去往黄金山的路上。

在海边的一所小茅屋内,住着一个名为坚藏信夫的渔夫。渔夫很穷,除了这所小茅屋、一条破旧的渔船和一根长了锈的鱼钩外,他一无所有。尽管生活困苦,但渔夫却有一个远大的志向,他希望通过自己的努力让全日本的人都获得幸福和美德。对于一个穷苦的渔夫来说,这样的愿望似乎是永远也不可能实现的,就连他自己也感到无能为力,所以他从来都不知道该如何去实现自己的愿望。有的时候,他甚至在想,自己不过是在白日做梦罢了,理想中的一切都是不可能成为现实的。然而在他遇到一位老人之后,一切却全都发生了改变,他第一次觉得自己的愿望是如此的真实。

那是一个异常寒冷的冬天,坚藏在家门口发现了一位老人。老人恳求着说:

"我已经走了很多路,实在太累了,请让我在你这里过一夜,并给我点儿东西吃吧!"坚藏连忙把老人让进了屋,但他又有些为难,对老人说:"您在这里过夜是绝对没有问题的,可是我只能用一条小鱼来招待您了。"老人说:"那可是你煮给自己吃的呀!如果我吃了你可怎么办呢?"看着虚弱的老人,坚藏撒了生平第一次谎,说:"我已经吃过了,您就将就着吃点儿吧!"老人点了点头,吃完便睡下了。

坚藏让老人睡在自己的席子上,自己则打起了地铺。夜里,老人忽然发出了阵阵呻吟声。坚藏关心地询问老人:"先生,你怎么啦? 不舒服吗?"老人说:"我太冷了,我想我可能快要被冻死了。"坚藏的柴禾已经全部烧完了,他该怎么办呢? 他绝不能让老人就这样死去。他忽然想到自己那条仅有的渔船,于是走出去劈开了渔船。在做这些的时候,他没有过丝毫的疼惜和不舍。屋中生起了火,很快变得暖和起来,老人渐渐睡去了。第二天早上醒来的时候,老人已经完全恢复了健康。

老人谢过了坚藏对自己的救命之恩,并说自己可以满足坚藏的一个愿望。坚藏说出了自己心中那个最大的愿望,老人便将黄金山宝藏的秘密告诉了他。坚藏心想,只要得到那个盒子,自己的愿望就可以实现了。不过老人嘱咐他说:"要到达黄金山并不容易,要得到宝藏就更是难上加难,只有不畏艰难、勇于牺牲、凡事都为他人着想的人才能最终取得宝藏。"坚藏记下了老人的话,就匆匆地出发了。

坚藏遇到的第一个困难是一条波涛汹涌的大河。当他向河边的人打听过河的办法时,人们都劝他不要冒险,因为从来没有一个人能够安然渡过这条大河,已经有太多人葬身于此。坚藏是一定要过河的,就算要付出生命的代价,他也在所不惜。他向好心人讨来了一卷丝绢,做成了一个大风筝。然后让人帮忙把自己捆在风筝上,这样当风筝漂过大河的时候,他就可以自己剪断绳子落下来。虽然这样可能被摔得粉身碎骨,但他只有这一条路可走。

坚藏是幸运的,在河对岸,他安全地降落了。可没走几步,他就看到一只老虎正向他走来。他连忙后退,不料后面又有一条蟒蛇挡住了去路。前有虎,后有蛇,坚藏被夹在中间,不知如何是好。就在凶险逐渐逼近的时候,一头老鹰突然出现,抓走了坚藏。坚藏心想,自己可能要成为老鹰的点心了。不过飞着飞着,老鹰却忽然放开了坚藏。原来,老鹰远远地看到一只猴子正在偷袭它的小鹰,连忙放开坚藏跑去抓猴子了。可老鹰此时还在海上,它这一松抓,坚藏就被扔进了大海之中。

几日之后,坚藏被海水冲到了岸边,此时的他已经昏迷不醒、什么都不知道了。一个小男孩在海边救起了坚藏,他也劝坚藏不要去黄金山,因为他从没见有人活着从那里回来。坚藏哪肯轻易放弃,他谢过小男孩之后,就又上路了。在黄金山下,坚藏遇到了一群恶犬。在恶犬的恐吓下,他没有退缩,而是用宝剑一一斩杀了它们。他已经离黄金山山顶不远了,这让他莫名地兴奋。但他也丝毫不敢放松,因为他不知道前面还有什么凶险在等待着他,尤其是那条传说中的青龙还没有出现。

坚藏开始向山上攀登,忽然,他看到一个美丽的姑娘正朝他跑来。姑娘对坚藏说:"青龙要吃掉我,它现在正在追赶我,快救救我吧!"坚藏忙说:"别怕,有我在,我会保护你的。"姑娘和坚藏一起逃到了附近的一个山洞。姑娘似乎对山洞很熟，用洞中的食物和美酒热情招待了坚藏。坚藏从没喝过这么好喝的酒，忍不住多喝了两口，结果却醉倒了。当坚藏再次睁开眼睛的时候，他已经被锁链紧紧地束缚住了。这时他才恍然大悟，刚才的姑娘就是青龙的化身，一切都是青龙的诡计，是故意来引自己上钩的。

　　青龙将坚藏关在山洞里，可是一连几天过去了，它却始终没有露面。坚藏又渴又饿，眼看着就要支撑不住了。忽然，一阵阴风吹进山洞，青龙出现了。它对坚藏说："只要你现在肯回头，我就不会伤害你，否则我就会杀死你。"坚藏倔强地说："绝不，只要我还有一口气在，就绝不回去。"青龙气得转身离开了。第二天，它又来了，这次它答应给坚藏数不尽的金银珠宝。坚藏仍然坚决地拒绝了它，他为人类造福的决心是不会动摇的。青龙又来了几次，坚藏每次都是同样的态度。青龙终于没有了耐心，它决定杀死这个不知死活的家伙。

　　在危急关头，被坚藏救过的老人出现了。他是一位伟大的魔法师，及时阻止了青龙对坚藏的杀戮。经过一番激烈的争斗，老人战胜了青龙，解救出了坚藏。坚藏接着向山顶爬去，这次再没有准阻挡他的路了。他顺利得到了那个宝盒，还不及仔细看清它的样子，就急急忙忙地往回赶。他急于将盒里的东西与他的同胞分享，所以他一刻也不能耽搁。在踏上国土之后，坚藏就打开了盒子，让里面的智慧、健康、财富、勇敢、知识和欢乐洒满日本的每一寸土地。这些幸福和美德就这样一直停留在这个国家，不过并不是所有人都能得到它，只有毫不为己、一心为他人着想的人才能得到它。

古玛雅神话

古玛雅神话中玛雅人认为，宇宙一开始一切都停止不动，没有人和任何生灵，到处黑暗一片，只有造物主特珀和古库马茨，他们在被光围绕的水中，他们是天生的大贤人。然后他们聚在一起，开始讲话，他们一边说，一边讨论和思索。

当他们沉思时，他们明白，"人"就要出现，于是他们计划创世。他们先造了天之心，即三个卡库尔哈，然后又让天上有了光和黎明，他们让水退下，又造出大地和山，他们让山上流下河水，森林长出，随后，他们又考虑创造一些动物来守护山林等，于是鹿、鸟、虎、豹、蛇等相继形成，但这些动物都不会说话，只能吱呀叫唤，于是又让他们有自己的食物、住处，使他们与神类分开，并注定他们要被杀和被吃掉。创世者开始尝试创造人类。他们一开始用泥土造了人的肉，可它易溶化，又很软，不能动，所以他们将它打碎。后来造物主用木头造人，但这些人没有血，没有水分和肉，他们面无表情。创世者便召集众神，看怎样使人类成为文明的生灵，他们发现黄色的谷穗和白色的谷穗是造就人类肉体和血液的东西，于是他们找到这种食物，使人类有了肉和血。

最先被创造出来的四个人是布兰·基特斯、布兰·阿克波、布兰·姆可塔和布兰·伊基，他们是我们最初的母亲和父亲。

玉米神的故事

宇宙中生活着我们今天所说的老一辈众神之首：图佩鸟、古柯曼提斯和沃拉冈。他们的名字里蕴含着宇宙、生、死、天地、时间和即将在大地上诞生的一切生灵的奥秘。后人将众神之首们统称为"玉米神"。

众神创生灵

众神聚集在黑暗和光明没有界线的地方。他们彼此交谈，互相探讨各人的观念。对该做的事，他们取得了一致的看法。

他们探讨如何把蕴藏在一切原始物中的光明和黑暗区分开来；他们探寻着该如何才能使物体发出光辉，使之成为取之不尽用之不竭的源泉。他们就这样观察到了孕育在不知为何物里的生命最原始的状态和希望。然后，慈祥的众神看到了将要从秩序中诞生的生命规律和一切被造物的顺序。在这样确定之前，他们说：

"必须清理泥土，排出低洼地的积水，使土地可以耕耘。宇宙的光，空气中的露水和地下的肥沃的土壤将使这些土地育出生命的种子。树木将生长，开满花朵和结出果实。它们的种子将被风带往大地的每一个角落，在那里落地生根，遍布大地。未来的人们将以收获果实为生。他们从生命中获得生命，繁荣生衍，决不会有别的出路。直到他们无法吞食的时候，也将走向死亡。"

玛雅玉米神

就这样，最初的人们赖以生存的大地形成了。弥漫在天地之间的氤氲之气变成乌云升上天空，飘然而逝了。在云层底下，水面之上，开始出现今天的人们所看到的山岭、岛屿、陆地和江河湖海。在山谷里，柏树、栎树、杉树和杨树丛生起来，从浆液丰盛的枝叶里散发出酸甜馥郁的香气。后来，把干燥和潮湿地区隔开来的道路出现了。

众神见到这种状况，说道："第一创造物已经大功告成了，在我们的眼前，一切都如设想的那样美好。"

接着，他们开始准备完成心中盘算已久的计划。

他们说："仅有树木生长，和自己形影相伴，未免太冷清了些，应该给它们配上能自己走动的园丁和仆人。"

他们就这样决定在树木繁茂的枝叶下，粗壮的树干旁，安置各种各样的牲畜禽兽。新生的这些牲畜和禽兽总是站立在刚造的地上，如同草木一样无动于衷，众神怎么驱使就怎么活动，目光呆滞，无知无觉。即使走动起来，也是步伐混杂，难以协调，四处乱撞。

众神见后，不由得有些失望地说道："这些牲畜、禽兽，将在河里饮水，在洞穴中睡觉，脑袋低垂并用四肢走路。在白天用你们的嘴巴找食物，用你们的背驮东西，对此不许有抵触，不许有反抗的表示，也不许有筋疲力尽的样子。鸟儿将栖息在树上，在空中飞翔，飞到云层里，掠过透明的天空，不必害怕跌落。鱼将游动在江湖河海一切有水源的地方，不必怕淹死和沉没，但不能爬上岸，否则会死去。你们就这样，尽全力去觅食和繁殖，你们的后代也将如此，它们将一丝不苟准确无误地学会你们的本领，承袭你们的模样！"

牲畜、禽兽按照众神的吩咐行事：牲畜寻找它们的洞穴，野兽奔向丛林和原野，鸟在天空飞翔，在树上做窝，鱼儿跳进水里游荡。当这些能动的生物都心安理得，各得其所，愉快地和睦相处时，众神又一次聚首说："在这里，所有的野兽都应俯首帖耳，却不能静悄悄地活着。寂静意味着死亡，痛苦和遗弃。"

于是，一个声音响彻长空，一位神把东奔西窜的动物喝住，说："现在，你们要知道是谁创造了你们，抚育了你们。按你们的种群，呼出我们的名字，大声地呼叫！我们将前来帮助你们，叫吧！"

但是，那些动物，只是会用嘴巴咀嚼，都默不作声，不知道怎么才能叫出声。它们如同哑巴，智慧的声音都堵在喉咙里。神用力地鞭打他们，直到它们发出痛苦的号叫，也只是号叫而已。

众神见后痛苦不堪，彼此说道："这声音太难听，样子太难看，智慧太低下，必须加以弥补。而在此之前，要创造另一种生命，是不可能的。"

他们商量后，马上对牲畜、兽、鱼和飞禽这样说道："由于你们无法按照要求去做，你们将过不同的生活，吃不同的食物，无法和睦相处，而应彼此防范，担心仇恨和饥饿。你们要寻觅地方隐藏你们的笨拙和恐惧，你们将要这样做，否则将被其他种群所吞噬。你们还要知道，既然你们不会说话，也意识不到我们是谁，又没有理解的表示，你们的肉将被宰割，被吃掉。你们之间自相残杀，自相为食，毫不留情。这是你们各凭本能，各安天命的出路，再也公正不过，所以我们要这样命令你们。"

那些只知道吞食和生育的浑浑噩噩的生物，听到以后顿觉被神所遗弃。它们力图恢复原有的地位，使出全身力气，企图说出话来。

但是它们太愚笨，只会从喉咙里挤出几声号叫，甚至连它们自己或相互间都无法理解的几声无意义的叫唤，更谈不上摆脱在众神面前的困境了。于是，众神随意地把它们弃置在杂草和破烂中，听任它们凭着吃食和繁殖的本能去竞相争逐。它们在那里听天由命，忍受着众神对它们的判决，不久，它们便争食、繁殖、被追逐、被宰割。它们的肉将被更强壮的种群、更智慧的人所割食、蒸烤，弱肉强食，这是神留给它们的唯一真理，它们都记住了。

人类的诞生

众神开始计划设计一种领略他们的尊严和意志，能用语言表达，能及时播种和采摘的创造物，为此，他们煞费苦心地说："我们该如何才能使新的创造物理解我们的神圣和尊严，真正懂得祈求他们的创造者，他们的神？并且传达我们的意志，说出我们的意志呢？我们还记得，我们的第一批创造物只能依赖我们施予的光明，而不会意识和敬仰我们的美丽和光辉。第二批创造物又不能领略我们的意图，把它表达出来。我们琢磨一下，是否能最终创造出更能听命于我们意志的生物来。"

说完，他们开始用湿土捏出想象中的创造物的躯体，小心翼翼地塑造出他们的形貌，但还未顾及他们的细枝末节。

大功告成之后，他们才明白，捏出来的泥人也是不中用的，因为这只不过是一堆泥偶：僵直的脖子，宽而歪斜的嘴巴，黑洞洞的没有光泽的眼睛，而且既不艺术、也不美观地安在靠近太阳穴的地方，粗糙的皮肤，笨拙的手脚。此外，他们还看出这些泥人的致命缺陷，遇到水就会坍塌溶化。他们倒是会唤出众神的名字，但却无法领会其中的精义。他们的声音和谐动听。似乎还未有过一种音乐,能在当时的蓝天下发出如此颤动的声音。

众神见后说道:"不管怎样,你们将生活下去,你们活着,直到有更完善的人降临,取代你们。你们靠自己的双脚爬树,靠双手采摘成熟的果实谋生。在你们等待期间,你们要为生存、繁衍和改良你们的种群去斗争。"

事情就这样发生了。众神痛苦地目送那些脆弱的人远离而去,说道:"我们将怎样才能造出高级的人来? 他们会说、会听、会明白相互间说话的意思,并且懂得向我们祈求,知道我们是什么,知道我们自始至终是什么。"

众神默默地思索着。当他们陷入苦思冥想时,黑夜巨大的帷幕渐渐地合拢起来。当闪电蛇行在林丛中撞击起耀眼的火光时,仿佛也照亮了造物者的思路。

新人用木料制成,能直立行走,并能在地上站稳。

他们的身躯近似真人,会像树木一样群聚在一起生活。他们能说话,懂得交流,也能按众神的旨意行事。过了一段时间后,他们开始生儿育女。

但众神发现,在相互的交流中只是为了繁衍而繁衍。由于没有心脏,不懂得交流感情,不知道感激使他们得以降生的众神的恩惠。他们沿着森林和山脚下的开阔大道行走,在河床边转悠,只知采摘,不知播种。他们浪迹天涯,无所事事的被遗弃。他们只知道为生存去消耗神所创下的一切,而不懂通过自己的双手去创造自己所需的一切,更谈不上去向神奉献。

他们走路总是跌跌撞撞,摔倒后全身碎裂,永远也爬不起来。他们不知身由何来,身在哪里,又向何处去。他们总是跟着食物来源的多少而东游西荡,居无定所。

经过了许多的时日,他们也依旧只知呼唤神的名,而无法领会名字里的含义和尊严。他们在饥饿和身处绝境时,滥呼神的名,却从未把神和神的意志联系在一起。他们会讲话,也明白话中的意思,但总是词不达意,没有一丝一毫的感情。

甚至连神降临在他们身边时,也无法认识和膜拜,这给他们带来了不幸。

他们刻板和自私自利,凑合起来生存繁衍了数代,苟且活了下来。他们命中注定无法超越以前被创造过的任何人种。就冲着他们的迟缓,呆板和木然无情,也注定要与鬼物为邻。

在他们还怀抱着求生的一线希望时,从天而降的大量尘埃,如同一只巨手在拨弄着,猛烈而持续不断地落在他们身上,他们的生存变得很渺茫。

后来,众神又使大地一片汪洋,奔涌的洪水流向各处,冲毁了河床、道路和森林,一直接连持续了数月之久,把一切都破坏殆尽。

众神在此间,还用天然的新材料造人:用坦而特树造出男人,用埃斯布达尼亚树造出了女人。但这些都不合神的心意。为此,一只叫斯科特科巴的巨鸟飞驰而过,啄出了那些人的眼珠。接着,一只叫科特斯巴兰的猫抓他们的躯体,撕裂他们的血管,捏碎他们的骨头,直至把他们弄得稀巴烂为止。另一些猛兽也旋即赶来,在他们的尸体上施虐。紧接着,大地一片黯然,如同一块肮脏的巨大黑抹布,笼罩在一切被创造物上。

生灵的哀怨

在荒漠中,垂死挣扎的幸存者们面前,出现了一些微小的生物,但那时它们的生命还未定形。它们愤怒地大喊大叫,开始说着激昂高傲的话。它们对那些一息尚存者说道:"你们应该听我们说,因为我们说的是实话,你们把我们看成没有用的废物,这是你们的过错。你们说我们遭罪受苦,我们受够了,现在该你们遭殃了,从今以后,你们肉体将供我们食用。"

石碾子说道:"你们把我们弄得头昏脑涨,筋疲力尽,日复一日,从早到晚,不是抓我们就是挠我们。总是在我们的肚子上碾动,听着我们身下玉米粒痛苦的响声。让我们浑身沾满黏糊糊的残渣。这是你们的恶行,我们的苦难。我们之所以默默忍受着一切的苦,本希望得到你们的感激和尊重,哪怕只是对我们说些感激的话语,但你们全无感情,对什么都不在乎。现在你们也得尝试被遗弃的滋味,这将是我们的报复,并且是你们的末日!"

然后,狗说道:"你们有多少罪过啊!我们吃不上一口饭,啃不到一根骨头,喝不了一口水,连在一个凉快的旮旯里睡觉都办不到。我们又渴又饿,耷拉着舌头,四肢无力。我们就如同无用的废物被迫呆在屋角的垃圾堆里。我们在远处用害怕和哀求的目光瞧着你们。我们蜷缩成一团,哆哆嗦嗦地过着日子。由于你们的过错,我们才受着这份罪。在你们面前,我们毕恭毕敬,如果我们走过去闻你们的手,你们就会用污言秽语咒骂或用脚踢我们,把我们轰走。我们的屁股还在痛,脊背还在流血。你们就这样在家里,在院子里粗暴地、专横地对待我们。但是,这有多么愚蠢啊!为什么你们不能明白有朝一日会发生今天这样的事?现在该是一切完结的时候了。我们可以在你们面前挺胸抬头,你们已无能为力,一文不值。我们真替你们感到可惜。现在,我们可以把你们撕碎、咬死,决不留情。你们将会知道,我们流淌在鲜血里和腿上的力量有多么巨大!"

锅说道:"你们在我们底下烧火,让我们备受煎熬。你们把我们放在灼热的火上烧烤,从不知道珍惜,连睡觉时,也把我放置在火红的炭上烘烤,从没有在你们那里得到一丝感激和赞美。现在,该轮到你们被放置在篝火上烤,被烧红的柴烙焦。对你们的哀嚎,我们也将充耳不闻,因为这是你们应得的报应!"

罐说道:"我们肚子被你们灌满了水,饱受胀痛之苦;被你们倒干最后一滴水,经受饥渴之苦;被搁置在火上煎熬;被扔在光天化日之下日晒雨淋,受尽冰霜之苦,到头来,还被你们当成发泄愤怒的替代物,把我们砸烂摔碎,践踏在地下与碎石为伍。你们何时珍惜过、体会过造物的艰难?我们诅咒你们,即将来到的冰雹、风雪会替我们在你们身上施以回报。"

那些自私自利,从无感恩之心的人们听到如此众多的控告时,惊恐万状,屁滚尿流,拼命往人堆中挤着、逃着,如同逃避瘟疫一般。他们惊慌失措,自相践踏,爬上屋顶,屋顶坍塌;爬上树顶,树枝折断;钻进洞穴,洞穴土崩瓦解。虽然无人摔伤,无人骨折,也无人流血,但莫名的恐惧和绝望使他们自相残杀,同归于尽。只有很少未遭劫难者,也被吓得忘却了记忆,忘记了语言,而作为他们心地纯朴的纪念,都变成了猴子。猴子们边走边发出欢闹声,溜进深山老林中去了。从此,猴子成为玛雅人土地上唯一令人回忆起原始人类形状的动物了。当然,人们也不会忘却它们的灾祸起源于它们对神的漠视和自私,它们的存活是因为心中残留的纯朴与天真。

新人类出现

等世间的一切重又恢复秩序,众神又聚首商议创造新人的问题。新人将有血肉,有骨头,有思想和感情。他们要赶在日出之前,把这件事办完。因此,当地平线上开始出现第一道曙光时,众神说:"现在这个时候正是为新人赐予食物的时候,他们将居住在这块地方。"

他们所赐予的食物,散落在那些隐藏的地方。然后,众神开始祈祷祝福,他们祈祷和祝福的回声像一阵阵散发在空气中的芳香一样掠过创造物的脸,没有一个存在的生物不受这股香气的影响,他们的这种感受就产生了人的一部分肉体。猫、鹦鹉、喜鹊和狐狸从各处带来好消息向众神汇报说,黄色的、深紫色的和白色的玉米棒子正在生长、成熟。正是这些动物发现了水,并把这些水交给众神。众神首先将水注入那些玉米棒子上的玉米粒中。当上述所说一切显灵之后,玉米棒子脱粒了,一粒粒的玉米在清澈的水中溶解了,成了新人的生命延续和创造的必不可少的饮料。

于是众神用黄色的和白色的玉米面团造就了新人的血肉,塑造了人的个性。然后用芦苇做成骨骼安放在血肉里焕发出旺盛的精力。不多不少,四个有理智的人就这样被创造出来了。身体皮肉完好无缺,四肢灵敏,被赋予和显示出适当的活力。因为神的祝福,他们会思考,会讲话,会视听,会感觉,触摸存在的东西和在它们面前感到激动。他们所具有的灵性和才智,很快就显露出来了,因为从他们的眼神里果然流露出诚挚自然的感情。他们懂得和知道周围的世界,他们知道身由何来,身在何处,该往何处去。他们知道众神创造了这一切的一切并流露出感激和敬畏。他们知道怜情惜物。只要他们愿意,他们有能力看清尚未诞生,甚至连影子都没有的东西,他们就是:布兰·基特斯,布兰·阿克波,布兰·姆可塔和布兰·伊基。

众神在这些人出生时,亲临现场。他们把第一个人叫来,对他说:"你说,为你自己,也为你的伙伴,你要告诉我们,什么样的思想感情在鼓励着你?你走路的样子好看吗?你的眼睛能运用自如吗?你使用的语言正确吗?在任何情况下,你都能很好地回忆往事吗?你能懂得在这儿要说和要求的事吗?如果你所做的一切是完美无缺的,才会有能力看到事物中蕴藏着的东西。倘若如此,你应该把它们吸取过来,成为你的一部分。你要让你的兄弟们像你那样去做。要不,你就得平静地站在原地,想方设法教会他们像你一样去做。并且,所有的人都要尽力而为。"

新人们听完这番训诫,他们看到自己的感官是完整无缺,都要向众神道谢。布兰·基特斯以新人的名义,这样来表达他们的感激:"你们赋予了我们生命,让我们知道所知道的一切事物,使我们成为完美的人,使我们能了解自己和自己以外的东西。所以,我们才有了智慧、思想和感情,以及人生的目的和意义。"

但是,人们一定知道,众神是绝不会欢喜地看到新人们百无禁忌地过早发表自己的思想的。所以,众神相互商议道:"他们懂得了,并且说,什么是大事,什么是小事,知道产生差别的原因。这种认识能力是有害的。我们要想到这种生命的活动将会带来的后果。要弥补从这种显而易见的活动中所产生的危险,我们该怎么办?想想吧,要让新人熟悉围绕他们的一部分天地,只向他们透露一些存在着的东西,不能让他们知道和我们一样多。因为,对他们而言这还太早,他们还不了解他们的感官,更不会充分有效地利用它们。秩序的混乱将使他们产生错觉,做出完全颠倒的事。必须限制他们的能力,直到他们彻底了解自己并真正理智的那一天。这样就会减少他们的骄傲,暴行也不易得逞。假使我们放纵他们,他们的孩子,会比他们的祖辈们更有能耐,有朝一日他们会懂得和我们一样多。虽然,这是必然的,但必须节制,让它有个漫长的过程。所以,在白昼来临之前,为了不使他们扑朔迷离,不过分矜持,必须改变他们的希望和梦想。如果不这样,他们就会在不能自我节制的疯狂和叛逆中,和我们平起平坐,甚至妄图超过我们。创造物的繁衍是不可逃避的,不过我们还来得及避开这种危险。"

为了使这些新人不至于孤独,和繁衍种族,众神创造了一些女性的人。

众神让男人们安睡,然后在他们熟睡之际创造了女人。他们让女人赤身裸体地,一动不动地站在男人身边,就如同用光洁的木头制作的娃娃。男人们从睡梦中醒来,发现了这些女人,不禁欣喜若狂,因为她们美丽非凡。他们瞧见女人们窈窕的身体,光滑的皮肤,闻到她们幽雅的芬芳,兴高采烈地把她们视为自己的伴侣。为了区别,男人们给她们取下专有名字,每个名字都使人联想起各个雨季里的雨水。这一双双的男男女女的幽会,亲密无间耳鬓厮磨,繁衍了遍布大地的新人。

随着时间的流逝,其中许多人成为富有经验的佼佼者,他们掌握了最困难的技艺,对普通人绝对不透露的技艺。为此,在黑暗中的众神选择他们为崇拜者和祭祀者。他们庄重的职业不是对所有的人都合适,也不是所有的人配得上的。

第一批出生的人有着他们母亲的美貌和他们父亲的能力,他们能猜出他们身世的奥秘。

在玛雅人跋涉和安居期间,布兰·基特斯和其他的始祖们就这样成了后来生存和发展的人类的始祖。

火种

有一段时间,他们生活得很自在,但是后来,由于某种神秘而不可告人的原因,

·古玛雅神话·

图文珍藏版

他们开始朝着奇特的地方迁徙,那个地方被称为山洞和峡谷。他们就这样离开了赖以生存的土地。

在长途跋涉中,他们翻山越岭,遭受到难以言喻的严寒的痛苦。因为,他们随身携带的火种,被阵阵的山风吹灭,手中的炭火成了灰烬和青烟。这是一种不幸,也是一种考验。他们必须返回他们的第一个立足点。在山上的寒风中,他们遭到了巨大的打击。布兰·基特斯见此情状,绝望地说道:"司火之神托肖啊!再给我们一些曾馈赠给我们的火种吧!我们的人快冻死了。"

在他们的长途跋涉中,司火之神托肖第一次说了话:"我对你说,别垂头丧气,也不要绝望,到时候,你和你的人将会得到火种。同时你要有耐心,你要使你的人有耐心,受苦的时间不会太长了!"

布兰·基特斯把上述的这番话传达给他的人。于是,人们充满了希望,汇合在一起了。为了取暖,他们相互间偎依,跳个不停;并且用手敲击着胸膛,向他们冻僵的脸吹热气。在黑暗中的托肖,看到了他们忍受的痛苦,他用一块燧石敲了一下他的拖鞋的皮,即刻从鞋上爆出了一个火星,然后火星变成明火,接着是火苗,新的火种耀眼夺目。托肖见到火光后,便把火苗举在手上,递给了布兰·基特斯,随即,他把火苗分给了众人。快要冻死的人,欣喜若狂地接过火种。他们用火取暖,他们战胜了严寒,有力气随心所欲地呼吸了。这样,就可以继续他们的行程了。

就在这时,迟来的部族也赶到了。由于失去了火种,他们急切地哀告。他们的惨状令人怜悯不已。寒冷直刺入他们的骨髓,他们被冻得瘫痪麻木了,他们身上皮皱肉裂,豁出的大口子里,流出了血水,脚也开始溃烂肿胀。他们连话都说不出来了,因为他们的牙齿打战而咬断了舌头,流着鲜血,冻得冰块一样的舌头一块块掉落地上。他们来到有火种的人们面前说:"可怜可怜我们吧!别笑话我们的狼狈。我们用语言和双手向你们乞求,给我们一些你们的火种吧!不然的话,我们都在你们面前死去,我们的肉体再也无法忍受这样的严寒了。"

布兰·基特斯尽管侧着耳朵在倾听他们所说的话,但仍然几乎难以听懂他们在说些什么。他让这些人走过来,以便从近些的地方注视这些俯首听命的可怜人。他对他们喊道:"你们告诉我!你们口中说出的究竟是些什么话?这些难以分辨,含糊不清的嘈杂声如何会出自你们之口?难道连我们的祖先留在图兰高地上,我们大家使用的语言都抛弃了吗?难道你们想亵渎神圣的名义,竟敢对大家熟知的语言加以篡改吗?你们为何会陷入如此混乱之中?你们为何用惊恐的眼光如此瞧我?你们这样没有丝毫理解和感觉,嘴巴还在那里喋喋不休。"

他越讲,语气越暴怒,神色也越严峻,恨不得给这些抛弃众神,罔顾圣惠的家伙们一些厉害瞧瞧。倘若他能把这些人从地面上抹掉的话,他会这样做的。那些卑躬屈膝的人最后黯然离开了。

突然,一名托肖的使者出现在惊恐不安的人们面前,说道:"无论是本部落的人,还是外来人,你们都听着。你们都知道托肖是我们的神。我要对那些有了火种的人们说:你们为何不与这些迟来的可怜人分享火种? 哪怕他们远离了众神和祖先们的眷顾。对他们的粗心大意必须给予应有的惩罚,因为他们毫无道理地改变了祖先们传下的语言。"

说这话的使者身材高大而黝黑,在他宽厚的背上长着一对如同蝙蝠一样熠熠闪光的大肉翅。他的话,大家都听见了,含义也猜到了。

这些濒临绝境的人们,一丝不挂,把双手藏在腋下,缩头缩脑,如同一只只被冰水浇过的老鼠一样呻吟着,向他们眼前所能见到的人乞求着火种,而且辩解地说道:"难道你们就不同情我们的不幸? 我们怪声怪调,断断续续,词不达意是因为寒冷冻僵了我们的脸和嘴,舌头被无法抑制的颤抖弄碎。难道我们的祖先和众神不是生活在同一屋檐下,在同一棵树底下,用着相同的杯喝着共同的水吗? 我们不是和睦相处,无怨无恨地点燃、拨旺和分享从我们的祖先那里继承过来的火种吗? 如原本可以在祖先的土地上生活得平静、安乐,在湖面映照的夜空下做着美丽的梦,为什么要让我们离开图兰呢? 为什么要让我们遭如此大的罪呢?"

有人听懂了,也有人装作没听见,他们无权或者根本不想做出答复,有些真正敬神的人却在畏惧地望着夜空,只有他们能感受到那里的众神正发出某种嘲讽,幸灾乐祸的光芒注视着地下被不和谐的气氛包围着的人群,让他们不敢说出神所不愿听的心里话。

这时候,有人说道:"你们已经听说了也看见了,我们现在有了火种,而你们却把祖先一视同仁也分给你们的火种给弄丢了,你们必须为此付出某种代价,作为对你们的不敬神、不惜物的惩罚!"

可怜的人群中,有个人接口道:"我们把从高处和远处古老的屋子里带来的贵重金属交给你们,作为赎罪和交换。"

"我们不需要这些唾手可得和看得见摸得着,并且也用得完的东西。"

"那么,你们想要什么呢?"

"你们必须学会耐心等待,一会儿你们就知道用什么来和我们来交换火种。"

布兰·基特斯离开人群,在一个隐蔽而且适当的地方对托肖的影子(他们在黑暗中无法看托肖的身形)讲话:"伟大的神,你听我们说,并回答我们:那些迟来的部落急于要和我们交换火种,我们要些什么好呢?"

托肖隐身在黑暗深处以众神委托的名义答道:"当鼓声响起时,令他们向我们顶礼膜拜,但他们允诺把他们的生命作贡品献给我们,他们会不会害怕,会不会拒绝? 如果他们表示接受这些条件,你们就即刻表示同意他们的请求。"

始祖们心领神会地传达了托肖的答复。迟来的部落听到这些条件,除极少数人在内心埋下叛逆和不满的种子外,绝大多数人根本就没去仔细权衡这些苛刻条件将给他们带来的后果,就压抑不住心中的激动,兴奋地叫着:"我们接受托肖的条件,我们奉他为我们的神,按照他的吩咐向他顶礼膜拜,听从他的祭祀者提出的任何要求。"

语音刚落,他们就得到了火种。当时,火种在布兰·基特斯部落,已经多得不可胜数。那些可怜的人有了火种,又恢复了生机,恢复了秩序,理智和快乐又回到了他们的平静生活中来。他们欢欣鼓舞庆祝这失而复得的生命,却忘记了他们曾经为此承诺付出的高昂代价,就如同以前他们什么也都没有那样。在欢天喜地里,从他们的嘴里开始唱出甜美的歌声,欢乐抹去了痛苦的记忆。然后,他们用基特斯给予的火种虔诚地点燃带着树脂的篝火堆,围坐在那里喝着酸果汁,脸上带着劫后余生的感激和满足。

托肖看到他们如此谦卑,就不忍心要他们的祭品了。

苦恼的玉米人始祖

当这些部落刚获得火种,另一个以茹毛饮血、勇猛善战而著称的部落,偷偷地用暴力来从那些得到火种的人们手中夺取火种,他们胆敢如此,是因为他们服从狩猎神扎马尔冈的指挥。

这位天神形如吸血蝙蝠,尖利发亮的爪子像鹰鸷那样弯曲有力。他的耳朵被啮鼠咬过,雪白的牙齿长而锋利。

这个部落从不向任何人乞求。食物、床、土地,甚至连树木的影子,所有的一切都据为己有,用武力去争夺,在对手和敌人的反抗、哭诉和死亡面前从不心慈手软。但是,他们具有受神眷顾的美德,他们愉快地、顺从地祭祀众神,献出在所有笼里养肥的奴隶和俘虏。在快乐喧闹中,祭祀者们接受了贡品。他们为奴隶们乔装打扮,然后,在隆重的仪式中,取出他们的心脏向众神献祭。

在这个部落的美德之中,还流传着当初发祥时众神者给他们的忌食习俗,按照秘密的仪式和祈祷忌食,在历法规定的时日里,他们什么血腥也不沾,只吃一些玉米粒和果实的残渣。而在精确计算过的时辰里,他们什么也不吃。他们从未破坏过神留给他们的规矩。他们孤独地生活,自得其乐。他们能观赏星辰,以它的美和光辉抚慰他们的痛苦。在众神的启迪下,他们信赖和谦恭地听从神为他们安排的命运。由于这种信仰,他们最终听到了光明之神托肖的声音,他对这些顺从神的旨意而罔顾别人生死,走近自己身边的部族说:"你们现在听我说!你们已在众神面前证实了你们对他们的敬畏和正直,但我要以众神的名义改变你们立下的规矩,作为祭祀的象征,你们只要让自己的耳朵和胳膊肘流血就可以了,但你们要欢欢喜喜地这么做,脸上要有笑容,在我面前要表现出勇气来,胆小是有害无益的。"

这个桀骜不驯的部落,高高兴兴地服从了,是他们心底里的信仰挽救了他们。从那时起,托肖把他的法力影响施与他们,其中之一便是使他们所有人在精神上获得一种不可名状的愉快。

在众神的拯救下,他们离开了山中的峡谷和羊肠小道,来到能见到大海的地方。在大海边,他们又得到了一个神秘的、含糊不清的谕示,他们要向南行进,走进充满危险和苦难的沼泽地。为此,苦恼的玉米人始祖们说:"托肖,请不要丢弃我们。你要对我们说出实话,解除我们心中的迷茫。请给我们指点方向和你熟识的道路。你是众神之中第一个熟悉这条道路的人。我们将顺着你所指引的路,走向你曾允诺过我们的陆地,不要让我们在路途中倒下。"

由于他们的语言中流露出的怀疑、不满和责难,托肖和众神便没有理睬他们,他们将为此付出代价和得到轻微的惩处,直到他们把自己全身心托付给神为止。

始祖们没有再得到神谕,便以为是默许而非冷漠。以后的教训会让他们认识默许和冷漠之间的差别,但要以苦难为代价。

玉米人的祖先们以为那脚下的土地就是一个合适的地方。因为他们太疲惫了,不想再走下去了。便通知所有的长距离迁徙到此的人们作第二次停留。

他们来到一块满山遍野都布满石块的奇异的土地。这里沟壑纵横,一片荒漠,到处都是裂缝和洼地,肮脏的动物随处可见。到处充满了瘟疫、死亡的恐惧和哀号。他们找到的所有水源都是苦涩有毒的,吹来的风带成腥和酸味,树木在坎坷不平的道路边弯弯曲曲,原本这些道路是河水和激流的通道。饥渴而死的人数的不断增加,似乎在警示他们:这里不是可以长住的地方。

人们在付出了很大的代价之后,开始敬畏地按照神谕继续旅行,哪怕那是一条不归路,他们也懒得去思考了,他们学会了信任和依赖神而生活。

他们自觉地离开了这个无法使人栖息的地方,继续朝着神曾经谕示的方向赶路。他们行进在杂草丛生、毒虫出没的蜿蜒小路上,沿着另一些迁移者们的足迹前进。他们穿过大平原上辽阔的大泥沼,泥沼里到处是有毒的动物,它们凶猛地袭击行人,把他们中所有不信神的人都拖进了泥沼里,成为它们的美味佳肴。

他们一直走到神谕默许他们停留下来的地方。在奇比哈布高原,人们找到了合适的可以躲避野兽的山冈和洞穴,但野兽比比皆是,他们在绝望中和那些野兽猛禽搏斗。不断有人死在埋伏着的猛兽的巨吻和爪子下,或者死在水塘的岸边鳄鱼的利齿中。他们没日没夜地挣扎在死亡线上,得不到任何的休息和安全的住处。他们在种种艰难困苦中磨炼了意志和体魄,在心绪不宁中,净化了心灵,重新开始怀念神的恩德。

他们向托肖诉说自己的苦恼,祈求神的原谅,发誓按他的旨意出发,朝着他指引的方向,坚定地走下去。所以,当他们在靠近沃土的高原的边缘宿营时,又一次得到托肖的谕示。他对他们说道:"你们现在停留的地方也不是一块好地方,从远处高山上刮下来的风、冲下来的水、密布的云层将会遮掩住南部的地平线,摧毁你们的帐篷和道路。你们还要继续往前走,一直走到你们能见到的一种标志。你们要注意黎明到来的时刻。在那个时辰里,你们将会很好的分辨何处才是你们栖息之所,那个地方在神的历法里已有记载,而你们现在还不懂得历法。因为你们缺乏像狩猎部落那样坚定不移的信仰。"

玉米人的祖先们接受了劝告,于是说:"好吧,我们要找一个既安全又舒适的地方。我们将向着那座大山突出的阴影、地平线终极的南方前进,并尽快赶到那儿。"

他们拆除了所有的帐篷，收拾神留下的燧石，继续赶路。始祖们在前面开路，他们所有的人都产生一种预感：目的地就快要到了。一种力量从男人的心底里滋长，妇女、老人和孩子们则从心底里减少了旅途的困顿和不安。他们再也没有遇到任何险阻，也不知是什么时候，就来到了早已眺望到的一座大山的脚下。这是一座万仞高山，山坡陡峭，密布着带刺和不带刺的植物。他们一见到这座大山就给它取名为安克比特斯山。他们从山的西面斜坡上杂草和岩石的缝隙中攀爬，登上山顶。那些胆大妄为的人说，这里是宽阔而平坦的地方，可以为他们的休息提供舒适的场所。

始祖们做得更多，他们要亲自检查那里的安身之地，似乎这儿就是他们的归宿。当大家都确信那个地方是他们的庇护所和乐园时，他们的精神都松弛了下来。他们高兴得不能自己，因为他们从山上看见晨星悬挂在地平线上。作为吉祥的征兆，这些晨星更明亮了。在星屋出现之前，他们焚香和做虔诚的祈祷。香烟缭绕，变成云彩，在清晨的宁静中，冉冉向高处升去，飘向人们肉眼看不见的地方。每位始祖依照他们各自的心愿，焚烧着数量不等的香火。他们在烧香时，泪流满面，兴奋地放声高歌。一道大地上从未有过的亮光，从东方云层的洞穴中射出，照向人间。

如痴如醉的人们正在眺望时，托肖的声音突然出现在人们耳边："你们占据了这座大山，雨水和岩石下面隐藏着的泉水顺着这座山的山坡流下，有朝一日，你们将会发现它们的渊源，把它变成滋养你们生命和扎根落脚的场所。我以我和伴随着我的众神的名义对你们说，我们就是你们，你们就是我们。从今以后再也没有任何东西能把我们分开。在千钧一发的时刻，你们要祈求你们应该祈求的人和神。你们要时刻注意那些靠近你们的人的情绪。你们必须知道，我们只对信仰和敬畏我们的人给予指导和帮助。你们要注意自己的思想活动，自己的所作所为和按照你们的意志所完成的事，要学会自己照顾自己。不要用自己痛苦的历史来怀疑和责难我们，这段痛苦的历史是公正的，不可避免的。你们要知道，在你们没有语言之前，我们就了解你们的打算了；你们要知道，在寂静中，我们可以听到和看见你们内心的活动和发出的声音。你们是在为我们管理和饲养在这些地方栖息的飞禽和走兽。你们还要把你们最热的血给我们，这些血不会损害你们，我们要的是生命，而非死亡。如果，有人问起你们，我们在什么地方，只要对他们说你们只知道我们的存在，就足够了。在我们看到那些毕恭毕敬的人们井然有序地来到以前，你们将能做出一番大事业。"

始祖们听了神谕以后，异口同声地说道："因为众神的声音，以及现在你的谕示，我们的名字将永远不会消亡了，我们的道理就是一个，我们的人将不会分崩离析，我们的命运将战胜不知何时何地来临的不幸，在我们所占据的地盘上将有一座永远牢靠的圣城。"

他们说完这些话，就给聚集在一起的部落起名和授予称号。就这样，那些在人数上占据优势的部落得到了认可,后来又分居各地。然后,他们又等待晨星的再次升起,那是些他们以前曾见到过的星星。

发现新大陆

与此同时,始祖们在安克比特斯山上最崎岖之处发现了一个地方,那儿遍地都是死亡了的动物的鳞片、牙齿、足爪和羽毛,那都是从前祭祀用的祭品。他们在那儿供上自己的祭品来趋吉避凶。始祖们知道野兔的牙齿能平息战争,狐狸的骨头能使人永远聪明。始祖们急切地办完这件事后,顿觉精神舒畅,呼吸也通顺了,心烦意乱的情绪一扫而空。然后,他们在心底里说道:"但愿我们在这里,能最终见到太阳的升起,难道我们不配得到这种恩惠吗?难道这个地方未曾在我们的脑海中盘桓过吗?如果真是如此,那么现在,在光亮出现之前,在层层包围我们的黑暗中,我们将会看到广阔的天空。没有任何东西可以把我们与地平线即将出现的欢乐分隔开来。"

正当他们在心里如此盘算的时候,他们所盼望的黎明的曙光果然出现在遥远的地平线上。

始祖们吓得躲了起来,因为他们害怕那些被光明所激励着的世俗的人们会蔑视他们的形貌。

太阳冉冉升起,阳光普照大地,所有的生命沉浸在令他们感受愉悦的震颤里。但那时初升的阳光和热量尚不足以使肉体发育,也不足以使骨头变硬,还必须等酷热把空气燃烧起来,让树叶和枝芽干枯、脱落、新生,好让人们从前所走过的泥泞不堪的地面干燥,以便人们舒服的通过。

人们从他们所立足的山顶上可以远眺开阔的平原、河道、黑压压的森林,还有遥远的世界的尽头,那大海反射的紫光与空中一条静止不动的直线浑然一体。在丛林、峡谷、草原上,大大小小的飞禽走兽又相继走出他们在众神的恼怒中赖以保存生命的洞穴,出现在人们的面前,一开始就表现各自温驯和暴烈的倾向。小动物欢快地逐食水草,美洲豹在怒吼,美洲狮在啸傲,野猪的哼哼声和野猫的呜呜声渐渐远逝在丛林中。眼睛突出的黑色的、绿色的青蛙与癞蛤蟆们从水塘里、泥沼里爬上岸边呱呱叫个不停;长着密密麻麻斑纹的蜥蜴,张着贪婪的大嘴巴在泥沼里爬行;毒蛇在蒺藜丛中滑动着蜿蜒的身躯;鹦鹉们则在此时发出更为尖利而悠长的啼鸣。这些喧嚣顺风吹进伫立山头的人们的耳中。他们高叫着手舞足蹈,仿佛在欢庆自太古以来人们渴望而被关闭着的生命之门的蓦然洞开。

于是,这些印第安人最早的部落就在这些地方安了家。他们马上修筑道路,开辟通过森林和杂草的小径,断断续续地连接着各处丘陵河谷和丛林中的零星散布着各个部落聚居地,以便通风报信,联络消息和沟通往来。他们在聚集地的周围用泥土和石块垒成一座座小山,在上面设下瞭望所,挑选那些最熟练最有经验的男人登上哨卡,眺望和倾听远方的动静,报告可能发生的危险。他们通常接连几个小时

·古玛雅神话·

图文珍藏版

伫立在那里一动不动地负责守卫整个部族的安全,观察四面八方的动静和周围草丛田野里的细微的响声。只要有些异样的情况,他们就会吹响蜗牛壳和植物茎秆来报信,这种声音被改进得越来越洪亮,直至四处和鸣,响彻居所内外,划破夜空,在人们的心灵深处种下恐惧和痛苦的种子。人们会紧握大棍棒的手,痉挛得快要把硬木捏碎,利爪似的大脚在地面向下开裂。

而为了保住昔日黑暗中无比尊严的玉米人的始祖则在太阳升起的那一刻起,就躲在了深深的屋宇里,或者太阳落山时经过的洞穴里生活。只有那些深得信仰,年长资深的祭司和长老们,才知道他们生活中和心里深处的秘密,才能靠近那些神秘的住所。而其他跟随他们到来的创始者却连达到族长们居住的道路和大致的方向都搞不清楚。

人们传言,始祖们只有在黑色的夜幕降临以后,才会在一片寂静和黑暗里走出他们神秘的住所,溜进稠密的丛林或杂草堆中,发出怒吼和狂啸,叫声如同嗜血和专事破坏的猛禽和野兽。

早先扎根在安克比特斯山区的人们,被叫声吓得聚拢在一起,商议对策:"那些嗷嗷直叫的人也许是想吓唬我们,好让我们害怕,他们这样做一定是有预谋的。他们妄想以怪叫声达到某种目的,或许是想让我们屈服而奴役我们,或许是想把我们从这块自古以来便属于我们的土地上赶走。那些胆大妄为的人占据了我们祭祀祖先的圣地,侵入原来属于我们的峡谷和山林,建立村寨和堡垒,竟敢明目张胆地把这些大地当成他们的势力范围。我们对此早有准备,我们将要永远生活在这儿,继续留在这块供给我们充足的食物和水源之地,也是为我们终老之所。只有在这里,我们才能生存,而迁往别的地方,我们就不会如此圆满,将遭受永无止境的痛苦和磨难。也可能,那些刚来的人渴望着从我们这里得到每一个居民点和每一座村寨里辛苦收获来的粮食,威胁不成,就来掳掠。但谁有权利剥夺我们的东西呢?我们马上即知分晓,真正了解促使那些外来者怪叫的意图,这样,我们才好采取一致的行动。"

那些被莫名的恐惧驱使着的部落,把他们的食物集中起来,用他们从长者那里学来的手艺把它做得很可口。就这样,他们中的所有男人们便聚集在大火炉边,守着他们的女人、孩子和老人就餐。

一直以来,他们都吃着蜂蜜、鹿肉和龟油,喝着从他们的祖先发现的那个地下湖里打出来的清冽的水。直到那时,他们一直都过得很幸福,从来也未曾有过任何人来打破他们宁静、俭朴而和谐的生活。他们在饭后,总是习惯于靠在穿过他们家园的水渠边睡着午觉,就连同春天里的燕子和冬天里的麻雀也都可以在这片天空无忧无虑地在人们的头顶飞翔,就如同一片世外桃源般安详和悠闲。然而,现在他们生活中的一部分已经受到了威胁。

在他们看来,这些威胁来自外来者邪恶的用心,而在外来者看来,则是他们不信神,不与他们分享食物和水源的自私自利结出来的罪孽之果。

生存的威胁

那些住在山顶上的玉米人的始祖们说道："尊贵的托肖，请聆听我们的祈祷，明察我们的供奉吧！我们给您奉献这些微薄的贡品，虽不足以弥补我们的过失和由于贫乏造成的疏忽，但这是我们饲养的动物的血，这是我们耳朵的血，这是我们胳膊肘的血，这是我们脚上的厚茧下的血。收下我们的心意，用温和谅解的目光瞧我们一眼吧！为了共同的利益，帮助我们做出抉择，你可以监察我们的行为，但要赋予我们意志和力量。"

然后他们又表白道："我们之间的相处很和睦，没有发生过争执与不和。我们将以您赐予的自由意志和冷静行事，如果我们还不这么去做，那么谁将会为死者的遗体洗刷呢？难道要像在战争岁月里那样，让他们肮脏邋遢地埋葬在深涧和道路旁，被遗弃在洞口边或荆棘丛生的偏僻角落，任由那些龌龊的动物们糟蹋吗？但愿这一切都不会发生。即使发生，也但愿我们的眼睛看不到。"

说着，他们把前面讲到的那些血装在罐子中，安放在祭石上。就在他们这样做时，聆听到托肖和蔼却不失威严的声音："你们放声哭吧，你们将在哀哭中生存下来！我们来自众神创造我们的地方，你们要永远记住这些！你们哭吧，为那些不信神的不幸的人们，而你们将不会死去。眼泪对肉体，对精神都有好处。你们要记住，你要想着在高山、杂草和崎岖泥泞的地方所开辟的道路，似乎是在难以到达的旅途中留下了还没有被抹掉的足迹。你们要牢记我们通往大海的路，记住我们跋山涉水时遇到海浪撞击海岸边的巨石，和那些四处飞溅的浪花！"

始祖们仔细聆听完这些神谕之后，便不遗余力地在夜间出动，四处搜寻分散在附近各处的居民们。他们抓住他们，惩处他们，把他们的手脚捆在木杈里拷打他们，直到他们精神恍惚，奄奄一息时，才在森林里放走他们。那些不幸的人磕磕绊绊地，使出浑身的力气寻找着回家的路径。他们失魂落魄，既不知在想什么，也不知要说什么，几乎想象不出所发生过的一切，好像刚刚做一场噩梦。

始祖们的恶名立刻就像干燥的大风天的灰尘一样，在四面八方迅速传开了。之后，他们变本加厉，更为凶残。他们心灵阴暗而扭曲，他们已不能满足于把人绑走，用鞭打来促使他们屈服，而是把从附近掳来的人劈死或者作为祭品谋害。受害者鲜血洒满了每一条林间小路和山中幽径，他们被拧下的脑袋和被撕下的四肢被扔满了山间的石岩上。

生活在山下平原上的那些部落愤慨地说："袭击我们的是山中的野兽，它们大概饥渴难耐了。也许，它们的本性并不那些坏。光秃秃的大山，把它们驱赶了出来，来到我们居住的地方。它们可能急着要到这儿来满足它们的胃口和凶恶。我们去找它们，杀死它们。"

而另一些人则议论道："这凶残的野兽不正是那些在安克比特斯山顶上安营扎寨的众神的杰作吗，难道不正是他们的崇拜者们在我们身上寻觅食物？我们应该设法弄明白,尽可能避免这种不幸和伤害。首先我们要知道他们窝藏在哪里?然后调查出谁是那些众神的追随者。要弄清楚这些,我们必须沿着死难者的血迹和他们的足迹走,顺着空中的兀鹫和嗅着山里被丢弃的腐肉的方向走。"

被逼迫的另一些部落的人们同意用这种办法摆脱那些威胁。

果然,在他们不辞辛劳地努力寻找下,这些踪迹在大道和小径上被发现了。但是,他们很快发现这些踪迹,在山里的蒺藜丛中变得模糊不清。他们寻找敌人巢穴的全部努力以失败而告终,只得放弃刚刚开始的行动,心灰意懒地回到家。他们虽然受到挫败,但他们并不气馁。他们在思考,希望能找到一条更好的办法。

众神在查明山中最偏僻、最困难的地方之后,便趁着黄昏的掩护,躲进了那些悬崖峭壁上的天然石洞,或前人在石壁上留下的山洞里,或者在杂草浓密的地方藏身。他们时常现身说法激励他们的崇拜者和祭祀者大力地破坏、窥探和屠杀本地的原住居民,继续加重平原上和平居民的心理负担和痛苦。

很快,大家都知道了众神往往以小伙子的外表出来发号施令和做出安排。他们对自己流露出的老成持重和光辉形象,由衷地感到满意和高兴。如果他们想休息,就会小心翼翼地离开他们躲藏的洞穴,来到长满鲜花和野草的草原上一条水流平稳、清澈见底的河里去洗澡,在河的拐弯处,可以见到被雨水和河流冲刷成的圆形浅滩。这条河被人们叫托肖河,也就是托肖的浴所。

众神偶尔会被人瞧见,但旋即就隐去踪影,便是在柔软的沙滩也找不到他们的足迹。他们施展着只有他们自己才知道的魔法,转瞬之间就在森林里纵横交错的深处消失得无影无踪,谁也休想再找到他们的下落。他们就如同被地面吞没,或者躲藏在地底的某个地方,甚至连幽灵也见不到他们。但是,人们还是马上知道了众神就是那些为非作歹者的同党和保护者。

这个消息不胫而走,很快就传遍平原上最边远地区的人们耳朵里。于是那些屡遭不幸和被欺凌的部落决心团结一致,起来自卫。他们一致同意消灭外来的众神以及以众神的名义给他们造成沉重灾难的一切外来人。为此,他们决定积聚力量袭击那些玉米人的始祖,夺取他们的权力,占领他们立足未稳的地方。他们这么说道:"我们必须干净彻底地消灭玛雅人,任何外来的人都无一能够幸免,在我们这里他们休想逃脱亡族的命运。我们对他们就要像对付脓包一样,把坏死的肉切开,挤去脓水,肮脏的脓水消失了,他们的恶劣影响才能彻底消失。他们必定也会伤害我们,杀死我们,这是毫无疑问的。不过,在他们动手之前,我们应该先下手为强,消灭那些外来人以及那些暗中唆使他们、推波助澜的家伙们。托肖是否真像他们所说的那样伟大,那么坚强,这要我们亲眼看到才能相信。如果我们弄清了真相,他的实力真是不可战胜的,那么我们将崇拜他,信奉他,就如同命运强加在我们的头上,我们决不会反抗。"

他们取得一致意见后,对在河里捕鱼的人们说,那条河就是大名鼎鼎的托肖河和众神沐浴的河:"你们听着,要听明白了! 如果在这条河里洗澡的是与我们不共戴天的众神,那么我们要去扑灭他们,我们还要将他们的同党、崇拜者、祭祀者们一起化成飞烟。"

然后,他们在自己的决心激励下,谋划着具体的方案:"我们必须怎么做,才能捉住他们呢？我们首先必须在这些土生土长的女孩中,挑选出两名机智、健美的少女,把她们加以训练。然后让她们在适当的机会到托肖河边去引诱那些众神变成的小伙子。如果众神真的上当,那么就要他们留下一些纪念物作为羞辱他们的见证,破坏他们在那些崇拜者和祭祀者心目中的形象,使他们意志消沉,然后一举击败他们。"

依照这种方案,那些原住居民中的首领们便从他们的族人中挑选了两名最健康美丽的少女,并对她们加以训练。教她们如何漫不经心地到托肖河边替他们洗衣服,如何心不在焉地谈笑风生,如何笑得更羞怯逗人,如何一丝不挂地把她们的美艳之处尽情展露。如果众神追问她们出身来历,应该如何作答,以及如何答应他们的求欢,如何讨要纪念物,等等。

托肖与少女

一切就绪,两名叫作伊斯塔和伊斯波的,有着绝美容颜的少女便被指派完成她们义不容辞的任务。

她们漫不经心,一路谈笑着来到托肖河边,把她们身上的衣服脱下来,跳进河里嬉戏玩闹起来。她们相互拍打着水花,竞相追逐,似乎忘却了身怀的使命。

突然,托肖和众神们化成的少年出现在河边。少女们惊喜地发现所谓的邪恶之神原来都是些美貌的小伙子,他们昂首挺胸,才貌非凡,健美的身材,修长的四肢,微黑的皮肤十分光洁,眼里透出令人不敢正视的奇特的光芒。

少女们抑制不住内心的激动和恐惧,呆立在水中,忘记了嬉闹,也忘记她们的使命。

众神发现了她们,朝她们投来灼热滚烫的一瞥。这时她们才如梦初醒地惊叫一声,捂住自己诱人的胴体,把一丝不挂的身体藏进沙子中,她们的脸上流露出娇羞无限的红晕,忸怩不安地望着这群小伙子,不知所措。

但不久,少女们发现众神并没有像首领们所说的那样心怀不轨地跟她们搭话,她们不知该如何打破这种僵局,所以干脆不再掩饰她们内心真正的愿望,满怀着至真至诚的期待,望着众神。她们在这一刻真的非常希望众神能走过来,拥抱她们,亲吻她们。

众神只是好奇地向她们走来,温和地询问:"你们从哪儿来？"

"我们是附近首领们的女儿！"

"在这儿寻找什么？"

"我们只是顺便来这儿洗澡。"

"你们怎么敢来这儿,你们没听人说,这条河从来就是属于我们的,你们为什么不把衣服穿起来?"

少女们不知如何回答这些问题,只是低垂着头,就如同待宰的羔羊一样令人怜爱,她们好像被这些小伙子给征服了,便毫不掩饰地托出了一切。在那些神的面前,她们觉得无法说谎,再加上她们的确被这些小伙子儒雅的风度和俊美的外表所吸引,出于女性的本能,也不愿意再用任何谎言来蒙骗她们的偶像和她们自己的感情。

托肖听完少女们的坦白,说道:"很好,现在你们把首领们要的东西带回去,这些东西将证明我们谈话的含义以及和你们曾有过的接触。"

他们马上就离开了,商议将要怎么办。他们同意拿出三条棉披风,交给在附近等待着的始祖们。布兰·基特斯披上画着虎的披风,布兰·阿克波的披风上画着老鹰,姆可塔则披上一条画牛虻的披风。

众神们隐去了,始祖们替他们走进来和少女们说话。布兰·基特斯以众神的名义向她们问好之后,说道:"你们的主人要的东西就在这儿,这些礼物都是托肖和众神答应给你们的。你们对派你们来这儿的首领们说:他们给了我们这些东西,你们应该穿上这些披风,可以炫耀一下。披风都在这儿了,你们不会从我们嘴里听到别的建议。"

接着始祖们也都不见了,看不出是从哪儿溜走的。她们不知所措地站在那儿。最后,少女们带着这些消息和披风回到了自己的住地。

她们拘谨不安地来找派遣她们的老人,她们在那些老人们面前说:"我们回来了。"

"你们见到托肖和其他众神以及他们的崇拜者们了吗?"

"见到了,我们还和他们说过话呢。"

"那么,你们真的带来信物证明自己与他们说过话了?"

"这不就是吗?"她们答道。

她们说完,便在老人们和其他人面前,展开了从始祖们手里接过的画有图案的披风。所有的人都凑过来观看。那些不知名的披风上画着从未见过的奇特图案,使他们既好奇又觉新鲜。接着那些首领想穿上披风在众人面前炫耀一番。

少女们听到他们的要求,便说道:"托肖的确说过这些东西,可以由首领们穿着。"

于是,老人们不由分说地便把披风披在肩上。第一个和第二个穿上后什么事也没有发生。但第三个人披上后却出现了些古怪事,他怎么穿都觉得不舒服,感到被什么东西咬着、挠着,浑身疼痛不已。他绝望地一下子把那块布从身上掀了下来,心情黯淡地说:"这是什么布?你们给我带回的披风怎么回事?里面有什么鬼花招?在那图案下面好像有什么东西在胡搅乱动?这画中的动物怎么像是活的一样?"

其他的两位老人也吓坏了,赶紧取下了披风。部落里的人们从这几件斗篷上预感到,他们的敌人将会使用强大的法术来对付他们的反抗,他们感觉到一种失败的征兆。但他们完全清楚自己的处境,他们除了全力以赴进行反抗,已经别无出路。

战争的降临

他们开始探讨如何抵抗敌人的袭击以及暗杀的骚扰。会议中,年纪最大的一位长老说:"我们只有用计谋才能把他们各个击破,我想了一个办法。首先,要通过侦察找出他们的藏身之所和薄弱环节,然后趁他们人手分散时,以众胜寡。一路直取他们的老窝,一路直击他们防守人数少的地方。我们必须立即行动,才不会有太大的危险。"

按照这种思路,他们立即行动起来,迅速集结各部落的战士。年轻人准备投入战斗,老人们用话语和颂歌鼓动他们,年轻妇女则用微笑和挑逗去激励他们。山下的部落立即群情沸腾。勇敢的人们从四面八方聚拢过来,大家都意识到这将是一场决定生死存亡的战斗。

与此同时,崇拜托肖的部落则守卫在安克比特斯山顶上,神情专注地向下观察,警戒着山下的一举一动。布兰·基特斯和其他几位始祖们也走出藏身地,开始布置人员,保护他们妻女老少,把妇女和儿童安置在最安全的地方。他们不放过任何一次机会,亲自训练自己的战士如何使用武器。

战斗即将来临了。始祖们却悠闲地在山顶上浏览景色,观察敌情。他们看到山下好战部落的年轻人被鼓动起来,在平原上集结待命;人们在那里唱着歌,热烈的掌声一阵接一阵;有些胆大妄为的人在通往山顶的斜坡上做出各种挑衅的动作;也有些人开始逾过作为战壕的石墙,在山脚下潜行一段路程,然后纵身一跃,欢叫着回到原地,小孩子们把战士团团围住,鼓着掌,跺着脚。

所有人仿佛都为即将来到的战斗而焦躁不安。老人们在平原上的喊声也越来越粗犷。狂荡的妇女把小孩子弄得鬼哭狼嚎,而年轻的战士则散布在矮树丛里抓紧这似乎是最后的一次机会和自愿为勇敢的战士献身的少女们恣意寻欢作乐。

在这种疯狂而无节制的刺激之下,原先的战略部署被打乱了。战士们打乱了有秩序的行进队伍,紧握各种武器和盾牌如同一群被愤怒刺激着的黄蜂一样开始了攀登。他们小心翼翼地在杂草和乱石的掩护下摸索前进。他们就这样如同散兵游勇一样毫无秩序地从各个不同的方向向上爬行,很长一段时间,连一个人影也没撞着。等他们窥见山上战壕里的敌人时,意想不到的事情发生了。突然间,所有的偷袭者竟然在不知不觉中全都睡着了。他们睡得如同树干和牲口那样僵硬,就好像死去了一般。沉睡征服了他们,击溃了他们尚未发起的进攻。

安克比特斯山上守卫的战士看到敌人们一个个全都倒在了杂草堆、乱石和洼坑边一动不动,便离开了隐身的战壕,高举着大棒,在尖利的叫喊声中,带着随风飘荡的羽冠,顺着山坡蜂拥而下,就这样轻而易举地抓获了所有的敌人。但他们却一

·古玛雅神话·

图文珍藏版

改往日的作风,没有杀这些敌人,而是迅速地解除了他们的全副武装,甚至扒光他们的衣服。为了羞辱他们,剃光了他们的毛发、眉毛和胡子,并把他们的脚绑了起来,在他们脸上画了各种古怪滑稽的图案,然后把他们放到山中气候最恶劣的地方。他们所受的最大耻辱就是全被敌人在身上撒尿。

等这些偷袭者从睡梦中醒来,惊讶地发现自己躺在山沟里,见到他们彼此形同鬼怪的模样不由得羞愧难当,纷纷都逃离开来,躲在树后用树叶遮住难看的部位。他们不知如何是好,他们搞不明白:"到底怎么回事,我们怎么会在作战中睡倒呢?而且人人都是如此?是谁扒光了我们的衣服,剃光我们的毛发,捆住我们的双脚,在我们身上乱涂乱画,在我们身上撒尿呢?会是那些外来的恶魔吗?但为什么不杀了我们呢,这一点也不像他们的一贯的习性!"

这些被侮辱的战士带着满脑子的疑问和难言的耻辱,垂头丧气地回到了他们在山下的驻地。在那里休整了一段时间,似乎遗忘了所经受过的一切,又开始不断从远处向山下调集武器装备,招募战士,训练人马。看来,一场殊死的决战在所难免。

始祖的裁决

始祖们和众神看到这些不知死活的种族如此恬不知耻,不由得替他们感到莫名的悲哀和绝望,同时也对他们的存亡做出了最后的裁决:"看来,生死存亡就在此一战了!"

始祖们调集所有的人马在山顶附近修筑坚固宽阔的防御工事。他们组织起身强力壮的人和机灵的人,在全体部落成员的协助下,沿着山坡,挖了一条环形的深沟,用带叶子的刺状物编织了一条伪装带覆盖在深沟上。然后在深沟的后方筑起一道用树木、藤条和泥土石块混合夯制的防护墙。在墙的旁边安排了一些木头人,木头人的胳膊下夹着从被打败的敌人那里夺来的武器。乍看起来,宛如真正的战士,山风晃动武器,吹拂木头人上的玉米穗和棕榈帽。从远处看去,薄雾笼罩中的木头人如同严阵以待的战士守卫在那里。

始祖们把一切战备事宜全部布置妥当,便前往请教众神,他们在众神面前说道:"请告诉我们,在这次生死决战中,我们是战败者还是战胜者?你们要知道我们的人数和敌人的人数相比,太悬殊了,而且我们的敌人并非懦夫而是真正的勇士。在我们的内心中,也没有什么刻骨的深仇大恨。我们只有听从命运的驱使。"

托肖让所有在场的人听到他的声音:"你们是为你们的信仰而战,所以不要为即将到来的战事而忧伤,因为有我们在这里作你们的后盾。在适当的时候,我们将采取必要的手段来制止各种危险!"

众神们刚说完话,就用人们早已熟知的魔法召来了成群的牛虻和胡蜂,它们的翅膀使天空黯然失色。它们停落在附近的石头上,它们平静地停留在那里,似乎已无力飞行。于是,布兰·基特斯向所有在场的族人们启发道:"你们抓住这些昆虫,把它们关在密封的笼子里,放在战壕边,等到适当的时机再打开篓子,这些昆虫将使你们免遭山下敌人的攻击。你们必须全神戒备,注意面临的危险,鼓足你们的信心和勇气。调动头脑中的一切智慧和计谋,严密封锁各条通往山顶的要道。"

他们言听计从地把牛虻和胡蜂都装进了用芦苇编织的篓子里。这些昆虫扑击翅膀和撞篓壁的声音,汇成震耳欲聋的嗡嗡声,战士开始四处巡逻,严密地监视着山下的动静。

他们在各条通往山顶的路径上设立哨卡,警戒着敌人一切可能的窥探和可疑的举动。无论是田野还是空中的各种异常动静,都难逃过人们的眼睛和耳朵。

山下那些惨遭失败,被异族的挑衅、蔑视和奇耻大辱激怒的敌人们已经准备随时投入新的战斗,他们又对即将到来的这场战斗的残酷程度早已心中有数。他们掩饰不住内心的愤怒,四处奔波商讨,招兵买马,充实战备,把一切可以利用的资源都运用在了这场决定种族存亡的战斗中来。

他们昂首仰望着山头外围防护墙里的那些他们认为的战士们,用眼睛、手势和咒骂向他们发出威胁和挑衅。在山下用带刺标志物圈出的营垒中,聚集的人数越来越多。他们惯于在地面上蹦跳叫喊以示对闯入者们与日俱增的仇恨,他们时刻准备着为保卫自古以来便属于他们的土地和辛苦建立的家园,为自己的妻子儿女献出生命。

可怕的战争

拂晓,他们吹响苇笛,敲起了木鼓和龟壳。

暴风雨般的呐喊声,在愤怒与混浊的气氛中向四处扩散,战士们高涨的情绪和视死如归的气势镇住了由来已久的面临死亡的恐惧,孩子们在母亲草裙边睁大着眼睛,把哭声压在喉咙里不敢放出来,母亲们的双手空举在半空中,泪水浸满眼眶,硬是昂起头不让它滑落,而老人们则紧握着拳头半举在前胸,少女们脸上带着圣洁无邪的庄重,赤裸着美丽的胴体,毫无羞怯,毫不掩饰地举杯为她们的亲人、情人和战士壮行。

同仇敌忾的年轻人再次武装起来,沿着安克比特斯的山坡攀登而上。他们在稍许平坦的斜坡上,用脚踩着石头和草根,像鹿和山羊那样在黑暗和荆棘缠绕的岩石间机智、勇敢地穿行。这时,前沿阵地上的士兵向前推进到防护墙的深沟边沿,观察着敌人占据的地形方位。他们随时准备着与敌人短兵相接。他们满怀胜利的信心,毫无畏惧,在他们眼里一切的埋伏都无济于事。

在前面探路的先头战士不时地向满山遍布的伙伴呼喊着,挥舞手中的布头,向他们传达各种信号。老人们站在山下呐喊助威,唱着雄壮的战歌,击鼓助战。妇人们围着树枝堆成的巨大的篝火堆,跳起好战的舞蹈,不时地把捧在手上还灼热的炭火吹散成满天星火,或者把灰烬涂抹在脸上模仿惊恐和害怕的人。少女们赤裸着身子,放肆地做着各种象征交合的狂热奔放的煽情挑逗动作,跳着各种淫荡的舞蹈,兴奋已极的神色里充满着对胜利后狂欢与献身的期待。食肉的飞禽,目睹这一沸腾血腥的场面,兴奋异常,在人和牲口的头上盘旋;丛林里的狼和胡狼跳上了壕沟和泥坑的边沿,用自己的牙齿把嘴唇咬得鲜血淋漓。

山顶上的保卫者们,被淹没在敌人的狂歌曼舞和野蛮的呐喊里,静静地聚集着全身的力量,准备放手一搏。他们绝对相信创造他们的众神不会抛弃他们,即使在危急的关头,他们也有着必胜的信念支撑着他们的精神和肉体,他们绝对相信命运掌握在他们的手中,他们将保留永恒的荣耀。

他们的一切言谈举止都安之若素,不动声色地小声交流着看法,最有经验的战士隐蔽在敌人无法到达的地面,镇定自若地指挥调动着训练有素的作战队伍,随时向他们的同伴发出进退的信号。战士们小心地窥测着爬近山顶的敌人动向,这些敌人头发倒竖,形同猛兽,就是在以往最激烈征战的日子里,也未曾见过。

双方都到了相持不下的痛苦时刻。彼此的脸都快贴到了一起,似乎连对方呼出的热气都能感觉得到,握着长矛和大棒的手如同玉米穗一样暴露无遗。盾牌的撞击声已能相闻,各自淤积在胸中的愤怒,随时都会随着那致命的一击喷薄而出。

第一批攻近防护墙的山下战士全部掉进了对方预设的陷阱,但愤怒的战士仍然前仆后继,硬是踩着同伴的血肉之躯跨过了木头人的队伍,迫近山顶的战壕。哀号声、呐喊声响彻云霄。

利箭、尖石满天飞舞,戈矛相撞、盾牌碰击发出雷鸣般巨响,此起彼伏。

按照托肖事先的约定,始祖们打开了关着牛虻和胡蜂的篓子。霎时间,这些有毒昆虫迅猛飞出,翅鸣声弥漫整个山头,它们如同一支支利箭向敌人飞去,冲着气势汹汹的敌人一切裸露在外的皮肉发起疯狂的袭击。敌人在雨点般的毒针刺扎下,先是惊恐,接着哀号,继而手足无措,手忙脚乱,然后是丢盔弃甲,大肆溃逃,企图逃避这异乎寻常的袭击。逃无可逃,退无可退的人们翻滚着自相践踏,死伤无数。

布兰·基特斯的战士们冲出战壕,逢敌即杀,遇敌即砍,一路上如入无人之境,势如破竹。

战败者的呻吟声、嚎叫声和诅咒声痛苦而又悲壮,杀气腾腾,惊飞漫天禽鸟;血流成河,染赤满山碎石。

欢乐的征服者们,在劲吹的狂风中点燃起漫山遍野的篝火,在难以观察的阴暗处传来阵阵荡声淫语,仿佛有人在那里鼓动着他们,欢娱着他们;而战败者的尸骨残骸则成了猛兽飞禽们的聚餐之所。就这样,安克比特斯山成了众神和玉米人始祖们胜利的狩猎场。

信奉托肖和布兰·基特斯的玛雅基成了这块土地的主人,战败的异族大多拜倒在了胜利者的足下。

山上山下的所有人都从中领悟到众神不可战胜的法力。他们高举着双手挥舞着鲜花和野草,向众神顶礼膜拜。

这场人神之战、信仰之战、部落之战就这样结束了。

在新的部落和种群完全确立了他们在这块广袤国土上的统治地位以后,始祖们预感到他们的末日即将来临。他们带着这种想法,把他们的妻子儿孙们招来。他们看着云集在广阔原野上的子民们,不禁黯然神伤。他们焚烧着香树脂,等待着烟柱冉冉地向高处飘去,被天风吹散。然后,布兰·基特斯这样说道:"要牢记,我们是你们的始祖,我们该走了,众神在召唤我们离去。你们要明白,在指定的时日里,我们会回来的。我们将一起结伴离开那些在太阳落山处更遥远的深山里。最后,你们要记住,我们的良知告诫我们应该回到我们出发的地点的时间到了。但在出发前,我们必须采取一些和我们的生活密切相关的一些措施。对此,你们要毫无异议地弄明白,我们要分配已属于我们财产的牧群和土地,我们将向应该知道我们一切的人透露我们的秘密。那些该知道的人懂得分法,而其他人将不在此列。你们搜集谷物和种子,收拢各种新技,因为干旱和饥饿即将到来,你们要磨尖你们的武器,因为潜伏在山冈后的敌人正用贪婪的目光不时窥视着这块富饶土地上的财富。我们走后,你们要时常想起我们的形容和话语。我们的形象如同露水一样将滋润想念我们的人的心田。我们还要对你们说,你们要照看你们的家和你们的地,你们要走我们开辟的道路,这就是我们要你们做的唯一的事了。切记!你们留在这里,但不要忘掉自己的始祖们的起源。我们告诫你们,你们不要希望别人理所当然地会记起你们,因为你们已经有了理智和精神。你们所做的一切好事和坏事都出自你们的思想。"

始祖们话一说完,沉默良久。然后,始祖们高昂着头,披着拖在地上的麻衣,向山顶走去,消失在一片细蒙蒙的薄雾之中。

上述的告诫深深铭刻在安克比特斯山上山下的人们心间,他们焚烧馥郁的香草表示对众神意旨的尊敬。在火焰燃烧时,一个高龄的老人说出了深藏在人们心里的一席话:"乌拉冈!黑夜的心脏,道德的赋予者,我们子孙的创造者,你回到我们中间来吧!不要离开我们,给我们后代生命和健康!让他们成长,在行善中坚强愈胜!他们将传播我们的信念,说出你的名字,你的名字将传遍一切能到达的地方,得到他们的传颂,受到人们的怀念。你给我们儿子、儿子的儿子们男孩和女孩吧!别让疾病,各种诅咒和伤害降临到他们的头上!不要他们绊倒、跌伤!你要使他们干干净净的永远团结在一起!你不要让他们中埋伏,被抓获。别让他们饥渴而死。你不能允许他们通奸、说谎和欺诈。你给他们力量,让他们安全地行进在自己开辟的小径上,免遭不幸。你要护佑他们的财产、他们的感情,不要让他们恃财傲慢,也不要因仁慈而柔弱,让他们永远有一颗坚强的心。"

老人的话音刚落,他们所有人都觉察到大家都是平等的,谁也不是来自豪门,谁也休想得到比别人更高的地位。

他们同意部落的会议由每个家庭中杰出的人组成,这种会一直接续到死亡和分裂的到来。

世界经典文库

中外神话故事

·古玛雅神话·

图文珍藏版

神女和灰熊

居住在沙斯塔山附近的印第安人,从不逮杀灰熊。如果有印第安人被灰熊咬死了,他的尸体要立即烧掉。在此后的若干年里,凡是路过这里的族人,都要往他的坟上扔一块石头,直到垒成大坟。

很久以前,大地一片荒凉。天神孤零零地守在天上,感到非常寂寞。他用拐杖把天空钻出一个大洞。然后,不断地朝洞里播撒雪花和冰块,直到雪花和冰块堆积成山,一直顶到天上。后来,人们把这座山叫作沙斯塔。

于是,天神从云海里来到沙斯塔山顶,又顺着山坡往下走来。走到半山腰时,他心里想:"应该在山上种些树木。"因此,凡在他手指触摸过的地方,都长出了树木和花草,而在他的脚下的积雪则融化成一条条奔腾的河流。

天神还把他随身的拐杖折断,搓成大大小小的木屑,洒在山林和河水里,变成了海狸、水獭和鱼,以及山林里的走兽。

他把树上飘落下来的枝叶收拢到一起,吹口气,把它们变成飞禽和昆虫。

走兽中最大的是灰熊。他们浑身上下长满了灰色的毛发,有着锐利的爪牙,不仅用两只脚走路,而且会说话。灰熊的样子看起来很可怕,所以天神让他们住在远离自己的山脚丛林里。

这时候,天神决定和他的家人搬到地上来居住。他在山里生起一堆很大的篝火,在山顶上钻了一个洞口,让烟和火星从洞口飞出去。每当他往火堆里添柴火的时候,大地就会震动,洞口也会飞出火花和浓烟。

有一年的春天,天神和他的家眷正围在篝火边闲谈,风神却把可怕的暴风派到地上,把山头刮得东倒西歪地摇晃起来。大风不停地肆虐着,篝火的烟尘无法从山顶的洞口排出去,笼罩在山洞里,把他们熏得眼泪直流。天神就对他最小的女儿说:"到洞口那里,对风神说,请他轻点刮。再这样下去,我担心咱们的住所要保不住了。"

有机会出去逛逛,对小姑娘来说当然是最开心的了。

她的父亲又叮嘱她说:"到了洞口,别把头伸出去,小心风神抓住你的头发,把你扔到地面上去。跟他说话之前,要先挥挥手打声招呼。"

小姑娘来到山顶的洞口,向风神转达了她父亲的请求。正当她准备转身回家时,忽然记起父亲曾经说过,从他们家的屋顶可以看到海洋,小姑娘真想见识一下海洋的风景,因为,父亲造海洋是在他们迁居以后的事。

于是,她从洞口探出头来,四处张望,完全忘记了父亲的叮嘱。就在这时候,风神抓住她那长长的头发,把她从山洞里拖出来,扔到了冰天雪地里。

她跌落在森林与雪原交界的一片低矮的云杉林中。她那火红的长发在雪地里闪闪发光。

这时,给小熊仔们觅食的灰熊路过这里,发现了小姑娘,把她带回自己的家。熊妈妈对她很亲热,还让她认识自己的孩子——一群小熊。这个红头发的小姑娘和小熊仔们同吃同住,一起玩耍,一起长大。

小姑娘终于长成一个大姑娘了,灰熊的大儿子和她结成夫妻。很多年过去了,他们生下的孩子,既不像父亲,也不像母亲。他们身上的毛没有灰熊那么浓,但长相也不像诸神。所有的灰熊都为这些孩子感到骄傲。灰熊既善良又慈爱,他们为这个火红头发的妈妈和她的孩子们专门修了一间房子。房子离沙斯塔山很近,现在称它为小沙斯塔山。

这以后又过了许多年。灰熊妈妈知道自己死期已近,心里感到非常不安,因为她夺走了天神的女儿。她决定把过去的一切告诉天神,祈求他的宽恕。她把所有的孩子召集到她孙子们的新居,并派她的长孙到沙斯塔山顶求见天神,告诉他早已丢失的女儿现在的居所。

天神听后非常高兴,赶紧下山。他走得太快,脚下的雪都融化了。直到现在,人们还能在朝阳的山坡小路上,看到天神留下的巨大脚印。

他来到自己女儿的住处,大声呼喊:

"我的女儿在哪里?"

可是,当他看到自己的女儿已经生育了一群怪模怪样的孩子,意识到这些都是他的外孙时,他愤怒到了极点。地球上出现了一个新的部族,他竟然一无所知。他恶狠狠地瞪了熊妈妈一眼,熊妈妈立刻就死去了。他诅咒所有的灰熊:"从今以后,你们都得把腰弯到地下,用四条腿走路,再也不准你们说话,这是对你们的惩罚。"

他把自己的外孙从房子里赶了出来,背上自己的女儿,熄灭了心中的怒火,又回到天上去了。

而这些奇怪的造物,天神的外孙们却遍布大地。他们就是最早的印第安人——所有印第安部族的祖先。

众神之战

众神之王柯穆·卡门普斯,是一切神的创造者,他的两个得力助手:怒神劳和智神斯凯尔均是各霸一方的众神之长。

怒神劳居住在劳山顶的圣湖上,统治着那里的众神,其中有一位出类拔萃的是大力神拉克。他拥有一双无坚不摧、长而有力的手臂,常年生活在深绿的湖水之中,看守圣湖。他一伸手就可以触摸到圣湖四周耸立的山岩,只要他愿意,他可以把任何一位胆敢窥视圣湖者拖入湖底,成为他的点心。

劳山诸神经常变成各种猛禽恶兽出来游玩。劳山北坡圣湖畔的山谷附近,有一块平坦开阔的原野,那里就是他们游玩嬉戏的地方。

智神斯凯尔则是离雅赛姆河谷不远处克拉玛特沼泽地王国的众神之长,当他的属下众神想从泥沼中出来到陆地游逛时,就会变成诸如羚羊、驼鹿、狐狸、胡狼、秃鹰、山鹰和鸽子以及其他一些益兽伶禽的模样。

柯穆·卡门普斯

多少年来,毗邻的劳和斯凯尔都能和睦相处,相安无事,时常在劳山北坡的那块原野上玩耍。有一次,他们因某种问题引起了一场纠纷。众神们也都争吵不休,打得死去活来。许多年过去,依然难分胜负。

经过无数次的战役,斯凯尔在克拉玛特的沼泽王国终于无法抵御居高临下的怒神一方的攻击,遭到灭顶之灾。斯凯尔被他的敌人挖出了心脏。陶醉在胜利喜悦之中的劳及其众神决定在劳山举行盛大宴会和竞技赛。

他们邀请各路神灵前来庆贺。斯凯尔的属下众神自然也不例外。欢庆日的那天,劳宣布竞技活动的第一项是赛球,这球就是从斯凯尔身上挖出的心脏。

斯凯尔的属下诸神心里都明白,只要将心脏放回他们首领的身躯之中,他就会死而复生。于是,他们暗地里商议,要把斯凯尔的心脏夺回来,安放到他的身躯里去。

斯凯尔诸神在山地各处躲了起来。驼鹿躲的地方离球赛现场最近,因为他最拿手的是跳跃。羚羊站在林子边,因为他的腿长,跑得最快。其他各兽,都守在劳停放斯凯尔身躯不远的地方隐蔽起来。斯凯尔诸神以逸待劳,占据了整个山的斜坡。

此刻,劳和他属下诸神围成了一个大圈。把斯凯尔的心脏抛来抛去。每当他们抛球的时候,斯凯尔诸神都要起哄,把赛球的一方嘲弄一番。

"你们就没有本事抛得再高些吗?"狐狸每次都这样喊,"连小孩子都抛得比你们高。"

于是,劳的属下诸神一次比一次抛得更高,斯凯尔诸神仍然起哄,挑逗他们。

劳终于把心球抢到手,使出浑身力气往上抛去,谁也没有他扔得高,抛得远。那颗心直飞到游乐者的圆圈之外去了。

躲在近处的鹿等待的就是这个时机。他抓起斯凯尔的心脏,顺着山坡往下跑去。霎时间,劳的属下呼喊着,向鹿跑过去,他们哪里追得上这只鹿呢?

鹿跑累了,把心转交给等着他的羚羊。羚羊继续往前跑。劳和他的神灵穷追不舍,羚羊把心交给胡狼。胡狼再传给秃鹰,秃鹰又交给了山鹰,山鹰又交给了鸽子。

鸽子带着心脏飞落到斯凯尔身躯停放的地方,把心安放在他的身躯之中。斯凯尔复活了,重新率领部属和劳开战。

当嘹亮的鸽哨传到劳和他的属下那里时,他们就停止追赶,回到山上的圣湖。斯凯尔率众尾随不舍,战事又重新开始了。在厮杀之中,劳战败身亡。斯凯尔诸神把劳的尸体抬到湖边那高耸的巨石上。为了不让劳死而复生,斯凯尔命令诸神把劳的尸体剁成碎块,然后扔给圣湖里的拉克及其精灵,还骗他们说:"呶,这是斯凯尔的脚!这是斯凯尔的手!"

尸体被一块块地扔进湖里,让拉克和他的精灵们美餐了一顿。

他就这样战胜了对手,拯救了自己的生命,并在大神柯穆·卡门普斯的帮助下,平息拉克的愤怒。

劳的诸神终于得知湖里的那个头颅就是他们的首领劳之后,就再也没去动他。如今他还露在湖面上,后来的人们把它叫作柯尔东那岛。

劳的幽灵仍然在那块高大的岩上,注视着湖面。

有时候,当地面和水里的诸神都睡着了,劳就会跳入湖水中,尽情地发泄着自己的怒气,拍击湖水,掀起巨浪。在狂风呼啸中,仍能听到他那悲愤的声音。

巫师预言

部落的首领对他的子民们说,大神有一条法规,除了酋长之外,任何人不能接近死者的房子和大神的住所。有谁破坏了法规,必遭横死。他的灵魂也将会坠入山中那永世不灭的活火之中。

住在克拉玛特的人,都相信火山湖里居住着一个势力很大的神明。他住在耸立湖心的山岩上,山里点着一堆长明火。岩顶上的洞口里吐着通红的火舌,冒着滚滚的黑烟。

大神只允许克拉玛特的巫师靠近湖边。巫师们都说,那是一个通向地心的巨洞。

"那个洞深不见底!"巫师们说,"就像天一样永无止境。湖四周的山深深地延伸到地下,山峰高耸入云。大洞里灌满了碧蓝的湖水,比映在水里的蓝天还要蓝。我们的祖先就是从那里诞生出来的。他们从地底出来的时候带着火,带着烟。如果克拉玛特族人死了,他的灵魂也会回到湖心岛上。"

巫师们有时会到湖里去,向大神请教问题。他们在那里找到一些治病的药草和避邪的护身符。他们在那里遇见一些死者的灵魂,并向生者转达他的消息。恶人的魂寄居在湖上空袅袅升起的烟雾之中。他们千方百计地设法逃避严厉的惩罚,而大神总是有办法把他们抓回去。

清清白白的人在死后,他们的灵魂可以在湖上、山间和草地上尽情欢乐,自由飞翔。有些灵魂甚至驾着独木舟在湖上游弋、捕鱼；或在山间捕猎，或者像飞鸟一样在湖面上盘旋。

部落的首领把这一切告诉自己的子民。他们说，大神有一条法规，除了酋长之外，任何人不能接近死者的房子和大神的住所。有谁破坏了法规，必遭横死。他的灵魂也将会坠入山中那永世不灭的活火之中。

克拉玛特人对巫师和酋长的话深信不疑。只有两个猎人从不把巫师放在眼里。他们在丛林里捕杀过最凶猛的野兽。他们能从最剽悍的武士头上取下带头发的皮挂在腰带上。他们打败了所有敢藐视他们的敌人，因而无所畏惧。最令他们心驰神往的，莫过于去看一看诸神的圣地了。

猎人们离开克拉玛特湖边的家，穿过森林和积雪，朝着他们熟悉的山峰走去。尽管他们并没忘记酋长的叮咛，他们依然显得信心百倍地顺着通往神界的圣湖攀登。

他们终于来到山顶的一片林中空地，远远地朝下看去，一个圆形的深湖就在眼前。在湖面上，在守护圣湖的群山之间，有无数的精灵在振翅飞翔。他们欢快地追逐嬉戏，唱着婉转动听的歌曲。湖中心有一座不高的山峰。从山顶的洞口里喷射出火焰和浓烟。浓烟里传来生前做尽恶事，正在受着煎熬的亡魂的哀叫。猎人们流连忘返，直到大神从湖里出来，看到了他们。

大神把湖怪叫到跟前，把站在山岩上的两个猎人指给他看。

湖怪迅速地游过湖面，向他们扑过来，用尖利的爪子抓住了其中一个猎人，把它扔到圣湖岛上喷火的洞穴里。

另一个猎人拼命奔逃。他就像一只受惊的小鹿，被一群恼怒的精灵追赶着。他连气都来不及喘一口，一直跑回自己的村落。他向村民们讲述了经历，以及同伴所受的惩罚。说完，他便跌倒在地死了。大神的预言应验了，猎人的灵魂被投进了永世不灭的活火之中。

水神

水神既不愿让妻子，也不肯让儿子离去。只不过，有允诺在先，最后还是同意让他的妻子独自去跑一趟，第二天清晨，她在身上披了五块海獭皮，来到了水面。她们几个兄弟看到了她，误以为是真的海獭，向她射了许多箭。她时沉时浮，皮毛上却看不到一支箭。

在俄勒冈沿岸的一个美丽小村庄里，住着一位有卡玛斯花般秀丽脸庞的姑娘。有好多小伙子踏破门槛来求婚，她谁也没看中。她的五位哥哥想给她找个婆家，她却说自己不打算出嫁。

一天天过去了。她依然独来独往地在村旁一条她最喜爱的小河里洗澡。有一次,天黑了,她洗完澡走回家的时候,突然,不知从哪里冒出一个男人,来到她的身边。

"我住在海底的村子里,"陌生的男人开口了,"我注意你已经好多日子了。你愿意跟我到海里去,做我的妻子吗?"

"不,"姑娘答道,"我不愿扔下哥哥到远方去!"

"不过,我会允许你和哥哥们见面的,"他许诺着,"你可以回来探亲,而且离这儿也不会很远。"

"好吧,如果我可以回来探亲,就跟你去!"其实,哪个少女不怀春,尤其面对一位神秘而成熟的男人时。

"抱住我的腰,"他说,"闭上你的眼睛。"

她都一一依从,就像一只温顺的小羊羔。于是,他们双双沉到了海底深处。在海底的村寨里,住着许多小精灵,她的丈夫正是五首领之一。姑娘在那里无忧无虑地生活了相当长的时日。

他俩很快就生下一个儿子。孩子一天天长大,妈妈亲手制作了弓箭,教她的孩子练习。她时常对儿子说:"你有五位舅舅,就住在我们头顶上的人间。他们有许多的箭,比我给你做的好多了。"

有一次,孩子对她说:"咱们到人间去,向舅舅们要些箭好吗?"

"这件事要去问你父亲。"母亲答道。

水神既不愿让妻子,也不肯让儿子离去。只不过,有允诺在先,最后还是同意让他的妻子独自去走一趟。第二天清晨,她在身上披了五块海獭皮,来到了水面。她们几个兄弟看到了她,误以为是真的海獭,向她射了许多箭。她时沉时浮,皮毛上却看不到一支箭。

五兄弟很纳闷,便驾着独木舟跟她到了岸边,他们真不明白,他们的箭出了什么毛病,不然怎么会伤不了她呢?

后来,大伙对这只古怪的海獭都失去了兴趣。只有她大哥还紧盯着她不放。当她快要抵达岩岸时,大哥追了过来,走近一看,这海獭皮原来是个女人。再走近一看,正是他们当年失去的妹妹。

"我变成海獭到这里来,"她说,"是为我的儿子向舅舅们讨些箭。"

然后,她又向他们展示了那些收集来的箭。她还谈到了自己的丈夫和海底的家,还有她的小儿子。

"我们住的地方离这不远,"她指着远处说,"退潮时,在大海的那个方向就可以看到我们的家。我带给你们五张海獭皮,你们可以拿它换些需要的东西。"

大哥们又给了她许多箭,都快拿不动了,她知道她的丈夫和儿子一定等急了,便起身告辞:"我走了,明天,在岸边,你们的小船旁,你会得到一条鲸鱼!"

次日,岸边果然有条鲸鱼,她的哥哥把它分给了村里的老少。

过了几个月,姑娘又来到海边的小村落,还带着她的丈夫和儿子。这次她的儿

世界经典文库

中外神话故事

· 古玛雅神话 ·

图文珍藏版

位哥哥发现,她的腰身,变得蛇一样又细又滑。她们回去后好久一段时间里,岸边会有许多海蛇时常出现。然而,后来谁也没有再见过她。

水神来的时候,五位兄长常把箭给他们,每到夏天,他们会在岸边放上两条鲸鱼,作为对亲人的答谢。

雷鸟

在人类刚刚建立起自己的家园时,狂风暴雨夹杂着从天而降的巨大冰雹一连肆虐了好几个月,许多奎纳殷特尔人因此而丧命。雷鸟把奎纳殷特尔人从饥饿的死亡线上救了回来,人们相信他是诸神派来的。

雷鸟击败食人鲸

雷鸟是一只巨鸟,它的翅膀有一只独木舟的桨那么长。当它振翅高飞时,就会风雷乍起。它的眼皮翕张之间,会放出万道闪电。

它栖息在奥林波斯山的洞穴里,从不让任何人走近它的住所。如果有猎人走近它的圣地,它一闻到人的气息,就会发出隆隆的雷声,从里面抛出巨大的冰块。这些冰块沿着山坡滚动,撞击在悬崖峭壁上,变成无数的冰屑飞落遥远的山岩里。

所有猎人都顾忌雷鸟和巨大的冰块,因此不敢轻越雷池一步。

雷鸟的食物储存在奥林波斯山一个终年冰雪覆盖的峰巅上的一个黑漆漆的山洞里。它以鲸鱼为食。雷鸟经常飞临海面,把鲸鱼猎回山中充饥。有一次雷鸟和鲸狠狠地打了一仗,致使地动山摇,树木也被连根拔起,在如今的波勃罗夫大草原上一棵树都没有,那是鲸为了逃生挣扎时留下的痕迹。

大洪水的时候,雷鸟和食人鲸的战争延续了很长一段时间。它想用尖利的巨爪把鲸抓回山中的洞穴,但食人鲸总是一次次地逃脱。等到雷鸟再次把它抓住的时候,愤怒的雷鸟一路上双目放出骇人的闪电,双翅鼓起可怕的雷鸣,风暴四起,大地震颤不已,许多大树连根拔起飞上天空。最后,食人鲸逃回到遥远的大洋深处,雷鸟才饶过了它。

雷鸟出现

在人类刚刚建立起自己的家园时,狂风暴雨夹杂着从天而降的巨大冰雹一连肆虐了好几个月圆月缺,许多人因此而丧命。一部分奎纳殷特尔人迫于饥寒和为了逃避部族间为争夺仅有食物而引发的连年争战,不得不背井离乡,长途跋涉到世界尽头的这块高原上来。

冰雹把树根、卡玛斯和浆果都摧毁了。巨大的冰块堵塞了所有的河道,无法捕鱼,洋面上的风暴常把独木舟掀翻,人们饿得筋疲力尽,只好以草原上的草根度日,可怜的人们向天上的诸神祈祷,但毫无反应。

最后,那些逃难的奎纳殿特尔的首领把自己仅有的族人召集起来。大首领虽然年迈,却有着超人的智慧。年轻时,他是部落里最强悍的勇士。

"安静,我的同胞们,"大首领对众人说,"我们将再次向诸神祈祷。如果他不来帮助我们,那就是说,他要求我们死去。如果神的意志不让我们生,我们就应该像勇敢的奎纳殿特尔人通常所做的那样,勇敢地面对死亡吧!现在让我们开始虔诚的祷告!"

这时候,衰弱和饥饿的百姓都一声不吭地围坐在首领的身边,跟从他向诸神默默地祷告。

祷告完毕,首领对百姓们说:"现在我们等待诸神的旨意吧,他是英明而万能的。"

百姓们鸦雀无声地等待着。黑暗和沉默笼罩了可怜的人们。这时,远处传来一声可怕的雷鸣,一道道闪电划破了黑暗。那雷声如同巨大翅膀的拍击,从太阳升起的地方传来。大家把目光投向海洋的上空,只见一只鸟形的庞然大物正向他们飞来。

人们惊呆了,他们从没见过这么大的鸟。双翅展开,比战船的帆还要大,巨大的鸟喙呈钩形,双目炯炯放光。大伙看见,它的爪子里抓着一条巨鲸。

众人一声不响地仰视着雷鸟——每个人的心里都这样称呼这只神鸟——小心翼翼地把巨鲸放在他们面前的地上。然后,它振翅高飞,随着一声呼啸,在雷鸣闪电中冲向长空,消失在天边。

雷鸟把奎纳殿特尔人从饥饿的死亡线上救了回来。人们相信它是诸神派来的,至今他们还都记得雷鸟是怎样飞来,那场持续了许多年的饥饿、寒冷和死亡的灾难是怎样结束的。草原上的那些巨大的圆石和大坑,就是那场灾难的见证,那巨石就是从天而降的冰雹融化后留下的。

守护神柯帝

老神王造出第一批兽之后,又派柯帝来到他们中间。因为古时候的人日子很艰难。再加上他们混沌蒙昧,老神王谕示柯帝除恶安民,教他们过上好日子。印第安人一直把柯帝当成守护神。

柯帝得神力

宇宙开辟之初,众神之王把百兽招来。

"你们当中还有许多没有名字,"神王对百兽说,"有些不喜欢自己的名字。明天太阳升起以前,我给大家起名字。我还要给你们每只兽一支箭。天亮以前,你们到我的屋里来。第一位到达的,可以随意挑一个自己喜欢的名字,并且会得到一支代表力量的长箭!"

百兽都去准备了,柯帝对他的朋友狐狸说:"我要得第一,我不喜欢我的名字,我想叫熊或者鹰什么的。""谁也不稀罕你的名字!"狐狸取笑道:"还是留着你自己用吧!""我一夜都不睡觉,准能得第一。"柯帝暗下决心。

于是,他找来两根小棍子,做了一个支撑眼皮的支架。"现在,我不会睡着了。"他这样想。

可是,他还是睡着了。一觉醒来,太阳早已升上半空。由于彻夜未合眼,柯帝的双眼干涩,什么也看不见。但他还是不顾一切向大神的居所跑去。

"我要当熊!"他大声喊着,以为自己得了第一。屋子里除了神王之外,别无他兽。

"这名字已经被领走了。熊得了一支长箭,他是兽中之王。""那我叫鹰。""这名字也被领去了,鹰得了第二支长箭,他是鸟中之王。""那我就要鲑吧。""这名字也有主了。鲑得了第三支长箭,他是鱼中之王。现在只剩下最短的一支箭和名字——郊狼柯帝。"神王把最短的一支箭给了柯帝。柯帝跌倒在神王的面前。他的双眼依然很干涩,神王可怜他的虔诚,用水洒了洒他的眼睛。这时,柯帝又闪出一个念头,去求灰熊换了名字。

"不行。"灰熊回答,"这是神王亲自给我的名字。"

柯帝失望地回到神王跟前。神王对他说:"我故意让你最后一个到我这里来。我要使你具有一种神力。我要你去办一件事,办这件事必须要有神力。有了神力,你就可以想变什么就变什么。你如果需要帮助,可以把神力叫来。狐狸是你的兄弟,必要时,他也会帮助你,如果你死了,神力可以让你复活。你到湖里去,擒住4000水怪。然后,你按我的吩咐去做。神力就在那里。"

就这样,柯帝有了一种非凡的神力。

柯帝的使命

老神王造出第一批兽之后,又派柯帝来到他们中间。因为古时候的人日子很艰难。再加上他们混沌蒙昧,老神王谕示柯帝除恶安民,教他们过上好日子。

柯帝首先捣毁了海狸的五个妻子在哥伦比亚河下游修筑的堤坝。

"你们把鲑鱼统统挡住,让上游的人挨饿,这怎么可以?"于是,他把五只母海狸变成了芦苇。

"从现在起你们变成芦苇,"他说,"永远生长在水边。"这些话还未来得及讲完,从河口一带便涌来一大群鲑鱼,密密麻麻地把河面变成了暗黑色。柯帝在河边走,鲑鱼成群结队地在他后面游。从此上游的人就不必挨饿了,他们兴高采烈地都说柯帝的好话。

柯帝来到一条有许多鲑鱼的河,他心想,应该教给他们修筑拦鱼坝。于是,他采棒树条编成网,放在河里。然后告诉人们怎样晒鱼干和储存鱼干。

柯帝来到一条大河边,教人们使用渔叉捕鱼。他剥了一根冷杉枝,用树干作成尖利的渔叉。

后来,他停下来教人们把鱼煮熟了吃。他教人们从火山顶上取来火种,把鲑鱼放在火上翻烤。还教人们在火上炖鱼汤,盖上青草叶,直到鱼肉又软又烂为止。

他和所有的人,一起举行了一个盛大的节日——鲑鱼节。

这时候,柯帝对居住在大河两岸的居民说:"每到春季,鲑鱼都会到河边产卵。你们都应举行盛大的宴会,像鲑鱼节那样,欢庆鲑鱼的到来。然后要酬谢鲑神,感谢他送来丰盛的鱼鲜。你们的首领还要向诸神祈祷,求他们保佑你们网网丰收。节日一共五天,在这五天里,你们不要用刀杀鲑鱼,只能在火上烤着吃,如果大家按照我的话去做,保证你们将永远有足够的鲑鱼。"

柯帝说完,又继续溯流而上,所到之处,全都受到热烈欢迎。当他来到谢兰河畔时,对岸边的居民说:"如果你们给我一个年轻美貌的姑娘做老婆,我会让鲑鱼满河,叫你们不愁吃喝。"

但他们拒绝了。他们想,一个年轻美貌的姑娘怎会嫁给这么一个年迈的老头呢?柯帝一怒之下,用大石堵塞了谢兰河的河床,筑起一道瀑布。巨石挡住的河流,变成了谢兰湖,自此以后,没有一条鲑鱼有本领越过这道瀑布,这就是谢兰湖没有鲑鱼的缘故吧。

柯帝继续上路。一路上,他给山山水水都取了名字。他除魔降妖,造福人类。他还降服了冰人,战胜了暴风雪,使得那里的冬天不再那么寒冷。

为了迎接印第安人种的降生,他广植树木、浆果、草莓和卡玛斯蒜,供他们食用。他教印第安人钻木取火,还制造了削物用的长刀和砍伐用的斧子,制成独木舟。他教会他们制造箭筒和吹箭,教他们使用各种武器和捕猎。他告诉印第安人,必须把鲑鱼洗干净。他把各种日常生活中的知识教给了印第安人。他为人们做了许多好事,但也造了不少的冤孽。

神王对柯帝说:"你将永远流浪,为了赎罪,你将无休止的叹息和哭泣。"

这就是柯帝为什么总是通宵叹息和哭泣的原因,这就是郊狼柯帝为什么总是忍饥挨饿,孤独地在人间流浪的缘故。

柯帝治水怪

柯帝在周游世界的时候,听说哥伦比亚河里住着一个水怪,名叫纳什拉赫,河里的一切生物都死在他手里。被杀的飞禽走兽实在大多了,以致百兽都不敢靠近河边。

"我要帮助你们,"柯帝允诺他们,"不许水怪再来为非作歹!"

不过该怎么办呢?连他自己心里也没数。因此他只好求他的三个姐妹帮忙,他的姐妹全都聪明过人,世间的事,她们无所不知。柯帝有求,她们自然得帮忙啦。

不过,刚开始,她们并不乐意:"你先得说说自己准备怎么办?"

"好呀,你们如果不想帮忙,"柯帝吓唬她们,"我就往你们居住的地方下暴雨,下冰雹了。"

浆果最不喜欢的就是下雨和冰雹了。

她们央求着说:"千万别这样!我们告诉你该怎么办。你要尽可能多捡些干柴来,点上篝火。再去拿五把锋利的刀子。纳什拉赫已经杀死许多多奇努克人。只要你驾着独木舟从他面前经过,他连你也会吞下肚去。"

"真是好办法,我的姐妹,我也是这么个打算。"柯帝回答说。

柯帝听从了姐妹们的计谋。捡了许多干柴和树脂,把五柄尖刀磨得尖利无比,然后来到纳什拉赫居住的那个深潭里。水怪看见柯帝,并没有吃他,因为他知道,柯帝是一位本领极强的兽神。

柯帝暗想,这家伙肯定经不住辱骂。于是他开始百般地奚落和辱骂纳什拉赫。果然,这家伙暴跳如雷,气得嗷嗷直叫。他猛吸一口气,把柯帝吸到嘴边,毫无准备的柯帝只来得及抓了几根棍子。

在水怪的肚子里,柯帝见到许多尚不知名的兽和鸟,它们已经被寒冷和饥饿折磨得死去活来。

柯帝对它们说:"我要在这里生一堆火,给你们准备一些吃的,等你们缓过劲儿来,一起把水怪杀死。这样,你们就可以自由了。"

柯帝在水怪的心脏下面点起一堆熊熊的篝火。冻僵的野兽全都聚集在他的身边取暖。柯帝抓起一把尖刀,把水怪的心头肉一块块割下来放在火上烤。

群兽饱餐一顿,开始帮柯帝割断水怪心脏与全身联结的血脉,直到断了第五把尖刀,水怪的心脏才掉到了火里。

惩治了水怪之后,柯帝把兽民们召集到河岸上,大声说:"现在你们自由了!我给你们取上各自的名号吧。"

"你是群鸟之中黑夜里的卫士,就叫猫头鹰吧;你是兽类中最憨厚的,就叫浣熊吧;你是最有本事的树木医生,就叫啄木鸟吧;你是河中最大的生物,就叫鳄鱼吧。"

接着,他给松鸡等原本无名的禽兽都取了名字,最后,他自报家门道:"我是百兽之神中最智慧最机灵的郊狼柯帝。"

然后,他转身对水怪说:"从今以后,不许你再为害生灵,除非独木舟划过你的头顶,你才可以使它颠扑,你要终生遵守这条法则。"

从这一天起,就有了柯帝法。水怪再也不敢为非作歹,除了在特殊情况下,才会把划过他头顶的独木舟弄翻或吞没,但这种事难得一见了。印第安人也信守约定,通常把独木舟推到岸边,从水怪居住的地方绕行,决不从他头顶上划过去。

雅诺特的七个女儿

在柯帝的时代,雅诺特人居住在哥伦比亚河的两岸。雅诺特有七个美丽动人的女儿。柯帝见过她们,很想娶来做老婆,于是他向雅诺特人求婚。

"七个女儿我都离不开,"雅诺特老人答道,"她们可以给我的炉灶捡柴,离开她们,我就没办法生活。"

"我明白,你缺柴,"柯帝说,"只要你把其中一位嫁给我,我保证每天都给你送柴来。"

"等姑娘们捡柴回来,我和她们商量商量吧。"父亲这样答复柯帝。

老头子等女儿们回来后,告诉她们,柯帝想娶她们中的一位做妻子。这使得姑娘们通宵没合上眼,思来想去,都不知谁会嫁给柯帝这个丑八怪,不过,整天捡柴也实在太没意思了。

柯帝也是整夜没睡着,拿不定主意该选哪个为好。他决定挑一个最漂亮的,不过她们都很好看,难以取舍。最后,他决定把七个姑娘全都娶过来。他打算不像以前那么傻,决定借助神力强迫她们统统嫁给他。

清早,在雅诺特牧场附近,河水冲来许多的树枝。老人命他的女儿们全都跟着柯帝到河边去。直到他们相信,冲上岸的柴可以供他用很长一段时间,才答应跟他走。

柯帝带着七姐妹往上游走,把许多大树扔进河里,让它顺流漂到雅诺特那里,还在河的西岸栽了一片林子。这样,雅诺特就不愁没柴烧了。柯帝实现了自己的诺言。

姑娘们实在太想家了,求柯帝让她们回家一趟,哪怕不多一会儿也好。于是她们按原路回家,一路上看到许多成堆的树枝和树林。她们明白以后不用再打柴了。她们开始商量怎么对付柯帝。

她们对他说,她们要留在家里,再也不愿跟着他到处流浪了。

姑娘居然如此欺骗他,柯帝气急败坏地把她们臭骂了一通,然后暗自诅咒雅诺特人。尽管头两年的冬天很冷,但雅诺特的柴还够用,姑娘们以晒鱼干为生,倒也富足有余。

第三年,柯帝回来了,他把自己对他们的诅咒坦白地告诉他们:"今年的冬天你们会因为背弃诺言而丧命。终有一天,有人会把你们先祖的墓地挖开,同时也会把你们的柴堆搬光。"

说完,他把新栽的林子变成了石林,又用神力使这一年的冬天奇冷无比,大雪封山。春天到来的时候,冰雪融成的巨流从山上奔腾而下,河水泛滥成灾,酿成巨大的洪水,把雅诺特牧场全部冲毁,沙石在洪水过后,又变成了一片石林。

柯帝送火种

混沌初开的时候,人们没有火种。只有在由恶灵斯可可姆守护的高山顶峰才有火。恶灵怎肯把火种交给人类呢?他们害怕人类有了火就会变得比他们还强盛。所以人类只好过着茹毛饮血、饱受风寒的生活。

柯帝十分同情他们悲惨的遭遇,决心帮助他们得到火种。

他走了很远的山路,来到冰雪尘封的山顶。他看见三个满脸皱纹的老太婆日夜轮班看守着火种。一人当班,其余两个呆在离火种不远的窝棚里。换班的时候,看火的老太婆就走到窝棚跟前:"姐姐,姐姐! 起来看火去!"

天快亮的时候,天气特别冷。该顶班的老太婆总是磨蹭着不愿走出小窝棚。柯帝想,要偷火种,这个时候是最合适的。他知道,老太婆准会追过来。她们虽说已经很老了,恶灵的腿脚也还是相当快捷的,怎么逃脱呢?

柯帝只好再次向掌管浆果的三个姐妹求教。

三姐妹很不想帮他:"我们给你出了主意,你随后又会说,我自个儿全都知道了。"

"好,你们不肯帮我!"柯帝知道三姐妹最怕的就是冰雹了,于是他仰头望天,高呼着:"冰雹、冰雹,从天而降!"

三姐妹真的有些怕了:"好了,好了,算你厉害,告诉你吧。"

未等她们说完,柯帝说:"这正是我所打算的!"

柯帝从山上下来,把周围的兽人都召集到一起,然后把他们一一安置好,从恶灵守护的山顶一直到兽人的居所,排了一列长队,各就各位站得整整齐齐。

柯帝重又爬上山顶,等待黎明时分的到来,看火的老太婆还以为他只是附近一只不起眼的小野兽呢。

黎明时分,柯帝看见值班的老太婆起身到窝棚前叫她的姐妹换班:"姐姐,姐姐! 该起来看火啦。"

然后,她走进了小棚。这时候,柯帝飞快地来到火种旁,抓起一块燃烧的木头,向积雪的山坡下抛去。三个老太婆见有人偷火种,立即跟踪上来。她们边走边扔雪块挡住他的去路。他越过层层冰障,一路飞奔,但老太婆还是追上了他,他感到那灼热的气息就在他身后很近的地方。一个老太婆用爪子抓住了他的尾巴,尾巴顿时被烤得焦黑。所以,郊狼柯帝的尾巴尖是黑色的。

柯帝被灼热的气息烤得喘不过气来,一走到树林子旁,就倒地不起了。这时候,躲在一棵云杉后面的美洲虎,马上从暗处奔过来,接过火种,穿过矮树丛,向山下跑去,来到几棵大树前,把火种交给狐狸。狐狸带着火种跑进灌木丛。

这时候,松鼠抓起燃烧着的松树枝,在树林中飞奔,由于风大火旺,松鼠的背上留下了一些黑点,尾巴也被火烫卷了。恶灵们还是紧逼不舍,她们想在林子边截住松鼠。

不过羚羊正在这里等着松鼠,羚羊是兽中的飞毛腿。她接过火种,越过草地飞奔向前,火种在兽类中辗转相传。

最后,火种只剩下一点火炭了,落在蹲在火边的小青蛙手中。小青蛙把炭火吞进腹中,使出浑身解数,飞速逃走。最小的那个老太婆死死地抓住青蛙的尾巴不放。青蛙毫不惊慌地奋力一挣,尾巴留在了恶灵的手中,青蛙却钻进了深深的河水之中,等她从另一条河流探出脑袋的时候,老太婆第二次追上了她。青蛙实在太累了,为救火种,憋足一口气,奋力把火种喷到了松树身上。大树立即把火种吞进肚里,恶灵们不知如何才能从树身上取回火种,只得灰溜溜地回山上去了。

柯帝却知道怎么从大树中取出火种,他向大伙示范,用两根干木条互相摩擦、钻动,直到火花把干松脂点燃,烧起熊熊的篝火,用来取暖和煮食。

复活

很久以前,人死了之后都得到精灵王国去。柯帝为此很发愁,他希望能让亡魂复生,重返人间。

柯帝的妹妹死了,还有几个很要好的朋友也死了。鹰神的老婆也死了,鹰神非常伤心。柯帝为了安慰他,就对他说:"死人是不会永远留在冥国的。他们就像树叶一样,秋天凋谢,春天又会长出来。当春花烂漫的时候,死去的亲人都会回来的。"

但鹰不愿意等到明年春天,他要立刻把他那死去的妻子带回来。于是,柯帝陪同鹰一起到冥国去。柯帝在地上走,鹰在天上飞,朝着太阳落山的方向走了几天的路程,来到一个大水塘边,水塘的对面依稀可以看见许多的房屋。

"喂,有人吗? 请渡我们过去!"柯帝大声呼喊着。

没有人回答,四周寂静。

"那里没有人,"鹰失望地说,"我们白跑了一趟。"

"也许他们在睡觉,"柯帝异想天开地道,"死人可能白昼睡觉,夜晚醒来。咱们还是等天黑了再说吧。"

黄昏的时候,柯帝唱起了古怪的歌。很快,有四个精灵走出房子,驾着小船向他们划过来,和着柯帝的歌声,精灵们用桨打着节拍。没用桨划的小船在水面上滑行着,向他们驶来。

精灵们的船抵达岸边后,柯帝和鹰一起登船向对岸渡去。快要抵达彼岸的时候,他们听到阵阵欢迎的鼓声和歌舞声。

船在靠岸的时候,精灵警告他们:"别进屋,别四处张望,闭紧双眼,这里是圣地。"

"不过,我们又饿又冷,还是带我们进去吧!"柯帝和鹰有些可怜兮兮地央求道。

于是,他们被带进一处四壁透光的草席搭成的大屋,屋子里的众精灵正在随着古怪沉闷的鼓点唱歌跳舞。一位老太婆用一只瓶子给他们端来不多的一点海象油膏,让他们充饥。

借着这段时间,柯帝和鹰把四周从从容容地打量了一遍。屋子里布置得很漂亮,有很多精灵穿着节日的盛装,戴着美丽的贝壳和鲑鱼齿,头上插着鲜艳的羽毛。月亮在屋顶上放着银色的光亮,照亮这里的一切。青蛙坐在月亮身旁,多年以前,自从他跳到这里来以后,就一直跟随着月亮女神。她负责照看月亮,让她为唱歌跳鹰和柯帝认出其中有几个正是他们死去的亲友,只是他们并没有注意到这里有外人。而且,谁也没留意柯帝身边的小篮子。他打算把亲友的精灵放在其中带回人间。

清晨,众精灵纷纷离席,睡觉去了。柯帝便把青蛙打死,把他的皮裹在自己的身上。天黑时节,精灵们回到屋里继续歌舞。他们并不知道,站在月亮边披着青蛙皮的是柯帝。

正当他们尽情歌舞的时候,柯帝一口把月亮吞进肚里。在黑暗中,鹰把几个精灵装进了柯帝的篮子里,把盖子捂严。一切停当,然后重返人间。

走了好一段路,他们忽然听到篮子里发出吵闹声。几个精灵正在抱怨自己的运气不好。

"周围的人都在推我,挤我。"一个精灵唉声叹气道。

"谁踩了我的脚?"另一个抱怨说。

"我们的手脚被压得受不了了!"第三人抱怨着。

"把盖子打开,放我们出来!"几个精灵齐声喊道。

柯帝觉得很累,手中的篮子越来越沉重。因为精灵们已经复活了。

"把它们放出来得了!"柯帝说。

"不行,不行!"鹰赶忙说。

走了不久,柯帝把篮子放到地上,对他来说,篮子太沉重了。

"把他们放出来吧!"柯帝又说,"我们离冥国已经很远了,他们无法再回去了。"

于是,他们把篮子打开。这时,人又重新变成了精灵,像一阵风一样飞向亡灵岛去了。

鹰大骂了一顿,忽然想起柯帝的话。

"现在是秋天,死去的灵魂像叶子一样凋落,等来年春天,百花盛开时,我们再去冥国试试!"

"不了,"柯帝说:"还是让死者的灵魂得些安宁吧!"

于是柯帝定下法律,死去之人永世不得重返人间。如果当时,他没有打开盖子的话,那些死去的人就会像所有的植物一样,每到春天就会死而复生。

柯帝杀巨人

在人类出现早期,在蓝山上住着七个巨人兄弟。他们中的任何一个都比红松还高大,比橡树还坚实。

人们都很怕他们,因为他们喜欢吃小孩子。每年他们都要到东方去,一路上碰到什么吃什么。母亲们带着自己的孩子逃离自己的家园,但还是有不少的小孩落入他们的魔爪。人们很担心,如果一直这样下去,那再也听不见孩子们的欢笑了。

人们最后决定请柯帝来帮忙。他们说："柯帝是我们的朋友,他曾战胜过许多恶棍,这次他一定会帮我们的。"

　　于是,他们去求柯帝。柯帝答应替他们杀死七个巨人。

　　不过到底该怎么做,柯帝的心里没有一点数。于是他去找他的朋友狐狸出主意。

　　"我们先挖七个深坑,"狐狸说,"挖在巨人们去东方的必经之路上。然后在里边注进滚烫的开水。"

　　为了挖这七个深坑,柯帝几乎动员了所有的有爪动物。挖好以后,柯帝又带人向里面注进浑黄的脏水。为了把脏水煮开,他的朋友狐狸往坑里扔进一些晒得发白的滚烫的石头。

　　七个巨人开始像往年那样动身去东方了。他们昂首阔步,旁若无人。因为他们知道,谁也不敢招惹他们。结果,他们掉进了七个深坑,在滚烫的脏水里越陷越深。他们在里面死命挣扎,可是坑太深了,怎么也爬不出来,直弄得精疲力竭,把红褐色的脏水,喷得老远。

　　这时候,柯帝走了出来,让七个巨人安静下来,巨人们马上认出了他是谁。

　　"这是对你们恶行的惩罚,"柯帝对他们说,"我要把你们变成七座丑陋的高山,让所有的人都看得见你们。你们将永远站在那里,让世人记住,恶有恶报。为了不让你们再去残害百姓,就用一条深深的山谷把你们和人类隔开。你们中的任何一位都不能跨越它。"

　　柯帝唤来神力,然后把巨人变成七座山峰。接着,柯帝又使劲拍打大地,在七座山峰下裂成一条深不见底的峡谷。

　　如今,这山就叫七巨灵山,山脚下的峡谷叫蛇河鬼谷。七个巨人喷出来的脏水,就是至今开采不完的铜矿。

古印加神话

古印加帝国文明时期,印第安人有多个部落,每个部落都有自己的神话传说,虽内容各不相同,但实质却差不太多,同多数民族一样,他们也相信万物有灵,崇拜多神,即自然神。

印第安人最初有图腾崇拜,因为他们认为动物比人在觅食时更敏捷,以后他们逐步完善自己的宗教信仰,创作出创世神话,人类起源神话,自然界的神话,还有许多民族英雄、部落酋长的传说。

各部落都有自己的创世神话,而且各族的创世之神都是先构想出一个意念,然后使这个意念在世上实现这样的结构来设想的。这里所谓的意念即是第二个存在,这个存在可填补创世者周围黑暗的空虚。然后来了一些英雄,他们协助使大地成形并适于居住,英雄代表了世界上新生的生物同恶魔和破坏力进行斗争的势力。

创世主帕查卡马克

帕查卡马克原来是秘鲁海岸地区人们所信奉的创世之神。他名字的原意是"大地的创造者"。后来随着印加人势力的日渐增强,帕查卡马克的影响力也随之减弱。不过从几位与帕查卡马克同名的国王来看,推测应该也有不少印加人之后也跟着信奉了帕查卡马克。

根据传说,人类是由帕查卡马克在创世时期用泥土所创造的。他创造了一男和一女。帕查卡马克为他们注入了生命,将他们变成活生生的"人类始祖"。但是起初,人类始祖因为找不到食物,过不了多久,两个人都变得瘦弱不堪,这都是因为帕查卡马克生性懒惰,忘了给人类创造食物所造成的。

帕查卡马克

很久以前,在今天秘鲁的土地上,仍然荆棘丛生漆黑一片。既看不到光明,也没昼夜之分。正好有一天,创世主帕查卡马克来到这里,心血来潮,便随手造就了第一批人类以及飞禽走兽。然后便来到后来的科利亚地区一个风景独秀的湖泊中隐居歇息,这湖就是今天的的的喀喀湖。

此后又过了很多很多年,帕查卡马克打算回到宇宙中遥远的居处去,便从湖中走了出来。此时的大地仍然一片漆黑,他所创造的那批人虽然已经开始了原始的生活,但不仅不懂得向赋予他们生命和灵魂的创世主感恩戴德,而且连最起码的敬天畏神之心都没有,整天骂骂咧咧指天咒地,抱怨这抱怨那,甚至向走出湖面的帕查卡马克扔石块、吐口水。帕查卡马克一怒之下,把他们都变成了石雕像,有些正朝着湖的方向一边走,一边指指戳戳,有的正在涉水过河,等等。

心平气和之后,帕查卡马克仔细回味了那些野蛮人的抱怨,的确是自己的一时疏忽,不禁对自己的行为有些懊恼和后悔。于是便决定重新来过,只是这次有了比较周详的步骤和计划。

首先,他回到湖中小岛的小山洞里,召集众神商讨有关给黑暗中的世界带来光明的事宜。经过众神的推荐,帕查卡马克决定由孔蒂拉雅·维拉科查男神和基利亚女神兄妹俩担此重任并结成夫妻,由孔蒂拉雅太阳神司白昼,以金星为助手,风雨雷电为仆役;月亮女神基利亚司夜间照明,昂座七星为仆役追随左右,并准许基利亚从每月抽出三天主理太阳宫中事务以尽主妇之职。

帕查卡马克指令太阳和月亮由东往西,交替运行,并约定当太阳升起的第一束光线照射进的的喀喀湖中岛上小山洞时,即为新人类生命的开始。

这一切工作完毕以后,帕查卡马克神就在第亚爪纳科,按照人的模样雕刻了许多石像。有一般百姓的石雕像,也有将来统领这些人的首领像,还有许多孕妇和带着孩子的妇女以及许多尚在摇篮中的婴儿石像。这一切都是石头做成的。他把这些石像放在一边,然后,在另一边同样也做了许多石头像。然后,指令众神,在那些石像上刻上名字,并告诉他们让哪些人该在哪些地区居住,繁殖后代,并约定,在太阳之子对这些人施予教化之前各自奉他们为自己的偶像。

当太阳从东方升起时的第一束光芒照亮了的的喀喀湖心岛的小山洞,世界上一群新生命就这样诞生了。

帕查卡马克把其中两个人留在自己身边,对其他那些人说:"你们走吧!朝着太阳落山的方向走去,把那些人们从溪泉、河川、山洞和林莽中呼唤出来,并教给他们生存的技巧。"这批人便出发了。他们分别按神的意旨到他们指定的地方去。他们一到那里,就呼唤着石像上的名字并高声宣谕:"你们出来吧!就居住在这块荒无人烟的土地上,这是创世主帕查卡马克的旨意!"于是,恰如帕查卡马克所说的那样,人们便从四面八方跑来了。从此,这块土地上才有人居住。

帕查卡马克待这一切都按照他的意图安排妥当以后,又对留在自己身边的两个人说:"你们两人是太阳神的第一束光线所赋予的生命,在你们俩的身上有着太阳神的意志,你们的子孙,将辅佐太阳神之子成就功业,成为印加王族的一分子,你们俩要记住!好了,你们也照着他们的样子去把人们唤出来!"他让二人朝着钦查(北方)和昆蒂(西方)分道而行然后到西北方汇合。

帕查卡马克分派走二人以后,就径直朝着库斯科方向走去。库斯科正处在安蒂(东方)和昆蒂之间的中心地带。他沿着通往卡什马尔克的山间小道走着,他一边走一边把人们呼唤出来,当他来到卡恰省卡纳斯人的聚居地时,卡纳斯(意为"火灾")人不仅没有认出他们的创世神,而且一个个全副武装,杀气腾腾,一齐向他进攻,想把他杀死。

帕查卡马克看到他们手执武器而来,就明白了怎么回事,于是,马上从天上降下火焰,焚烧他们居住的山头。那些印第安人看见大火临头,惊恐万状,纷纷把武器扔在地上,朝着帕查卡马克站立的方向爬行,来到这个留短发蓄长须、身着长袍的人面前乞求宽恕。帕查卡马克看到这种情状,便双手招来一根木棍,到有火的地方,打了三下,大火就被扑灭了。这时,印第安人中一个机灵的人认出他就是创造世间万物的神。

帕查卡马克在显了这番神通之后,继续赶路,以便完成自己对太阳神许下的诺言,为他的子女选中一块王城宝地。等到了距离库斯科30公里的一座小山上,他坐了下来,呼唤出一批印第安人。然后带领他们来到库斯科,并向他们做出预言:"你们在这里安居,等到一群大耳朵的到来,他们中间太阳神的长子长女来统领你们,教化你们,成为你们子子孙孙的国王和王后。"

然后,帕查卡马克从这里西去,会合众神如履平地般踏海而去。

维拉科查的神谕

自从第一代印加王曼科·卡帕克立国开始一直到第六代印加工印加·罗卡,帝国在一片和平、百姓安居乐业的情况下不断得到拓展,从未遇到强有力的抵抗和大的流血战争。然而,在传到第七代国王时,人们被不祥之兆所包围,开始恐慌不安起来。

啼血之兆

第七代印加王亚瓦尔·瓦卡克还是三四岁的婴儿时,啼哭时从眼睛里流出血泪,祭司们格外重视王储身上出现的预兆,经过推算和到太阳神庙占卜,发现这是不祥之兆,担心会在他身上出现大的灾难,或受到他的父亲太阳的诅咒。但就如同太阳神只是在和他的儿孙们开玩笑一样,什么样的灾难都没有降临到亚瓦尔·瓦卡克身上,他很顺利地继承了父亲留下的王位,而且在身为王储时,就为他的父亲和帝国征服了不少的地方。人们逐渐对这位国王童年的预兆开始淡忘。

亚瓦尔·瓦卡克国王继位以后,如同他的先辈们一样,以公正、仁慈和怀柔之心把国家治理得井井有条,他总是体恤百姓,尽力为他们造福。但他只想仰仗父辈和祖辈留给他的繁荣,不愿去征服和讨伐任何人。由于他的名字预示着凶兆,加上人们每次给他的预测也很不利,他总担心有什么灾祸临头,不敢轻越雷池,以免激怒他的父亲——太阳,这样他父亲也就不会如人们所说的那样严厉地惩罚他。

　　他怀着这惶惶不安的心情度过最初的几年,只求平安无事。为了不至于无所事事,他一而再,再而三地巡视诸王国,尽力用辉煌的建筑装点国土。对臣民施以特殊的恩泽,比他的先辈们更加热心地对待百姓。他也从百姓那里获得了更多的回报,国力日益强盛,帝国的威望比以往任何时候都要传播得更远。

　　10年过去了,这位印加王已经把他的帝国治理得没有一个游手好闲的懒汉,没有一个乞讨的穷人,甚至一年到头没有一起伤风败俗的案件,没判处过一名死囚。这一成果一直延续到帝国末年到遭到西班牙人入侵之前。

　　印加王亚瓦尔·瓦卡克为了不显得怯懦无能,避免成为印加诸王中的胆小鬼,他决定派出一支两万人的军队去征服西南沿海的阿雷克帕地区。他的前辈诸王在那里留下了一块狭长地带没有征服,不过那里人烟相当稀少。

　　他本来打算亲自率军,但是,关于他在战事方面的凶兆总是裹胁着他犹豫不决。欲望刚刚把他推上波峰,恐惧就把他摔进波谷,所以不敢贸然出征。最后,便任命自己的兄弟阿普·迈塔为统帅,以四位有经验的印加王公为将军,一起出征。很快他们就顺利地完成了使命,把那块土地一劳永逸地纳入了帝国的版图。只不过因为那里地势狭长,几位王公在行军和停留上用去的时间,比真正征服用去的时间还要多。

　　印加王亚瓦尔·瓦卡克得到胜利的捷报,颇受鼓舞,于是决定进行一次更大规模的征服行动,把科利亚地区一直不肯臣服于帝国的几个大省纳入帝国。这些省不仅土地辽阔,人口众多,而且居民骁勇善战。正是这些不利原因,前辈诸王才下不了决心用武力去征服,以灭绝那些不开化的野蛮部族。并且始终以怀柔之心让他们目睹帝国臣民的富裕生活,而感同身受,从而自愿接受印加人的统治。但这似乎没有太大效果,因为那里的人把自己信奉的神和自由看得更重要,把接受异族的偶像和统治看成是自己的奇耻大辱。

　　这位印加王为征服那几个省的战事终日劳神,郁郁寡欢,既有担心又怀希望。根据他兄弟阿普·迈塔那里战事的进展和劝服的成果来看,他可以做出大获全胜的估计;有时又因自己身上早有凶兆在先,担心这场战争会遭遇意想不到的危险,又不相信会取得成功。就在整日受着这些痛苦煎熬时,他又把眼光转向了家庭事务。

　　多年以来,家中发生的事情也使他心烦意乱,那就是将要成为国王继承人的长子阿塔乌。这个儿子的性情从小就很暴躁,经常欺侮跟他一起玩耍的同龄孩子,而且有一些暴虐、残忍的迹象。印加王也曾谆谆教诲,苦口婆心地劝他改邪归正,希望他长大成人更懂道理时,能逐渐改掉粗暴残忍的坏脾气。但看来这种指望已经全部落空,因为随着年龄的增长,他那残暴性情非但没有收敛,反而变本加厉。这对父亲来说是极为痛苦的事。诸代印加王都以亲切温和为荣,深得民心,如今王子

中外神话故事

·古印加神话·

图文珍藏版

性情却截然相反。他费尽口舌地劝阿塔乌以他的长辈为榜样,对他回忆他们的为人,让他学习他们的样子;也用过斥责和冷遇的办法,企图使他迷途知返,改弦更张。但这一切都收效甚微,或徒劳无益。因为在有权势的大人物身上,不良习性是很少能改正,或根本不能改正。

亚瓦尔·瓦卡克国王眼见事情无可挽救到这种地步,便决定从身边把他逐走,他的用意是:如用贬斥的办法也不能改变王子的性情,就索性废除他的王位继承权,而从诸子之中另选一个与其先辈性情相吻合的贤者为继承人。这位印加王看到在帝国的某些省份就是由最受爱戴的儿子继承领主地位的,他也想效仿这种做法,虽然在印加前辈诸王中从未有过这种做法,但也从未有过这样不堪教导、性情反叛的王储,所以这位印加王想对儿子实行这样的处置。

印加王怀着沉痛的心情,下令将年已 19 岁的王子阿塔乌逐出家门和宫廷,送到城东十多里远的地方,那是一片广阔而美丽的奇塔牧场。牧场里放牧着许多太阳神的牲畜,国王命他与牧人一同放牧。

阿塔乌王子不敢违抗父王的谕旨,接受了为惩罚他性情残暴好斗而对他实行的贬斥和流放,甘心与其他牧人一样操起放牧的差事,看护太阳神的牲畜。好在这些牲畜是太阳神的,这对伤心不已的王子无疑是个很好的慰藉。阿塔乌王子在那里一呆就是三年,直到有一天,他斜倚在牧场里一块巨石上半睡不睡时,受到维拉科查神的预示为止。

神谕的力量

印加王亚瓦尔·瓦卡克在放逐长子之后,那边的征服战争也传来捷报,这倒成了那段时间最让他欣慰的事。等安排好征服地区的善后事宜,将军队解散,印加王决定完全停止战争,不再征服新土地,而全力以赴地治理国家和管教王子。

虽然说印加王已将阿塔乌王子流放到了奇塔牧场,但也不愿就那样丢开不管,毕竟理智难以战胜父子亲情。印加王觉得还需要用心观察,争取儿子改过自新。如果王子依旧沽恶不悔,那么也只好另谋他策了。尽管他绞尽脑汁,设想了许多方法,诸如罚他终身禁监,废除他的继承权,另选贤者取而代之,等等,但又总觉得这些均非良策,而且也未免过于严厉,且效果未必可靠。毕竟这种事情前所未有,关系重大,对王子实行对百姓都不轻易执行的严厉惩罚,臣民们也未必同意。

印加王整日都为此事所折磨,心情郁闷,寝食俱废。在此期间,他倒是没有将国事搁在一边。他两次派遣四位王公贵胄巡视王国,命他们大兴土木,为众百姓造福,诸如开新渠,造梯田,建粮仓,筑行宫,架桥梁,修道路,垒蓄水池,等等。但他一刻也不敢离开首都一步,而是留在宫廷里主持太阳节和一年中的其他庆典活动。

三年时间过去,一天刚过正午,正在处理国事的印加王突然接到宫门侍卫的禀告说,阿塔乌王子在宫门外等候传见。

印加王对这位王子早已心灰意冷,便气恼地传下话,说:"身为王子应该知道,不管王命涉及的事多么细微,在成命收回之前,均不得违抗,否则一律处死;如果王子不想以身试法的话,还是立即回到流放地去为好。"

王子在官门外理直气壮地回禀说,他并非为抗拒王命而来,而是为了遵从像父王一样伟大的另一位印加王的命令而来,而且那位印加王乃是派他来禀告一些事关帝国安危的重大事情,父王是必须知道的;如果他想听,就准许他入宫禀告;如果他不愿意听,那么他将回到流放地,向那位印加王如实禀告一切经过。

印加王听说事关另一位与他一样的君王,遂命王子进宫细述。一来,他倒也想看他这位不争气的儿子会说出什么胡言乱语,弄清他会耍什么样的花招之后,再予惩处;二来也想了解让这位被放逐的儿子来传递消息的人到底是何方神圣。

王子灰头土脸地来到父亲面前,急切而有条不紊地对印加王说:"启禀独一无二的君王,我遵奉您的命令,在奇塔牧场看守我们共同的父亲——太阳的牧群。今天中午,我正斜倚在牧场的一块巨石上,反省我的罪错,也说不清是睡是醒,突然一个人来到我的面前。他的衣服又长又肥,遮盖双脚;他脸上的胡须足有一尺多长,手里牵着一条脖子上系着锁链的怪兽,是我们未曾见过的一种动物。那人对我说:'孩子,我是太阳之子,是你的第一代先祖,印加王曼科·卡帕克和他姐姐奥克略王后的弟弟,因此我是你父王和你们所有人的兄弟。我是维拉科查·因蒂神,今奉我们共同的父亲——太阳神之命而来,有一则警报告诉你,要你转告你的父亲——在位的印加王。那就是已经归顺印加帝国的钦查苏尤诸省的占有整片辽阔土地的昌卡人以及尚未归附的其他地区,如今已发生了叛乱。他们正在纠集重兵,企图率兵前来进犯库斯科城,推翻他的王位,毁灭我们的共同家园。因此,你必须刻不容缓地赶到我的兄弟印加王那里,转告他做好准备,审时度势,妥善处理,以应此劫难。我要特别告诫你痛改前非,不管遇到什么艰险,你都不要担心我会袖手旁观,弃你于不顾。我会像对待亲生骨肉一样,在你危难时,赶来救援,助你脱离险境。建功立业的时候到了,不管多么艰险,你都要一往无前,义无反顾!只有这样的英勇壮举才无愧于你高贵的血统和你伟大的帝国的臣民们。我将永远福佑你和保护你,需要时我会出现在你身边帮助你渡过难关。'说完这些话后,印加王维拉科查就隐身离我而去,无影无踪。于是我立即赶路前来,按他的旨意向您禀报。"

早已对这位性情粗鲁的儿子感到深恶痛绝的印加王并不相信自己的儿子,他当即怒斥王子道:"住口,你竟敢信口雌黄,简直是个狂妄至极的疯子!居然把自己胡编乱造的荒唐事加在太阳我父头上,真是令人可憎!"于是喝令王子立即返回奇塔,永远也不想再见到他,免得惹自己生气。王子知道这件事一时难以说清,只好又重新回到奇塔去牧羊。从此,王子比以前更加失宠于他的父亲了。

而经常侍奉在国王左右的那些印加王公们,却不敢对王子所说的事情如此轻下结论。虽然,他们是王子的兄弟和叔伯,也都知道王子的性情不能尽如人意,但他们相信这些话绝非王子的胡编乱造;并且,他们一直非常相信梦中的预兆;所以,他们对此采取了与印加王不同的态度。

他们对印加王说，既然他的兄弟——维拉科查说自己是太阳的儿子，而且奉他的命令而来，那么传来的消息和警告不能等闲视之；而且仅凭想象杜撰那套言语已属亵渎神明，再加上抗命前来诓骗自己的父王则更是罪加一等。因此，不应认为王子会冒着犯下大罪的危险无中生有来冒犯太阳的神威。既然如此，最好对王子的话逐字逐句认真思考，并应就此事向太阳敬献牺牲，来观察太阳的预示是吉是凶，并做好必要的准备，以免事到临头措手不及。

而且王公贵族们大多认为，既然太阳父亲已发出警告，并派他的儿子，印加王维拉科查前来谕示，如果对此事置之不理，不仅对事情本身有害，而且也等于是在藐视大家共同的父亲——太阳神，岂非错上加错？

印加王对儿子的恶劣行径痛恨至极，不肯接受王族成员的劝告，尤其是看到几乎所有的王室成员都出来替王子辩护，怨怒之中又增添了些许忌恨，这些因素迫使他横下心来，固执己见地对印加王公们说：“不要理会这个疯子的话，他非但不改掉自己那暴虐的习性以求得亲生父母和太阳我父的谅解和宠爱，反而又来胡言乱语，我看他是难以救药的了！就凭着杜撰出来的这套稀奇古怪的无稽之谈，就该废黜了他，剥夺他的王子称号和王位继承权！印加帝国自从伟大的曼科·卡帕克王奉太阳我父的旨意立国以来大大小小征服了数以百计的部族，其中有哪个胆敢违背太阳神的旨意和王命而举兵反叛？阿塔乌的话是对太阳我父和列祖列宗的亵渎，而且不利于帝国臣民的和平与安定，理应对他严加制裁才显国法和神旨的威严，才能使百姓心服口服。我打算立即着手，选择一个效仿先辈的人，一个有仁慈、怜悯和怀柔之心而无愧于太阳之子称号的人。我们应该看到，伟大的前辈诸王是以造福于民的行为和一颗宽宏大量的怀柔之心为帝国赢得了大片领土、众多心悦诚服的酋长、领主和百姓，以及威震四海的赫赫威名。倘若容忍这样一个性情暴虐，蛊惑人心的疯子来继承王位，帝国的一切必将毁于其残暴好战的行径之下，不仅对不起太阳我父和先祖的谆谆教诲，而且也是天理难容！诸位王公大臣！我希望大家不要理睬那个疯子的胡言乱语和他的癫狂之举，更不要跟着瞎折腾，否则不仅动摇民心，而且也会在边远省份中造成相互猜忌和骚乱。诸位王室成员理应分清大小轻重，把这件关系到我们子孙后代和帝国命运前途的大事放在心上，磋商一个合适的王位继承人选！”

印加王亚瓦尔·瓦卡克讲完这些话，见众王公大臣缄默不语，这位生性懦弱唯恐招来太阳神诅咒的印加王，便有意和缓一下紧张气氛，说道：“阿塔乌声称他的胆大妄为乃是受了一位太阳之子的委派，处理他也还要慎重。至于此事应该如何处理，我要好好想一想。”

这位印加王在晚宴上，再次要求诸王公永远不要再提到日间之事，因为只要让他想起王子的事，他就会怒火中烧。

神谕的应验

阿塔乌亲传神谕三个月之后,就有消息从边境传至王城库斯科说,在距离王城300公里的阿塔瓦利亚以外的钦查地区各省发生了叛乱。消息不知始出何人之口,就像经常说到这类带有蛊惑嫌疑的事情时那样,即便知道,也会故意含糊其词或隐去那个人的名字。所以,尽管阿塔乌王子梦见过此事,而且传言也证实了梦中神谕的可靠性,亚瓦尔·瓦卡克国王仍然不予理会,他认为那是道听途说,是对似乎已经淡忘的梦境旧事的重提,为王子开脱罪责,等等。

讨几天,消息再次不胫而走,但仍然不够确凿,使人将信将疑。原来反叛的敌人已经严密封锁了通往库斯科的所有路径,以防叛乱之事泄露出去。他们之所以这样做,是希望在神不知鬼不觉的情况下,以迅雷不及掩耳之势攻入库瓦科城,控制局势。

等到消息第三次传入库斯科城时,已经说得很细致,似乎是千真万确的了。消息说,昌卡族人伙同安科瓦柳·乌拉马卡、维尔卡、乌图苏科亚及其附近各部族已经联合反叛,国王派驻各省的省督和官员均遭杀害,一支4万多人的大军正向王城快速推进。

早在第六代印加国王印加·罗卡统治时期,所征服的那些北方好战部族,只是慑于帝国的赫赫声威和强大武力,而不是喜欢他的统治,他们把对太阳之子剥夺其自由和偶像习俗的仇恨隐埋在心底,等待报复的时机。如今他们看到印加王亚瓦尔·瓦卡克对战事如此心存畏惧,被名字所蕴含的凶兆吓得畏畏缩缩,而且被自己残暴成性的儿子阿塔乌王子气得心绪不宁,一筹莫展。再加上国王最近一次不知何故对儿子大发雷霆,狠狠训斥他,扬言废黜王子继承权的事也传到了那些部族印第安人那里。他们便认为良机已到,正好可以发泄他们对印加王的不满和对帝国统治的仇恨。于是,他们在很短时间内,相互串联,并号召邻近部族,共同组织起一支4万多人的强大军队,挑起向帝国王城库斯科的征战。

策划这次叛乱的主谋,也即煽动其他领主谋反的是三位印第安首领,他们是昌卡族三个大省酋长。其中一名叫安科瓦柳,是个26岁的壮汉,另两名是亲兄弟图迈和阿斯图,是安科瓦柳的亲戚。在印加人到来之前,这三位酋长的先辈曾与邻省部族,特别是克丘亚族(这个姓氏包括北方五大省份)长年累月征战不休。他们对这些部族及其邻近的其他部族非常残暴,把他们压制得俯首帖耳。后来,克丘亚人和其他部族为了摆脱昌卡人的残暴统治和苛捐杂税,便主动投靠了印加王,心甘情愿地接受印加帝国的统治,分享帝国和太阳神的福祉。昌卡则完全相反,印加王打破了他们称霸的梦想,使他们从万民的主宰变成朝贡的仆役,他们对此耿耿于怀。就是由于这种原因,他们怀着父辈们留下的刻骨仇恨和昔日锥心裂肺的耻辱,发动了现在这次战争。

他们料定印加王毫无戒备,且身边没有可召集的军队,只要发动突然袭击,便可一战告捷,不仅可以成为他们旧日敌人的主宰,也可以成为整个帝国的主宰。

昌卡族人抱着这种强烈的欲望,召集了已经归顺和尚未归顺印加王的邻近部族,许诺给予丰厚的战利品。就这样将几大部族都笼络了。反叛的联盟推举勇猛的安科瓦柳做统帅,那两兄弟为副手,其他酋长分任本族人马的统领,日夜急行,直逼库斯科而来。

印加王出逃

印加王亚瓦尔·瓦卡克得知叛军果真进犯,一时间大为惊慌,手足无措。因为,根据历来的经验,自从第一代印加王曼科·卡帕克立国直到现在这位印加王,征服了那么多省份归附帝国,从未有哪个省份发动过叛乱,所以他绝对不相信会发生这样的事。由于始终抱着这种盲目的心理,再加上对王子心怀憎恶,印加王的理智被感情所蒙蔽,所以既没有相信王子转达的神谕,也没有接受王公贵族的劝导。现在一旦祸事临头,毫无防备的印加王根本来不及征调军队抵抗,久耽和平的帝国首都不仅没有堡垒要塞做抵御,也没有足够守城的常备军。他完全陷入了一筹莫展的困境。百般无奈之中,他只好任凭那些残暴的叛军一路上耀武扬威,几乎毫无阻挡地向库斯科长驱直入。印加王则向科利亚地区撤退,期望能暂时保全王族的血脉和自己的性命以图东山再起。因为那里的百姓深受国恩和教化,品德高尚,忠心耿耿。

亚瓦尔·瓦卡克国王带着能跟随自己的一些印加王族,一直退到城南30里处的穆伊纳狭长的河谷,在那里安营扎寨。在那里一面犹豫观望,探察敌人在路上的动静,打听他们已经到达什么地方,一面等待援军到来。

国王既已脱逃,库斯科城也就等于被抛弃,尽管人们也想守卫王城,可惜没有人敢擅权下令,大家也只好逃亡。于是,凡是能逃的人纷纷逃亡,觉得哪里可以更好地保全性命就往哪里跑,顿时之间,繁华的库斯科便要成为一座空城。

一些出逃的人在路上遇见了因为传递神谕而被人们尊称为维拉科查·印加的阿塔乌王子,向他细述了钦查地区北方数省叛乱的消息,并在神情之中略带鄙弃地向王子报告说,他的父亲印加王因为敌人突然进犯,不敢抵抗,已带领王族成员向南方的科利亚方向撤退。

王子得知父王弃城而逃,心情非常糟糕。他当机立断,吩咐这些报信的和身边追随的几位牧人赶往城里,以他王位继承人的名义对沿途碰到和在城里迟滞未走的印加人下令,凡是能够拿起武器的人都要武装起来,去追随他们的君主印加王,他自己也要去把父王追回来,并要他们把这道命令辗转相告。

维拉科查王子下过这道命令以后,连库斯科城门也未进,便离开那里抄近路去追赶他的父王。他一路疾行,在穆伊纳狭长的河谷赶上了印加王,他尚未离开那里。

王子风尘仆仆,浑身已被汗水浸透,手握一杆随身携带的长矛来到印加王亚瓦尔·瓦卡克面前,声泪俱下地对他说:"国王啊,仅凭一条尚未验证真假的消息,听说有几个百姓发动叛乱,却连敌人的影子都未看见,您就弃您的宫室和王城于不顾,这样怎对得起我们祖先的荣誉?您把您的父亲——太阳神的庙宇和忠心耿耿的百姓给那些野蛮的人,任凭他们穿着肮脏的鞋子去践踏,让他们随心所欲在那里干着我们的先辈明令禁止的事,让他们用无辜者的鲜血,染红神圣的祭坛,这是怎样一种罪过啊?那些献给太阳做妻子的贞女(按照印加人的习俗,从王室血统的女子中严格挑选出来,充入太阳贞女宫,以太阳神妻子的名义服侍太阳神,处理日常供奉,最多时,人数达到1500人之众,终其一生,均不能出宫禁一步),如果我们把她们弃之而不顾,任凭粗野、兽性的敌人对她们施暴,给太阳我父蒙上永远难以洗刷的耻辱和污秽,如何对得起她们,如何有脸面接受太阳我父的召唤与他一起安息?在他的面前我们将何言以对?如果仅为苟全性命而允许这些让我们富贵的血统蒙受屈辱的行径发生,我们在百姓面前还有什么尊严而言?即便我们能够在有朝一日收复故土,百姓照样拥戴我们,我们又如何不因今天的退却而羞愧难当?我不吝惜自己的生命,我愿率人去迎战,宁可让他们杀了我,也要证明我们的血统不愧是纯正的太阳神的血统,决不容他们大摇大摆踏进库斯科一步!我不愿活着看到那些野蛮人在太阳和他的儿子们建立的神圣的帝国的王城里干着那些令人深恶痛绝的勾当。愿意跟随我的人都跟我走,以自己的行为证明自己不愧是太阳的子孙,我们共同的父亲太阳在天上看着我们,他不会弃我们于不顾。"

王子非常痛心和伤感,他说完这番话,看都未再看他父亲一眼,立即返身奔向库斯科城。跟随国王一起逃出的印加王公——有他的兄弟、叔侄和其他亲属,共计4000余人,除了老弱病残的人留在国王身边外,全都随同王子一同回城。

沿途道路两旁,他们碰上许多从城中逃出来的百姓。王室成员告诉这些人,印加·维拉科查王子要回去保卫首都和他们的父亲——太阳的庙宇,鼓励他们振作起来,一同回去拿起武器抵御敌人。

印第安人听到这个消息,顿时群情振奋,所有出逃的人,特别是那些能够作战的人纷纷转身而回,在田野上互相鼓励,辗转相告这一令人振奋的消息,说王子回来保卫王城!这一英勇无畏的壮举使大家异常激动,深感慰藉,全都返身追随王子。王子也愈发显示出无畏的气势,并以这种情绪感染着跟随他的人们。

王子就这样进了城,吩咐聚集起来的人紧随其后,直奔敌人来犯的钦查苏尤王室大道,声称要赶在敌人进城之前与其遭遇。他的意图很明显不是来阻挡敌人,因为他非常清楚自己势单力薄难以抵御敌人的攻势。他只求死在战场,以自己的鲜血来洗刷父王的怯懦表现给太阳神和整个王室血统蒙上的耻辱。而且也不愿意眼睁睁看着敌人轻而易举地以胜利者的姿态野蛮地践踏王城、亵渎太阳,因为这比死更令他痛苦。

血染原野

在库斯科城北 5 里多的地方有一片大平原,印加·维拉科查王子来到这里停下来休整,一来等待随他离城而来的人,二来收编田野上逃散的百姓。他把这些人和随身带来的人收编在一起,组成一支 8000 人的军队。他们都是印加族人,他们的先辈从第一代印加王时起就享受和王室成员一样的特权和荣誉,所以人人决心在自己的王子面前与敌人决一死战。

王子在他的营地得到侦察兵的报告,说敌人已在距城 100 多里处的地方渡过了宽阔的阿普里马克河。坏消息传来的次日,又传来令印加族人振作的好消息,消息来自昆蒂苏尤方面,说有一支两万人的援军正往这里赶,距他们所在之处并不远。援军由克丘亚区、科塔绣帕、科塔内拉和艾马拉诸省以及与反叛省份交界地区的部族组成。

尽管昌卡人竭力封锁自己反叛的消息,与之地界相接的克丘亚人还是得知了事情的真相。克丘亚人认为叛军来势迅猛,时间紧迫,来不及报告印加王和等待他的命令,便以最快速度,把能够征集的军队全部征集起来,组成一支联军直奔库斯科城,准备与叛乱的联盟决战。

这支赶来增援的军队来自归顺卡帕克·尤潘基国王的部族,现在为了表示对印加王的忠诚,火速整军前来;另一方面,这些部族与昌卡人宿怨颇深,互为仇敌,无论如何都难免一战,援军为了不让敌人抢先进城,抄了近道,直奔库斯科城北的必经之道堵截叛军。因此,援军和叛军几乎同时到达。

值此千钧一发,得知有大队援军赶到,维拉科查王子及其手下都很振奋。王子觉得这都是向他显圣的维拉科查·印加的功劳。因为,当时这位神曾对他许下诺言,只要王子遭遇到危难,他就会如同对待亲骨肉那样保佑他,并在必要的时候向他提供必要的帮助。王子看到援军到来及时,便不由得想起了这番话。于是,他召集全部人马,把他原来所得到的神谕和诺言都细述了一遍,并肯定他们正是得到了维拉科查神的保佑,因为他许下的诺言已经兑现。印加人听到这些神奇的事,顿时士气大振,确信可以稳操胜券。

印加·维拉科查王子和为他充当参谋的富有作战经验的印加王公们一致认为,既然兵力得到扩充,最好不要离城太远贸然行事,以便可以就近得城里储存的大量军需口粮和武器装备,同时,在城市遭到敌人偷袭时,也好迅速回援,不至于腹背受敌。

不久,1.2 万名援军先头部队抵达王子的营垒。王子亲自出营欢迎,深深感谢他们对印加王的忠诚,对各部族酋长和所有将领尽力款待,许诺在退敌之后必定重重奖赏这次非同一般的援助。率兵赶来的众酋长对他们的印加王子维拉科查参拜已毕,禀报距此两日行程之处,还有另外 5000 名军士正奉着维拉科查神及太阳神的晓谕兼程前来,他们这支先头部队为了尽快救援,没有等那支军队同行。王子对神谕中的这两支大军能够及时赶来参战表示感谢,经征询印加诸王公的计策后,令酋长们派人把当前的情况通报正在兼程而来的后续部队,说王子带领军队驻扎在城北的平原上,要他们尽快赶到那里附近几座山头和峡谷就地隐蔽埋伏,静观待变:如果两军展开决战,就一鼓作气,从侧翼向敌军发起冲锋,扰乱敌军阵形,配合主力部队一击胜敌;如果兵不血刃就能迫使敌军投诚,那么他们也表现了忠诚,获得了他们的荣誉。

就这样。在印加王子会齐两支援军略事休整的两天后,敌军前锋在里马克但普山坡上露面。他们探知印加王子维拉科查在距那里 30 里驻扎,严阵以待,便放慢推进步伐,同时向后面传话,要求中军和后卫部队迅速推进,与前锋汇合。这样,当日又行进了一天,等叛军集合三军一齐抵达萨克萨瓦纳时,那里距维拉科查王子军营所在之地仅有 20 多里。

印加王子维拉科查在这危急关头,仍然镇静自若得像他的前辈们那样派出使者到萨克萨瓦纳去会见敌军,向叛军传达他的旨意:依仗太阳神和印加诸王神灵的护佑,帝国忠诚的大军已经列阵,本可踏平他们的营垒,但本着印加王一贯宽容仁慈的宗旨,为免生灵涂炭,特准允他们罢战求和,捐弃前嫌,重修旧好,一切都可以既往不咎。这番晓谕可谓尽显王子宽容大度的风范,既有恳切的言辞又有严厉的斥责。

昌卡人早已通过间谍探听到,印加王亚瓦尔·瓦卡克已经逃跑,只有维拉科查统帅势单力薄的一支孤军扼守危城,以求战死。叛军上下仍然陶醉在一路上摧枯拉朽势如破竹的兴奋之中,狂妄至极地认为,既然国王都已经弃城而逃,王子还有什么可怕,攻克库斯科不过是轻而易举的事,哪里会把维拉科查的传谕当回事?于是,他们在听完王子的旨意后,根本不容使者再行劝说,便立即把他逐回。

第二天黎明,昌卡人统率叛军离开萨克萨瓦纳,挥师直奔库斯科。由于他们是按照行军序列纵队前行,士兵们根本迈不开大步,因此尽管急速行军,也未能在天黑以前赶到王子屯兵之处,便传令在距王子两里左右处驻扎。

第三天,天刚亮,双方便整队列阵,摆开战斗队型,高声呐喊地向前推进。维拉科查王子第一个把手中的长矛投向敌军将领,一举中的,帝国的军队在他们王子神勇非凡的一击之后,便如潮涌一般杀入敌军阵营,一场残酷的厮杀就这样在太阳的目光底下展开。

昌卡人早就横下一条心,认为稳操胜券,根本未把印加王子统帅的军队看在眼中;而印加人自恃是太阳神的儿女,先辈们战无不胜的业绩鼓舞着他们,为了保护深入敌阵的王子不被敌人杀伤和侮辱,人人奋战。中午,仍然未分胜负。

就在这时,早已埋伏在山林里的 5000 名印第安战士高呼着"维拉科查!维拉科查!"突然出现,随着一声呼啸,以排山倒海之势,勇猛无比地从敌军右翼冲杀过去。帝国军队的将士在激战之中听到呼喊,不由得士气大振,狂冲猛杀,而昌卡人在突如其来的腹背夹击下乱了阵脚。战争发生了根本性的转变,昌卡人见大势已去,己方伤亡惨重,不得不仓皇撤出战斗。

不久,叛军又进行休整后,向王子的军队发起第二次攻击,双方激战良久,仍是难分胜负。自以为必胜无疑的昌卡人在久战未果之后,开始焦躁不安起来,在人数虽少但士气高涨的印加战士面前,自然占不了什么便宜,再加上昌卡不断发觉有来的队伍加入对方的阵营,士气便开始低落。

原来,那些当初纷纷逃离库斯科的人和库斯科附近村落里的居民得知他们的神保佑印加王子回来守卫神圣的太阳宫,也纷纷组织起一个个的百人队前来助战。他们看战事正酣,就高喊着投入战斗,其实是虚张气势,人数实力并不可观。但昌卡人见对方援兵源源不断,不得不相信对方暗中有神相助,使得最后的一点勇气也丧失。军队一旦没有了勇气,只有任人宰割,毫无取胜的可能。而在王子统御的印加战士那里,则截然相反,他们不断有新生力量注入,士气非常高涨。

王子的部队看到敌军士气已经彻底瓦解,精神已彻底崩溃,于是便按照王子的号令,齐声高呼着神的名字,势不可挡地杀向叛军。昌卡人阵脚大乱,自相践踏,抱头鼠窜。叛军在这决定性的一战之中,绝大多数人被杀,只有为数不多的幸存者得以逃脱。王子率部队乘胜追赶了一程,便传令停止追击,说:既然敌人已经逃跑,就不要赶尽杀绝。

维拉科查王子亲自在刚刚激战的田野上认真巡视,命令集中伤员派人治疗,集中尸体择地掩埋。他还让释放俘虏,让他们自由回家,宽恕他们的反叛之罪。

这场进行了整个白天的激战是印加帝国开国以来最残酷的一次,尸横遍野,血流成河。从此,那个古战场便被印第安人称为"亚瓦尔潘帕",意思就是血沃的原野。这场战役中共有3万多印第安人丧命,其中印加王子维拉科查方面阵亡8000人,其余都是叛军将士。

安科瓦柳统帅和他的两位副手都做了俘虏,还负了伤,王子命人为他们精心医治,并且允许三人参加他打算在不久的将来举行的凯旋庆典。战役过后几天,针对三人冒犯太阳之子的狂妄之举,王子的一位叔父狠狠把他们训斥了一番,说他们的父亲——太阳和先王并没有亏待过他们,他们却恩将仇报,真是天理难容。然后又说他们在刚刚结束的战役中已经看到,太阳的儿子是战无不胜的,因为根据他们的父亲——太阳神和太阳之子维拉科查神的旨意,山石草木都化成天兵来为他助战,今后不论什么时候,如果他们还想再试试的话,也还会看到同样的景象。他还向他们赞扬了一些神谕,最后让他们感谢太阳的宏恩,是他命令自己的儿子对印第安人宽大的。正是由于这个缘故,王子才饶他们不死,并把原来的领地重新赏赐给他们;与他们一起反叛的所有其他部族酋长,尽管理当处死,也都一律赦免;如果不想让太阳惩罚他们,命令大地将他们生吞下去的话,从今以后就要作安分守己的臣民。酋长们诚惶诚恐,毕恭毕敬地感谢王子的恩德,保证永远臣服。

胜利之后,印加王子维拉科查派出三位信使。第一位派往太阳神宫,把依靠太阳神的福佑和帮助获得胜利的消息奏报给他,就如同每当发生什么重大事件后,都要专门给他派出一个信使,禀报事情的经过。维拉科查王子正是按照这个古老的习俗,派出侍者向太阳报捷,同时吩咐祭司们向太阳重新献上供品。第二位信使派到献给太阳做妻子的贞女宫,通报胜利消息,感谢她们的祈祷和美德,保证了太阳之子的凯旋。第三位信使派到他父亲亚瓦尔·瓦卡克国王那里,报告直到此时发生的一切情况,并请求他在王子回到他身边之前不要离开原地。

神的位次

王子派出信使后,挑选了6000名精锐的士兵随他继续追击昌卡人,其余人员全部返回家乡,各回自己的家园,并向酋长们许下诺言,在将来适当时机奖赏他们的忠义;任命另一位王室成员处理伤亡将士妻室子女的抚恤和日后的生活安排,并同时任命两位叔父为副手随他同行。

平叛结束两天之后,他率军启程,继续追赶敌人,但不是要去惩罚他们,而是劝慰他们不必为自己的罪过担惊受怕。因此,凡是在沿途追赶上的人,不论有伤无伤,他命令一律热情款待,有伤的派人救治;又从战败的印第安人当中挑选了数名信使,派回各省各村,告诉人们印加王子如何宽恕和安慰他们,要大家不必心存恐惧。诸事安排已毕,王子继续兼程行进。当到达属于昌卡人的安塔瓦伊利亚省时,凡能聚在一起的妇孺全都出来迎接,她们手挥绿树枝,齐声高呼:"唯一的君主,太阳的儿子,穷人的保护者,请您可怜我们,饶恕我们吧。"

王子亲切接待他们,命人传话说,她们之所以遭此不幸全是她们的父亲和丈夫的过错,但所有反叛作乱的人都已得宽恕。他现在来亲自看望大家,是为了亲口对他们说出"宽恕"二字。他传令部下以仁爱之心对待他们,发给所需之物,要特别关心在亚瓦尔潘帕之役中战死者抛下的孤儿寡母。

他很快在反叛的各省巡视一遍,派驻了省督和足够的官员,然后返回库斯科城,这是他在平叛离城一个月后重新回城。忠顺的和反叛过的印第安人看到王子如此仁慈宽厚,个个非常惊奇,从他过去那种种粗暴性情来看,不曾想到会有如此大的变化。原先他们都很担心,获胜之后他定会大开杀戒,所以人们都相信是他们的太阳神改变了王子的秉性,重回到印加诸王传统典范的行列。

为了更像普通士兵而不像帝王,印加王子维拉科查徒步进入库斯科。他在部下士卒的簇拥下,夹在两位叔父之间,身后是战俘,沿着卡门卡山坡徐徐而下。人群欢呼雀跃着迎接他。印加长者们趋身向前欢迎,尊崇他为太阳的儿子,恭行大礼之后,走进士兵群中分享庆祝的欢乐。

王子的母亲奇克姬王后和与他血统最近的妇女们以及一大群王族妇女,一个个兴高采烈,载歌载舞地近前迎接。有的拥抱他,有的为他揩拭脸上的汗水,有的为他掸扫身上的征尘,有的向他抛撒鲜花香草。王子在这样一派欢乐气氛中一直走到太阳宫,按照他们的习俗跣足而入,感谢太阳赐予的胜利,接着又去看望太阳的妻子——贞女。拜谒两个地方后,王子出城去见他父亲,这时他还呆在王子离开他时所在的穆伊纳谷地里。

印加王亚瓦尔·瓦卡克接见了王子。按说王子建立了如此丰功伟绩,获得了连想也不敢想的胜利,他本该高兴才是,然而此刻的他却表情严肃,满面愁容,毫无一点欢悦之色。他是嫉妒儿子的辉煌胜利,抑或是惭愧自己的懦弱无能,还是因为抛弃太阳宫、太阳的妻子贞女和帝国都城于不顾,担心王子会剥夺他的王位呢?

在那次公开的见面仪式中,他们只交谈了三言两语,但后来在私下里却谈了很长时间。关于谈话的内容,除了两位当事者之外,谁也无从知晓,但人们善于推测,大概是父子二人谁应为王的事,因为王子在结束秘密谈话之后离开时说他的父王已经做出决定,既然他弃城而逃,就不能再重新回到王城。

印加王亚瓦尔·瓦卡克感到,作为王国首脑机构的整个宫廷和王族都倾向于王子一边,就连同太阳神也在祭司长的问卜中抛弃了他,这是理所当然的事,因为亚瓦尔·瓦卡克国王先抛弃了他的父亲——太阳及其妻子。他已无计可施,即便想挑起内战,也是心有余而力不足,因为再傻的老百姓也不会站在他一边。所以,他堂而皇之地让出了自己的王位,至于他自己则任凭他儿子去安排。达成秘密协议后,王子在穆伊纳谷地选择了一块风景宜人的地方,设计一座王宫,其中既有果园花圃,又有狩猎垂钓的处所,总之,凡是可供王者娱乐消遣的设施应有尽有。

宫室设计完毕之后,维拉科查·印加王子返回库斯科城。他取下黄色流苏,戴上象征印加王位的红色流苏。不过,尽管他戴上了红色流苏,但从未要求他父亲取下自己的红色流苏——反正没有了帝王的地位和实权,帝王的标志也就无所谓了。穆伊纳山谷的宫室建完后,王子派去各种各样的仆人,送去必要的用具,事事办得十分周到,除了帝王的统治权之外,印加王亚瓦尔·瓦卡克可说是无一短缺。这位可怜的国王就如同不久前自己对儿子做的那样,现在也被儿子剥夺了王位,流放到荒野中度过自己的余生。

印加王维拉科查继位之后的第一件事,就是厚赏克丘亚等部族的忠义之举,给带兵勤王的酋长赐予如同第一代印加王给予自愿追随者一样的特权,使得人人喜悦,个个笑逐颜开。

印加王维拉科查做的第二件大事,就是为太阳之子维拉科查神在库斯科城南100里处风景如画的卡查村修建庙宇,一如当日给予王子神谕时的情景,以供后代和百姓瞻仰奉祀。从此在印第安印加帝国中有了三位神:第一位帕查卡马克神,因为他是创世神,所以什么都有,人们在心里奉祀他,他的名字只能在心里默念,用极其庄重的表情意会,但不能通过语言来表达;第二位是太阳神,人们通过建太阳神庙和贞女宫奉祀他,赐姓印加的人都可以称呼他"太阳我父",是印加的主神;第三位是维拉科查神,地位仅次于以上两位神,经常显圣。

至于印加王维拉科查,在位时就被狂热的臣民们尊奉为神,是太阳派他来拯救印加血统的人免遭灭绝,保护帝国王城、太阳宫和贞女宫免遭异族毁灭的。因而受到百姓的顶礼膜拜,受到与维拉科查神同样的崇敬。

他预见到了未来的事,说在他们中的一些人统治一段时间之后,必有从来未见过的人来到那方土地,而且一定会废除那里的所有偶像,夺取他们的帝国。他们传出旨意,让这个预言在后代诸王中世代相传,牢记于心,但不得散播于民间,所以此后两百多年里,再也没有人谈起这个预言,直到第十二代印加王瓦伊纳·卡帕克临终之前不久才把它公之于众。

亡国之兆

印加王维拉科查的可怕预言很快就被印加诸王们忘得一干二净,他们不仅没有发现预言应验的任何蛛丝马迹,相反他们的帝国日渐强大,疆域超过了前代诸王留下的版图,国力也更加强盛。所以,他们不仅开始怀疑他们一向敬之为神的维拉科查国王预言的准确性,还连带着也怀疑起太阳父亲的神性,甚至于在祭祀时常流露出随随便便的神情,这正是历代诸王所禁忌的,而且大有越演越烈之势,这使印加王族大为恐慌。更令他们恐慌的是,伴随这种渎神行为,不祥之兆接踵而来。

亵渎太阳神

随着时间的推移,印加帝国的历史已经越来越接近尾声。当翻到第十一代印加王图帕克·尤潘基这一页时,令印加人担心的不祥之兆开始在人们的心头蒙上阴影。

有一天,这位图帕克·尤潘基在祭祀太阳神典礼结束后,瞻仰太阳神宫中的月亮宫时,若有所思地对身边的祭司们说:"众人都说太阳神永生并且是万物的创造者。当一个人创造某种东西时,他理应身在现场。然而,世间很多东西在形成时,太阳却并不在场。因此,他不是万物的创造者,虽然他常年旋转,从不停步,然而并无生命。如果他有生命,就会像我们一样感到劳累不堪,难以移步。如果说他很自由,那他就能在无际的天穹中任意遨游,但是他从来没有到过别处。他倒像是一头被缚的牲口,总是围着一个圆圈旋转;或者说像一支箭,无论自己愿意与否,射向哪里,就飞向哪里。"

祭司们犹如五雷轰顶般听完国王的一席话,不敢答言,婉言劝国王尽快离开,生怕他再说出什么更难听的话来。

国王刚离开那里,晴天里一个霹雳夹着一团火球击落在他所站立过的地方,把宫室的石顶直穿一个大洞。祭司们见太阳父亲发怒,忙把那里封闭起来,如同那里有毒蛇猛兽一般划为禁地。祭司们忙回到太阳宫中大肆祈祷,请求太阳宽恕自己儿子的鲁莽言词。

但从那以后并没有在帝国发生任何灾难。

然而,到第十二代印加王瓦伊纳·卡帕克国王时期,这种大不敬和不祥之兆已经更明显了。

瓦伊纳·卡帕克国王顺承王位并征服基图王国，纳基图国王之女为妃之后确立了帝国的北部边界。一切处置妥当，他径往库斯科而去，一路上巡视帝国的藩属和省份，为有求者施恩赠物，伸张正义。这次巡视历时数年之久，其中一年他按时返回库斯科，举行了称为"拉伊米"的太阳节盛典，庆典一共延续了九天。

有一天，这位印加王又像他的父辈几代经常所作那样，用漫不经心的态度看着太阳，或盯着不太灼眼的太阳周围，而且就这样看了好一会儿。在他身边的最高祭司也是他的叔父对他说："印加王，你在干什么？难道你不知道这样做有失体统吗？"

印加王低下了头，但是不一会儿他又抬起双眼，凝视太阳。最高祭司责备他道："独一无二的君主，你在干什么？现在大家聚集一堂，向你的父亲表示他们应有的虔敬和崇拜，就像对独一无二、至高无上的主宰一样。随意注视我们的父亲太阳神乃是冒犯之举，先祖早已禁止。你的所作所为不仅违禁，而且为整个帝国开创了恶劣的先例。"

瓦伊纳·卡帕克转过身来对他的叔父说："我先向你提两个问题，再来回答你刚才的话。我是你们的国王和帝国的主宰，你们当中是否有谁敢随心所欲地吩咐我从座位上站起来，再走上很长的一段路？"

"哪个胆大包天，敢这样胡作非为？"祭司答道。

"假如我命令我的臣民的某个酋长立即由此地飞速赶往奇利，不管酋长多么富有强大，他会不会违抗我的命令？"

"不会的，印加王，你即使命令他去死，也没有人胆敢违抗圣命。"

于是，印加王答道："那么我要告诉你，我们的父亲太阳神想必有一个比他更尊贵、更强大的主宰，这位主宰或许就是帕查卡马克，他命他每天毫不停歇地走完这样一段路程。如果他是至高无上的主宰，尽管完全不要，他也早就按自己的意愿停下来休息一会儿了。"

说完这些话，印加王瓦伊纳·卡帕克把自己所造成的恐惧留给了他的王公们，便开始了他的最后一次巡视。这时忽有消息传来，说卡兰克省发生了叛乱。这个省位于基图王国边界，那里的人极其野蛮，把国王派驻在当地的省督和官员全部杀死，把肉生吃掉，把心脏、人血和人头拿来作了祭祀。

瓦伊纳国王获悉此等行径，深感痛心和愤怒，立即征集军队前来，并派使者前往晓谕，但这班野蛮人对使者竭尽侮辱之能事，只给他留下一条性命。

瓦伊纳·卡帕克国王得悉那些叛敌的新罪行，就赶往大军所在地亲自指挥，他下令发动一场血与火的战争。不久就击溃了叛军，以伤亡数千的代价迫使他们投降。印加人俘获了成千上万的敌人，并对所有的这些人进行了严厉的、令人难忘的惩处：印加王下令将他们全部斩首于坐落在两个省交界处的大湖中。为了让后人牢记那些人犯下的罪行和受到的惩处，便把那座大湖称为"亚瓦尔科查"，意为血湖或血海,因为当时条条血河注入湖中,俨然成为一座血湖。

在惩治了叛乱者之后,瓦伊纳·卡帕克前往基图,他很难过也很忧伤,竟然有人在他统治期间犯下如此惨无人道的罪行,迫使他违背自己和祖辈的本性,进行了如此残酷的惩罚。他十分痛心这些叛乱不是发生在过去,而都发生在他的时代,从而使他的时代如此不幸,因为除了在印加王维拉科查时期发生过昌卡人的叛乱外(那次还是被逼无奈,但也没有杀俘虏之事),还尚未有过类似情况。所有这些事情都好像某种凶兆,预示着一场亡国灭种的更大的血腥屠杀已迫在眉睫,这将使他的帝国落入他人之手,他的王室家族也会遭到彻底毁灭。

违背神训

此后不久,印加王瓦伊纳·卡帕克终于鬼使神差地为印加帝国和印加王族的彻底灭绝种下了祸根,太阳神对不肖子孙的诅咒开始应验。

印加王瓦伊纳·卡帕克同基图王国的女王生有一个儿子,取名阿塔瓦尔帕。这个孩子长大成人后,聪明能干,精明老练,谨慎稳重,骁勇善战,而且像所有的印加王公一样,长得身材健美,仪表堂堂,所以深得印加王的喜爱,总是带在身边。印加王本想把整个帝国都留传给他,但却无法剥夺他的长子和合法继承人瓦斯卡尔·印加的权利,便违背祖训,通过某种合法的外衣并有物归原主的意思,把基图王国交给他。

为此,印加王瓦伊纳·卡帕克派人传召当时身在库斯科监国的瓦斯卡尔·印加王子前来。瓦斯卡尔到达后,国王召集他众多的儿子和随身带领的文臣武将举行会议,当众同他的法定继承人谈话。

他对瓦斯卡尔说:"我的孩子,根据我们老祖宗印加王曼科·卡帕克传下来并要我们共同遵循的祖法,显而易见,这个基图王国是属于你的,而且在此之前一直如此,因为已经征服的所有王国和省份都已纳入你的帝国的版图,接受我们帝国王城库斯科的管辖和统治。但我非常喜欢你的弟弟阿塔瓦尔帕,不忍心见他一无所有。我愿意看到你们两个都好,为此希望在我为你赢得的大片土地当中,把基图王国的所有权和继承权让给他,因为这个王国过去原本属于他的外祖父,现在则本应属于他母亲所有。这样,他就具备了无愧他德才的国王的身份。而作为你的好弟弟,一旦他有所依靠,不再一无所有,定能按照你的一切吩咐更好地为你效劳。作为我现在求你的这点小事的补偿和报答,将来你在现有领地周围所能攻占的其他王国和省份,统统归你所有,而且在征服过程中,你的弟弟将作为士卒和统领为你效命。至于我,当我离开这个世界,与我们的父亲太阳一起安息时,也就满意而去了。"

瓦斯卡尔王子爽快地回答道:"独一无二的印加王,你的儿子我非常乐意服从你的一切旨意和对我的任何吩咐,即使需要让出几个省,让父王有更多的土地赐予你的儿子、我的兄弟阿塔瓦尔帕,我也会非常乐意。"

瓦伊纳·卡帕克国王对儿子瓦斯卡尔的回答非常满意,便吩咐他返回库斯科,然后着手让阿塔瓦尔帕接管基图王国。除了基图王国之外,又给他加了几个省份,还留驻一些身经百战的领主和一部分训练有素的军队为他效力,同他做伴。总而言之,他尽其可能为阿塔瓦尔帕创造一切有利条件,即使损害了王储的利益也在所不惜,所作所为都显示他是一位爱子之情胜过一切的父亲,从而为阿塔瓦尔帕在他死后篡夺兄长瓦斯卡尔的印加王位,血腥屠杀印加王族。准备了充足的行刑队和嗜血的屠刀。

月亮神的警示

正当瓦伊纳·卡帕克国王在图米潘帕的王宫中忙于上述事务和在帝国土地上大兴土木时,忽然有消息传来,说一些当地从未见过的外来人,乘坐一只船在他帝国的沿海地区活动,想弄清那里是什么地方。这个消息再次使国王焦虑不安,他要了解那是些什么人、可能来自何方。

获悉关于第一批西班牙发现者的消息后,这位印加王专心治理他的国家,准备应付可能来自海上的突发事件。因为有关那条航船的消息使他忐忑不安,不由得记起历代诸王传递下来的一条古老的神谕,说经历若代印加王之后,将会有一些从未见过的外来人去往那里,夺取他们的王位,毁灭他们的帝国和崇拜的偶像。而在此征兆显示前三年,在库斯科还发生了一件怪事,它作为一种被太阳神诅咒的凶兆使瓦伊纳·卡帕克惊愕不已,也使整个帝国惶恐万端。

那是在瓦伊纳·卡帕克冒犯太阳神的言行发生之后一年的事。正当印加人隆重举行一年一度的太阳神庆典时,他们看到一只雄鹰自空中飞来,后面有五六只红隼和同样数量的小游隼紧追不舍。它们轮番扑向那只雄鹰,不让它飞起来,并频频发动攻击要把它置于死地。雄鹰招架不住,跌落在城中大广场中央,向周围的印加人求救。印加人捧起来一看,发现是一只病鹰,好像生了疥疮一样,满身都是皮屑,绒毛几乎全部脱落。印加人给它喂食并精心护理,但都无济于事,几天之后死了。

印加王和他的王公大臣们都认为这是一种凶兆,专门选出这类事情的占卜师作了各种解释,但都万变不离其宗地预言,他们的帝国将要衰亡,国家和崇拜的偶像将被毁坏。除此之外还发生多次大小地震,尽管那里的人们对这种灾害已经司空见惯,但印加人发现这些地震要甚于平常,有许多高山被倾覆。他们还从沿海的印第安人那里获悉,海潮的涨落也多次超过通常的界限,他们还看到天空中多次出现令人毛骨悚然的彗星。

除了这些令人胆寒的现象外,他们还在一个清朗宁静的夜晚看到月亮周围有三道大圆环,里面第一道呈血红色,中间一道是略带暗绿的黑色,最外一道好像一层烟雾。一位占卜师在看到并观察了月亮的三道圆环后,走到瓦伊纳·卡帕克国王的住处,满面愁容,强忍着泪水,语不成声地说道:"独一无二的君主,你是否知道,作为仁慈的母亲,你的母亲月亮正在向你预示,世界的缔造者和维护者帕查卡马克正在威胁着你的王族和你的帝国。他将把巨大的灾难降临在你的亲人身上。你母亲身边的第一道血红色的圆环意味着在你去你父亲太阳神那里安息以后，你的后代之间将爆发残酷的战争，王室成员要因此血流成河，用不上几年将要血流干，人死绝，因此她悲痛欲绝。第二道黑色的圆环向我们预示，你的亲人之间的战争和自相残杀，将导致我们的宗教和国家横遭毁灭，你的帝国将落入他人之手。第三道圆环酷似云烟，预示着一切都将化为乌有。"

印加王大为惊恐，但他不愿在人前显得脆弱，就对占卜师说："算了吧，大概你昨天晚上做了这些荒诞不经的梦，就把它说成我母亲的预示。"

占卜师回答说："印加王，为使您相信我所说的并非胡言乱语，您可以到外面亲眼看你母亲给你的预示，然后再召见其他占卜，听听他们对这些兆头的解释吧！"

于是印加王走出寝宫，看了看那些现象，吩咐召见宫廷中所有的占卜师。其中一位巫师来自瑶尤部族，大家公认他道行最高。他也观察了三道圆环并进行过仔细的思考分析，然后向印加王作了与第一位占卜大同小异的解释。尽管这些不祥之兆与自己心中的想法不谋而合，瓦伊纳·卡帕克依然显示出不以为然的样子，对各位占卜师说："除非是帕查卡马克亲自对我这样说，否则我决不相信你们的话。不能想象我的父亲太阳神那么讨厌自己的亲骨肉，竟会容忍自己的子孙遭到彻底灭亡。"

他用这话斥退了众占卜师。但是他仔细思忖众人所做的那番解释，觉得与自己从先辈那里知道的那道神谕简直一模一样；再把占卜师的话和神谕与每天在风、火、水、土四大要素方面发生的新奇现象联系起来，再加上又有一条船载着不曾见、未曾听说的人来到这里，为此他终日疑神疑鬼，忧心忡忡，愁眉不展；他身边总有一支精锐卫队守护，士兵都是部队中最老练、最有经验的人。

他传令向太阳神贡奉大量祭品，还命巫师、占卜师和祭师在各地向各自家中的神魔，特别是向伟大的帕查卡马克神和魔鬼里马克问卜，请他们对所求卜的问题给予解答，在海上和其他各大要素方面出现的那些现象究竟代表的什么。从里马克以及其他地方得到的答复都很模棱两可，含混不清，既不显示什么吉事，也不预示着大难临头。不过绝大多数巫师回答说是不祥之兆，因此整个帝国都提心吊胆，生怕有某种大祸将至。

但是在最初三四年间，人们普遍担心的祸事并未发生，于是大家又平静如初，安然度日，直到瓦伊纳·卡帕克故去为止。

太阳神的诅咒

瓦伊纳·卡帕克在生前最后一些时日中的某一天，为了消气解闷进入一个湖中沐浴，出来着了凉，接着发起烧来，次日以后，他便觉得自己的身体每况愈下，预感自己来日无多。

印加人除了从巫术中得到和从魔鬼处听说的那些先兆之外，还看到天上出现了令人生畏的彗星。其中有一颗非常之大,绿光幽幽非常可怖,而且它的光正好照落在这位印加王的王宫上。此外,还有许多奇征异兆使得智者、巫师和他们宗教中的祭司们惊骇不已。这些人都是与神魔息息相通的人,他们纷纷预言不久瓦伊纳·卡帕克国王将不久于人世,而且他的王族也会在他逝后遭到血腥屠杀而毁灭殆尽,帝国将会落入他人之手,此外还有其他巨大灾难和不幸将要降临,不管是大家还是个人全都在劫难逃。但他们不敢把这些情况公之于众,以免搞得人心惶惶。

自感命在旦夕的瓦伊纳·卡帕克国王,把所有子女和亲属以及能够及时赶到的附近各省的文武官员召集到身边,对他们做了最后的训示和交代:

在他逝世之后,按照一贯做法,把他的身体剖开,把身体与他的父母和祖辈一样安放在太阳神宫,而把他的五脏六腑全部埋葬在基图王国,以表他对这块他亲手征服和建设的土地的眷恋之情;

命令由他的长子、法定继承人瓦斯卡尔王子继承印加王位,成为伟大的印加帝国独一无二的君主,要求各属国和省份像对历代诸王那样对他效忠;

命令由他最心爱的儿子,基图王国的合法继承人阿塔瓦尔帕为基图国王,领有基图王国及附近各省,以及他亲自统兵为帝国征服和扩大的全部领土,作为印加王的兄弟和臣属向帝国及印加王效忠,并要求他留在基图的文臣武将以对国王应有的敬爱之情,忠心耿耿地为他效命,唯命是从;

要求所有王公大臣和各地的领主、省督遵循太阳神和他的祖辈留下的一切规矩和训示行事处世,以无愧于太阳之子的高贵血统。

在对子女和亲属作了交代之后,又传令召见非王室血统的其他统领和头人,劝诫他们忠贞不渝地努力为他们的印加王和国王效命,最后又说:"很多年以前,我们伟大的太阳神的儿子维拉科查先王就从太阳父亲的诸多启示中获悉并作为祖训代代相传的预言公之于众。预言说太阳我父的子孙经历十二代国王之后,将有一些我们从未见过的新人来到这里,他们将占领我们所有的王国和其他许多地方,纳入他们的帝国版图。从一切最新发生的事和先兆,我推测这些人就是我们得知已在帝国沿海活动的人。他们是卓越的人,在各方面都超过你们。我们大家知道,第十二代印加王这个劫数,就应在我的身上。我向你们断言,在我离开你们不多几年之后,那些新人就会到来,把我们的父亲太阳神对我们的预言变为现实,占领我们的帝国并成为主宰。我命令你们服从他们,为他们效劳,和来到这里的人做朋友。因为他们在各方面都比你们优越,他们的法律比我们的好,你们的武器也不如他们的有威力。你们不必太惊慌,让一切都顺应太阳我父的神谕吧!"

瓦伊纳·卡帕克这些交代都是作为印加王的遗嘱留下来的,所有印加人都对此敬若神明,严格照办。

果然,在他逝世之后的第六年,基图国王阿塔瓦尔帕便以祭祀先王和宣誓效忠印加王瓦斯卡尔为名,发动内战囚禁了他的兄长瓦斯卡尔,篡夺了印加王位,诡称商讨国事和让瓦斯卡尔复位,召集所有印加王公和省督等四代以内的王室成员,并把他们全都抓起,屠杀殆尽。至此太阳的儿女的血统便告荡然无存。接着又把整个印加帝国拱手让给六七个西班牙人。印加帝国就在这一片预言声和太阳父亲的诅咒声中宣告终结。

整个印加王帝国成为西班牙帝国的一个行省。阿塔瓦尔帕因为天怒人怨被西班牙人斩首在库斯科。瓦斯卡尔在被西班牙人解救后又被囚禁致死,他的儿子印加·曼科被西班牙王室立为印加王,成为名不副实的傀儡。

太阳女和牧羊人

印加帝国是一个美丽而富饶的国度。太阳女和牧羊人的传说是印加神话故事中最动人的故事之一,主要讲述太阳女和凡间牧羊人的爱情故事,然而故事的结局却给我们留下的不是花好月圆,而是有情人终不能眷属。

牧羊人遇到太阳女

在古老的印加帝国有一块富饶的尤卡依谷地,终年积雪的山上,住着一位叫阿魁特拉布的牧羊人,他放牧的雪白的大羊群,是印加人敬献给太阳神的祭品。

阿魁特拉巴聪明能干、热情英俊,他既没有像他这个年龄层所特有的热恋的欢乐,也从未尝过失恋的烦恼。他时常跟在他的羊群后面漫步在原野上。只有当羊驼群停下来吃草的时候,他才找一块地方席地而坐,拿出苇笛,吹起优雅的曲子。悠扬的笛声随风在山谷中回荡,和百鸟鸣唱汇成美妙的音乐的溪流,蜿蜒流淌。

据说,太阳的女儿经常会来到美丽的雪山下漫游嬉戏,她们的轻歌曼语使牧草繁盛,百花盛开。然而,却从未有人见过,就连整天流连在草原上的牧羊人听了这些传闻也从不信以为真。

有一天,阿魁特拉巴和往常一样坐在草丛中吹着笛子,两位太阳女突然悄无声息地来到他身旁。牧羊人浑然不觉。

太阳神女看着牧羊人那付沉醉的样子,不由得忍俊不禁,"扑哧"笑出声来。

这一下把阿魁特拉巴吓了一跳,他有些吃惊,一动也不敢动,心想:明明就自己一个,笑声从哪里来?

正在他胡思乱想,耳边又传来娇柔婉转的声音:"小牧羊人,今年的牧草够羊驼吃吗?"

牧羊人转过身来,发现两位身着洁白衣裳的少女正站在自己面前,恍然大悟,连忙翻身跪倒,一时慌得连话也答不出来。

两位太阳神女止住笑,温婉地问:"你甭害怕,我们不是什么妖怪,我们是太阳神的女儿。"

太阳神女为了表示亲近,并且打消牧羊人的惊疑,伸出小手把阿魁特拉巴搀扶起来。

牧羊人见两位太阳女如此亲切，便站起来，整理好衣裳，按照臣民拜见王族的礼仪，轻吻她们的手。

阿魁特拉巴对她俩的美貌惊叹不已，但却不敢心存非分之想。

然后，阿魁特拉巴又和她们闲聊了许久，给听得入神的姑娘讲了许多她们闻所未闻的人间奇闻，逗得她们不停地嬉笑。

太阳快落山的时候，阿魁特拉巴站起身来，流露出一丝不舍，向两位太阳神女道别："请原谅我的粗鲁的言辞，现在我要领着我的羊驼群向你们告辞！"

两位太阳神女微笑颔首，牧羊人熟练赶着他的羊群渐渐远去，消失在林木之中。

爱上牧羊人

两位太阳神女中，年龄稍长的是乔莉良托，她对牧羊人的外表和谈吐一见倾心。在回太阳神宫的天路上，她还同妹妹谈论着这位牧羊少年的一切。

进宫的时候，禁卫仔细地端详了她们一番，并察看她们是否带进什么凡间的东西。据说，曾有不少仙女把情人藏在衣袖里或者发髻里，偷偷带进宫里来幽会。

她们回到宫殿的时候，精美绝伦的餐盘里早已盛好美味佳肴，等待着她们归来享用。

乔莉良托借口已经走得太累，没有同大家一起进餐，她回到了自己的寝室。她的思绪已被那位牧羊少年给缠住了，春情激荡，久久难以平静。

在乔莉良托的心里仍然异常清晰地记得白天所发生的一切事情：他叫阿魁特拉巴，家在拉利斯，他是这样温文尔雅地说来着，似乎眼睛里还闪过一道亮光，为什么会这样呢？他也喜欢我吗？

乔莉良托想着想着，进入了梦乡。她睡着了，不知道有没有把她挂念的阿魁特拉巴也带入她的梦境。

太阳神的宫殿雄伟壮观，金碧辉煌的屋子依然闪着寒光，里面有许多富丽堂皇的住宅。太阳神有许多妃子，她们都住在那里。她们是分别从印加帝国的四个省份挑选的王公贵胄的家室，她们都是处女。宫里还有四个喷泉，泉水清澈甜蜜。它们象征着帝国的四个省。妃子们就在自己出生地的那个清泉池中洗澡。泉水池分别叫石英泉，紫菜泉，水芹泉和青蛙泉。

太阳神宫里，太阳神的女儿乔莉良托正在做着梦。她梦见一只黄莺，从一棵树飞到另一棵树，唱着优美悦耳的歌曲。黄莺欢快地唱了一阵子，便飞到她的怀里，安慰她，告诉她一切都会如愿以偿。太阳神的女儿说，如果没有办法医治她内心的痛苦，她就会死的。黄莺回答说："你有什么烦恼呢？我会帮你出主意的。"于是乔莉良托讲述了她对牧羊少年阿魁特拉巴的爱恋。她还说，现在，她就已经看到了自己的未来，除了同情人私奔外，已别无出路，不然，她父亲的那些妃子们迟早会看出破绽,那时,她的父亲就会下令把她处死。黄莺回答说:"起来吧,坐到四个喷泉的中间去。在那里,你可以放声歌唱,倾吐心中的所有秘密。假若喷泉伴随着你一同歌唱,重复你所说过的话,那么,你就可以做自己想做的事,万无一失。"它说完就飞走了。

乔莉良托忐忑不安地从睡梦中醒来,她决定照黄莺教给她的办法试一试。

她起身穿好衣服,悄悄地走出寝室,穿过悄无声音的殿堂,来到庭院,坐在四个喷泉池的中间,在那里开始倾吐心中的秘密。她回忆着牧羊人头上戴的羽毛和那块铜牌上两只捧着心脏撕咬着的小蚤子,她哀叹道:"思念也正撕咬着我脆弱的心脏!"忽然,喷泉一个接一个如同重复了乔莉良托的话。乔莉良托呆住了,也没有想到喷泉们会对她如此同情和赞赏。

后半夜,乔莉良托回到了她舒适的床上,聆听着只有她能听见的喷泉的歌唱。

再说牧羊少年回到自己的小茅屋以后,把双手枕在脑后,忧郁地仰躺在木床上望着屋顶,胡思乱想起来:乔莉良托,乔莉良托,多么美丽的名字,你为什么把芳名告诉我呢?还有那双宝石一般晶莹剔透的大眼睛为什么总是那样温柔地望着我?就仿佛清澈的一泓泉水,真想跳进去,沉浸在里面,永远不再出来。

牧羊少年的思念

牧羊少年明白这位突如其来而又飘然而逝的太阳神女,已经在他的心里,深深地烙下一道爱恋之火。虽然他的理智告诉他,这一切不过是他的痴心妄想,但哪个钟情的少年能把这初恋的爱情之火给浇灭呢?

阿魁特拉巴想尽所有的理由,想证明自己是一只妄想的小癞蛤蟆,但在狂热的情爱之火面前,都是那样的苍白无力,不堪一击。

最后这把爱情火终于战胜了理智。它激励着牧羊少年去实现自己的愿望,让爱情开出最美的花朵,结出哪怕是最凄美的果实。他思念,但却又暗叹没有飞天之能,现实和愿望之间的巨大差距使他的内心充满了忧伤。

他拿起笛子走出门外,奏起哀婉悲伤的曲调,周围的群山和木石为之感动。

牧羊少年吹完这首寄托他全部心思的曲子后,倒在地上昏了过去。

醒来时,他看到自己的衣襟已被泪水打湿。不禁哀叹道:"可怜的牧羊人,你是多么不幸而无奈,你的末日似乎已经来临,希望之神眷顾你而又把你拒之门外。乔莉良托,就仿佛是天上那片云彩,悄悄地走了正如她悄悄地来。可怜的牧羊人呀,你已经无药可救了。"

阿魁特拉巴喃喃自语,走进了他的小屋。

阿魁特拉巴住在拉利斯的母亲被一股不祥的征兆弄得六神无主,立即起身沐浴更衣,摆弄起她赖以谋生的占星术。她从占卜中得知自己的儿子处境困难,如果不及时加以拯救,就会死去。母亲在推算儿子不幸的原因之后,拿出一把十分精致的拐杖,心急火燎地去找她的儿子。

她沿着山间小路,在太阳升起之前来到了小茅屋。她走进去一看,儿子满脸泪痕地正在昏睡之中。

牧羊人睁眼一看到妈妈,顿时扑倒在母亲的怀里放声痛哭。

母亲一边搂着儿子,一边用手在儿子的背上拍着说:"儿子,不要哭!你的遭遇和心事,妈妈全都明白。"

阿魁特拉巴从母亲怀里抬起头来,有些不好意思,红着脸说:"妈妈,都是儿子没出息,把您累坏了吧?不是儿子没长大,只是这不争气的眼泪总是一个劲儿往下流。"

母亲用手捂在儿子嘴上,说:"孩子,是不是因为那个小仙女?她的心里也正在和你一样难过呢。"

"真的?"阿魁特拉巴挣脱了妈妈的怀抱,直起身来,半信半疑。

"别大声嚷嚷,让人家听到会笑话。"母亲心平气和地说道。

"您不是哄我开心吧?"阿魁特拉巴稍稍平静了一下心绪,追问了一句。

"我怎会大老远赶来骗我的儿子?再说,妈妈再大本领,也没把握医好你的病!"母亲蛮有把握地说。

"可是……"阿魁特拉巴对母亲的本领自然心里明白,因为母亲是尤卡依鼎鼎大名的祭司,要不然怎会把放牧贡品羊的任务交给她儿子呢?

"不过,事情远没这么简单,而且这是需要付出代价的!"母亲说道,虽然她想尽力帮助儿子实现愿望,免得自己的儿子被相思折磨,或者做出什么大逆不道的事情来,但是,也许代价也太大。她忍不住在心里打了个寒战,不敢再细想下去,只是不断安慰自己:一切都是命中注定的,幸福地逝去总比伤心而死或者默默无闻地空活百岁要强得多。她强烈地预感到,她终究会失去这个儿子,毕竟神的力量不是她能抵御得了的。

阿魁特拉巴似乎也从母亲的沉默中意识到一些什么,但这丝毫没有影响他的快乐。他把妈妈从沉思中摇醒,对他妈妈说:"只要得偿心愿,虽死也无憾!只是儿子万一不幸遭到神的责罚,请您别为我伤心!"说着,跪倒在母亲面前,把母亲的双手贴在自己的脸上。母亲被儿子的亲情激励着,暗自下了决定,然后把儿子从地上拉起来,毅然说:"好儿子,事情不会那么糟,你们的爱情故事和你们的名字会被人们千秋万代传颂和祈祷,终有一天神也会感动而赦免你们的。"

母亲说完这些话,便走出了茅屋。阿魁特拉巴看着忙碌的母亲,也没有打扰她,只是呆望着出神。

善良的阿妈

母亲从山中的岩石上找来一些蜗牛,做了一锅汤。汤还没熬好,太阳神的两个女儿就已经到了茅屋门口了。

原来,刚一天亮,乔莉良托就从床上爬了起来,好不容易挨到可以外出的时刻,便拉着她的一位妹妹,径直朝着阿魁特拉巴的茅屋而来。

乔莉良托和她妹妹在茅屋门前的石块上坐了下来,因为赶得紧,她们已经很累了。

乔莉良托没见到阿魁特拉巴的身影不免有些有失望,又不好当着妹妹的面到屋里去,心里正着急,当看到一旁忙碌的老妇人时,机灵的姑娘忙向老妇人问了声好:"你好,老妈妈!我们是太阳神的女儿,您是这家主人吗?"

阿魁特拉巴的母亲早已猜着她们的身份,见乔莉良托恭敬地向自己打招呼,恭恭敬敬朝着两位太阳神的女儿跪下,不急不忙地回答乔莉良托的问题:"是的,我是牧羊人阿魁特拉巴的母亲,刚从拉利斯来看望他。"

乔莉良托见牧羊人还没现身,有点着急:"小伙子啊,你怎么还不出来?难道没听到我的声音吗?"心中虽急,但在情人的母亲面前总不免有着几分矜持,另找了一个话题,心神不宁地问道:"阿妈,我们快饿坏了,有什么吃的没有?"

阿魁特拉巴的母亲心想这小姑娘机灵得可爱,真会拐弯抹角,口中却恭敬地应道:"呵,只有我儿子爱喝的蜗牛汤,正熬着呢。不知道他一大早哪儿去了,怎么还不回来?"

乔莉良托总算得到一些牧羊人的消息,不由把心放了一放,心想再等一会儿罢。便和妹妹捧着递过来的蜗牛汤津津有味地喝了起来,而且示意老妇人坐在自己身边。

许久,还是未见牧羊人的身影,乔莉良托以为她的情人去牧羊了,也就没再问。其实,阿魁特拉巴由于母亲的魔法,变身钻进了拐杖。

喝完了汤,乔莉良托一边等着她小情人出现,一边继续找着话题和情人的母亲闲聊。

等到乔莉良托耐心地听完老太太聊完自己儿子的事,觉得实在没有话题接下去时,她注意到老人手里的拐杖(其实,这正是那碗蜗牛汤的作用),就问道:"阿妈,你手中的这根拐杖真好,是从哪儿弄来的?"

阿魁特拉巴的母亲回答说:"这拐杖的来历,说起来就复杂。我的祖先有一位女儿是巴恰卡马克神游历人间时结下的情人,巴恰卡马克神走的时候怕她感到寂寞,就把这根拐杖留给了她,并对她说,只要想他的时候,这根拐杖就会变成他的样子来陪伴她。在她死去以后,这根拐杖就作为家族的信物,辗转几代,传到我手里,等我老了之后,准备把它再传给我唯一的儿子阿魁特拉巴!"

乔莉良托听完这神奇的故事,心慕不已:如果我也能像那位幸运的女人一样,牧羊人能从拐杖里变出来陪我该多好啊!想到这里觉得自己的脸上不由得一阵发烫,暗自镇定了一下,转念又想,如果能把这拐杖弄到手,那太好了,反正这拐杖会传给他的。于是乔莉良托便跟情人的母亲商量道:"阿妈,能不能把这漂亮的拐杖卖给我呢?"

阿魁特拉巴的母亲故作为难,最后咬了咬牙,诚恳地对乔莉良托说:"卖是不能卖的,可是,谁让你是太阳神的女儿呢?而且又陪我这个老婆子说了这么多话,我就送给你吧。不过,我有个请求,这根拐杖必须由你亲自带在身边,千万别把它掉了!"

乔莉良托兴奋地边把拐杖接过,说道:"谢谢慷慨的阿妈,我会像珍惜眼睛一样珍惜它的!"

乔莉良托试了试拐杖,觉得走起路来比以前轻松多了,高兴得不知如何是好。后来,她们一直待到太阳快下山时,仍未见到牧羊少年的影子,便向情人的母亲道了谢,然后告辞离开。她沿着草原走去,一路上,东张西望地寻找她心爱的牧羊少年,可始终没有见到他的身影。

神奇的拐杖

在不得不回天庭的路上,乔莉良托心不在焉地应付着妹妹的话语,倍感忧郁。她怀着未能与心上人会面的失望回到了宫殿。进宫门时,禁卫又照例拦住了她们。因为见她们两人同行,再加上那拐杖毫无可疑之处,也没有别的世俗物品,也没有从她们脸上看到其他的秘密,便放她们进了宫。

晚饭后,大家都回房休息了。乔莉良托也回到了自己的卧房。她把拐杖小心翼翼地倚在了床头,便躺下来休息。

在闺房里,乔莉良托辗转难眠。她闷闷不乐地想着她的牧羊少年和自己做过的梦,不由得唉声叹气,把泪水弄得满脸都是,于是便起来去梳洗沐浴。

等她沐浴完,带着满身的花香回到卧房,刚转身把房门关好,突然觉得眼前一暗,一双温暖有力的手捂住了她的双眼,把她吓得魂飞魄散,正想大声呼救,她听到一个熟悉的声音在她耳边道:"乔莉良托,别怕,我是你的小牧羊人呀!"

惊魂未定的她,立即又被如火般的激情烧昏,任由牧羊人搂抱着,陶醉在巨大幸福里。

过了很久,她才回过神来问道:"你是怎么进来的?"

"你还记得那根拐杖吗? 我就藏在它里面。"阿魁特拉巴轻吻情人。乔莉良托轻轻挣脱了情郎的怀抱,拉着阿魁特拉巴的手,从头到脚仔细把他看了个够,然后,就像怕她的情郎又会消失似的,投进了阿魁特拉巴的怀抱,把自己兴奋得发烫的脸贴在情郎的胸脯上,听着那快要脱胸而出的强有力的心脏快速跳动着。

良宵苦短,天亮以后,牧羊人又钻进了拐杖。

当太阳光洒满大地的时候,乔莉良托拿着拐杖独自离开了父亲的宫殿,朝着草原走去。她走进一条山沟以后,牧羊人又从拐杖里走了出来,他们手牵着手在草原上尽情嬉戏。

幸福的时光总是那么短暂,这样子过了一段时间。有一天,宫门禁卫终于起了疑心。当乔莉良托出宫不久就被禁卫远远地盯上了,在他们经常嬉戏的地方发现了他们的秘密,便大喊大叫起来。

这对情人见势不妙,就朝着克尔克城的山峦逃去。他们不停地跑,跑累了就坐在一块大石头上休息。因为实在是筋疲力尽,两个人一坐下来,便相拥着睡着了。

在睡梦中，他们忽然听到一声巨响。惊醒后两个人正要继续往前跑，然而却跑不动了，他们变成了两座石像：乔莉良托一只脚穿鞋，一只鞋提在手中，而阿魁特拉巴正朝着克尔克城方向望去……

阿兹特克神话

阿兹特克文化是中南美洲的新兴文化,势力范围集中在墨西哥中央高地,文化的命脉则持续到公元 14 世纪西班牙人入侵为止。阿兹特克人的宗教体系大部分与玛雅文化类似,但是整体来看,相对较为复杂。

在阿兹特克的神庙里,混沌之神泰兹凯特力波卡是至高的存在,他的造型多样而且丰富,是一位同时能带给人类幸福与灾难的神明。

对阿兹特克人来说,"太阳"是最重要的存在。他们相信世界曾经四度被创造、四度遭到毁灭。每一次创造时,都会产生新的太阳,照亮全世界。所以阿兹特克人相信,目前的世界是"第五太阳世界"。他们为了让太阳持续照耀人类,于是产生了定期向太阳祭祀人血与心脏的习俗。

为了持续补充活体祭祀用的祭品,阿兹特克人必须不断的打仗,以取得俘虏。作为祭典中的供品。也因为这个缘故,各城市之间经常发生战争,历史上称为"荣冠战争"。他们一旦取得了各自所需的俘虏数量,就会开始制定停战协议。

这样的习俗结果引起了周围部落的反感,于是阿兹特克在得不到资源的情况下开始中落。这些反阿兹特克国家后来加入了西班牙人的行列,在公元 1519 年攻陷了阿兹特克首都特诺奇提特兰。从此,历史上中美洲最大的帝国就此灭亡,阿兹特克似乎也走到了尽头。

冥国之战

米克特兰泰库特利是阿兹特克神话中掌管死后世界的冥王。他所掌管的世界叫作密克特蓝,那里没有痛苦,没有欢乐,没有善,也没有恶。可以说是一片荒凉,简直是一无所有,而米克特兰泰库特利就是这个地方的统治者。米克特兰泰库特利的外形是一具骷髅,或是一位骨瘦如柴的男子。他的伴侣叫作密克特蓝提希瓦特,是一位死亡女神。他们两人一同统治着密克特蓝。

阿兹特克人相信世界和所有的生物,曾经经历过数次的创造与毁灭,而古代因为毁灭而死亡的人类,都会被送往密克特蓝去。

巴茨和琼恩

安分守己的渥纳普兄弟乌和布库博学多智,能占卜未来。他们曾经做过一个离奇的梦。同时梦见兄弟俩在一团似云非云，似雾非雾的混沌之中，听到一个似乎很遥远又似乎贴在耳朵上的声音：

"我是宇宙的中心，日月星辰皆由我而来；我是创世之神，万物神灵因我而生；我是世界主宰，生死爱恨，福祸情仇从我所欲；你们可以各种名字称呼我，我可以借你们的身、你们的心、你们的口、你们的手眼以及你们的子女传达我的旨意。善良的人，我要借你们的两位后代之手重整秩序，成为我的化身——社稷之神！"

当时，兄弟俩之中只有乌生有两个儿子：一个叫巴茨、一个叫琼恩。弟弟布库还没有结婚，是个光棍。他俩把自己的一切本领都传授给了两个孩子，使他们成为多才多艺的人。在他们眼里，两个孩子就像是神的化身。

乌和布库除了教授孩子之外，每天都会在恰好通往冥国的路上玩球。死神们听到他们打球的声音后说："他们是谁？他们在干什么？总是这样又蹦又跳，又吵又闹的。如此藐视我们，真是胆大妄为，看我怎么惩治他们！"

在冥国里，死神卡梅兄弟是最高的法官。由他俩规定每位死神的职权。巴特和杰克是使人流血的死神；布琪和加纳则使人浮肿，双脚流脓，面色变黄；巴克和奥龙手持股骨大棒负责守卫；梅斯和托克则给人带来灾难，使人意外致死；米克和巴当是使人暴亡的死神，他们勒住人的脖子或压迫人的胸部，使其窒息而亡。

死神们聚集一堂，商量如何惩治渥纳普兄弟。他们真正希望的是得到渥纳普兄弟巧手制作的打球工具，如皮手套、球环、面罩等。于是，卡梅兄弟派猫头鹰给渥纳普兄弟送信，叫他们来同死神们打球。

猫头鹰很快飞到两兄弟打球的地方，传达了口讯。

"卡梅兄弟真是这样讲的吗？"他们问道。"不错！死神们还要你们带上打球的工具。我还得陪你们一块儿去呢！"猫头鹰回答说。

"好吧，那你稍等一下，让我们两个回家和母亲告别。"

到了家里，他们对母亲说："妈妈，我们要走了，是死神差了使者来接我们的。这一去可能凶多吉少。"他们又说，"我们把球留在这里。"说着，把球放进屋顶的一个小洞。随后，他们嘱咐巴茨和琼恩要专心学习，照顾好祖母。

临别时，他们的母亲伊斯卡内恋恋不舍，伤心流泪。渥纳普兄弟安慰她："不要悲伤，我们是去赴约，不是去送死！"

他们跟着冥国使者猫头鹰往冥国去。

他们沿着倾斜的阶梯往下走，趟过了湍急的河流，穿过鲜血流淌的河，平安地来到四条大路的交叉口。这里有红色、黑色、白色和黄色四条大路。这时，黑路对他们说："你们应该走我这条路，我可以带你们到达死神的宫殿。"

于是，他们沿着这条路，一直走到死神聚会的大厅。在那里，他们看见十位死神排成一行。其实，那不过是死神布置在那里的木头人。

兄弟俩向木头表示了问候，但木头人毫不理会。这时冥国的死神们发出了哈哈的笑声，他们为能欺骗渥纳普兄弟而洋洋得意。

随后卡梅兄弟对他们说:"你们来得好,我们明天就比赛吧!"然后指着旁边的凳子说,"坐吧!"原来那是一条烧得炽热的石凳。两兄弟一坐,屁股感到一阵剧痛,如果不是及时站了起来,屁股就被烤焦了。看到他们的狼狈样,死神们笑得前仰后合。

"现在,你们可以到那间小屋去休息了,有人会给你们送火把和卷烟的。"渥纳普兄弟到那小房子里一看,屋里一片漆黑。他们在黑暗中蹲下来。一会儿,有人给他们送来尖尖的松树火把,火已经燃上了;每人一根卷烟,也是点着了的。来人说:"死神命令你们点着火把和卷烟,天一亮再把它们原样交回,不能有丝毫减损。"最终,火把和卷烟都燃尽了。

第二天,卡梅兄弟问他们:"昨夜给你们送去的火把和卷烟呢?"

"已经点完了,阁下。"他们如实答道。

"那么,今天就是你们兄弟的末日了。我们要把你们剁碎,抹掉你们的记忆。"

渥纳普兄弟就这样被死神们暗害了。在被埋藏之前,死神们还砍下了乌·渥纳普的头。"把这颗头拿去,挂在路边的那棵树上。"卡梅兄弟下了一道命令给他们的属下。

奇怪的是,过了不久,挂人头的那棵树结满了果实,这是从来没有见过的。这种果实叫葫芦,人们称之为乌·渥纳普的头。

会说话的果子

从此,乌·渥纳普的头变成了葫芦,同树上的其他果子一模一样。然而,有位姑娘却从无意之中知道了事情的经过。

她就是死神杰克的女儿,名叫伊斯基克。她从父亲那里听到这个故事之后觉得十分惊奇。她想:我为什么不能去看看那棵树呢?树上的果实一定很甜美。好奇心驱使着伊斯基克走到了树下。

"啊呀,多好的果子呀,真让人喜欢。如果我摘下果子,我会死吗?"她自言自语着。

这时,藏在树枝丛中的那个头颅说话了:"你想干什么?树上的果实都是人的头颅。你真的想要吗?"

"是的,我想要。"姑娘心想,明明是果实,为什么说是人头呢?分明是在吓唬我,我便要看看,到底里面有什么古怪。

"好吧,伸出你的右手。"

姑娘朝着头颅伸出了右手。这时,头颅吐出一口唾沫,正好落在姑娘的手心。姑娘低头一看,唾沫又飞走不见了。这时,树上却传来一个声音:"在我的唾沫里,我给你留下了我的后代。姑娘,你到世俗去吧!在那里,你不会死。请相信我的话。"

这都出自"宇宙之心"的精心安排。不然,这一切就无法解释。

姑娘觉察到有什么东西从身体某个地方钻进了她的身体里面。她惊慌地回到家里，就这样肚子慢慢大了起来。她怀孕了，在那里面正是乌纳普和伊斯布兰克。

　　六个月以后，伊斯基克的父亲死神杰克发现了他女儿的秘密。于是他去找卡梅兄弟商量办法。

　　"我的女儿怀孕，这真是奇耻大辱。"杰克大声诉说着。

　　"那让她说出事情的真相。如果她拒绝，就把她带到遥远的地方去吧，以示惩罚。"

　　于是杰克就盘问自己的女儿。

　　"你肚子里的孩子是谁的？"

　　"爸爸，我没有孩子，我连男人长什么样都不知道。"

　　杰克转身对猫头鹰说："既然她什么也不说，把她带到远远的地方，杀了她，把她的心装在葫芦里带回来。"

　　四只猫头鹰找来一个葫芦，带着屠刀，架起姑娘的胳膊就走了。

　　姑娘对猫头鹰说："凭你们是杀不死我的。因为我没有做任何见不得人的事。我只是出于对渥纳普兄弟的好奇才怀孕的。你们不应该杀我。"

　　"这是你父亲的命令。我们也不愿意杀死你，可又用什么东西来代替你的心脏向诸冥王交差呢？"猫头鹰为难地说。

　　"这颗心不属于他们，你们不应该容忍他们强迫你们干杀人的勾当。现在你们从树上摘个果实下来吧！"姑娘对他们说道。猫头鹰刚摘下果子，树就喷出了鲜红的树汁，树汁流到葫芦里马上就变成了一个像心脏的球体。以后人们称这棵树叫血树或红脂树。

　　"你们到地面上去吧，在那里你们会受到欢迎，并能拥有一切所需要的东西。"姑娘对猫头鹰说。

　　"好吧，我们将离开这里，到地上去服侍你。现在，你沿着这条路一直往前走。我们带着这个葫芦去向你的父亲交差。"

　　冥王以为猫头鹰完成了任务，非常满意。

　　他用手指托起葫芦并把它敲碎，鲜血马上流了下来。这时，他又命人把火拨旺，随后就把葫芦扔进火堆。冥国的死神们闻到一股气味后都围拢过来，他们觉得血的腥味非常甜蜜。当冥王们凝神思考的时候，猫头鹰展翅从深渊飞向地面，变成了姑娘的侍从。

　　姑娘伊斯基克快要生孩子了，她来到渥纳普的家中。巴茨、琼恩和祖母住在一起。姑娘进屋后对老人说："妈妈，我来了。我是你的儿媳妇，是你的孩子。"

　　"你从哪儿来？我的儿子在哪儿？但愿他们没有死在地狱里。难道你没看见这两个孩子吗？他们才是我儿子的后代。你快滚出去！"老太婆以为她是骗子。

　　"别把我赶走，我属于乌·渥纳普。他兄弟二人没有死，会回来的。你很快就可以从我怀着的孩子身上看到他们的模样。"

巴茨和琼恩很生气,然而只是埋头吹笛唱歌,绘画雕刻。他们天天如此,这也算是对老人的安慰吧。

老人又说:"我不能让你进我的家门,因为你肚子里结的是你不忠诚的恶果。你是个骗子,我儿子早死了。"她接着说,"假如你说的是真的,你去给我们做饭,取回一筐玉米。你不是说,你是我儿子的媳妇吗?"

姑娘答应了,就沿着巴茨和琼恩开的路来到玉米地里。地里只有一棵玉米,也只结着一只玉米穗,她看到这一切,心就凉了。她大叫一声:"啊!我是多么不幸呐!我到哪儿去摘一筐玉米呢?"于是,她就向大地女神求助。然后,她从那棵玉米穗上采下一些玉米摆在筐子口,好像装满了一筐玉米。这一切结束以后就提着筐子回去。这时,地里各种动物都来帮她抬筐子,把筐子里的玉米送到她家,倒在一个角落里。

老人走过来一看,果然是满满的一筐玉米,就大叫道:"你从哪儿弄来这些?你把我们的玉米地全毁了吗?把长着的玉米全摘来了?我得马上去看看。"他朝玉米地走去。可是那棵独一无二的玉米仍在那里。她赶紧回到家里对姑娘说:"孩子,这就足以证明你是我儿子的媳妇。你在这里安心地把你们的孩子生下来吧,他们一定是聪明能干的人。"

乌纳普和伊斯布兰克

伊斯基克分娩的日子到了,这样乌纳普和伊斯布兰克来到这个世界。可是老人没有看见他们出生,因为伊斯基克是在山上生产的。

两个孩子被带回家后,又哭又闹不肯睡觉。

"他们太吵了,扔到外面去。"老人生气地说。于是,巴茨和琼恩把孩子扔到蚂蚁窝上面,可孩子们却睡得很安稳。又把他们放在荆棘堆上,他们照样很安详。巴茨和琼恩出于嫉妒想让两个孩子在蚂蚁窝或荆棘堆里死去,但都没有得逞。

乌纳普和伊斯布兰克慢慢地长大,他们成天玩耍,用吹箭筒射击。祖母和哥哥们虽然并不喜欢他们,他们也从不生气,默默地忍受着,因为他们清楚自己在家中的地位,对一切都心里有数。他们每天都带些猎获的鸟儿回家,可全都被巴茨和琼恩吃掉了。

巴茨和琼恩成天就只知道吹笛子唱歌,游手好闲。

有一次乌纳普和伊斯布兰克打猎回家一无所获。进屋后,祖母问他们:"怎么没带鸟儿回来?"

他们回答说:"亲爱的祖母,我们打的鸟儿都挂在树上了,没掉下来,我们个子小无法上树。要是哥哥愿意,就和我们一起去吧。"两个哥哥回答说:"明天同你们一起去。"

其实,乌纳普和伊斯布兰克早已商量好了对付巴茨和琼恩的办法。"咱们只是改变一下他们的模样就行了。他们让咱们受了不少罪,总是想让我们死掉或是俯首帖耳,所以得给他们一点教训。"

第二天,两个哥哥跟在他们后面来到树下,树上的鸟儿多极了,数也数不清,两个哥哥从来没见过这么多的鸟,可是,一只也不落到地上。

"你们看,鸟儿就是不掉下来,你们能上去把他们弄下来吗?"乌纳普和伊斯布兰克对两个哥哥说。

"好吧。"两个哥哥上了树。可是,当他们爬到树顶以后,树突然长得很高很高,树干也变得很粗很粗。这样,他们下不来了。

"怎么回事?"他们在树上叫喊着,"这棵树真令人害怕,我们太不幸了。"

"你们把长裤脱下来,绑在腰上,裤腿留在后面。在后面拉着裤腿,你们就容易爬下来了。"

可是,两个哥哥相互一拉裤腿,它马上就变成了尾巴,他们也都变成了猴子。于是,他们在树枝上跳来跳去,挤眉弄眼,一转眼就跑到森林里去了。乌纳普和伊斯布兰克用魔法报复了两位哥哥。巴茨和琼恩也因为他们的骄傲和对兄弟的粗鲁,受到了应有的惩罚。

从此以后,乌纳普和伊斯布兰克就承担了赡养祖母和母亲的责任。他们说:"你们别难过,我们去种玉米,我们可以代替巴茨和琼恩。"他们扛起锄头、斧子和吹箭筒下地去了。离开家的时候,他们要求祖母中午往地里给他们送饭。

到了玉米地里,他们就用锄头、镰刀清除杂草、藤蔓,翻松土地。他们把斧子朝树干上一砍,斧子就开始自己砍起木头来了,棵棵大树被砍倒在地上。同时,他们又叫斑鸠飞到树上并对它说:"看着点,我们的祖母一来,你就唱歌。听到歌声后我们就拿起锄头和斧子。"

说完,他们便拿起吹箭筒来玩,什么农活也不干。很长一会儿,斑鸠叫了,他们赶紧跑到地里,抓起锄头和斧头,一个个故意用泥抹在手上和脸上,好像是两个农夫正干得起劲。

吃完饭以后,他们就同祖母一起回家了。"我们今天真的很累。"然后,故意在祖母面前伸伸腿踢踢脚。

第二天,他们跑到地里一看,砍倒的树和藤蔓又重新长上了,地里面依然杂草丛生。他们想:"这是谁干的? 这样欺负我们,得想个办法。"

他们又一次清整土地,除掉杂草,砍伐大树。同时商量好:"我们得躲在一边,看着点儿,也许能把这干坏事的家伙抓住。"半夜里,他们找了一个地方躲起来。一会儿,各式各样大大小小的动物都来了,它们用各种语言念叨:"大树,藤蔓,站起来吧!"这时,乌纳普和伊斯布兰克都跳了起来,想抓住它们,但他们只逮到一只老鼠,把它包在布里面。他们用火烧着它的尾巴,所以,老鼠的尾巴都是秃秃的。当他们准备把它的眼睛也挖出来时,老鼠开口了:"我本不应该死在你们手里,你们也不应在玉米地里劳作。"

"为什么?"兄弟俩问道。

"你们把手稍微松一松,我告诉你们。你们的父亲乌纳普就是那个死在地狱里的人,他的所有财产就是打球的手套、球环和面具,还有橡皮球。这些东西就放在你们家的屋顶上,你们的祖母不愿告诉你们,因为你们的父亲就是因为这个而死去的。"

乌纳普和伊斯布兰克听了以后,就想弄到那只橡皮做的小球。他们商量了一下,就带着老鼠回家了。到了家,一看水缸空空的,于是对祖母说:"我们渴死了,你能给我们弄点水来吗?"老人提着水罐就往河边去了。这时,他们又派蚊子到河边去,把祖母的水罐凿了个洞,因此,老人总是装不满水罐。一会儿,他们又对母亲说:"我们的嘴巴渴极了,祖母怎么回事,去了半天也不回来,你能去看看吧?"就这样,他们把祖母和妈妈都支走了。这时,他们叫老鼠爬上屋顶,咬断系着小球和打球工具的绳子。乌纳普和伊斯布兰克得到这些东西以后,把它们藏在了通往球场的路上。

第二天,乌纳普和伊斯布兰克就高高兴兴地玩球了。他们把父亲曾经打过球的球场扫得干干净净,然后便开始打球,他们玩了很久很久。

冥国的死神听见吵闹后说:"是谁又到我们的头顶上玩起球来?难道渥纳普兄弟还没死?"于是派人把玩球的人叫到地狱里来。

兄弟听到冥国的使者们说死神请他们去地狱,欣然同意。在同母亲和祖母告别的时候,对她们说:"我们去了,你们别哭。我们给你们留下我们命运的记号。我们每人在家里种一棵甘蔗,假如它们枯萎了,这表明我们死了;如果它发芽了,也就说明我们还活着。"说罢,就在屋里种了两棵甘蔗,而不是种在田里的湿土中。

智斗冥王

乌纳普和伊斯布兰克带着球具和吹箭筒朝着通往冥国的路走去。他们沿着父亲曾经走过的路,却是踩着吹箭筒通过血水河的,这样他们的脚就没有被沾湿,否则,就会像死神希望的那样被河水侵蚀。过了一会儿,他们到达四条交叉路口。他们没有贸然往里走,而是派蚊子进去侦察一下里面的情况:"你们去咬他们,在冥王殿中从第一排座位咬起,一个接一个的咬过去。"于是,蚊子顺着黑路来到冥王的议事大厅。蚊子先叮第一个坐着的死神,没有反应,于是去叮第二个,也没有反应,它接着咬了第三个第四个,听到叫声,接着便咬第五个。

那人问:"卡梅兄弟,你知道谁叮了我们?"他们在被蚊子叮过之后,一个挨一个地把前面被咬的那位死神的姓名给报了出来。其实,蚊子不是去专门咬他们,而是去完成乌纳普和伊斯布兰克的委托,打听他们的姓名。

最后,他们来到冥王殿。

地狱里的鬼仆指着第一个坐着的死神对他们说道:"向冥王致意问候!""这不是冥王,只不过是个木头人罢了。"他们回答说。

当他们走到第三个死神面前才开始问候:"你好,大卡梅!你好,小卡梅!""你好,巴特!"他们把十二位冥王的姓名一一问候过去,而且次序准确无误。冥王是从来也不愿意别人知道他们姓名的,所以两兄弟胜利了。

"你们坐吧。"冥王稍稍放缓了口气,他们知道这回来者不善。他们都是非常狡猾的神灵,在他们没有探出两兄弟的虚实之前,是不会轻易和他们做对的。

"这不是给我们的凳子,而是两块滚烫的石头。"他们拒绝了,冥王们又失算了。

冥王头像

"那好吧,你们远道而来一定非常辛苦,就到那黑屋子里去休息一下吧!"

乌纳普和伊斯布兰克被送进了黑屋子,这才是地狱旅程的第一关。冥王们认为,这里将是乌纳普和伊斯布兰克失败的开始。

他们进了黑屋子以后,卡梅兄弟就派人送来了松树火把和卷烟,并对他们说:"冥王的旨意,明天一定要完好无损地归还。"

"好吧。"他们回答。

他们在黑屋里没有点燃火把,而是在火把头上放了一根金刚鹦鹉尾巴上火红的羽毛。在卷烟上放了几只萤火虫。所以,从屋子外面看起来,就好像火把和卷烟已经点着了。

第二天早晨,看守过来一看,松树火把和卷烟完好无损,便连忙报告了冥王们。

"这是怎么回事?他们是谁的孩子?他们是哪儿冒出来的?他们的脸那样陌生,走起路来也是怪模怪样的。"死神们说道。

冥王们不甘心于自己的失败,便商量怎么才能战胜乌纳普和伊斯布兰克。

他们对两兄弟说:"明日一早,你们给我们采摘红白黄蓝四色花朵各一束来。"然后,便放心地做他们的事,因为这些花朵只有在他们的花园里才有,而且他们已在那里加强了守卫,防止两兄弟偷窃,他们认为这回赢定了。

当天夜里,乌纳普和伊斯布兰克把割叶蚂蚁招来,对它们说:"你们全体出动,把冥王要的四色花朵全采来。"蚂蚁们遵照两兄弟的指令,一齐涌向冥王卡梅兄弟的花园。那里守卫的士兵根本没有想到会有蚂蚁来偷窃。割叶蚁们把花茎咬断以后用牙叼着,运到乌纳普和伊斯布兰克准备好的四只葫芦里。天刚亮,两兄弟如约把四种花交给了冥王,那上面还沾着露珠呢。

冥王们一看,气得脸色发白。

他们仍然很不甘心,又把两兄弟关到了冷宫。那里寒气逼人,遍地冰雹,让人难以忍受。冥王心想两个人这回该没命了。可是乌纳普和伊斯布兰克却躲进了屋里的一棵枯死的树干里。第二天清早,他们又精神抖擞地出现在冥王殿的十二死神面前。

就这样,他们又被带进兽山,那里猛兽成群。两兄弟一进去就对饥肠辘辘的野兽们说:"别碰我们,这里有你们吃的东西。"说着,便向它们扔了一些骨头,老虎们忙着去争夺那骨头。两兄弟又平安无事地走出了兽山。

地狱里的冥王接二连三地败在乌纳普和伊斯布兰克的手下,怎么会甘心呢?新的较量开始了。

惩罚死神

冥王国的死神们对这兄弟俩恨之入骨,经过一连串的失败以后,他们决定把兄弟两人带往最后一个绝境:蝙蝠洞。洞里栖息着凶残贪婪的卡门索特斯,这是一只嗜血的魔鬼。他们把兄弟俩扔进了那个偏僻的黑洞。为了摆脱无数凶猛地扑着翅膀、饥肠辘辘的蝙蝠,兄弟俩躲进了吹箭筒里。

卡门索特斯怪叫着:"基一利特斯!基一利特斯!"

如饥似渴的嗜血蝙蝠飞落在他们躲藏的吹箭筒上。兄弟俩一直安睡到黎明前的鸟啼声传入耳中。突然,伊斯布兰克对乌纳普说:"你探出身子瞧瞧天是否已经亮了,我们的对手怎么还没有动静?"

乌纳普应声就把脑袋伸出吹箭筒外,一只暗中监视的蝙蝠就把他的脑袋一下咬了下来。这时,伊斯布兰克大声喊道:"乌纳普!你在哪儿?听见我说话了吗?你去哪儿了?"

嘶哑的声音在洞窟里嗡嗡作响,听不见兄弟的回答。伊斯布兰克伤心地说道:"我们终于还是败在这帮恶魔手中。"

果然,天亮时,冥国的死神们走进洞里,嗅到洞里的一股血腥气味,他们非常得意地拾起地上被咬下来的乌纳普的头颅。

人头的血已被吸干,惨自得没有一点血色。死神们高举着人头,给他们的追随者观看。在远处,魔鬼们的嘴里不断发出刺耳的嘲笑、狂吼。悲痛欲绝的伊斯布兰克蜷曲在一处阴森的角落里细细抽噎着,谁也没有感觉到他的存在。

镇静了一会儿,他唤来那些以偷抢为生的小动物们,那些动物都很温顺。天黑以后,它们陆续来到伊斯布兰克的身边听候吩咐。

伊斯布兰克对他们说:"别害怕,我的敌人离这儿还远着呢。你们如实回答我的问题,你们靠什么生活?"

那些小动物们你推我搡,磨蹭着无毛而粗糙的厚皮,用头相互攻击,在哼哼叽叽中扭成一团,纷纷向伊斯布兰克显示自己的本领。虽然伊斯布兰克耳中被嘈杂的声音所灌满,但还是从中听出了他们的意思,然后说:"很好。现在,你们就去把吃的东西拿给我,快去快来。"

这些匆匆而来的动物,又匆匆而去。在他们身后扬起的烟尘里,落叶纷飞,一股臭气向四周扩散。

小动物分头到四面八方去寻找食物去了。伊斯布兰克躲在石墙边,不耐烦地等待着。他从那儿可以清楚地看见他兄弟的头颅,而他们的敌人似乎把它给遗忘了。

又过了一整天时间,到黄昏时分,动物们才陆续回到这里。有的带着枯叶,有的送来光秃秃的骨头,还有一些拖着植物的根茎,其余的则捎来笋瓜。

伊斯布兰克看着他们带来的食物,念几句无人能懂的言辞,便领着小动物们来到摆放乌纳普躯干的地方。在他认为安全后,便在乌纳普的躯体边坐了下来。他拿起一个葫芦,放在乌纳普身边。动物们环绕在他周围,连大气都不敢出,仿佛一座座小石雕。伊斯布兰克在葫芦口凿了几个小窟窿。一些是圆的,酷似双眼,另一些宽的则宛如嘴巴,另一些长的又好像鼻子。然后,他自己向葫芦里吹着热气,祈求生命的出现。

一股细微的绿光从这些窟窿里射出时,他看见脑袋开始颤动,便把躯干从地面上扶起,让他双臂环抱,双腿叉开。死者挺直着身体,如同将要从睡梦苏醒。

小动物们看到伊斯布兰克所做的一切,惊慌失措,一溜烟地跑进山林中去了。只有一位动物站在那儿,它就是兔子。兔子是动物中最纯朴的。它竖起耳朵,好像在倾听着一种它才听得见的乐曲。伊斯布兰克对他说:"你能留下来陪我,正是我所希望的。你去站在球场外的围墙上,注意看着我们玩球。如果球飞到了围墙上,你就把它接住,跳下墙去,跑到树林里,把它藏在你所知道的地方,别让他追上。去吧,别忘了我对你说的话。"

兔子低垂双耳,表示同意。它用后腿在地上一蹬,尾巴一翘,未等被人发现,就已跳上了球场的围墙。

正在这时,死神们来到伊斯布兰克所在的地方,对他说:"你的时间不多了,来,跟我们打这最后一场球吧!"

伊斯布兰克答道:"非常乐意!"

地狱死神们拿起球,一次次抛向空中。有一次,伊斯布兰克接过球,违反了球赛的规矩,把球抛向空中,划了个漂亮的弧线,滑过球伴们的头顶,飞到了球场围墙上。早已守在那里的兔子接过球,纵身一跳,消失在了墙外的杂草丛林中。气势汹汹的恶魔们立即紧随追赶,想夺回球,却追不上它。兔子边跑,边用后脚抹去足印,然后在地上挖了个洞,把球藏了起来。

就在球场一片混乱的时候,伊斯布兰克拿起乌纳普的人头,安放在死者的躯体上,把葫芦留了下来。

复活的乌纳普和伊斯布兰克冲着现场的大小魔鬼骄傲地一笑,便扬长离去。

第二天,乌纳普和伊斯布兰克招来两位预言家,一个叫苏鲁,一个叫巴康。对他们说:"冥国的死神始终未能战胜我们。我们预感到他们会设法把我们烧死,但一样不可能得逞。有几句话必须交代你们:我们被烧死以后,假若冥王问你们把我们的骨灰扔进深渊好不好，你们就回答不好，因为这样他们可能会复活；要是问你们把骨头挂在树上好不好，你们就回答不好，因为始终可以看到他们；如果问你们可不可以把骨头扔到河里，那你们就说，把骨头磨成粉，抛进冒出泉水的河里，这样就可以把骨灰分散到四野里永远无法聚拢了。"

冥王早已准备好了篝火，堆放了又粗又壮的树干，在篝火的上面还挂着炉子。冥王派人把乌纳普和伊斯布兰克带到篝火旁。

"我们准备了美酒，让咱们喝了它然后痛痛快快地玩一场吧！"卡梅兄弟对他们说，"每人只要在上面飞个四趟，就算你们赢。"

"得了，别再骗我们，你们只是变着花样想把我们弄死罢了。"说着，兄弟两人面对面，双手紧握，一跃而起，跳进了熊熊的火堆。死神们都欢呼起来："我们胜利了。"

随后，冥王果然请来苏鲁和巴康，向他们请教如何处置乌纳普和伊斯布兰克的尸骨，就像兄弟二人早已预料的那样。冥王在两位预言家的劝说下把他们的骨灰撒进了河里。然而骨灰却没有漂流很远就聚积在了河底，变成两位俊美的少年，同乌纳普和伊斯布兰克原先的模样没有一点差别。

有那么一天，有两个面色憔悴、衣着褴褛的穷苦人出现在地狱。他们的行为举止很不寻常，时而与猫头鹰跳舞，时而与猴子交谈，时而又踩着高跷。除此之外，他们还变着各种戏法，把东西放在火中烧掉，再让它恢复原样；他们还可以把自己切成碎片或把对方砍死，然后又起死回生。

消息很快传到冥王那里。他们很想见见他们："这两个孤儿是谁？他们果真有那么大的能耐？"于是，派人去要把他们请来。

"我们不去，像我们这样子怎能去见冥王呢？"这两位穷人愁眉苦脸，十分为难地对冥王派来的使者说。但这些使者还是把他们领进了冥王的官邸。

他们自惭形秽，毕恭毕敬地站在冥王们的面前。

"你们是从哪儿来的？"冥王问道。

"我们自己也不知道，很小的时候，我们的父母就去世了。"他们可怜兮兮地答道。

"好吧，现在把你们的拿手好戏表演给我们看看，我们不会让你们白忙的。"

"你们把我的狗切成碎片，再让它复活。"冥王命令他们。他们照着吩咐把狗切成碎块，然后又很快让它复活，摇着尾巴跑来跑去。

"现在你们把我的房子也烧掉。"冥王说。顿时，冥王的官邸大火四起，被烧得精光，但四周的观众都平安无事。官邸烧成一片平地后，他们一人立即又把它恢复原状，一点被烧的痕迹也没留下。

冥王们目瞪口呆。随后，冥王又下令："你们把一个人杀了，但不能让他死去。"于是，二人马上杀死一个人掏出心脏给冥王看。一会儿他们又把它放回去，那人便活了过来。

"你们相互残杀一下，给我们看看。"冥王又想出一个花样。

接着，二人中的一人就把另一人剁成几块，切下他的四肢，砍下他的脑袋并把它们扔得远远的，还从胸膛里掏出心脏，扔在草地里。冥国的鬼怪和冥王们看得惊叹不已。在他们面前的幸存者跳着古怪的舞蹈，突然喊了一声："起来！"顿时，另一人就恢复了原状，获得了新生。这一切使冥王们欢欣若狂，他们被二人的技术迷住了，便下了一道愚蠢的命令："来吧！在我们身上试试你们的法力，把我们一个一个地切开吧。"

于是，他们把十二冥王全都剁成肉泥，再也没有让他们复活。

地狱里的大小鬼怪见状，四散而逃，被蚂蚁们发现，又把它们赶了回来。他们眼看走投无路，只好向二人投降。

二人对跪在地下的鬼怪们说："你们听着，我们就是乌纳普和伊斯布兰克兄弟。我们的父亲就是被你们所杀。我们是来复仇的。我们曾在这里历尽艰难险阻，所以，必须把你们铲除干净，一个不留。"他们以神的名义宣布："从此，你们的权势和领地还有家族都不复存在，你们永不配得到怜悯和宽恕，以后你们只能与野草和沙漠做伴。一切文明和智慧的善良人都不再属于你们管辖，你们必须远离他们。你们可以把犯下重罪的人、不幸的人和沾染恶习的人，以及被天神抛弃的人带走。记住，即使你们今后做着高尚的事，你们的血液也是肮脏的，再也不许伤害无辜的人们。"说完这些话，他们就把地狱里的冥国摧毁了。

在他们离家之后的日子里，他们的母亲和祖母整天提心吊胆。当他们被火烧死的时候，屋子里的甘蔗枯萎了，祖母和母亲对着它们泣不成声；当甘蔗又生出绿芽时，祖母在它们前面燃起不灭的树脂，为孙子的平安祈祷祝愿。当甘蔗完全复活时，她们心里非常高兴。

早已死去的渥纳普兄弟也获得了新生，他们看到自己的子侄，内心得到了极大的满足。

但是，等着乌纳普和伊斯布兰克的远非亲人团聚那么简单，还有更重要的使命等着他们去完成，因为他们已经接到"宇宙之心"的谕旨："在遥远的国度，狂妄自大、目空一切的卡基斯和他的儿子们冒渎神的名义。你们应该征服他们，把他们带到太阳升起的地方去。"

四百兄弟

当人类因为自相残杀和腐败堕落而被创世主再次毁灭，太阳和月亮还没有重生的时候，新的人类当中出现了一个狂妄自大的人，他的名字叫作卡基斯。

他经常这样说："我是世界之王！我就是太阳、星辰。我的光芒会普照大地。因为有我，人类才能行走和生活。我的眼睛像碧玉那样闪光，我的牙齿像宝石那样明亮，我的鼻子光芒四射，像月亮一样。我的宝座应该由金银锻造。我坐在上面外出的时候，天下便一片光明。对人类的子子孙孙来说，我就是太阳，我就是月亮，我早已有了预见。"

其实,卡基斯什么也不是,他既不是太阳,也不是月亮。他的目光只能看到地平线,地平线之外的世界。

乌纳普和伊斯布兰克带着"宇宙之心"的谕旨,来到他们出生以前的那个遥远的国度。

他们俩商议说:"咱们在他吃饭的时候,用吹箭筒打他,让他受伤,毁掉他所夸耀的一切财富,让他引以为傲的东西统统见鬼,看他还有什么可以夸耀。"于是,他们便扛着吹箭筒就上路了。

卡基斯有一棵大树,他每天的食物就是这树上的果实。他每天都得爬到树上采果充饥。乌纳普和伊斯布兰克知道了以后,就在大树底下躲藏起来,准备袭击。

一天,当卡基斯出现时,乌纳普一箭吹去,正好击中他的颚骨。卡基斯痛得大叫一声,从树上掉了下来。这时,乌纳普扑过去,想抓住他。不料,却被卡基斯拧下一只胳膊。

卡基斯拿着乌纳普的一只胳膊,捂着脸回到家中。

"你怎么啦?是谁迷失了心智,竟敢伤害你?"卡基斯的妻子琪玛尔问道。她有些吃惊,因为丈夫在她眼里是无所不能,刀枪不入的。

"还不是两个强盗用吹箭筒把我的颚骨打坏了?尽管如此,他还不是被神力无双的我拧下了一只胳膊。我要把这只胳膊架在灶上烧烤,看这两个魔鬼还不上门投降!"卡基斯一边吹嘘,一边把乌纳普的胳膊挂了起来。

乌纳普和伊斯布兰克商量了一下,就去找来自发苍苍的老头儿基宁亚和他年迈的妻子基宁玛奇。两位老人的背已经驼了。小伙子对他们说:"请你们陪我俩到卡基斯那里去吧,我们就跟在你们后面。你们可以对卡基斯说:'陪我们来的是我们的孙子,他们父母双亡,所以总跟着我们四处乞讨。我们什么也不会干,只会治牙虫!'这样,他看见我们只是孩子就不会在乎。其他的等到那里再说吧。"

两位老人爽快地答应,他们的确想有两个这样的孙子,哪怕只是暂时的。

兄弟俩跟在两位老人身后,一面走,一面玩着游戏。一到卡基斯的家门口,就听到他的鬼哭狼嚎。

卡基斯看到老人和随行的小伙子,问道:"老人家,你们从哪儿来?"

"尊敬的主宰,我们是沿路讨饭的。"老人说。

"跟在你们身后的是你们的儿子?"卡基斯问。

"不,主人,他们是我们的孙子。因为他们父母早亡,所以总带着他们。"听到老头子开口一个"主人"闭口一个"主人",卡基斯的心里很高兴,没想到别的。只是他牙痛,连说话都十分困难。

"可怜?你们还是可怜可怜我吧。你们既然走过不少地方,而且身体都这么健康,一定会治病吧?"卡基斯说。

"噢,我们别的什么也不会,只会治牙疼,看眼病,整整骨头什么的!"

"好极了！你们就给我揉揉骨头，治治牙吧！我这脸痛得整天不得安宁。这全是那两个魔鬼作祟，哎哟。"话未说完，他又捂住了嘴巴。

"好吧，主人！"老头子摆弄着卡基斯的下巴，故作惊讶地说，"恐怕得把这牙给拔掉，装上新牙才行。看，它直摇晃呢！"说着把卡基斯的牙摇了摇，直痛得卡基斯龇牙咧嘴，半晌才开口道："别！只靠着这副牙和眼睛，我才能做主人的！"

"我们用最好的金刚钻，做一副比宝石还好的新牙给你装上吧！"老人解释说。其实，只不过是几粒擦得发亮的玉米粒。

卡基斯也没细想一个乞丐老头哪来的金刚钻，就狠狠心说："那好吧，哎哟你们快装吧，疼死我了。"

老人替卡基斯拔了牙，装上玉米粒，看起来比原来的牙还要漂亮。只不过，卡基斯脸上原先的那股神气有所消减。接着老人又给他治眼，把他的眼珠子也取了下来，就这样卡基斯的所有财宝就全完了。可他什么也没感觉到，只是睁着空洞无神的眼睛呆望着。老头赶忙又替乌纳普装上失而复得的胳膊。

卡基斯就这样咽了气，他的妻子也跟着死了。这时，卡基斯的两个儿子齐巴纳和卡布拉冈还很小，而且没有犯过什么错，乌纳普两兄弟没忍心下手，所以只完成了一半的使命就走了。

这一来，却给他们留下了后患。不过，谁会伤害两个天真的小孩子呢？尽管他们身上流淌着邪恶的血。后来卡基斯的两个儿子终于长大成人了，但他们并未从自己的父亲身上吸取教训，卡基斯的狂妄在他的两个儿子身上又复活了。

齐巴纳经常说："是我创造了世界的崇山峻岭。"

在一次长途跋涉，四处宣扬自己的功德之后，齐巴纳跳进路边的一条河中洗澡。他看见图兰城的四百兄弟正拖着一棵树从路上走来。显然，这是他们砍来准备做房梁用的。齐巴纳从水中走上来对他们说："小伙子们，你们这是干什么呢？"

"我们没办法把这根树干抬起来，扛到肩上，所以只好拖着走。"他们答道。

"要扛到哪儿去？有什么用吗？"齐巴纳问。

"我们要盖房子，用它做房梁。"兄弟们说。

"哦，让我来试一试吧！"说着，齐巴纳一手便把大树干拎起来，扛在肩上就走，一直把它送到四百兄弟的家门口。

"你从哪儿来，你的父母亲是谁？"四百兄弟问道。

"他们在天上，已经成了太阳和月亮。"齐巴纳狂妄地指着天空，说得跟真的一样骄傲。

"啊，原来这样，难怪你有这样大的力量。"四百兄弟叹道，仿佛有些向往地说。

"当然。你们看，那些崇山峻岭都是我一手创造的。"齐巴纳狂妄地说，横飞的唾沫溅得四百兄弟满脸都是。

"你就留下来跟我们住在一起吧！"四百兄弟热情地说。

"这样也好。"齐巴纳回答。他非常希望四百兄弟能为己所用。

　　心胸狭隘的四百兄弟也不是好鸟,他们这会儿也正在打着一肚子鬼主意。他们聚在一起七嘴八舌地商议:"他一个人就能把那么重的木头举起来,咱们四百兄弟还有什么好说的!不行,在这里只能我们说了算,不能听他摆布。我们得整死他!"

　　"我们可以先挖一个很大的洞,然后请他下去帮我们挖土,趁他在里面挖得起劲,弯腰取土的时候,咱们就……"说到后面,他们神秘地交头接耳起来,最后,又都不约而同地大笑起来。

　　第二天,四百兄弟挖了一个很大很深的洞,然后装出很无奈的样子,在洞口边上唉声叹气。齐巴纳走了过来,看到四百兄弟个个愁眉苦脸,好奇地询问了事情的原委。四百兄弟央求他,说:"你的力气大得连高山都能创造,不如帮我们下洞挖土吧,我们实在没办法!"

　　"没问题。"齐巴纳说着就下到洞里挖起来。

　　当他在下面挖洞的时候,四百兄弟不时地问一下:"你挖到多深了?"

　　"还浅着呢!"他在洞里回答。其实,齐巴纳早已知道了四百兄弟的诡计,只不过,他想露一手给他们看看,看能否镇住他们,并把他们收服。但他还是防着一手,怕他们等得不耐烦会立即下手,所以他在下面朝洞的一边横向挖去,以防万一。

　　"你挖到哪儿了?"四百兄弟又问。

　　"我还在挖呢!等挖到足够深的时候,我再喊你们。"齐巴纳在洞下边挖边说着。四百兄弟心想那可再保险不过了,便耐心等了起来。

　　最后,齐巴纳在洞下的横洞里躲了起来,眼看万无一失,就向上面喊道:"已经够深了,你们下来吧!"

　　这时,四百兄弟把准备好的巨石和大原木用力推了下去,发出震耳欲聋的响声。

　　"哈,成功了!"四百兄弟欢呼雀跃,"三天之后,我们就可以为新居落成痛饮一场了。明后天,我们再去看看,地下的蚂蚁是否带来他腐烂发臭的消息。要真是如此,我们就可以高枕无忧,开怀畅饮。"

　　齐巴纳在洞下听见了他们的谈话。第二天,一群蚂蚁在木头底下钻来钻去,其中一些还衔着齐巴纳的头发,另一些叼着齐巴纳的指甲。

　　四百兄弟看见之后高兴地说:"那家伙已经死了!我们可以开始庆祝了。"

　　其实,齐巴纳在下面活得很好,而且四百兄弟也知道他还活着,他的那些并未带着恶臭的指甲和头发骗不过这些精灵古怪的家伙。这回反而是齐巴纳被四百兄弟蒙在鼓里了。

　　第三天,四百兄弟在新居里开怀畅饮,直到半夜,才渐渐没有了声音。齐巴纳以为四百兄弟全都醉倒,便爬出洞来准备收拾他们。他大摇大摆来到四百兄弟的新居。谁知进去一看,连四百兄弟的影子也没有。正在他迷惑不解时,屋子塌了下来,若非他逃得快,恐怕真的要完蛋。

死里逃生的齐巴纳见四百兄弟已逃得无影无踪,不由得心头火起,他把自己的精血化成一个带着美丽羽毛的小绒球抛向图兰城的方向,并恶毒地诅咒四百兄弟死于自己的兄弟之手。

后来,乌纳普和伊斯布兰克兄弟俩听到四百兄弟死于齐巴纳的诅咒时,非常恼怒。这是他们所没有预料到的,也勾起了他们的除恶之火。

齐巴纳天天都到河边去捕鱼提蟹,除此之外他什么也不吃。白天,他到处找吃的,晚上就躺在山坡上睡觉。

完成使命

乌纳普和伊斯布兰克从森林里采了几张棕榈叶,做了一个很大的螃蟹。蟹脚是用小树枝做成的,蟹壳是用石板做的。然后他们把这种东西安放在梅亚冈山脚下。

一切安排妥当,他们到河边找到齐巴纳。

"小伙子,你在那儿干吗?"他们问齐巴纳。

"我哪儿也不去,只是在这里找我的食物。"齐巴纳回答道。

"哦,你的食物是什么?""鱼和螃蟹,但这里,我一只也没找到。从前天起,我就一直没吃东西,肚子饿得真难受呀!"

"那边的山窝里有一只大螃蟹,我们在捉它的时候被它咬了一口,到现在还疼呢。不然,我们早把它可以吃掉了。"乌纳普和伊斯布兰克说。

"你们说的都是真的? 可以给我带路吗?"齐巴纳高兴地说。

于是两兄弟陪同齐巴纳来到了山脚下。那里正趴着一只大螃蟹,从草丛里露出五颜六色的蟹壳。

"太好了。"齐巴纳欣喜若狂,"我真想一口把它吞下去,我简直快饿疯了。"

他往螃蟹的方向走去。可是螃蟹却爬到山背后的沟里去了。

齐巴纳也跟着走进了山沟。他前脚刚踏进山沟,大山就轰然倒塌下来,把他埋在了山沟里,泥土和石块一直堆到他的胸部。

乌纳普和伊斯布兰克就这样把齐巴纳变成了梅亚冈山沟里的一块巨石。

第二个自命不凡的人是卡基斯的第二个儿子卡布拉冈。他常常说:"我要推倒所有的崇山峻岭。"

他不但这么说,而且还真的这么去做了。

他现在就正在聚精会神地摇晃着一座山峰。他轻轻地一跺脚,高大的山梁就从腰折断。乌纳普和伊斯布兰克遇见了他便问道:"小伙子,你要到哪里去呀?"

"我哪儿也不去,没看见我正忙着晃动山峰吗? 我要把它们全部推倒。"卡布拉冈回答。

卡布拉冈接着问两兄弟:"你们是谁呀? 来这儿做什么? 我怎么从来没有见过你们?"

"我们这样的流浪汉哪来的名字？别人都叫我们猎人和吹箭手。我们整天都在山里游荡。在天边有座高山，高到云霄之上，在那里，我们什么猎物都没有得到，真是糟糕透顶。"乌纳普和伊斯布兰克说。

"有这样高的山吗？你们带我去吧，我去给你们推倒。"长布拉冈听他们说，非常兴奋。

就这样，两兄弟带着卡布拉冈边走，边用吹箭筒射鸟。他们既没有泥丸也没有用竹箭而是吹口气就打下了鸟儿。卡布拉冈对他们十分佩服。

一会儿，两兄弟就堆起了篝火。在鸟儿的身上涂上白灰，然后放在火上烤了起来。鸟儿被烤得焦黄，散发出的阵阵香气，把卡布拉冈弄得口水直流，不断地用舌头舔着嘴唇，恨不得一口把烤肉吞下去。

"你们怎能烤得这样美味？给我一块吧。"他忍受不住诱惑，对乌纳普和伊斯布兰克说。

两兄弟把那只烤好的鸟儿给了他。等他一吃完，三人又继续赶路。等他们走到太阳升起的那座高山脚下时，卡布拉冈觉得四肢乏力，头昏眼花。等他开始明白这一切都是那只涂着白灰的小鸟在作怪，已经晚了。乌纳普和伊斯布兰克已经毫不费力地把他捆了起来。他们把他的手绑在背后，两只脚绑在脖子上，捆扎得非常牢固。然后把他扔进深沟，活埋了。

乌纳普和伊斯布兰克兄弟就这样完成了"宇宙之心"交代的第一项使命，在一片光明和音乐之中，漫步走上了天空。

羽蛇神和黑暗之神

在古代墨西哥宗教里，奎兹尔科亚特尔是一位举足轻重的神明。"奎兹尔科亚特尔"的原意即是"羽蛇"。

奎兹尔科亚特尔本来是阿兹特克文明之前的另一个极盛时代——托铁卡文明的国王。后来阿兹特克人自称为"奎兹尔科亚特尔的继承者"，可见创造之神奎兹尔科亚特尔与历史上实际存在的这位奎兹尔科亚特尔国王有着密不可分的关系。

奎兹尔科亚特尔与泰兹凯特力波卡一样，也是由至高之神奥美提奥托所生，成为创世之神中的一位。阿兹特克人经常将他与太阳等同，不论在能力或性格上，似乎都源于阿兹特克神话中另一位重要神明维齐洛波奇特利。除此之外，奎营尔科亚特尔有时候也被视为是风神伊厄科特尔或者金星，而受到崇拜。

根据阿兹特克的预言，这位伟大神明曾经一度离开世界前往海洋，但是他将再次返回墨西哥，讨回他的王位。不过很不幸的，这个预言后来被进攻墨西哥的西班牙人艾尔南·柯提斯所利用。

在羽蛇神奎兹尔科亚特尔统治时期，人们生活所需的各种物产都很丰富。玉米丰收,葫芦像人的手臂一样粗,各种色彩的棉花自己生长,不需要人去染色。各色各样的鸟儿在天空中自由飞翔。黄金、白银和宝石到处都是。奎兹尔科亚特尔使天下太平,众民生活富裕。

然而这种局面并没有太久。三个好战嗜血的神非常妒忌奎兹尔科亚特尔和他的臣民们和平安宁的生活,觉得自己被人们所忽视,所以阴谋颠覆他们。这三位神,就是战神惠齐洛波契特利,黑暗之神狄斯克特里波卡和妖神特拉克胡潘。

他们在狄斯克特里波卡的牵头主使下对王城图兰施出魔术。黑暗之神扮成一个白头老翁,来到奎兹尔科亚特尔的王宫前,对侍从们说:"带我去见羽蛇神,我有话对他说。"

侍卫们劝他改天再来,因为奎兹尔科亚特尔身体不适,无法会客。

但黑暗之神竭力请求他们转告天神,他来此就是为医治天神的疾病,侍卫们便进去代为禀告,羽蛇神答应会见他。

走进羽蛇神的寝宫之后,狡猾的黑暗之神装出对这位天神十分关切的样子:"我特地给你带来一种灵药,您喝了它,病一定会好的!"

"你来得正是时候,"羽蛇神答道,"许多天以来,我一直在等着你的到来。我的整个身体都受到影响,手脚都无法自由活动。"

黑暗之神对我说,他的药对羽蛇神的健康大有裨益。羽蛇神把那药喝了一些,觉得精神果然有了好转,于是,又连续喝了不少。其实那种药是酒神最新酿造的烈酒,不久,羽蛇神就被灌得神志不清,任由他的敌人摆布了。

狄斯克特里波卡用酒迷倒羽蛇神之后,又决定去勾引威马克王的女儿。威马克是奉羽蛇神的旨意治理图兰城的国王。黑暗之神想依此来摧毁羽蛇神的基业,并败坏他在人们心目中的形象。

黑暗之神扮作一位英俊潇洒的印第安人,化名图威来到威马克的宫殿。

威马克的女儿很漂亮,国王把她视为珍宝,尽管有王公贵族前往求婚,却都没有被公主看中。这位公主在一次偶然的机会见到了图威,不禁被他健美的肌体所吸引,以至于神魂颠倒,心神萎靡。威马克王在探知女儿病因之后,出于对女儿的爱,便决定召见图威。

当乔装打扮的图威被带到国王跟前,威马克不胜烦恼。若是杀了这位陌生人的话,自己的女儿肯定也很难存活。

最后,他便命令图威到公主宫中去侍候。不久,公主病体康复,而且面色愈发红润,整日与图威在宫中缠绵。威马克王无奈,只好让他们成婚。

图威与公主的这段奇情,使得所有臣民非常不满。他们时常议论:"公主怎么嫁了个伤风败俗的俗人?他肯定是个妖魔,专门来勾引公主的。"

威马克听到这些议论,也深感脸上无光,为了转移舆论,便在黑暗之神的唆使之下,决定向邻国科特庞克开战。

托尔特克人被征召入伍,全副武装,积极准备发动战争。当他们来到科特庞克

·阿兹特克神话·

图文珍藏版

这个同样信奉羽蛇神的邻国时，便有意让图威带领他的侍从打头阵，希望借敌人的手把他杀掉。但黑暗之神和他的手下使出法力，很快就征服了邻国的大片土地。威马克为图威的胜利举行了盛大的庆典。图威的头上被插上印第安武士的羽毛，他的身体被涂上黄色和红色相间的图案，这是为了表彰他的赫赫战功。

于是，黑暗之神开始实施他的第二步计划。

他以图兰城国王威马克的名义，在城中举行了一个盛大的宴会，召集邻近国家的青年男女来参加聚会，在那里和着鼓声跳舞唱歌，疯狂作乐。狄斯克特里波卡唱着奇妙动听的曲子，要求集会的人配合他的节奏起舞，于是人们的舞越跳越快，到最后他的节奏快得使他们都发疯了，他们身不由己地跟着黑暗之神的节拍，掉进一个很深的山谷中，变成了凌乱不堪的石头。

后来，黑暗之神又假借一位名叫得基瓦的勇士的名义，邀请图兰城居民和近郊的居民到一个名叫"霍奇特拉"的花园里去游玩。当人们聚集一堂的时候，他用法力催动一把遮天蔽日的大锄头疯狂地攻击他们，把他们屠杀殆尽。

然后，狄斯克特里波卡和他的同伙特拉克胡潘一同来到图兰城最大的集市。在那里，狄斯克特里波卡的手掌上放着一个很小的婴儿，他让他在手掌上跳舞、玩魔术。这个婴儿就是战神惠齐洛波契特利。托尔特克人看到这种奇异的把戏，都争相涌上前来，结果许多人被踩死了。这使得托尔特克人大为愤怒。他们照着特拉克胡潘的诡计，把黑暗之神和战神都杀死了。

然而，这两个神死后，尸体发出有毒的恶臭，使得成千上万的托尔特克人感染瘟疫。于是妖神特拉克胡潘又唆使人们把尸体扔掉。但是当人们准备把尸体抬走的时候，他们发现尸体非常沉重，根本抬不动。他们集合几百名勇士把尸体用绳子捆住，但是他们一拉绳子就断了，所有拉绳子的人都倒地身亡。

特拉克胡潘的妖术使得图兰城里的托尔特克人非常苦恼。他们已经看出，他们的国家在混乱中将日渐衰败，末日就快来临了。

羽蛇神看到他的臣民在魔王的驱使下把国家搞到这种程度，非常气愤，他决定离开图兰，回到故土特拉巴兰国去。他把他所造的宫殿全都放火烧毁，将自己的所有财富都封存起来。他使田野荒芜，使树木枯萎，百兽迁往南方的高原。他使太阳黯淡无光，他又命令所有飞鸟都离开安娜胡阿克山谷，跟随他到遥远的故国。

日月神

纳纳华冈是阿兹特克神话中最早出现的神明之一。传说在现在世界之前，曾经有过四颗太阳和四个世界。但是在第一个世界，人类被山猫吃了。第二个世界，人类因为天生愚蠢，变成了猴子。第三个世界，人类惨遭地震和火山的摧毁。到了第四个世界，人类则遭遇大洪水，最后连太阳也难逃灭顶之灾。

在创造第五个世界的时候，众神在黑暗中讨论，决定将点燃第五颗太阳的使命交给提克西斯提卡特。这种使命，就是爬到金字塔顶，纵身跳入一团烈火。但很不幸，提克西斯提卡特心生恐惧，想逃避这件事情。

当纳纳华冈纵身跳入火中时，提克西斯提卡特深为自己的怯懦而羞愧，于是也跟着纵身跳入。就这样，世界诞生了第五颗太阳。

在混沌初开的时候，天地一片昏暗，没有一丝光亮。

于是众神聚集在特奥蒂华冈，商量选派哪一位神灵去把宇宙点亮。这时，有位叫提克西斯提长特的神，自告奋勇地对众神说："让我去完成这件事吧。"

众神又提出，还有谁能够做志愿者。诸神面面相觑，沉默不语，谁都没有这个勇气和能力，于是都拒绝了。

有位纳纳华冈的神明整天无精打采的，诸神都不把他放在眼里。此刻，他正一言不发地倾听着诸神的议论。突然有一位神明向众神提议说："我们能够让纳纳华冈去吗？"

他欣然表示服从，说："我乐意接受众神的差遣，就这样一言为定吧！"

两位被挑选出来的神参加了祈祷仪式，这个仪式连续举行了四天。他们在如今称之为众神之山的特奥蒂华冈山上点起一堆篝火。提克西斯提长特利献上的不是鲜花，而是一束凯瑟利鸟的美丽羽毛；他献上的不是稻草堆，而是一个大金球；滴血时，他用的不是龙舌兰的刺，而是尖端嵌着宝石的红贝壳磨成的针刺，上面沾满了他的鲜血；他供奉的香树枝也是最贵重的。

病神纳纳华冈供奉的不是树枝而是九根芦苇；九个稻草捆扎的小球，以及溅满他鲜血的龙舌兰刺。他没有香树枝，他的供品只有身上的伤痂和脓水。

于是，诸神启动神力为两位神明建造了一座金字塔。他们在金字塔上进行了四天四夜的祈祷，在这里的四周摆满了树枝、鲜花和供品。

众神围在篝火的四周，分成两列。两位被挑选出来的神明过来，站在诸神行列的中央，面向篝火。诸神对着提克西斯提长特高声喊道："跳进火堆中去吧。"

提克西斯提长特很想跳进火中，但火堆如此之大，火势如此之旺，他不禁后退了一步。他想鼓起勇气，一旦面临大火，他又开始犹豫。如此重复了四次依然没有成功。

于是，诸神转向纳纳华冈，大声喊道："纳纳华冈，你先来吧。"

诸神说完，他把双目一闭，一跃而起，纵身在火中，顿时响起了噼里啪啦的声音。提克西斯提长特见另一位已经燃烧，于是他也使劲一跳，飞身入火。

当时，有一只刚好从上面飞过的鹰也被熏得掉在了火堆里，它的羽毛到现在都是黑的。从旁掠过的美洲豹被火星溅得满身起泡，所以他的皮毛到现在还留着斑点。

诸神坐下等待，他们相信纳纳华冈很快就会升上天空。等了许久，忽然天空现出万道红光，那就是朝霞。诸神跪倒在地迎接纳纳华冈的光临，但他们不并知道太阳会从哪个方向升起,他们分成四组面向四方的天空跪拜,因为朝霞是从四面八方把光芒洒满大地的。

当太阳升起的时候,谁也不敢正跟相看,大地强烈的光芒使人头晕目眩。月亮也跟在太阳的身后,就像他们当初投火的顺序。

当时的太阳和月亮一样闪亮,按理他们应该放射不同的光芒才对。于是一位头脑灵巧的神便把一只兔子扔在了提克西斯提长特的脸上。月亮变暗了,失去了他的一部分光芒,成了现在的模样。

太阳升到众神的头顶上空时,突然停着了。诸神急了说:"这样下去,咱们不是会被他烤焦了吗?"有一位名叫肖洛特利的双生子神怕得要死,他大哭着向太阳神纳纳华冈祈求活命,直哭到双眼流不出眼泪。面朝东方的诸神变成强大的风神,把怯懦的众神的生命卷走。当卷走诸神生命的风神走到肖洛特利身边时,肖洛特利拔腿就跑,躲进玉米地里变成双杆玉米的内芽,如今的人们把这种玉米称为肖洛特利。风神在玉米芽里找到他,他又跑到龙舌兰那里,变成一棵双茎龙舌兰,人们叫它麦肖洛特利。风神又在龙舌兰那里找到他,他投入河里变成鱼,人们把他叫作阿肖洛特利。风神掀起巨浪把他卷了上来,也把他消灭了。

自私自利的诸神被杀死了,太阳依然纹丝不动。风神便使劲地吹,吹动太阳,并且按自己的路径奔跑。不过月亮还在那里等太阳走完了自己的行程,他才继续往前走。他们就这样在不同时间里露面,用自己的光,照耀着人间。

太阳鸟

当人类第一次被毁灭之后,茫茫大地上只剩下一对男女,他们孤独寂寞,而且没有下半身。除此之外,还有两个超人。他们是兄弟俩,大的叫奥琪,小的叫奥珂,他们就如同天神的化身一样神通广大。

一天,奥珂外出寻找迷失了方向的弟弟奥琪。当他走近一条河边,奥珂看见有个半身男人正在聚精会神地捕鱼。

奥珂巧妙地隐蔽在河岸边的林丛中察视。只见那个人抓住了一条美丽的加勒比鱼。鱼儿甩着尾巴,被扔到了岸上。这个人抓起一根大棒,朝鱼打去。其实,这条鱼正是奥琪变的,就为了想偷走那个人的金鱼钩。奥珂看到弟弟处在危急之中,便立即变成一只大鹏鸟朝着渔夫的大棒扑去。渔夫也不甘示弱把鱼先放一边,专心对付这只大鹏鸟。大鹏朝大棒上拉了一泡秽物,这时的奥琪也乘机一跃,跳进了河中。奥珂马上变成一只蜂鸟,把渔夫的金鱼钩偷走了。

奥珂知道渔夫有一只篮子,从篮子里能发出各种鸟儿的鸣唱。他想尽一切努力得到这只神秘的篮子。因为奥珂知道,那里面装着一只太阳鸟,是渔夫用尽力量和智慧,还有夫妇俩下半身的代价换来的。失去太阳鸟的太阳就如同失去灵魂,只能呆呆的停留在东方,所以那时世上没有白昼和黑夜。

奥珂变成普通人的样子,向渔夫走去,询问太阳鸟的价钱,打算把它买下来。这没有下半身的人看到奥珂的耳朵上挂着那只金鱼钩,非常气愤,拒绝了奥珂提出的任何交换条件。

奥珂便向那个人表示,他愿意用自己最珍贵的东西来交换这只篮子:"我看你的身体少了一半,既不能生育,又不能走路,只能在地上爬着。要是你给我太阳鸟,我就给你们下半身,那样,你们想去哪就能去哪了。"

作为一个残疾,谁能拒绝这样的诱惑呢?于是他最终同意了,但提出的一个条件是,他的妻子必须马上享有这个好处。

奥珂把渔夫的妻子叫来,让她躺在岸上,按照她身体的比例,用泥巴给她捏了个下半身。于是,这对男女立即便有了腿和脚,蹦跳着走路了。开始的时候,他们还是小心谨慎的,生怕不小心把泥腿子碰碎了,很快他们就发现一点不用担心。从那以后他们不仅可以走路,而且还繁殖了许多的后代。

这两个人把奥珂带到了家中,给他看了装太阳鸟的篮子。奥珂向他们保证爱护这只篮子,周到地服侍里面的太阳鸟。

那男人对他说:"你千万不能打开篮子,否则,太阳鸟就会一去无踪,再也不会飞回来了。"他接着又叹息,"当然,有了这么一件宝贝,天天带着它,保护它和照料它,又不能看看它是什么样子,的确是一种遗憾和诱惑。"

奥珂告别了这对夫妇,手里提着这只篮子,高高兴兴地回家了。他一边慢慢走着,一边欣赏着太阳鸟优美悦耳的歌声,简直心醉神迷。

他突然碰见了弟弟奥琪,他正在河边清洗偷鱼钩时落下的伤痕,那是被鱼钩划伤的和被渔夫打的。

奥琪见到哥哥,马上站起来,同他一起朝着丛林深处的家中走去。

黄昏时分,他们来到了密林深处一处离家不远的地方。在那里,他们看到一棵长满果实的大树,才感觉到已经很饿了。奥珂就让他的弟弟上树,自己却另有一番打算,因为那只篮子和篮子里发出的歌声真是太美妙了。

奥琪爬到树顶,在上面把树弄得直摇晃,然后冲着他哥哥喊道:"哎呀,树上的风真大,吹得我没办法摘果子,还是你来吧!"说罢便跳下来。

奥珂猜到兄弟的用意,他一再叮嘱他弟弟不能打开篮子,然后才往树上爬去,爬一下停一停,回头看一看他弟弟,见他并无异常,就一直爬进了树冠里。

奥琪一看到哥哥爬进树冠,在好奇心的驱使下没有理会哥哥的再三告诫,心想到底是什么宝贝,看一眼又能怎样?他把篮子掀开一条小缝,朝里看去,什么也看不见,便不由自主地把盖子打开。就在这一刹那,太阳鸟突然中断了悦耳的歌声,振翅插上天空。这下,天空彤云密布,太阳失去踪影,大地就像突然跌进了无底的深渊。暴雨倾盆而下,大地被淹没在乌黑、肮脏的洪水里。

那对夫妇也陷落在地下,被大山吞没了。再也听不到鸟儿的鸣唱,再也听不到野兽的咆哮,代之而来的是狂风的呼啸和洪流的轰鸣,还有奥琪悔恨不已的叫喊。

但奥珂却听不见弟弟的声音,因为他已变成一只蝙蝠,在暴风雨来临之前,穿过厚厚的云层,追寻他的太阳鸟去了。

洪水退去了许多年以后,奥珂仍然派了极乐鸟去寻找太阳。极乐鸟往东方飞去,因为那是暴风雨之前太阳逗留的地方。可是,当它到达那里之后才发现太阳不在那里。疲倦的极乐鸟想飞回来向奥珂报信,却被突如其来的一阵狂风卷到了一处不知名的地方,这是世界的另一端。太阳正在那里放着耀眼的光芒。

原来,太阳鸟从它原先被收押的篮子里逃出来之后,再也不愿回到原来的生活。它逃到了地球的另一端,自由自在。

极乐鸟为了不被烫伤,就用一块云彩把太阳鸟包裹了起来,扔回大地。一只白色的猴子捡到了,把包裹一丝一丝地拆开。

就这样,太阳鸟又逃走了。在极乐鸟的追逐下,绕着大地不断转圈,有时也会被捉住,但很快又挣脱了,这就是日食的缘故。

在阳光的照射下,奥珂在奥琪逃避洪水的山顶遇到了奥琪。他对奥琪说:"太阳又出来了,但是我们也将分手!"他说,奥琪将生活在东方,而他将到大地西边的那一端去。从那时起,兄弟俩就永远地被一块辽阔的大地分隔开了。

奥珂想把被洪水摧毁的大地重新整理一遍。但这需要时间,因为这时的大地,已经变得一片荒凉。

奥珂走到一处地方,盘算着这里需要树,那里需要河流时,在他走过的地方就会长出树木或者呈现一条河流。就这样,一切都按奥珂的意思显现在了大地上。

这一切完成以后,他来到那对渔人夫妇被水吞没的地方,把大山劈开,被埋在里面的人们,迎着阳光,跑得满山遍野都是。

奥珂重新教会他们耕种、捕猎和生火,并且和他们一起欢庆公认的节日。他教会人们酿造甜酒,还要人们永远铭记这个日子。说完,就消失不见了。在他同人们告别的那个地方至今还留着他巨大的脚印。

第三个世界就这样出现。第一个世界早已被魔火烧光,第二个世界因为奥琪的鲁莽,放走太阳鸟而被洪水冲毁,第三个世界将会被堕落的人们自己毁坏,而第四个世界就会是人类能够学会掌握自己命运的世界,人们会生活在宁静的秩序里。

复仇之神

吉利在豹妈妈的看护下,很快就长成了大小伙儿。他十分感激自己的养母,把猎到手的一切都交给她。有一次她向他抱怨说啮鼠把她的南瓜偷吃了。让他射死它。吉利找机会射了啮鼠一箭,只把它的尾巴弄掉了。啮鼠回过头来对他说:"为什么不射杀那些杀害你妈妈的家伙!我又没招惹你,干吗要杀我!"

古时候,有个名叫萨拉鲁马的恶魔,在尤拉卡雷人的部落点燃了一场熊熊大火。一切植物、牲畜都未能幸免。那里只有一个人逃脱了这场大火。他在地底很深的地方给自己挖了一处藏身之所。

他在地底的洞穴里呆了很久,他想知道地面上是否还在燃烧,便往上伸出一根竹竿。当他把竹竿收回来的时候,发现竹竿的尖端被烧黑了,直到第三次试验,才发现是完好的。这样,他又等了四天,才爬出地面。他在燃烧过的土地上四处游荡,不知道在哪里找吃的,在哪里藏身。这时,恶魔萨拉鲁马出现在他的面前,对他说:"虽然我烧毁了你的家园,但我决定帮助你。"

于是,萨拉鲁马给了他一些作物种子,并允许他耕耘播种。在他挥过手的地方,出现了一片森林。

后来,这个幸存者很快就娶妻生子。他的女儿长大了,感到很孤单。有一次,她看到一株挺拔的乌列树。这棵树长在河边,开满紫红色鲜花。女孩心想:"如果你是个男人该多好,我一定会爱上你的!"为了把自己打扮得更漂亮,她满身涂上红色颜料,终日心绪不宁,唉声叹气地翘首等待,总希望会发生什么奇迹。

奇迹真的出现了,大树变成了一个英俊小伙,姑娘心里别提多高兴了。天一黑,她就不怕孤身一人了,美男子乌列会陪伴着她。不过天一亮,乌列就不见了。姑娘担心自己的幸福不会太长久,就把事情经过全部告诉了她的母亲,希望她的母亲给她拿个主意。

第二天夜里,乌列又来找姑娘,姑娘便按母亲的吩咐,用藤条把他紧紧缠住,免得他丢下她溜走。就这样乌列被缠了四天。到第五天,他才同意留下来并和她结成夫妻,姑娘这才给他松了绑。这以后的日子,甭提他们过得多幸福了。

有一次,乌列和他妻子的几个兄弟去猎猴子。好几天过去了,妻子闷得慌,就动身去找他们,还带了些甜米酒。

半路上,她遇到了她的几个兄弟。他们告诉她,乌列给豹子杀了。她伤心极了,很想见见他的遗骸。兄弟们领着她来到一片血迹斑斑的草地上,她丈夫的尸体已经支离破碎。她不禁痛哭起来,把一片狼藉的尸骨收拢到一块,对着遗骸大声恸哭,哀悼自己的命运。最后,她的哀伤得到了补偿。乌列在她眼泪的浇灌下又复活了。他说:"这一觉睡得真长。"于是,夫妻俩一起回家。

他们来到一条小河边,乌列感到口渴。他俯身在河面上,看到自己面颊上有一块肉不见了。乌列觉得自己容颜丑陋,不想再回家。不管他妻子怎么求他,他还是坚持和她分手,嘱咐她沿着那条小路一直往前走。

"如果你遇到树籽或叶子掉在你背上,"他对她说,"千万别回头,你只要说'这是我的丈夫在打猎',就会平安无事。"

不幸的女人又伤心又害怕,一步一步地沿着小路往前走,心里牢记着乌列叮嘱她的言词。忽然,树上飘下一片树叶,她忘记了乌列的嘱咐,无意中回头看了一眼,当即就迷失了方向。她在林中四处游荡,再也找不到那条她一直走的小路。她一不小心来到了一只黑斑豹的家。

母黑豹热情接待了他，但她怕快要回家的几个儿子对客人无礼，就把她藏了起来。然而，这女人还是被她的儿子嗅出气味。碍于母亲的情面，他们也不好意思把那女人撕了吃掉，便对客人说："你到我们头上找一找，找到什么就把它吃掉！"

他们的头上尽是毒蚂蚁。无论那女人如何害怕美洲豹，她也不敢把这些蚂蚁送进嘴里。

母黑豹偷偷递给那女人一些南瓜子。她一边噼噼啪啪地吃着南瓜子，一边把捉到的毒蚂蚁悄悄扔到地下。

三只美洲豹都被她骗过去了。第四只长着两双眼睛，一双在前，一双在后，发现了她的小动作，一气之下，扑过去把她给撕成了碎片。他们把她肚子里的婴儿给扒了出来，送给他们的母亲享用。母黑豹很可怜这孩子，就把他放进一个大罐子里，装着要煮熟了再吃，然后悄悄把小孩藏了起来，偷偷地把他抚养长大，并给他取名叫吉利。

吉利在母豹的看护下，很快就长成了一个英俊小子。他十分感激自己的养母，把猎到手的一切都交给她。有一次她向他抱怨说啮鼠把她的南瓜偷吃了，让他惩罚它。吉利找机会一箭射掉它的尾巴。啮鼠回过头来对他说："你为什么不射那些撕掉你母亲的家伙呢？我又没招惹你，干吗要伤害我！"

吉利要啮鼠把话讲清楚，于是啮鼠告诉他，那些豹子是如何谋害了他的父母。

"他们连你也会撕碎的，"啮鼠说，"假如他们知道你还活着。"

吉利十分震惊，决定复仇。

他随时窥测动静，准备下手。有一天，那些凶豹满载着猎物，一个一个回来的时候，吉利用箭射死了三只。第四只生着两双眼的豹，看到有箭飞来，连忙躲到一棵大树后面，大叫："大树保护我，星星救我，月亮帮我。"

这时，月亮从天上下来把四眼豹抓到自己身边，藏了起来。

吉利的勇敢使他获得了一种超自然的神力。他看到母黑豹失去儿子十分悲伤，而且现在也没谁帮她干活，便划出一块丛林供她使用，不许任何飞禽猛兽对她发出挑战。

吉利通过自己的努力，成了大地上一切生灵的主宰。

有一次，他在森林中漫步，一只脚踢到一块树根，掉下一片脚指甲。他把趾甲捡起来，扔进路边的一个小坑里，继续往前走。没走几步，突然听到背后有声音传来，回头一看，他的趾甲竟变成了一个人。他给他取名卡鲁，成了他的第一位随从。

吉利和卡鲁一直过得很自由。有一天，一只鸟请他们去吃甜米浆。他们喝了不少，罐子里的甜米浆总也喝不完。吉利很想知道，那里面的甜米浆到底还剩多少。于是，他用一根小树枝轻轻敲了一下罐子。谁知道，甜米浆竟然像泉水一样溢了出来，淹没了森林，大地和一切生灵，把卡鲁也卷走了。等地面干了，吉利动身去寻找自己的伙伴，终于找到了他的骸骨。吉利把骸骨收拢起来，卡鲁又活了过来。

两个人虽然自由,但很寂寞,他们希望身边有更多的人。他们便各自娶了林中的火鸡为伴侣。并且每只火鸡都为他们生下两个孩子——一男一女。女孩长大了,她的乳房却长在眼睛下面。吉利觉得很不好看,便把它们移到女儿的胸前。

　　有一天,卡鲁的儿子死了,卡鲁把他埋葬。吉利嘱咐他:"快到坟地去看看你儿子还在不在,我要让他活过来。不过你要当心,别把他吃了。"

　　卡鲁听说,就到墓地去了。他到处翻遍,也没找到自己的儿子。他发现墓地上长了一些花生,果实累累,十分诱人,就把花生统统吃了下去,把花生苗也拔掉了。这时,他忽然听到吉利的声音:"你不听我的话,把自己的儿子吃掉了。为了惩罚,卡鲁和所有经我之手造就的人种,都将受劳累奔波之苦,有生有死。"

　　一天,吉利为了采果子,摇了摇果树,结果树上飞下一只鸭子。吉利要卡鲁烤熟吃掉,当卡鲁照办之后,他又说:"你吃的是自己的儿子。"

　　卡鲁听了,觉得一阵恶心,把吃的东西全都吐了出来,所有飞禽都从他吐出的东西里飞走了。

　　有一次,吉利和卡鲁看到一只母豹的嘴边鲜血淋淋,断定她刚吃过人。为此,他们把母豹的毛拔光,还想要她的命。母豹苦苦哀求,说:"我吃的这个早就死了,他是被山洞里的大蛇咬死的!"

　　母豹把吉利带到蛇洞口。这样,吉利对母豹说:"既然如此,你和你的同族就以吃动物尸体为生吧!"说完,他把母豹变成一只兀鹫。

　　然后,吉利把鹤招来,叫他盯住这条蛇,并把蛇打死。蛇死之后,从山洞里走出许多人,大地上到处都是。吉利不知所措,急忙把洞口堵住了。

　　这时候,吉利对从洞里走出来的人们说:"从现在起,你们要分开来,自己过自己的。我要让你们相互争斗,彼此为敌。"

　　话刚说完,从天上掉下许多武器。各部族都把自己武装起来,彼此纷争,打个没完,直到吉利把他们完全操纵在手里为止。到现在,吉利在人群之中的播下的仇恨的种子还在不断生根发芽。

澳大利亚神话

彝神创世

在宇宙之初，世界一片黑暗。那时候的地球是没有生机的，植物和动物都还没有出现，整个世界都在沉睡。

尽管世界寂静无声，但无尽的宇宙并不是死的。在那时，宇宙中有两位大神：一位是没有形态但是有思想、有法力的大神——拜艾梅；另一位则是沉睡在宇宙中某一处地方的、具有无边造化功能的、等待拜艾梅大神召唤的创世神——彝神。

世界终于迎来了创世时代，大神拜艾梅终于开口了。他的话语唤醒了彝神，也唤醒了整个世界。彝神从沉睡中醒来，睁开了双眼。神奇的事情发生了，黑暗的世界中出现了第一缕光明。那光明越来越强，面积也越来越大。无尽的黑暗被新生

彝神

的光明驱除了，黑夜终于结束，世界迎来了第一次白天。大地也因为光明的到来发生了变化，那片名叫努拉保的平原在彝神光辉的照耀下，变成了一片可以孕育生命的神奇土地。

彝神从宇宙中飘落下来，来到了我们的世界上。她东瞧瞧，西看看，觉得荒原太过单调了。于是她唱着歌，跳着舞，在那片刚刚显露出来的大地上走动着。她从南走到北，又从东走到西，凡是彝神走过的地方，都生长出各种花草树木。大地迎来生机，土地也变得活跃，新生的植物在光明下茁壮成长。

彝神觉得自己为世界做了一件非常有意义的事，但是她不知道最伟大的神拜艾梅是怎么想的，于是她找了一个地方停了下来，一边休息，一边等待拜艾梅大神。

拜艾梅出现了，彝神从他微笑的表情判断出，这位主神对自己的创造还是满意的。果然，拜艾梅笑着说："我可爱的彝神，我对你的创造非常满意，你的工作做得非常好。不过你要知道，这仅仅是一个开始，还有很多工作等着你去做呢！"

彝神站了起来,恭敬地对拜艾梅说:"伟大的拜艾梅天神啊! 您的意愿就是我的生命,您的旨意我会遵从,请您告诉我接下来我该做什么?"

拜艾梅说道:"说得很好! 你看,现在的世界虽然很美,但是她需要有更加活跃的生命来点缀。在地球下面深邃的洞窟中,埋藏着很多生命的种子,不过那些种子必须经过光明的触摸才能生长。你明白我的意思吗?"

彝神点了点头,马上赶到了阴暗的地下洞窟。当她的光芒还没照到生命种子时,在可怕的黑暗中传来了恶鬼们的哀号声:"不! 彝神! 请不要这样,你要再次睡过去。我们喜欢黑暗,喜欢阴冷,不需要你的光明。"

彝神没有理会恶鬼们,继续前进。那些埋藏在洞窟中很久的生命种子终于迎来了光明,它们飞快地生长。只见薄薄的、透明的翅膀张开了,带有环节的躯体长成了,细长的腿也跟着出现了,那些生命的种子生出了绿色、灰色、黑色等各种颜色。它们歌唱着,飞翔着,铺满了世界的每一个角落。这些东西,就是我们今天看到的昆虫。

拜艾梅十分高兴,对彝神说:"做得非常好! 不过高山上还有很多洞窟,里面存有永远都不会融化的冰。"

彝神领会了拜艾梅的意思,马上赶往山上的洞窟。当她出现在山顶上时,耀眼的光明射进了所有的洞窟,厚厚的冰块融化了,变成无尽的大水流下山来。

那些被寒冷杀死的东西获得了新的生命,在水中慢慢地飘荡着。开始的时候这些东西是没有形态的。后来经过了漫长演变,它们变成了各种爬行动物和鱼类。直到今天,这些动物还是十分喜欢在水里生活。

彝神来到拜艾梅的跟前,等待主神的命令。拜艾梅说:"我对你的表现非常满意,下面还有最后一项任务,那就是要把你温暖的光明照遍每一个山洞。"

彝神带着她最后的使命,来到了其他的山洞中。在那里,已经找不到冰块了,彝神所能见到的是许许多多各种各样的新生命。这些新生命有的长有翅膀羽毛,能够在天空中自由地翱翔;有的则皮肤光秃秃的,生有强壮的四肢。它们都能发出具有特点的声音,都在用自己的方式对彝神表达谢意。这些东西,就是我们今天见到的飞鸟和走兽。

拜艾梅大神又一次出现了。他赞美了伟大的彝神,并对她说:"好了! 你的创造工作已经完成了,属于我的世界终于活了起来。从现在起,你将肩负起照管大地的任务,所有的动物都将崇拜你。你的地位仅仅在我之下。"

彝神获得了应有的赏赐,非常高兴。她来到了山顶上,用那洪亮的声音对世间万物说道:"你们听着,这个世界上所有的东西都是属于拜艾梅大神的,包括我在内。无尽的土地是拜艾梅大神赐给你们的财富,你们有权利世世代代使用它。"

彝神想了一会儿,接着说:"我将赐给你们不同的季节,它们的名字分别叫夏季和冬季。当夏季来临时,天气会非常炎热,各种果实都会成熟,供你们食用;当冬季来临时,天气会非常寒冷,大风会吹走一切废物,你们可以在这个时候休息。此外,

·澳大利亚神话·

图文珍藏版

你们还会面临死亡。你们死后，躯体将留在大地，灵魂将会升上天空。"说完，彝神飞上太空，变成了一个圆圆的球，然后向西飞去。

所有的动物都陷入了恐慌，因为没有彝神的照耀，大地失去了光明。它们哭泣着蜷缩在一起，颤抖着等待毁灭。

几个小时过去后，奇迹发生了，在遥远的东方，出现了一丝光亮。是的，彝神回来了！不，也许该说太阳升起来了！动物们欢呼雀跃，兴奋异常。它们也从此明白了，这个世界是有白天和黑夜的，白天用来工作，黑夜用来休息。

为了使黑夜不那么可怕，彝神在每天自己要升起时，都会派出晨星给动物们报信。后来，因为晨星自己太过孤独，彝神有把月神巴卢赐给她做了丈夫。就这样，天空中有了月亮。过了一段时间，又有无数的星辰出现在夜空中，那是月神和晨星的孩子们。

拜艾梅大神造人

彝神的创造工作完成了，她自己也成为太阳女神，地球上所有的生物都受到她的眷顾和爱抚。接下来的管理工作则由拜艾梅大神承担。

拜艾梅大神法力无边，拥有无穷的智慧，不过很可惜他没有形体，所以大神决定把自己的精神和智慧寄托在动物们的身上。

这天，拜艾梅大神对彝神诡"你的创造工作已经完成了，我对你的表现非常的满意。现在，你要去往天界，在那里赐福给你创造的动物。有一点非常重要，那就是必须让所有的生物都知道我——拜艾梅大神是最伟大的、最值得尊重的，是它们的父亲。"

彝神点了点头说："是的！拜艾梅大神！您说得非常正确，我已经命令所有的动物都听您的旨意。对于尊严的维护，我认为您大可不必担心！"

拜艾梅笑道："不！那是远远不够的。我没有形体，它们看不见我，我不能向你和你的孩子们显现实体，因此我必须把我的精神和智慧赋予到动物的身上，使世界上所有的生物都能看到我。只有那样，它们才会对我顶礼膜拜，才会把我当成世界的主人。"

彝神并不同意他的观点，反驳说："伟大的拜艾梅啊！您的观点是欠妥的！您要知道，天神是非常高贵的，具有无上尊严的，而那些动物们则是渺小卑微的。如果您把精神和智慧全都注入它们体内，那将是对您精神的亵渎，同时动物们也会因为拥有和您一样的智慧而不再尊重您。"

拜艾梅赞同彝神的说法，回答说："你说的有一定道理，动物们的确不能拥有和我一样的智慧，因此我决定把我精神和智慧的一小部分赐给它们。"

就这样，各种动物都又得到了拜艾梅那很小很小的一部分精神和智慧，这些精神和智慧被我们今天的人称为"动物本能"。

不过，拜艾梅也是一个固执的天神，并没有放弃自己最初的想法。他对彝神说："我还是需要把我的精神和智慧赐予某种动物。不过你创造出来的所有动物都不符合我的要求，都没有资格接受我的全部精神和智慧。因此我决定创造出一种新的动物，一种非常高级的动物，一种可以代表我来统治世界的动物。"

最伟大的创造工作开始了。正所谓天机不可泄漏，这项创造工作是不能被其他动物看到的。于是，光明和色彩又一次离开了大地，整个陆地都被黑暗笼罩着，洪水侵袭了每一个角落。所有的动物都不知道发生了什么事，因为它们所具备的智慧和精神还不能理解眼前的事实。它们吓得不知所措，全都躲在了一个高山的洞穴中。

拜艾梅大神正在进行着新动物的创造。他正在思考，世界上所有的物质都听从他的支配。那些微型的原子和细细的尘土结合了，变成了血肉、筋骨以及可以容纳智慧的大脑。

很长时间过去了，这种新的动物终于诞生了。他有四肢，能直立起来，用两只脚走路。上半身的两条"腿"则被称为"手"，可以用来生产、劳动以及制造武器和工具。最重要的是，这种动物有一个其他动物所没有的、富于智慧的高级大脑，可以通过它来进行思考、体现拜艾梅大神的精神。为了和其他动物区别开，拜艾梅给这种新的动物取了一个响亮的名字——人。

那些可怜的动物已经在山洞中躲了很长很长时间了，盘算着这次可怕的灾难何时能够过去。就在人被创造出来的那一天，一只名叫戈安纳的爬虫钻出了洞穴，打探一下外面的情况如何。

一会儿的工夫，戈安纳就神色慌张地跑了回来，气喘吁吁地说："不好了！刚才我看到一些可怕的事情。"

其他动物说："是吗？有什么事情比现在我们遇到的灾难还可怕吗？"

戈安纳说："我没有危言耸听，我看到一个圆圆的、发着光量的东西，看起来就像月亮一样，而且他就站在洞口处。"

一阵嘘声后，老鹰骂道："胡说八道！月神巴卢在天上，虽然我们看不见他，但是他一直没有离开过我们。你一定是被吓破了胆，待我去打探一下！"

老鹰也很快就回来了，叫喊道："戈安纳真是个愚蠢的家伙，那根本不是月亮。发光的东西只不过是他的两只眼睛，他只是一只袋鼠而已。"

所有的动物都轮流走出洞穴，前去察看那个可怕的东西，但是它们都不知道那是什么，因为它们没有足够的精神和智慧。这种僵持的局面持续了很长时间，山洞中的动物们渐渐地忍受不了饥饿。于是，弱肉强食的情景发生了，较大的动物开始吃掉较小的动物。从那以后，世界上就有了肉食动物和草食动物的分别。

拜艾梅大神对动物们的做法很痛心，因为愚蠢的动物已经开始以杀戮为乐趣。因此，拜艾梅大神离开了，留下了那个代表他意志、思想、精神和智慧的人。

　　光明再次出现,世界回到了原来的样子。不同的是,所有的动物都有了一个新的领袖,一个新的支配者,那就是拜艾梅的使者——人。

　　在最初的一段时间,这个人,准确地说是这个男人,生活得还算快乐。但是,他很快就觉得非常的孤独、寂寞,因为所有的动物都不能满足他精神上的需要,都不能和他共同承担责任和义务。这一天,他躺在一棵罗汉松下睡觉,整个夜里他都做着很奇怪的梦。当他醒来时,突然发现那棵罗汉松发生了变化。它不停地摇摆着,晃动着,逐渐变得和自己的外形一样。

　　但是这个新人和自己不同,因为她的皮肤光滑,而且容貌娇美,同时还有一些地方与自己有很大的不同。这就是世界上第一个女人。

　　男人变得非常快乐,因为他找到了自己的伙伴,结束了孤独的生活。就这样,世界开始有秩序地发展,人类也无限地繁衍下去。

埃及神话

法罗创世

最早的世界是看不见也摸不着的，没有任何可以称得上物质的东西存在，只是一个不停运动的空洞。那时世界的名字叫作格拉。

格拉经过几亿年的运动后，生下了一个能发声的物质，名叫双体。双体自身又经过不断的运动，然后一分为二，变成了一对格拉格拉。之后，过了很长时间，格拉格拉又生下了一个名叫佐苏马莱（凉的铸铁块）的物质，这是世界上第一个具有实体的东西。

佐苏马莱不停地运动，来回在两个格拉间摩擦，最后发生了巨大的爆炸，一种坚硬无比的特殊物质从爆炸中产生。伴随着剧烈的震荡，这种物质在宇宙中不停地降落。突然，物质中间出现一条很大的缝隙，一种意识从中分裂出来。这种意识在宇宙中飘荡，最后移到了一种具有灵性的物体上，使它具有了自我意识。最后，宇宙中出现了第一位天神——约神和他的二十二个螺旋。

当螺旋围绕着约神旋转时，世界产生出了根本的物质，包括声音、光线、行为、感觉等。之后，约神又从自身生出两位天神——佩姆巴和法罗。

佩姆巴比法罗早些时候下凡。经过七年不间断地旋转，佩姆巴把自己变成一棵神奇的种子落在了地上，然后长成一棵参天大树。为了能够在大地生活得更好，佩姆巴还特意给自己取了一个新名字——巴兰扎。巴兰扎按照自己的意愿开了花，结了果。熟透了的果子从树上掉了下来，埋住了巴兰扎的根，大树因为得不到应有的养分而枯死，只留下一棵光秃秃的树干。

佩姆巴只得用这棵树干做了自己的化身。后来，佩姆巴用泥土创造出了世界上第一个女人——穆索·科罗妮·昆迪耶，并娶她为妻。在妻子的帮助下，佩姆巴获得了新生，重新变成了大树巴兰扎。

法罗的长相很像鱼，他降落到了尼日尔河里，做了水神，掌管世界上所有的水域。为了把大地和天空隔开，法罗在天地间创造了七层大地。后来，他生下了一个儿子名叫泰利科，并让他成为掌管空气的天神。

泰利科的身影遍及世界，他把自己化成水降落到大地上，为地上的生物送去生命的源泉。他巡视世界，发现有很多地方是没有物质的。为了填补创世的不足，泰利科又把许许多多的水注入空虚之处,从此世界上就有了江河湖海。

法罗发挥从约神那里继承来的神力,使自己的身体产生巨大的震动,生出了一对孪生子,并使大地长出青草和蝎子,让它们保护新生的孩子。而这对孪生子就是人类的祖先。之后,法罗又变出两条鱼,一条用来引导水流入特定的领域;另一条则作为自己和孩子的坐骑,每天驮着他们来往于陆地和海洋之间。为了让世界更加丰富多彩,法罗还创造出许多具有生命的东西,那就是我们今天看到的各种鱼类和爬行动物。

当法罗认为自己的创造工作完成得差不多的时候,就把那对孪生子留在地上繁衍后代,自己则回到天界中居住。因为法罗是人类的创造者,所以人们对法罗非常崇拜,无意间忽视了巴兰扎。

巴兰扎觉得自己的尊严受到了挑战,心中盘算着如何报复法罗。有一天,法罗的一个后人来到了巴兰扎的面前,被这棵充满神奇生命力的大树吸引了。他马上判断出这是一棵神树,对它非常崇拜。

巴兰扎见时机已到,立刻展开蓄谋已久的计划。巴兰扎对那个人说:"我会赐福给你们的!你们现在的生活实在是太野蛮了!因为你们不懂得如何运用火来烧烤食物,要知道只有懂得怎么运用火才能算得上是真正的人类。"之后,巴兰扎就把击石取火的技术教给了那个人。

那人回到部落后,把自己的神奇经历告诉了其他人。大家一致认为应该对神树表示感谢,于是一起来到巴兰扎面前,对他进行膜拜。巴兰扎见到人们已经对他产生了信任,说道:"人类啊!你们从我这里学会了如何使用火,那么就应该为我献上祭品,只有那样才能获得更多的赐福。"

人类答应了巴兰扎的要求,给他送来了最好的坚果油。可是,巴兰扎对人类的祭品不屑一顾,坚持要人类以活人的鲜血作献祭。为了让人类甘心献上自己的鲜血,巴兰扎还许诺,愿意保佑人类拥有无限的生命。人类答应了巴兰扎的要求,当然也从他那里获得了不老的青春。

虽然长生不老是人类一直追求的梦想,可是如果真的人人都能长生不老,那么世界将变得非常可怕。由于没有人死去,人口数量急速上升,大地承受不了如此沉重的负担,历史上最大的饥荒爆发了。土地所产的粮食根本满足不了人们的需要,每个人所分到的粮食还不够塞牙缝,再加上要不时地给巴兰扎献血祭,人们的生活痛苦不堪。

法罗看到自己的后代经受如此深重的磨难非常伤心。为了把人类从水深火热中拯救出来,法罗与巴兰扎展开了一场较量。最后巴兰扎成了失败者。

法罗首先要解决的就是饥饿问题,他指导人们吃野生的西红柿,因为它能补充人体内的血液。可是人们看着那些鲜红的果子很害怕,没有人敢去尝试。最后,一名胆大的妇女吃下了七颗西红柿。人们见她并没有什么异常,马上效仿起来。

法罗决定以这个妇女作为母体,创造出新一代的人类。他把妇女的肚子剖开,从她的肚子里拿出西红柿果肉变成的七粒种子。然后,法罗把这些种子扔到了河水中,使饮过河水的妇女都怀孕。法罗又把八粒粮食种子撒向人间,还教会人们种植的技巧。就这样,新一代的人类开始在大地上繁衍。

战败的巴兰扎在暗处偷偷地给人类施下了可怕的诅咒。从那以后,人类再也不能长生不老,死亡变成了每个人都必须面对的事情。

伊西斯女神的阴谋

伊西斯女神,最高天神拉神的女儿,一个野心勃勃的女神。虽然伊西斯有着"一人之下,万人之上"的地位,但是并不满足。

"是啊!为什么我就不能拥有和父亲一样的地位和权利呢?我是伊西斯,拉神的女儿,他有的一切我也都应该拥有。我应该是宇宙中最伟大的女神。"伊西斯心中经常这样想。在这种想法的驱使下,伊西斯虽然表面上对拉神毕恭毕敬,但是心中却在盘算着如何夺取他的权力。

伊西斯知道拉神一个秘密,那就是虽然拉神有几百个名字,可是只有一个名字代表着至高无上的权力。如果谁从拉神那里得到了这个名字,谁就会拥有拉神的力量和地位。长久以来,拉神对这个秘密一直守口如瓶,不管伊西斯怎么花言巧语,就是不肯透露。

一万年过去了,拉神虽然每天依旧巡游大地,可是他的身体已经渐渐衰老了。伊西斯觉得,她盼望已久的时机终于到来了,如果现在不下手的话,恐怕就会被别人抢先。于是,她心里盘算着如何逼拉神说出秘密来。终于,伊西斯想出了一条狠毒的妙计。

这天,拉神像往常一样,带着他的随从自东方升起,向西方游去。当他走到一半的路程时,天空中突然出现了一条巨大的毒蛇,张着血盆大口向拉神扑来。拉神根本没有任何思想准备,毒蛇咬住了拉神的胳膊,把全身的毒液注入了他那衰弱的身体内,拉神倒下了,发出了凄厉的惨叫声。这一切来得太突然了,所有的天神都惊呆了,一个个吓得魂不守舍,赶紧把拉神抬回宫殿。

就在所有天神都为拉神的安危担心的时候,伊西斯女神却在暗地里偷笑。原来这一切都是她搞的鬼。她昼夜不停地跟在拉神的后面,拉神走到哪里,她就跟到哪里。伊西斯在一旁观察着,等待着,希望拉神自己犯下致命的错误。

由于拉神年老体衰,因此口水时常从他的嘴中流出来。伊西斯看准了拉神口水掉落的地方,然后飞快地跑过去,抓起了一团带有口水的泥土。伊西斯如获至宝似的捧着那团泥土,脸上露出了诡异的笑容。她用手指轻轻地在泥土中搅拌,使拉神的口水与泥土充分地融合。然后她取出一块最好的泥土,把它捏成了一条毒蛇的形状。虽然伊西斯没有对泥蛇施加任何魔法,但是由于它含有拉神的口水,所以

世界经典文库

中外神话故事

·埃及神话·

图文珍藏版

立刻就活了,而且体内还带着很多毒液。伊西斯偷偷地把毒蛇放在拉神每天的必经之路,等待着事情的发生。

这就是整件事的来龙去脉,此时拉神已经奄奄一息。天神们围在拉神的旁边,用关切的眼光注视着众神之父。拉神醒了,睁开了那双疲惫的双眼,嘴中发出了轻微的声音:"我的孩子们!我不知道发生了什么事?要知道,世间的万物都是我创造的,都是我赋予他们生命的。可是我并没有创造出蛇这种可怕的东西,你们中间有谁背着我创造了蛇呢?"

众神听后非常害怕,赶忙解释说:"最伟大的拉神、最威严的父神、最受人崇拜的太阳神,我们都是您的孩子,也是您的仆人,您的意志就是我们的生命,我们怎么敢背着您去创造毒蛇呢?"

拉神痛苦地说:"我创造了世间万物,每天都赐予他们无限的光明和热量,所有的东西在我的照顾下茁壮成长。自从我创造天地以来,从来没有懈怠过!为什么要让我受如此大的痛苦呢?"

众神听后,赶忙说:"尊敬的拉神啊!我们相信您的痛苦很快就会消失。"

拉神脸上露出了无奈的表情,说道:"不!我现在感觉体内好像在着火,这真是太痛苦了!我还不想死去,因为有很多事还需要我去做,请你们来帮助我吧!"

天神们不敢怠慢,马上去各个地方找来了"神医"。可是,没有一个人能够清除掉拉神体内的蛇毒。最后,天神们想起了被称为"魔幻女神"的伊西斯,认为如今只有她能帮助拉神了。如果连她都束手无策,恐怕真的是没有别的办法了。

天神们的请求正中伊西斯的下怀,她走到拉神的面前,假惺惺地说:"哦!我的父神,您怎么了?您告诉我,我会竭尽全力帮助您的!"

拉神也知道她很有本事,满怀希望地说:"我的女儿啊!快救救我吧!我在巡游的路上被一条毒蛇咬伤了!如今我觉得生不如死,请你帮我把体内的毒液清除掉吧!"

伊西斯点了点头,然后对众神说:"你们先出去吧!我需要安静!"伊西斯靠近了拉神,用一种带有威胁和挑衅的语气对拉神说:"我的父神,伟大的拉神,告诉我您的名字好吗?"

拉神从伊西斯的眼神中看出了邪恶,知道她这是趁火打劫。于是,他不露声色地说:"我有很多很多名字,比如海比尔、瓦拉尔、瓦土木……"

"够了!"伊西斯打断了拉神的话,恶狠狠地咬着牙说:"父神!我看您还是告诉我吧!您知道我要的是什么,如果没有您的那个名字,我的咒语是不能去除掉您体内的蛇毒的!您也不想再受它的煎熬了吧!"

拉神无奈之下只得将自己的真名字告诉了伊西斯。拉神体内的蛇毒被清除了,而伊西斯也如愿以偿,成了最强大的女神。

拉神退位

拉神,埃及神话中的太阳神,也就是非洲神话中的赖神。拉神是埃及神话中最有名的天神,也是地位最高的天神,被称为"众神之父"。

在最初的时候,拉神年轻力壮,头脑灵活,整个世界都被他治理得井井有条。天神、人类以及其他一切动物相处得都非常融洽,到处都是一片繁荣的景象。

拉神虽然拥有不死的生命,但是他的外表却会衰老。一万年过去后,拉神老了。他的头发已经变得很稀疏了,牙齿也已经脱落得差不多了,眼睛里也没有往日的光芒了。他佝偻着身体,步履蹒跚,口水还时不时地从嘴里流出来。

当人类看到这些情景时,内心的卑劣和自私开始作祟,渐渐地他们不再像以前那样崇拜拉神了,甚至还嘲笑和讥讽拉神。

有的人说:"你们看啊!我们的拉神怎么了?他现在已经是一个糟老头了!我觉得他根本没有能力来领导我们了,因为他只不过是个老糊涂罢了!"

另一个接过来i兑"说得对啊!快看看这个老东西!他的牙齿间的缝隙可以塞进一条鱼,他的头发简直就像刚被烧过的草地,还有他的眼睛简直就是两个黑球,哪有一点神采可言?我们干吗还要听这个家伙的支配?我们有智慧,完全可以凭借自己的力量管理自己。"

所有狂妄和讥讽嘲笑的话语都被拉神知道了,他的自尊心受到了伤害,他觉得人类的做法简直伤透了他的心。但是,拉神对人类还是宠爱有加的,所以他决定再观察一阵,希望人类能够改过自新。

人类再一次让拉神失望,他们不但没有停止这种可恶的行为,反而变本加厉。终于有一天,当他巡游到天空的正中央时,又听到了人类对他的咒骂声,积蓄已久的怒火终于爆发了,拉神对着他的随从说:"你们全部都听着,我的孩子们!马上把天神召集到这里来,舒特神、努特神、盖布神……我有一件很重要的事情要宣布!还愣着干什么,快点,马上去!"

随从们全都傻了眼,不知道拉神今天是怎么了。但是看到他如此愤怒,也不敢多说,马上执行了命令。一会儿的工夫,所有的天神都来了。他们面面相觑,谁也不知道发生了什么事。在他们的记忆里,拉神还从来没有发过这么大的脾气呢。

拉神怒气冲冲地说道:"所有的天神听好,是我创造了你们,我是你们的父亲,也是你们的国王。你们应该尊敬我,崇拜我,不能对我有一点的亵渎。"

听到拉神的话,天神们一头雾水,胆战心惊地回答说:"怎么了?我们的父亲,伟大的拉神!我们一直都很尊敬您、崇拜您啊!我们从来也没有过亵渎您的举动啊!我们不明白您说这些话是什么意思!"

拉神回答说:"是的,我知道你们一直做得都很好,我对你们的行为也是非常满

世界经典文库

中外神话故事

· 埃及神话 ·

图文珍藏版

意的！但是,那些比你们地位低微的人类,他们居然对我不敬,而且出言侮辱！现在我决定给他们一个重重的惩罚！"

天神们终于知道拉神生气的原因了,他们也早就对人类的做法十分不满。这时,伟大的阿图姆神发表了自己的意见,说:"伟大的太阳神啊！我们最最崇拜的拉神啊！您的想法是正确的,必须让人类知道,不尊敬天神是要受到惩罚的！我有一个主意,您可以派您的女儿哈托尔女神前往人间。她知道如何做才能平息您的怒火！"

拉神想了想,回答说:"是的,哈托尔确实是很合适的人选,可是如果人类预先得知了消息,他们会逃走的。"

天神们知道,拉神这么说其实是在找借口,他不想让人类迎来灭顶之灾。于是,他们一起跪在拉神面前,用恳求的口吻说:"万能的拉神啊！您怎么能如此心慈手软呢？人类已经无可救药了,您必须硬起心肠来,派您的女儿前去。"

这时,哈托尔也走到了拉神面前。她是一个残暴的女神,吸食人血是她的唯一嗜好。哈托尔说:"父亲,请您派我前去吧！我一定会用人类的鲜血抚平您的创伤。"

拉神只好同意了天神们的请求。哈托尔兴高采烈地来到了人间,开始执行拉神的命令。

人类迎来了最可怕的灾难,叫喊声、求救声响彻了整个宇宙,鲜血染红了大地,空气中弥漫着浓重的血腥味,到处都是被杀者的尸体。哈托尔兴奋极了,她还从没有杀得这么痛快过。她叫喊着,笑着,嘴中只有一句话:"杀！杀！杀！把所有的人都杀光！"

拉神看到这种情景非常痛心,虽然人类以前那么对他,可是他不想看到人类毁在自己的手里。于是,他在天空大喊道:"哈托尔,够了！人类已经受到了惩罚,不要再滥杀了！"

此时的哈托尔已经杀红了眼,哪里还听得进去,她对拉神说:"父神啊！请您不要干预我了好吗？我要把您交给我的任务完成,请您放心。"

拉神只好开始帮助人类对付哈托尔。他教会人类酿造香甜的大麦酒,然后诱使哈托尔饮用。这样,人类这场灾难才算结束。人类终于反省了,知道以前的做法是愚蠢的。他们把那些辱骂拉神的人抓了起来,然后当着他的面全部杀死。

经过这场变故,拉神也厌倦了做世界的主宰。他把天神们召集到一起,将自己的王位传给了儿子天神舒。然后,他骑在女儿努特的背上,和她一起来到了天界,定居在那里。

太阳神赖的故事

太阳神赖,海洋之神努的儿子,宇宙中的最高天神。当他出生的时候,世界才刚刚被创造出来。那时候天和地是连在一起的,世界的每一个角落都充斥了无尽的海水。太阳神赖决定创造一个丰富多彩的世界。因为他是众神之王,拥有最强大的法力,所以只要他说出自己的要求,那么世界上就会出现什么东西。

太阳神赖对着世界说:"天和地必须分开。只有那样,世界才能有广阔的空间。"话音刚落,蓝蓝的天就从大海上升了起来,而大地则依然留在底下。当海水退去时,那些裸露出来的土地就变成了我们今天看到的陆地。

太阳神赖觉得天空太过单调了,就对着天空说:"要有云。"于是白云就出现在天空;他又说:"要有星星。"于是众多的繁星就出现在天空。太阳神赖觉得大地也是空荡荡的,于是他先创造出了各种植物,然后又创造出了飞禽走兽,当然他也没忘了创造出万物之首——人类。最后,太阳神赖决定把海洋变得热闹一些,于是就创造了很多鱼类、植物等生物。

当一切工作都完成以后,太阳神赖对自己创造的这个世界非常满意。他是天神之王,也是世界的创造者,因此由他来统领世间万物自然再合适不过。太阳神把自己变成了人类的模样,来到人类中间,成了世界上第一个国王。

人们并不知道自己的国王就是伟大的创世主太阳神赖。因为有了太阳神的庇护,人类社会一天比一天繁荣,人们的生活也一天比一天富裕,所有人都对这个法力无边的国王十分敬佩。

似乎在每一个神话里人类都有着卑劣的本性。天神创造了他们,赐给了他们很多福,一旦天神不再像以前那样强大、那样有威严,那么人类总会做出一些愚蠢的举动。由于太阳神赖是变成人的模样来到大地上的,虽然他不会死去,但最起码他从外形上会衰老。

很多年过去了,太阳神老了。他再也没有以前那么精神抖擞了,说话也不那么铿锵有力了。他经常斜斜地坐在宝座上,面无表情地注视前方。长长的唾液从嘴角里流了出来,但他根本不知道去擦。人类看到自己的国王老了,不中用了,不像以前那样有求必应了,于是开始咒骂自己的国王,说他是个老糊涂,根本没有多大本事,让他做国王简直是荒谬。更有一些可恶的人居然违抗太阳神的命令,偷偷地反抗他,而且还想找机会干掉他,好让自己当上国王。

太阳神赖虽然老了,但实际上他的法力丝毫没有减弱。太阳神对忘恩负义的人类失望到了极点,觉得自己创造他们是个错误。于是他决定对人类实施惩罚。他把天界的众神召集在一起,商量如何给人类些颜色。

众神都乐意帮太阳神这个忙。耳朵天神(太阳神赖的耳朵变的)说:"主人!您可以让我去,因为我可以使人类失去听觉。他们再也不会听到那些有辱您威名的话了。"

嘴巴天神接过来说:"伟大的太阳神啊!我觉得您派我去是最合适的。因为我会让那些卑微的人类从此再也不能说您的坏话!"天神们都争着为太阳神效力。

可是,太阳神赖都觉得这些人不是合适的人选。这时,眼睛女神站了起来,说道:"最最伟大的太阳神,您创造了人类,可是他们却那样的对您!我觉得应该让那些渺小的人类受到最大的惩罚,他们没有资格存活在这个世界上!我愿意为您效劳,没有人敢直视我的眼睛,我会让他们永远记住惹恼天神的后果。"太阳神赖觉得眼睛女神说得有理,就同意由她下凡惩罚人类。

人类的厄运来临了。眼睛女神是一个嗜血的天神,在她的脑子里只有三个字——杀!杀!杀!大地上血流成河,尸体遍地可见,到处都能听见人类的哀号。眼睛女神不停地追杀,哪管什么男女老幼,只要让她看到,结果只有死路一条。地球上的人类已经被她杀得还不足原来的十分之一了。

这时,太阳神赖觉得自己当初决定惩罚人类是没有错的,但只是想让人类悔改,并没有要消灭他们的意思。可如今,眼睛女神已经完全失去了理智,她的做法会毁了自己亲手创造的世界。创世主发了善心,决定停止对人类的惩罚。不过,眼睛女神正杀得眼红,现在让她停下来,恐怕是不可能的。不能强攻,那么就要智取,太阳神赖想出了一条妙计。

太阳神派出使者来到一个名叫爱利芬坦的地方,让他们把长在那里的"美德之草"摘回来。然后太阳神让天神把这些草碾碎了,放进混有大麦的人血里面。人类历史上第一次出现了啤酒。

天神们共酿造了七千坛啤酒,并把这些酒放在眼睛女神经常休息的地方。女神闻到了酒的香气,立刻忘记了屠杀人类的使命。当她喝得醉醺醺时,天神们就把她接回了天界。

人类躲过了这场灾难,恢复了对太阳神赖的崇敬之情。人类社会恢复了安定团结的局面。

奥西里斯统治埃及

奥西里斯被选为人间的统治者,他正等待合适的时机降临人间。而在他降临之前,底比斯城中便已经传开了这个振奋人心的消息。消息是从一个叫作巴米里斯的水夫口中传出的,这个水夫并没有什么特别之处,他只是幸运地被神选作了传达信息的使者。

这天,巴米里斯仍然像往常一样到井边打水。这不是一口普通的水井,它位于拉神庙中,每当人们祭拜完毕,都会捧起井中的水喝上几口。在当地人看来,这口井是万能的拉神赐给他们的,因此也是十分圣洁的。当巴米里斯来到井边的时候,忽然听到有人叫他的名字,可回头一看却什么人也没有。开始,他还以为是自己听错了。后来,声音越来越清晰,巴米里斯有些害怕。声音并没有停止,但却很柔和:"别害怕,巴米里斯,大地的主人奥西里斯就要诞生了,快将这个消息传给乡亲们吧!"这时,巴米里斯才发现声音就来自神庙前的雕像。不过在说完这句话之后,神像就恢复了原状。

恐惧袭透了巴米里斯的全身,他迅速跑回家,连打水的皮囊都扔在了井边。回到家中,他还久久不能平静。妻子忙问他发生了什么事,他就将自己的离奇遭遇跟妻子说了一遍。房中的老父亲听到后,忙起身对巴米里斯诡"儿啊,这是神的旨意,你快按照神的吩咐办吧!"说完,老人便闭上了眼睛。巴米里斯忽然觉得不再害怕,而是全身充满了力量。他很快就行动起来,四处奔走向人们传达着这个好消息,以这种方式迎接奥西里斯降临人间。

第一个见到奥西里斯的人是一位老祭司。当他看到在田间休息的奥西里斯和伊西斯时,马上就认出了他们。老祭司向他们施以大礼,并尊称他们为国王和王后。虽然当时埃及是有法老的,但他知道,奥西里斯才是埃及大地的真正主人。他以自己能成为第一个迎接奥西里斯的人而感到荣幸,并盛情邀请奥西里斯和伊西斯到他的家中做客。奥西里斯和伊西斯见老者已识破了他们的身份,就答应了老者,但嘱咐老者千万不能把他们的真实身份泄露出去。

人们对老祭司带回的这两个陌生人都感到十分好奇,因为他们从没见过如此高贵的男人和如此美丽的女人。当人们向老祭司询问两位陌生人的来历时,老祭司一直守口如瓶,不肯泄露半句,只说是从这里经过的外乡人。因为奥西里斯和伊西斯出色的外表,人们认定他们非比寻常,所以都对他们非常尊敬。当人们遇到困难的时候,就会到老祭司家中找他们帮忙,而奥西里斯和伊西斯也总是热情地帮助他们解决各种困难,这让人们更加尊敬他们。奥西里斯指点大家农耕生产,伊西斯则帮人们解除疾病之苦。在人们心中,他们俨然神一样的人物。

当时,埃及大地已经有了统治者。当法老听说这两个陌生人的神奇传说以后,很是嫉妒,他更担心这两个陌生人的出现会削弱自己在人们心目中的地位。他决定亲自会会奥西里斯,看看这个人们口中的活神仙究竟有什么过人之处。当奥西里斯真的站在法老面前时,他顿时惊呆了。世界上竟有如此高贵俊美的男子,真让他有些自惭形秽。法老出了一会儿神,马上又恢复了常态。就算在外表上输给对方,他也要在气势上赢回来。他故意表现出对奥西里斯的轻蔑,言辞中甚至不乏讽刺挖苦之词,但奥西里斯始终不卑不亢,让法老无可奈何。最后,法老希望奥西里斯能搬到宫里来住,奥西里斯答应了。

奥西里斯和伊西斯住进了王宫,他们教给宫里的工匠和巫师很多技艺本领,获得了宫中所有人的尊重。人们甚至觉得奥西里斯要比他们的法老强得多,法老只会对他们严词喝令,而奥西里斯却平易近人,而且法老也没有真才实学,奥西里斯才是真正具有大智慧的人。渐渐的,宫中形成了一种崇拜奥西里斯的风气,这让法老很是不安,他决定找机会灭灭奥西里斯的威风,为自己找回一些面子。

宫中有一个叫作胡泰布的军队首领,向来少言寡语,但与奥西里斯却十分亲热,有什么话都会跟奥西里斯说。此人对法老极为忠诚,尽心尽责地保卫着王宫的安全,但由于性格耿直,不善于谄媚,平时也得罪了不少人。于是,朝中就有人一心想要除掉他,这些人开始在法老面前搬弄是非,谎称胡泰布意欲叛变,请法老治他的罪。法老正看胡泰布与奥西里斯的亲热不顺眼,眼下借此机会,恰好可以给其他试图亲近奥西里斯的人一个警戒,于是不问青红皂白就将胡泰布拘押了起来。

虽然法老恨不得将胡泰布马上处死,但宫中处死一个军队首领也不是小事,没经过公开审理是说不过去的,更何况还有奥西里斯的存在。法老将胡泰布的罪状一一罗列,问其是否认罪。胡泰布义正词严地称自己无罪,所有的罪状不过是有人故意栽赃陷害。法老已经很不耐烦了,直接让卫队将胡泰布拉下去处死。这时,奥西里斯及时出面制止了卫队。法老更加气愤了,对着奥西里斯大叫,让他快快退下,否则就将他一同处死。奥西里斯面不改色,要求法老做出公正的判决,否则他是绝对不会离开的。

法老彻底被激怒了,在自己的王宫中,奥西里斯竟然敢以这种口气跟自己说话,让自己颜面何存。于是他拿起手中的长矛,欲刺向奥西里斯。奥西里斯连躲都没有躲,只对法老大叫了一声,法老便吓得瘫痪如泥,长矛也扔到了地上。此时的奥西里斯就像一个庄重威严的神,在场所有的人都看呆了。奥西里斯在警告了法老之后,便愤然离开了王宫。

胡泰布得救了,而法老则被吓出了一场大病。没过多久,法老便命归西天了。由于法老生前作恶多端,膝下并无一子,因此王位的继承人就被空置了下来。众人一致推举奥西里斯做他们的新国王,奥西里斯推辞不过,最终接受了王冠。从此,开始了奥西里斯统治埃及的伟大时期。

美丽的金丝雀

奥西里斯成为埃及的统治者让他的兄弟塞特很是不服,为了取代奥西里斯,他竟然设计害死了兄长,并将兄长的尸体装入箱子扔进了河里。凶残的塞特还想霸占奥西里斯的妻子伊西斯,他带领军队向伊西斯施压,如果不敞开大门欢迎他,他就会带领军队踏平王宫。伊西斯没有屈服,埃及的军士们也不肯屈服,他们同塞特的军队进行了一场殊死较量。不过由于军力悬殊,埃及军队最终失利了。当塞特冲入宫中寻找伊西斯的时候,却早已不见了她的踪影。在伊西斯的窗口,只看到有一只美丽的金丝雀破窗而出,向着远方飞去了。

那只美丽的金丝雀就是伊西斯的化身,她要飞到河边,去寻找她的丈夫奥西里斯。她不停地飞呀飞呀,不知疲倦地一直向前飞着,终于飞到了河边。她看到河边有一位老妇人,连忙变回人的模样。也许老妇人可以为她提供一些有用的信息,伊西斯这样想着。可是老妇人却说她从未看过什么箱子从河里漂过,这让伊西斯非常失望。就在伊西斯转身想要离开的时候,老妇人忽然叫住了伊西斯,说她丈夫遇到的一些怪事或许能帮到她。伊西斯的眼睛又放射出希望的光芒,她忙问老妇人是怎么回事。

　　老妇人说,她的丈夫是一个牧人,每天都跟着其他牧人到远处的河谷放羊。一天,他们忽然发现河谷里有许多长相怪异的小生物。这些小生物长着人一样的脸庞和身子,但却长着山羊的腿和脚,而且它们的头上也像山羊一样长着犄角。牧人们对这些怪物是有所耳闻的,它们是生长在山中的精灵,是羊群的守护神,它们的首领叫作贝斯。尽管听说过,但谁都没有亲眼见过。这次亲眼所见,牧人们被吓坏了。这时,精灵们似乎也发现了他们。一个精灵起身向他们走来,牧人们吓得拔腿就跑,只有她的丈夫没有跑。因为她的丈夫相信,这些精灵是不会伤害他的。精灵果然没有伤害他,只是告诉他装载着埃及国王的箱子将随激流漂到异国他乡。

　　老妇人说到这里,伊西斯已经泣不成声了。老妇人生活的地方据底比斯很远,她还不知道他们的国王发生了什么,所以当丈夫提起时,她并没有在意,甚至还想国王怎么会在箱子里呢? 今天听伊西斯问起箱子,她才又想到了精灵的话。看着伊西斯痛哭的样子,老妇人忍不住问:"莫非我们的国王真的被装进箱子了吗?"伊西斯点了点头。她谢过了老妇人,又化为金丝雀飞走了。

　　伊西斯飞呀飞呀,她不敢有丝毫的松懈,她必须尽快找到那个箱子。可是她哪飞得过湍急的水流呢? 当她飞到尼罗河三角洲的时候,两大支流摆在眼前,该往哪个方向去呢? 如果追错了方向,那就真的没有希望追上了。就在伊西斯犹豫之时,忽然看到了在河边哭泣的小男孩。伊西斯很喜欢孩子,她走上前去问小男孩发生了什么事,小男孩的话让伊西斯很是惊喜。小男孩说自己昨天看到一个会发光的箱子,可是当他回家找来父亲之后,箱子却不见了。伊西斯忙问小男孩箱子漂向了哪里,小男孩用手指指了指。伊西斯安慰孩子不要哭,明天他就会得到一个漂亮的箱子,然后便急匆匆地离去了。

　　已经过去了一天的时间,自己还能追上丈夫的脚步吗? 伊西斯也不确定,但她必须努力追赶。飞了很久很久,伊西斯实在是太累了,她决定停下来休息一个晚上。也许明天会出现什么奇迹,她默默安慰着自己。可是时间一天天过去了,伊西斯所盼望的奇迹却始终没有出现。她开始有些茫然了,难倒自己追逐箱子的行为是错误的吗? 就在这时,树林里传来了歌唱的声音。伊西斯忍不住好奇走上去一看,原来是贝斯又在带领精灵们歌唱了。伊西斯希望得到贝斯的帮助,毕竟他曾经见过那个箱子。

　　当伊西斯向贝斯询问箱子的下落时,贝斯坦诚地说:"箱子已经漂走很长时间了,尽管您有那么伟大的力量,但也不可能追上它了。"伊西斯绝望地说:"难道我真的没有办法再见到我的丈夫了吗?"贝斯忙安慰伊西斯说:"别难过,伊西斯女神。那个箱子一直漂到了远方的一片树林中,并完好地躺在树洞里,只是它已经被比布里斯的国王带回了王宫,用来支撑客厅的屋顶。到那里去吧! 你会找到奥西里斯国王的。"伊西斯如释重负,她十分感激贝斯为她带来如此重要的消息,于是决定满足贝斯的一个愿望。贝斯说只希望人类不再奚落他,不再用异样的眼光看待他。

伊西斯满足了他的愿望,使贝斯也成了一位受人尊敬的神。

告别了贝斯之后,伊西斯开始满怀期待地飞往比布里斯。她的内心终于不再六神无主,因为她已经知道丈夫的确切下落。当她从比布里斯的上空落下来的时候,终于有了些许的轻松感。想到她的丈夫就在王宫之中,与自己近在咫尺,她就激动不已。她用双眼注视着王宫,思考着该如何进入王宫解救丈夫。

奥西里斯复活

伊西斯在一片树荫下停下了脚步,她已经飞得太久了,早已经劳累不堪了。此刻,她需要短暂的休息以恢复体力。虽然爱人已经近在咫尺,但她还不能急于求成,否则很可能会产生相反的效果。她需要等待时机,在此之前,她只要保证丈夫是安全的就足够了。

美丽的伊西斯吸引了很多过往行人的目光,有些人还忍不住上前询问伊西斯的状况,可是伊西斯好像根本听不见任何声音,只是陶醉在自己的沉思之中。直到一个宫女出现在她的面前。宫女清脆的声音打破了伊西斯的沉默,她抬起头来注视着宫女,开始与宫女攀谈起来。她们似乎很投缘,在一起聊了很多。当宫女得知伊西斯可以为人治病以后,眼睛忽然闪出了光亮,因为她们的小王子病了,急需找人医治。不过宫女没有马上邀请伊西斯为小王子治病,她还需要征得王后的同意。伊西斯很喜欢这个名叫密里塔的宫女,她亲手为密里塔编结了漂亮的头发,将密里塔打扮得分外迷人。黄昏时分,密里塔才依依不舍地告别了伊西斯。

密里塔本来是和宫女们一起出门的,可是当其他宫女都回到宫中的时候,密里塔却还在树林中与伊西斯闲谈。因此,当密里塔踏入王宫大门的时候,宫女们就告诉她王后要找她问话。密里塔战战兢兢地来找王后,王后刚想责备密里塔,忽然看到她的漂亮发辫,就问是怎么回事。密里塔将自己在树林中偶遇伊西斯的事一五一十地告诉了王后,并兴奋地对王后说伊西斯可以治好小王子的病。王后也正为小王子的病发愁,找了无数个医生都不见效。虽然她对这个伊西斯的治病能力也心存怀疑,不过她确定伊西斯不是个一般的女人,她好奇地想要见一见这个女人,于是就命令密里塔将伊西斯带到王宫中来。

伊西斯随密里塔进了王宫,她没想到一切竟会这样顺利,她离自己的丈夫更近了。当她穿过王宫大厅时,看着那根被装饰得富丽堂皇的柱子,想着自己的丈夫就躺在里面,不由得停下了脚步。密里塔并没有感到伊西斯的异常,以为她只是和其他人一样被这根特别的柱子所吸引。密里塔热情地为伊西斯介绍柱子的来历,她说的这些伊西斯早已知道,可伊西斯心里的秘密却是她无法知晓的。伊西斯强忍着内心的激动,跟着密里塔穿过厅堂,向王后的寝宫走去。

王后本来是准备难为一下这个女人的,可当她看到高贵美丽的伊西斯时,却再也说不出一句难听的话语。她很喜欢伊西斯,将伊西斯亲切地拉到自己身边,恳求伊西斯治好小王子的病。此时的她对伊西斯的能力已经不再有丝毫的怀疑,她相信伊西斯一定可以治好小王子的病。伊西斯笑着答应了王后的请求。只见她抱着小王子,轻轻地抚摸了两下,小王子就奇迹般地睁开了眼睛。众人都惊呆了,她们开始崇拜伊西斯,尤其是王后,更是对伊西斯礼待有加,她还将小王子交给伊西斯抚养。在她看来,只有在伊西斯的呵护下,小王子才能健康地成长。

小王子与伊西斯相处得很愉快,她们整天待在一起,晚上也要睡在一起。渐渐的,宫中开始出现一种传言,说伊西斯的房间每天晚上都会发生一些奇怪的事,有时还会发出可怕的声音。传言越来越厉害,宫女们开始劝告王后要回小王子,以免遭到伊西斯的伤害。王后最初是懒于相信这些传言的,毕竟伊西斯治好了小王子的病,而且她对小王子的疼爱自己也看在眼里,又怎么会伤害小王子呢? 可是传言越传越真,连奶妈都声称见到了伊西斯房间里的诡异现象。王后有些怀疑了,她决定亲自到伊西斯的房间去看个究竟。

那天晚上,王后果然在伊西斯的房间见到了令她触目惊心的一幕。当她看到伊西斯伸着舌头舔着小王子的身体时,不由得大叫了起来。随着王后的叫声,屋里又恢复了平静。转眼间,伊西斯已经抱着小王子站在了王后的面前。王后早已被吓得魂飞魄散,惊恐地望着伊西斯。伊西斯无奈地向王后吐露了自己的真实身份,并说自己本来是想施展魔法帮助小王子度过死亡关,让他获得永生的,这下全都被搅乱了。

王后被伊西斯吓得大病了一场,此时恰好出门远征的国王回来了。国王一回来就去看望了王后,听王后讲完宫里的怪事之后,国王非常想见见这个会施展魔法的女人。虽然王后被伊西斯吓得不轻,可她仍然是感激伊西斯的。因为如果没有伊西斯,小王子的病就不会好,所以她仍然请求国王赏赐伊西斯。国王安慰了王后,就转身前往伊西斯的住处。他已经迫不及待地要见见伊西斯了。

国王转达了王后的话,并称自己愿意满足伊西斯的任何要求。伊西斯见时机已到,就向国王提出了自己的请求。国王怎么也没有想到,伊西斯竟会向他讨要那根柱子,那可是他耗费了巨大的人力和财力才搬运到宫中的。尽管心中有几万个舍不得,但既然已经答应了伊西斯,他也不能言而无信。伊西斯从树干中取出了箱子,并交代国王一定要妥善保存剥落的树皮。因为那树皮保护了神的身体,所以也具有神奇的力量。说完,她就带着装着自己丈夫的箱子,离开了王宫。

伊西斯终于找到了自己的丈夫,她要找一个安静的地方,帮助丈夫死而复生。虽然伊西斯具有特殊的消灾祛病能力,可她却从未尝试过让一个已经死去的人重生。这次,为了自己的丈夫,她决定做一次大胆的尝试。在一个寂静的小岛,伊西斯将丈夫的身体平放在柔软的细沙上,接着她开始祭拜拉伸,一遍遍地念着咒语。当太阳下山的那一刻,奇迹发生了。躺在沙滩上的奥西里斯睁开了双眼,他伸出手来拉住伊西斯的手,眼神里尽是无限的柔情。此时的伊西斯早已热泪盈眶,她的爱人终于复活了。

何露斯

奥西里斯复活后,与伊西斯在山林中度过了两年的快乐时光。期间,他们还有了自己的孩子——何露斯。何露斯的到来让两个人更加幸福,只可惜这种幸福没能持续多久就被一场突如其来的变故打破了。

那一天,奥西里斯仍然像往常一样外出狩猎,可是傍晚却没能按时回来。她有些心慌,似乎有一种不祥的预感笼上心头。一天过去了,两天过去了,三天过去了……奥西里斯还是没回来。伊西斯彻底绝望了,她预料到丈夫很可能又遭遇了不测。

塞特的出现验证了伊西斯的猜想,这个恶魔再一次杀死了她的丈夫。此时的伊西斯真想与塞特进行一场殊死搏斗,可是看着小何露斯,她忍住了这种冲动。她担心这个丧心病狂的家伙会伤害她的孩子,不禁用手紧紧地抱住小何露斯。小何露斯并没有流露出任何恐惧的神情,这个孩子在父亲奥西里斯的教育下从小就英勇过人。此时,他反倒站起来要保护自己的母亲。伊西斯看着懂事的小何露斯,露出了会心的微笑。她意识到,要为丈夫报仇,要除掉塞特这个恶魔,只有小何露斯能够办到,所以她必须把孩子抚养成人。

伊西斯在塞特的要挟下上了船,她不知道自己会被带往哪里,但她知道自己必须和孩子在一起。她再一次祈求拉神的帮助,希望神能带她脱离塞特的魔爪。一天夜里,她见到了智慧之神透特。透特将他们母子带到了安全的地方,并安排七只蝎子护送他们到南方的城市去。伊西斯本以为他们真的安全了,可没想到上天却再一次捉弄了她。一只蝎子背叛了他们,趁伊西斯不在蛰死了何露斯。刚刚失去丈夫,现在又失去儿子,伊西斯悲痛不已,发出了痛苦的哀号。她哭着向拉神祈祷,请求拉神将她的孩子还给她。拉神听到了伊西斯的祷告,派透特唤醒了何露斯。

何露斯的死而复生虽然让伊西斯兴奋不已,但她同时也意识到自己和孩子处境的危险。她必须要为何露斯寻找一个安全的地方,而她也要去寻找她的丈夫奥西里斯了。想来想去,她最终决定将何露斯交给神秘岛上的女祭司照顾。神秘岛是一个很少有人知道的岛屿,附近的居民也因为岛上可怕的传说而不敢前往,因此可以说是一个非常安全的地方。伊西斯带着小何露斯来到神秘岛,拜见了女祭司。女祭司在询问了伊西斯的来意后,当即表示非常愿意收留小何露斯,且一定会保证他的安全。得到女祭司的保证,伊西斯才放心地离开。

伊西斯这次的寻找过程要比上一次艰辛得多,因为凶残的塞特为了防止奥西里斯再次复活,已经将他的尸体大卸八块,扔到了不同的地方。伊西斯若想让奥西里斯复活,就必须将奥西里斯的尸体拼凑完全。艰苦的寻觅过程开始了,伊西斯不辞辛苦,走遍了任何她所能想到的地方。最终,伊西斯终于找到了丈夫的所有残骸。她将残骸拼凑在一起,用她的坚贞和善良再一次让奥西里斯获得新生。眼下,他们只想去神秘岛接回何露斯,一家团聚。

小何露斯在神秘岛上得到了很好的照顾,塞特也一直没有来伤害他。他不愧是奥西里斯的儿子,不仅外表十分英俊,而且其勇武和力量也无人能敌。当奥西里斯和伊西斯再次见到他的时候,他已经长成了一个杰出的青年英雄。奥西里斯和伊西斯带着何露斯离开了神秘岛,来到一个小山村中隐居。村民们没有人知道这家人的来历,只知道这家的孩子勇武过人,因此纷纷猜测他们必定出身名门,甚至有人认为他们具有神的血统。其实,对于自己的身世,何露斯也并不清楚。伊西斯带着他逃亡的时候,他还太小,不明世事。现在,他长大了,他需要知道自己的真实身世。

奥西里斯和伊西斯看着儿子一天天长大,心中自是不胜欢喜,他们同时也意识到该把一切都告诉儿子了。当何露斯找到奥西里斯询问自己的身世时,奥西里斯毫无隐瞒地全部告诉了他。何露斯听着塞特的种种卑劣行径,气得浑身发抖。他当着父亲的面发誓,一定要除掉塞特这个恶魔。奥西里斯很是欣慰,但在他的眼神中却也透露着一丝悲伤。何露斯不解其故,问父亲有何忧虑。原来,奥西里斯已经被拉神选为冥王,做了地府的判官,不久就要追随拉神左右。他此刻的悲伤正是为即将到来的分别,也是为他不能亲手除掉塞特。何露斯忙向父亲保证,自己一定会替他除掉塞特,也会替他照顾好母亲。

分别的时刻终究还是到来了,望着奥西里斯远去的背影,伊西斯和何露斯都流下了伤心的泪水。但他们都相信,他们一家人还会再次团聚的,此刻他们最应该做的就是除掉塞特,将那些被他塞特奴役的埃及人民解救出来。何露斯带着自己组织的军队向着他们久违的故乡出发了。塞特听说了何露斯前来讨伐他的消息后,忙组织军队应战。可是何露斯的军队勇猛过人,再加上城中百姓对塞特的统治早已不满,于是纷纷支持何露斯。就这样,塞特兵败如山倒,只得连连后退。塞特知道,眼前他的敌人已经不再是奥西里斯了,而是更为英武的何露斯。尽管他的心里已经开始畏惧,但却不愿束手就擒。两军阵前,塞特与何露斯进行了最后一次生死较量。开始时,两个人打得不可开交。但时间一长,年轻的何露斯就占据了上风。随着何露斯的长矛重重地刺向塞特的心脏,这个恶魔终于停止了呼吸。

何露斯激动地拥抱着母亲伊西斯,全城的百姓也在欢庆胜利,整个底比斯城陷入了一片欢乐的海洋。此时,天上的奥西里斯也在看着他的妻子和儿子,看着如此激动人心的场面,他也忍不住热泪盈眶。

法老和魔法师的故事

古埃及的法老们都很尊敬法力高强的魔法师,每一位法老都与当代的魔法师有着许多动人的故事。埃及最大金字塔的创建者胡福法老也很痴迷于魔法,他生平最大的愿望就是找到智慧之神的《魔法书》,只可惜一直都未能如愿。就在胡福以为这辈子都找不到自己梦寐以求的《魔法书》时,他的小儿子赫勒达迪夫王子为他带来了好消息。

赫勒达迪夫对胡福说:"尊敬的父王,看到您每日郁郁寡欢,我非常着急。我听说在比勒悉尼鲁夫,居住着一位一百一十岁高龄的魔法师。据说他的魔法已经到了登峰造极的地步,不仅可以让割下头颅的动物死而复活,而且还能驯服一切凶猛的动物。更为重要的是,他知道您最想得到的东西的具体下落。"胡福连忙打起了精神,问儿子:"这位魔法师是谁?怎么以前从没听说。你说他知道我最想得到的东西的下落,难倒他知道智慧之神的《魔法书》藏在哪里吗?"

赫勒达迪夫说:"没错,他确实知道智慧之书的下落。他只是您的千万忠实的奴仆中的一个,他的名字叫作泰迪。"胡福的脸上露出了久违的笑容,他兴奋地对儿子说:"我亲爱的儿子,你为父亲带来了一个天大的好消息。现在我就命你到比勒悉尼鲁夫去寻找泰迪,到了那儿,你一定要礼貌地对待他,且一定要把他带到宫中来。"

"放心吧,父王!您就在宫中等着我的好消息吧!"说完,赫勒达迪夫就准备出发了。

在比勒悉尼鲁夫,赫勒达迪夫王子见到了大魔法师泰迪。站在他眼前的是一位安详的老人,虽已一百一十岁高龄,但仍然步履轻盈、精神饱满。赫勒达迪夫礼貌地转达了胡福法老的问候,并盛情邀请老人去面见胡福法老。老人谦逊地说:"请王子殿下稍候,待我收拾一下就随您同去。"泰迪带几个仆人跟随赫勒达迪夫王子上了路,几天几夜之后,他们平安抵达了王宫。

胡福早就在王宫中等待他们的归来,听说魔法师就在殿外等候,忙叫人将其带了进来。胡福法老恭敬地走下宝座亲自迎接泰迪,将泰迪带到了宝座一边落座。他想试试泰迪的本领,就对泰迪说:"我听闻您可以让割取头颅的动物死而复活,不知是否确有其事?"泰迪点点头。胡福命人带上来一只鹅,示意泰迪表演给他看。泰迪抓起鹅,用刀迅速砍下了鹅头。接着,他将鹅头和鹅身分别放在王宫的两边,之后便开始念咒语。随着咒语响起,鹅头和鹅身开始慢慢地向一起靠拢。当泰迪的咒语声停止时,鹅头和鹅身恰好已经走到了一起。只见鹅头一下跳到了鹅身上,随即这只鹅便扑打着翅膀离开了王宫。

众人看得目瞪口呆,胡福法老也暗暗佩服泰迪的功力。可能是看得不过瘾,胡福又命人送上了一只鸭子和一头牛,让泰迪继续表演。泰迪的表演和之前一样精彩,获得了众人的阵阵掌声。这下,胡福彻底相信了世人的传言。表演过后,该切入正题了。他命其他人退下,只留下泰迪一人。他问泰迪说:"我也听闻您知晓智慧之神的《魔法书》的确切位置,不知是否属实?"泰迪诚恳地答道:"是的,我确实知道。"胡福高兴地问:"在什么地方?"

"在赫里尤布里斯神庙记录室下的地道里。"胡福已经迫不及待了:"那我如何才能找到地道的入口呢?"泰迪无奈地摇摇头:"恐怕您无论如何也找不到。这世上只有一个人能够找到它,我多么希望那个人就是我,可惜事实并不是这样的。"

胡福仿佛被人从山顶摔下了深渊,他失望地说:"为什么会这样? 那个能找到智慧之神《魔法书》的人究竟是谁?"泰迪说:"他是三胞兄弟中的老大,是一位祭司的儿子。拉神让这位祭司的妻子生下三个男孩,并要让他们成为未来的统治者,而他们之中的老大将是国家的主宰。"胡福听说自己的江山将要被他人取代,不由得悲从中来。泰迪忙安慰胡福说:"尊敬的陛下,请您不要担心。这一切都是命中注定的,他们不会马上取代您的位置,而是在您的孙子之后建立一个新的王朝。"

胡福沉默了片刻,忽然抬起头来问泰遭"那个女人是谁,她什么时候生下那三个孩子?"泰迪掐指一算,对胡福说:"那个女人叫作莉第吉特,将在冬季第一个月的15日生下三个孩子。"胡福冷静而坚决地说:"我绝不会让任何人来篡夺我的王朝,我必须找到那个女人,阻止威胁我王朝统治的事发生。"泰迪连忙劝告说:"请不要做这些没有意义的事。那三个孩子是拉神创造的,他们的到来是不可避免的,朝代的更替也是不可扭转的。"无论泰迪怎样规劝,胡福都不肯听。他已经下定了决心,必须在他生前为祖先辛苦创下的基业做些什么。

胡福命人四处打听那个叫作莉第吉特的女人的下落,并下令将所有在冬季第一个月分娩的女人都集中到王宫里来。然而,他所做的一切都只是徒劳,该发生的终究还是会发生。莉第吉特躲过了胡福的追捕,在冬季第一个月的15日,她在神的帮助下顺利生下了三个男孩。胡福一直也没能找到莉第吉特和她的三个孩子,直到他去世也未能找到。后来,魔法师泰迪的预言实现了,在胡福的孙女赫尼特卡伍丝统治之时,三个孩子之中的老大推翻了女王的统治,并建立了古埃及历史上的第五王朝,彻底结束了胡福家族的统治。

奈弗尔王子

米里卜塔法老是一位贤明的君主,在他统治期间,国家富强,百姓安乐。法老最大的遗憾就是膝下一直都没有子嗣,于是常常向拉神祷告,请求拉神赐给他一儿半女。拉神体恤法老渴望子女的心情,于是赐给了他一个美丽可爱的公主。法老高兴极了,为公主取名哈托尔。不久,拉神又赐给他一个聪明果敢的王子。法老更是乐得合不拢嘴,为王子取名奈弗尔。这下是儿女双全了,法老终于没有了遗憾。

哈托尔公主贤德善良,奈弗尔王子勤奋好学。看着这一双儿女,米里卜塔法老由衷地感到欣慰。在儿女成人之际,他决定将王位让出来。按照埃及的法律,法老必须先将王位传给自己的长女哈托尔公主,待公主出嫁后,才能传给奈弗尔王子。米里卜塔法老不愿意王室混染其他的血统,于是就提出让哈托尔公主嫁给奈弗尔王子的提议。对于这一提议，哈托尔公主和奈弗尔王子都十分赞同。他们都很欣赏对方，也很愿意与自己的手足一起分享王权。就这样，哈托尔公主与奈弗尔王子在众人的祝福下结合到了一起。

婚后的奈弗尔王子仍然十分好学，常常沉醉在书的海洋之中。他对各类图书都很感兴趣，因此掌握了各种各样的知识。一天，他到神庙祭拜时发现了一处异样的雕刻，于是就驻足仔细观看。忽然，身后传来一阵狂笑声。奈弗尔回头一看，原来是神庙的老祭司。老祭司笑得如此夸张，竟然笑得流出了血泪。奈弗尔十分不解，问老祭司："是什么事如此好笑，竟让您笑到如此程度？"老祭司直言不讳地答道："尊敬的王子殿下，我是笑您这样一位大学问家，竟然花时间在这些无用的事物上。"老祭司一点儿也不担心被王子惩罚，因为他知道他们的王子有着高尚的品德，从不以惩罚人为快。

奈弗尔被老祭司弄得莫名其妙，反问道："那么在您看来什么才是大学问呢？"老祭司收敛了笑容，对奈弗尔说："您应该知道，在众神明之中，智慧之神是学识最渊博的，他所撰写的《魔法书》包含了他的智慧和学识，那才是真正的大智慧、大学问。"对于智慧之神的《魔法书》，奈弗尔早有耳闻，只是他从未听说有谁得到过它，就连伟大的胡福法老都未能如愿。他向老祭司坦白了自己的担忧："我当然很想阅读那本《魔法书》，可是我要怎样才能得到它呢？"老祭司说："别担心，凭您在魔法方面的超凡能力，您一定可以得到它。"

奈弗尔还是有些怀疑："可是我连它在什么地方都不知道，又怎么能得到它呢？"老祭司笑着说："我可以告诉您它在哪里。"奈弗尔难掩心中的喜悦之情，忙拉住老祭司的手，对老祭司说："如果您能告诉我《魔法书》的下落，我愿意满足您的一切要求。"老祭司说："我只要一百两银子安排后事。"奈弗尔当即命人给了老祭司一百两银子。老祭司谢过奈弗尔，对他说："《魔法书》在古夫泰城的一条河中央。您需要找到一个铁箱子，在这个铁箱子中有一个铜箱子，铜箱子中有一个檀木箱子，檀木箱子中有一个象牙木箱子，象牙木箱子中有一个银箱子，银箱子中有一个金箱子，在金箱子里面，就藏着智慧之神的《魔法书》。当然，在箱子周围，有巨蟒、毒蝎等守护着，但我相信以您的魔法造诣，是一定可以制服它们的。"

奈弗尔兴奋地将这个消息告诉了妻子哈托尔，并让妻子马上准备行装，他们即将前往古夫泰城寻找《魔法书》。哈托尔有一种隐隐的不安，她总觉得这是一次冒险的旅程，很可能给他们一家人带来灾难。望着熟睡的儿子，她劝阻奈弗尔不要去。可是此时的奈弗尔已经完全沉浸在寻找《魔法书》的欲望之中，如此难得的机会，他是绝对不会放弃的。他将这件事禀告了父亲，父亲自然也是同意他这样做的。因为自古以来，任何一位法老都渴望得到智慧之神的《魔法书》，他的父亲也不例外。

准备好一切之后，奈弗尔带着妻儿及舰队浩浩荡荡地向着古夫泰城出发了。此前，奈弗尔已经阅读了大量的魔法书籍，再加上他天性聪颖，在魔法上已经有很高的造诣。因此，当船驶入那条大河时，他就已经感觉到了《魔法书》的所在。他用蜡烛制作了很多水手，并赋予它们生命。这些水手在水下辛勤地工作着，当他们停止工作的时候，奈弗尔意识到目标已经出现了。他忙使用魔法分开了两面的河水，果然露出了一个巨大的铁箱子。在箱子周围，盘旋着巨蟒和毒蝎等猛兽，它们忠实地守护着箱子。不过这些事是难不倒奈弗尔的，他使用法力制服了它们，并斩杀了巨蟒。一层层打开箱子，奈弗尔终于得到了多少人梦寐以求的《魔法书》。

　　回到船上，他迫不及待地将这一好消息与自己的妻子分享。哈托尔看到丈夫平安回来，自然也十分高兴。接着，他们就准备起程返航了。可就在他们马上要达到底比斯的时候，他们的儿子却在船板上掉了下去。奈弗尔将儿子的尸体打捞上来，试图用他学到的起死回生的咒语让儿子醒过来。可是无论他怎样努力，儿子都没能复活。但在彻底断气之前，儿子说了一句话："智慧之神对你盗取《魔法书》的行为非常生气，他已经征得了拉神的同意要对你进行惩罚。快快把《魔法书》还回去吧！那样你将只失去我一个人，否则你将遭到灭顶之灾。"

　　儿子的话并没有让奈弗尔回头，他怎么都不舍得把已经到手的《魔法书》还回去。于是，他又失去了他的妻子。妻子临死前也留下一句话，让他快快还回《魔法书》，否则连他的性命也将不保。奈弗尔还是没有回头，他似乎也意识到自己难逃一死，但他绝不会就这样轻易放弃。他将《魔法书》紧紧地绑在自己身上，誓死也要与《魔法书》在一起。果然，奈弗尔没能逃脱死亡的厄运。当人们打捞起他的尸体时，那本《魔法书》仍然与他紧紧地绑在一起。米里卜塔法老将《魔法书》与他的儿子葬在了一起！

白何露斯与黑何露斯

　　埃及和埃塞俄比亚之间的战争曾爆发过无数次，而在双方的交战之中，胜利的天平大多都倾向了埃及一方。在吐特摩斯法老统治埃及期间，他又带领埃及人民与埃塞俄比亚进行了几场大战，且战战告捷。这边，吐特摩斯正在与埃及军民喜庆胜利；那边，埃塞俄比亚国王却愁眉不展。既然在刀枪上占不了上风，那么不妨采取一些特殊的手段。埃塞俄比亚国王想到了魔法，他可以用魔法制服埃及法老。于是，他开始下令在全国搜寻有智慧的魔法师，并将他们都集中到宫里来。

　　在埃塞俄比亚，最富有智慧的是一位叫作何露斯的魔法师。碰巧，在埃及，最伟大的魔法师也叫作何露斯，他就是冥王奥西里斯和伊西斯女神的儿子。两位魔法师一黑一白，人们为了区分他们，就将他们分别叫作黑何露斯和白何露斯。埃塞俄比亚广招魔法师的昭示一经颁布，黑何露斯就急急忙忙地赶往宫中。他知道，这是他施展才华、建立威名的大好时机，是绝对不能错过的。

　　黑何露斯的魔法果然技高一筹，埃塞俄比亚国王很快就决定重用他。黑何露斯对国王说,他可以将埃及国王带来,让他接受鞭打,之后再将他送回去。国王听了很是高兴,让黑何露斯快快做法。黑何露斯回到自己的住处,用一截蜡烛做成了一顶轿子和四个小人,接着念了一段咒语,轿子和小人就变成了真的。黑何露斯对四个小人下了命令,让他们深入埃及皇宫将埃及国王带来。在黑何露斯的魔法掩护下,四个小人悄无声息地将正在熟睡的吐特摩斯带到了埃塞俄比亚。

埃塞俄比亚国王见到被捆绑带来的吐特摩斯,心中很是畅快。他命人狠狠地抽了吐特摩斯一百鞭子,这一切都是在众多民众的见证下进行的。吐特摩斯被打得皮开肉绽,埃塞俄比亚国王厉声说:"可恶的埃及法老,虽然在战场上你逞尽了威风,但现在你还不是卑微地被我践踏在脚下。从今往后的一个月,你每天都将遭受这样的惩罚,这是我对你的回敬。"说完,国王命人将吐特摩斯带走了。黑何露斯又施展魔法,让四个小人将吐特摩斯又送回了埃及王宫。

第二天醒来的吐特摩斯觉得浑身酸痛,尤其是背部的疼痛尤为剧烈,他想到了昨晚发生的那可怕的一幕。可是他现在又怎么会躺在自己的王宫之中呢?他忙招来众大臣,将自己昨晚的噩梦说给他们听。众大臣安慰法老说那不过是一场梦,可当他们检查法老的背部时,却全部惊呆了。法老背部的伤痕已经说明了噩梦的真实,可是这些事如何在一夜之间完成的呢?答案只有一个,那就是魔法。大臣们马上想到了这定然是黑何露斯施的魔法,于是有人建议请白何露斯来破解魔法,拯救法老。

白何露斯告诉法老不必担忧,他有办法让埃塞俄比亚国王也接受同样的惩罚。吐特摩斯此时更担心的是自己今夜还要遭受同样的痛苦,他请求白何露斯说:"伟大的魔法师,在您惩罚埃塞俄比亚国王之前,请您一定要保证我今夜不再遭受昨夜的痛苦。"白何露斯笑着说:"放心吧,尊敬的法老,我会安排好的!"他将一个项圈戴在法老的脖子上,嘱咐法老无论何时都不能摘掉它,这样就可保他平安。听了白何露斯的话,吐特摩斯总算放心了。他绝对相信白何露斯可以制服黑何露斯。

白何露斯也用一截蜡烛做了一顶轿子和四个小人,并对他们施了魔法。轿子和小人都变成了真的,他让小人去埃塞俄比亚王宫将他们的国王抓来。没有任何保护的埃塞俄比亚国王很快就被白何露斯的小人带到了埃及,而当黑何露斯派来的小人再次前来抓吐特摩斯的时候,吐特摩斯颈上的项圈却发挥了威力,它瞬间变成一条巨蟒,将轿子和四个小人全部吞噬。黑何露斯的魔法被破解了,吐特摩斯已经做好了报复的准备。他将埃塞俄比亚国王狠狠地抽了五百鞭子,之后才交由白何露斯送回埃塞俄比亚。

埃塞俄比亚国王经过这惨痛的一夜,知道自己也定然中了埃及魔法师的魔法。他连忙叫来黑何露斯,让他保证自己的安全,自己可不想再遭受第二次痛苦。黑何露斯让国王不必担心,接着也将一个项圈戴在了国王颈上。有了项圈的保护,埃塞俄比亚国王本以为自己可以睡个好觉,可没想到他仍然做了和昨晚相同的噩梦。原来,白何露斯早知黑何露斯会有所防备,于是在轿中藏了一条巨蟒。当项圈化为大蛇欲来阻止轿夫时,轿中的巨蟒突然出现吞掉了大蛇。就这样,黑何露斯的魔法又被白何露斯破了。

再次遭受鞭打的埃塞俄比亚国王怒不可遏,他要重重地惩罚黑何露斯,因为是他让自己遭受了这样的痛苦。黑何露斯苦苦求饶,称自己一定要到埃及去与白何露斯当面较量。尽管连他自己也觉得这样做有些自不量力,但他还是咽不下这口气。更重要的是,他必须对国王有所交代。当他把这一决定告诉母亲的时候,母亲竭力反对他这样做。他的母亲也是位魔法师,深知白何露斯的厉害,她可不想自己的儿子去送死。可是无论母亲怎样劝,黑何露斯都一定要去。母亲见拦不住他,就让黑何露斯无论如何也要在他遭遇危险时通知她,以便她能及时出现,挽救他的性命。黑何露斯答应了,他告诉母亲,如果发现喝的水变成了红色,天上的云彩也变成淡红色的时候,就是自己性命不保了。

黑何露斯运用魔法很快来到了埃及,向白何露斯发起了挑战。可是他根本就不是白何露斯的对手,很快就被白何露斯制服。就在白何露斯欲除掉黑何露斯的时候,黑何露斯的母亲出现了。她跪倒在白何露斯的面前,苦苦哀求着白何露斯放过自己的儿子,并保证此后绝不再与埃及人民为敌。黑何露斯也跪倒在地,请求白何露斯的原谅。白何露斯见母子二人真心悔改,就请求吐特摩斯原谅了他们。不过,白何露斯为了防止这对母女继续作恶,当即废除了他们的魔法。此后,黑何露斯还是黑何露斯,只是再没有人称他魔法师了。

非洲其他神话

地球之魂造人

很久很久以前,宇宙已经形成了,世界上也出现了各种各样的动植物。在当时,整个世界只有一个人存在,他就是地球之魂。

开始的时候,地球之魂还十分乐于享受这种无忧无虑、宁静舒适的生活。可是时间一长,他越来越感到孤独。因为没有人陪他说话,没有人陪他玩耍,更没有人会给他煮菜烧饭。终于有一天,地球之魂再也忍受不了这种孤寂的生活,决定创造出和自己一样拥有智慧的同类。

虽然世界上所有的生物都是地球之魂创造的,但是它们都没有和他一样的智慧。要想创造出一批可以作为万物统治者的生物来,并不是件容易的事。地球之魂坐在高高的山顶抽着土烟,经过几天几夜的冥思苦想,他终于想出了一个绝妙的办法。

地球之魂来到了一片大森林里,找到了一棵结满恩库拉果的树。地球之魂站在树下,抬头望了望树上那些肥硕的果实,脸上露出了一丝调皮的微笑。他伸出那双粗壮的大手,抓紧了树干,然后使出全身的力气摇晃。一会儿,树上的果子就掉在了地上。地球之魂满意地看了看这些果子,然后把它们带回了家。

第二天,地球之魂又找到另一棵结满恩库拉果的树,用双手摇晃树干,把树上的果子拾回家。第三天也是这样,地球之魂在接下来的几天里重复着同样的工作,直到他收集了满满一大篮子的恩库拉果。

他兴高采烈地拎着大篮子来到湖边,把篮子放在了事先准备好的独木船上。地球之魂环顾四周,也没看见能帮他拉船的动物。有的动物身材太小,根本拉不动独木舟;有的虽然身材够了,可又不懂水性。正着急时,地球之魂突然发现了鳄鱼,这个家伙怕被抓去做壮丁,正想潜入水中躲起来。

地球之魂用命令的口气说:"哎! 鳄鱼,马上过来! 我有事情需要你帮忙!"鳄鱼虽然一百个不愿意,但也不敢违背他的意思,只好乖乖地游到船边。

鳄鱼问道:"伟大的地球之魂啊! 您召唤我有什么事吗? 只要我能做到的一定会帮您的!"

地球之魂严肃地说:"你要知道,是谁创造了你,是谁赋予你在这个世界生存的权利。如今,我要进行一项十分伟大的工作,你作为助手,应该为此感到荣幸。"说完,地球之魂拿起绑在船上的绳子,说:"张开你的大嘴,把这根绳子牢牢咬住,然后拉着船一直游到湖中心。"

鳄鱼只得照办。说实话,那装满恩库拉果的独木船确实很重,鳄鱼十分吃力地拉着它往湖心划。看着鳄鱼吃力的样子,地球之魂也很心疼,不过为了完成这项伟大的工作,他一直也没有让鳄鱼歇息。

湖心终于到了,鳄鱼也终于从地球之魂的嘴里听到了"停"这个字。可怜的鳄鱼,此时累得连一句话都说不出来,只有在那里大口地喘着粗气。地球之魂拍了拍鳄鱼的脑袋,安慰道:"放心吧! 你的辛苦不会白费的,你将会得到应有的奖赏!"说完后,他开始着手工作。

地球之魂站在独木舟上,在所有的恩库拉果中挑选出一颗最大的,对着它吹了一口气,然后说:"你是我选的所有果子中最大的,因此你将成为世界上第一个人。你是一个男人,你拥有强壮的体魄,聪明的头脑。我还会造出很多人,你将成为他们的领袖。"说完,地球之魂就奋力将果子往湖里一扔。只见那颗恩库拉果顺着湖水流向岸边。

接着,地球之魂又拿出第二颗果子,往上面吐了一口唾沫,然后说:"你是我选的所有果子中最漂亮的,因此你将成为世界上第二个人。你是一个女人,拥有灵巧的双手,善良的天性。你将成为男人的妻子,永远依靠他。你的任务就是繁衍出新一代的人类。"说完,地球之魂也将这颗果子扔进湖里。

地球之魂一颗接一颗地往湖里扔果子,直到篮子里的果子扔完为止。地球之魂也累了,他坐在独木船上,对鳄鱼说:"好了! 回岸边吧!"这次鳄鱼轻松多了,因为那些沉甸甸的果子已经全部没有了。

当地球之魂从独木船上跳下来时,立刻有一大群人围了过来。他们一起跪倒在地,迎接这位伟大的造物主。地球之魂对第一批人类的表现非常满意。

这时,那个由第一颗果子变成的男人站了起来,走到地球之魂的面前,深深鞠了一躬,然后说道:"尊敬的主人,感谢您赋予了我生命! 我们在这等候您的驾临。"他刚说完,所有的男人马上一起说道:"是的! 我们的主人! 我们都在这等候您的驾临。"然后,所有的女人也一起说道:"是的! 我们的主人! 我们也在等候您的驾临。"

地球之魂非常高兴,说道:"这是我第一次见到和我外形一样的人,也是我第一次听见人的声音! 你们将会是世界的主宰。"然后,地球之魂把这批人领到了一块空地上,说道:"看到没有,这肥沃的土地就是你们居住的地方! 你们可以砍伐树木,在这里建起你们的房屋;你们可以在这里耕田播种,收获日常的粮食;你们还可以在这里放牧打猎,获取一些美味的肉食,总之,这里就是你们的乐土。"所有的人都欢呼雀跃,他们按照地球之魂的吩咐,建造出了世界上第一所村庄。而地球之魂,自然也就成了世界上第一个村长。

从那以后,地球之魂的日子过得有滋有味,因为他再也不会感到寂寞了,更不会发愁没人给他做饭了!

天神之父与他的孩子们

马武-利扎,世界的主宰,人类的创造者,被称为世界的主人、天神之父。为了整个世界,他可谓是鞠躬尽瘁。

当浩繁庞大的创造工作完成之后,马武-利扎倍感身心疲惫,因为他觉得自己已经没有那么多的精力继续下一项更加繁琐的工作——维持世界的秩序了。因此,马武-利扎决定把这个世界交给他的儿女们掌管。他不仅子女众多,而且个个都精明强干,这一点让马武-利扎十分欣慰。

马武-利扎把自己的全部财产都交给了自己的第一对孪生子达·佐德日和他的妻子(也是他的妹妹)尼奥赫韦·阿纳努,并让他们做了大地神。按照马武-利扎的旨意,达·佐德日和尼奥赫韦·阿纳努要在地上居住,任务就是保佑地上的人们丰衣足食。由于农业对人类来说是非常重要的,所以这两位天神在人间享有很高的待遇。

马武-利扎的二儿子名叫赫维德奥佐,这可是个脾气暴躁、性格凶狠的小伙子,因此马武-利扎把雷神的位置传给了他。赫维德奥佐负责在天上施云布雨,调节四季气温,同时还掌管着人类的生殖繁衍。虽然赫维德奥佐的职责非常重要,但是他似乎并不怎么上心,而且做什么事都由着自己的性子来。他经常变作一只白白的大公羊,穿梭于云层之间。他心情好的时候,会给干旱的土地送去甘露,会让贫瘠的土壤变得肥沃。可是当他发怒的时候,则会给大地送去雷电风雨、大雪冰雹,任何生物都惧怕他的威力。

赫维德奥佐有个儿子名叫格巴德,这个小家伙的脾气比他父亲更是有过之而无不及。每隔一段时间,他就会发一次脾气。当他发怒的时候,怒气变成闪电从天而降,吼声变成雷声响彻大地,任何具有意识的动物都会浑身发抖。虽然格巴德的母亲经常劝告他不要乱发火,可是他却把这些话当作耳边风。如果我们看到了闪电,听到了雷声,那么有两种可能:一种是格巴德胡乱发火,大搞破坏;另一种则是格巴德察觉到人间有人作恶,正在惩罚他们。

马武-利扎的孩子们也并非个个都如此暴躁,阿格贝和娜耶泰这对孪生子的性情就比较温和。他们两个奉命做了海洋之神,处理江河湖海所发生的大事小情。此外,阿格贝还担负另一项重要的任务,那就是监视大地的情况。当阿格贝睁开眼睛的时候,人们就迎来了黎明的曙光;当阿格贝闭上眼睛的时候,夜幕则降临人间。阿格贝结束一天的工作后,总是会在大海和蓝天的交接处向他的父亲汇报大地和海洋的一切情况。

阿格贝的弟弟名叫法,被马武-利扎封为占卜之神,因为他懂得各种巫术所需的秘密语言。法的任务是十分重要的。他长有能够开启未来十六道天门的十六只眼睛,具有通晓过去和未来的能力,所以马武-利扎让他居住在天上的棕榈树的顶端。当阿格贝睁开眼睛时,法的弟弟莱格巴就会拿出十六根长长的木棒,把法的十六只眼睛一一撑开,以便让他时刻注意未来的情况。此外,法还肩负着与人间沟通的任务。法派他的儿子佐耶驾临凡间,并传授给他各种巫术语言。为了让人类知道佐耶是天神的信使,法还给他起了个新名字叫法卢沃诺,即为"掌握了法的秘密的人"。

阿热是马武-利扎的第四个儿子,他负责掌管森林中的一切生物,是狩猎之神。阿热是个乐观向上、精力充沛的年轻人,十分调皮。他经常把自己打扮成猎人出现在森林里,身上披着野兽皮毛制成的衣服,手里拿着木制的长矛。只见他一会儿在天上和飞鸟嬉戏,一会儿和陆地上的走兽追逐,有时候还会和小溪里的游鱼赛一下速度。尽管阿热的打扮是猎人,但其实他是各种动物的保护神。

迪奥是马武-利扎的第五个儿子,他被封为大气神。应该说迪奥掌管的范围是最宽广的,因为天空和大气之间所有的领域都归他支配。人类更是对这位大气神敬重有加,因为他给人类送来生命所必需的空气,此外,迪奥还要在天空和大地之间撒上一层神秘的雾气。这主要是为了不让天神的真面目暴露在世人面前。

最小的儿女总是会得到父母更多的眷顾,莱格巴和明诺娜是马武-利扎最小的儿子和女儿。为了不让他们受委屈,马武-利扎把天使的职位给了莱格巴,把纺织女神和妇女守护神的职位给了明诺娜。

莱格巴的任务与佐耶不同,佐耶主要是把人类和天神联系起来,而莱格巴则主要来往于天界的各兄弟王国之间,负责把情况报给父亲马武-利扎。莱格巴十分任性调皮。有时候他会把这件事和那件事搞混,有时候会忘记掉一些很重要的事情,因此马武-利扎经常因为他的误导而做出一些错误的决定。

至于明诺娜,她的工作则相对轻松。她要做的就是居住在妇女们的屋子里,保佑她们不受侵害,顺便教她们如何纺织。

神的特使莱格巴

天神之父马武-利扎有很多子女,但他最宠爱的却只有他的小儿子莱格巴。马武-利扎传授给各子女的语言都是不同的,但莱格巴却通晓所有的语言。马武-利扎将莱格巴封为自己的特使,让他在各兄弟王国中传达信息,并将各国的情况向马武-利扎汇报。正因为莱格巴的特使身份,才使得他虽然年纪最小但地位却在各位兄长之上。而马武-利扎之所以将特使的荣誉授予莱格巴,一方面与马武-利扎的恩宠有关,另一方面也是莱格巴自己赢得的。

在马武-利扎举行的一次音乐舞蹈比赛上，众位神仙都大展身手，博得了一阵又一阵掌声，但掌声响得最久的还是莱格巴出场的时候。莱格巴是最后一个上场的，他先吹奏了一曲短笛，又表演了一段舞蹈。所有的天神都被莱格巴的表演深深吸引了，就连马武-利扎也随着音乐的节拍，情不自禁地手舞足蹈起来。比赛结果在所有人的意料之中，莱格巴获得了第一名。借此契机，马武-利扎将最高的荣誉授给了他，让他做自己的特使，享有无上的尊荣。

莱格巴的聪明机灵确实无人能及，但他的调皮捣蛋却也实在让人头疼。当然，一些小的恶作剧倒也无伤大雅。所以，马武-利扎从来都不曾责备过他。不过自从他担任特使以后，就开始变本加厉了。他经常利用职权挑起各兄弟王国的争端，在马武-利扎面前搬弄是非。对于因此造成的恶果，他不但没有丝毫悔改之意，反倒以此为乐，继续作恶，把整个天庭搞得乌烟瘴气。

马武-利扎将管理大地的权力交给了达·佐德日，这让赫维德奥佐很是不满，他认为那个位置应该是他的。莱格巴看出了赫维德奥佐的不满，就趁机添油加醋，挑拨是非，让他不要降雨，这样父亲就会降罪于达·佐德日，而自己就可能成为新的大地之神了。赫维德奥佐听信了莱格巴的教唆，果然不再降雨，使得大地干旱，百姓苦不堪言。马武-利扎得知人间干旱的消启、后，就把莱格巴叫来，让他马上通知赫维德奥佐降雨。可莱格巴却说："父亲，赫维德奥佐储存的水已经不多了，他现在造的水也只够天庭所用，如果降雨，那么天庭就没水喝了。"马武-利扎生气地说："这个赫维德奥佐，一定是又偷懒了，你让他快快造水，多储存一些，人间的干旱已经很严重了。"莱格巴嘴上答应着，可实际上却根本没去找赫维德奥佐，因为他知道，赫维德奥佐储存的水量还很充足，根本就无须再造。

达·佐德口一直等不到降雨，非常着急。而百姓们则开始怨恨达·佐德日，甚至称其为灾星，是他为人间带来了干旱。民间怨声载道，很快就传到了马武-利扎的耳里。他忙叫来莱格巴，让他去人间视察一下干旱的情况。莱格巴在去往人间的路上看到了小鸟武图图，就对武图图说："武图图，父王让我去人间完成一项重要的使命，可是我的脚摔伤了，我怕耽误了时间，所以想请你帮忙。请你通知达·佐德日，让他燃起一堆篝火，当篝火冒烟的时候，你就大声鸣叫，我好回去向父王复命。"武图图一听是马武-利扎的命令，不敢怠慢，忙向着人间飞去了。

武图图将莱格巴的话转告给达·佐德日，让他马上燃起篝火。这让达·佐德日十分不解，人间已经干旱得如同降火，为何还要再燃起篝火呢？这样做岂不是火上浇油吗？可既然是天神之父的命令，他又不敢违抗，只得照办。当篝火冒烟时，武图图大声鸣叫，而莱格巴则匆匆忙忙地赶到马武-利扎处，对他说："父亲，不好了，人间燃起了大火，大火已经快烧到天庭了，您快去看看吧！"马武-利扎大惊，忙出去查看，果见人间烟火冲天。他忙对莱格巴说："快叫赫维德奥佐降雨，连天上的也降下去。"降雨解决了人间的干旱，但达·佐德日和赫维德奥佐却受到了父亲狠狠地责备，只有莱格巴在一旁偷笑。

莱格巴的恶作剧远没有就此终止，久而久之，马武-利扎也看出了端倪，明白了事情的真相。此后，马武-利扎就不再信任莱格巴了，也不再将重要的信使任务交给他。可是莱格巴哪是能闲得住的人，见天上无事可做，他就到人间作乱去了。因为他懂得马武-利扎的密语，能够占卜，所以就到人间从事巫术活动，为人们占卜吉凶，疗伤治病。人们都对这位活神仙十分信任，送给他很多报酬。渐渐的，人们开始不再信奉天神，而是一心信奉莱格巴。有的人甚至要拜他为师，而莱格巴则趁机收取高昂的学费。

当时，神仙都是靠人间的供奉生活的，可是近些日子以来，贡品越来越少，很多神仙都要饿肚子。马武-利扎也对此十分纳闷，为什么百姓会忽然减少供奉呢？他们一直都在履行使命，对百姓的要求也是尽量满足呀？他派人到人间查明原因，这才得知又是自己的儿子在人间捣鬼。这个儿子实在是太难管教了，再任由他这样下去，所有的天机都会被他泄露出去，看来不给他点严厉的惩罚是不行了。想到这，马武-利扎狠了狠心，夺取了莱格巴的双目。既然授予的咒语无法收回，那就让他什么都看不到，这样就什么都说不出来了。失去光明的莱格巴再也无法作恶了，他只能在黑暗中忏悔自己以前的所作所为，而如今的忏悔也已经太迟了。

阿马创世

最初的世界是空荡荡的，天和地虽然已经分开，但是四周一片黑漆漆的，没有一丝的光亮。伟大的最高天神阿马对这种状况很不满意，于是他决定创造世界。

阿马神在地上随手抓了一把泥土，然后用双手柔和地把泥土搓成一个很大的圆球。接着，阿马神又抓起了一些泥土，搓出了一个稍小一点的圆球。阿马神想了想，又从地上抓起一些泥土，搓出了许许多多更小的圆球。

阿马神在大地上点起了一堆熊熊大火，然后把这些泥球放在火上炙烧。当泥球在火上烧烤了整整三年零六个月时，已经被烧得异常柔软，并且发着光亮。

阿马神拿起那个最大的泥球，用八根闪烁着耀眼光芒的红线缠绕起来，然后使出全身的力气把泥球抛向空中。从那以后，世界上便有了太阳。接着，阿马神拿起了那个稍小一点的泥球，用八根发着柔美光亮的白线缠绕起来，然后又把它抛向空中。从那以后，世界便有了月亮。阿马神也顾不上休息，把那些小泥球一个接一个地抛向天空。从那以后，世界上就有了无数颗闪烁的星星。

世界终于变得美丽起来，有了白天和黑夜之分。不过阿马神还不满足，他又拿起一块泥土，把它捏成一个女人的形态，赋予它神奇的生命力量。然后阿马神又用尽力气将它抛向了天空。从那以后，宇宙中就有了地球。

阿马神看了看太阳、月亮、星星和地球，心中充满了无限的满足感。不过，他觉得这个世界还不够完美，因为它没有一丝生机。于是，阿马神决定与地球结合，生出各种成对的生物来。

阿马神来到地球的面前，与她进行了第一次结合。可是，他们正在结合的时候，一个巨大的蚂蚁窝阻碍了他们，阿马神非常生气，一掌将蚁窝拍碎，所以阿马神和地球第一次结合没有完全成功。后来，地球为阿马神生下了一个儿子，那就是长得和豺狼一样的依乌鲁左。

阿马神不得不和地球进行第二次结合。这一次的结合非常成功，地球很快就为阿马神生下了一对半人半蛇的双生子。阿马神非常高兴，给这对双生子取名诺莫，并封他们为水神和火神。

诺莫非常孝顺，见他们的母亲地球虽然得到阿马神的垂青，但是依然赤身裸体而且不能说话，心里非常难过。于是，诺莫就从天上找来很多植物，然后用植物给地球制了一条美丽的裙子。不仅这样，诺莫还给这条裙子赋予了神奇的魔力。地球穿上了孩子送给她的礼物，非常高兴。同时，她突然发现自己的嘴里能够发出很多特定的声音符号，这些声音符号就被称为语言，这就是世界上第一种语言。

但是这一切却招来了豺狼依乌鲁左的仇视，因为只有他是孤独的。罪恶可怕的念头从他脑子里产生了，依乌鲁左居然要强行和自己的母亲地球结合。地球对依乌鲁左的举动非常震怒，变成蚂蚁躲到蚁窝中。但是狡猾的依乌鲁左还是发现了她的踪迹，最终还是玷污了自己的母亲。这就是人类历史上第一宗乱伦罪，是最不可饶恕的罪过。

地球觉得受到了莫大的耻辱，已经没有脸面存活下去，大地因为地球的悲愤遭受了灾害。以前肥沃的土地变得越来越贫瘠，湿润的土壤也变得越来越干旱，地球面临着毁灭。阿马神对依乌鲁左的所作所为十分气愤，不过他清楚，现在最要紧的是如何让人地重获生机。

正在阿马神犯难的时候，诺莫来到了他的面前，对他说："伟大的阿马神啊！我的父亲！我愿意献出我的生命来祭祀我的母亲！母亲会因为我的离去而重获生机的！"阿马神被儿子的献身精神打动，答应了他的要求。

诺莫被阿马神切成了碎块，抛向了地球的各个角落。诺莫尸体的碎块每降落到一个地方，那里就会长出茂密的森林和绿油油的小草，整个大地因为诺莫的牺牲而重获生机。阿马神又从天空中降下充足的雨水，让刚刚恢复的生机得到保持，同时也是想用天上圣洁的雨水冲刷掉地球身上的耻辱。

之后，阿马神又创造出八个新生的孩子。这八个孩子都是雌雄同体的，也就是说他们不需要配偶就能繁衍后代。阿马神这么做，也许是怕悲剧重演。接下来，阿马神又把诺莫尸体碎块从世界各地找回来，施展法力使他复活，派他和八个新生孩子一起带上各种飞禽走兽、花草树木、矿物金属以及生产工具前往地球。

诺莫第一个降临到世间，变成了鱼。从那以后，在江河湖海里，就有了各种各样的鱼。而那八个新生孩子则是人类的祖先，按照阿马神的旨意，他们应该遵照出生的先后顺序降临世间。老大是个铁匠，他给世间带来了打铁的工具和火种。不过，当他坠落下来时，不小心被工具砸伤了手脚。从那以后，人类的手和脚就有了关节。接下来的是皮革匠、挖土工、歌手等降临世间。

当第七个始祖还没跳下时，第八个始祖就偷偷地抢先了一步。第七个始祖觉得非常委屈，发誓要报复。于是，当他最后一个降落地面时，马上变成一个巨大的毒蛇，四处追咬其他始祖。结果，他们从天上带来的各种植物种子撒得到处都是。无奈之下，其他祖先联手把巨蛇杀死，并把它埋了起来。后来，阿马神为了让八个始祖保持完整，又使巨蛇复活了。

后来，铁匠把世界分成了八份，每个始祖都建立起了自己的部落。从那以后，人类开始繁衍生息，并把自己部落始祖的手艺代代相传。

上帝发火

在创造完人类后，上帝对自己创造出来的世界主宰很不放心，生怕他们受一丁点的委屈。为了能够随时给自己最满意的杰作提供帮助，上帝决定和人类一起居住。

和其他动物相比，人类真是太幸运了。上帝随时给世界上最聪明的动物庇护，教会他们如何使用工具，告诉他们如何种植庄稼、如何获得猎物，同时上帝还经常出面解决人类之间发生的各种矛盾。人与人之间没有仇恨、厮杀，因为当遇到不能解决的矛盾时，人们总是来到上帝面前，请求上帝调节。当然，上帝也总会找到最公平、最妥善的解决方法。

人们从收获的食物中挑选出最好的贡奉给上帝，从最清澈的泉水中舀出水来供上帝饮用。夏天的时候，人们会让出最凉快的地方给上帝乘凉，冬天的时候人们则会纷纷从家里拿来木柴给上帝取暖。总之，人与神之间相处得极为融洽。

随着时间的推移，上帝也逐渐地衰老了。虽然他的头脑里依然拥有着和以前一样的智慧，但是他再也不能像以前那样耕作劳动了。渐渐的，人们开始对上帝冷漠起来。先是供奉的食物和水越来越少，接着是取暖的木柴越来越少，到了最后居然都没人愿意搭理这个老头了。

一年冬天，鹅毛大雪从天而降，所有的河流都结成了厚实的冰层。由于没有木柴取暖，上帝被冻得浑身发抖。他只好走出家门，到人类那里寻找温暖。

在山脚下，上帝听到从一座小屋子里传来了人的欢笑声。于是，他隔着窗子往里看，里面有一群人正围在一起烤火，而且从火上还传来阵阵烤木薯的香气。

上帝掸了掸身上的雪，来到门前，很有礼貌地敲了几下门。屋子里静了下来，不一会儿门开了，一个年轻人冷冷地问道："有什么事吗？有事就快说，你这个糟老头！"

上帝听到有人居然叫他"糟老头"，心里十分生气，不过转念一想，也许这个年轻人不认识他。于是,上帝依然和气地说:"亲爱的年轻人,你怎么可以这样说话呢?难道你家没有老人吗?更何况是我呢?难道你不认识我吗?小伙子!我是你们的主人,世界的创造者上帝啊!你看外面那么冷,你应该让我进去烤一下火,然后再让我吃点东西!"

这时,屋子里传来一个妇女的声音:"是什么人在门口大喊大叫?赶快把他打发走!"那个年轻人回答说:"是个糟老头,他说想要进屋烤烤火,还想吃点东西!更加可笑的是他居然说自己是上帝!"

那个妇女听到年轻人的话后,手里拿着捣木薯的木杵走到上帝的面前,问道:"你说你是上帝?"上帝点了点头,说:"是的!"妇女听完后不但没有把他让进屋子里,反而拿起木杵照着上帝的眼睛打了一下,嘴里骂道:"你这个臭乞丐,装什么上帝,上帝会是你这么一副糟老头子样?就算是上帝又怎么样?他现在已经老了,我们根本就不需要他了!"

受到侮辱的上帝愤怒极了,他觉得人间再也不是以前的那个充满温暖的人间了,于是,上帝回到了天上。

没有了上帝的看管,那些贪婪的、狠心的、拥有特权的酋长们肆意妄为,拼命地为自己聚敛财物。人间再也没有什么正义可言,邪恶的势力一天天增长,任何人只要拥有权力和金钱,那么他就可以为所欲为。如此一来,那些善良的人们受尽了苦难,渐渐地怀念起上帝存在的日子。

虽然在人间受到了莫大的屈辱,可是当上帝看到人间乱成一团糟时,心里依然放不下。上帝决定再帮助人类一次。可是当初自己一气之下离开了人间,如果再回去的话,岂不是太没有尊严了。上帝走出房间,施展无穷的力量,转眼间一条连接天空和大地的大桥就出现了。上帝告诉人们,如果谁有什么冤屈,谁有什么困难或是谁有什么事情需要帮助,都可以顺着大桥来到上天寻求帮助。

有一天,三个女人和一个男人来到了上帝面前,请他评理。上帝说:"你们有什么事尽管说吧!我会给你们最公正的答复的!"三个女人一起说道:"上帝啊!这个可恶的男人是我们的丈夫!他已有三个妻子了!您说我们长得很难看吗?这个贪得无厌的家伙还要娶第四个妻子!"男人马上辩解道:"冤枉啊!我没有,我根本没动那个心思。"

上帝觉得这件事其实也不是很难处理,只要问清楚是怎么回事,一切问题就迎刃而解了。可是还没等上帝发问,这四个人就叽叽喳喳地吵了起来,不管上帝怎么劝说,就是没人听他的。上帝的自尊心再一次受到伤害,他觉得人类根本就没有把他放在眼里。上帝终于发火了,轰隆隆的声音从他的嘴巴里传了出来。这种声音不仅震动天空,而且还响彻大地,所有生物都被这巨大的声音吓得发抖。

上帝怒吼道:"滚回去吧!可恶的人类!你们太令我失望了!从今以后,你们再也不能到天界来了!"说完,那座连接天地的大桥就消失了!

从此之后,人们再也无法去天界见上帝了。当人们遇到苦难时,或是需要帮助时，只有站在地上默默祈祷。当上帝听到人们祈祷时，知道有一些人又在作恶，这时他就会发火，他一发火我们就能听见那轰隆隆的声音，人们管那种声音叫雷声。

天空的眼睛

寂静的夜空，星星一闪一闪地发出光亮，为夜行的人指明方向。它们都是天空的眼睛，注视着人间所发生的一切。天空的眼睛是最公正的，它们一视同仁地对待所有人，所有善良的人都会得到它们的庇护和帮助。每当它们发现有善良的人正在遭受苦难的时候，就会亲自到人间去布施恩惠，帮助善良的人摆脱苦难。

穆波泰是个善良的孩子，可是此时他却正在遭遇着不幸。他的父亲不幸死去了，他的母亲被他的叔叔强行带走，只留下孤苦无依的他。小穆波泰没有地方睡觉，没有东西生火做饭，村里的人都看不起他，没有人愿意帮助他，就连其他小孩也都远离他，生怕他会抢走他们的食物。他实在是太饿了，就在他想去偷一点点食物的时候，却被人捉了个正着。人们大声呵斥他，用棍棒打他，甚至骂他尼亚玛。在当地语言中，尼亚玛就是畜牲的意思。坚强的小穆波泰再也忍受不住了，他逃到森林中放声大哭，大声呼喊自己不是尼亚玛。

当夜幕降临的时候，天空又睁开了它的眼睛，它看到了穆波泰所遭遇的不幸，所以决定派使者前来帮助穆波泰。又累又饿的穆波泰很快就睡着了，当他醒来的时候，发现身边有一块闪闪发光的鹅卵石，就像天上的星星一样。他高兴地拾起地上的鹅卵石，就在他起身的同时，发现面前站着一个与自己非常相似的小男孩。穆波泰好奇地问："你是谁？为什么会在这里呢？"小男孩回答说："我叫梅佐，我的父亲死了，母亲被人带走了，没有人和我一起玩，所以我就一个人跑到森林里来了。"相同的经历让两个小男孩惺惺相惜，他们很快就成了无所不谈的好朋友。

自从认识了梅佐以后，穆波泰觉得自己的生活又重新幸福起来。他们每天一起出去打猎，一起去采摘野果，一起烹烤食物，一起吃饭睡觉，几乎形影不离。日子一天天过去了，两个孩子也渐渐长大了。他们都长成了英俊伟岸的青年。随着年龄的增长，他们的力气也越来越大，打的猎物自然就越来越多，因此他们的生活也一天比一天好过。村里人见他们眼中的"尼亚玛"如今过得红红火火，都很气不过。他们觉得是梅佐给穆波泰带来了好运，所以他们决定赶走梅佐。

一天清晨，当穆波泰像往常一样睁开双眼的时候，却再也找不到他的好朋友梅佐了。他寻遍了森林中的每一个角落，但却始终不见梅佐的身影。梅佐不见了，穆波泰如同丢了魂儿一样。他到村中问村里的人是否知道梅佐的下落，得到的答案当然都是否定的。从村中人的幸灾乐祸中，穆波泰知道梅佐的失踪肯定和村里的人有关。可即使真是那样，他又能有什么办法呢？他只能祈求梅佐平安无事，祈求他还能再见到梅佐。

中外神话故事

·非洲其他神话·

图文珍藏版

没有了梅佐,生活也就没有了乐趣,穆波泰无时无刻不在思念着梅佐。这一天,他拿出了梅佐送给他的鹅卵石,想对它说说心里话。可没想到的是,手中的鹅卵石忽然滑落在地,变成了一团火焰。火焰中传出了声音:"善良的孩子,我可以满足你一个愿望,你希望得到什么呢?"穆波泰连忙拭去眼泪,对着火焰说:"我想马上见到我的朋友梅佐。"火焰中传来回音:"这恐怕不行,因为梅佐现在还不能回来,你再提一个其他的愿望吧!"穆波泰又说:"那我希望自己充满力量。"这次火焰满足了他的愿望。随后,火焰又化为了鹅卵石,穆波泰将它小心地收好。同时,他也觉得自己的全身热血沸腾,充满了力量。

得到力量的穆波泰再次回到了村里,村里人照样对他冷嘲热讽,没有人把他放在眼里。忽然,有人大声喊:"村长被狮子咬死了!"一时间,村里人全都向村长家中涌去,穆波泰也跟着到了村长家中。只见村长浑身是血,面部已看不清轮廓,四肢也已经残缺不全。村中的老人号召大家杀死狮子为村长报仇,可是却没有人敢站出来。狮子毕竟是十分凶猛的动物,谁都不想白白去送死。这时,穆波泰站了出来,称自己可以杀死狮子为村长报仇。村民们又是一阵嘲笑,穆波泰知道多说无益,他要以实际行动证明自己的力量。

当穆波泰扛着狮子的尸首回到村中的时候,村里的人都看傻了眼,他们简直不敢相信自己所看到的一切。可事实摆在眼前,人们又不能不信。穆波泰终于以自己的实际行动赢得了村里人的尊敬,他终于可以扬眉吐气了。此时,他又想到了自己的母亲和好友梅佐,如果他们能与自己分享这些荣誉该有多好啊!可是他们现在在哪里呢?想到这儿,穆波泰又有些伤心。不过他的生活已经发生了翻天覆地的变化,以前是他巴结村里人,现在则是村里人争着巴结他。因为他可以捕获很多猎物,可以换取大量的钱财,他富有了。

村里的女子都争着嫁给穆波泰做妻子,即使做不成他的妻子,也要做他的丫鬟。就这样,穆波泰有了很多妻子和丫鬟。不过村里有两个老姑娘,却既没有做成穆波泰的妻子,也没有做成他的丫鬟。对此,两个老姑娘怀恨在心,决定采取办法报复穆波泰。她们找到了巫师,请巫师帮助她们想办法。巫师告诉她们,穆波泰之所以拥有无穷的力量,那是因为他身上有一块宝石,只要偷走这块宝石,他就会失去力量。两个老姑娘决定找村长的女儿基托科帮助她们实行计划,因为基托科是穆波泰的妻子,很容易得手,而且基托科也并不爱穆波泰。穆波泰对基托科毫无防备,因此基托科很容易就得手了。

穆波泰并不知道自己的宝石已经被盗,仍然像往常一样到森林中狩猎。可这次他却没能像往常一样满载而归,而是由仆人们抬了回来。他的腿瘸了,变成了一个跛子。他希望用宝石治好他的腿伤,可是宝石却不再听他的话。失去力量的穆波泰再次遭受了村民们的嘲笑,就连他的妻子和丫鬟们也纷纷离他而去,对他冷嘲热讽。他再次回到了森林之中,也许只有那里才能带给他平静与安宁。

濒临绝望的穆波泰怎么也没有想到,自己竟然会在这个时候看到梅佐。久别

图文珍藏版

重逢的两位挚友紧紧相拥，互相倾诉着对彼此的思念之情。原来，梅佐确实是被村长等人设计带走，并被卖到了一个很远的地方。因为那里的人也很需要帮助，所以梅佐才在那里停留了一段时间。当他回来之后，知道了穆波泰所遭遇的不幸，就向基托科要回了宝石，来到森林中找穆波泰，并用宝石治好了穆波泰的腿伤。此时的穆波泰还不知道自己手中的宝石已经被基托科调了包，当他得知事情的真相后，竟扬言说要挖去基托科的双眼，以此来惩罚她的罪恶。此语一出，穆波泰马上又觉得疼痛难忍。

梅佐告诉穆波泰，宝石只会帮助善良的人，只有保持一颗善良的心，才配得到宝石永久的保护。穆波泰马上意识到了自己的失言，基托科虽然有错在先，但自己也不应该以恶报恶。想到这儿，他觉得腿上的疼痛感忽然消失了，他又重新恢复了健康。梅佐也向穆波泰表明了自己的身份："我的朋友，我想你可能已经猜到了，我并不是一般的凡人，而是天上的星星，是天空的眼睛，是下凡来帮助你摆脱困难的。现在我的任务已经完成了，我也该回去了。这块宝石就送给你，只要你保持善良的心，它就会保佑你一生幸福。"说完，梅佐就消失不见了。

穆波泰谨记梅佐的话，一直都保持善良的心，所以他的一生都很幸福。不过他还是会想念梅佐，尽管他知道梅佐并不是真正的梅佐。每当他想念梅佐的时候，都会抬起头来看看星空，因为那里面一定有一颗是梅佐。

金杜和南比

很久很久以前，在乌干达大地上，只有金杜一个人。金杜有一头牛，一直与他相伴。此外，由于金杜心地善良，爱护动物，其他的小动物也常常来跟他做伴。一次，金杜救了一只被风雨拍打过的蜜蜂。蜜蜂十分感激金杜，就对金杜说："善良的人啊！你今天救了我的命，以后你如果遇到什么困难，我也一定会赶来帮助你的。"金杜憨厚地对蜜蜂笑了笑，对蜜蜂的话并未在意，因为他根本就是不求回报的。

一天清晨，金杜醒来的时候忽然发现自己的牛不见了，这下可急坏了金杜。他到处寻找，却始终找不到牛的踪影。本来他一个人就够孤单了，难倒现在连他唯一的牛也要失去了吗？金杜想着想着，忍不住伤心地哭了起来。碰巧经过的蜜蜂看到伤心的金杜，忙问他发生了什么事。金杜就把牛失踪的事告诉了蜜蜂。蜜蜂说："别着急，我知道你的牛去了哪里。它被月亮山上一个神汉家的牛倌偷走了。"金杜忙问蜜蜂："那我该怎么办呢？"蜜蜂说："你公然去向神汉要牛，他是断然不会交给你的。这样吧，我陪你一起去，到时候你一切按我说的办就行了。"

金杜与蜜蜂来到了月亮山，在花园中，金杜见到了神汉。神汉问金杜："你来这里做什么？"金杜说："我只有一头牛与我为伴，失去它我痛不欲生，现在您的牛倌偷走了我的牛，所以我到这里来找您。"神汉心想，这个凡人怎么可能知道是我的牛倌

世界经典文库

中外神话故事

·非洲其他神话·

图文珍藏版

偷走了他的牛呢？难倒他另有什么神通吗？想到这里，神汉决定考验考验金杜。他让仆人先带金杜下去休息，牛的事过两天再说。

金杜被带到了一个房间休息。没过多久，神汉就派人送来了一万篮食物，说是为金杜准备的晚餐。金杜一看傻了眼，这一万篮的食物，自己要吃到何年何月呢？这时，蜜蜂飞来对他说："你只管吃你自己的就行了，剩下的我让蚂蚁来帮忙。"金杜只吃了一篮食物，其他的则都被蚂蚁们解决掉了。等到神汉让仆人来收拾篮子的时候，发现所有的篮子都空了，不由得大惊，忙向神汉禀告。神汉更加确定此人绝非一般的凡夫俗子，但他还不死心，还想再考验考验金杜。

接下来，神汉又给金杜出了几个难题，可是在蜜蜂的帮助下，都被金杜一一化解了。神汉再也不敢小看金杜了，忙叫牛倌牵来了牛，让金杜将牛带走。不过牛倌牵来的并不是一头牛，而是上万头牛，究竟哪一头才是金杜的呢？金杜走向牛群，这时他看到蜜蜂落在了一头牛的牛头上，金杜果断地牵起了那头牛，高高兴兴地回到了乌干达。

金杜的生活很简单，每天除了放牛，他几乎无事可做。这一天，他仍然像往常一样带着牛到田地里吃草。忽然，他看到一位如天仙般的姑娘出现在他的面前。金杜几乎不敢相信自己的眼睛，他忙走上前去，又仔细看了看。姑娘看着他笑了笑，金杜也笑了笑，他觉得自己从来都没有这样高兴过。与姑娘的相处非常愉快，可是到了晚上，姑娘就消失不见了，此时的金杜觉得更加寂寞了，他第一次感受到了与人相伴的美好。

姑娘去了哪里呢？原来，姑娘是天上的仙女，名叫南比。她是古鲁国王最宠爱的女儿，经常到人间玩耍。当她来到乌干达大地的时候，发现了孤单的金杜，就陪他做了一天的伴。虽然与金杜在一起让她感到很愉快，但她不能耽误回天国的时候，否则是会受到父亲的责备的。所以，当夜幕降临之时，她匆匆告别了金杜，只留下金杜一个人黯然神伤。可是回到天上的南比也非常想念金杜，当他看到金杜因为自己的离开而伤心不已时，就暗暗做了一个决定。

这天，南比找到父亲，将自己与金杜的事告诉了父亲，并说自己希望到人间去永远陪伴金杜。父亲当然舍不得，可无奈女儿性格倔强，在她的一再坚持下，父亲也只好答应了。不过临行前，父亲嘱咐女儿要小心她的哥哥瓦隆贝，千万别让瓦隆贝知道她去了人间，否则她就永无宁日了。南比的哥哥瓦隆贝被称为死神，他走到哪里，哪里就会失去安宁。南比对这个哥哥也很忌讳，但这丝毫不能阻拦她下凡的决心。在准备好一切后，她就来到人间，与金杜过起了幸福的生活。

南比教金杜种植各种作物，饲养各种家禽，两个人生活得非常幸福。可是好景不长，瓦隆贝在得知妹妹下凡的消息后，就决定到人间探望妹妹。南比最不欢迎的人还是来了，她知道哥哥定然会毁了自己的幸福，所以就同金杜商量，想办法摆脱他。起初，他们对瓦隆贝好言相劝，可瓦隆贝根本听不进去。后来，金杜许诺把自己的第一个孩子送给他，瓦隆贝才满意地离开了。

又过了好多年，金杜和南比已经有了很多子女，但他们却早已忘了曾经对瓦隆贝许下的诺言。瓦隆贝非常生气，认为金杜和南比根本就不把他放在眼里，于是他又重回人间，时而带走一个老人，时而带走一个孩子，搅得人间不得安宁。不过金杜和南比已经子孙满堂，乌干达民族繁衍的步伐已经无法阻挡了。至于瓦隆贝的恶作剧，则像是一个跳梁小丑的自娱自乐，根本不被其他人放在眼里。

蛇神

在一个小村子里，生活着樵夫一家。夫妇俩勤劳朴实，但他们的一双儿女却性格各异。儿子性情粗暴，野蛮自私；女儿则温婉可人，美丽善良。因为夫妇俩都很能干，再加上又能勤俭持家，一家人生活得很富足，更是从未让儿女受过委屈。可是时间不饶人，夫妇俩都老了。一天，樵夫出门砍柴回来后就卧病不起，家人都知道他将不久于人世了。

想到自己的一双儿女，樵夫很是放心不下。他将儿女叫到身边，对他们说："孩子们，父亲就要离开你们了。这是天意，你们无须伤心。我们家虽不是大富大贵之家，却也有一些家底。现在，我要各留给你们一笔财富，你们或者可以得到我的财产，或者可以得到我的祝福，两者中你们只能选择一样。"儿子连忙说："我愿得到您的财产。"樵夫又看了看女儿，女儿哭着说："我宁愿得到您的祝福。"樵夫祝福了女儿，就永远地闭上了眼睛。他的妻子也很快随他而去。转眼间，兄妹俩就成了两个无依无靠的孤儿。

料理完父母的后事，哥哥就急着跟妹妹分家了。他带人搬走了家中所有的东西，什么都没给妹妹留。邻居们有些看不过去了，都说哥哥太不近人情，这样做分明是不给妹妹活路。哥哥怕惹起众怒，就象征性地给妹妹留了一个小罐、一个臼和一个杵，然后便头也不回地扬长而去。村民们都很可怜女孩，就常向女孩借臼和杵使用，以便送给他一些食物作为报答。虽然有村民们的帮助，但大家毕竟都不富裕，也都帮不了太多，因此女孩的生活仍然很艰苦，只是勉强维持生存。

女孩觉得如果再这样下去，自己肯定活不了多久，她必须想到更好的谋生之路。她在屋中仔细翻找，看看哥哥有没有忘了带走什么，可除了一粒南瓜种子，她别无所获。有一粒种子总比什么都没有强，她将种子种在了院子里，只祈求自己能活到南瓜成熟的那一天。

贪婪的哥哥对妹妹的处境非但一点儿都不同情，反倒还变本加厉地剥削妹妹。当他听说妹妹靠出借臼和杵换取食物时，就让人带走了小罐、臼和杵，只剩下一间空房子给妹妹。女孩彻底绝望了，恐怕自己撑不到南瓜发芽，就已经饿死了。不过当她第二天清晨醒来的时候，奇迹却出现了。院里的瓜藤结满了南瓜，又大又绿的南瓜着实惹人喜爱。女孩高兴极了，她带了南瓜到集市上去卖，换了很多钱回来。

接下来的每一天,女孩都能收获很多南瓜,而她的南瓜也因此出了名,很多人专门来买她的南瓜。女孩终于又看到了生活的希望。

就在女孩觉得美好的生活即将来临的时候,她的哥哥得到了消息。他无法忍受妹妹生活得比自己好,因为她主动放弃了财产,就应该一无所有。他再次来到了妹妹家中,要用刀割掉南瓜秧。女孩急了,她用双手牢牢地抓住瓜秧,誓死也要保住它。她万万没想到的是,她那丧心病狂的哥哥竟然用刀挥向了她的右手。瓜秧连同女孩的右手双双落在了地上,女孩吓得顿时昏了过去。好心的邻居救了女孩,保住了她的性命。

死里逃生的女孩忽然明白了很多事,如果自己不离开这里,就不可能有好日子过。她拜别了乡亲们,独自一个人向森林走去。她不知道何处才是她栖身的场所,只要是哥哥能找到的地方,就都是不安全的。她努力爬到了一棵大树上,心想那里应该是哥哥找不到的地方。她宁愿在这里安静地死去,也不愿再受哥哥的折磨。可是想到自己的遭遇,她又忍不住落泪,泪水透过树叶掉了下来。

女孩的泪水落在恰好在树下休息的王子脸上。王子忙问仆人是不是下雨了,仆人说并没有下雨。王子好奇地抬头向上看,"雨水"还在一滴一滴地掉落,而且似乎只从一个地方掉下来,这是怎么回事呢?他决定爬到树上看个究竟。当王子看到女孩时,顿时喜欢上了这个美丽而又善良的女孩。王子问女孩为何在此哭泣,女孩就将自己的悲惨遭遇说给了王子听。王子发誓要保护女孩,他决定带女孩回家,并娶她为妻。王子的出现带给女孩极大的安全感,此时的她也确实无处可去,便同王子一同回到了王宫。

沐浴更衣之后,女孩变得更加美丽了。国王和王后见了女孩,也都非常喜欢她,于是很快答应了他们的婚事。国王和王后为他们举办了一场盛大的婚礼,在众人的祝福下,女孩和王子走进了结婚的殿堂。此后,王国中的所有人都知道王子娶了一个没有右手的美丽新娘。婚后,两位新人生活得非常幸福,并很快有了他们的孩子。可就在王子出去远征的时候,不幸却又一次降临在了女孩身上。

原来,女孩的哥哥败光了所有的家产后,便来到了女孩所在的王国。当他听说妹妹已经当上王妃后,觉得自己再一次发家的机会来了。他找到国王和王后,向他们痛诉女孩的"劣迹"。他污蔑女孩是一个凶狠的女巫,已经害死了自己的六个丈夫,失去右手就是对他的惩罚。他还恐吓国王和王后,说如果不尽快杀掉这个女巫,他们的儿子就会有危险。王后担心儿子的安危,就催促国王快做决断。国王不忍心杀害女孩,就命人将女孩赶出王国。

女孩再一次失去了一切,不过这次她有孩子在身边陪她,她随身携带的也只有一个喂孩子的小饭罐。女孩又来到了森林中,她想不到其他的去处,丈夫不在,没有人可以保护她。当她坐在草地上休息的时候,忽然看到一条蛇向她扑来。女孩非常害怕,紧紧地抱住孩子。这时,蛇开口说话了:"姑娘,救救我吧!让我钻进你的罐子里躲避一下,我会报答你的。"女孩胆怯地将饭罐放平,让蛇钻了进来。不一会儿，又一条蛇钻了出来，问女孩："你看到一条蛇了吗?"女孩用手指了指另一个方向，蛇便匆匆地追去了。

罐中的蛇得救后一定要报答女孩，它让女孩随它到它的国家去，它的父母一定会好好地报答她。女孩见蛇一脸诚意，自己又无处可去，就同蛇一起出发了。路上，女孩在洗澡的时候不慎弄丢了孩子，急得她团团转，忙向蛇求救。蛇告诉她用两只手一起捞，女孩照做了，结果不止找到了孩子，而且她的右手又重新长了出来。女孩对蛇十分感激，对蛇更加信任了。

走了很久，女孩终于来到了蛇的国家。在那里，她所见到的都是亲切和友善，一点也没觉得害怕。原来，她所救的蛇是这里的王子，它的父母就是国王和王后。国王和王后果然对女孩十分客气，把她们母子照顾得十分周到。尽管在这里生活得很愉快，但女孩还是决定离开，因为她放不下她的丈夫。蛇王子告诉女孩，当她离开时，国王和王后一定会送给她很多礼物，但她什么都别要，只要国王的戒指和王后的首饰盒就行了。女孩照做了。原来，国王的戒指可以给她所有食物，而王后的首饰盒则可以给她衣物和房屋。有了这两样东西，女孩就不愁回不到丈夫所在的王国了。

王子回国以后，听说妻子和孩子都死了，伤心得恨不得随她们而去。他把自己关在屋子里，整日目睹妻子的旧物，思念妻子和孩子。一天，他忽然看到窗外有一座漂亮的大房子，这在他出门前还是没有的，怎么会忽然出现呢? 他叫来了仆人，问这房子的主人是谁。仆人说是一个带着孩子的美丽女人。王子忽然饶有兴趣地要到房子里去看一看，这让国王和王后都很高兴。

在那座房子里，王子见到了他日思夜想的妻子和孩子。他紧紧地抱住妻子，生怕妻子会再次离他而去。女孩将一切都告诉了王子，王子决定惩罚她的哥哥，命人将其赶出了王国。他带着女孩回到了王宫，国王和王后也重新接纳了女孩。王子下令国内所有人都不准捕杀蛇，不准吃蛇肉，以报答蛇神让妻子平安回到自己身边。此后，王子和女孩一直都幸福地生活在一起，再也没有分开过。

大力士

从前有个男人，自认为力气很大，总是一副不可一世的样子，把谁都不放在眼里。他的妻子谢图常常给他泼冷水，说他虽然身体强壮，但却离真正的大力士还有很大的差距。这些话让男人很不舒服，心想自己从未碰到过比自己力气更大的人，怎么能说自己不是大力士呢? 如果真的存在比自己力气更大的人，那他倒是很愿意与其较量一番。

日子就这样看似平静地过着。一天，谢图拿着葫芦到较远的水井打水。因为附近的水井存水量都比较小，所以她决定带一个大葫芦，到较远的水井多打些水回来。到了井边,谢图惊喜地发现,这口水井的存水非常多,别说装她这一个葫芦,就是一百个也不成问题。她高兴地将水桶投入水井里,可当她试图将水桶拉上来的时候,却怎么也拉不上来。任凭她使出浑身的力气,水桶也仍然丝毫未动。谢图没有办法了,只得坐在水井边叹气。她并不知道,这是一口魔井,没有巨大的力量是奈何不了它的。

没有打到水,谢图垂头丧气地走在回家的路上。没走多远,忽然看到一个女人背着一个孩子正朝水井的方向走来。两个女人见了面互相问候了对方。女人好奇地问谢图:"你的葫芦怎么是空的?难倒前面的水井里已经没有水了吗?"谢图伤心地说:"水井里是有水,但是却打不上水来。我试了半天都没拉动水桶,我劝你也别去了,估计你的力气也比我大不了多少。依我看,至少也得十个男人,才能将水桶拉上来。"女人笑了笑,对谢图说:"怎么会呢?我每天都来这儿打水。你跟我来吧!我一定能让你打到水。"谢图心想,这个女人难倒有更好的办法。她想了想,跟着女人又回到了井边。

到了井边,谢图用手指了指水井,对女人说:"我已经把桶投下去了,但却怎么也拉不上来。你有什么好办法能拉动它吗?"女人没有说话,只是放下背上的孩子,指了指浸在水中的桶绳,让孩子将它拽上来。谢图几乎不敢相信自己的耳朵,连大人都拽不动,一个小孩子又怎么可能拽动呢?但接下来发生的一切让谢图更加目瞪口呆。只见小男孩伸出小手,拉着桶绳,很轻易地就将水桶拽了上来。女人让小男孩帮谢图也装满水,之后她们就一起往回走。

走到要分别的地方,谢图忍不住问女人住在哪里,她的丈夫叫什么名字。女人告诉她自己住在山那边的村庄,自己的丈夫名叫大力士。说完,两个女人就各自回家了。如果不是亲眼所见,谢图绝对不敢相信一个小男孩的力气竟然有那么大。如果没有见到这个小男孩的力气,她也一定会认为那个叫作大力士的男人在自我吹嘘。现在,她丝毫不怀疑那个大力士的力量,她相信那个大力士才是真正的大力士,是名副其实的,与自己的丈夫完全不同。

晚上,谢图将自己白天的遭遇告诉了丈夫。男人不屑地说:"竟然还敢有人自称大力士,我不相信他会比我的力量还大,明天我一定要找到那个大力士较量一番。"谢图劝丈夫说:"你还是不要去了,那个大力士一定比你的力气大,看他的孩子力气有多大就知道了。"男人还是不服气,非要谢图带他去找那个大力士。第二天一大早,男人就催着谢图快快出发,他要马上见到那个大力士。

谢图没有办法,只好将丈夫带到了魔井,希望他能醒悟。男人信心满满地去拉桶绳,结果累得满头大汗也未能将水桶抬高半寸。他累得瘫坐在地上,大口大口地喘着粗气。这时,女人和小男孩又出现了。小男孩又表演了昨天的一幕,这下男人彻底被吓坏了,也开始打起了退堂鼓。只是他不知道该如何下这个台阶,正在犹豫时,只听谢图说:"这下你服气了吧!连孩子都比不过,你还要和孩子的父亲较量吗?"谢图的话让男人觉得自己如果此时退缩就很没面子,于是硬着头皮非要和女人回家去会会孩子的父亲。无论谢图和女人怎样劝说,男人还是坚持要去。见劝不动丈夫,谢图只得拜托女人保住丈夫的性命,让他们夫妻还能团聚。女人说自己会尽力。

男人跟着女人回了家,到家后,女人让男人躲在仓库里,并嘱咐他千万不要出声,更不要走出仓库。男人虽然心里也很害怕,但嘴上还是逞强说:"我不怕,也不需要躲起来。"女人说:"你要知道,我的丈夫一顿就可以吃掉一头大象,如果你不想成为他的晚餐的话,就乖乖地躲起来。"男人这下真的害怕了,连忙按照女人说的躲在仓库里,连大气都不敢出。

傍晚时分,女人的丈夫大力士回来了。远远的,男人就感到有如龙卷风一般的声音正在慢慢逼近,就连地面也跟着摇晃起来。没过一会儿,大力士进了院子,他又扛回了一头大象。女人连忙出来迎接,笑着对丈夫说:"累了吧!你先休息一下,我这就去为你准备晚餐。"看着大力士吃大象的样子,男人吓得直尿裤子。饭后,大力士忽然觉得有人的气味,就对妻子说:"我觉得附近有人的气味,我去把他抓来当零食。"女人连忙说:"哪有什么人的气味,那是我的气味,快回去睡觉吧!"在女人的哄骗下,大力士被拉回了屋中。

男人在仓库中一直躲藏着,不敢动也不敢出声。深夜,女人出来对男人说:"你快些逃命去吧!要是一会儿我丈夫醒了过来,你就逃不掉了,到时连我也救不了你了。"男人听了,撒腿就跑。他一直跑啊跑啊,跑了很远,以为自己已经脱离了危险,可没想到还是被大力士发现了。他感到身后有一阵狂风正在向他袭来,他顾不上劳累,赶紧又继续向前跑。最后,他实在跑不动了,就请求正在田里干活的农夫救救他。农夫们心想他们有十几个人,难倒害怕一个人吗?就算他力气再大,也不可能大过他们十几个人的力气吧!所以,他们答应保护男人。可当狂风袭来的时候,他们知道就算再多的人也不是大力士的对手,于是就劝男人再找其他地方避难。

男人虽然已经精疲力竭,可他还是必须要向前跑。跑着跑着,他忽然见到前方坐着一个巨人。男人心想,这下完了,前是狼后是虎,自己这次真的无路可走了。巨人见男人如此狼狈,就问他发生了什么事。男人说:"有一个力大无比的大力士正在追赶我,求您救救我!"巨人一听大力士,很是不满,难倒他比自己的力量还大吗?于是让男人尽管留下,自己一定会保护他的。男人终于可以喘口气了。大力士和巨人从地上打到天上,不知道打了多少回合,却一直也没有分出胜负。而男人则趁机跑回了家。此后,男人再也不敢狂妄自大了。至于巨人和大力士,据说他们后来就一直在天上搏斗。打累了就停下来歇一会,然后又接着打。人们说,每当雷声响起时,就是巨人与大力士又在打架了。

金图和纳姆比

干达王朝的第一代祖先金图本是天上的天神,后来因为不满于整日在天上无所事事的生活而来到了人间。虽然天上安逸的生活是很多人梦寐以求的,但金图却认为每日重复这样的生活很没有意义。与其这样,倒不如到人间去开辟一片新的天地,用自己的双手开创另一个世界。这样的想法在金图脑中形成以后,他便决定立即着手去办。

金图知道,仅仅靠他自己的力量是不足以在人间有所作为的。他需要一个得力的助手,一个勤劳贤惠的妻子。究竟哪位女子才是最合适的呢?想来想去,金图将目标锁定在了众神之王古卢的女儿纳姆比身上。他找到古卢,向古卢说明了自己的来意,希望得到古卢的支持与成全。古卢很欣赏金图的志向和勇气,但此事涉及女儿的婚姻大事,所以他不能草率了事。他对金图说:"我这里有三种考验,如果你能顺利通过,那就可以娶我的女儿。如果通不过,那就一切免谈了。"金图欣然答应。

古卢为金图设计的第一道考验是让他吃下一百个人的食物,其中包括一头牛、一头猪、一百斤玉米、一百斤甘薯和一百斤香蕉。金图将一百斤玉米分给了牛,将一百斤甘薯分给了猪,又将一百斤香蕉一分为二,各分为牛和猪五十斤。接着,他将牛和猪宰杀并制成肉干,自己则只吃最后的肉干,这是他完全可以吃掉的。所以,金图顺利地通过了第一道考验。

古卢为金图设计的第二道考验是让他用拳头大的金斧劈开高得望不见顶的山崖。金图接过金斧,觉得这几乎是不可能的。不过他也知道古卢绝非有意刁难他,不可能办到的事古卢是不会拿来考验他的,只是其中有什么玄机呢?山崖是不可能有所变化的,那么玄机就应该在斧头上。他拿起金斧仔细端详,试图找到它的特别之处。果然,他发现在金斧的一面,镶嵌着一颗宝石;在另一面,则镶嵌着一粒玉米。在金斧上镶嵌宝石并不奇怪,可在斧头上镶嵌玉米可就有些让人匪夷所思了。因此,他判断玄机一定在斧头上的玉米上。他将玉米粒往下一掀,金斧就开始迅速地生长,到长得差不多的时候,他又将手放开,金斧随即停止了生长。他拿起这把大金斧,向着山崖猛的一劈,山崖就被劈成了两半。金图又通过了第二道考验。

现在只剩下第三道考验了。古卢为金图设计的第三道考验是让金图在一夜之间收集一瓦罐的露珠。要知道,每晚降临的露珠总量也只有一瓦罐,而这一瓦罐的露珠要平均分配到每一处,这让金图如何收集呢?唯一的办法就是在露珠尚未分配就拿到它,而要拿到尚未分配的露珠,就只有找空气之神帮忙了。因为分配露珠是空气之神的职责,他每天都要在夜晚来临之时将露珠分配出去。金图找到空气之神,说要与其共享美酒。当金图打开酒盖的时候,酒香四溢。空气之神耐不住酒性,与金图一杯接一杯地喝了起来,结果喝得酩酊大醉,直到晚上都没有醒过来。就这样,金图又顺利通过了第三道考验。

三道考验均已通过,古卢终于可以放心地把女儿交给金图。在为他们举行过隆重的婚礼以后,古卢就嘱咐他们早些离开天庭。他当然也舍不得女儿,可是他怕纳姆比的弟弟瓦卢姆比知道姐姐下了凡也跟着去。瓦卢姆比是死神,如果他也跟到人间,就会将死亡带到人间,那会给女儿和女婿制造很大的麻烦。纳姆比知道父亲的良苦用心,依依不舍地拜别了父亲,带着牛羊、甘薯、香蕉和玉米等作物跟着金图一起来到了凡间。

金图和纳姆比在人间种植作物、饲养家畜,很快就获得了大丰收。他们吃着自己种的作物,感觉无比美味。两个人在人间快乐地生活着,体验到了在天上从未体会到的快乐。可是没过多久,纳姆比的弟弟瓦卢姆比就知道姐姐下了凡。虽然父亲明令禁止他下凡,但他哪肯听父亲的。天上根本没有死亡,他这个死神也就形同虚设,他早就已经厌倦了。他决定偷偷溜下来找姐姐。

纳姆比见到瓦卢姆比,很是惊讶。她当然不希望弟弟留在人间,就与金图竭力劝说弟弟回到天上去。可是瓦卢姆比苦苦哀求着姐姐,那可怜的样子又让纳姆比有些不忍拒绝。最后,她终于同意瓦卢姆比留下来,金图虽然不太同意,但也不好反对。起初,瓦卢姆比还很听话,每天帮着金图放羊。后来,金图和纳姆比有了很多孩子,瓦卢姆比又帮助他们照顾孩子。可是时间一长,瓦卢姆比就开始讨厌这些孩子了。尤其当孩子们总是围着他哭个不停时,他恨不得马上用手掐死他们。

一天,瓦卢姆比不小心摔伤了金图和纳姆比最喜欢的一个孩子。纳姆比因此责怪了瓦卢姆比几句,这让瓦卢姆比十分生气,他声称要让这些孩子一个个死去。说完,瓦卢姆比就消失不见了。果然,瓦卢姆比兑现了他的诅咒。金图和纳姆比的孩子开始一个个患病、死去。金图和纳姆比伤心不已,可却拿瓦卢姆比毫无办法。古卢知道了这件事,忙派人下凡去捉拿瓦卢姆比。

古卢派来的天神告诉金图和纳姆比带领孩子们躲在屋子里,无论发生什么都千万别出声,直到他捉住瓦卢姆比为止。天神向着大地说:"瓦卢姆比,你快出来吧!你的姐姐和姐夫已经带领他们的孩子们回到了天上,你也快跟我回去吧!你的父亲还让我带来了礼物,让我一定亲手交给你。"瓦卢姆比一听有礼物,忍不住好奇,就从地下钻了上来。可就在他出现的刹那,金图和纳姆比的孩子却忽然发出了声音。瓦卢姆比大怒,原来自己上当受骗了。他很快又钻回了地下,任凭天神再怎样呼唤也不再出来。

天神无奈地对纳姆比说:"看来这一切都是天意,事到如今,我也无能为力了。我看你们还是带着孩子们跟我一起回天庭吧!"金图和纳姆比相互看了看,他们怎么舍得他们亲手创造的大地呢? 很快,他们就做了决定,即使要面对死亡,他们也不离开。天神说:"既然如此,那我就把这根神棒留给你们。你们可以依靠它找到治疗疾病的草药,减少死亡。"此后,死亡就永远留在了人间,而人类也一直都在与死亡搏斗着。

班戈的故事

天神恩扎梅因为曾参与创造了天地,所以总是自以为了不起。在他看来,没有他办不到的事,也没有他想得到而得不到的东西。一天,他到凡间游玩,在一条小河边看到了一位美丽的女子。恩扎梅顿生爱慕之心,迫不及待地要将其据为己有。他使用法力将女子带到了很远的地方,凡是被带到那里的人,都是不可能再回来的。恩扎梅如愿得到了女子,并使女子怀了孕。不久,他们就有了一个聪明可爱的儿子,女子为其取名叫作班戈。

喜得贵子之后,恩扎梅本来是很高兴的。不过女子非常疼爱儿子,她爱儿子胜过了一切,甚至胜过对恩扎梅的爱。这让恩扎梅十分懊恼,对这个小家伙也越来越不满。一天,班戈跑到恩扎梅的禁区里偷了一条鱼,惹得恩扎梅大发雷霆。他不顾女子的恳求和阻挠,将自己的亲生儿子扔下了万丈深渊。之后,他非但没有丝毫的悔意,反倒有一种畅快淋漓的感觉。

班戈虽然被恩扎梅扔下了万丈深渊,但幸运的是他并没有摔死,而是落入了一条大河里。更为幸运的是,一位正在捕鱼的渔夫发现了他,并把他救回了家中。渔夫是懂得一些巫术的,在仔细端视过班戈之后,他知道这个孩子绝非一般的凡夫俗子,所以照顾起来也特别用心。在渔夫的悉心照料下,班戈很快就恢复了健康。不过他并不愿意再回到父亲身边,尽管他很想念母亲,但他知道如果自己回去,父亲一定会再次向自己痛下毒手。索性,他干脆躲进了附近的一个岩洞之中。岩洞里又深又黑,这让班戈很有安全感。

班戈被恩扎梅扔下悬崖后,他的母亲急得快发了疯,她四处寻找班戈的下落,对恩扎梅也是爱理不理。恩扎梅本以为没有了班戈,女子就会像从前一样对自己百依百顺,可事实却恰恰相反。他越想越气,决定亲自找到班戈,将其除掉,也许只有看到班戈的尸体,女子才会彻底死心。可是天地之大,他要到哪里去寻找班戈呢?即使他贵为天神,也无法准确推算出班戈的所在。但他已坚定信心,无论如何也一定要找到班戈,并不惜一切代价除掉他。

恩扎梅向大地发问,问班戈在哪里。大地回答他说"不知道"。恩扎梅又向大海发问,问班戈在哪里,得到的也是同样的回答。在森林中,恩扎梅遇到了一条变色龙,就问变色龙是否知道班戈的下落。变色龙其实是知道班戈就在岩洞里的,可是它不忍心出卖善良的班戈,就骗恩扎梅说:"很久以前,我确实看见一个人经过这里,我不知道他究竟是不是您要找的班戈,但是他已经从这经过很久了,我也不知道他现在去了哪里。"恩扎梅听后,继续向森林深处走去,他相信总会找到一些线索的。

恩扎梅走后,变色龙就来到岩洞找到了班戈,告诉他恩扎梅正在四处找他,要他多加小心。班戈谢过了变色龙,接着他又在洞口处伪造了一些离开的脚印,之后便又躲到了岩洞深处。蜘蛛也赶来帮忙,它在洞口结起了厚厚的蜘蛛网,并在上面放了一些苍蝇和蚊子。蜘蛛网厚得足可以堵住洞口,苍蝇和蚊子的数量足以证明结网时间的长久。一切布置妥当以后,蜘蛛也离开了。

恩扎梅找呀找呀,他又遇到了一条蛇,就问蛇:"你看到班戈了吗?"蛇回答说:

"我看到了，他就在附近的岩洞里。"恩扎梅听了十分高兴，连忙向岩洞的方向走去。来到岩洞口，恩扎梅却愣住了。洞口有这么厚的蜘蛛网，怎么可能有人在里面呢？他疑惑地看着洞口，想着班戈是否还在里面。这时，变色龙来了。恩扎梅忙问它："班戈在里面吗？"变色龙回答说："是的，他在里面，可那是很久以前的事了，他已经走了很久了。"

"那他又去了哪里呢？"恩扎梅又问。

"不知道。您看，那不是还有他离去的脚印吗？"恩扎梅见洞口处果然有离去的脚印，就向着脚印的方向追去了。

骗过了恩扎梅，蜘蛛就收起了蜘蛛网，班戈也从洞中出来了。班戈很感激变色龙和蜘蛛，当时变色龙还不会变色，班戈就让他以后可以随意变换颜色，以躲避敌人的追击。变色龙对这样的赏赐十分满意，忙谢过班戈。接着，班戈又问蜘蛛想要什么。蜘蛛说自己什么都不想要，现在就已经很满足了。班戈想了想，决定让蜘蛛成为幸福的使者，它走到哪儿，就会给哪里带来幸福。报答了蜘蛛和变色龙，班戈就开始周游世界各地了。当然，他也见到了他的母亲。他教导人们要做善事，做好人。所有的黑人都很尊敬他，他们也都愿意按照班戈所说的去做。至于恩扎梅，在几度搜寻班戈无果后，他最终回到了天上，从此再不下凡了。

特别提示：

　　本书在编写过程中，参阅和使用了一些报刊、著述和图片。由于联系上的困难，和部分作品的作者（或译者）未能取得联系，对此谨致深深的歉意。敬请原作者（或译者）见到本书后，及时与本书编者联系，以便我们按照国家有关规定支付稿酬并赠送样书。

　　联系电话：010-80776121　　联系人：马老师

世界经典文库

中外神话故事

·非洲其他神话·

图文珍藏版